續小五義

中國古典名著

清・無名氏 編著
文 斌 校注

三民書局

國家圖書館出版品預行編目資料

續小五義／清・無名氏編著;文斌校注.－－初版一刷.
－－臺北市：三民，2015
面；　公分.－－(中國古典名著)

ISBN 978-957-14-6088-8 (平裝)

857.44　　　　104022299

© 續小五義

編著者	清・無名氏
校注者	文　斌
責任編輯	劉培育
美術設計	郭雅萍
發行人	劉振強
著作財產權人	三民書局股份有限公司
發行所	三民書局股份有限公司
	地址　臺北市復興北路386號
	電話　(02)25006600
	郵撥帳號　0009998-5
門市部	(復北店) 臺北市復興北路386號
	(重南店) 臺北市重慶南路一段61號
出版日期	初版一刷　2015年11月
編號	S 857760

行政院新聞局登記證局版臺業字第〇二〇〇號

ISBN 978-957-14-6088-8 (平裝)

http://www.sanmin.com.tw 三民網路書店

續小五義　總目

引言

文斌

在中國近代學術史中，俞樾是一個引人矚目的人物。如果說面對他多達五百卷、包羅萬象的煌煌巨著春在堂全集，讓人望而生畏的話，那麼，像章太炎、吳昌碩這樣的人傑都出自他的門下，也足以令人肅然起敬了。但這個詩書滿腹的碩師大儒，並沒有將自己桎梏於「子曰詩云」之中，在「博通典籍」的同時，「旁涉稗官雜流」，即使對當時還不登大雅之堂的戲曲、小說，也表現出極大的興趣。在他寓居蘇州時，來自北京的友人潘祖蔭，向他推薦了一本近時的小說三俠五義。俞樾原以為這不過是龍圖公案的翻版，頗有不屑一顧之意，但在看了全書之後，完全改變了看法。不過他認為原書也存在一些問題，於是「援據史傳，訂正俗說」，作了修訂，並改名「七俠五義」，於光緒十五年（西元一八八九年）由上海廣百宋齋出版。據當時人說：「滬上石印，風行廣播。」（平步青霞外攟屑卷九）對此書的流傳，起了很大的推動作用。

三俠五義最初於光緒五年（西元一八七九年）由北京聚珍堂以活字版推出，首頁題「忠烈俠義傳」。忠烈俠義傳是三部曲，三俠五義是第一部，小五義和續小五義便是它的續作。三俠五義寫了襄陽王的銅網陣，寫了白玉堂之死，在將故事推向又一個高潮後，戛然而止，留下了不少懸念，在後兩部書中交代。對那些急於想知道各路人物結局的讀者來說，只有看了後面兩部書，才能滿足其心理需求，得到一個完整的故事情節。因此，在三俠五義之後，小五義、續小五義繼續得以風行，是很自然的事。

三俠五義原題「石玉昆口述，問竹主人、入迷道人相互參合校閱刪定」，可謂集體創作，但最主要的原創者是石玉昆。小五義和續小五義在光緒十六年、十七年由北京文光樓相繼刊行，不署作者之名。但據文光樓主人的小五義序，其續書也都是石玉昆原稿：「適有友人與石玉昆門徒素相往來，偶在舖中閒談，言及此書。余即托人搜尋，友人去不多日，即將石先生原稿攜來，共三百餘回，計七八十本，三千多篇。分上中下三部，總名忠烈俠義傳，原無大小之說，因上部三俠五義為創始之人，故謂之『大五義』，中、下二部五義即其後人出世，故謂之『小五義』。」

石玉昆是清代道光、咸豐年間的說唱藝人，字振之，天津人。以自編自唱的長篇評書龍圖公案，名聞京城。當時文良等人曾筆錄整理了石玉昆說書的內容，題名龍圖耳錄。說忠烈俠義傳包括的三部書都出自石玉昆，有人贊同，但也有人提出非議，根據書中描寫的具體內容、說唱的成分、語言的工拙，認為這三部書出自不同作者之手，文光樓主人的說法難以置信。如置於小五義書之前的小五義辨即云：「或有問於余曰：『小五義一書，宜緊接君山續刻，君獨於顏按院查辦荊襄起首，何哉？』余曰：『似子之說，余詎不謂然。但前套忠烈俠義傳與余所得石玉昆原稿詳略不同，人名稍異，知非出於一人之手。』」

而光緒十六年呂月慶（寶森）所作小五義序，又謂石玉昆即文光樓主：「聞之有志者事竟成，觀諸予友則益信。予友振之石君，為文光樓主，生平尚氣節，重然諾，每見書中俠烈之人，必欣然嚮慕之。嘗閱忠烈俠義傳，知有小五義一書，而未見諸世，由是隨在物色。」雖然呂月慶以友人的身分，言之鑿鑿，但這種說法似乎並未被後人所認同。但從中至少也可看到，文光樓主所得的忠烈俠義傳，和石玉昆確實存在著一定的關係。

續小五義初刊為光緒十七年北京文光樓刊本，不題作者。此外在清代刊印的尚有善成堂刊本、泰山堂刻本、上海廣百宋齋石印本、上海申報館排印本、上海珍藝書局排印本、上海書局石印本、上海掃葉山房石印本等。文光樓刊本卷首有伯寅氏序、鄭鶴齡序。伯寅氏即向俞樾推薦三俠五義的潘祖蔭。潘祖蔭字在鍾，小字鳳笙，號伯寅，又號鄭盦，江蘇吳縣（今蘇州）人，長於北京。清咸豐二年壬子科進士第三人。與祖父乾隆癸丑科狀元潘世恩、父潘曾綬三代為朝廷重臣。潘祖蔭通經史，工書法，也是著名的藏書家和金石收藏家。其金石收藏天下聞名，其中大盂鼎現存中國歷史博物館，大克鼎現存上海博物院，均為中國青銅器藏品中的至尊。

既名忠烈俠義傳，理應記述忠烈俠義之事，更何況這三部作品一直被看作是武俠小說的扛鼎之作。這就牽涉到對「俠」字的理解。就現有的資料看，最早將武、俠二字並提的是戰國末期的韓非：「儒以文犯法，而俠以武犯禁。」（韓非子五蠹）這裡所說的俠，主要指墨子之徒。如果說儒家重仁，那麼墨家重義。因為重仁，儒家重視道德規範的內修；因為重義，墨家重視道德行為的實施。故墨家尤重行動，提倡「兼愛」，為興天下之利，除天下之害，赴湯蹈刃，死不旋踵，不惜犧牲一身，替天行罰。司馬遷讚美游俠：「救人於厄，振人不贍，仁者有乎！不既信，不倍言，義者有取焉。」（史記太史公自序）「設取予然諾，千里誦義。」（史記游俠列傳）所重也在一個「義」字，以及由此激發的行動。唐人李德裕看得很清楚：「夫俠者，蓋非常人也；雖然以諾許人，必以節義為本。義非俠不立，俠非義不成，難兼之矣。」（豪俠論）俠必與義相連，俠氣即義氣。行俠不僅須有是非之心、同情之心，更得有見義勇為、捨己助人的勇氣。

韓非說俠「以武犯禁」，「其帶劍者，聚徒屬，立節操，以顯其名而犯五官之禁」（韓非子五蠹）。從史記游俠列傳的記載看，也確實如此。作為一個俠士，除了義，為了確保行動成功，必須有藝，有武功。另外還有很重要的一點，俠士是和朝廷、和官府對立的，為保護弱者，敢於對抗苛政暴行。拿這三條來衡量，中國古代文學作品，真正能體現武俠精神的，首推七十二回的水滸傳；真正的武俠，是替天行道、崇尚義氣的梁山英雄。

再看忠烈俠義傳，這三部書的共同點是扔掉了「義」，只剩下一個「忠」了。無論「七俠」，還是「五義」，乃至後來的「小五義」、「小四傑」，無不淪為「鷹爪孫」，不是鋤強扶弱，而是恃強凌弱；不是存亡死生，而是肆行殺戮；不是以武犯禁，而是以武執法；不是替天行道，而是替皇解難。

在史記游俠列傳中，為真正的俠士，下了這樣的定義：「其行雖不軌于正義，然其言必信，其行必果，已諾必誠；不愛其軀，赴士之阨困。既已存亡死生矣，而不矜其能，羞伐其德。蓋亦有足多者焉。」這也是唐代大詩人李白所十分敬仰的「事了拂衣去，深藏身與名」（俠客行）的風采。

這裡有兩點最值得注意：一是行俠時的「存亡死生」，二是行俠後的「不矜其能，羞伐其德」。

而本書中的俠士，如艾虎、盧珍等人，在圍剿朝天嶺山寨時，遇見看守後寨的老兵，不問青紅皂白，「展眼之間，殺了個乾乾淨淨。又往那前一走，遇有房屋就點起火來，遇人就殺。」（第一百十八回）「沿路之上，各店鋪的人遇著就殺了，見著屋子就放火。走到臨河寨，天有掛午的光景，就剩了一隻船。艾虎上去，把船上之人結果了性命，搶船大家上去。」（第一百十九回）「此時大家正在氣忿之際，遇見

就殺，碰著就砍……連男帶女，丫頭婆子，一個沒剩，殺了個乾乾淨淨，真是屍橫滿地，血染山石。」（第一百二十三回）

與這伙俠士的殘忍相比，反倒是那些盜匪顯得有些仁慈。如寧夏國的曹雷，出陣首遇小五義之一的韓天錦。「韓天錦舉棍就打，曹雷使雙錘用平生之力往外一架，就聽噹啷一聲，韓天錦撒手扔棍，震的虎口痛疼，往後退出好幾步去。曹雷錘沉力猛，要不是馬快，韓天錦性命休矣。他抹頭就跑。曹雷將一旋馬，一瞧天錦早就敗下陣去，並不追趕。」隨後曹雷又連敗包括于奢在內的官府五員大將，但未殺一人。最後遇上「一個小孩子，有十五六歲，穿著一身紅衣裳，拿著一對鑌鐵軋油錘，說：『柯柯我揍你來了！』用單錘往下一砸。曹雷倒不忍傷害於他，心想著用單錘一帶，將他帶下馬去。」哪想這小孩子的心腸要比他硬得多，也狠得多。「錘到頂門，往下一落，叭叉一聲，把曹雷砸了個腦漿迸裂，死屍栽下馬來。」（第一百二十四回）最後與寧夏國的那場大戰，「只殺得天翻地覆，滾湯潑雪。轉眼間屍橫滿地，血水直流，悲哀慘切，鬼哭神嚎。這一陣非尋常可比，直殺到天光大亮，紅日東升。寧夏國的兵丁，跑脫了十不至一。」（同上）別說「存亡死生」，簡直是嗜血成性了。

在小五義中，徐良是頭腦最清醒、武功最高強的人，也是續小五義中讚不絕口的主角。他有個盟兄叫施俊，其太太金氏年輕貌美，被當地豪紳東方明強行搶走。在解救金氏之前，徐良特意問了一句：「我這嫂嫂既然教人家搶去兩日光景，不知他的貞節如何？」施俊說：「大哥只管放心，他乃是知府之女，在家時節，熟讀烈女傳，廣覽聖賢文。如今既然被搶，死到許有的，絕不能從了惡霸。」徐良連連點頭說：「好好好！」如果說這是在替施俊擔憂，那還情有可原。但徐良真正考慮的，卻是自己下一步該如何行動──「原來行俠做義之人，不救失節之婦。」（第四十九回）一個鮮活美麗的生命，還不如板拙的禮儀教條，維護禮教遠比「存亡死生」重要，這就未免太讓人寒心了。這話和行俠仗義的身分實在不相稱，倒像出自一個迂腐的道學家之口。理學的酸腐氣，竟然也滲透到俠士的骨髓之中。

與出手時的殘暴相襯的是邀功時的猥瑣。在破襄陽王銅網陣之後，這班俠士隨巡按顏查散回京。為了討取皇帝的歡心，蔣平、展昭特意給那些未經世面的小字輩上了一堂培訓課，具體內容是上朝時必須遵守的禮節，見駕時萬萬不可疏忽的規矩。「總而言之，教他們少說話，多磕頭為是。面聖之時，跗膝盡禮，匍匐於地」（第十九回）一副奴才嘴臉，可謂卑躬屈膝之至。而莽漢于奢竟然也為博得皇帝的青睞，在御花園爭風吃醋。和朱家、劇孟、郭解等人「不矜其能，羞伐其德」相比，忠烈俠義傳中的俠士，一心邀功求寵，甘為官府爪牙，實在是大異其趣了。

三俠五義出自石玉昆的唱本龍圖耳錄，而龍圖耳錄則來自明代短篇公案小說集百家公案（包公傳和龍圖公案（包公案）。忠烈俠義傳雖然披上「武俠」的外衣，充斥打鬥的情節，但其表現的主旨仍與施公案之類的公案小說無異，七俠、五義和黃飛虎、關小西並無區別。因此，站在官府的立場上說話行動，也就成了理所當然的事。

當然，忠烈俠義傳、施公案這類作品在清代流行，還有著更加深刻的時代因素。「清王朝後期步入封建衰世，統治階級迫切需要懲人心，窒亂階，整肅紀綱，因而大力宣揚封建的綱常名教，加強文化專制，嘉、道年間成為清代禁毀小說戲曲書刊的高潮時期之一。另一方面都市文化繁榮，南北方評話評書、彈詞鼓詞流行，地方戲勃起，曲藝、戲劇、小說三者互相融合，風靡於市井坊間。這既促使小說接近民眾，同時也滋長著徇世媚俗的傾向。因此，近代前期小說的發展，承受著文化專制政策與商業媚俗傾向的雙重負荷。」（袁行霈主編中國文學史第九編第二章）

而續小五義這類公案俠義小說，具有靈活的兩面性：既有「忠烈」的精神，合乎綱常名教，有助於整肅紀綱，得以在文化專制政策之下屈伸；又有「俠義」的內容，情節曲折生動，滿足下層民眾的需求，得以在商業媚俗傾向之中流傳，從而能化解壓力，風行於世了。

作為通俗文學作品，這種兩面性在流行中獲得了很大的成功，只是經不起理性的推敲，存在不少無法解脫的矛盾。這部書中寫了不少巾幗英雄、女中豪傑。但論個性分明、才貌雙全、敢恨敢愛，也讓讀者覺得可惜可愛的，並不是作者著意美化的展小霞（展昭之女，盧珍之妻）、甘蘭娘（艾虎之妻）、英雲（徐良之妻）這些小五義的太太，而是被視為首惡的東方亮的妹妹金仙、玉仙（即使東方亮，其實也頗有梁山首領宋江的神采）。儘管作者故意往這兩人的身上，潑了不少髒水，但仍掩蓋不了她們身上不同尋常的光彩。書中明言：「若論品貌本領，普天之下難找第二。」（第一百十一回）足令鬚眉折腰。但其迷人之處還不在此。書中寫玉仙和紀小泉的一段刻骨銘心的愛情，本意是想寫他們臭味相投，狼狽為奸，結果卻事與願違，成了此書最能打動人心的文字。玉仙為報哥哥之仇，冒險去開封府行刺，紀小泉義無旁顧地相隨。行刺失敗後，兩人分頭逃離。玉仙先躥上城牆，只要一跳下，便可脫離危險。但她捨不得拋下紀小泉不管，心裡想的是：「紀小泉是一點誠心，為我的事人家捨死忘生，倘若他要有點不測，我這一走如何對得起他？」（第一百回）東方亮事敗後，玉仙和姐姐金仙無處可去，投奔陝西朝天嶺大寨主金毛獅子王紀先。王紀先正少一個壓寨夫人，請人做媒。玉仙直言自己「與紀小泉私通，立志至死不嫁二夫。若要說急了，他非死不可。」（第一百十二回）在萬般無奈非見王紀先不可的情況下，只能早作準備，「把裡邊衣服用汗巾紮住了腰，暗中就把練子槊掖在腰中，倘若他們要霸占自己，一翻臉就拉練子槊，破著自己這條命與他們較量較量。」（第一百十二回）

至於紀小泉對玉仙的一片真情，更顯得可歌可泣。他在盜取包拯的印信後被捕，為不牽累玉仙，臨危不懼：「不必問我名姓，行刺盜印全是我一個人，也不用你們三推六問，我敢作就敢當，愛殺愛剮任其自便。」（第一百回）雖說長得眉清目秀，但在酷刑之下，卻頗有寧死不屈的氣概，直至氣絕身死，始終一語不發。倒是包拯和他的那些部下，動輒使用非刑，令人髮指。「且說相爺把皂班傳下來，一夾就是十分刑，工夫不大，氣絕身死。皂班回說：『小偷兒氣絕了。』包公吩咐用涼水噴。皂班用涼水一噴，紀小泉悠悠氣轉，哎喲喲痛疼難忍。本來先就把他右腿打折，再一上夾棒如何受得住？緩轉過來仍是不招。包公見他不招，吩咐敲槓。官人拿過一根短槓，就在夾棒上嘞喇嘞喇的劃了三槓。紀小泉鬼哭神嚎一般，痛的他徹透骨髓，仍是不招。治的他死去活來好幾次，始終不招，就是口口聲聲求死，教給他一個快刑。」（第一百一回）

對官府來說，懲治那些頑固不化的盜匪，就該殘酷鎮壓，無情打擊。但作為理應表現替天行道、為民請命的俠義小說，這些描寫未免都是敗筆，不是令人感動，而是讓人心寒。這樣的作品，能在文化專制之下流行，也就毫不足怪了。

忠烈俠義傳這類書的讀者群體，本是社會底層的民眾，但作為一部通俗小說，這並不影響它在商業媚俗中的成功。因為一般人閱讀並不在乎思想的境界，只是追求感官的刺激。續小五義延續了三俠五義描寫的長處，結構綿密，設想離奇，情節曲折，場面熱鬧，故事的陳述往往一波未平，一波又起，峰回路轉，跌宕多姿，寓驚險緊張和活潑有趣於一體。既有出神入化的武功技藝，也有生動自然的生活情景；既有似乎深諳此道的行內術語，也有洞悉世故的心理刻畫；既有腥風血雨，也有俠骨柔情。在語言運用上，保留了平話習氣，多用方言，且雜行話，親切明白，摹情狀物，聲口畢肖。俞樾說三俠五義「其事迹新奇，筆意酣恣，描寫既細入豪芒，點染又曲中筋節。正如柳麻子說『武松打店』，初到店內無人，驀地一吼，店中空缸空甏皆甕甕有聲。閑中著色，精神百倍。如此筆墨，方許作平話小說，如此平話小說，方算得天地間另是一種筆墨。乃歎鄭盦尚書（潘祖蔭）欣賞之不虛也。」（重編七俠五義序）這段話，也可用於續小五義。

這幾部書本以粗豪脫略為特色，因此也有明顯的缺憾。從總體上看，故事情節豐富但雷同之處甚多，人物形象鮮明但趨於臉譜化，語言生動卻又流於粗糙。第一百二回寫徐良打虎的一段文字，模仿水滸傳，但又顯然力不從心，無論是情節的鋪墊、情景的渲染、細節的描寫、心理的刻畫，都無可取之處，看了讓人有「畫虎成犬」之感。

續忠烈俠義傳序

史無論正與稗，皆所以作鑒於來茲。坊友文光樓主人購有小五義野史，欲刻無資。余閱其底稿，忠烈俠義之氣充溢行間，最足感動人心。人果借此為鑒，則內善之心，隨地皆是。因分俸餘卅金，屬其急付剞劂。書既成，故樂為之敘。時光緒庚寅孟冬，伯寅氏志。

續忠烈俠義傳序

天地間惟忠烈俠義最足以感動人心。學士大夫博覽諸史，見古人盡一忠烈，則尊之敬之；見古人行一俠義，則羨之慕之。讀正史者夫概如是，讀小說者何獨不然。今歲秋間，友人石振之刻有續忠烈俠義傳，即世所稱之小五義也。傳中所載，人盡忠烈俠義之人，事盡忠烈俠義之事，非若他書之風花雪月，僅足供人消遣者比。嗣復欲刊刻三續，商之於余。余曰：「善。凡簡編所存，無論正史、小說，其無關於世道人心者，皆當付之一炬；其有關於世道人心者，則多多益善。使忠烈俠義之書一續出，人必爭先快睹，多見一忠烈俠義之書，即多生一忠烈俠義之心，雖曰小說，於正史不無小補。」因勸之亟為刊刻，以公諸世云。光緒十六年歲次庚寅嘉平七日，燕南鄭鶴齡松巢氏譔。

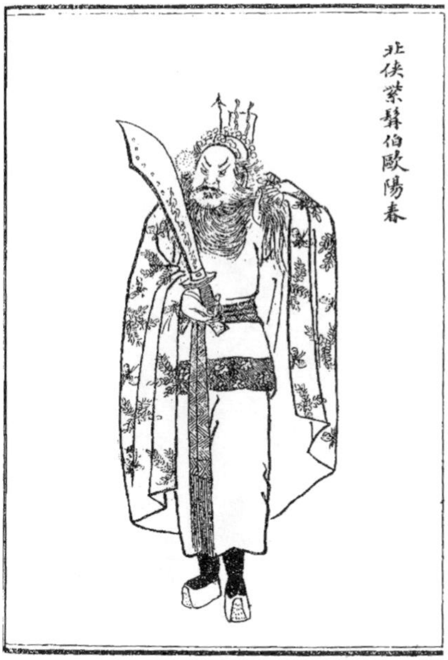
北俠紫髯伯歐陽春

黑妖狐智化

小俠艾虎

襄陽王

回目

第一回　沖霄樓智化逢凶化吉　王爺府艾虎死而復生

因上部小五義❶未破銅網陣，看書之人紛紛議論，屢續到本鋪購買下部者，不下數百人。上部自白玉堂❷、顏按院❸起首，為是先安放破銅網根基。前部篇首業已敘過，必須將擺陣源流，八八六十四卦❹，三百八十四爻❺，相生相剋，細細敘出，先埋伏下破銅網陣之根，不然銅網焉能破哉？有買上部

❶ 小五義：全稱忠烈小五義傳，又稱續忠烈俠義傳，為三俠五義的續作。記襄陽王趙鈺謀反，白玉堂為探虛實，命喪銅網陣。「小五義」不期而遇，結為兄弟。眾俠義雲集襄陽，分頭破陣，不幸誤落銅網。其後事留待續小五義敘說。小五義，指粉面子都盧珍、霹靂鬼韓天錦、山西雁徐良、玉面小專諸白芸生、小義士艾虎。

❷ 白玉堂：七俠五義中「五義」之一，綽號「錦毛鼠」。

❸ 顏按院：包公門生顏查散，奉旨巡按襄陽。

❹ 六十四卦：周易中八種具有象徵意義的基本圖形，稱八卦，每卦用三個分別代表陽的「—」（陽爻）和代表陰的「--」（陰爻）組成。名稱為：乾、坤、震、巽、坎、離、艮、兌。主要象徵天、地、雷、風、水、火、山、澤八種自然現象，而「乾」、「坤」兩卦則是自然界和人類社會一切現象的最初根源。八卦中，乾與坤、震與巽、坎與離、艮與兌是四個矛盾對立的形態。傳說周文王將八卦兩兩重複，又得六十四卦，用來象徵自然現象和社會現象的發展變化。

❺ 三百八十四爻：周易中組成卦的符號，稱爻，含有交錯和變化之意。分為陽爻和陰爻。每三爻合成一卦，可得八卦，稱為經卦；兩卦（六爻）相重得六十四卦，稱為別卦。每卦有六爻，共三百八十四爻。

者，全要貪看破銅網之故，乃是書中一大節目，又是英雄聚會之處，四傑出世之期，何等的熱鬧，何等的忠烈，當另有一種筆墨，若草草敘過，有何意味？因上部小五義原原本本已將銅網陣詳細敘明，今三續開篇，即由破銅網陣單刀直入，不必另生枝葉，以免節目絮繁，且以快閱者之心。近有無恥之徒，街市粘單，膽敢憑空添破銅網增補全圖之說。至問及銅網如何破法，全圖如何增添，彼竟茫然不知，是乃惑亂人心之意也。故此本坊急續刊刻，以快人心。閒言少敘。

西江月：眼前得失與存亡，富貴憑天所降。榮枯高下不尋常，何必諄諄較量。

且說黑妖狐智化❻與小諸葛沈中元❼二人暗地商議，獨出己見，要去上王府盜取盟單。背著大眾，換了夜行衣靠，智爺百寶囊中多帶撥門撬戶銅鐵的家伙。進王府至沖霄樓，受了金槍將王善、銀槍將王保兩槍，扎在百寶皮囊之上。智爺假說扎破了肚腹，腸子露出，滿樓亂滾，誆王善、王保出來。沈中元同智化結果兩個人性命，二番上懸龕，拉盟單匣子。幸好百寶囊扎了兩個窟窿，預先解下來，放在下面凳子之上，就是背後背著一口刀，趴伏在懸龕之上，晃千里火照明，下面是一個大方匣子。沈中元說過，是兵符印信。上頭有一個長方的硬木匣子，兩邊有個如意金環。伸手揪住兩個金環往懷中一帶，只聽見上面磕叉一聲，下來了一口月牙式鍘刀。智爺把雙睛一閉，也不敢往前躥，也不敢往後縮，正在腰節骨上，嗆啷的一聲，智爺以為是腰斷兩截。慢慢的睜眼一看，不覺著疼痛，就是不能動轉。

列公，這是什麼緣故？皆因他是個月牙式樣，若是鍘草的鍘刀，那可就把人鍘為兩段。此刀當中有

---

❻ 智化：七俠五義中「七俠」之一，綽號「黑妖狐」，又稱東方俠。艾虎的師父。

❼ 沈中元：七俠五義中「七俠」之一，綽號「小諸葛」。七俠五義作「沈仲元」。

一個過攏兒，也不至於甚大，又對著智爺的腰細，又對著解了百寶囊，底下沒有東西墊著；又有背後背著這一口刀，連皮鞘帶刀尖正把腰節骨護住；兩旁邊的抄包盡教鍘刀刃子鍘破，傷著少許的皮肉，也是鮮血直躥。智爺連嚇帶氣助著，不覺疼痛。總而言之，智化命不當絕。可把沈中元嚇了個膽裂魂飛，急晃千里火，只見裡邊塵土暴煙，趕緊縱上佛櫃，躥上懸龕，以為智爺廢命，原來未死。智爺說：「沈兄，我教刀壓住了。」沈爺說：「可曾傷著筋骨皮肉？」智爺回答：「少許傷著點皮膚，不大要緊。」沈爺道：「這邊倒有個鐵立柱，我抱著往上一提，你就出來了。」智爺連嚷：「不可，不可！我聽白五弟說過，每遇這樣消息，裡頭必還套著消息。」沈爺說：「難道你就這們壓著不成？」智爺說：「你先下樓去找寶刀、寶劍，或你師兄的寶劍，或歐陽兄的寶刀，拿來，我自有道理。」沈爺說：「你在這裡壓著，我一走，倘若上來外人，你不能動轉，豈不是有性命之憂，我如何走的？」智爺說：「我要該死，剛才這兩次就沒有命了，再說生死是個定數。你不要管我，你取刀劍去為是。」沈爺無奈之何，下了懸龕，不住的回頭瞧著智爺，心下為難。不走罷，不好；走罷，又怕智爺喪命。只得依著智爺的言語，出了樓外。往正南一看，方才見那樓下之人，也有出來的，也有進去的，死屍縷縷行❽盡是往外拉去的，口中亂嚷拿人：「千萬不可走脫了他們！」沈爺不知什麼緣故，不顧瞧看下面，一直撲奔正西。正要將軟梯放下，忽見西北來了一條黑影，堪堪❾臨近，見那人闖入五行欄杆，細看原來是艾虎❿。

---

❽ 縷縷行：方言。成群結隊。形容人很多。

❾ 堪堪：漸漸。

❿ 艾虎：七俠五義中「七俠」之一，人稱小俠。

你道艾虎從何而至？就皆因在西院裡解手，暗地裡聽見智化、蔣平⓫他們商量的主意。等著大家換好夜行衣靠，自己背插單刀，容他們走後，也就躥出了上院衙，施展夜行術，直奔王府而來。不敢由正北進去，知道沙老員外⓬他們埋伏在樹林之內，若要遇見，豈肯教自己進去？也不敢由東面而來，知道也有巡邏之人。倒是由順城街馬道上城，自西邊城牆而下，腳踏實地，一直的奔木板連環，由西北「乾為天」而入⓭，進的「天地否」⓮，腳著卍字式，當中跳黃瓜架，直奔沖霄樓而來。堪堪臨近，一看全是朱紅斜卍字式欄杆，一層一層，斜馬吊角好幾個門，不分東西南北。他焉能知曉按五行相生相剋⓯，全是兩根立柱，上有大蓮花頭，這就算個門口。欄杆全是披麻掛灰，朱紅的顏色，蓮花頭兒可是分出五色，青黃赤白黑。行家若是進來，由白蓮花頭而入，就是西方庚辛金⓰；再走黑蓮花頭的門，不管門戶

⓫ 蔣平：七俠五義中「五義」之一，綽號「翻江鼠」。

⓬ 沙老員外：名沙龍，綽號「鐵臂熊」。

⓭ 由西北乾為天而入：易說：「乾，天也。」「乾，西北之卦也。」乾為天卦，象徵天之道。乾又指西北方位。據三俠五義第九十八回，襄陽王所設為八卦銅網陣，因此得根據八卦陣法出入。

⓮ 天地否：否，音ㄆㄧˇ，卦象坤下乾上，為天在上地在下，空間受阻閉塞之象。否，閉塞；阻隔不通。易否象：「天地不交，否。」

⓯ 五行相生相剋：古人謂「天有五行，水、火、金、木、土，分時化育，以成萬物。」五行即構成各種物質的五種元素，古人常以此說明宇宙萬物的起源和變化。舊時星相家也將五行之間互相滋生和促進的關係稱作五行相生，五行之間相互制約的關係稱之為五行相剋。五行相生的次序是：木生火，火生土，土生金，金生水，水生木。五行相剋的次序是：木剋土，土剋水，水剋火，火剋金，金剋木。舊時星相家也以五行生剋推算命運。

沖那門的方向；再找綠蓮花頭的門，紅蓮花，黃蓮花。白蓮花正到裡面即是金，能生水，水生木，木生火，火生土，土生金。如若走錯一門，由白蓮花奔了綠蓮花，就是相剋，金能剋木，走三天也進不來。

艾虎如何能曉的相生相剋，進了西方庚辛金，走的東方甲乙木，繞的中央戊己土，繞了半天，心中急躁。他也有個主意，用手一扶欄杆，「蹭」往上一縱，竟自躍在五行欄杆裡邊去了，恨的他咒罵起來：「這是什麼地方！」隨手背後拉刀，把欄杆喊叉喀叉亂砍了一回。賭氣子把刀插入背後，回手掏飛抓百練索，搭住欄杆往上就掏。掏上約有七八尺高，上面有人叫他，說：「下面可是艾虎？」他就抓著飛抓百練索，打著秋千，蜷著腿，往上問道：「沈大哥呀？」沈中元答言：「不錯。」你道艾虎怎麼管著他叫大哥？先前叫大叔，此時是打甘媽媽、甘蘭娘⓱那麼論起。沈中元也無可奈何，自可如此，說：「艾虎，你這孩子怎麼來了？」艾虎說：「你們的主意我早聽見了，我見一面分一半。我師父不要功勞，那功勞算我的。」沈中元說：「你師父都教鍘刀鍘了。」艾虎道：「你說什麼？」沈中元說：「你師父都教鍘刀鍘了！」艾虎說：「哎喲！」一撒手，咕嗵一聲躺於就地，四肢直挺，死過去了。把沈中元嚇了個膽裂魂飛，趕緊放軟梯到二層，放二層的軟梯到了平地，把艾虎往起一搊，雙腿盤上，後脊背拍了幾掌，又在耳邊呼喚，才悠悠氣轉。

艾虎睜開二目，坐於地上，放聲大哭：「師父呀！師父呀！」沈中元說：「師父又沒死，你為什麼

⓰ 西方庚辛金：根據五行與干支的關係，金配庚辛。根據五行與方位的關係，金主西方。同樣，木配甲乙，主東方；土配戊己，主中央。

⓱ 甘蘭娘：艾虎之妻，三俠五義中作「甘玉蘭」。

放聲大哭？」艾虎說：「你不是說我師父教鍘刀鍘了麼？」沈中元說：「原是個月牙鍘刀，把他壓在底下了，不能動轉。」艾虎氣昂昂的說：「你為什麼不說明白了？教我哭的死去活來。」沈中元虎著臉說：「你沒等我說完，你就死過去了。你這孩子，造化不小，不是遇見我，你性命休矣！」艾虎問：「怎麼？」沈中元說：「你拿絨繩掛住欄杆，必然拿胳膊一肘，躍身上去。那上頭有沖天弩，正打在胳膊之上。那弩箭全是毒藥煨成，遇上一枝，準死無疑。」艾虎說：「我師父這時現在那裡教鍘刀壓著？」沈中元說：「就在沖霄樓上。你來的甚巧，你師父打發我取寶刀、寶劍，我正怕我走後上來王府之人，你師父有性命之憂。你去找寶刀、寶劍，我回去看著你師父。」艾虎說：「我得先去看看我師父，然後去取。」沈中元說：「你先取來，然後再看不遲。」艾虎說：「我總得先看看我師父，然後再去取。」

沈中元無奈，先帶著艾虎爬上軟梯，沈中元也到了上面，捲上軟梯，二人又上了三層軟梯，也把三層的捲起。同到樓門，晃千里火，艾虎先就躥上去了，槅扇一響，智化連忙問道：「是誰？」艾虎答言：「師父，是我。」智爺哼了一聲，說：「怪不得聖人云：愚而好自用，賤而好自專。艾虎，你這孩子多們⑱任性，連我在沖霄樓上都受了兩次大險。」沈中元說：「他來的正巧，或者教他看著你，我去取刀劍；或者我看著你，教他去取。」智爺說：「既然這樣，教他去取。」艾虎說：「師父，還用取刀劍？我把這鐵柱一抱，你老人家就出來了。」智爺道：「胡說！那能那們容易，快去取去。」艾虎說：「我可是見一面分一半，師父你不要功勞可算我的。」智爺說：「你把刀劍取來，橫是有你點功勞就是。」艾虎無言，飄身下來。沈中元當路放下兩道軟梯，帶出五行欄杆，腳踏卍字式。艾虎就要跑，說：「我

⑱ 多們：多麼。

師父要有點舛錯，衝著你說。」沈中元說：「你放心，快去快來。」

艾虎出了南門，走火風鼎⑲，出離為火⑳，至木板連環以外。自己一愣，說：「也不知義父與雲中鶴㉑他們現在那裡，王府地面甚大，那裡去找？」忽然間聽見東南方殺聲震耳，火光沖天，直奔前來。繞過前邊一片太湖山石㉒，只見搬山探海千佛投降相似，燈籠火把，亮子油松，照如白晝。正逢艾虎。艾虎就知道是大眾在此動手，背後拉刀殺將進去，喊叉喀叉亂砍，王府的兵丁大眾閃開一條道路，艾虎闖進去。

鎮八方王官雷英、金鞭將盛子川、三手將曹德裕、賽玄壇崔平、小靈官周通、張保、李虎、夏侯雄。迎面之上是北俠歐陽春㉓、雲中鶴、南俠展熊飛㉔、雙俠丁兆蕙㉕、鑽天鼠盧方㉖、徹地鼠韓章㉗、穿

---

⑲ 火風鼎：鼎，卦象風下火上；易經作卦象巽（木）下離（火）上，器物烹調之象。鼎，烹飪的器物，有去故取新之意。

⑳ 離為火：離，卦象離（火）下離（火）上，為光明接連升起之象。離，依附。

㉑ 雲中鶴：名魏真，智化、沈中元的師兄，徐良的師父。

㉒ 太湖山石：產於太湖，多窟窿和皺紋，又名窟窿石。形狀各異，姿態萬千。通靈剔透的太湖石，其色澤最能體現「皺、漏、瘦、透」之美。多以疊造假山，點綴庭院。

㉓ 北俠歐陽春：七俠五義中「七俠」之一，綽號「紫髯伯」。為艾虎義父。

㉔ 南俠展昭：七俠五義中「七俠」之一，御封「御貓」。

㉕ 雙俠丁兆蕙：七俠五義中「七俠」之一。與兄丁兆蘭並稱雙俠。

㉖ 鑽天鼠盧方：七俠五義中「五義」之一。

㉗ 徹地鼠韓章：七俠五義中「五義」之一。三俠五義中作「韓彰」。

山鼠徐慶㉘。內中還有一人，說話唔呀唔呀的，手中提一桿沒纓的槍——槍纓全教火燒去了，此人名叫聖手秀士馮淵。這些人俱陷在沖霄樓的下面盆底坑的上頭，被上面雷英用火攻燒的無處躲藏。四條更道地溝，有一百弓弩手，早教雷英調將出去。蓋上木板，還怕不堅固，又壓上石頭等項，人又在上面坐定。裡邊的人要想出去，比那登天還難。空有聖手秀士馮淵，帶領眾位闖了四面，正南正北正東正西都有木板蓋著，乾自著急，不能出去。盧爺說鬼話，叫：「五弟㉙呀五弟，你活著是個聰明人，死後應當是聰明鬼。我們大家與你報仇雪恨，你怎麼也不顯一點靈應！莫不是生有處，死有地，大家應當死在此地？蒼天那蒼天！」這徐慶是罵罵咧咧：「你說有靈有聖，應當下一陣大雨才是。」二官人說：「就是下雨，怎能到的了這裡麼？」雲中鶴說：「無量佛㉚！我有了主意。自要㉛大家命不該絕，隨我走，就可以闖將出去。若是大家命該如此，這回要想闖出去，可不用打算了。」北俠說：「計將安出？」雲中鶴說：「隨貧道來。」北俠跟在後面，大家魚貫而行，撲奔正南。

雲中鶴在前直走，到上面壓木板之處，雲中鶴回頭叫道：「歐陽兄長，助貧道一臂之力。」北俠點頭。所苦者地道窄狹，不能並立二人，北俠從魏真肩頭之上伸過一隻手去。雲中鶴用手叭叭叭連拍木板，

㉘ 穿山鼠徐慶：七俠五義中「五義」之一。

㉙ 五弟：指白玉堂。在「五義」中排行第五。

㉚ 無量佛：無量壽佛，即阿彌陀佛。密教稱甘露王。淨土宗稱他是西方極樂世界的教主，能接應信徒往生西方淨土，故又稱接應佛。

㉛ 自要：只要。

聽上邊人的口氣，說：「老二，你瞧他們底下人拍這個板子呢，正在我坐的石頭底下。」魏道爺又換了個地方，叭叭叭又拍了幾下。上面人言：「我這屁股底下可沒有石頭，又挪在這裡響呢。」魏道爺用寶劍尖就認準了這個地方，用力往上一扎，就聽見「哎喲」，噗通，然後用力一推。列位請想，這口寶劍能切金斷玉，何況是二三寸厚的木板，焉有扎不透的道理？正扎那人屁股尖上。道爺又把寶劍抽回，連北俠也用力，朝上一推，上面那塊木板一起，雲中鶴縱上來，用寶劍亂砍眾人。北俠等也就躥上來，一陣削瓜切菜相似，把那些弓弩手砍的東倒西歪。也有漏網之人，飛奔八卦連環堡之內，將信息傳於搬柴運草之人，又報於雷英。

雷英一聞此言，氣充兩肋，大吼一聲，率領眾人出沖霄樓，殺奔前來，正遇北俠，大家殺在一處。所有王府的兵丁往上一裹，外面人越續越多。嗆啷啷鑼聲震耳，所有王府各處兵丁盡行來到，各舉長短的軍刃，點著燈籠火把，喊殺連天。正然殺的難解難分的時節，由正北上一聲大喊，說：「呔！叛賊閃開，小爺來了！」只見他手中刀上下翻飛，亂砍眾人。原來是艾虎取寶刀寶劍來到，正遇北俠等眾人與王府人交手，寶刀寶劍亂削長短的家伙，就是金銀銅鐵四條鞭不敢削，因他甚粗，怕傷了自己的寶物。餘者的兵刃，挨著就折，逢著就傷。

正在動手之間，由正北艾虎闖進來了。北俠是夜眼，早就看見，不覺氣往上撞。見艾虎殺將進來，遮前擋後，手中這口刀，閃砍劈剁，亂砍眾人，直是一條生龍活虎相似。北俠又是恨，又是愛：恨的是他沒見過大陣，倘有疏忽，那還了得；愛的是初經大敵，就是這般的驍勇。見他殺奔前來，用左手將北俠一揪，殺奔正北去了。北俠暗暗納悶，也就殺將出來。待離動手處甚遠，艾虎方才說道：「義父，我師父現在沖霄樓被月牙式鍘刀壓在底下，教我前來尋找義父，將你老人家的刀拿去，解救我師父。」北俠一聞此言，吃一大驚，說：「你說此話可真？」艾虎說：「孩兒焉敢拿我師父撒謊。」北俠說：「既然如此，將我刀拿去。但有一件，你也知道，我全仗著我這一口利刃，你救了你師父，趕緊回來。倘若來遲，我拿你這刀不順手，我要死在他們手裡，我就是和死在你手裡一樣。」艾虎連連點頭，將自己刀交於北俠，把七寶刀自己換將過來。北俠二番又殺將進去，眾兵丁東倒西歪，嚷叫說：「利害呀利害！」北俠到了裡邊，兵丁復又圍上。

艾虎自得了七寶刀，暗暗心中歡喜：「久後義父出家，此刀落在自己的手內，走遍天下，那有對手？今日我先試他一試。」復又奔到兵丁的身後，一聲大叫說：「反叛，看刀！」眾兵丁回頭拿長短軍刃一迎，艾虎就這們一過，嘁叉喀叉削了兵器不少，揚揚得意救師父去了。正要撲奔木板連環，迎面之上來了兩個人擋住去路。原來是一高一矮，艾虎細看，卻是翻江鼠蔣平、白面判官柳青。

若問兩個人怎樣出得地溝，且聽下回分解。

第二回　雲中鶴寶劍穿地板　蔣四義牙齒啃綁繩

且說蔣四爺、柳青本是在地道之中，四馬倒攢蹄，寒鴨浮水勢，被四個王官捆了個結實。皆因蔣爺通出自己的名姓，說：「姓蔣名平字澤長，小小外號人稱翻江鼠。這位是常州府武進縣❶玉杰村人氏，姓展名昭字熊飛，人稱南俠，御前帶刀四品護衛，萬歲爺親賜御號叫御貓的就是此公。我們今天奉大人之諭，來破銅網，沖霄樓是拆了，我們連官帶兵並俠義來了好幾百萬人。我們兩個人雖然誤中詭計，我們伙計此時也就把王爺拿住。要知時務，隨將我們一放，保住你們全家性命，連祖上骨殖都不至拋棄墳外。」王官聞聽哈哈一笑，說：「我當你們是無名小輩，原來是現任的護衛，拿你們報功去罷。」說著，舉刀就砍。那個王官急急攔住，說：「且慢！你看這個瘦鬼，咱們將他的這個小腦袋砍下來報與王爺，雷王官他們豈肯深信？不如拿住活的報與王爺，倒是一件美差。」眾人連連點頭，說：「正該如此。」這二人說：「你們看著，我們去報。」那兩個人說：「你們才會呢！你們報功，是件美差，那可不行。你們看著，我們去報。」那個人說：「不用爭論，大家一同上去。」眾人說：「有理，有理。且把他們放在一處，兩個人，頭對著頭。」四個王官撲奔東南，拉了一根鐵鏈。那個人說：「先把消息上好，不然咱們一蹬翻板，也掉下去了。」那人說：「有理，有理，有理。」只聽見吱嘍嘍一陣鐵滑子響，噶軋軋聲音，

❶ 常州府武進縣：今屬江蘇。

各處翻板的插管俱都插好。王官揪鐵鏈，推翻板而上。

蔣爺聽見四個人上去，噗通噗通的四聲。蔣爺衝著柳青哈哈一笑，說：「老柳，你可好哇！」柳青怒目瞅著蔣平說：「病夫，瘦鬼！我這條命斷送在你手。我要同著大眾前來破銅網，殺王府一人，我就算與五弟報仇。你偏邀我盜王爺，立這宗喪氣功勞。如今被捉，頃刻就死，難得你還樂得上來！」蔣平益發大笑說：「老柳，你大喜！」柳青說：「對，出大差就是道喜。」蔣平說：「咱們絕處逢生，豈不是一喜？」柳青說：「還有活路呢？據我說，要想活命，除非是認母投胎，另世轉來。人家常說：『寧死在陣前，不死在陣後。』同著大眾破銅網，總然死了，也有人把屍首背回去，死在這個地窨子內，誰人知曉？」蔣平說：「你是唬胡塗了？這明擺著就要出去，怎麼說是死呢？我聽見四個王官上去一個一個噗通，上去四個四噗通，準是薰香香煙未盡，四個人上去聞見躺下了。」柳青說：「就是熏過這四個人去，你我捆著，也是出不去。」蔣平道：「只要四個人躺下，不去送信，你我如同沒捆著一樣。」柳青問：「我得要領教領教。」蔣平道：「可惜你還是九頭獅子甘茂的徒弟哪！若是一個人捆著，倒剪二臂，有個金蟬脫殼之法可以解得開繩子，若是四馬倒攢蹄捆著，那可無有法子了。這是兩個人四馬倒攢蹄，一個人滾過來，給這一個啃繩子，只要啃斷了一人，這個再給那個人解開，豈不是與沒捆著一樣麼！」

蔣平說畢，柳青哈哈一笑，說：「病夫，真有你的！我是當局者迷。」蔣平道：「既然這樣，你滾過來罷。」柳青說：「還是你滾過來。」蔣平說：「你連這麼點虧都不吃！叫你滾過來啃繩子。」柳青說：「不能，偏叫你滾過來給我啃繩子。」蔣平說：「你太不吃虧了。我就滾過去。」說畢，一翻一滾，柳青把身子一歪，蔣平的嘴夠著柳青的膀子，用牙咬斷繩子。柳青雙手一伸，翻身站起，說：「哈哈，好病鬼，我這條命吸呼斷送在你手！活該我命不當絕。哥哥，你在此等著我，我破銅網陣去了。」說畢就走，直奔正南。蔣平喊道：「老柳，老柳！柳兄弟，好柳兄弟！千萬不可走，你給我解開罷。你一走，我可就苦了！」柳青回頭說：「我要與你解開，你又要出主意。」蔣平輸嘴：「我再不出主意了。」柳青無奈，這才與蔣平解開。

蔣平伸雙手，縱身起來，直奔東南，要捯鐵鏈而上。柳青先把鐵鏈揪住，說：「你先等等，你上去把蓋兒一蓋，把我悶在裡頭，你為的好報前仇。你先讓我上去罷。」蔣平說：「那樣行事豈不是匹夫！」說罷，二人一笑。柳青在先，蔣平在後，捯鐵鏈而上。柳青低頭一看，說：「四哥，真有你的！四個王官果然教薰香熏將過去。」蔣平說：「如何？我聽見四個人上來俱都躺下了。」二人亮出兵刃，噗哧噗哧，盡都結果性命。然後出來，就聽見正東上殺聲震耳，二人殺奔前來。

看看臨近，盡是王府的兵丁，執定燈球火把，亮子油松，照如白晝。裡頭是北俠、南俠等，有王官雷英、盛子川、曹德裕、崔平、周通，使的是金銀銅鐵四條鞭，張保、李虎、夏侯雄各拿兵刃，亂殺一陣。蔣、柳二人由正西殺奔前來，正遇艾虎。蔣平問：「你從何處來？」艾虎就將他師父壓在鍘刀底下，教他取寶刀來的話說了一遍。蔣平催他：「快救你師父去！」艾虎點頭，直奔正北去了。蔣、柳二位由王府兵丁身後大喊一聲：「叛賊，四老爺到了！近前則死，退後則生！」嘁叉喀叉亂砍眾人。王府的兵丁雖有長短軍刃，焉能是蔣、柳二人的對手。也有把軍刃磕飛的，也有帶重著傷的，也有死於非命的。北俠等看見蔣、柳二位殺將進來，暗暗歡喜，會在一處，一同與王府人交手。暫且不表。

單提小義士艾虎，得了寶刀，一直的奔連環木板而來。仍進「離為火」，走「山水蒙」❷，腳踏卍字式當中，直奔沖霄樓而來。至沖霄樓下，在五行欄杆以外，早有沈中元等候。見著艾虎，問道：「可曾將寶刀寶劍借來？」艾虎說：「已將寶刀借來。」沈中元說：「好，快跟我上去。」將艾虎帶進五行欄杆，由樓柱子上放下軟梯，艾虎、沈中元二人扒軟梯而上，上一層捲一層，直到三層上面，也把軟梯捲起，怕王府人看見，故此才將軟梯捲起——總是夜行人❸作事，不露痕跡。直到正當中槅扇，進得裡面，晃千里火筒。艾虎先就上了佛櫃，躥上懸龕，手拿著七寶刀，說：「師父，你老人家請看，我把我義父的刀借來，是怎樣的砍法？依我的主意，這不是立著一根鐵柱子，橫著一剁，把這個鐵柱子剁折，師父就好出來。」智化連連說：「不可，不可！若要那樣剁法，不如先即往起一搬，省多大事情，又借寶刀何用？」艾虎說：「你老人家說怎麼辦法？」智化說：「你把刀尖貼住我的腰，在鍘刀的刃子裡頭插將進去，七寶刀的刃子衝上，一點一點的削他那個鍘刀。削到鐵柱子那裡，可就別削了，我打這半邊就可以爬出來了。總是別動這根鐵柱子才好。」

艾虎依了這個主意。沈中元站在佛櫃之上，晃著千里火筒照著亮子。艾虎將寶刀貼著智化的右膀，刀刃衝上插將進去，又怕傷著師父的皮肉，問道：「師父，傷著你老人家無有？」智化咬著牙說：「不要緊！」眼看著鮮血淋漓，焉有不痛之理。艾虎用力往上一挑，嗆的一聲，鍘刀下來了一半，又削來削去，削在當中鐵柱子那裡，艾虎不敢往下再削，就告訴師父已然到了鐵柱子那裡。智化教艾虎躲閃開，艾虎往旁邊一閃，智化趴伏身軀往東一蹭，把牙關一咬，仍把皮肉劃了一下，往下一縱，站在佛櫃之上，

---

❷ 山水蒙：蒙，卦象下坎（水）上艮（山），山下泉水流出之象。蒙，蒙昧，謂物初生之時蒙昧弱小。

❸ 夜行人：舊小說中指夜間出行的武俠或竊賊。

仰面一聲長歎，說：「利害呀！」連艾虎帶沈中元都有些淒慘。艾虎就問：「師父，把這根鐵柱子搬起來，你老人家出去，省多大事，怎麼不教搬，是什麼緣故？」連沈中元也問不教搬是什麼緣故。智化笑道：「當初有老五之時，影綽綽❹聽他說過，每遇消息裡頭若有立柱，橫刀落將下來，上面必還套著消息。此事也不可深信，也不可不信，總是防範著點好。」沈中元點頭：「賢弟言之有理。古語『君子防未然』。」智化問艾虎取刀的來歷，艾虎就將取刀之事細說一遍。艾虎又問：「師父，怎麼叫消息裡面套著消息？」智化說：「你把刀交與我，咱們試驗試驗。」用七寶刀對著鐵鍘刀的立柱兒用力一剁，自聽見嗆啷一聲，砍為兩段，就見上邊黑洞洞一宗物件墜落下來，噹啷一聲響亮，地裂山崩相似。三位爺早嚇的由佛櫃躥將下來，直奔門口。塵土暴煙，迷人二目，千里火全都無光。艾虎、沈中元倒吸一口涼氣，智化說：「如何？方才一搬這個柱子，這個橫梁豈不把人壓個骨斷筋折！」沈中元點頭：「幸虧你聽五老爺說過。」

智化又問沈中元：「這裡還有什麼消息？」沈中元皺眉言道：「我只不敢說了。我可是王府的人，我知道這上頭任什麼消息沒有，想不到這裡頭消息層見迭出，我往下也不敢說了。除非是我上去，破著我這條性命。」艾虎說：「師父，他淨藏私，不肯說。」沈中元說：「我若知道不說，教我死無葬身之地。」智化道：「不可起誓，知禮者不怪。你不算算，你們王府的人，逃的逃，跑的跑，降了大宋的降了大宋，難道你們走後，人家沒有準備不成？」沈中元說：「是了。這都是我們走後人家復反安的消息，我們怎麼能知道？」艾虎說：「沈爺也不用上去，師父也不用上去，待我上去。」智化說：「住了。小

❹ 影綽綽：隱隱約約。

孩子家，老往前搶，那裡用得著你呢！」艾虎諾諾而退，不敢多言。智化說：「還是我上去。」教艾虎：「疾速將七寶刀與你義父送去。」艾虎說：「等著你老人家將盟單盜下來，我再走。」智化說：「不用，先去送刀，把刀交與你義父，趕緊回來，咱們會同著回上院衙。倘若你交刀工夫甚大，與王府人交手，我們可不等你。如要咱們見不著面，盜盟單你是一點兒功勞也無有；若要你送刀急速回來，咱們仍在此會聚一處，盜盟單有你一半功勞。」艾虎一聽，將眉頭一皺，說：「我前腳一走，後腳將盟單匣子一背，我如何趕得上？」沈中元在旁說：「你只管放心，我們焉能作出那樣事來。無非你師父怕你同王府的人盡自打仗，耽延工夫，教你急去快來。」艾虎連連點頭，說：「是，是。」回身便走。仍是沈中元前邊帶路，出了沖霄樓，奔西北，一層層放軟梯下去，帶出五行欄杆，囑咐艾虎快來。艾虎腳踏卍字式，直奔正南，前去送刀。

沈中元一人上來。智化晃千里火，仍然躥上懸龕，把刀由背後抽將出來，戳上面天花板，並無別者聲音；爬過鐵梁，再把盟單匣子往起一抄，一點動靜沒有。原來這樓上是鎮八方王官雷英由長沙府回來見他乾老，被蔣四爺盜去。雷震對他說明，教他棄暗投明，改邪歸正。不但他不聽，反臉絕了父子之情，把雷震氣走，自己入山去了。雷英回到王府，各處多添許多消息，連臥龍居室假設的王爺，在沖霄樓上安月牙鍘刀、鐵梁，全是後添的消息，沈中元焉能知道？智化就把盟單匣子拿住，下了佛櫃，教沈中元晃著千里火，智化將盟單匣子打開，說：「費了好大的事，捨死忘生，必要瞧看明白再走。不然，再有點舛錯，豈不是往返徒勞。」沈中元點頭稱善。打開匣，裡面有一塊黃雲緞子包袱，將包袱打開，裡面類若一塊緣簿相似，皮面上貼著個簽子，寫的是「龍虎風雲聚會」。沈中元說：「不必看了，大家名字俱在裡面。」復又包好。智化將自己刀背好，又將自己百寶囊復又帶上，用抄包把盟單匣子裹上，背於背後，約會沈中元一同下樓。沈中元說：「何不等等艾虎？」智化說：「話已對他說明，誰能緊自等他。」沈中元也就無奈，同著智化出樓，直奔正西，放軟梯下去，出五行欄杆，仍奔正西，走「澤水困」❺小門，出「兌為澤」❻大門，直奔正北府牆而來。就見東南上火光沖天，智化就知是大家東南上動手那。

忽見一條黑影趕奔前來，沈中元細看，原來艾虎到了。自從離了沖霄樓，出了八卦連環堡，尋找義父前去交刀。來至動手的所在，自己拿著七寶刀，心滿意足，要試試寶刀的好處。並不殺人，抖丹田，一聲喊嚇，說：「呔！王府賊人，閃開了！」喊叉喀叉亂削大眾的兵器，就聽見喊叉喀叉，叮叮噹噹。喊叉喀叉是把兵刀削折，叮叮噹噹是那半截墜於地下。王府的眾人一口同音說：「利害呀利害！他們那找的這個兵器呀？他們的兵器碰上咱們的就折，真利害呀！」艾虎殺了一條路進去，把北俠一拉，二番又殺將出來，找僻靜所在，將師父的話對北俠說明，將刀交與義父。北俠叫艾虎回去，歐陽爺二番殺將進去。艾虎追上師父，說明交刀之事。三人一同躥出府牆，將要奔上院衙，迎面來了一人，亮刀擋住去路，把三位嚇了一跳。

要問來者何人，且聽下回分解。

❺ 澤水困：困，卦象下坎（水）上兌（澤），河中無水之象。困，困頓；枯竭。

❻ 兌為澤：兌，卦象下兌上兌，兩澤相連之象。兌，同「悅」，喜悅。

第三回　武總鎮帶兵困府　襄陽王率眾逃生

且說迎面來了一人，亮刀攔住去路，哼了一聲：「是什麼人？少往前進！」艾虎眼快，高聲叫道：「來者是三哥？」對面答言：「正是老西。老兄弟，還有什麼人？」艾虎答言：「是我師父。」山西雁徐良過來見禮，說：「原來是智叔父！」智化說：「徐姪男。」徐良又見沈中元，說：「師父，你們三位怎麼要回去了？」沈中元說：「你在此等候，裡頭動了手了，倘若裡頭有逃走了的，你在此守定，千萬別教他們走脫。」徐良問：「你們三位上那裡去？」智化說：「我們請大人去。」徐良問：「請大人作什麼？」智化說：「銅網陣破了，這就要拿王爺了。破銅網是私事，拿王爺是官事，非有大人不成。」徐良說：「既然這樣，你們請罷。」智化說：「你可好好把守此處，不可稍離此地。」徐良點頭。智化同沈中元、艾虎穿樹林而過，直撲奔上院衙而來。

到上院衙，躥牆而入，正遇見大眾來往巡更。智化先到自己屋中，先把抄包解將下來，又將抄包打開，把盟單匣子放於桌上，叫手下從人看守。智化、沈中元、艾虎三人俱都脫了夜行衣服，換了箭袖袍，繫上絲鸞帶，肋下佩刀，前來面見大人。有兩位文官，公孫先生、賽管輅魏昌在，智化求見大人。先生將智化的話回明，大人說請智化到屋中講話。智化見大人行禮，說：「回稟大人得知，此時銅網已破，請大人知會同城文武官員，請旨拿王爺。」大人點頭，立刻吩咐公孫先生外面傳話，知會同城文武官員，至上院衙門聽旨。公孫先生出去，派人知會同城文武官員。

三鼓多天不到四鼓，上院衙門外轎馬盈門。按院大人整官服，升會客大廳，教知會同城文武官員進見。襄陽的總鎮❶姓武，叫武魁，帶領屬員；文官是藩、臬兩司❷，帶領文官屬員，至大廳，參見代天巡狩天使欽差按院大人。行禮已畢，分班站立。大人身後站定智化、沈中元、小義士艾虎、大漢龍滔、姚猛、史雲、分水獸鄧彪、胡列、韓天錦、馬龍、張豹、胡小記、喬彬、過雲雕朋玉、熊威、韓良；兩旁有二位文墨官員，就是公孫先生、賽管輅魏昌。大人衝著兩旁言道：「本院本是奉旨出都，察辦荊襄❸地面，並有外藩留守襄陽王趙千歲謀反的虛實。現今王府內設擺銅網陣，御前帶刀右護衛白玉堂為國捐軀，墜網身死。本院尚未修本入都，皆因未能準見王爺的虛實。前番現拿住王爺的餘黨，重供切實。今晚本院先派行俠作義之人破銅網，然後本院請旨拿王爺入都覆命。故此知會眾位大人，一同前往。」總鎮大人武魁答言：「卑職伺候大人。」顏按院說：「武大人，火速派馬步軍隊圍困王府，不要走脫一人。倘若王爺餘黨有漏網者，大人聽參。」武魁答應，轉身退將出去，點起馬步軍隊，圍困王府，不在話下。文官各帶本衙署的捕快班頭。大人吩咐外邊預備轎馬，帶領著大官人、智化、沈中元、韓天錦等，連公孫先生，請定旨意，前面燈火齊明，直奔王府而來，暫且不表。

---

❶ 總鎮：即總兵，為高級武官。

❷ 藩臬兩司：藩指布政使司，布政使為一省最高行政長官。臬指提刑按察使司，按察使為一省最高司法長官。又與主管軍事的都指揮使司（都司）合稱「三司」。

❸ 荊襄：荊州、襄陽。明清時府名。荊州治所在今湖北江陵，襄陽治所在今湖北襄樊。

且說北俠與艾虎換了自己的七寶鋼刀，又殺將進去，喊叫破路，仍然又是亂削大眾的兵器。眾人齊說：「又來了哇！這倒彷彿是他們家裡頭一樣，愛出來就出來，愛進去就進去，由著他們的性兒來往走趟趟。我們可受不的這兵器，傷了多少了！」正說話之間，北俠又殺入，二官人一寶劍結果了張保的性命，盧方一刀將夏侯雄殺死。雲中鶴拿寶劍正要削雷英的朴刀，李虎前來接救，掄刀照著魏真後脊背砍來。魏道爺可算得眼觀六路，耳聽八方，正與雷英動手，忽聽後面颼的一聲，將身急忙一閃，躲開了李虎這一刀，一抬腿，嘭的一聲，就把李虎踢了一個跟頭。李虎身不由自主，噹啷啷撒手扔刀，噗咚正趴在徐慶的面前。徐慶掄刀就剁，磕叉一聲，紅光迸現，又叫馮淵趕上扎了一槍。王府內死了三個王官，這一陣大亂，頃刻之間，屍橫滿地，血水直流，也有帶重著傷的，也有死於非命的，也有滿地亂滾爹娘混叫的，也有跪在地下苦苦求饒的。惟有盛子川、曹德裕、崔平、周通這四個人的兵器未傷，皆因是金銀銅鐵四條鞭，分量又重又粗，寶刀寶劍皆不敢削，怕傷了自己寶物，因此上反到歡乍了四個反叛。雷英那口刀終是不行，被北俠七寶刀撞在一處，只聽得嗆啷一聲，把雷英的刀削為兩段，柳青趕上摟頭就是一刀，雷英縮頸藏頭，一彎腰，嘭的一聲，將頭巾砍去了半截，把雷英嚇了一個膽裂魂飛，撒腿就跑。大家亂殺之際，也顧不得追趕雷英。王府兵丁越聚越多，闔王府各處兵丁俱都湊來，故此越湊越多；也有許多兵丁往這裡抱兵器，隨削折了隨換。

正在亂殺之際，忽聽見正西上噹啷啷一聲鑼鳴，一片燈火齊明，眾人齊聲喊叫：「雷王官有令，我兵退下！」大眾一齊喊嚷說：「我兵退下呀！」又聽正西大眾嚷道：「我兵退西南、西北，別闖了正西大隊，是君山❹救應到了。飛叉太保鍾寨主，帶領君山水旱二十四寨各寨的寨主，又有五千嘍兵，如今見了王爺，說明要立頭功。我們府內人俱都退下，有他們到了！」眾人一齊答應，唿喇一陣，如風捲殘雲一般，盡自退往西南、西北去了。此時這邊淨剩北俠、雲中鶴、二官人與馮淵、柳青等，一聞此言，一個個面面相覷。依著徐慶，要闖將上去，眾人攔阻不住。徐慶遂奔上前去，破口大罵：「好鍾雄囚囊的，人面獸心，原來假意投降大宋。反覆無常的小人，說是幫我們，如今又隨了反叛了。咱們要拿住他，總得把他剁成肉泥，方消心頭之恨！」北俠又一攔阻，說：「別忙，等他臨近，叫鍾雄答言。」又向蔣四爺說：「老四，全是你的不好。人家帶領君山人來拔刀相助，你不肯重用他們，偏教他們紮在城外，等著拿人。必是金槍將于義、黃壽他們挑唆鍾雄，料著鍾太保絕不能做出這樣事來。」蔣平說：「此語真假難辨，也許是王府他們的詐語。」北俠問：「怎麼見得？」蔣平說：「鍾雄由君山帶來二百兵丁，紮在小孤山，如今怎麼會有五千多人，是什麼緣故？」北俠一聽，說：「也倒有理，你們在此等候，待我向前看看虛實。」大家點頭。

北俠往前一跑，哈哈大笑說：「眾位，咱們受了他們詭計了。你看，前面燈火雖然一片，連十二個人也沒有，竟都是把那些個燈火捆在樹上。」眾人不大相信，果然來至跟前一看，誰說不是呢。真乃是把那些個燈籠都綁在樹上，約有十數個人，俱都是老弱的兵丁。馮淵趕奔前來就用槍挑了兩個，罵道：「唔呀，好混賬羔子，冤苦我們了！」蔣平攔住說：「不必。你看他們都偌大❺年紀，要他們的性命作什麼。」馮淵說：「他們可惡透了，冤苦咱們了！」那幾個老弱兵丁一齊跪下，說道：「非是我們的主

❹ 君山：原名湘山，又名洞庭山等，在洞庭湖中，位於湖南岳陽市區西南方，岳陽樓隔湖相望。

❺ 偌大：這麼大。

意。我們已然都是這樣歲數了，你們要殺，我們就求死，你們要不殺，我們也活不了幾年啦。」蔣平說：「我們也不殺你們這些個東西。只是一件，方才那些個動手的人，都往那裡去了？」那些老弱兵丁說：「我們就管看燈籠，別的事情一概不管。就是把我們剮了，我們也一概不知。」大眾無奈，只可往西南、西北追趕就是了。

正然商議要追，忽聽外面一陣大亂，人喊馬嘶的聲音，燈球火把照如白晝，就見由正南上闖進許多的人來。頭一個就是鐵臂熊沙老員外，孟凱、焦赤、山西雁徐良、白芸生、盧珍、艾虎、韓天錦，幾個人往前飛奔，口中嚷道說：「大人親身請旨捉拿王爺，現在會同同城文武官員在府外。」大眾一聽，就顧不得追趕那些兵丁，全都撲奔府門來了。來至府門，顏按院大人的轎子將到府門之外，後邊有許多的馬匹，兩旁許多燈火，照如白晝。大人一聲吩咐，啟轎簾，去扶手，大人下轎，眾人過來參見大人。顏按院問銅網陣之事，南俠、北俠一五一十細說了一遍。大人又問王爺之事，二人也就回稟大人一遍：「正然殺的七零八落，中了他們詭計，言道君山救應到了。其實是金蟬脫殼之法，樹上假設燈籠，有片刻工夫，眾人逃竄。正要追趕，忽見大人駕到。」大人一聞此言，氣往上撞，立刻叫總鎮大人。武魁過來參見大人，大人吩咐：「將馬隊圍住府牆，帶步隊進府拿人，拿獲王爺者，重重有賞。」武魁連連答應。大人帶著公孫先生，請定旨意，直奔銀安殿。然後武總鎮一聲令下，調步隊潮發一聲喊嚷，說：「拿王爺呀！」四面八方各處搜尋，遇見就捆，逢人就拿，碰著就綁，撞著就鎖，頃刻之間，就把王府的兵丁人等拿了無數。也有爬牆出去，被馬隊拿住不少，就是單單不見襄陽王與雷英，並兩個世子殿下趙麟、趙鳳。盛子川、曹德裕、崔平、周通、王府宮官等這些人，俱不知去向。

直到東方發曉，天光大亮，並不見襄陽王。大人急躁，連蔣平帶南俠、智化等，百般追問拿住的王府兵丁，並無一人知曉王爺的下落。所有破銅網的一干人，連大人帶來的人，總鎮大人帶來的偏裨牙將與兵丁等，闔著王府，無有一處沒搜到的地方，就是不見王爺，大眾好生氣悶。紅日已然東升，蔣、展二位又不見大人回話。顏按院言道：「今日拿不住王爺，本院不好入都覆命。趁著四門未開，大概王爺不能出城。先派人四門送信，不許開城。然後著地方官曉諭闔城內庵觀寺院，大小鋪戶，連住戶人家，一體清查。若有拿獲王爺者，獻來賞銀一千兩；有人送信者，賞銀五百兩。若要隱匿不報者，全家凌遲處死之罪。」大人這道諭一出，闔城震動，聲若鼎沸一般。四門不開，城裡關外軍民人等無不納悶，並且有城內地面官，按家家戶戶細細搜查，眾人方知為拿王爺之事。

要問襄陽王的下落如何，且聽下回分解。

第四回　看明單智化逃走　專摺本展昭入都

且說此時未能見著襄陽王與群賊下落，四門緊閉清查，保甲闔著襄陽城內盡都查到，並無王爺與群寇的下落，自可稟報大人。此時破銅網的一干人，俱都派人取白晝的衣服，脫了夜行衣，換上箭袖袍，肋下佩刀佩劍，在大人旁邊伺候。早有蔣平回明大人，將王府內死人俱都垛❶於後面，帶傷的任他逃竄，拿獲者俱派官人看守。有外廂地面官報將進來：「並無王爺下落。」大人復又派蔣、展、盧、韓四位老爺至城牆上面，問城外鍾雄可見王爺否。四人領命，出王府上城去了。大人又派金知府會同公孫先生、魏昌，帶領著主稿文案先生，清查王府倉廩府庫、各處陳設，俱都上了帳目，回稟大人，不在話下。

且說蔣平等四人由馬道上城，往外一看，人煙甚眾，連君山的人，待要進城的人，連作買賣之人，亂成一處。四位在城上請鍾兄答話。少刻鍾雄到來，問不開城緣故。蔣平與他說了一遍，又問：「可見著襄陽王沒有？」鍾雄回答：「連王府一名兵丁都沒見，空守一夜，並未見人出來。」蔣平無奈，自可同著三位下城回去，直奔王府，見大人回明。大人一聽，一聲長歎，無計可施。還是蔣平給大人出主意：「城門不可久閉，不如開城，四門派人把守，進來之人不必盤查，出去之人必須細問，並且要有認得襄陽王的在那裡把守。倘若在城內窩藏，開城之時必要混出城去，那時節，被守門認得襄陽王的將他拿下，

❶ 垛：堆積。

豈不為妙。大人天裁。」顏按院連連點頭：「蔣護衛言之甚善。」立刻派認得王爺之人，四門把守。頃刻間，四門大開，仍派君山寨主至上院衙，嘍兵還往小孤山去。大人回上院衙。拿住的王府兵丁收有司衙門。所有死去之人，在城外刨坑把大家就埋在一處。王府內各處門戶封鎖，外面派地面官把守。

大人回院衙理事。大眾面面相覷，皆因沒拿住襄陽王之故。忽見智化、沈中元後跟艾虎，見智化手捧一物，來至大人面前，說：「回稟大人得知，王爺雖然未能拿獲，今現有王爺府內盟單，乃是沈中元沈壯士盜來，請大人過目。」大人一見，哈哈大笑，說：「乃是沈壯士的頭功！」有公孫先生接來放於桌案之上，打開一看。沈中元往前搶行半步，說：「回稟大人得知，盟單乃是智壯士所盜，非小民之能。不但他盜來此物，並且還遇了三險。頭一次由佛櫃內出槍，扎破百寶囊，吸呼❷廢命；二次由天花板上墜下一口鍘刀，險些腰段兩截；後來上了鐵梁，若不虧智壯士猜透機關，鐵梁一落，骨斷肋折。遇此三險，方得此物。小民焉敢承認盟單是小人所盜。」智化在旁說：「沈壯士，我先前已然言過，如能將盟單盜下來，我絕不要些須的功勞。我若要一絲之功，教我死無葬身之地。前番已經對你說過，怎麼在大人面前又讓起來了？」沈中元說：「捨死忘生幾次，我若圖你的功勞，居心何忍？並且還有你的徒弟。」大人問：「沈壯士，到底是何緣故？」沈中元又如此恁般，這等這樣細說一遍，大人方才知曉，說道：「智壯士不必與沈壯士讓功了。本院深知智壯士之才能，自君山收伏鍾太保，與國家除患，乃是第一奇功。如今又有盜盟單一件。你二人不必謙讓，本院打摺本之時，智壯士盜盟單，沈壯士、艾虎巡風。」智化還要往下爭論，大人把臉一沉：「本院主意已定，不必往下再講。打開盟單，眾人一觀。」智化自

❷ 吸呼：幾乎。

得諾諾而退，不敢多言。

公孫先生把匣子打開，黃雲緞的包袱取出，將麻花扣一解，露出裡面盟單，皮面上寫「龍虎風雲聚會」。展開一看，上面寫「天聖元年❸元旦日吉立」，頭一位就是王爺的名字，霸王莊馬強與馬朝賢，鄧家堡的群賊，連君山帶黑狼山、黑水湖、洪澤湖吳源、吳澤等，俱在上面，王府內的那些個王官名字也在其內。大人看著盟單，未免的生氣。早有展南俠與蔣平過來給大人行禮，求大人格外施恩，所有投降人在盟單上的名字，求大人撤將下來。現在沈中元、聖手秀士馮淵、君山的鍾雄帶領許多寨主、分水獸鄧彪、胡列、魏昌，俱都跪在大人面前，懇求大人天恩，將他們的名字撤下來。大人點頭應允，眾人退下。教公孫先生、魏昌打摺本，白玉堂死在銅網之內，一併奏明萬歲。把摺本修好，另有夾片，收伏君山鍾雄；另有夾片，襄陽王逃竄不知去向；大人另有請罪言語，也單有夾片；破銅網眾人一干花名，俱都修在摺本之內。這摺本底稿整寫了一天工夫方才打好，請大人過目。大人看畢點頭，就著公孫先生、魏昌寫好摺本並夾片，派展護衛摺差入都。

忽然外面有人報將進來：「智壯士把自己所有物件帶走，不知去向，留下了一個給大人請安的稟帖。」大人一聞此言，大眾彼此面面相覷，全是一怔。大人仰面朝天一聲長歎，說：「智壯士，乃是本院將你逼走！」蔣平在旁至大人面前說道：「智化此人性情古怪，不願為官，不然焉有與沈壯士讓功之理？再者，背地與魏真說明，情願拜魏道爺為師兄。如今他這一走，必然是回家祭掃墳塋，辭別親族人等。大事一畢，出家當個老道，跳出三教❹外，不在五行中，大概他準是這個意見。」大人說：「只是

❸ 天聖元年：西元一〇二三年。天聖，宋仁宗趙禎的年號。

一件，若論功勞，屬智壯士。他這一走，摺本上若將他撤下，顯著本院不公。如不將他撤下，萬歲倘若封官，又不知他的去向，這便如何是好？也罷，摺本已然打好，聽萬歲爺的旨意就是了。」

你道智化為何走了？皆因為與沈中元讓功，大人的主意，寫他盜盟單，不寫沈中元盜，自己有心往下再說，見大人面帶沉色，自可諾諾而退。回到自己屋中，寫了一個稟帖留在此處，隨將所應用物件，珍珠算盤、量天尺、天地盤子，還有幾本道書，俱都帶好。沒敢走上院衙前門，怕有人瞅見，由後門逃走，混出城去，直奔黃州府黃安縣❺。曉行夜住，飢餐渴飲，直奔自己門首而來。按說路遠，非一朝一夕可到。這日來到門首，家下人等迎接進去。次日，教家人預備祭禮，買了些金銀錁錠錢紙等類，自己親到墳上燒錢化紙，奠茶奠酒，心中祝告祖墓墳塋，無非是要出家的言語，也就不必細表。又在墳地間遊玩半天，看了會子墳塋的樹木，自己倒覺著好生淒慘，又歎息半天。看墳的人說：「請大爺，茶已烹好。」智化遂即到陽宅內吃茶。吃了幾杯茶，仍然叫人引路歸家。次日又在親友家住了幾天，這才想著要找雲中鶴去。自己帶上散碎銀兩盤費，仍然還是壯士打扮，肋下挎刀，將應用的東西連夜行衣，俱都包裹停妥，肩頭上一背，並不在親友家辭行，還是暗暗偷走。一路無話，也是曉行夜住。

這日往前正走，聽見過路之人紛紛議論，提說是顏按院大人入都。智化忽然心中一動，說：「且住。此時尚未到魏道兄廟中去，大概他也不在廟中。我在大人跟前不辭而別，還不知大人怎樣辦法。大人乃是國家之大員，性情與常人不同，倘若一時之間怪我不辭而別，定要寫我盜盟單。倘若那時萬歲爺封官，

---

❹ 三教：指儒、道、釋「三教」。

❺ 黃州府黃安縣：即今湖北紅安。

找不著我的下落，又沒人上去謝恩，總然是蔣四哥、展大哥，也不能護庇於我。萬歲一怒，為抗旨不遵，這便如何是好？也罷，魏道爺也是入都，此時我到廟中，弟兄也是不能見面。不如我也到京都走走，在清風門外找店住下，且聽大人見駕之時，萬歲怎樣降旨。如若封官，我就出去謝恩；如不封官贈爵，我再回三清觀❻尋找魏道爺不遲。」主意已定，直奔京都大路。

這日正往前走，忽見前邊來了許多馱轎❼車輛，遠看盡是穿孝的男女。前面單有兩匹馬，全都是六瓣甜瓜巾，青銅抹額❽，箭袖袍，絲鸞帶，薄底靴子，肋下佩刀。一個是黃白臉面，髭鬚不長；一個面黑，濃眉闊目。智化暗說：「卻不是別人，是開封府❾兩名校尉張龍、趙虎。若要教他們二人看見，又得費話。」抽身直奔樹林，隱起身來。不料早被趙虎看見，一催馬追趕下來，連聲喊叫：「智大爺，往那藏！」智化明知藏躲不開，無奈自可轉身迎出，一躬到地，說：「你們二位上那裡去？」趙、張二人翻身下馬，彼此各施一禮。趙虎問智化：「破了銅網，盜了盟單，你怎麼跑啦？你可小心點萬歲爺找你呀！」張龍說：「別唬嚇他了。」智化問：「你們怎麼知道我的事情？」張龍說：「有我們展大人摺差進京，到開封府交包相爺替遞。」智化說：「我打聽打聽，皇上怎樣明降御旨？」張龍說：「召見顏大

---

❻ 三清觀：中國道觀供奉「三清」，故多稱三清觀。三清即道教體系中地位最高的三位尊神：玉清境洞真教主元始天尊、上清境洞玄教主靈寶天尊（太上道君）、太清境洞神教主道德天尊（太上老君）。

❼ 馱轎：馱在騾馬等背上的轎子。

❽ 抹額：也稱額帶、頭箍，為束在額前的巾飾。

❾ 開封府：北宋京城。治所在今河南開封。

人入都，所有破銅網之人一體進京陛見，俱已陛賞。案後訪拿襄陽王，他的餘黨交各府州縣嚴拿，若能拿獲者，解往京都，交開封府審訊，清供明白回奏。現今拿住王爺的餘黨，就地正法。彭啟淩遲處死。外藩留守，著金輝署理。府內抄出陳設銀錢物件，交金知府衙門入庫。死去兵丁已往不究，生擒府內兵丁盡行釋放。白護衛為國捐軀，死後加一級，賞恤典銀❿一千兩，著金華府藩庫撥給。白玉堂之子白雲瑞，此時還在懷抱，兩生日三歲賞給四品蔭生，待出學時，著開封府帶領引見，另加升賞。萬歲降旨，著開封府派妥員護送白夫人、公子到襄陽接古磁罈，准其穿城而過，回原籍葬埋，一路上馳馹⓫前往。」遂細告訴了一遍。

智化聽罷，暗暗稱讚：「真乃有道明君！」隨問道：「後面就是白五太太？」張龍說：「正是。」智化說：「帶我過去見見。」張龍引路，來至馱轎旁門，智化向著白夫人一躬到地。五太太在轎內懷中抱定公子，叫家人將公子抱下去，與智伯父叩頭。智化再三攔住。白五太太說：「我家老爺死後，多蒙眾位伯叔父與我家老爺報仇，本當至府道勞才是。」智化說：「不敢當。」又說了些謙恭言語，轉身退下。趙虎拖住智化，叫一路同行，死也不放。智化無奈，自可跟隨。

正要起身前往，忽見前面又一宗奇事，且聽下回分解。

---

❿ 典銀：按典制應賞賜的銀兩。

⓫ 馳馹：駕乘驛馬疾行。馹，音ㄖˋ。

第五回　趙校尉當面行粗魯　李欽差暗地用機謀

且說智化見白五太太一身重孝，抱定公子，心中好慘，說了幾句言語，急速退下。又被趙虎拉住死不放，說：「我們開封府實在沒人，但分有人，不能派我們兩個人護送白五太太、公子。我想白玉堂五老爺在世之時，與王爺為仇，這一路之上，萬一遇見襄陽王的餘黨，我們兩人如何行的了？可巧遇見你，沒別說的，你跟著我們辛苦一趟罷。把白五太太送到原籍，咱們再一同回來，準保平安。別說不遇見仇家，就是遇見仇家，有你老人家，大料無妨，也不枉你與白五老爺好了一場。」張龍在旁，亦是這般言語。正說話間，忽然眼前刮了一陣怪風，趙虎說：「許是五老爺來了，教你跟著哪。」智化無奈之何，自可點頭應允。趙虎一回頭，把他手下從人叫來，說：「把你那匹馬給智大爺拉過來，教智大爺騎。」從人說：「我騎什麼呢？」趙虎說：「你先將就走這幾步，等至晚間到驛站上，再與他們要一匹。」從人無奈，將馬匹拉過來，給智化乘騎。智化同張、趙二位，三個人並馬而行。一路之上，趙虎與智化打聽襄陽王、破銅網之事，智化只得一五一十學說了一回。

這日晚間，應當住在上蔡縣❶地面。看看臨近，早有前站下去，找辦差的預備公館。張龍、趙虎、智化至公館，承差過來報名，請老爺們下馬。三位下了坐騎，有人將馬拉過去。公館原本是一座大店，

❶ 上蔡縣：今屬河南。

馱轎車輛直進店內。丫鬟婆子下了車，抱公子，攙夫人下馱轎，進上房，打臉水，吃茶，不必細表。夫人吩咐下話來：雖然奉旨出京，馳馹前往，是三間房一桌酒席，除此之外，另要住屋用酒飯等，俱都如數開發錢文，叫辦差的告訴明白此事。雖然上房三間一桌酒席，可算應差，夫人外賞八兩銀子。辦差的趙升那裡敢受，有五太太的管家說：「我們到處皆是如此，少時把你帶上去謝賞就是了。」辦差的一聞此言，歡歡喜喜，連連誇講：「願不的白五老爺在世時節是蓋世英雄，五太太亦是這樣寬宏大量。」家人說：「你不必多言，辦你差使去罷。」

且說張龍、趙虎、智化在西屋住下，洗完臉，把茶獻將過來。依著趙虎，就要教他們備酒。智化說：「別忙，天氣尚早。」趙虎說：「咱們隨喝隨說話，今天盡醉方休。」正說話之間，忽聽外面一陣大亂，趙虎回頭叫從人：「出去瞧瞧，外面何事這等喧嘩。」從人答應出去，不多一時，慌慌張張進來，說：「老爺，可不好啦！外面來了欽差大人，他要住咱們這個公館。」趙虎問：「什麼欽差大人？」從人說：「查辦黃河李天祥李大人。」趙虎一聞此言，大吼一聲，說：「好囚囊的，怎麼配住咱們這個公館！待我出去。」智化一揪沒揪住，趙虎躥出去。

來至店外，就見辦差的在那裡跪著。李天祥轎子打杵❷站住，李天祥趴在扶手上探出身子來，搖晃著腦袋說話，唔呀唔呀的是南邊口音。此人就是六堂會審艾虎的時節，他本是與馬朝賢一拜，教艾虎認真假馬朝賢之時，就是他的主意。後來馬朝賢一死，他也不敢貪贓了。後來得了工部侍郎，現今出京查辦黃河兩岸。自從一出京城，逢州府縣，把地下的土都要鏟起三尺，一路之上，怨聲太大。如今正要回

❷ 打杵：挑擔時用以支撐的木棒叫「打杵」。

京，由此經過。他本是奉旨欽差，亦是馳馹前往，也走在上蔡縣，就教辦差的給他預備公館。辦差的出去回話說：「在上蔡馹給大人預備下公館，離此還有二十里路。小人此處預備的差使，乃是伺候白五太太所在。」李大人不答應，說：「我不管五太太不五太太，我要在此居住。」辦差的說：「我們全憑著滾單札子辦差，再說五太太已然入了公館，總是屈尊大人貴駕多行幾里，奔上蔡罷。」李天祥說：「不行，我乃是奉旨欽差。」辦差的說：「五太太也是奉旨。」李天祥說：「唔呀，你這混賬東西！分明攪亂。與我打！」承差唬的雙膝跪倒，苦苦哀求大人施恩。正遇趙虎出來，一問，辦差的趙升就將李大人言語述說一回。趙虎說：「你起去，交給我啦。呔，李天祥！」李大人在轎內認得是趙虎，言道：「趙校尉，請了。」趙虎道：「我聽說要住這個公館？」李天祥說：「我住與不住，與你何干？我問的是辦差的。」趙虎說：「我不管辦差的不辦差的，你奔上蔡馹好多之的呢。如若不然——」就將袖子一挽，趕奔轎子前來就要將打。

李天祥知道事頭不好，幸而好有張龍在旁，搶行兩步，把趙虎一拉，說：「你還不退下去！」向著李大人一躬到地，說：「大人不必動怒，方才這是我無知的拜弟。卑職聞聽大人要在此處下馬。乃卑職奉包相爺之諭，護送白夫人接靈，行至此處，本縣就給預備公館，大人又要住在此處。其實就將五太太搬出來也不大要緊，只是請問大人一件事：白五老爺是忠臣是奸臣？」李天祥說：「那是大大的忠臣。」張龍說：「大概忠奸二字，也不是自己辯論，自然有個眾人皆曰忠，自是忠；奸，自是奸。方才大人說過，白五老爺是個忠臣，如今他的公子才兩生日三歲，入店之後已然是睡熟，若教白夫人讓店，必得將公子抱將出來。倘是藉此為由，受了風寒，得病還是小事，萬一若有好歹，倘有性命之憂，比不得五老爺尚在，又比不得三位兩位少爺，白家就是這一條根，若有疏失，只怕連大人心中都過意不去。大人如肯施恩，只當看在白公子面上，不但五太太感激大人的好處，連去世五老爺都感念大人深恩。大人如不願奔上蔡駟，此店後面房屋約有三十餘間；大人如再不願意居住，大街上還有大店，另找一座，就只怕鋪墊不齊；大人再不讓，自可教白五太太搬出來就是了。」李天祥說：「豈敢！這等沉重我可不敢擔。再說，我與他一殿稱臣，就是夙不相識，我也不作這傷德之事。方才那位說話要像三老爺言語一樣，何必費這麼大事情。我就在後面居住，慢說還有三十餘間房屋，就是有三五間屋子未為不可。我可不能親身見面夫人了，煩勞三老爺替我與五太太道惱就是了。」張龍復又一躬到地：「大人格外施恩。」趙虎仍然在旁邊氣哼哼說：「敢不讓！」張龍復又威嚇趙虎。旁人說：「張龍倒是一分能牙俐齒。」

若論張龍，也說不出這們一套話來，全是智化教給的。趙虎先一出來，智化、張龍隨後就出來了。智化一瞧趙虎要打架，就告訴張龍：「你快過去勸勸。」張龍說：「打了他也是白打。」智化說：「你們渾人渾到一塊了。此時你打了他，他也不與你們一般見識，明天他入都，摺子就上去了，說你們包相爺縱放屬員勒索駟做，毆打欽差，就是這個考語上去，輕者就得罰俸。」智化隨機教給張龍一套言語，張龍就記住了。所說那一套話，都是智化教的，這就叫罵人不帶髒字。

張龍、趙虎、智化三人一同進店，奔到西屋中，扒著窗戶瞧看李天祥。辦差的在前引著大轎直奔後面，就聽見叮兒噹兒，全是馱子上的鐘兒所響，一馱子一馱子約有五六十馱子，俱都進店投奔後面，前前後後好些個從人照料。智化就知道馱子裡面盡是些個黃白之物❸。緊後面進來了兩騎馬，倒把智化嚇

❸ 黃白之物：指黃金白銀。

了一跳。見兩個人並馬而行，直到店前下坐騎。二人平頂，身高七尺開外，一個是黃緞子六瓣壯帽，豆青色箭袖袍，鵝黃絲鑾帶，月白襯衫，青緞子薄底靴子，閃披墨綠英雄氅；面似淡金，兩道龍眉，一雙怪眼，獅子鼻，闊口，半部黑髯將搭胸前，插耳兩朵氄毛，肋下佩刀。一個是皂青緞子頭巾，皂青箭袖袍，薄底靴子，絲鑾帶，英雄氅，肋下佩刀；面似鍋底，黑而透暗，熊眉闊目，髫鬚不長。人是一黑一黃，馬也是一黑一黃，長稍繩上拴著兩個長條包袱。智化一看就知道是兩個夜行人，暗暗心中納悶：李天祥是奉旨欽差，怎麼他帶著兩個賊，是什麼緣故呢？莫不成帶的金銀錢財太多，這是保鏢的，馬上捎的是夜行衣靠哇？看這兩個人，臉上橫肉，絕不是良善之人，自己好生納悶。又問張龍：「你可認識這兩個人不認識？」張龍說：「我不認識。」智化說：「你可能過去打聽打聽不能？」張龍說：「那可行的了。」智化說：「等他們消停消停。」遂就要酒飯飽餐一頓。

將殘席撤去之後，張龍說：「我到後面打聽去了。」智化說：「可別冒撞。」張龍說：「不能。再者，跟李天祥的那些人，我們見天❹都在朝房裡相見，找兩個相熟的人打聽打聽，便知分曉。」去不多時，笑嘻嘻的回來說道：「真有你的！我找著李天祥兩個跟班的，一個姓宋叫宋信，一個姓謝叫謝機。聽他們兩個人說的。」智化說：「這兩個人的名字就好。」張龍說：「李天祥有個表弟，姓潘叫潘永福，作過蘭陵府❺知府，這兩個大漢乃是潘永福收伏的兩個人，在他府內當把式匠❻，一半護院，一半幫著

❹ 見天：整天。

❺ 蘭陵府：歷史上無蘭陵府。古蘭陵縣治在今山東蒼山縣西南蘭陵鎮。

❻ 把式匠：舊時莊園地主雇傭來護院的莊客、打手。

辦案拿賊。可巧李天祥瞧他表弟去了，見著這兩個彪形大漢，他就與表弟借來，一路之上保護著他入都。」智化問：「姓什麼？」張龍說：「他們是親哥兩個，姓邢，一個叫邢如龍，一個叫邢如虎。」智化說：「李天祥不一定是保護著他入都罷，我想內中還怕有別的事情。」張龍說：「那我可不知道了。」智化說：「我有主意，等他們吃完飯，我過去聽他們背地裡說些什麼言語。」張龍點頭。

果然等至二鼓，智化把衣服掖將起來，把袖子一挽，由東邊夾道過去，直奔後院。李天祥住的屋子是個大後窗戶，智化把窗戶紙戳了一個小窟窿，往裡面一瞧，正是李天祥把邢家弟兄請進來待承酒飯。酒席筵前，原來是商量著教兩個人上開封府行刺包公。智化一聞此言，吃驚非小。

若問邢如龍、邢如虎怎樣上開封府行刺，且聽下回分解。

第六回　英雄戶外聽私語　貪官屋內說謊言

且說智化看定跟李天祥這二人神色不正，又有張龍在後面打聽，為看看虛實，親身來至李天祥屋子後面，戳破窗櫺紙往裡窺探。見李天祥居中坐定，擺列一桌酒席，一黑一黃兩個人在旁邊坐著。李天祥說：「二位賢弟。」那兩個人說：「小人焉敢與大人呼兄喚弟。」李天祥說：「那裡話來。你們兩個人是當世英雄，終久成大器，定是國家棟梁之材。我還有大事奉懇二位，不知二公膽量如何？」邢如龍、邢如虎一齊說道：「我二人受大人之厚恩，碎身難報。若問我們的膽量，學會一身來無蹤跡去無影響之能，教我們上山擒虎，下海擒龍，只要大人差遣，萬死不辭！但不知大人所差何事？」天祥說：「唔呀，妙哉！我實對你二人說罷。我的老師是當朝龐太師，與開封府包公那黑炭頭有鍘子之仇，屢次的上摺本，萬歲爺偏心護庇，總未降包公之罪，我老師這個仇至今未報。我瞧二位堂堂相貌，儀表非俗，必然本領高強，技藝出眾，特邀二公一路前往。你們要能結果包公性命，必定高官得作，駿馬得騎，讓我老師保舉二位作官，奉送紋銀一萬兩。不知二位意下如何？」邢如虎大吼一聲，說：「殺包公！」李天祥慌忙站起攔住，作驚道：「別嚷！此是機密大事，不可高聲。」說：「來呀！」叫家人出去外面看看有人沒有。家人出來一看，復又進屋中說：「外面無人。」焉知曉他淨瞧了前頭，沒看後院。

李天祥又問：「我說到包公這裡，二公何故這般的動怒？」邢如龍說：「父兄之仇，不共戴天！」

李天祥問：「二位何出此言？」邢如龍說：「我們實對你老人家說，我們在黃河岸上，作的是綠林❶買賣。聽見綠林人傳言，可又不見確實，說我們天倫❷死在包公之手。如真死在他手，豈有不與父報仇之理？」李天祥說：「只要是開封府的事，我無一不知，無一不曉。」邢如龍說：「我天倫姓邢，單名吉字，先作綠林，後來出家當了老道。」正說在這裡，李天祥答言：「此事我是深知。原來邢道爺就是二位的令尊！皆因你們令尊專好下圍棋，常常陪著我龐太師弈棋。那日包公派展熊飛行刺龐太師，總是太師爺造化大，可巧這天出去會客，姓展的到斜月軒見著你們天倫，未容分說，就將你們天倫結果了性命。你天倫一半算喪在包公之手，一半算喪在南俠之手。若論男子生於天地之間，父仇不報，怎算人物？」邢如龍說：「我若不殺黑炭頭，誓不為人！」李天祥說：「明天我在商水縣❸寫一封書信，你二位到我家中，務必白天把開封府道路探好，至晚間方好行事。若要什麼應用的物件，只管與我少爺去要。我就在商水縣等候，作為是染病。見了你們二位回來，或是成或是不成，我再入都。」

智化聽在此處，把舌頭一伸，轉身便走，撲奔前面而來。到了屋中，見張龍、趙虎，說：「我這趟可將他們的準消息全聽來了，我明天可不能同著二位上襄陽了。」趙虎問：「怎麼又不去了？」智化就把李天祥差派邢如龍、邢如虎上開封府行刺的話，學說了一遍。趙虎一聽，破口大罵，說：「咱們別容

---

❶ 綠林：在今湖北當陽東北。西漢末年，新市人王匡、王鳳等聚集在綠林山起事。後以綠林泛指聚集山林間反抗政府或搶劫財物的團夥。

❷ 天倫：泛指父子等天然的親屬關係。

❸ 商水縣：今屬河南。

他們去行刺，連李天祥一併拿住，教本地面官將他們解往開封府。」智化說：「不行，就憑一句話，如何就將他們拿住？總要見他們的真贓實犯，將他們拿住之時，不怕他通身是口，難以分辯。再說，包公怎麼派展大哥錯殺邢吉，是什麼緣故呢？」張龍說：「不是，那是李天祥捏造的言語，為是用假話激發他二人，好盡心竭力前去行刺。」智化說：「是了。原先倒是什麼件事情？」張龍說：「提起話長。有個黃老寡婦，他有兩個女孩，叫金香、玉香。玉香給趙得勝之子為妻，過門之時，教金香頂替。趙家一瞧不是，兩下裡一鬧，金香趁亂跑回家去。兩親家揪扭，撾鼓鳴冤。包公升堂一問，女家報男家害了他女兒，男家說他用金香頂替。包公傳金香到案一看，金香長得一則醜陋，二則是個瘋子，上堂來他說：『咚咚咚，叉叉叉，溫溫溫，哇哇哇，媽呀，上頭坐著佛爺！』這一句話，包公一暈，摔下公位，從此包公中了邪啦。後來大相國寺❹扶乩❺，那幾句話我還記得哪：『心地不提防，上堂覺渺茫，良醫無妙藥，友到便有方。』當時誰也不明白，後來才知道，橫看一念，一拐灣，『心上良友到便有方』。可巧展熊飛來了，半路上碰見邢吉的徒弟小老道拐騙衣箱，展熊飛聽他們說，邢吉有一本書叫陰魔錄，龐太師請他去害包公。展熊飛夜入龐太師府，正遇老道作法，可巧被展南俠一瞧。作法最怕人瞧，用符咒一催，

---

❹ 大相國寺：位於今河南開封的市中心。始建於北齊天保六年（西元五五五年），是漢傳佛教十大名寺之一。現存建築為清康熙十年（西元一六七一年）重修。

❺ 扶乩：又稱「扶鸞」。扶，指扶架子。乩，謂卜以問疑。術士製丁字形木架，其直端頂部懸錐下垂。架放在沙盤上，由兩人各以食指分扶橫木兩端，依法請神，木架的下垂部分即在沙上畫成文字，作為神的啟示，或與人唱和，或示人吉凶，或與人處方。舊時民間常於農曆正月十五夜迎紫姑扶乩。

崩碎攝魂瓶，打死邢吉。包公病好，拿問玉香原案。後來展南俠作了官，怎麼是他害的呢？分明假造的言語。」智化說：「這事我如何知道？明天我跟下這兩個去。他必想著開封府此時無能人。他不去行刺便罷，如要真是行刺，也不是我說句大話，他二人走脫一個，拿我是問。」趙虎也不敢讓智化一路同行，反倒給智化行禮，囑咐前去要小心著。智化說：「明天我也不見五太太了。」

次日五鼓，智化就等候李天祥起身。忽聽外邊有了動靜，智化悄悄的先就出了店門，在前途等候。不多一時，遠遠就望見李天祥的轎馬人等。智化就在他們前後左右，他們打尖❻之時，智化也就用飯；等他起身，智化又跟下來了。至晚間，果然住商水縣。晌午間，就有前站先下來，見商水縣辦差的，把官話私話俱都說明白了，李天祥到的時節不用費事，要是官話說不明白，本地知縣擔架不住。智化看著李天祥轎子帶馱子全進了公館，邢如龍、邢如虎押解馱子也到，往店中去了，智化方才轉身，在他的公館至近的地方找店住下。進店時，打臉水，烹茶用飯，不必細表。預先告訴店家：「我今天行路勞乏，要早些安歇睡覺。我也不要茶水，你們也別驚動於我。」伙計點頭出去。智化隨後就把雙門一閉，把燈燭吹滅，在床榻上盤膝而坐，閉目合睛，吸氣養神。

直耗到天交二鼓之半，住店的人俱都安歇睡覺，就剩打更之人前後巡更。智化也不換夜行衣服，自己出了屋子，把雙門倒帶，由窗戶紙伸進手去，把插管扦上，颼的一聲躥上房去，躥房躍脊，直奔李天祥公館。由後界牆躥過去，尋找李天祥。五間上房，仍是大後窗戶。用指尖沾唾津，在窗戶紙上戳一小月牙窟窿，屈一目眇一目，往裡一看，見李天祥拿著一封書子，叫從人預備四封銀子，吩咐一聲：「有

❻ 打尖：在旅途中休息進食。泛指休息。

請邢壯士。」家人答應，轉身出去。不多一時，痰嗽一聲，簾兒一啟，邢如龍、邢如虎打外面進來。李天祥站起身形，讓：「二位賢弟請坐。」二人說：「不敢，大人請坐。」李天祥說：「我有話，請坐下細談。」三人方才落座，從人獻上茶來。大人說：「明天我可不走啦，就在此處聽候佳音。我這裡有書信一封，你們二位千萬要好好收藏。你們進風清門十字街，打聽有個雙竹桿巷，路北大門，問明李宅，儘管問我的名字，李天祥李大人是在這裡居住不是？如要問對之時，此信尚不可遞進去，必要見著我兒子當面投遞，我兒必要將你們請進去。我兒名叫李琶，到我家之後，要什麼應用的東西，教我兒給你們預備。我這裡有二百兩白金，可不是酬勞你們，這是給你們二位作路費。事成之後，保你二位作官，讓我老師奉送你們二位銀一萬兩。」二人齊說道：「不敢領大人賞賜。我們去殺包公，一半是與我們自己報仇。如果事成之後，大人提拔提拔我們，就感恩不盡。大人在此等候，我們進城，看天色行事。天氣若早，我們出來探道，當日晚上就入開封府，把他頭顱砍將下來，用油綢子包好，不露血跡。我們躍城而過，就連夜回奔大人公館。大人早早見著黑炭頭腦袋，亦好放心。」李天祥說：「全仗二公之能。」邢如龍說：「託賴大人之福。」李天祥哈哈大笑，說：「二位早早歇息去罷，明天早晨起身，也不用過來見我，我在此處聽好消息就是了。」說畢，對著邢家弟兄二人打了兩躬，邢家弟兄倒覺有些過意不去，捧著銀子，拿著書信，李天祥送出門首。二人出了屋門，又將他們叫回來，千叮嚀萬囑咐：「這個事情總要謹慎方好。」

智化見兩個人出來，就要抽身回轉自己店房。忽然往前窗戶上一看，但見雪白窗戶紙上頭，有一個小月牙孔，倒把智化嚇了一跳。究竟總是夜行人知道夜行人的規矩，智化一看這個小窟窿，就知前窗戶那裡有個大行家，必在外頭窺探屋中之事。智化一矮身軀，施展夜行術，直奔正西，往牆頭上一縱。就聽見邢如虎「哎喲」一聲，說：「有一條黑影，往西南一晃。」再找，蹤影不見。智化倒覺心中納悶：「這條黑影是什麼人，這們快的身法？此人比我勝強百倍。」意欲追趕，又不知往那裡去了，自可回店。躥進牆去，回到自己屋中，並不點燈，仍是盤膝而坐，閉目養神，等至天亮起身，不提。

但說邢如龍、邢如虎抱著銀子，拿著書信，到了屋內，不提防有一宗物件，叭叉一聲，正打在邢如虎脖子上，「哎喲」一聲，回頭一看，任什麼也瞧不見，說：「哥哥，這事可奇怪了，那裡來的一塊石頭，正打在我脖子上？」開口要罵，被邢如龍攔住，說：「不可。由外面打不進來，裡邊也沒人，這店中閒房太多，也許是仙家老爺子好鬧著頑，打你也是有的。千萬可別口出不遜，要是衝撞著他們，那可不好哇。」邢如虎說：「那有這些事故。」將銀子放在小飯桌上，先就把書信貼身帶好，又叫店中預備酒菜。二人越想越高興，直吃的大醉，叫店家把殘席撤去，二人頭朝裡，沉沉睡去。到第二日早晨起來，直奔京都開封府前去行刺。

不知如何，且聽下回分解。

第七回　拚命的不干己事　逃生者移禍於人

且說邢如龍、邢如虎受了李天祥重託，頭天晚間飲酒大醉。次日早晨起來，叫外邊人將馬匹備好，把銀子二人分散帶著。一看飯桌上，銀子剩了兩封，短了兩封銀子。如虎說：「哥哥，怎麼剩了兩封銀子？」如龍說：「我不知道。可也真怪，怎麼剩了兩封？」邢如虎說：「必是店家偷去了。」邢如龍說：「不能。咱們在此打公館，店家敢偷咱們銀子？既然開店，難道說不知店內規矩？就是行常住店，他也不敢動一草一物，何況這是公館。」邢如虎說：「不管那些。沒了與他要，不是他也得賠。」邢如龍說：「不可，咱們在大人跟前說下大話，連咱們自己東西還管不住，倘若咱們一走，豈不是教大人放心不下？咱們只當少得些個，拿著那些個也覺著路上太沉，咱們辦大事要緊。」邢如虎無奈之何，兩個人把這銀子收拾好了，出到店外，早有人把馬拉出伺候。二人乘騎，一直撲奔京都大路，焉知曉智化早就那裡等著。

智化或前或後，跟著行走，影綽綽的聽見說他們丟了銀子。智化納悶：「怎麼會丟了銀子？什麼人偷他們的東西？」正疑惑間，前面一騎馬好快，由西南往東北，撒開腿一趟大走。馬上馱著一個人，青緞壯帽，青布箭袖袍，薄底靴子，皮挺帶，肋下佩刀，黃臉面，騎著一匹玉頂甘草黃驃馬，手中執打馬籐鞭。智化一瞧這人就認得，心中暗道：「他這是從那來？」原來是江樊。皆因他跟隨鄧九如在石門縣❶

拿住自然和尚、朱二禿子、吳月娘，和尚總沒有清供，枷了打，打了又枷，又怕刑下斃命，實係沒法，上開封府領教包相爺主意。二快❷屋中有姓王的，這匹馬是姓王的自己餵養的，腳底下實在真快，借與江樊，為的是來回快當。再者是，江樊保護鄧九如上任，相爺囑付他：鄧九如稍微有點舛錯，拿江樊全家問罪。故此江樊盡心竭力。又對著鄧九如一時也離不開，派江樊上京，叫他越快越好，請教了包相爺的主意，叫他連夜回來。江樊才借了這匹馬，想著身上又沒有什麼沉重東西，就是不分晝夜走也不怕。焉知曉為這匹馬，吸呼斷送自己性命。

那日正往前走，又是一塊平坦之地，又無走路之人，自己一伏身子，坐下一用力，打了兩鞭子，那馬四足飛開，如鳥相似，江樊也覺心中得意。不料後面有一個人跟下來了，邢如龍、邢如虎、智化盡都看見。這匹馬可稱得起千里馬，後頭跟下一個千里腳來。看此人夠三尺多高身量，醬紫壯士巾，醬紫小袍子，腰間皮挺帶，青銅搭勾，三環套月，一雙小薄底靴子，腰中牛皮鞘子，插著一把小刀子，長就在一尺五六寸，刃薄背厚，翻回來有一鐵護手。此人面似瓜皮，青中透綠，眉毛兩道高崗，兩隻小圓眼睛，卻是黃眼珠，薄片嘴，芝麻牙，高顴骨，兩腮無肉，小耳朵，細腰窄背，五短身材，類若猴形。雖是兩條短腿，跑上比箭還疾。先前離馬甚遠，復來就把那匹馬追上了。見他雙手一揪馬尾，把雙足一踹，兩隻腳就蹬在馬七寸子上，身子往後一躺，直不用他走路。拉的那馬亦是心中納悶：「這是什麼人？我馱著一個，帶著一個。」尥蹄子也是踢不著他，馬亦是心中急躁。見那人微絲緩了緩氣，把馬尾巴往懷中

❶ 石門縣：今屬湖南。

❷ 快：舊時在州縣衙門擔任緝捕的差役。

一帶，腳占實地，就由馬的旁邊撒腿往前跑下去了。看看跑過馬頭，就見他兩隻手一扎煞，往起一躥。那馬一眼岔，正走著好好的，忽然一見這景況，往裡一撥頭，江樊險險沒掉下來，用左膝蓋一點馬前夾膀，馬往外一旋，江樊右膝蓋一點，馬往起一站，江樊就從馬後胯掉下來了。算好，馬真通靈性，四足牢扎，一絲不動。

江樊撣了撣土，拉著馬，氣哼哼的問：「呔！你、你是幹什麼的？」那人叉著腰一站，說：「此山是我開，此樹是我栽，要打山前過，留下買路財。牙崩半個說不字，一刀一個不管埋。今天你寨主走在此處，這個地方也不是寨主爺所住的地面。皆因我有緊急之事，看見你這匹馬腳底下倒也爽快，亦不必與你說別的，急速快把你這匹馬與我留下，饒你這條性命逃生去罷！」江樊聞聽，哈哈一笑，說：「你是斷道劫人的嗎？」那人道：「然也。」江樊道：「看你身不滿三尺，貌不驚人，你也在此斷劫於我？我是不忍殺害於你，急速快些去罷，恕爾不死。再，我有緊急事件。按說將你拿住，交在當官追問，你大概別處有案。我作一件德事，放你去罷。」智化遠遠聽見暗笑，知道江樊是口巧舌能之人，本事稀鬆平常，就是能說。焉知這個矮人不肯聽他花言巧語，一定要馬，說：「善言好語你也是不肯與你大王爺這匹馬。見你肋下佩刀，必然有點本領，要勝得你大王爺這一口小刀，寨主爺情願輸給你這顆首級；如不能勝你寨主爺這口利刃，連你這性命帶馬全算我的了。」江樊說：「好朋友，你容我把馬拴上，咱們二人較量較量。」那人說：「可以使得，容你把馬拴上。」江樊就在一棵小樹上把馬拴好，回頭來說：「依我說，咱們兩人算了罷，不如留些好兒罷，改日再交。你不看，論身量，你六個也不行。」那賊人哈哈一陣狂笑，說：「你過來受死罷！」就見江樊颼的一聲，把刀亮將出來，惡虎撲食相似，來得真猛。

那賊一回手，抽他那口短刀，並無半點懼色。此時邢如龍、邢如虎也就來至跟前，停馬瞧看這樣熱鬧。倒是智化在遠遠的隱著自己的身子，替江樊著急。明知江樊不是他人對手，自己又不好露本人面目，倘若露了自己形像，又怕邢如龍、邢如虎的事情不好辦。

那個賊人打量江樊拿刀過來，必是要動手。卻來不是，一回手，又把刀插入鞘內，深深與賊人作了一揖，說：「寨主爺，實不相瞞你，我是任能耐沒有。受了人家的重託，與人家辦點要緊的事。我是最好交朋友的人，我要不是緊事在身，一匹馬不啦，情願雙手奉送。無奈有一樣，我受人重託，你容我到京內把這件事辦完，你在此等候，我把這匹馬送與你騎，絕不失言。我若口是心非，教我死無葬身之地。」賊人一笑：「你打算我是三歲娃子，受你哄騙？莫若將你放過去，你還教我在這等著。你看你有多們傻，通津大路是有七八條道，你還能在這裡走？明是顯你機靈。你別饒舌啦！」

江樊也會，見人家要的話口太緊，索性他就與人家跪下了大哭，嘮嘮叨叨，而且真有眼淚，苦苦求放他過去，令人聽著替他淒慘。他本生就的伶牙俐齒，他竟沒把賊的心說活，倒把邢如龍、邢如虎說得替他難受。邢如虎說：「哥哥，這個人敢是窩囊廢，不然咱們給他講個人情罷。」邢如龍說：「依我的主意，咱們少管閒事。」邢如虎說：「咱們見了合字兒，還不是三言兩語就沒事了。」邢如龍說：「可以，我也是見他哀告怪難受的。」二人隨下了馬，南邊有一棵樹，把馬拴上。兩個人搭訕著過來，說：「朋友，算了罷。」那人翻眼一瞧，說：「你們二位說什麼來著？」邢如龍說：「我們可是過路的，看他哀告怪可憐的，瞧著我們面上，把這號買賣拋了罷。」江樊一聽，有了臺階啦，他又衝這兩個人哭哭啼啼，苦苦求憐。這二人本是渾人，最見不的人一託。他二人說：「全有我們哪，他不答應，教他與我們試試！」回頭又與那人說：「得了，放他去罷，瞧我們了。實對你說，我們也是合字兒❸。」那人一聽，道：「你們也是合字兒？」二人答言：「全是線上的朋友。客見孫氏拋訴，合字簍軟也要拋。胎罷，龍兒看合字盤，讓了罷。」你道他說的是什麼話？原來是賊吊坎哪。那「合字簍軟要拋」，是「我心一軟也要哭」；「胎罷」，是「高高手讓他過去罷」；「龍兒」是「馬」，賞我們一個臉，不用要了。邢如龍說了這套話，把矮子肺都氣炸了，說：「你們還是綠林哪，有向著外人的道理？不怕我把馬得過來，你們二位若要，我奉送你們，這倒是全綠林的義氣，怎麼反與外人講情？」邢家弟兄教矮人問住了，鬧了個羞惱變成怒。邢如虎說：「與你這們說，是給你個臉！」矮人說：「要是不給臉哪？」邢如虎說：「連你都走不了！」矮人哈哈一陣狂笑，說：「這倒好了。你們兩個人可有名姓沒有？」邢如龍說：「要問你寨主爺，我叫黑風邢如龍，那是我兄弟，他叫黃風邢如虎。小輩，你叫什麼名字？」那矮人說：「要問你大王爺，居住五華山鴛鴦嶺，姓皮，我叫皮虎，外號人稱三尺短命丁。你們兩個人既是幫外人，我問你，是單打單個，還是兩打一個呢？」邢家弟兄齊說道：「你們一百人、一千人、一萬人，也是我們兩人一擁齊上；你一個人，也是一擁齊上！」皮虎說：「好，你二人過來受死！」他先就亮出刀來。邢家弟兄二人甩英雄氅，挽袖子，掖衣襟，拿刀。江樊在旁苦苦相勸，說：「使不得，使不得！為我的事情，怎麼你們兩下反目？這倒不好了。」皮虎說：「這倒沒你的事了。」江樊在旁瞧著他們兩下動起手來，頃刻間殺了個難解難分。兩長加一短，矮人本事更覺出色，這口短刀上下翻飛，身體靈便，躥高縱遠，腳底下連一點聲音皆無。

❸合字兒：江湖黑話，意謂朋友。

江樊瞧他們正在殺的難解難分之際，過去把樹上自己的馬解下來，擰身上馬，大叫一聲，說：「那二位勸架的恩公，論說，你們二位為我與矮賊交手，應當我幫著二位才是。但因我事在緊要，我可少陪了。」說畢，吧吧幾馬鞭子，跨下一攢勁，那馬足下似飛，一跑他算了了。邢如龍、邢如虎回頭一看：「好，真懂交情！」智化遠遠瞧著暗笑：「江班頭真是機靈鬼。」皮虎見江樊跑了，更覺氣上加氣，心中一想：「量小非君子，無毒不丈夫！」自己學會一趟滾堂刀，類如地躺拳一般，是在地下亂滾，淨取人的下三路，輕者帶傷，重者得死。邢家弟兄一見皮虎刀法改換門路，噗咚躺在就地，邢如龍打算使個便宜，掄刀一剁，皮虎躺在地下，咕嚕咕嚕滾起來了。邢家弟兄一看，嚇了一個膽裂魂飛，眼睜睜招架不住，大概要想逃命有些個費事。

要問邢家弟兄生死如何，且聽下回分解。

第八回　使心用意來行刺　安排巧計等拿賊

且說邢如龍、邢如虎這就叫多事。皮虎這一施展這趟滾堂刀，二人真魂都嚇冒了。惟獨這夜行術的工夫，見招施招，見勢施勢。皮虎這一趟刀，是另有高明人傳授。他還有一個哥哥，叫三尺神面妖皮龍，兩個人是一般高的身量，皆因他二人身矮力小，他師父才教給他們一手工夫。每一施展這個招兒，就搶上風，非有大行家才能破得了他們哪。就這滿地一滾，可有門路，全仗肩、肘、腕、胯、膝沾地，橫著把小刀子，就在那膝蓋以下，或扎或砍，要是碰上，雖然不能死，也得殘廢。此時邢家弟兄暗恨江樊，無奈何二人撒腿就跑。皮虎說：「我只當你有多大本領，原來是無能小輩。你要不是替別人充勇，我就饒了你們了。皆因你們替別人充勇，我定要追你們的性命！」尾於背後，苦苦一追。

邢家弟兄一直撲奔正北，跑來跑去，好容易前邊有一座樹林。二人心想著穿林而過，皮虎要按規矩，我們進樹林，他就不追了，若要記恨前仇，他必然死也不放，且進樹林看他如何。二人將進樹林，也不敢站住。別看皮虎腿短，跑的真快，尾於背後就跟進來了。邢如龍就知道不好，跑又沒他快，動手又不是他的對手，自可拚著命一跑。皮虎將到樹林當中，不提防由正西來了一塊石子，正打在右腿連節骨上，噗咚一聲栽倒在地。邢如虎回頭一看，皮虎躺下了，叫道：「哥哥，這廝摔倒了！」二人返身回來復又拿刀要剁皮虎，這叫作得力不讓人。皮虎他只不知道那裡來的一塊石頭，打了一個跟頭，自可忍著喪氣，一瘸一點的跑出樹林，直奔東北逃生去了。邢家弟兄也不深分追趕，也是納悶，不知道他怎麼栽了一個跟頭。

就是智化見皮虎與邢家弟兄一交手，倒覺著高興，這叫作「鷹蚌相爭，漁翁得利」。若要是皮虎殺了邢家弟兄，省得自己上開封府拿刺客去了；若是邢家弟兄殺了皮虎，他在什麼地方偷盜，給什麼地方除去禍患。不料邢家弟兄敗下去，後來皮虎苦苦的一追，智化總是離著遠，看不真切。忽然間一瞅，是兩個皮虎，復又長身軀，細細一看，就見一晃，再看就看不見了。智化心中納悶：「莫不成自己眼離了？」又一看，就見皮虎一瘸一點跑出來，邢如龍、邢如虎就追趕，追來追去也就不追了。邢如龍說：「咱們這就是萬幸。管閒事，差一點沒廢了性命。咱們這可一路上什麼事情也別管了。」將馬拉過來，二人騎上走了。智化復又找樹隱住身子，不教他們看見。瞧著二人把馬解將下來，上了坐騎，揚長而去。智化仍是在後面跟著，一路無話。

到了風清門進城之後，見日已西垂，找一個小店，吃了晚飯，出去買了個半全帖子。回到店中，借了一管筆。雖說是小店，也不是起火小店，也是有單間屋子，就在屋中把半全帖寫好，將筆送還。自己在屋中等到二鼓之半，也不更換衣服，就把袖子一挽，衣裳一掖，帶上刀，揣好柬帖，出屋將房門倒帶，擰身上房。出離店外，直奔城牆，由城牆上去，裡面有馬道，下去奔開封府。到府門外，正打三更，冷清清，並無行路之人。躥牆進去，尋找包公的書齋。原來包公已然沉沉睡去，屋中半明不暗點定一盞燈。智化把窗櫺紙戳了一個窟窿，往裡窺探，見桌案上一盞燈，蠟花結成芯，李才扶桌而睡。智化暗歎：「總是包公造化不小，鬼使神差，我要不同張龍走，焉知此賊前來行刺。」暗暗把門一推，並沒扦著插管，把帖掏將出來，往八仙桌子上一放，轉身就走，仍將雙門倒帶。

智化一走不大要緊，把包興兒唬著了。這天包興教李才支更，他愛貪睡，怕誤了事情，又再三囑咐。李才說：「無妨，我絕不能睡，哥哥你歇息去罷。」包興這才放心，放下鋪蓋，頭朝裡，也是和衣而臥。睡到四鼓，猛然驚醒起來，疑著李才準是睡了，慢慢下地，扒著裡間屋子門縫往外一看，果然李才真真睡去。就在李才身背後輕輕拍了他一掌，李才「哎喲」一聲，由夢中驚醒。包興說：「你還是睡罷。」李才說：「沒有。」包興說：「你還說沒有，多們嘴硬。」李才說：「情實沒有，我將一糊塗。」包興說：「蠟花那們長，你還一糊塗呢。」李才說：「覺著剛一閉眼。」包興一回頭，見桌子上有一個半全帖子，問李才：「這個帖是什麼人遞進來的？」李才說：「不知道，那許是先前就有的罷。」包興道：「胡說。」李才一怔。包公睡醒，問道：「什麼事先前就有的？」包興、李才二人彼此害怕，把舌頭伸了一伸，口中說：「問下來了。」包興過去先把幔帳掛起，包公披衣而坐，問道：「什麼物件？」包興不敢隱瞞，說：「桌子上有一個半全帖子，門戶未開，不知什麼人投進來的。」包公說：「呈上來我看。」李才執燈，剪去蠟花，包興拿帖子，包公接將過來，展開一看，上面寫：「天生無妄❶之人，有無妄之福，就有無妄之禍。相爺忠於君，愛於民，盡有餘力。明日晚間，謹防刺客臨身。門下沐恩人叩獻。」包公看著上面言語，暗暗心中忖度，事又出來的奇怪。把旁邊包興、李才嚇的渾身亂抖。包公並不理論此事，教將此帖放在書閣之上。包公起來淨面，整冠服，吩咐外廂預備轎馬。包興伺候包公入朝。可巧這天早朝無事，不必細表。

---

❶ 無妄：意外；不期然而然。

包公下朝，用了早飯。飯畢吃茶，又辦理些公事。天交正午，包興、李才心中捏著一把汗，明知今天晚間有刺客前來。自從白玉堂作官之後，開封府就無這個事情啦，如今又出這樣事。先前有展護衛在衙門中，倒是有仗膽的。如今開封府乏人，焉有不怕之理？見相爺卻不提說今晚之事，包興疑為把此事忘了，又不敢過去提。李才望著包興使眼色努嘴，教提撥昨晚之事。包興搖頭，也是不敢說。無奈何，搭訕著給相爺倒了一碗茶，吞吞吐吐說了一句話。包公也沒能聽明白，遂問道：「你說些什麼話？」包興究屬懼上，嚥了一口唾沫，伸了一伸脖子，翻了一翻眼睛，往後退了一退，又往前欺了一欺，方才低聲說道：「晚間之事，那個柬帖……」還要往下說，包公瞪了他一眼，哼了一聲，把那半截話也嚇回去了，諾諾而退。包公性情，永遠不許提「刺客」二字。皆因那帖上有防刺客的言語。包公總講，忠臣招不出刺客行刺，總想是貪官污吏奸臣，才能招出此等事，自己正大光明，又無虧心之事，待人寬宏，見智化稟帖，毫不在心中掛念。故此包興一提說，包公哼了一聲，瞪他一眼。此時天已過午，包公歇午睡覺，包興趁著這個工夫，將稟帖袖出來，告訴李才：「別離老爺左右，伺候聽差。我出去教他們晚間防範，捉拿刺客。」李才答應說：「很好，你快去罷。」

包興出來由角門❷奔校尉所，啟簾進室，見了王朝、馬漢，道了聲「辛苦」。王、馬二位趕緊站起身來，說：「郎官老爺請坐。今天怎麼這們閒在？」包興說：「我是夜貓子進宅，無事不來。」王朝叫人獻茶。包興問道：「你們這差使所管何事？」王、馬齊說道：「我們所有不明白的差使，望郎官老爺指教，怎們今天倒問起我們來了，豈不是明知故問麼？」包興說：「怕你們不知道所司何事，我好告訴你

❷ 角門：正門兩側的小門。因設在建築物的近角上，故稱角門。

們。」王朝說：「伺候御刑，站堂聽差，伺候上朝等事。」包興又問：「還有何事？」回答：「捕盜拿賊。」包興說：「你們還知道『捕盜拿賊』哪，把賊拿在衙門來行刺來了。」王朝問：「何出此言？」包興說：「你來看。」王朝接將過來一看，嚇的膽裂魂飛，說：「此物從何而至？」包興就將昨天晚間之事，對著他們述說一回。又問：「別位護衛老爺們又沒在家，你們二位看著怎麼辦好？」王朝說：「自可以派人，晚間在包相爺兩旁埋伏著拿賊就是了。」包興說：「你們也曉得，相爺若有舛錯，咱們該當什麼罪過。」王朝說：「那個我們自然知道。你老人家請回，伺候相爺去罷。我們晚間預備。」包興說：「務必多派人才好。」又將半全帖拿將過來，告辭。王、馬二人送到外面，包興回去不提。

王朝、馬漢這裡派人，叫韓節、杜順兩個班頭到裡面，王朝就將昨天晚間有人送信，說今天晚間防備刺客的話說了一遍。兩個班頭一聞此言，面面相覷，急速出去，挑選伙計，俱要二十多歲三十以內，手靈眼亮，年輕力壯之人。當日晚間，吃畢晚飯，各帶單刀、鐵尺、繩索等物進來，面見王朝、馬漢。二位老爺一問兩名班頭，挑選多少人。韓節、杜順把那些伙計叫將過來，點了點數目，共四十人。叫他們提上燈籠，拿柳罐片蓋上，用的時節把柳罐片摘下來，自然就亮了。王、馬二位也忙著吃晚飯，拾掇利索緊襯，帶領四十個人二名班頭，慢慢進了包公住居跨院❸。就在書房頭裡，另有三間西房，王朝在東，馬漢在西，每人帶著二十一個人，用香頭火把窗戶紙戳出梅花孔，分一半人往外瞧看，看乏時節再換那一半人。包公在書房之內，聽著外邊有些動靜，明知道他們防範刺客，也不攔阻他們，自己拿一本書，在燈下看書。包興、李才兩個人也有防範。

❸ 跨院：正院兩旁的院子。

此時有二鼓多天，包興約會李才，先把書房槅扇閉好後，又將橫門上上，從那邊搭過一張八仙桌子頂上，桌子上又放著一把椅子。包興低聲告訴李才說：「當初聽見白玉堂說過，要是大行家，早也不出來，晚也不出來，等至三更天前後，他們要是進來，就從這橫楣子上進來。我站在那桌子上面椅子上看著，他們往屋裡看不真切，他要一扒橫楣子，我就先瞧見了。我要看見，我好喊叫他們拿賊。」李才說：「哥哥，到底是你有招兒。」包興說：「什麼話呢，咱們守著高明人，聽見人家講究過。」正說話之間，忽聽外面噹噹噹，梆梆梆，鑼鼓聲音，正打三更。包興說：「是時候了，咱們上去罷。」包興爬上桌子，又上了椅子。在桌子上夠不著橫楣子，上了椅子又太高了些，自可灣著腰，把橫楣子摳了一個窟窿，往外瞧看。李才上了桌子，把槅扇杵了一個大孔，扒著往外瞧看。包公正然燈下看書，聽見他們在那裡踢蹬噗咚，也不知作些什麼，抬頭一瞅，倒覺暗笑。笑的是他們膽子又小，又是義僕的氣象，總怕老爺有失。真要是有本事刺客，他們還擋得住？開封府的事暫且不提。

單表兩個刺客，頭天進城，到十字街下了馬，打聽雙竹桿巷李天祥的宅子。到了門首，說明來歷，門上有人回稟進去。不多一時，李天祥的兒子李𠷈說「請」。二人把馬上包袱解下來，有人帶路，至內書房。見李公子要行大禮，李𠷈把他們攙住，知道是天倫派來的人，不敢慢待。問二人名姓，他們將姓氏名字、怎麼來歷一一說明，又將書信往上獻。李公子接過來，參拜一回，拆開看明了書信，治酒款待二人。次日晌午，邢如龍、邢如虎換上李天祥家人的衣服，上開封府踩了一回道，俱都看明，復又回到李家用了晚飯。到二鼓之半，此時李𠷈問：「二位壯士，所用何物？」二人齊說：「就用油綢子一塊，再要一塊包袱。我們兩個人殺了包公，就不回來了，拿著他的腦袋見老爺去了。」李𠷈說：「但願二位壯士大事一成，二位高官得作，駿馬得騎。」二人換上夜行衣靠，將白晝的衣裳盡都包好，隨身背起，殺了包公，躍城而過，明天走路之時，就換上白晝衣服。收拾停妥，李公子每人又敬了三杯酒，說了些吉祥好話。正打三鼓，二人出屋，李公子叫家人給他們開門。二人說：「不用。」展眼之間，躥上房去，一溜煙相似，二人蹤跡不見。李ꝏ心中想道：「此去大事準成。」

單說邢如龍、邢如虎直奔開封府，一路並沒遇見行路之人。到府牆根下，縱身躥上牆去，由裡面躥到院中，尋找包公臥房。往兩下一分，東房上一人，西房上一人，躥在前坡，趴在房瓦之上瞧看屋中。二人一怔，見屋內燈影照定，有人扒著橫楣子，也有人扒著槅扇往外瞧看。二人正在猶疑之間，腿腕子全教人揪住了。扭項一看，每人身後一個人，將他們揪住不能動轉。

要問拿刺客這兩個人是誰，且聽下回分解。

第九回　擒刺客谷雲飛奮勇　送稟帖黑妖狐有功

且說刺客來的真高興，大略上開封府殺包公如探囊取物一般。他焉知曉智化預先去在那裡等候拿他呢。頭一天把稟帖擱下，第二天早早把晚飯吃完，飯錢店錢俱已給了。看看快關城門，直出離店外，進了城，找了一座茶館進去吃茶。直耗到喊堂之時，出了茶館，又在大街上遊頑會子。天已交二鼓，方到開封府的西牆，就躥將進去。他原就知道包公的書房，離書房不遠有一棵大樹，智化盤樹而上。此樹極其高大，四面八方全都瞧的明白，枝葉茂盛，要想看見他有些費事。此時天交三鼓，就知道行刺之人看看快到。

不多一時，遠遠望見有兩條黑影，由牆上躥將下來，直奔書房的後面。智化見兩個人往兩下裡一分，一個往東，一個奔西。智化心中為難：他們是兩個人，自己是孤身一人，又不會打暗器，若能使暗器，先打下一個來，剩一個就省事了；倘若拿住一個，那個再跑了，可就有些不便。自可先奔東邊，這一個還近些，然後再拿那個。智化下了樹，邢如龍正在東房上前坡，智化躥上後坡，到房脊那裡，往上一探身軀，見個賊趴在房上，淨瞅著包公的屋子納悶。忽然間，又見從西房脊後頭露出一人，把智化嚇了一跳，自打算是他們一同行刺來的哪。智化往下一矮身，怕那人看見。原來那人倒不怕智化看見，把雙手往上一招，衝著智化一打手勢，指了指智化，指了指自己，又伸了兩個指頭，是你我二人；又用隻手一比，是兩隻手掐刺客的腿腕子。智化方才省悟，心中暗道：「這是誰？又不認識。」又是歡喜，又是納悶。歡喜是有他幫著我拿刺客，不能跑了，納悶的是不認的他是誰。自己也把雙手一招，又一點頭。那人早就溜到刺客身背後，智化也就爬過脊來。見那人面貌好像蔣四爺，又像那個皮虎，身上衣服又不利落，大概本事不小，又不能與他講話。兩下裡把刺客腿一掐。這一掐不要緊，就聽的下屋裡一陣大亂，包公屋內也是有聲音，哎喲，嗑叉，噗咚。

東西廂房裡王朝、馬漢帶領著四十二人，王朝瞧見西邊房上有人，馬漢是看見東房上有人，先過來一人蹲著走，後過來一人是趴著。王朝告訴眾人摘柳罐片，疑為馬漢那邊沒瞅見，馬漢也教摘柳罐片，疑王朝那邊沒瞅見，卻原來兩邊俱都看得明白。包興他是扒著橫楣子往外瞧的更真確，東西廂房上先過來兩個人，趴在房上往屋裡瞅，包興就要嚷。一瞅又過來了兩個，心中暗道：「今日來了多少刺客。」就大聲一喊：「有了賊了！」一邁腿，忘了他在椅子上，整個的往下一摔，正砸在李才身上。椅子往下一翻，磕叉，噗咚，哎喲！包公一驚，將一翻書篇，哧的一聲，把一篇書撕下來了。外邊喊叫：「拿賊呀！」房上已經把兩個刺客扔下來了。王朝、馬漢帶領四十二人往上一圍，裹住了兩個刺客。

房上拿賊的二人也跳下房來，一個是智化，那位是倒騎驢的神行無影谷雲飛。皆因瞧看徒弟與山西雁大眾分手，也知道自己徒弟是一個孝子，正打算上山西汝寧府❶尋找苗九錫。路過商水縣，遇見李天祥，見邢如龍、邢如虎氣色不正，形跡可疑，自己盤費也沒有了，遂找店住下，晚間與李天祥借盤費，明知貪官來的財帛不正。至二鼓多天，到了李天祥公館，聽見他們要行刺包公，自己心中一動，誰人不

❶ 汝寧府：治所在今河南汝南。

知包公是應夢賢臣❷，就有意前去搭救。且先試試兩個刺客有多大本領，就打了他一飛蝗石，方知曉二人沒甚能耐。又拿了他們一百兩銀子，路上作盤費。上京又遇見三尺短命丁皮虎，也是給了他一飛蝗石。他的心與智化心兩樣：他怕刺客死，刺客死了，他不能在包公面前顯其手段。他救了二人，就暗地跟下來了。早瞧出智化是拿刺客的，智化可沒看出他來，不然怎們❸他在房上先與智化打手勢。如今將刺客扔下房來，始終沒撒手，攢著腿腕子，翻過來翻過去亂摔，口中還嚷說：「唔呀，翻餅烙餅，翻餅烙餅！」始終不撒手。把刺客摔的吭哧吭哧的，又不敢言語，甘受其苦。包公在屋裡聽著：「怎麼餅鋪掌櫃的也來了？」智化也是照樣將賊摔下房來，也打算把他翻來翻去。

到底智化手裡的力氣不成，將一翻，邢如龍蜷回一條腿去，那隻腿一蹬，智化也就撒手了。如龍一挺身軀，站起來亮刀，對著智化就砍，智化也就用刀相迎，二人戰在一處。谷雲飛一嚷：「我要是淨烙餅，你心內也不服，我先撒開你，讓你歇息歇息。」智化聽見，一著急，說：「你別撒開他，將他捆上！」谷雲飛說：「我忘了，這再捆還不遲。」邢如虎縱起來拉刀，咬牙切齒，衝著谷雲飛就是一刀。這一下把邢如虎真魂都唬冒了，他見谷雲飛手內又沒兵器，這一刀下去，準把他劈為兩半。焉知曉刀砍

---

❷ 應夢賢臣：三俠五義第二回「奎星兆夢忠良降生　雷部宣威狐狸避難」載：江南廬州府合肥縣包家村包懷員外，夫人周氏年逾四旬，忽然懷孕。包懷在睡夢之中，見半空中祥雲繚繞，瑞氣氤氳，猛然紅光一閃，面前落下個怪物來，頭生雙角，青面紅髮，巨口獠牙，左手拿一銀錠，右手執一朱筆，跳舞著奔落前來。醒來忽見丫鬟掀簾而入，報道：「員外，大喜了！方才安人產生一位公子。」這個公子就是後來大名鼎鼎的包拯。

❸ 怎們：怎麼。

下去，人沒有了，衝著他後腰杵了他一拳頭。王朝、馬漢、韓節、杜順眾馬捕人等，各打燈籠，單刀鐵尺，全要動手。智化明知道眾人沒什麼本事，刺客眼是紅了，別看他兩個人本事有限，要殺王朝、馬漢那些個班頭，就彷彿大人逗小孩子一般，一轉身就得死幾個。遂喊道：「二位老爺，眾位班頭，不用你們幫著動手，這兩個小賊交給我們兩人拿他罷，你們上書房門口保護相爺要緊！」王朝這才答應一聲，會同馬漢，帶領眾人，直奔書房而來，就把那些打燈籠的留下。

此時智化與邢如龍動手，不分勝敗。智化心中很加急躁，恨不能將邢如龍拿住，好幫著那人再拿邢如虎。雖然想得可好，奈何不能一時就把邢如龍拿住。倒是那邊噹啷啷一聲，把邢如虎刀踢飛了，他就扎煞❹著兩隻手，一個箭步躥出圈外，要逃竄性命。谷雲飛嚷道：「唔呀，跑了！」智化正動著手，聞聽跑了，一著急，說：「別教他跑了！」谷雲飛道：「哎呀，你別跑哇，他們說不教你跑呢。」連那打燈籠之人瞅著都是暗笑，又是納悶，這個人也不知從何處來的，手內也沒拿著兵器，瞅著刺客那口刀神出鬼入，可又砍不著蠻子，他身體太快，一展眼倒把口刀踢飛了。他只喊說不教你走呢，他可也不追，眼瞅著刺客一跺腳縱上房去，單腳剛一找陰陽瓦壟，蠻子說：「你下來罷！」那刺客真聽話，噗咚摔下來了。打燈籠之人看的明白，只見蠻子一長身躥起來，用手一拍迎面骨，刺客整個就打房上摔下來了。就見蠻子過去用腳一踢，說：「你別動了，你這歇歇罷。」那刺客也真聽話，就一絲兒也不動。復又過來說：「你兄弟在那裡歇著，你還不歇歇麼？」智化雖然在此動手，也曾看見，暗說：「真是高明人！」邢如龍那還有心腸在此動手，打算三十六招走為上策，虛砍一刀，轉身就跑。剛一轉身，就見蠻子

❹ 扎煞：張開；伸開。

在迎面站著，用手一指，說：「別走。」將要往西跑，蠻子早在西邊等著。邢如龍就知道走著費事。智化趕上就是一刀，邢如龍把這刀躲過去，蠻子又在他面前站著。自己一想這還不是便宜，對著蠻子掄刀就剁。並沒見他躲閃，就一抬腳，正踢在邢如龍右手腕子上，這口刀就拿不住了，噹啷一聲落於平地，回頭就跑，智化就追。蠻子就嚷說：「姓邢的，你教我好看不起你！你們兩個人是親弟兄，二人一個被捉，一個要跑。總然❺就是跑了，逃了性命，你還活的了多少年？你們事成之後，高官得作，駿馬得騎；事情敗露，應當同赴其難，各各受死才是。按說大丈夫生而何歡，死而何懼之有。豈不聞伯夷、叔齊不念舊惡❻？」包公一聽，說：「餅鋪掌櫃的還懂得四書❼。」智化也聽見了，心中一想：此公到是文武兼全之人，雖說的卻有理，但不知怎麼講。待我問他一問，說：「蠻子老爺，這句話怎講？」蠻子說：「唔呀，你不懂得？伯夷、叔齊是兩個大賢人，淨念書，不念書他就餓。」包公一聽也樂了：「這是怎麼個講法？」蠻子又說：「你別走哇，走了不是朋友，何況你也走不了。就便是交朋友，還得有官同作，有難同赴，何況你們是親弟兄呢！」邢如龍將跑到牆下，要往上躥，教蠻子這話說的好覺無味，咳了一聲，一跺腳，說：「也罷，我不走啦。你們過來，要殺要剮，任其自便！」智化說：「罷了，這是真正

---

❺ 總然：縱然。

❻ 伯夷叔齊不念舊惡：論語公冶長：「伯夷、叔齊不念舊惡，怨是用希。」言伯夷、叔齊不記舊仇，因此怨恨也就少了。伯夷、叔齊是孤竹君的兩個兒子。孤竹君死後，兩人互相讓位，都去投奔周文王。周武王滅商紂，伯夷、叔齊認為不義，逃到首陽山（在今陝西）餓死。

❼ 四書：論語、大學、中庸、孟子的合稱。是儒家最重要的經籍。

英雄。」叫官人過來，把他拉了一個跟頭，也是四馬倒攢蹄把他捆上。邢如虎先就有人將他捆好。眾人一嚷，說：「全拿住了。」

王朝、馬漢過來，見智化行禮道勞。馬快班頭給智化道勞。智化過來問那人貴姓高名，仙鄉何處，怎麼知道刺客的來歷。谷雲飛就把自己的事情一五一十學說了一遍。大眾過來也與谷雲飛道勞。此時，包公叫包興開門請校尉。包興、李才兩個人遛了半天，把桌子、椅子搭開，下了橫閂，開了槅扇，站在階臺石上高聲叫道：「相爺有請王校尉、馬校尉。」二人答應一聲，說：「智大爺、谷大爺，二位聽請。」王朝、馬漢跟著包興進了書房，見包公深施一禮，又與相爺道驚，自己請罪。包公問道：「外面賊人是誰拿獲的？」王朝就將智化、谷雲飛拿賊之事回稟一番。包公說：「有請二位壯士。」王朝出屋說：「有請二位壯士。」二人答應，隨著王朝至書房，見相爺雙膝跪倒，口稱：「小民智化——」蠻子說：「小民谷雲飛——與相爺叩頭。」包公說：「二位壯士請起。」吩咐看座。二人不敢坐，包公讓之再三，方才坐下。包公看智化儀表非俗；看谷雲飛身不滿五尺，瘦弱枯乾，面如重棗，短眉圓目，類若猿形，五短身軀，衣服襤褸，什麼人也看不出那身工夫來。包公說：「多蒙二位壯士貴駕，助一臂之力，事結之後，必保二位作官。」這二人說：「小民不願為官，但求相爺貴體無恙。」包公一聲吩咐：「將兩個賊人綁進來！」眾班頭把他們五花大綁綁好，身上的包袱早就解將下去，推到屋中，包公面前，立而不跪。眾人說：「跪下！」兩個人怒目橫眉，仍然不跪。包公見兩個人一黑一黃，非是良善之輩。一聲吩咐：「將狗頭鍘搭來，把二賊鍘為兩段！」

若問二人生死如何，且聽下回分解。

第十回　誠心勸人改邪歸正　追悔己過棄暗投明

且說兩個刺客見包公站而不跪，原來預先就商量好了。邢如虎說：「哥哥，我聽見他們說了幾句言語，你就不走啦？」邢如龍說：「我怎麼能捨你逃生？自可你我生生在一處，死死在一處。」邢如虎說：「既然這樣，咱們見了他們，也不必與他們磕頭。」邢如龍說：「就是磕頭，也不能饒咱們。不如先快樂快樂嘴，見面大罵他一場，也無非是個死罷，或殺或剮，任其自便。」邢如虎說：「使得，再過二十年又是大漢一條。」兩個人主意定妥，故此見包公立而不跪。

二人暗暗一打量，包公在上面端然正坐，戴一頂天青色軟相巾，雙飄繡帶，迎面嵌官玉，天青色緞子袍服，斜領闊袖，上面繡五彩團花，厚底青緞子朝靴，乃是一身便服。又往面上一看，恰若烏金紙，黑中透亮，兩道劍眉，一雙虎目，五官端方，海口，大耳垂輪，一部鬍鬚遮滿前胸，猶如鐵線一般，根根見肉。這位爺雖是文職官員，卻是武將相貌，虎勢昂昂，端然正坐。二賊一瞧，毛骨悚然。包公一見兩個刺客，未免氣往上撞，用手一指，說：「小偷兒！」包公忌諱「刺客」二字，先前已然表過，故不認那刺客言語，才說「小偷兒」——「本閣有什麼不到之處，招你們起這不良之心。本閣也不深究爾等兩個，來，把那三品御刑狗頭鍘搭將上來！」王朝、馬漢答應一聲，速到御刑處把狗頭鍘搭入書房，吩咐一聲：「撤去蟒套龍袱，將二人拿下！」邢如龍、邢如虎一見這個御刑式樣，又對著包公一作威，好生可怕。怎見得？有贊為證：

書房內，一聲吩咐人答應。這御刑，令人觀瞧不敢抬頭。奉聖旨，放糧之時將他造，威揚天下鎮陳州❶。王與馬，神威抖，撩起袍，挽上袖，吩咐搭，往上走，書房撂，聲音醜，令人觀瞧把心繫兒揪。雖然怕，又要瞅，見王朝，一伸手，猛翻身，把龍衣抖，神見也憂，鬼見也愁。銅葉子裹，鋼釘兒湊，刃兒薄，背兒厚，分三品：龍、虎、狗。審出口供把真刑抖，虎呲牙，龍鬚抖，這狗頭鍘，尖嘴稜腮吐著個舌頭。見王朝，一低頭，鍘刀背，拿在手；有馬漢，往前走，但見他，雙眉皺，奔刺客，就要揪。當時間，把邢家弟兄二人魂魄嚇丟。

且說包公見了兩名刺客，也未有深問他們親供，就吩咐預備狗頭鍘，搭進書房要鍘兩個刺客。智化、谷雲飛全閃在一旁。智化背後有人一拉，智化撤身出去一看，原來是江樊。他與智化行禮，智化說：「哎喲，你還沒走哪？多有受驚。」江樊問：「受什麼驚？」智化說：「你遇見劫道的皮虎，還不是一驚麼？」江樊說：「你怎麼知道？」智化就把前番怎麼見著之事，說了一遍。江樊說：「你老既知道更好啦。」智化說：「我當是你真與人家拚命呢，原來你卻跑了。你是多咱到的開封府？」江樊說：「昨天到的。請示相諭，給老爺辦辦家務，還有幾封書信沒寫完，明天五鼓起身。方才我聽說拿住刺客，我進

❶ 威揚天下鎮陳州：陳州，治所在今河南淮陽。三俠五義載：宋仁宗年間，河南陳州旱情嚴重，包拯奉命赴陳州放糧賑災。陳州惡霸龐煜仗著自己是皇親國舅，派人刺殺包公。南俠展昭、錦毛鼠白玉堂等人暗中保護幫助包公，得以刀鍘國舅，除暴安良。

來一看，原來是他們。兩個人本待我有恩，你老人家在我們相爺跟前講個人情，要是鍘完了時節，我給預備兩口棺材，表表他救我之恩。」智化說：「你既有這番意思，我還實愛惜這兩個人心眼忠厚，綠林之中，像他這誠實之人甚少。他無非受了李天祥蠱惑，給他父親報仇，再者，又許他升官發財，豈不盡心竭力哪！他與皮虎交手，救了你，看起來可算大大的好人。我進去給他說說，相爺要賞我一個全臉，碰巧連他們的命都保住了。」

正說話之間，院子裡把蘆席鋪上了，眼看著把兩個人推出來。智化說：「眾位慢動手，我到裡面給他們兩個人講個情，看看如何。」遂進了書房，見包公，跪倒說：「相爺大人，暫息雷霆。」包公說：「智壯士請起，有話慢講。」智化就將半路碰見白五太太，李天祥要奪公館，自己在背地裡聽李天祥蠱惑這兩個人，說他天倫的原由，為報父仇，又是答報李欽差待他們的好處，半路怎麼救了江樊的話，叨叨不斷的事又說了一遍。「相爺請想，為報父仇是孝，報答李天祥是義，救江班頭是惻隱之心。雖然前來不利於相爺，總算兩個是好人。相爺若肯恩施格外，饒恕兩個人死罪，必要感激相爺大恩大德。他們報效李天祥還是破出死命哪，若是相爺放恩，將他們收留開封府，他二人必要肝腦塗地，萬死不辭。小民斗膽諫言，請示相爺天裁。」包公點頭說：「原來還有這們一段情由哪，倒是本閣將他們錯怪了。」遂吩咐：「將兩個小偷兒推回來！」

王朝答應一聲，復又把邢如龍、邢如虎推回。二人仍然挺身不跪。包公說：「方才本是本閣一時氣惱之間，也未有問明你二人到底因為何故前來行刺。」二人說：「我們是父兄之仇，不共戴天之恨。生來一個男子，立於天地之間，父仇不報，畜類不如。」智化在旁說道：「你們兩個人真是渾人！你們受了李天祥蠱惑，寃你們前來行刺，這叫作借手殺人，你二人信以為真。前者他與你們說話，我卻在外面聽著，說你們天倫被展熊飛所殺的，是與不是？」邢如龍、邢如虎一齊說：「不錯。可還有一件事，我們那銀子也是你盜去了罷？」谷雲飛在旁說：「是我，不要錯賴好人。」包公暗說：「這可到好，不打自招。」邢如龍問：「我們天倫到底是怎麼死的？」智化又將陰魔錄炸碎攝魂瓶，自己把自己打死的話，說了一遍：「你要不信我這話，當著相爺、眾位校尉老爺們問一問，便知是真是假。」包公言道：「智壯士所說分毫不差。你二人原來就為此事前來行刺，本閣也不深怪你們，也不結果你二人的性命，念你們是一對孝子，放爾等去罷。前非改與不改，任其自便。如若不改前非，再要本閣將你們捉獲，絕不寬恕爾等。來，給兩個人鬆綁。」王朝、馬漢過來把繩解開。這二人倒覺一怔。智化說：「還不給相爺謝活命之恩。」邢如龍、邢如虎無奈何，才雙膝點地，齊說道：「小人見識不明，險些害死相爺，我們身該萬死，萬死猶輕。蒙相爺不肯結果我們性命，恩同再造。」智化在旁說：「你們何不求求相爺，就在開封府討點差使，答報相爺。有句俗言：寧給好漢牽馬墜鐙，不給癩漢為父為尊。」邢如龍說：「我們受人的重託，要投在相爺門下，豈不教人說反覆無常的小輩？常言說：忠臣不事二主。」智化說：「你們真是渾人！當初韓信❷為霸王的站堂軍，後投在漢王駕下，屢立奇功，後封為三齊王，那難道說不是事二主之臣麼？你要盡忠竭力，也須分個忠奸，跟了忠臣留名千古，跟了奸臣遺臭萬年。再說，此時還有很好一個機會，看看顏按院大人入都，你們要投在開封府，只要有相爺一句話，你們就作了官了。別

❷ 韓信：漢初名將。淮陰（今屬江蘇）人。初屬西楚霸王項羽，後歸漢王劉邦，拜為大將。楚漢相爭時封齊王。漢朝建立後，降為淮陰侯。有人告他謀反，被殺。

聽說龐太師要保舉你們作官，連他此時還閉門思過，他如何能保舉你們二人？」邢家弟兄一聽十分有理，邢如虎說：「哥哥，咱們就求求相爺。」二人磕響頭碰地，苦苦哀憐。包公無奈，也就點頭，將二人收留下。這就叫「但行好事須行好，得饒人處且饒人」。也是鬼使神差，邢家弟兄要沒有半路救江樊的事，也就沒有這活命之說了；包公要不收下兩個刺客，到下回書，萬歲爺丟冠袍帶履，也就不好表了。全是前因後果，人不能得知。此是閒言，不必多敘。

單言包公教邢家弟兄更換衣裳，邢如龍、邢如虎此刻還穿著夜行衣哪。恰巧二人的衣服全在包袱裡面帶著呢，出去與官人們要過來更換。此時谷雲飛告辭，包公不肯教他走，要保舉他在宋為官。谷雲飛再三的叩頭，一定不願為官。包公賞賜銀兩，也執意的不受。相爺知道這個人性情古怪，自可賞一桌酒席，教校尉相陪。又問智化襄陽城的事情，王爺的下落。智化回答襄陽破銅網之事，王爺的下落實在不知。此時天已不早，智化等告辭出去，至校尉所，王朝、馬漢陪定谷雲飛、智化、邢如龍、邢如虎眾人吃酒，開懷暢飲一回，大家安歇。到了次日，包公上朝不提。

單說智化保舉了邢家弟兄，倒覺著後悔，思想起來，人心隔肚皮，萬一兩個人變性，又守著相爺更近，要作出意外之事，自己如何擔架得住？自可晝夜看守，查看他們的動作。谷雲飛回店拉驢不表。

包公下了朝，將至書房，就有人報將進來，說：「鼓樓東邊恒興當內殺死七條人命。」包公一聞此言，嚇了一跳。

要問是什麼緣故，且聽下回分解。

第十一回 班頭奉相諭訪案 欽差交聖旨辭官

且說包公下朝，至書齋將才❶落座，就有人進來回話：「鼓樓東邊恒興當鋪，昨夜晚間有夜行人進鋪，殺死兩名更夫，五個伙計在櫃房被殺身死。今早祥符縣❷親身帶領忤作❸人役，至鋪內驗看屍身。驗道被殺者刀口赤色，是夜行人所殺。驗道時由東牆而入，盜去約計百兩有餘。連學徒的李二小帶領事的，俱都帶至開封府，以候相爺審訊。」

包公一聽，又是一場無頭的官司，遂問道：「祥符縣知縣可在外面？」回答說：「現在外面候相爺傳喚。」包公說請，官人答應一聲，撤身出去。不多一時，縣臺來到裡面，至書齋啟簾進來，與相爺行禮，口稱：「卑職陳守業。」包公問恒興當之事，陳知縣復又稟告相爺一回，把領事的與學徒口供獻上來，教包公一看，又有驗屍的屍格，一併獻上。包公看了看，問道：「貴縣將當鋪人可曾帶到開封？」答應「是」，說：「現在外面，候老師審訊。」原來陳守業是包公門生，先前知縣是徐寬，如今升了徐州府知府，現今換任是陳守業，也是兩榜❹底子，最清廉無比。這案官司可為了難，人命又多，故此詳府。

❶ 將才：剛剛。
❷ 祥符縣：祥符知縣。祥符縣在今河南開封。
❸ 忤作：即仵作。舊時官署中檢驗命案死屍的差役。

包公吩咐：「把領事的帶進來。」有人答應出去。不多時，將領事的帶進書房，跪下叩頭。包公看此人青衣小帽，慈眉善目，倒是作買賣人樣，並無兇惡之氣。口稱：「小民叫王達，與相爺叩頭。」包公問他鋪中之事，回說：「昨夜晚間，賊人進來，我們在前邊睡覺的一概不知。後櫃房連學徒共是六個人，殺死了五個，就是學徒的沒死。他連那兩個賊的樣兒，什麼言語，他都聽明白了。」包公吩咐：「帶學徒的。」把王達帶出，學徒進來。包公看他十八九歲，拿絹帕繫著腦袋，進來跪下。包公問：「你叫什麼名字？」回答：「姓李，叫二小。」包公問：「學了幾年？」回說：「三年有餘。」又問：「你腦袋受了傷了？」回答：「不是。我是偏腦痛，我要不是這個病，我也教他們殺了。」包公問：「什麼緣故？」二小說：「我們後櫃房沒有炕，有床，有搭的鋪，有一個櫃，我在櫃下睡覺。皆因我腦袋痛，怕風吹，有一點風兒就痛的鑽心，眼睛一翻就要死。殺死的那個姓李的是我叔叔，他與我出了一個主意，教我在櫃底下睡，省得門口風吹我腦袋。我就依著他這個主意，我就在櫃底下，也沒有櫃門。天有三更多天，我腦袋痛的睡不著，我就聽見院子裡打更的說：『哎呀，有賊！』嗑叉，噗咚，大半是把打更的殺了。我這們一想有了賊了，我更睡不著。又聽見叭噔一響，窗戶一開，他們就從外頭進來。黑忽忽兩個人，手內拿著東西晃，就像打閃一樣。看他們拉刀，拉出來，喊叉喀叉，一會的工夫，就把五位掌櫃的都殺了。裡頭屋內是首飾房，他們進去把鎖剁開，就聽屋內吸嚕嘩啷，大概拿了不少東西，我也不敢言語，把我唬癱了。他們出來，又晃那個亮兒，說：『咱們哥們明人不作暗事，把咱們弟兄的名姓與他寫下。』那個黃臉的就說：『寫咱們哥倆不要緊，到處為家。咱們常在草州橋路大哥家住著，萬一若有

❹ 兩榜：甲榜和乙榜的合稱。指進士。唐、宋後進士有甲、乙科。元、明以來稱進士為甲榜，舉人為乙榜。

風吹草動，路大哥比咱們身分重，別教路大哥擔了疑忌。難道說前兩天咱們沒告訴當鋪那話呢，教他慢慢想滋味，你我也不算作得暗事，有能耐儘管教他們訪咱們去。」那黑臉的就說：「有理，有理。」然後兩人可就走啦。」

包公聽罷問說：「你們鋪子可有什麼事情，你知道不知？」二小說：「我知道。」包公問：「什麼事情？」二小說：「前三四天頭，來了兩個人當當，當了一枝白玉鐲子，要當五十兩，我們給他二十兩。兩個說話實不通情理，教寫定五十兩，我們給添到三十兩。兩個人口出不遜，說：『寫不寫罷？』我們說：『當不到。』他說：『你敢說三聲不寫？』我們掌櫃的說：『當不到，慢說三聲，三十聲也敢說。』他們說：『你們小心著點，我們三天之內來收本錢來。』我們掌櫃還說來著，那必是認的我們東家。那人說：『我並不認得你們東家，你們小心點罷。』這才走的。殺人的那兩個賊一晃火亮兒，我瞧出他那模樣來了，就是當鐲子這兩人。」包公問：「他們可說出姓什麼沒有？」二小說：「沒有，始終沒說姓什麼。」包公一想，昨天晚間之事，像貌一黑一黃，別是邢如龍、邢如虎罷？一聲吩咐，教將邢如龍、邢如虎、智化一併叫進來。三人進來，兩旁一站。包公問：「李二小，你認的那兩個賊人的相貌不認的？」李二小說：「認的，再等一年我也認的。」包公道：「你說一黑一黃，比我這兩個人怎麼樣？」二小說：「比這二位矮多著的呢，也瘦弱。」包公吩咐，教王達把他這學買賣的帶回去，照常掛幌子作買賣；死屍用棺木成殮，不許下葬，城外找一個僻靜處厝起來，完案之後，准其抬埋。二人叩頭出去。著知縣合馬快分頭踩訪賊人下落。知縣告退。包公擺手，連智化、邢如龍、邢如虎俱都出去。

包公叫興兒把兩名班頭韓節、杜順叫將進來。二人與相爺叩頭，包公就把恒興當的事，對他們說了一遍，教他們帶數十個伙計，上草州橋，訪這個姓路的，還有這一黑一黃兩個賊人：「不怕拿他們不住，自管來開封府找人。本閣與你們一套文書，准你們在草橋鎮要人幫拿。」相爺親自賞他們盤費，破案之後重重有賞。二人叩頭，撤身出去。包公教主稿將文書用印後，交給韓節、杜順。發放一畢，韓節、杜順到外挑了十二名伙計，各帶單刀、鐵尺、繩索物件，都是二十多歲三十以內，高一頭奓❺一膀，都是在外久管拿賊辦案，手明眼亮，等著領了文書盤費，悄悄起身，暫且不表。餘者班頭在城裡、關外採訪。

單說李天祥之子李黽，打刺客走後，就是提心吊膽，整整一夜沒睡。五鼓多天，就派人到開封府門前探聽消息。天亮歸回，說：「包丞相仍然上朝。」李黽就知道大事沒成，復又派人打聽兩個刺客的下落。等了兩天，方才知曉那邢如龍、邢如虎降了開封府了。這才趕緊修下一封書信，派人連夜上商水縣與李天祥送信。李欽差一聞此言，唬得他也不敢入都。不入都也不行啦，明知這一進京陛見，包公知道，準要參他。破著自己官職不要，別把這些財帛丟失，找了鏢行的人，押著這些馱子，送往他原籍去了。自己奓著膽子入都，交旨覆命。算好，包公並沒遞摺本參他，萬歲爺也未降旨說他辦理不善，也未說他辦理甚善，無非「知道了，欽此」。李天祥自己羞愧難當，告病假，然後告終養辭官，暫且不表。

單說韓節、杜順帶領十二名班頭，巧扮私行，直奔草橋鎮而來。到了草橋鎮時節，找了一座大店住下。這個草橋鎮，今非昔比。先前太后老佛爺帶著范宗華住破瓦寒窯❻，自打李太后入宮，萬歲發帑銀

---

❺ 奓：音ㄓㄚˋ。下部大。

❻ 先前太后老佛爺句：包公在陳州放賑完畢，到各處訪查，路經草州橋東，遇范宗華，寄宿天齊廟，得見落難在此的仁宗生母李娘娘，查清了多年前的皇宮冤案「狸貓換太子」之事，使仁宗與李娘娘母子團聚。

十萬，重修天齊廟，設立了寶座。萬歲要封范宗華官職，皆因他不稱其職，教他自己要一個差使。他說三輩子當地方❼，就要當個地方，可是天下的地方全屬他管，要這們一個天下的都地方。萬歲爺就賞他「四品天下都地方」，為的是他與知府平行，故此才賞他四品前程、四品俸儀。天齊廟周圍香火地連廟都屬他管，家道由此陡然而富，就是無兒。

本地有個路家，不是好人，是個破落戶，名叫路雲鵬。他有兩個哥哥，一個叫路雲彪，一個叫路雲豹，全做小武職官。皆因他兄弟常打官司告狀，兩個哥哥搬往異鄉去了。他跟前一個兒子叫路凱，一個女兒叫素貞，全學了一身好工夫。皆因路雲鵬認的人雜，想是綠林人傳授他們的本事。路素貞這本事更透著出奇，是他乾娘教的。他乾娘是誰？就是前套小五義上閃電手范天保的妻子喜鸞、喜鳳。皆因路雲鵬貪圖范家財主，就把自己兒子過繼范家。後來范宗華死了，路凱披麻帶孝，如同父母親喪。出殯後，范家又沒有親族人等，又沒人爭論，公然他就把這四品都地方襲了。過了三年之後，慢慢有人勸解他，教他認祖歸宗。他心一活，就把范家好處忘了，自己仍然改為姓路，這個天齊廟周圍香火地原業事情還是屬他。家大業大，家內有的是銀錢，文武衙門不敢碰他，軍民人等人人懼怕。公然他就成了一個惡霸，重利盤剝，折算人口，占人田地，奪人買賣，搶買搶賣，霸占房屋，欺壓良善，重重惡事，任意胡為。就打路雲鵬一死，更覺無法無天。人給送了個外號，叫他「活閻王路凱」。講打，沒他人多；講打官司，更不行了。他去二指寬的帖子，教把這個人捂一個月，衙門裡只不敢捂二十九天半。他說不教送飯，這個人就得活活餓死。但只一件好，就是不搶辱人家少婦長女，就是不貪美色，連他自己都沒妻子。似乎

❼ 地方：舊時的里甲長、地保。

他這樣家財，說一房妻子豈不容易？上杆著要給的不少哪，就是他不要。他們家的女眷，就是他妹路素貞，帶著個丫鬟，兩個婆子，除此之外，別無婦女。如今他妹子已然是二十歲了，也沒許配人家，倒是高不成低不就，好人家不要，不稱人家不給。論他妹子品貌，夠十分人才，又是一身好工夫。就是一件，二十歲的人，已通人道，常常背地抱怨哥哥不作正事，有誤自己青春。每見少年男子時節，就透出些妖淫氣相，故此人給他送了個外號，叫他「九尾仙狐」。

看看到了三月二十八，就該開天齊廟的日子。此廟整開一個月，快到日限了。路家單有帳房，各行買賣全都上帳房掛號，有歷年間准占的地方，有現占的買賣，估衣綢緞，紅貨珠寶玉器，金皮兩當，針篦兩行，大小買賣，前幾天就亂成一處，都是上這裡掛號的。這些事路凱一概不管。這日路凱正在書房坐著，忽然打外進來兩個朋友，全是山東萊州府❽人氏，一個姓賈叫賈善，外號人稱金角鹿；一個姓趙叫趙保，外號人稱鐵腿鶴。兩個人進來，與路凱行禮，讓坐，教人獻上茶來。路凱問道：「二位賢弟一向可好？」二人說：「託賴哥哥之福。」「二位賢弟從何而至？」賈善說：「由京都而來的。」路凱說：「京都可作號買賣？」賈善說：「哥哥，別提拉，我們在京都，這個禍可闖的不小。」路凱說：「咱們弟兄多，怎懼個禍。什麼事情？」二人一齊說道：「我們這個禍，好幾條人命。」趙保說：「我那支白玉鐲子，在咱們這裡當，哪時拿上去，都是五十兩。在京本打算不作買賣，心想把鐲子當了就夠盤費，焉知曉他們只給三十兩。我們口角分爭，話趕話，說三天之內收他本錢，鬧了個騎虎勢。話說出來了，不能不辦。那日夜晚之間，進了恒興當，殺死兩個更夫，到櫃房，一順手又殺了五個，得了他們些個首

❽ 萊州府：治所在今山東掖縣。

飾。本要留下名姓，又怕連累哥哥你。我們是常往你這來，萬一是風聲透漏，豈不是與你招禍麼。」路凱哈哈大笑，說：「就是這個事情？再比這事大著點，劣兄不懼。你們好小量人也。」吩咐一聲：「擺酒，咱們喝酒罷。」二賊說：「不可，酒我們是不喝了。話對你說明，我們得躲避躲避。」路凱說：「你們走在那裡不如咱們家裡便當，你們那裡也不用去。」路凱不叫二賊起身，也就無法，自可在這吃酒罷。把酒擺好，他們就歡呼暢飲。

過了兩天，就到了開廟日子。賈善、趙保會同路凱，商量著更換衣襟，要到廟上走走。路凱吩咐預備十數個家人，教他們拿著口袋，為的是在小場子、攤子打地分錢。將才要走，忽然間見一個家人跑進來，喘吁吁的，連話都說不上來了，說：「大、大、大、大、大爺，可了不的啦！」說：「咱們廟上這幾年也沒有打把勢❾的，今年來了兩個人，在此打把勢。我們問他掛了號沒有，他告訴我不懂的；與他要地錢，他不但不給，還罵人。」路凱一聽，氣往上一撞，說：「你們好生無用，不會打麼？」家人說：「我們瞅著這兩家伙，怕打不過他。」路凱說：「多去人哪。」言還未了，跑進五六個人，頭破血出，齊說道：「大爺，有人擾廟！」路凱說：「待我去。」遂帶著賈善、趙保匆匆趕去。這一去，要把天齊廟鬧個地覆天翻。

這段節目，且聽下回分解。

---

❾打把勢：練武術；舞拳棒。

第十二回　龍姚二人賣藝鬧禍　姑娘獨自奮勇拿人

且說路凱家中，有許多豪奴與路凱送信，說把勢場打壞人了。路凱一聽胇都氣炸，說：「好小輩，敢在太歲頭上動土！」遂帶賈善、趙保，又告訴家人知會那些閒漢，教他們上廟。這三個人帶領十數人上廟。一傳這信，就有四五十人，一個個擦拳摩掌，狐假虎威，一窩蜂相似跟著路凱直到廟上。問說：「在廟裡在廟外？」回說：「在廟外西邊。」眾人齊跟說的直奔廟外。往西就聽前邊一陣大亂，說：「到了。」就見人四散奔逃。原來天齊廟一開，人煙太重，也有燒香還願的，也有買賣東西的，也有逛的。這廟幾年工夫，沒有打把勢的，什麼頑藝都有，單沒這樣。什麼頑藝皆是如此，幾年沒有，忽然一來，都要瞧看瞧看。沒有把勢現在要有把勢，一到，還得去上他那掛號，給許多的錢，路家一高興，就來幫場。大半打把勢的有多少本領出色的？要說具有能耐的，除非是做武職官，營務中吃糧當差，再不然保鏢、教場子，實無法，落在把勢賣藝，一半生意，一半武藝。倒別看鄉下把勢，倒可以的有點真能耐。前幾年生意把勢上廟，路家來了，就給趕跑了，為是顯路家的能耐；一半敲山震虎，為是他們這本地人好懼怕於他。把勢一傳信，不敢上這廟上來了。

當時這份把勢，不是打把勢賣藝的人，是跟隨顏按院大人當差使來的，一個姓龍叫龍滔，一個姓姚叫姚猛。這兩個人跟隨大人當差，定君山時節，假降君山，破銅網時候，保護大人上王府。皆因智爺獻盟單，與沈中元一讓功，智爺偷走，大人一定教找智化，怕旨意下來要這個人。蔣四爺大眾商量明白，大眾散走入都，一半找智化，一半打聽王爺的下落。遇著王爺，連王爺餘黨，准其捉拿解京，開封府大人發給盤費銀兩。誰同誰對付，商量著一路前往。龍滔、姚猛是親戚，二人商量一路同走，倒不是尋找智化、王爺，要到家內瞧瞧，怕的是留京當差不能回家。二人就在步下行走，也沒有馬匹。走到草橋鎮，就該岔路信陽州❶。這二人本是渾人，頭天走著透著勞乏，在樹林歇歇，覺著一陣困倦，就此睡了，把二人的所有東西都丟了，淨剩身上衣服肋下的刀。姚猛的錘沒丟，在旁邊放著，人家拿著太沉；腰間圍的皮囊、鐵塹子沒丟，在腰內圍著呢。這兩個人一醒，面面相覷，對抱怨會子。這個說：「我睡著了，你怎麼也睡啦？」那個就說：「我先睡的，你後睡的。」二人又罵了會子，也就認喪氣了。二人站起就走。兩個人皮囊內銀錢不多，湊著住店吃飯。

到了第二天，龍滔說：「到了信陽州交界上，咱們就不能挨餓了。」自可兩個人趕路，早晨還有些餘錢，打了打尖，又走。可巧正走在天齊廟，一看人煙稠密，忽然間姚猛心中一動，說：「龍大兄弟，這挺好一個地勢，咱又沒有盤費，何不在此想幾個錢，也省得滿處摘借，還得到信陽州交界，在此處找幾個錢豈不省事？」龍滔說：「怎麼個找法？」姚猛說：「你不會本事麼，人學會藝業還許賣那，還是不許賣？」倒是姚爺把他提醒，回說：「對，人窮當街賣藝，虎瘦攔路傷人。」兩下湊了湊錢，還有二三百錢，就在廟西邊找了一塊地方，教龍滔在那等著。不多一時，姚猛買了一塊白土子，夾著一塊板子。龍滔納悶：「這是作什麼？那裡找一塊板子？」姚猛說：「才買的，好往板子上施展咱們的塹子。」龍

❶ 信陽州：治所在今河南信陽。

滔說：「有理。」姚猛把板子一撂，復又走。不多一時，他在前頭跑，後頭追了一個人來，「唔呀唔呀」直嚷，龍滔就知道他闖下禍了。過來一問，原來那個人是相面先生，正在那裡拿著筆墨盒子，要與人談相。姚爺過去劈手搶來，說：「我借著使一使。」回頭就跑，那人就追。姚爺說：「不用追，我就給你送來。」那個先生直嚷，又是南邊口音，說：「搶了我的筆了！」那人跟來的就不少。姚爺也不理他，就在板子上畫了一個人形，畫上五官，還畫上一個肚臍眼，方才把筆墨盒子交了那個先生，嘟嘟念念的走了。這人立刻就圍上了。姚爺要先練，龍爺也要先練，又不會說打把勢生意口，就說：「我們是異鄉人，不是久慣賣藝的。皆因無錢使用，吃飯要飯錢，住店要店錢。我們會粗笨的氣力，眾位別當看打把勢的，只當周濟周濟我們。」說完就練，就是自己真刀，三刀夾一腿，總不改樣，皆因不會別的招數。砍了半天，外頭也搭著人多，也真有誇好的。收住了刀，要錢。嘩喇嘩喇的，錢見了不少。姚爺掄了一路鎚，也見了些個錢。又打鏨子，立起板子來，衝著畫的那個人，打眉毛，打雙眼，三支全中，大家喝彩，錢更扔多了。又扔錢，要打肚臍眼。

這個時候，打外頭進來四五個人，全是歪帶帽子斜瞪眼睛，問道：「誰教你們擺的這個場子？」這二位多咱會說柔軟話，說道：「你管！」那人說：「你們掛了號沒有？」二位說：「我們不懂的。」那人說：「不掛號，收哇！」這二人見展眼之工就掙了這們些個錢，教收立刻就收？說了幾句不防頭的話，就打起來了。那個倚仗著他們主人是路凱，講打，如何是這二位對手。一轉眼的工夫，這幾個人就是頭破血出。那幾個惡奴就說：「你們可別走哇！」這二位更會說了：「我們走了，與誰要錢去？」那幾個人撒腿就跑。瞧熱鬧人說：「你們快拾掇起錢來走罷，他們可不是好惹的！」姚猛說：「他們要是好惹的，我們也就走了。既不是好惹的，我倒要惹惹。」龍滔隨即把錢攏了一攏。外頭一陣大亂，看打把勢的膽小的全都跑了。

就聽外邊說：「在那裡呢？」有人答言說：「沒跑，在這裡呢。」路凱、賈善、趙保三個人先進來，回頭告訴家人，不要動手。路凱問道：「你們兩個人就是打把勢的？」姚爺說：「不錯。你小子是作什麼的？」趙保說：「你是什麼生意人？怎麼見面口出不遜！」龍滔說：「放你娘的屁！什麼叫生意人？你沒打聽打聽二位老爺？」趙保說：「什麼老爺舅舅，打你！」往前一躥，就奔了龍滔。上頭一晃，緊跟窩裡發炮，就是一拳。龍爺伸手一抄腕子，沒抄住。二人就在三五個回合，就教鐵腿鶴一個橫剁子腳就剁在龍爺身上，龍爺一歪身軀，噗咚摔倒在地。龍爺本沒多大能耐，要是使刀，還得他先動手，他會使那迎門三不過的三刀夾一腿；要是猛雞奪膆❷，還可以搶上風；要論拳腳，如何行的了？這一躺下，姚猛就急啦，往前一躥，伸手一抓趙保。趙保如何肯教他抓住，雙手往上一分，就使了一個分手剁子腳，噹的一聲，就踹在姚猛身上，嘣的一聲，姚猛晃了兩晃，「哎呀」說：「好小子，你再來！」果然就在當腰，噹又是一腿，又踹在身上。姚猛仍又晃了兩晃，說：「小子，再來！」論說得意不可再往，他心想著姚爺太傻，又是一腿，撞著襠一腿，雖然不死也得躺下。姚爺單臂用力，衝著賊磕膝蓋，叭就是一掌，趙保「哎喲」一聲，摔倒在地。金角鹿奔將過來，就與姚猛交手，三灣兩轉，使了一個水平，用他頭顱衝著姚爺一撞。姚爺往後一仰，單臂用力，就給了賈善一拳。這個賈善怎麼人稱金角鹿？皆因他會使一

❷膆：音ㄙㄨˋ。嗉囊，鳥類消化器官的一部分，形如囊，在食道下部。食物在嗉囊中經過潤濕和軟化，再送入前胃和砂囊，利於消化。

個羊頭，將身往上一躥，憑著身子，拿腦袋往上一撞，若要教他撞上，總得躺下，不然怎麼叫作金角鹿？遇見姚猛，他這個苦子吃上了。姚爺雖不是鐵布衫、金鐘罩，天然皮糙肉厚，骨壯觔足，自來的神力，他如何撞的動？隨即就給了他一拳，嘣的一聲，就打了一個跟頭，躺在就地。姚爺趕上去要踢，賈善身體利便，使了個鯉魚打挺就縱起身。

人旁邊早有路凱說：「出家伙，砍他那邊！」趙保爬起就把刀亮出來，與龍滔交手；龍滔也把刀亮出來。龍爺不等人家先動手，就施展他那三刀夾一腿，把趙保砍了一個暈頭轉向。這邊賈善也就刀對著姚猛就砍，姚爺拉出那把腰圓大鐵錘，等著賈善的刀到離自己頂門不遠，將錘往上一迎，錘碰著刀，噹啷一聲，賈善就把虎口震裂，撒手扔刀，回頭就跑。那邊趙保倒不顧龍滔，過來對著姚爺後脊背用刀就扎。姚爺一回身，用錘橫著一撩，趙保那口刀也就拿不住了，噹啷一聲墜落於地。幸而好有路凱過來，擋住姚猛。路凱來的時節，本沒帶著兵刃，一彎腰，就把賈善的那口刀撿起來，奔了姚爺，用刀就剁。姚爺拿錘一找，路凱的刀早就抽將回去，絕不教他錘碰上。就在三兩個彎，就聽那邊噗咚一聲，龍滔教賈善一頭撞了一個跟頭。姚爺一發怔，這們個工夫，不料身背後教鐵腿鶴衝著他的腿窪子給了一腳，姚猛腿一軟，噗咚往下一跪，正在路凱面前。路凱用刀要剁，忽然他脊背有個南邊口音說：「唔呀，混賬王八羔子！難道你還敢殺人麼？」隨著就是一刀，路凱躲過。見那人一身大紅緞子衣襟，壯士打扮，也未問姓名，兩個人就交手。

原來此人是聖手秀士馮淵，同著艾虎、盧珍他們三個人一路前往，一半尋找智化，帶找王爺的下落。走著走著，艾虎叫他們先走，艾虎說找一個人去，前途若等不上，京都再見。緣故是艾虎、馮淵不對勁，艾虎要上揚州府找他師父去，故此單行著走啦。盧珍同著馮淵一路走，可巧正走在草橋鎮打尖，正要來的酒飯，店家多話，說：「你們二位不瞧熱鬧去？」馮淵就問瞧什麼熱鬧。店家說：「這有一座天齊廟，當初開封府包公就在這見著太后老佛爺。太后老佛爺入宮，重修天齊廟，如今香火甚盛。二位不逛逛這個廟再走？」依著盧珍不去，馮淵要去看看。盧珍說：「咱們起身入都要緊。」馮淵自可點頭。吃完飯，搭訕著出去。看人煙稠密，直奔正西，馮淵也就跟著往西。到了天齊廟外，就見那邊人東西亂竄，眾人嚷說：「殺砍起來了！」馮淵撒腿就跑，趕到人叢中往進一擠，正遇著路凱舉刀要殺姚猛，就見龍滔也教人捆上了。馮淵一急，拉刀一罵，剁將下去，與路凱兩個人交手。姚猛教人捆上啦，賈善拿著龍滔的刀，趙保拿著自己刀，三個人戰馮淵一個人。馮淵隨動著手，還是罵罵咧咧，並不懼怕三個。這三個人也沒把馮淵瞧在眼裡，路凱說：「你們共總有多人吧？把你們拿住，全都交在當官！」戰夠多時，不分勝敗。忽然打正南上又闖進一個人來，細聲細氣說道：「你們因為何故殺的這難分難解？到底所為何事？我先打聽打聽，說明白了，然後再動手不遲。」馮淵嚷說：「唔呀大哥，幫著拿他們。咱們的人全教他們綁上了！」盧珍一聽，往那邊一看，何曾不是，心中納悶是什麼原故，此時也顧不得細問，自可也把刀亮將出來。

盧珍打算吃完飯起身，一找馮淵，不知去向，一問店家，方才知道他逛廟去了。各人也是知道，怕他闖禍，趕緊追到此處。聽見那邊說殺了人了，自己一想，清清朗朗，在廟會上殺人，這還了得！急急趕到，怕是馮淵。要進去分證理兒，奈因也沒有工夫分證理兒，正然殺的難解難分，自可也就把本人的刀亮將出來，闖將上去。盧珍這一來，那個本領可就差多多了。展眼之間，把大眾殺的前仰後合。路凱一著急，打算要用莽牛陣，一擁齊上。將要一聲吩咐，又見由正南上一陣大亂，眾人嚷：「姑娘來了！」見那些人呼啦往兩旁一閃，從外邊進來了一位姑娘。瞧見他們大家動手，來的時節就是短打扮來的，家中得信，廟中打架呢。上頭披著一件斗篷，一到此處，各人就把斗篷一拽，說：「哥哥們躲開，讓我拿這個狂徒！」盧珍不肯奔他，想男女授受不親❸。馮淵不管，見他有二十多歲，烏雲❹用一塊鵝黃絹帕罩住，玫瑰紫小襖，油綠汗巾紮腰，雙桃紅的中衣，大紅的紅弓鞋，滿臉脂粉，並沒戴什麼花朵，耳掛金鉤，沒戴竹葉挑；蛾眉杏眼，鼻如懸膽，口似櫻桃，生來雖然美貌，但帶妖淫的氣相。馮淵擺刀一剁，姑娘並無還手，一閃身，一抬腿躲過這一刀，腳正踢馮爺腕子上。馮爺「唔呀」一嚷，撒手刀飛。姑娘往下一蹲，一個掃堂腿，就把馮爺掃了一個大跤。吩咐：「把他捆起來！」然後撲奔盧珍，與公子爺交手。兩個人殺在當場，戰在一處。

要問勝敗輸贏，且聽下回言明。

---

❸ 男女授受不親：孟子離婁上：「男女授受不親，禮也。」授，給予。受，接受。親，親自接觸。古代禮教限制男女交往，規定男女之間不能直接接觸、言談或授受物件。

❹ 烏雲：指女子烏黑濃密的頭髮。

第十三回　天齊廟外大家動手　把勢場內好漢遭擒

且說九尾仙狐路素貞，一見公子盧珍長的品貌端方，一看他，心中就有幾分喜愛他。公子即見馮淵也教人拿住了，叫道說：「反了！」把自己平生武藝施展出來，恨不得一刀就將路素貞殺死，然後拿那幾個蠻子就不費事了。明明知道這個姑娘武藝超群，若不是武藝出眾，這馮淵將一見面就教人拿住？公子爺這口刀上下翻飛，閃砍劈剁，遮吸攔掛，上三下四，左五右六，神出鬼入，削耳撩腮。這一路萬勝花刀，砍的九尾仙狐沒有還手之功，自可招架而已，全仗著封避躲閃，招架騰挪。姑娘就知道事頭不好，暗一忖度：今天要輸於這廝，連哥哥一世英名付於流水。自己心中一害怕，心一慌，手眼身法步全不跟勁。盧珍公子一瞧，暗暗欣喜，準知道是贏了姑娘了，賣了一個破綻，一抬腿正踢在姑娘右腕之上。姑娘「哎喲」一聲，撒手扔刀，噹啷啷墜於地上。盧珍這口刀往上一遞，就姑娘後脊背那裡，要是盧珍一用力，這口刀就扎進去了。是盧珍一點惻隱之心，不肯殺害他的性命，微絲一停手。原來是「人無害虎心，虎有傷人意」。他把姑娘嚇了一個粉臉焦黃，眼瞧著盧珍那口刀就在後心不遠，明知躲閃不開，可又不能不躲。姑娘見盧珍沒肯扎他，心中暗想：「這個人是成事君子。」心中就感念盧珍是個好人。說的可慢，那時可快，就這們一展眼的工夫，盧珍就見姑娘一回手，手中有一紅赤赤的物件，衝著公子面門一抖，盧珍就覺著一暈，眼中一發黑，噗咚一聲，人事不知，栽倒在地。姑娘說：「好狂徒，你有多大本事！」姑娘說：「三位哥哥，將他捆上，抬回家裡去，可別殺他。」路凱答應一聲，叫帶來的那些個人將他們四個抬回家去，瞧熱鬧的眾人一哄而散。就有替這幾個人擔心的，就有說這幾個人有勢力，要是打了人家，怕是不能教那麼白打。眾人議論不表。

單說路素貞拿起自己刀來，披上斗篷，先就回家去了。路凱押解大眾，趙保、賈善拿著龍滔大眾家伙，直奔路凱家中而來，把這幾個人捆在書房門口。他們大家進了書房，賈善、趙保問：「大哥，這幾個人怎麼辦？」路凱說：「把他們殺了罷。」賈善說：「不可。我瞧這幾個人不俗，咱們先問問他們的來歷，然後再殺罷。再者，妹子說不教殺那個相公。再說，我瞧那幾個人也不像咱們本地人，又有一個南方蠻子，不是綠林，定是鷹爪孫❶。總是問問他們的來歷為是。」路凱說：「就是。」將要帶這幾個人細問，家人進來報：「崔大爺到。」路凱說：「請。」從外邊進來一人，此人姓崔叫崔龍，外號人稱鑌鐵塔，就是前套小五義上綺春園掌櫃的。叫艾虎追跑啦，後來又到孤樹崗，開興隆店的是他兄弟叫崔豹。後遇見老西徐良，艾虎沒拿住他，由梁道興廟中受了徐良的暗器，哥倆失散，崔龍投奔襄陽王去了。王爺事敗，遇見黃面狼朱英，把王爺的事情告訴他，教他各處約人，仍幫著王爺謀反。故此他奔此處，約路凱投王爺，共成大事。到門前，把他請進來了。

路凱三個人迎在書房之外，路凱與崔龍見禮，又與賈善、趙保一見，提起來，全都慕名。當時崔龍瞧了這幾個人一眼，也沒能細看這幾個人是誰。馮淵一眼可就把崔龍看見了。馮淵一見崔龍，暗暗歡喜，說：「這就不怕。」此時盧珍也就緩過氣來了，「哎喲」一聲，喊叫：「好丫頭！」睜開眼一瞧，這幾個

❶ 鷹爪孫：指官府爪牙。

人全是四馬倒攢蹄那裡捆著呢。馮淵低聲說道：「趁著家人都沒在這裡，我告訴你們一句話。回來就說咱們都是王爺府的，我回來與他吊坎❷。他要問你們時節，你們說沒學會那。就提你叫甄盧，你叫龍猛，你叫姚滔，你們兩人是後入的王府。珍兄弟，你是我帶的綠林投王爺。記住了，咱們可就有了命了。」大家點頭，也不知道他是怎麼個主意，事到如今，由著他辦去罷。

就聽人家裡頭屋內說話，問了會子好。問他這個來意，說：「路老大哥，我來找你來了。」路凱說：「什麼事情？」崔龍說：「現時襄陽王……」將說到這裡，一怔，說：「路大哥，我說這個話可犯禁哪，你把手下從人屏退了罷。」路凱說：「我這手下沒外人，有什麼話只管說。」崔龍說：「我進來看見那邊捆著幾個人，是什麼緣故？」路凱將要回答，就聽外邊說：「唔呀崔大哥，似乎我們這個朋友就不認得了，眼眶子太高了哇！」崔龍說：「這是誰說話呢？」路凱說：「大半準是認的大哥，快出去瞧去。」崔龍出來一看，馮淵說：「崔大爺，你還認得小的呀？」崔龍說：「馮爺呀！路大哥，怎麼把他捆上了？不是外人，這是王爺府內集賢堂的朋友，怎麼得罪了哥哥，把他們都捆上了？」路凱就把大眾的事說了一遍。崔龍說：「沒什麼大不是呀。」路凱說：「沒有。」崔龍說：「既然這樣，都是自己，看在小弟面上，把他們放開罷。」路凱點頭，一聲吩咐：「把他們四個人解開。」大家起來。馮淵先過來與崔龍見禮問好，說：「崔大哥，這本家大概也是合字線上的朋友？」崔龍說：「不是。」路凱一聽，就知他們也是綠林的人，全會說行話。崔龍與路凱引見馮淵，說：「這是聖手秀士馮淵馮爺，這位活閻王路凱路爺。」又叫馮爺把那個朋友給見見，馮爺就把那三位也與路凱見了，又與崔龍見了，路凱又叫賈善、

---

❷ 吊坎：吊坎兒，又叫春點。是過去吃江湖飯的人的一種術語，這種術語有兩個目的，一是方便，一是保密。

趙保與大家見了一回，方才讓坐，家人獻茶。

崔龍問：「馮兄，可知王爺的事情？」馮淵說：「我們同王爺的王官等，與北俠、南俠大眾交手，不料事敗，王爺一走，我們全找不著了。我們正是大家四下裡找尋王爺，至今不知下落。方才走在這裡，在廟上與路大哥鬧起來了。多虧崔大哥到，不然我們也不敢說自己的真事，路大爺問我們也不敢說實話。你老人家來，是我等的萬幸。」崔龍說：「你們不知王爺，我倒知道。皆因我走德安府❸，遇見朱英朱爺。」馮爺問：「就是黃面狼？」崔龍說：「是他。王爺一瞧事敗，帶著世子殿下連雷英等，由影堂櫃子底下，有一股地道直通到城外頭四里多地，地名叫杏花店。那有王爺一塊花園子，打花廳裡頭出來，那有車輛馬匹，起身奔了寧夏國❹。寧夏國國主見著王爺，讓國與王爺，王爺不坐。那國國主，人家念其當初有趙光美❺老王爺時候，殺到寧夏國城門，人家情願寫降書降表。依著別位帶兵大臣，就要攻破城池，殺他們個乾乾淨淨。老王爺不准，留下了他們宗廟社稷，准其納降。老王爺回朝，老賊趙普有一誤不可再誤之說❻，老王爺回府自縊身死。寧夏國一聞此信，也不納貢，訓練人馬，等著與王爺報仇。

---

❸ 德安府：治所在今湖北安陸。

❹ 寧夏國：即西夏國。宋時党項羌所建政權，轄境包括今寧夏、陝北、甘肅西北部等地區。和遼、金先後與宋對峙。

❺ 趙光美：即宋太祖趙匡胤四弟趙匡美（後避太祖、太宗諱最後改為廷美）。宋太祖去世後，其弟宋太宗趙光義即位。由於有「先傳光義，再傳光美」的金匱盟書的傳聞，趙光美被封為齊王。後趙普指使開封知府李符誣告趙廷美「不悔過，怨望，乞徙遠郡，以防他變」，貶謫任西京留守，暗中與兵部尚書盧多遜勾結，事敗，遷至房州（今湖北房縣），因憂悸成疾而卒。

襄陽王爺在襄陽練兵，他就有書信前來，有日興師，給他一信，願效犬馬之勞，以作前站先鋒。如今王爺到他國中，情願讓位。王爺不受，願助幫人馬，以雪前仇。雷英與朱英商議，聘請天下山林的朋友，海島中英雄，誰願助幫王爺，情願平分疆土，裂土分茅❼。如今請的是南陽府❽伏地君王東方亮，陝西朝天嶺金毛獅子王紀先，翠麒麟王紀祖，金弓小二郎王玉，姚家寨黑面判官姚文、花面判官姚武，周家巷火判官周龍，桃花溝病判官周瑞，土龍坡飛毛腿高解，金鳳嶺金箍頭陀鄧飛熊，太歲坊伏地太歲東方明、紫面天王東方清，這是幾大處的人。還有許多水旱哥們，我記不清楚。我先到路大哥這裡來，請大哥先到南陽府團城子東方亮那裡大聚會。他們定下了五月十五，在白沙灘立擂臺，拔選人才，候著王爺興兵時的日子。馮兄，你不知曉，我這就是已往從前。」

馮淵等聽了暗暗的欣喜，想不到涉一大險，倒得著王爺的下落了。馮爺說：「好，好，好，我們這就有投奔了。」路凱吩咐一聲「備酒」，馮爺要告辭。路凱拉住馮爺說：「不可，借著崔兄這個光兒，咱們得多近乎近乎。馮兄若要棄嫌，兄弟就不敢高攀了。」馮淵說：「那裡話來。扶佐王爺登基之後，你我還是一殿稱臣呢。」路凱說：「不必推辭了。」馮淵說：「我要不走，可得叫我這兩哥哥先走。我們

---

❻ 趙普有一誤不可再誤之說：趙普，宋太祖趙匡胤的主要謀臣，在太祖、太宗兩朝任宰相。他曾向宋太宗密陳：昭憲皇太后遺書出自他的手，命太祖傳位於太宗，太宗傳位於廷美，廷美傳位於太祖子德昭。太祖傳弟不傳子是一個失誤，不可再照樣錯下去。

❼ 裂土分茅：謂帝王分封土地、建立諸侯。

❽ 南陽府：治所在今河南南陽。

還有幾個朋友找王爺不知下落，早早給他們送上一信，也好教他們放心那。」崔龍說：「既然要走，在這裡吃幾杯酒再走也還不遲。」龍滔、姚猛說：「我們不餓，早早走罷。」馮淵說：「你們見著他們，教他們上這裡來，也不是外人。」兩個人答言說：「是了。」姚猛說：「我們那個兵器，還給我們不給？」路凱說：「那焉有不給之理。」教家人把他們的兵器給他們。馮淵說：「把我甄大兄弟與我的兵器，也都給我們罷。」路凱點頭，就叫家人一併拿來，交與馮淵、盧珍，兩個人俱都帶上。龍滔、姚猛俱已告辭，大家要送，馮淵攔住說：「連我還不送那。」兩個人剛往外一走，書房內擦抹桌案，馮淵嚷說：「二位哥哥，我告訴你一句話：要是見了神火將軍韓奇、一枝花苗兄弟……」隨說話可就走出來了，誰也不疑乎他這裡頭有別的意思，並且他提的都是王府之人，可是全死了的。隨說著，可就到了龍滔身旁，低聲說：「見本地面官，三更天派官人來接迎咱們來。」說完，往回裡就走：「可教他們來呀，我們在這老等。他們不認道，這是你們兩人帶著上這裡來。」連路凱幫著說：「對了，帶著朋友們上這來罷。」他也不管是誰，他還答言那。這一來，他就樂透了。

大家讓坐，頃刻間，羅列杯盤。路凱親身執壺把盞，酒過三巡，菜過五味，大家慢慢的談論。馮淵問：「賈、趙二位兄臺，咱們大概準是合字罷？」二人一齊答言：「全是線上的。」「不錯，是線上的。」馮淵問：「作那路買賣？」二人說：「現打井字裡來。」馮淵問：「井字必是大油水買賣？」也是活該鬼使神差，兩個賊人就把恒興當的事情細說了一遍。馮淵一想：「這才真是巧機會那，雖然受一大險，頭一件是大快人心的事，得著王爺的下落；二件是破了京都七條人命的一案。」自己衝著盧珍使了一個眼色，用酒苦苦的一勸路凱、崔龍、賈善、趙保，打算著用酒將他們灌醉，等官兵一到，大家會在一處，并力捉拿賊人破案。

這一段熱鬧節目，聽下回分解。

第十四回　素貞有心憐公子　盧珍無意要姑娘

且說馮淵打發龍滔、姚猛走，知會本地面官去了，然後回來歸坐。酒都擺齊，過三巡之後，又套出賈善的命案，與盧珍使一眼色，苦苦勸他們大眾吃酒。馮爺很覺著欣喜，也不枉自己棄暗投明，給北俠叩了頭，隨跟大人當差。這趟差，我算立了二件功勞：得了王爺下落，破了恒興當的命案，這一入都，連我師父臉上都有光彩。正在自己盤算事情，外面有人請大爺說話，路凱辭席出來。

不大時候，進去把崔龍請進裡間屋內說話。到了裡間屋中，靠著月牙桌有兩張椅子，讓崔龍落座。路凱說：「煩勞大哥一件事情，就是那個姓甄的，在廟上，是我妹子將他拿住。我看著我妹子先前輸與他，他把刀往上一遞，我妹子就性命休矣。他不肯傷害我妹子，可見得這個人誠實。方才是後邊的婆子過來啦，大概是我妹子誇獎這個人來著。婆子一句話，倒把我提醒了。我妹子如今二十多歲，終身大事尚且未定，我看這個姓甄的品貌端方，骨格不凡，日後必成大器。我請兄臺做個月下冰人❶，可又不

❶月下冰人：月下，月下老人，神話傳說中掌管婚姻之神。冰人，晉書索紞傳載：孝廉令狐策夢見自己立在冰上，和冰下人說話。索紞為他解夢說：「冰上為陽，冰下為陰，這是陰陽之事。詩經：『士如歸妻，迨冰未泮。(男子如果要娶妻，趁冰未融行婚禮。)』這是婚姻之事。你在冰上和冰下人說話，是陽和陰通話，這是媒介之事。你應當為人作媒。」後因稱媒人為冰人。

知道這個人定下姻親沒有。若是沒定下姻親，方是天假其便。」崔龍連連點頭：「自要是他沒定下姻親，我管保一說就成。」說畢，路凱與崔龍深深施了一禮，崔龍答禮相還，復反兩個人過來。這幾個人站起身讓座，二人歸座。

崔龍說：「我這人性子急，先問馮賢弟，甄大兄弟定下親事沒有？」馮淵往上一翻眼，說：「唔呀，我這個兄弟是新交的，我還曉不的哪。可是兄弟，你定下姻親沒有？」衝著盧珍使眼色，教他說沒有。馮淵早就明白這個意思，必然是那個丫頭看中了盧爺，教他說沒有，假意應承，誆他手中拿著那個物件。他要沒有那宗東西，拿那個丫頭就不費事了。焉知盧公子不是那個人物，問在這裡，盧公子心內也明白是這個意思，可就不能點頭應承。馮淵一問，他面上就覺著發赤，半天也沒回答上句話來。馮淵緊問了好幾句，盧珍無奈，說道：「我早已定下親，都過門啦。」皆因盧公子天然生就俠肝義膽，正大光明，竟不肯作虧心之事。馮爺暗暗一急，心中說：「這個人，太無用了。」盧爺這一句話不要緊，路凱大失所望。馮淵他到憨著臉搭訕著說道：「我兄弟倒成了家了，我倒沒定下姻親。崔大哥問的有因哪，莫不成有什麼大喜的事情？可不是我不害羞哇，聖人云：『不孝有三，無後為大。』我倒託託眾位，要是有對事的，給我提說提說。」說畢哈哈大笑。盧公子惡狠狠瞪了他一眼。崔龍回頭瞅著路凱，笑著說：「怎麼樣？」路凱一皺眉，暗暗的搖頭。

馮淵一心要誆姑娘的那個東西，緊跟著說：「二位，你們這是打啞謎。有甚話怎們不明說？」崔龍無奈，就把話實說了，說：「路大哥的妹子要許與甄大兄弟，活該不睦，甄大兄弟又辦過事了。也沒什麼別的啞謎之事。」馮淵又說：「唔呀，唔呀，那我可不敢說了。我是甚等之人，怎麼敢高攀。」這句話一說，問的路凱倒沒主意。崔龍又說：「據我瞧，馮大爺不錯。」馮爺又跟著說：「不可，不可，我是什麼人物！那聯姻之事，總得門當戶對，女貌郎才，方可成配。鸞鳳豈配鴟鴞，蓬蒿豈配芝草。大哥不必往下再說了，再說小弟此處就無足扎之地了。」這一套話，崔龍、路凱更透著有些掛不住了。崔龍又說：「路大哥，要據我說，妹子年歲大了，咱們不久的跟著王爺打天下去，妹子一人在家也不便。難道說還隨營帶著？更不便了。不如把妹子終身定妥，你是完去了一件大事，不怕跟著王爺打軍需，你也就一心妥實了。」路凱被崔龍這套話說的心中有些願意，崔龍又緊一催逼，路凱說：「也罷，就是這麼辦了就結啦。」崔龍說：「很好。這是月下老人赤線繫足，非今生之事。我的媒人，誰的保人？煩勞賈、趙二位做個保人罷，這是好事。」賈善點頭，趙保搖頭。趙保說：「我向例不管這個事情，眾位可別惱。」這裡有緣故。趙保常往路凱家裡來，通家之好，又不避諱，常常見著姑娘，在一處說話。他見路素貞說話的時節，有些個眉目的意思，他總打算要託人說這姑娘，總未能得便，自己又不能出口。今在酒席宴前，見崔龍苦苦的給馮淵一說，心中好生不樂。如今教他做保，他豈肯能給為力？不但不管你，還打算把這親事打退了才好。也是愚想，滿讓打退了，也輪不到他頭上。這是閒話少說。

崔龍一求不行，自可又問賈善說：「賈大哥可以作個保人？若要不肯時節，媒人、保人都是我的。」賈善說：「保人是我的就是了。」崔龍說：「路大哥可願意啦？媒人、保人可都有了。」路凱說：「願意。」崔龍說：「馮爺，再你也不用拿話激發我們了，又是什麼鸞鳳鴟鴞罷，這個那個了，這一大套閒話。據我瞧，這就算是戶對門當。姑娘性情又傲點，給這一身一口，多們乾淨，又沒有公婆妯娌。再說，馮爺以後跟著王爺，辦成了大事，官職再不能小，這不算是戶對門當？別怔著，馮爺，取定禮呀。」馮爺說：「你真想了一個全。」崔龍說：「什麼話，人慣說媒，媒婆子都說不過我。」馮爺隨身帶著一塊玉佩，拿將出來交與崔龍。崔龍雙手奉獻，交與路凱，說：「按禮，拿塊紅紙包上才是，這裡那找花紅紙去呢？」路凱說：「你這事兒太多了。」崔龍說：「禮不可廢。馮爺，這來，你們再敘一回親戚之禮。」主人離席，復又見一回親戚之禮。崔龍說：「你們這就是妹丈郎舅了。」路凱才宛，這們一回兒做了個舅爺。

見禮後復又歸席，崔龍大眾給兩下裡道了一回喜。崔龍對著馮爺說：「大事已妥，你是怎麼謝承媒人？」馮淵說：「現成有我舅爺的酒，我與哥哥敬上三杯。」說畢，大家同場大笑。馮淵又說：「還有一件為難的事情，我們不能在此久待，明天我們就要找王爺去了。這要跟著王爺，擇日興師，隨著王駕征伐大宋，三年五載、幾十年也不定。能把宋室江山奪得過來奪不過來，在兩可之間。何日方能迎娶，也要問明哥哥一個日限才好。行營之中，可不許娶親。」崔龍說：「這句話可也說的有理。」瞅著路凱說：「哥哥，你想怎麼樣？」路凱一皺眉，說：「自可教我們親戚多住個月期成的，擇日拜堂就是了。」馮淵說：「不行。我們但得一時知道王爺下落，我們恨不能肋生雙翅，見著王爺方好。再說，王爺一時離不開我的。」路凱說：「論我們當族，就有我兩個叔叔，如今又不來往，他們又搬遠了，沒有親戚。不然，就找人一半天查點一個好日子，就把這事辦了就結了，也就完了一件大事。再說，我們也要上南陽府啦。」馮淵說：「何用找人，我就會擇日合婚。」崔龍說：「這可更省事了。」遂教他們把皇曆拿來。馮淵接過查看，可巧今日就是黃道良辰。馮淵說：「今天就是很好日子，要錯過今天，往後半個月都沒好日子，並且都有妨礙。」崔龍與路凱說：「早也是辦，晚也是辦，就趁著今天這個吉日，讓他們拜了堂。不怕咱們跟著王爺打仗，行營之中也可把妹子帶上。他那身工夫，亦可以建功立業，豈不作女中之魁首！若要不拜堂，那可就不行了，有許多不便之處。」

路凱本是個沒主意的人，這們一說，自己倒透著有些為難。趙保在旁邊淨說破話，說：「這個事情本不可這們辦。再說，馮、路大哥這個家當，也得教街坊鄰舍知道。必須鼓樂喧天，讓妹子坐坐轎哇。」崔龍說：「這不是那個事情，馮爺單身一人，又沒住處，鼓樂喧天，轎子搭在那裡去？不然，必須馮爺找房，從新立一份家，這邊預備些個嫁妝，無非要那個體面。多耗費了銀錢那倒是小事，全有王爺大事在身，不然焉能這麼急速辦理？要說今天在家裡拜堂，這也有個名色，這叫『招贅』，古來如今都是有之的事情。」路凱問：「可以使得？」崔龍說：「使得。」路凱說：「使得，就這們辦法罷。」崔龍說：「事不宜遲，就與後頭送信去罷。」路凱點頭教與後頭送信，教婆子伏侍姑娘穿戴衣服，二鼓後拜堂，合巹交杯❷。囑咐明白，復又回來，叫家下人預備香蠟錢紙，天地桌子，自己拿出一套鮮明的服色。書不重敘。著盧珍在外書房安歇。此時賈善、趙保告便出去，找僻靜所在二人說話去了。崔龍幫著路凱忙亂事情。

盧珍看左右無人，與馮淵說：「你怎麼做出這個事情來了？當面我又不好攔你，拿著你我弟兄怎麼要他的妹子？」馮淵笑道：「說你還不明白，你打算我真要他這樣老婆哪？我是要拿他哪。那個丫頭拿著個東西一晃，你就躺下了，難說你不知道？我是為使這個主意，好誆他那個東西。錯非這個招兒，拿

❷合巹交杯：巹，古代婚禮用的禮器。用匏（葫蘆）一剖為二為瓢，名「巹」，夫婦各執一瓢盛酒共飲，表示從此成為一體，稱「合巹」。後世改用杯盞，稱「交杯酒」。

不成他，那時準教他拿了。」盧珍一聽，說：「這就是了。你可得口能應心，別貪住美色，不辦正事。」馮淵說：「我那算什麼東西？我口不應心，教我死無葬身之地。」盧公子說：「非也，非也。」馮淵說：「你要聽著後頭有聲音，你可就接應我去。我的本領有限，可別教我受了他們的苦子。」正說話之間，家人進來，請姑老爺沐浴更衣。馮爺跟著家人到了沐浴房，沐浴完了，換上新衣服出來。有路凱、崔龍同著他到天地桌前。就見丫鬟打著宮燈，後面婆子攙著姑娘，蓋著蓋頭，就同馮淵一同拜了天地，然後一同進了喜房。

喜房就是素貞姑娘屋子，揭去蓋頭，合巹交杯。馮淵也好，就此不出屋子。婆子退出，路素貞在燈光之下一看馮淵，吃一大驚。當時低垂粉頸，暗暗自歎，又不好明說。「怎麼哥哥這們誤事！我自己有意許配武生相公，怎麼哥哥把我許配這個蠻子？本領又不好，品貌又不強，歲數又太大，據我瞧此人並無可取之處，怎麼糊而糊塗就把我終身許了這廝。莫不成婆子說話不明？此時又不好分辯。再說，這一拜堂，大事已妥，總然我心中不願意，也不能更改了。莫不成是我命該如此？也罷，此時候別無主意，自可我找他講話，抓他一個錯處，我結果他性命。他要一死，我要再找終身依靠，可就由我自己主張了。」

要問姑娘怎麼拿馮淵錯處，且聽下回分解。

第十五回　夫婦非是真夫婦　姻緣也算假姻緣

且說夫婦拜堂之後，男女俱沒安著好心。皆因路素貞見著馮爺很不高興，他心內惦記是盧珍，又不能找哥哥不答應去，自可以想了一個主意，抓一個錯縫子，得便把他殺了。對著馮淵也不是好心，打算要詎他的東西。馮淵看姑娘那個樣兒，他明知姑娘不喜歡他，馮淵反倒笑臉相陪，過去一躬到地，說：「小姐，卑人姓馮，我叫馮淵。我是久侍奉王爺當差的，不料我與王爺失散，錯非❶王爺上寧夏國，我也不能離他，你我總是姻緣。錯非月下老人把赤繩繫足，你我焉有夫妻之份？今天白晝，看見小姐武藝超群，可算是女中魁首。你我成就百年之好，我還要在姑娘跟前領教，學習學習武藝。不知姑娘可肯教導於我不肯？若肯教導於我，就拜你為老師，實是我的萬幸！」姑娘一聽馮淵說話卑微，心中又有幾分緩轉過來，暗道：「這個人雖不如那個相公，性情必然柔和。看他這般講話，要找他的錯處，只怕有些難找。真要了他的性命，自己又覺心中不忍，不如我自己認了我這個薄命就是了。」此時就有些回嗔作喜，說道：「相公，請坐說話，何必這等太謙。」馮淵說：「我非是太謙，因見姑娘這身本領，慢說婦女隊中，就是普天蓋下男子，也怕找不出一二人來。卑人我也不敢說受過名人指教，馬上步下、高來高去的十八般兵刃，我也略知一二，可著王爺府的那些個人，誰也不是我的對手。現在遇見姑娘，半合未

❶ 錯非：除非。

走，撒手扔刀，我胡裡胡塗就躺下了。」姑娘聽到此處，噗哧一笑，說：「要是動上手，一胡塗，焉有不躺下之理。」馮淵說：「還有一件事要跟姑娘領教。你與我那朋友交手，是什麼暗器？我連看見也沒有他就躺下了，人事不知。使暗器的我也見多了，我沒見過這宗器物。」

馮淵苦苦的一奉承，此時姑娘要殺馮淵的意思一點都沒有了。再說，馮淵品貌不一定是醜陋，無非不如盧珍。姑娘聽問他暗器，也就和顏悅色站起來了，說：「郎君要問我那暗器，也不是奴家說句狂話，普天下人也沒有。那是我師父給的。」馮淵說：「你師父是誰？」姑娘說：「我師父不是男子，是我乾娘。我乾爹姓范，叫范天保，外號人稱閃電手。錯非你，我也不告訴。我乾娘是我乾爹側室，把本事教會我，又教我暗器，也是專會打流星。他有個妹子叫喜鳳，我這本事也有他教的。他替我求告我師父，把我師祖與我師父護身的那宗寶物給我。先前我師父不肯給我，我又苦苦哀求，方才把這宗東西給了我了。」馮淵問：「是甚東西？」姑娘說：「教五色迷魂帕。就是一塊手帕，拿群藥把手帕煨上，有一個兜囊，裡面裝著手帕。手帕上釘著一個金鉤，共是五塊，五樣顏色，不然怎麼教『五色迷魂帕』？單有一塊，這個鉤兒在外頭露著，我要用他時節，拿手指頭掛住鉤兒，往外一抖，來人就得躺下。可有一件，未從要使這物件的時候，先得拿臉找風，必須搶上風頭方可，若不搶上風頭，自己聞著也是躺下。」馮淵一聽，連連讚美不絕，說：「姑娘，你把這東西拿出來我瞻仰瞻仰，這可稱是無價之寶。若要是這藥沒有哪，你可會配？」姑娘搖頭說：「師父給我這東西時候，永遠不許我錯用，非是看看待死，至急至危，方許我用他。使他一回，我師父損壽五年。緣故是配這藥裡有個未出娘胎小孩子，還得是個小子，用他腦髓和他那個心，這兩樣為君。群藥倒不要緊，無非就是貴，總可以買出來。這心、腦髓難找，不定得幾條人命。開婦人膛，一看不是小子，白費兩條性命，不然怎麼不教我使用？今天我上廟，我在家裡就聽見信，說把勢場打架的人扎手，我方帶上，可巧用著此物了。」

馮淵說：「唔呀唔呀，這個真是寶貝！拿來我看看。」姑娘此時想著與他是夫妻，教他看看又礙何妨。過去把箱子打開。馮淵此時說熱，搭訕著就把長大衣服脫了。就看見大紅幔帳，綠緞子走水，帳簾被金鉤掛起，裡邊衾枕鮮明，異香撲鼻。在帳子上掛著一口雙鋒寶劍，綠鯊魚皮的劍匣，杏黃挽手，絨繩飄灑，牆上還掛著一口刀。馮爺先把兵器看準了地方，用的時節好取。素貞就把帕囊拿來，說：「郎君，可別聞他個味氣。」馮淵見物一急，劈手一搶，姑娘往回一抽身子，往後一撤，雙眉一皺，說：「啊，郎君莫非有詐？」馮淵方才醒悟，接得太急。趕著陪笑說：「姑娘，你我這就是夫妻啦，至近莫若夫妻，有什麼詐？姑娘你也太多心了。」姑娘說：「別管多心不多心，你等著過個月期成親後你再看罷。」隨說著奔箱子那邊去，要放在箱子裡。馮淵皮著臉追姑娘，說：「不能，我偏要瞧瞧。」話雖如此，可不能揪住姑娘，與姑娘有情意樣子，那可把馮淵說的不是人物了。他雖然比不上小五義，也是一團正氣，他要不是人物，就把他師父北俠一世英名污染了。剛一追姑娘，素貞早把這宗物件扔在箱子裡，拿了一把鎖頭，咯噔一聲就把箱子鎖上。回手一推馮淵說：「我偏不教你瞧！」馮爺一閃，姑娘手連馮淵身子都沒沾上。馮淵說：「不教我看我就不看了。」

外頭婆子說：「天快三鼓，姑老爺該歇覺罷。」馮淵說：「唔呀，天不早了，該困覺了。」姑娘點頭，自己卸妝，簪環首飾盡都除去，拿了塊絹帕把烏雲攏住，脫了長大衣服，解了裙子。燈光之下一看，更透出百種的風流。也就是馮淵，要換了浪蕩公子，滿讓有意殺姑娘，到了這個光景上也就不肯殺害於他。焉知曉馮淵心比鐵還堅實。姑娘讓馮淵先睡，馮淵讓姑娘先入帳子。姑娘將一上床，身子往裡一歪，馮爺這裡噗噗噗，把燈俱都吹滅。姑娘說：「怎麼你把燈都吹了？我聽說今天不讓吹燈麼。」馮淵說：「吹了好，我素有毛病，點著燈我睡不著。」姑娘說：「我聽說不利。」馮爺說：「這教陰陽不忌百不忌。」隨說著話，就把袖子挽起，蹬了蹬靴子，奔到床榻之前。

姑娘只當前來睡覺，原來是奔了寶劍。一伸手拿住劍匣，往上一抖，就把寶劍摘下來了，往外一抽。姑娘是個大行家，一聽這個聲音不對，問說：「你這是作什麼哪？」連問兩聲，馮淵並未答言，用寶劍對著姑娘那裡就是一劍。寶劍扎將進去，姑娘要往外邊一躥，那可就沒了命了；沒往外躥，橫著一滾，這劍就扎空了。然後姑娘伸腿一踹，金蓮❷就踹在肩頭之上，踹的馮爺身子一歪。姑娘趁著這時，就躥下床來，先就奔壁上摘刀。馮淵又是一劍，姑娘閃身一躲。總是姑娘自己屋子，別看沒點燈，地方總是熟慣，摘刀往外一抽，口中說：「了不得了，有了刺客！」外頭婆子都那聽著，屋裡噗噔噗噔，又嚷，婆子在外頭說：「頭一天，怎麼就打著頑哪！」又聽姑娘嚷：「了不得了！」婆子還勸說：「小姐，別嚷哪！頭一天，看有人笑話！」姑娘又嚷：「不好了，有了刺客了，快給大爺送信去罷！」那位就說了，馮淵總是性急，等著姑娘睡著了，把迷魂帕盜在自己手中，然後拿寶劍再殺路素貞，豈不兩全其美？列位明公，那姑娘睡得著麼？這是閒話，不必多表。

單說馮爺見姑娘亮出刀來，明知不是他的對手，虛砍了一劍，一啟簾子，躥在外間屋中去了。迎面有一個婆子，借著外邊燈火，婆子看見是新郎，嚷道：「姑老爺，這是怎麼了？」這個「了」字未曾出

❷ 金蓮：指女子的纖足。

唇，早被馮淵一劍砍死；那個婆子也不敢過來了。還有兩個丫鬟，一齊嚷道：「有刺客了！」姑娘也打裡頭屋內出來，口中說道：「好野蠻子！你是那裡來的？把姑娘冤苦了！」馮淵躥出屋門，到院中眼前一抹黑，總得閉閉眼睛，揉揉眼光，然後才能看得明白。忽見打那邊躥過一個人來，口中罵道：「好小輩，我就看著你們沒好心，果然不出吾之所料。賈大哥，幫著我拿人，咱們把他拿住！」馮淵一看，原來就是賈善、趙保。

方才說過，賈善、趙保外頭說話去了。原來是趙保不死心，他還要把姑娘說到他手裡才好。他把賈善拉在僻靜之處，他就把姑娘要嫁他的話說與賈善一聽。賈善說：「這事不行，已然他們拜了天地。你要早說，我與你作了冰人，他還不定給與不給。再說咱們與路大哥朋友相交，也覺不便哪。」趙保說：「行。上回路大哥也有那麼一點意思。」賈善說：「這可不行了，生米做成熟飯。」趙保說：「我有法子，自要哥哥助我一膀之力，我自有主意。」賈善問他什麼主意，趙保說：「你與我巡風，我等他們睡著，我把馮淵一殺，姑娘就是無夫之婦了。我要再說他，豈不容易。」賈善說：「也倒有理。」兩個賊人商量好，就這們來罷。剛來到姑娘這院內，正是馮淵殺婆子。兩個賊人一聽詫異，往東西兩下一分，忽見馮淵打屋內躥將出來，趙保趕將上去罵聲「小輩」，揮刀就剁，賈善也就趕奔前來，用刀就扎。

馮淵本領有限，手中使著又是一口寶劍，尋常使刀尚可，如今寶劍又差點事情。賈善、趙保倒沒放在他眼裡，怕是姑娘出來。幸而好姑娘這半天沒出來。是什麼緣故？姑娘聽外頭有賈善、趙保的聲音，把馮淵圍住在院子裡動手哪，高聲喊道說：「哥哥，可別把刺客賊人放走！」自己拿鑰匙開鎖頭，打箱子裡取自己五色迷魂帕，因這們耽誤些工夫。總是馮淵命不當絕，要不是五色迷魂帕鎖在箱子裡，姑娘早就出來了。一抖那個帕子，馮淵就得躺下，此時馮淵再教他們拿住，焉能有命？馮淵無心與兩個賊人動手，躥出圈外，撒腿就跑，一直奔前邊來了。打上房後坡躥上房去，躍脊躥到前坡，奔西廂房。剛到外書房的院子，見後邊嚷的聲音太大，見從書房裡頭，頭一個是路凱，第二個是崔龍，三個是盧珍，拿著刀，追出兩個人來。馮淵嚷：「盧大哥，隨我來！」馮淵叫了一聲，仍是躥房躍脊，出了大門之外，一直正南。前邊黑霧霧一座樹林，馮爺穿林而過。剛進樹林，走了十數步遠，不料地下趴著個人，那人一抬腿，馮爺噗咚摔倒在地，那人擺刀就剁。

要問馮淵生死如何，且聽下回再表。

第十六回　馮淵巧遇小義士　班頭求見楊秉文

且說馮淵往外一跑，盧珍早就聽見後頭聲音。這時書房內又預備一桌酒席，盧珍在當中坐，上首是崔龍，下首是路凱，喝著酒說閒話。一盤問盧公子的家鄉住處，怎麼交的朋友，後來那裡認識。盧爺本是正派君子，那裡撒的慣謊，未免上言不答下語，就說不上來啦。崔龍一怔，疑乎有些詫異。路凱早聽出來了，言語不相符，與崔龍使了一個眼色，拉出他外面去說話。盧珍就聽見後面有了動靜了，盧珍故意裝醉，叭，把桌面一拍，說：「好話不背人，有什麼言語，當著盧爺說來！」崔龍問：「你到底姓什麼？」盧珍說：「你公子爺姓盧，單名珍字，陷空島盧家莊的人氏。」路凱問：「鑽天鼠盧方是你什麼人？」公子爺說：「那就是我的天倫。」「倫」字剛一出口，盧珍把桌子衝著路凱一翻——仗看路凱要出去說話，在那裡站著，要是坐著，可就躲閃不及。桌子衝著他一翻，他往旁邊一閃，嘩啷的一聲，把碗盞家伙摔成粉碎。路凱一個箭步，早就躥出房門去了，崔龍也出去，盧爺拿刀追出來。那兩個人還得現找刀去，後面人就趕到了。路凱問說：「什麼人？」賈善、趙保說：「了不得了，這個馮淵刺妹子來著！」路凱說：「對了，中了他們的計了！叫家人點燈籠火把，抄家伙，拿兵刃，全把他們拿住。」家下人一陣大亂，嗆啷啷，鑼聲陣陣，燈籠火把照如白晝一般。大家喊叫「拿賊！」姑娘隨即也就趕到，說：「哥哥，你作的這都是什麼事情！」路凱說：「追人要緊。」大家追出門外，前頭是馮淵，後頭是盧珍，盡後面是眾賊追趕。

馮淵入樹林內摔了一個跟頭，明知是死，原來不是別人，卻是艾虎。皆因艾虎要上黃州府找到師父家裡去，不料半路之上遇見了張龍、趙虎、白五太太，說了他師父的來歷，跟下刺客去，上京都保護包相爺去了。艾虎方才知曉，自己也就不用上黃州府，辭別了張、趙二位，奔了上京的大路。可巧走在半路，遇見人一打聽：「有欽差大人過去了沒有？」人家說：「早過去好幾天了。」艾小爺一急，怕誤了趕不上見駕，如何能得個一官半職的哪，自可連夜一走，恨不能一時飛到京內才好。晚間三鼓，正走樹林外，見有人由北往南跑，小爺先就進了樹林。可巧馮爺進來，艾虎不知是馮淵，先趴在地下，容他到時一踢，馮爺摔倒在地。艾虎剛舉刀要砍，虧了細細的一看，不然馮爺命不在了。艾爺看是馮淵，叫：「大哥呀！」馮爺說：「是那位？」艾虎說：「小弟艾虎。」馮爺說：「你可嚇死我了哇！我沒有工夫細說，咱們拿賊。」正說之間，盧珍趕到，馮爺說：「盧大哥，艾虎弟來了，你我三個人行了，與他們動手！」盧珍問：「姑娘的那個東西可曾到手？」馮淵說：「要是到手，我就不跑了。」盧爺說：「你真無用！使了多大心思會沒到手。」艾虎問：「什麼東西？」馮爺說：「來了咱們搶上風頭，那丫頭沒法子。他那東西教五色迷魂帕，非得順風而使，逆風使他自己就躺下了。」艾虎一聽，說：「好利害！」迎面上路凱、崔龍、賈善、趙保，後跟路素貞，許多家人掌定燈球火把，各拿長槍短刀木棍哨子棍等，一擁進了樹林，狐假虎威往上一圍，大家亂殺一陣。馮淵嚷：「咱們奔西北，可別奔東南，丫頭縱有那陰功東西可也使不上。混賬王八羔子！」姑娘一聽，直氣得雙眉直立，杏眼圓睜，咬牙切齒。不恨別的，淨恨馮淵直嚷，自己縱帶著五色迷魂帕也使不上。他們三個人搶上風頭，自己要是一用，本人先得躺下，自可憑本事與他們交手。

正在動手之間，正北上又是一陣大亂，燈球火把，亮子油松，也有在馬上的，也有馬下的，人喊馬嘶，看看臨近，此時動手，可就出樹林之外。皆因艾虎三個人總搶上風頭，搶來搶去，就退出樹林。艾虎一看，黑壓壓又來了一片，馬上步下，各執軍刃，燈球火把，亮子油松，照澈的大亮，艾虎暗暗著急。人多，三位倒也不怕，淨得留神姑娘的五色迷魂帕要緊。忽然間，先有兩個人闖到。頭一個是大漢龍滔，第二個是飛塹鐵錘大將軍姚猛，緊跟著開封府班頭韓節、杜順，又見前邊一對氣死風燈籠，上寫著「草橋鎮總鎮」。

原來龍滔、姚猛二人，馮淵打發他們一走，出離路凱門首，走到一個僻靜之處，找了一位上年歲人，打聽打聽此處屬什麼地方所管。那位老者問：「是文衙門武衙門？」二人一想，總是武衙門好。那人方相告說：「在小單街，就是總鎮衙門。這位大人姓楊，楊總鎮。」二位與那人道勞，直奔小單街而來，找總鎮衙門。剛到衙署之外，遠遠有人招呼說：「龍大爺，慢走。」龍滔一看，來了數十個人，單有兩個抱拳施禮，說：「龍大爺，不認識我們？方才多有受驚。」龍滔一看，並不認識這幾個人，問道：「二位怎麼識認小可？二位貴姓？」那人低聲說：「我叫韓節，那是我兄弟，他叫杜順。我們奉開封府相諭，京都恒興當有七條命案，我們下來採訪差使。在天齊廟把勢場，見你們幾位都教路家拿住了。我認得你老人家，閣下不是上開封府找過韓二老爺？後來你賣刀，我們馮老爺送你銀子，我故此認得你老，大概你老不認得我們。我們怕你幾位凶多吉少，我們上總鎮大人這裡投文借兵，破案拿賊，救你們眾人，不想二位到此。你們是怎麼出來的？」龍爺就把馮爺認得崔龍的話學說了一遍。韓節說：「這可是巧機會，咱們一同見總鎮大人楊秉文罷。」說完，四人一同進衙內。官人回稟進去，不多時請入。四位見大人投文，各說自己之事。大人不敢怠慢，立刻點兵，要馬步軍隊，各穿戴卒巾號褂，刀槍順利。將到三更，大家起身，直奔路家而來。

走在半路，有探事的兵丁報說：「前面有路家男女連家人等，與三位在樹林外動手哪！」龍滔、姚猛聽此信，大喊一聲，殺將進去。總鎮楊秉文立刻傳令，教馬隊在外頭一圈，不准走脫一人。自己倒下馬，提著一條長槍，帶著步下兵丁，見人就拿，逢人就捆。開封府的韓節、杜順帶著伙計們，全拿著單刀鐵尺，跟著龍滔、姚猛殺進來了。剛一進來，馮淵、艾虎、盧珍三個人一看，是自己人到，自來的精神百倍長。龍滔等剛一進來，就撞見姑娘，自來的就有幾分害怕，不敢過去與路素貞交手，怕他有妖術邪法。馮淵嚷：「咱們人在西北與他動手，可別往東南，老要面向著東南！」高聲一嚷，果然大家都聽見了。渾人就屬姚猛，手中鴨圓大鐵錘，叮噹亂碰大眾家伙，碰上就飛，撞著就得撒手。路凱這些家人見官兵官將一到，馬步隊一圍，人人害怕，個個擔驚，就無心在此動手，要打算逃命，又撞著姚猛這般利害，誰敢向前。要跑又跑不出圈去，滿讓跑出步隊圈外，也被馬隊拿住。馬上全是長家伙，一抖長槍，就挑一個，滿讓挑不著，路凱家人拼命一跑，馬上人拿馬一撞，就撞一個跟頭，馬兵下來就捆。

總鎮大人是後進去的，提著一條梅花槍，碰著路家家人時節，不是槍扎就是桿打。單則一件，他認不出來那是路家，那是龍滔、姚猛、韓節、杜順一同的人，故此高聲嚷叫說：「呔，那邊是官面的人，咱們可別殺錯了！」龍滔說：「這邊三位全是咱們自家。」馮淵嚷：「我們在西北，都是自己人！你可別往東南，你上西北來罷。」楊秉文不知道是什麼緣故，他心想著咱們都在西北，賊人全在東南，東南上沒人擋著，怕他們打東南上跑了，自己在東南上擋住他們，自料憑手中這條槍，足可以擋住這幾個連男帶女。他焉知曉九尾仙狐路素貞那個利害。姑娘動了半天手，未能殺著一個人，五色帕又施展不出來，全教這個假丈夫給嚷嚷的。可見看楊總鎮在東南上，路素貞一回手就從帕囊裡把那一塊大紅的手帕提將出來，衝著楊總鎮唰啦一抖，楊總鎮就覺著眼前一黑，「哎喲」一聲都沒嚷出來，噗咚，把楊總鎮摔倒在地，嘡啷一聲，早就把槍扔下了。金角鹿賈善動著手，回頭一看，只見楊總鎮摔倒在地，一翻身躥將出來，擺刀就剁。其實他聽見大眾嚷哪，齊說道：「總鎮大人躺下了！」再說他也看的明白，總鎮是將巾搯袖，鑾帶紮腰，薄底靴子，臉似銀盆，雁尾髭鬚，濃眉闊目。他明知此人不俗，是一至死，殺一個賺一個，擺刀就剁。只聽嘣哧一聲響亮，鮮血直躥，噗咚一聲，摔倒在地。

列公聽明白著些，可不是把總鎮殺了。總鎮在地上躺著，要是殺總鎮，何又噗咚一聲摔倒在地？這是賈善被傷。皆因總鎮一躺下，馮淵嚷：「教你過來你偏不聽話！」姚猛就看見了。姚猛一著急，要過去救去。眼見救之不及，賈善過去要殺，姚猛趕不到，就把手中鐵鏨子往外一發，就聽嘣的一聲，正在賈善肩頭之上，「哎喲」一聲，賈善就摔倒在地。眾兵丁忽喇往上一裹，連賈善綁將起來，把總鎮背將起來，破著死命往外一闖。馮淵嚷：「往西北來！」路素貞又不能抖那絹帕，只可趕上去要殺那些兵丁，早被艾虎截住。艾虎又與路素貞一交手，可真稱得起棋逢對手，將遇良才，直殺了一個難解難分。此時路凱的家人雖不能全被官人拿住，所剩數十個人，也就往上亂闖逃命去了。路凱、崔龍一瞧，就剩他們這幾個人，心中就有些害怕。頭一個是崔龍，直不敢動手啦。衝著龍爺虛砍一刀，往南就跑。自己越想越害怕，別說不能得勝，滿讓贏了馮淵他們大眾，路凱他們也不答應，他是個媒人，鬧出這們大禍來，自己抹脖子都對不起路家，只可遠遁他方便了。砍了兩名步下兵丁，馬上的兵丁一追，他又把那馬上的砍下馬來，自己逃生去了。單提路凱借著人家兵丁燈光一看，連他妹子只剩下三個人，暗暗著急，又是生氣，這件事情全壞在崔龍身上，等遇見崔龍時節，再與他算賬，此時自可是約會著妹子逃命。焉知姑娘想出一個主意來了，懷中有紙，掏出來把自己鼻子堵了個結實，把迷魂帕衝著大眾一抖，不管上風下風，眾人全得躺下。

姑娘把絹帕一抖，不知大眾性命，下回再表。

第十七回　賊女空有手帕難取勝　俠客全憑寶劍可擒人

且說路素貞實出無奈，想出一個急見識來，把自己鼻子堵上，往他們這邊一欺身子，右手刀遮擋大眾的兵器，左手一掄五色迷魂帕，什麼叫上風下風，聞著就得躺下。正然要掄，西南上一陣大亂，蹭蹭蹭，躥進好幾個人來。頭一個是御貓展熊飛，第二個大義士盧方，三個徐慶，鐵臂熊沙老員外、孟凱、焦赤、雲中鶴魏真。這些人將一露面，艾虎、盧珍、聖手秀士三個人精神倍長。

怎麼巧，這幾個人從何而至？是大人接著聖旨，入都覆命，大人未曾起身，這是大人的前站。不但淨是他們這幾位，還有文官主簿先生公孫策，帶著許多從人，都是乘跨坐騎。一路之上，各州縣通知明白，教他們預備公館。可巧這天又是徐慶的主意，他要睡不著，他教走就得隨著他。這主意獨出己見，想著什麼全在他一時高興。想走就得走，他要想住就得住下，永遠不隨著人。你要不隨著他不行，他要說住，你不住，他就教你單走，他一人住下。不論多少人走路，也得聽他一人調遣。這天將到四鼓，他就教外頭備馬，眾人無奈，自可同著他起身。走在路上一看，方知起早啦，也就無法。正走著，瞧見這邊燈球火把，趕奔前來，教從人一打聽，方知道是這麼件事情。

幾位下馬，教從人與公孫先生在那邊等著。這幾位爺各執兵刃，殺奔前來。頭一個是展南俠，隨跟眾位往前一闖。展爺將一進來就見了艾虎大眾，馮淵就嚷說：「眾位大人到了。這幾個是賊，要緊案子，千萬可別把他們放走了！」展南俠方才知道有要緊的案子。路素貞一想，聽見他們口稱大人，只要有這迷魂帕，自己把鼻子堵住了見就全不怕，不管他們有多大本事，也擋不住這迷魂帕一晃。自己把主意拿定，就將迷魂帕一抖，先是那些兵丁一個個噗咚噗咚亂倒，然後就奔了艾虎來了。艾虎瞧見那些兵丁噼咚噗咚亂倒，又有馮淵說教搶西北，人家身臨且近，躲閃也不好躲閃，將一著急，聽馮淵那裡嚷：「這丫頭抖迷魂帕哪，大家捂著鼻子與他們動手罷！」這一句話就把大家提醒了，大家全把鼻子一捂，連那些兵丁一齊嚷道：「捂鼻子呀，捂鼻子！」這一下把路素貞嚇了一個膽裂魂飛，全仗著這手帕贏他們，不料教他們這套主意洩露機關，怎麼掄也不行了。那邊的路凱全仗著他妹子這個迷魂帕，如今全使不上了，那還中什麼用，就說：「咱們走罷……」這句話未曾說完，自己那口刀早就教雲中鶴魏真削為兩段，回頭就跑。將一走，被飛蹔大將軍鐵錘將一蹔子釘在腿上，噗咚摔倒在地，被兵丁過來將他拿住。路素貞一瞧事情，撒腿就跑，總還是他的腿快，他倒跑出去了。鐵腿鶴趙保心神意念全在路素貞身上，他見素貞一跑，他就跟著跑下來了。可巧迎面遇著魏道爺，他如何走的了。魏道爺用手中寶劍先把他刀一削，然後往著他的頭顱一剁，算是躲的快，蹭的一聲，把他的頭巾砍去一半，也就逃命去了。到底還是同著路素貞一路前往，下文書再表。

大眾一看，跑的是跑了，拿住是拿住了，然後大眾會在一處。艾虎等過來見禮，然後問他們的來歷。龍滔、姚猛說他們丟東西賣藝。馮淵說他們進廟，怎麼遇見姑娘被捉，後又遇見崔龍，說與姑娘入洞房、誆手帕，怎麼得著王爺下落，如此如彼。展爺大喜，說：「自要得著王爺的下落就好辦了。」又問艾虎，艾虎把怎麼遇見張三叔、趙四叔與白五嬸娘，自己不上黃州府找師父，夠奔京都的話說了一遍。又問韓節、杜順兩個班頭，說京都恒興當怎麼出了無頭案，奉相諭，上草橋鎮找姓路的。到天齊廟一打聽，是范家兒子，姓路，原本是路家孩子，貪著天下都地方范宗華的家業，范家一死絕了，這路凱任意胡為，仍認祖歸宗。他認的無賴的朋友，家內準窩著作案之賊。「我們上廟探他去，可巧遇著龍大爺被捉，我們情知勢孤，這才向楊總鎮借兵。」話言未了，馮淵接言說道：「京都作案，你們準知道是誰？」回答：「不知。」馮爺說：「就是同著路素貞跑的趙保。」如此如彼，學說了一遍。展爺一聽，氣往上撞，說：「真有這等事情，平平世界，朗朗乾坤，怪人家不當要殺人。方才那位總鎮大人不是躺下了嗎？」眾位回道：「此時慢慢蘇醒哪。」兵丁等過來報功，兵丁內死了四個，有六個帶傷的，拿著他們活的是四十二個，帶重傷的十幾個。展爺說：「你們總鎮大人此時不能傳令，可認得展某？」大家一口同音，跪下叩頭，說：「認識大人。」展爺說：「我替你們大人傳令：活的、帶傷的全解往衙門，連這兩個賊頭，一併交衙門，我們帶著上京。死去的教地方派人刨坑一埋。」吩咐已畢，那邊從人與公孫先生也都過來。再看總鎮大人，晃晃悠悠過來與大眾見禮。展爺就把他發放之事說了一遍，楊總鎮連連點頭。展爺又說：「大人索性帶兵把路家家一抄，所有東西物件盡行抄出，上帳簿封門。若要有人，還將他們拿住。」說畢，總鎮大人帶兵前往，單有兵丁頭目帶著展老爺上總鎮衙門。天已大亮，總鎮方回，將抄的東西物件帳目與展爺觀看，帶往開封府。路家裡面，連丫鬟全都跑了。展爺說：「那也不必細追。」教總鎮預備一輛大車，就把路凱、賈善鎖在車上。開封府的班頭同龍滔、姚猛、艾虎，馮淵、盧珍二人到店裡取包袱，給飯錢，也就押解著車輛入都。展爺等都是騎馬，路上無話。

直到開封府，艾虎等奔校尉所，見著師父。馮淵等都與智化行禮問好，各言自己來歷。把邢如龍、邢如虎帶過來，與大家相見，說了他們的緣故。班頭韓節、杜順進裡邊，見相爺回話，就拿住路凱、賈善的話回稟了一遍。相爺點頭，外廂伺候。班頭出來，艾虎大眾等著展爺來到，一同面見相爺。天到晌午時節，展南俠、盧珍、徐慶、魏真、沙龍、孟凱、焦赤至開封下馬，奔校尉所，面見智爺。小爺等過去行禮，智爺把邢家弟兄帶過來，說了他們的來歷。徐慶說：「智化賢弟，你才會哪！事情辦完你走去了，大人為你不入都，教我們大家各處尋找於你，原來是你先跑在這裡等著來了。哎呀，可是你不在這等著，相爺不沒了命了。」這句話說的邢家弟兄臉上發赤，也不敢多言，就低著頭。忽然就見簾子一啟，包興從外面進來，見眾人大家亂一行禮，隨說道：「相爺知道你們眾位老爺們來了，相爺在書房等候，請你們眾位老爺相見。」眾人答言，南俠在先，小爺在後，到裡面見包公。無非問了些襄陽的事，又問了些天齊廟的事，又說些開封府鬧刺客的事，又提谷雲飛不願為官，異樣情性。俱都說罷，教眾位外廂伺候，包公也就升堂，當差的眾人堂口伺候。

包公升位，兩旁邊校護尉站班。包公吩咐：「將路凱帶上來。」問他不法的情形，他盡把這事推在崔龍、賈善、趙保的身上。隨後又把賈善帶至堂口，跪倒身軀，往上磕頭。包公問他恒興當殺人事情，可到好，沒招老爺生氣，全說了，就提當鐲子「要當五十兩，只寫三十兩，我們兩個人一恨，第四天晚間，趙保殺死兩個更夫，五個站櫃的，拿了他們百餘兩首飾，盡是趙保所為，小的與他巡風。」相爺也沒用刑具拷打，就把他們釘肘收監，暫為待質，等拿住崔龍、趙保再定擬罪名。發放已畢，賞賜班頭，仍出閃批文書，案後訪拿崔龍、趙保。又與草橋鎮行文：路凱房子入官查收，已作抄產，所有東西該地方官入庫；天齊廟另招住持方丈，周圍香火地不屬路家所管，歸廟中作香燈之費；所有拿獲路凱家人，一概責放；案後訪拿崔龍、趙保。當鋪所殺死之人，等趙保到案方准埋葬。諸事一畢，包公退堂，淨等按院入都。

單提顏查散先接著聖旨，一概事情按旨意辦理。金知府署理外藩苗守的差使。所有王府拿住的賊人，神手大聖鄧車、鑽雲雁申虎，一個是行刺，一個是盜印，把兩個賊就地正法，人頭用木籠裝起，在襄陽西門號令。所有拿住的兵丁，大人俱釋放。此時有路彬、魯英由晨起望來，入上院衙求見大人。有人將他們帶進來，見大人行禮，跪下不起，在大人面前請罪。大人問：「路、魯二位何罪之有？」二人一齊說道：「奉蔣四老爺諭，在我們家中看守著彭起，彭起頭上按著個迷魂藥餅，早晚把他兩羹匙米湯。灌來灌去，日限甚多，再灌他吞吃不下，我們又不敢把迷魂藥餅起將下來。我們一摸，這人渾身冰冷，四肢直挺，尋常可也像死了一樣，無非是渾身是活軟的。再過幾日又一摸，渾身冰冷，我們疑著怕不好，奓著膽子把迷魂藥餅起下來，已然呼之不應，喚之不語，彭起那老兒氣絕身死。我們也不敢抬埋，請大人示下。」言還未盡，大人仰面朝天長歎了一聲，說：「可惜呀可惜！便宜他就是了。你們兩個人也不用走了，跟隨本院入都，聽旨意封官。」兩個人磕頭。大人派官人上晨起望，把彭起屍首提出來，扔棄山澗，教鷹餐鳥啄。差官領命前往。蔣四爺攔住路、魯二位要那個迷魂藥餅，路彬、魯英就把那迷魂藥餅給了蔣爺。

又有官人進來回稟先生，先生回稟大人：「五太太奉旨迎接古磁罈，不日看看來到。」大人吩咐首縣❶，在上院衙外高搭祭棚，設上古磁罈，請高僧高道超度五老爺亡魂。大人率領文武官員眾俠義等親

❶ 首縣：舊時稱省治或府治所在的縣。也用以指該縣的知縣。

身上祭。書不可盡著重敘。待表五太太到，帶領公子白雲瑞至祭棚，恭拜古磁罈，奠茶奠酒，燒錢化紙已畢，見大人。大人親身出衙，見夫人公子，勸夫人幾句言語，教督催著公子盡力讀書，然後送銀兩以作奠敬。夫人請古磁罈起身。

大人入都，有本城文武官員給大人預備轎馬，所有破銅網眾人俱跟大人同行。君山鍾雄就帶著于義、于奢所有眾人回山，文武官員送出一站。次日起身先走，大人轎子是徐良、北俠、芸生、熊威、韓良、朋玉、韓天錦七位。隨行正走在一片葦塘，忽然躥出一人，嚷「冤枉」，衝轎內一刀。

要問大人生死，且聽下回。

第十八回　黑樹崗范天保行刺　金鑾殿顏大人辭官

且說徐良、北俠等保著大人轎子，前呼後擁，頭裡執事排開，雨墨的引馬，從人跟隨，俱在轎後，兩旁有按站的官兵護送，眾英雄換替著保護轎子，走乏了，後面有車有馬。可巧正走在一塊大葦塘，周圍淨是些樹木，地名教作黑樹崗，忽然從葦塘裡出來一人，穿著一身破衣服，可是貼身利落，腰紮鈔包，一雙靸鞋，口嚷「冤枉」，往轎前一撲。雨墨將要下馬，轎子還未打杵，那人就到了轎前。原來手中背著一口刀，不大甚長，用左手一掀轎簾，右手刀扎將進去。就聽見噗哧一聲，「哎喲」一嚷，早就紅光迸現，鮮血直躥。可巧此時保大人的是熊威、韓良、朋玉、韓天錦，這四個人本領不強，韓天錦更不會本事啦。

你道這個刺客是誰？就是閃電手范天保。教四爺追跑了，由水中逃命。上來時節，也不知「天保」上那裡去了，白晝不敢回家，隔了兩日，晚間方敢回去。家內門戶封鎖，教官人看著。他又不敢上魯家村去，無奈何，到親戚家隱藏。親戚慢慢給打聽明白，方知道魯世杰的乾老是翻江鼠蔣平。自己咬定牙關，尋找蔣平報仇。誰人不知蔣四爺跟著大人當差，自己就找奔襄陽來了。可巧半路遇見黃面狼朱英，二人就找了一座酒樓，朱英就把王爺在寧夏國，怎麼聘請天下山林海島的英雄，與王爺共成大事的話說了一遍。范天保聽在心裡，也把自己事學說了一回。朱英說：「巧了，你要找蔣平，我與你一路前往。

你殺蔣平，我與你巡風；然後我殺大人，你與我巡風。」范天保一聽，說：「這是真巧，有了膀臂了。你殺大人何用？」朱英說：「你真胡塗，顏查散是王爺大人的仇人，誰要能殺了貪官，王爺得天下與誰平分一半。」天保說：「要是那樣，我一人即可殺他們兩個，你與我巡風。」二賊議論好了，會了酒鈔，就奔到黑樹崗，遇見地面上言語說：「快拾掇道路罷，大概晚半天就到了。」二賊一打聽，正是顏按院打此經過，二賊歡喜。又見了這個地勢，正可動手。怕跟大人手下人多，倒現買了一件破衣服，一喊冤，他們不提防，一刀將大人殺死，他們總有保大人的，人無頭就不行了。「我再接應著你，你看這隱身子地方甚多，也好藏躲。」二賊商量好了，就在葦塘一等。可巧又是一片旱葦，等著大人到時節，必有動靜，他們從暗處往明處看，自然看得明白。瞧著大人轎子臨近，范天保往外一躥，一嚷「冤枉」，誰也想不到他是行刺的，不料他把轎簾一揪，噗哧一刀。那轎夫正要打杵，索性把轎子一扔，撒腿就跑。韓天錦嚷：「了不得啦，有人把大人殺了！」他只管朌下也帶著刀，他不拉刀，一味乾嚷。熊威、朋玉、韓良三個人亮刀，容他們把刀拉出來，范天保也就跑了，三個人就追。范天保本不打算與他們交手，焉知曉迎面上早有一個人擋住去路。你看那人一身皂青緞衣襟，黑紫臉面，兩道白眉，一雙闊目，四字口，手中那口刀，刀把上有一個環子，一擺手中刀，攔住去路，口中說：「烏八日的，別走啦，爺爺在此久候多時！」

原來山西雁正在車上坐著，同著賽管輅魏昌一輛車上說話。後來一看這個地勢，周圍樹木叢雜，那邊又有一塊大葦塘，徐良就與魏先生說：「這個地方可有點不好。」先生問：「怎麼不好？」徐良說：「白天還不要緊，晚間是藏賊所在。」先生說：「我們念書的人，那懂得這些事情。」徐良就看見葦塘內有兩個人影在裡頭亂晃。徐良跳下車來，往前緊走了幾步，正遇著范天保一跑，徐良蹭一個箭步，就把他去路擋住。范天保不知老西那個利害，擺刀就剁。徐良把刀往上一迎，只聽嗆啷一聲，就把范天保這口刀削為兩段。范天保出世以來，沒見過這宗兵器，把刀一扔，焉敢動手，回頭往葦塘就跑。徐良將一掏鏢，范天保就到了葦塘，鏢托在掌上，再打也就來不及了，人已經進葦塘去了。依著朋玉、熊威要往葦塘裡追，說：「大人已經教他殺死，咱們這個罪名不在小處！」北俠此時趕到，連連擺手，大叫：「不要追趕，咱們先瞧看大人要緊！」這三個人返身回來。徐良一使眼色，一指鼻子，打了個手勢，順著葦塘外邊追下賊人去了。

北俠帶著芸生，又把轎夫叫將回來，收拾轎簾。看了看大人，這一刀正扎在肩頭之上，鮮血淋淋，北俠拿出點藥來給他按上，囑咐了幾句言語，把那件蟒袍給他往上提了一提，仍然教轎夫搭起就走，裡面還是哼咳不止。可笑是那些護送兵丁，只管扛著長槍、大刀、短刀，一個個卒巾號坎，瞧見刺客出來一砍大人，各各唬的南北亂跑，不顧拿人。見刺客跑了，大家仍又聚在一處，倒過來與北俠打聽大人傷的輕重。還有兩個小武職官，兩外委的差使，本是在先頭，也跑過來與北俠打聽，教北俠威嚇了幾句，連兵帶官，諾諾而退，仍然保護大人前往。這熊威也是納悶，又見主管雨墨也不深分看大人受傷的情形，並且連馬都沒下，還是嘻嘻直樂。你道這是什麼緣故？原來這個轎子裡不是真正欽差，這全是蔣四爺的主意：第二站分三路行走，教金知府從監內找出一個被罪的人來，教他假充大人，一路無事，就把他死罪免了；要是遇禍，也是他命該如此。此事有知道的，有不知道的，似乎熊威等就不知。果然正走在黑樹崗，正遇此事，不然雨墨那樣義僕，他有不急的麼？總是蔣爺有先見之明。到了驛站，從新又換一個假大人，一路也就無事。大眾到京不差日子，往前大人也到了，北俠等也到了，徐良後趕著也到了。山西雁追了一路，也沒把賊人追著。彼此全到大相國寺見大人。大人是頭天入都，住大相國寺，第二日見駕。

蔣四爺大眾先到開封府，見包丞相。未見包公先見著智化，蔣爺說：「哈哈，好智賢弟！你可算是神龍露頭不露尾。」智爺行禮，說：「四哥，別過獎我了。」蔣爺說：「這我看你見大人不見，這要封官，看你作官不作。」智爺說：「這也就無法了，你們先見相爺罷。」又與邢家弟兄見了。蔣爺把智爺拉在一邊，低聲說道：「你好大膽子，這是兩個刺客，你硬敢保舉在開封府當差。二人要是一變性情，你不料料是什麼罪！」智爺說：「對呀，我也是當局則迷，也覺有些害怕，不然我怎麼淨看著他們，我也不敢離開兩個。這幾日光景，已看出兩個人性情來了。四哥，你只管放心，決沒意外之事。」蔣爺說：「既然這樣，很好。好好，我們見相爺去了。」大家到裡面見包公。相爺說道：「索性把邢如龍、如虎兩個人的名字也提在摺本之內，破銅網有功，保舉兩個作官。」蔣爺連連點頭，謹遵相諭。包公又問：「鍾雄由君山帶多少人來？」蔣爺說：「回稟恩相大人得知，鍾雄就由君山帶了兩個人來，餘者之外，全是鍾雄手下從人。」包公吩咐，教四爺把君山三人帶來一見。蔣爺把邢如龍、邢如虎帶至大相國寺面見大人，說明了相爺的吩咐。這兩個人跪下，與大人叩頭，求大人施恩。蔣爺在旁邊就把相爺說求大人保舉兩個人為官，大人點頭，吩咐教他起去。蔣爺又說，相爺要見君山鍾雄他們三個，大人復又點頭，教四爺帶鍾雄等至開封，聽候相諭。

蔣爺隨即帶著鍾雄、于奢、于義至開封裡面書房之外，先回了相爺，後把三個人帶進去。見相爺雙膝點地，包公教他們抬起頭來。包公打量著，君山鍾雄水旱二十四寨的一個大寨主，必然是一個紅鬍子、藍靛臉，錯非是那個樣，如何鎮得住水旱八百里的所在？入內一見，實係詫異，原來是面白如玉，五官清秀，三綹短髯，翠藍袍，四楞巾，厚底靴子，很像清高儒雅的體態。又看金鏞無敵大將軍于奢，身高一丈開外，面如淡金，壯士打扮，頭如麥斗，膀闊腰圓，包公一瞅就愛。再看于義，武生相公打扮，面白如玉，恰似未出閨閣的少女一般。包公見他心中一慘，見他倍與白護衛品貌相仿。包公問他們的名姓，蔣爺在旁替他們回稟：「這個叫鍾雄，這個叫于奢，那個叫于義。」包公說：「本閣聽說你文中進士武中探花，退來居住君山，可算你是聰明反被聰明誤。」鍾雄叩頭，口稱：「罪民一念之差，身該萬死，萬死猶輕。」包公說：「及早回頭，總算是名士。回相國寺候萬歲旨意便了。」三人叩頭，跟蔣爺出來。蔣爺找智爺一同上大相國寺。將要找智化，有一個官人笑嘻嘻捧著一個帖兒，說：「四老爺，智大爺往外頭去了，怕你老人家下來，派我在這裡等著。見著你老人家，這有一個帖兒，說一看便知。」蔣爺接過帖來就一怔，說：「不好，大半又要走星照命。」打開帖一看，何嘗不是，上寫著：「字奉蔣四哥得知：小弟智化在開封多住幾日，所以為伴著邢家弟兄。如今你們眾位已到，小弟卸責。書不盡言，容日再會。」蔣爺見了字柬，一跺腳，歎了一聲，說：「智賢弟行事實係古怪！」只可同著鍾寨主直奔大相國寺。見了大人，就把相爺見了鍾雄的話說了一遍。又將智化留的這個帖給大人看了。大人也歎息了半天，在旁的眾人聽著無不歎息。然後大人又叫先生打摺本，預備明日投遞。所有眾人俱都寫在摺本之內，盧、韓、徐、蔣四個人辭官不作，也在摺本之內寫明。

摺本打好，大人過目已畢，天已五鼓，大人上朝。至朝房前下轎，少刻包公到，過去見了老師，行師生之禮，至朝房內談話。不大的工夫，天子登殿，文武在品級山前行禮。朝賀已畢，文東武西分班站立。顏大人的摺本，黃門官傳遞，陳總管接過，在龍案上展開，金獅子壓住。天子看了多時，降旨封官。又下一道旨意：今日晚膳後，所有破銅網的人，俱在龍圖閣陛見。

這段節目，且聽下回分解。

第十九回　小五義御花園見駕　萬歲爺龍圖閣封官

且說顏大人見駕遞摺本，萬歲御覽。萬歲爺看了多時降旨：顏查散察辦事件辦理甚善，賞給禮部尚書。顏大人碰頭辭官，萬歲不准。顏大人又奏：在襄陽為王爺事嘔心吐血，請旨開缺。萬歲不准，賞假百日，安心調理，假滿請安赴任當差。顏大人不敢再四辭官，如若一定辭官不作，就為抗旨不遵，只可叩頭謝恩。萬歲爺又賞些金銀彩緞，大人復又謝恩。御前四品帶刀護衛展昭，實加一級，賞給三品護衛將軍，金銀彩緞。盧方、徐慶准其辭官，有後人接續當差，也賞金銀彩緞。韓章、蔣平辭官不准，韓章賞給四品護衛，蔣平實加一級，水旱三品護衛將軍，賞給金銀彩緞。顏大人替代謝恩。所有一干眾人，今日晚膳後在龍圖閣，勿用穿帶官服，著龍圖閣大學士、開封府府尹包拯帶領引見。降旨已畢，朝袍一撣，君臣皆散。

包公至朝房，著派南俠、蔣四義教給他們大眾見萬歲爺的禮節，千萬不可像上次失儀。又著公孫策開下大眾的花名，這大眾的外號、籍貫、名字，開寫清楚，投遞御前黃本處。蔣、展二位領相諭回大相國寺，教給大眾禮節，見駕規矩。聰明人一教就會，糊塗實係費事。總而言之，教他們少說話，多磕頭為是。面聖之時，附膝盡禮，匍匐於地。後來又一議論，把小五義弟兄叫來，蔣爺說：「倘若萬歲知曉你們都是將門之後，萬歲又是喜歡看練武的，又知道你們一身工夫，大概許要看看你們有什麼技藝。不如把你們本藝寫上，倘若天子高興，就許要看看。」展爺在旁點頭，說：「四哥，你真想得到。」一問芸生什麼熟慣，就是單刀；又問艾虎，也是單刀；一問盧珍，也是刀；一問徐良，也是單刀。蔣爺說：「你們誠心哪！這個上去一趟刀，那個上去一趟刀，滿讓天子高興，也就看絮煩了。你們得改個樣兒。」就讓芸生使刀。「盧珍，你不是會舞劍麼，跟著你丁二叔學的。」盧珍說：「我沒有寶劍。」蔣爺說：「你丁二叔也有寶劍，你展大叔也有寶劍，誰的你不可使用。」盧珍點頭。又說：「艾虎，你怎麼樣？」艾虎說：「我必得使槍。」蔣爺說：「呸，你在萬歲爺眼頭裡掄槍去？使短兵器還不可以的。」艾虎說：「我使什麼？」蔣爺說：「你將就著打一趟拳罷。」艾虎點頭。又問徐良：「你怎麼樣？」老西說：「也不是姪男說句大話，十八般兵刃，你老人家提什麼罷。」蔣爺說：「準是件件精通。」徐良說：「件件稀鬆。」蔣爺說：「你除了這個之外，還有別的能耐沒有？」徐良說：「別的能耐也有。」蔣爺問：「你有別的什麼能耐？」徐良說：「別的能耐果然是有。」蔣爺說：「既有很好，就給你寫上，可要出色。」徐良說：「你老人家寫『一手三暗器』。」蔣爺說：「何為叫一手三暗器？」徐良說：「不用問，用的時節現想招兒。」蔣爺說：「這可不是鬧著頑的。」徐良說：「姪兒知道，無非有個剮罪等著哪。」蔣爺又問韓天錦：「你會什麼？」大傻小子過來說：「問我呀？會吃飯。」蔣爺說：「問你會什麼本事。」韓天錦說：「會幹什麼呀？」蔣爺說：「對了。」天錦說：「會打槓子。」蔣爺說：「你跑的皇上眼頭裡打槓子去？」徐良說：「我是找剮呀，我哥哥是要出大差。」問：「二哥，你是會什麼本事，好寫上。」天錦說：「就是打槓子、吃飯，打槓子打來錢好吃飯。」蔣爺說：「你走開我這裡罷，別氣我了。」天錦賭氣往西去了。蔣爺告訴公孫先生，寫花名時，寫芸生頭一個使刀，二個盧珍會舞劍，三個艾虎能打拳，四個徐良會一手三暗器，五個韓天錦力大。

展爺問：「力大怎麼講？」蔣爺說：「聰明不過帝王，伶俐不過光棍。天子一瞧『力大』，見他那個人物，也就知道是個笨貨。再說，我知道天子聖意，最喜愛長的俊美人物，把他們貌陋的排在後面，看來看去，看在後面，有貌陋的，滿讓不愛看，也瞧完了。」展爺笑問：「你怎麼知道？」蔣爺說：「我們三個人見駕的時候，見我大哥也喜歡，見三爺亦樂，見了我這個模樣，就一皺眉，問相爺何為叫翻江鼠。我那時候顯我能耐，我說我水勢精通，險些沒把我剮了，後來教我捕蟾。不然我怎麼知道老爺子最喜歡體面的。」展爺聽著大笑，說：「四哥雖是多慮，也倒有理。」隨教公孫先生把花名開寫清楚，先遞將進去，然後帶領大眾，在後宰門伺候聽旨。

這一路上，跟隨的人越聚越多。自古至今，全是一理。京都地方，有點什麼事情，人所共知，一傳十，十傳百，都要看破銅網之人。跟隨一看，果然一個個不俗。就有猙獰怪狀的英雄，也有五官清秀的好漢，高矬老少胖瘦不等，直奔後宰門而來。一路之上，瞧看熱鬧的人也俱都跟在後宰門。單有後宰門當差的太輔公官，也都出來瞧看，見著展南俠、盧、韓、徐、蔣，過來講話，展爺大眾也給他們道個吉祥。他們這也打聽打聽，那也問問，齊說道：「你們大眾見了萬歲，準要作官，出來與你們道喜。」正說話間，由裡出來兩個小太監，全都在十八九歲，俱是太監帽，鐵蓮衣，厚底靴子，頂帶念珠，面如少女一般，手中蒼蠅甩兒亂擺，口中嚷道：「開封府的老爺們哪？」蔣爺同展爺南俠一看，就知道是御前差使。趕著向前，抱拳帶笑說：「二位老爺吉祥！」回答道：「彼此彼此。咱們二人奉我們師父之命，出來瞧看你們齊備了無有。咱們二人的師父是誰呀？」展爺連連說：「知道，知道，是陳總管老爺。」

二人又說：「萬歲爺用膳已畢，你們都把人帶齊了。」蔣爺說：「俱已齊備，我們在此候旨。」又瞅了瞅大眾，說：「就是這些人哪？」蔣爺把大眾往前一帶，說：「看看二位老爺。」大家全是一躬到地，他們也還了一個禮兒，說：「你們在此候旨罷。」說畢，兩個人進去。又見王朝、馬漢二位趕到，說：「蔣、展二位大人，相爺問把他們大家的禮節全都演習好啦？」蔣爺點頭：「俱都演好。」

裡面傳出信來，萬歲爺駕到龍圖閣，帶眾人進去。隨即答應，進了後宰門，走昭德門，穿金鎖門，玉右門，奔御花園門，可就進不去了。單有展南俠、蔣四爺可以進去，他們二位是御前的差使。就是展爺一人至龍圖閣下面聽差，蔣爺這裡看著大眾。包公早已就進來，在龍圖閣三層漢白玉臺階之下候駕。不多一時，有許多太輔宮官由門內出來，嚷說：「聖駕到。」後來又出來一伙，照前番一般，也是嚷「聖駕到」。第三次出來的人不敢嚷，口內打唉，皆因離聖駕太近。不多時，萬歲爺坐定亮轎，由裡面出來。包公就在御路之旁雙膝點地，口稱：「臣包拯見駕，吾主萬歲，萬萬歲。」萬歲在轎內傳旨：「卿家平身。」天子的亮轎直奔龍圖閣，萬歲爺下轎，龍案後落座，包公復又參拜一回。陳總管前來，把大家花名呈將上去。天子一看大眾的功勞、籍貫、外號，有不願為官的，也俱都開寫上邊。列位，可有一件，必得說明。萬歲的眼前遞花名，怎麼敢把外號遞將上去？皆因那是宋朝年間，與我國大清不同。如今慢說萬歲爺的眼前，告示上，要是有個外號就得躲避躲避，也不論你有多們大的英雄。再說，如今誰敢在萬歲爺眼前施展武藝，還是掄刀掄槍的？奈❶是如今與古時不同。這是閒言，不必多敘。

天子一看花名，頭一個就是智化。盜盟單，詐降君山，救展護衛，論功屬他第一。就是此人不在，

❶ 奈：乃。

不願為官，自己隱遁。天子歎息了歎息。再看就是北俠。此人也是不願為官，只願出家，削髮為僧。再看魏真，是個老道。雙俠不願為官。沙龍、孟凱、焦赤、白面判官柳青、小諸葛沈中元。降旨意就把這幾個召將上來。御前的往下一傳聖旨，下面有展南俠同著太輔宮官至御花園門首，把這幾個人帶將進來。至三禪上面，陳總管過來一拉北俠的衣襟，大眾一字排開，跗膝進禮。天子降旨，教他們並正了。眾人微絲一挺身軀，不敢抬臉觀看天子，全都是眼觀鼻子，連呼吸之氣盡都不敢。天子往下觀看，有陳總管過來替他們報名。陳總管也不知道他們誰叫什麼名字，皆因手中有一掐子，往上帶的時節，總管低聲就問明白了，故此他可以替報名姓。天子一看北俠，一身紫緞衣襟，碧目虯髯，面如重棗，與神判鍾馗❷一般不二；又看魏真，一身銀灰道袍，銀灰九梁巾，面如美玉，細眉長目，三綹短髯；雙俠丁家弟兄，都是一身翠藍的衣服，武生巾雙垂燈籠穗，弟兄二人全是玉面朱唇，二人一般高的身軀，難得品貌也是一樣；再看沙龍，土絹袍，鴨尾巾，面如紫玉，滿部花白鬍鬚；孟凱穿紅，焦赤掛皂，柳青、沈中元全是寶藍的衣服，就是一個胖大，一個瘦弱。天子看畢，知道這些人都不願為官，萬歲也不肯強派著為官。北俠特旨在大相國寺出家，拜了然和尚為師，賜的御法號保宋和尚。萬歲意見，北俠雖則出家，仍然教他扶保大宋。然後在商水縣重修三教寺，著北俠摩頂受戒❸之後，至三教寺以為方丈。魏真賞給金簪、

❷ 鍾馗：傳說中的人物。唐人題吳道子畫鍾馗像言：唐明皇夢見二鬼，一大一小。小鬼偷竊楊貴妃的紫香囊和明皇的玉笛，繞著宮殿奔跑；大鬼捉住小鬼，把他吃了。唐明皇問大鬼是何等人，回答說：「臣名鍾馗，是一個應武舉未中的人，發誓替陛下除去天下的妖孽。」後世畫他的圖像以除邪驅祟。

❸ 摩頂受戒：妙法蓮花經載：「釋迦牟尼從法座起，現大神力，以右手摩無量菩薩頂而作是言。」後世僧尼在

道冠、道袍、絲絲、水襪、雲履，廟中無非賞賜些白米，不賞金銀彩緞，出家人用他不著。雙俠賞俠義銀牌兩面，當面取來，著陳總管掛在二人胸膛之上，如外單有金銀彩緞。柳青、沈中元、沙、焦、孟，盡賜些金銀彩緞。叩頭謝恩退下。旨意下，又召龍滔、姚猛、史雲、路彬、魯英、熊威、韓良、朋玉、馬龍、張豹、馮淵、鄧彪、胡列、邢如龍、邢如虎。大家至龍圖閣見駕。天子一見，龍心大樂，見這些人高矮不等，醜俊不同，萬歲一體全封為六品校尉之職。領旨謝恩，退出龍圖閣。

天子復又召白芸生弟兄五個，往下傳旨，不多一時帶將上來。陳總管一拉芸生，教他雙膝點地，跗膝盡禮。這五個人卻又古怪，他們魚貫而跪，一個跟著一個，不像別人上來一字排開。這是蔣爺的主意，把那相貌長的不受看的，全掩藏在後面。天子降旨，著芸生並正了。芸生往上一起身，眼觀著鼻子，不敢瞧看天子。萬歲一見芸生，回思舊景，想起白玉堂在龍圖閣和詩來了。什麼緣故？皆因芸生相貌與白玉堂不錯，又是玉堂的姪子，見景傷情，龍心一慘，把臉往上一抬，一翻龍目，把眼淚含回去。怕的是龍淚落地，萬年頹歎，故此將淚含將回去。又看他這外號叫「玉面小專諸❹」，萬歲知曉，必是他侍母甚孝，天子先有幾分喜愛。常言這忠臣必出孝子之門，又見他會使刀，萬歲一時高興，要看他武藝如何，頃刻降旨，著芸生試藝。陳總管過來告訴：「萬歲降旨，教你試藝。」芸生望著總管磕頭，說：「萬歲

收弟子或受人供養時，也常用手撫摩其人頭頂。佛教信徒出家為僧尼，在一定的儀式下接受戒律，稱受戒；主持僧尼傳授戒律，稱授戒。

❹ 專諸：春秋時吳國人，為吳公子光（即吳王闔閭）刺殺吳王僚。專諸是個孝子，行刺前最擔心的是母親年老，無人照顧。

教小民試藝，沒有兵器。」陳總管說：「你的兵器現在那裡？」回說：「現在御花園門外，有人拿著呢。」陳總管立刻遣御前宮官至御花園門去取，不多時取來，交與陳總管。陳總管離龍案，遠遠屈著單膝，往上一捧，萬歲爺看了一眼，轉身把刀交與芸生。芸生又說：「我要在萬歲爺駕前撒野。」總管說：「你要怎麼撒野？」芸生說：「我得挽起袖子，掖上衣服方能利落。」陳總管說：「可以使得。文不加鞭，武不善坐。」芸生隨著就把袖子一挽衣服一掖，把刀往身後一推，往上磕了一個頭，兩手往後一背，一手揪住刀把，一手揪住刀鞘，使了一個鷂子翻身。天子只顧瞅著芸生在那跪著，忽然往起一躥，手中提著一口明晃晃的利刀，只不知這由何處抽出來的。見他這一趟刀，真是神出鬼入，上三下四，左五右六，閃砍劈剁，削耳撩腮。龍圖閣的殿前金磚墁地，上鋪著栽絨毯子，見芸生躥高縱矮，足下一點聲音沒有。這趟刀砍完之後，氣不擁出，面不更色，仍然往旁邊一跪。天子說：「果不愧是將門之後。」

天子又看盧珍，也是教他並正。見盧珍粉紅臉面，一身荷花色衣襟，細條身材，一團足壯之氣。天子降旨，著他試藝。也是陳總管過去，說：「萬歲教你試藝。」盧珍也是教人至御花園門首取那口寶劍。寶劍取來，交與總管往上一呈，復又交給盧珍。

要問盧珍在萬歲駕前怎樣舞法，且聽下回分解。

第二十回　猛漢險些驚聖駕　千奢一怒犯天顏

且說天子降旨，著盧珍舞劍。盧珍就學大爺那個法子，打脊背拉兵器。粉面子都本是跟著丁二爺學的藝業，也對著盧公子聰明，真正把二爺這套工夫學成，這可是「學會文武藝，貨賣帝王家」。自己先前時節，一手一勢，嗣後來一件快似一件，類若一片劍山相似，直是一條銀練，把盧公子裹了個風雨不露。連天子帶眾人無不誇讚。收住了劍法之後，也是往旁邊一跪，氣不擁出，面不更色。

然後露出艾虎，天子也是照樣降旨。見他一身皂青緞衣襟，身量不高，生就虎頭燕頷，粗眉大眼，鼻直口闊，淳厚體態。天子一見，降旨教他試藝，總管過來告訴他。這個不用取兵器，就把衣襟一掖，袖子一挽，往起一躥一丈多高，然後腳站實地，真恰如貓鼠一般，連一點聲音皆無。打完了這趟拳，收住架式，也往旁邊一跪。天子讚不絕聲。

然後再叫徐良並正。萬歲一瞧就有幾分詫異，一身皂色衣襟，倒是壯士的打扮，黑紫臉面，兩道白眉，眉梢往下一搭拉，恰似吊客一般。又看他乃是徐慶之子，外號叫多臂熊，又叫山西雁。天子一看他這相貌就有幾分不樂，看花名，他是「一手三暗器」。萬歲爺納悶：「何為教作一手三暗器？莫不成一隻手能打三宗暗器去？」總是天子之才，就往下傳旨，著徐良試藝。陳總管過來告訴徐良，徐良問總管：「小民怎樣試法？」總管說：「咱家不懂得，你怎麼倒問起我來？」徐良說：「我能把三宗暗器一手發出，前面可得有東西擋著，不然也看不出準頭來。萬歲這裡可有射箭的箭牌沒有？」總管說：「有。」

徐良說：「你老人家把後頭托上板子，我自有打法。」總管立刻派人，頃刻間就把箭牌取來。徐良一看，高有七尺，寬有尺四，木作的邊框，底下有個木頭墊子，用紙糊著，上面掛了一層白布，還怕不白，用錠兒粉刷了一層。總管教人把後面托上板子，過來問徐良說：「咱家全依著你這個主意，你看看可打的中？要是打不中，再給你換寬些的去。」徐良說：「要是打這個白牌還打不中，那就不叫多臂熊了，那就叫狗熊。懇你老人家奏明萬歲，在這白牌之上分三路，上中下，用紅筆戳上三個點兒，我三支暗器全要打中紅星，方算手段。」總管說：「你過於鬧事啦。依咱家說，打中白牌就算不錯。」徐良說：「淨牌我不打。」總管無奈，只得給他奏聞天子。天子一聽，更不願意啦。萬歲爺明知徐良說的話太大，天子要把旁邊逍遙管，蘸著朱砂墨往箭牌上一點，無非有針尖大小，立在那邊，慢說他打，就是他瞧也瞧不見哪。萬歲又一想：他若打不中紅星，連他父親一世英名都沒了，付於流水，再說也耽誤了他這幾個朋友的事情。天子降旨：著派陳總管在箭牌上戳上三個紅星。陳總管領旨，教人搭著箭牌，自己過去，提起逍遙管，把朱砂墨研了許多。總管也是與萬歲一樣想頭，暗說：「徐良話說的實係太大，我若把這個點點小了，他打不中時節，必然抱怨於我；我若把這點點大，又屈了他的才幹，又怕萬歲不願意。」又一想：總是點大一點為是，誰教我與他父親有交情呢。想定這個主意，用筆蘸著朱砂墨，噗哧往箭牌上一戳，嘎搖嘎搖，總要求圓的意思，待等塗圓，也就有小核桃大了，連點了三個。天子一見，早明白這個意思，這教「自來的人情」。總管放下朱砂，還教徐良看一看，說：「你瞧瞧，大小如何？」徐良說：「這要再嫌小，就是狗熊啦。」吩咐教人將牌搭在正南。

徐良一看，雪白的箭牌上配著上中下三個紅星，早把自己暗器拾掇好了。你道他是怎麼三暗器？原來是兩長夾一短，收拾兩枝袖箭，裝上一枝緊臂低頭花裝弩。萬歲往下傳旨：著徐良試藝。陳總管過來告訴：「萬歲教你試藝。」衝上微然一點頭，可不敢磕頭，一磕頭弩箭就出去了。總管說完了，就見徐良衝南一低頭，雙手微換，微然聽見點聲音，噔噔哈。誰也沒顧得看那邊，淨瞧著徐良從新又往北蹭了一蹭，再看他一絲也不動。萬歲：「傳朕旨，著徐良試藝。」總管過來：「萬歲有旨，教你試藝。」徐良一語不發，總管又說：「萬歲教你試藝。」徐良衝著總管磕了一個頭，說：「已然打在箭牌之上，怎麼還教我試藝？」陳總管往對面一看，果然兩長夾一短，正打在紅星當中。暗暗吃驚，怎沒瞧見打，全釘在箭牌之上。只可奏聞萬歲。天子一看，果然不差，兩枝袖箭一枝弩箭正打在紅星當中。天子誇獎：「好俊暗器，這樣暗器可稱起古今罕有。」

又一看花名叫霹靂鬼，天子看見這個外號，倒吸了一口涼氣。往對面一瞧，見韓天錦也沒等旨意他就起來了，腆腹撐胸，兩隻眼睛瞪圓看著天子。把個陳總管老爺嚇得渾身立抖，過來一揪天錦，叫他趴下。天錦說：「我不得勁。」總管說：「不管那些，你總得趴下。」天錦只得趴伏在地。總管離開，他又是照舊腆著肚子看著萬歲。天子並沒嗔怪於他，知道他是渾人。總而言之，傻人有個傻造化。天子見他這個名下並沒有別的本事，天子想：「他這個『力大』，可怎麼試演呢？」天子降旨，由他施展施展，也就一併封官。萬歲降旨叫天錦試藝，陳總管過來告訴：「萬歲教你試藝。」天錦問：「教我試什麼藝？」總管說：「我知道你會什麼！你到底是會什麼？」天錦說：「我會吃飯。」總管說：「胡說！你會什麼本事？」天錦說：「我會打槓子。」總管說：「呔，你還說什麼！幸虧離萬歲甚遠，若是教萬歲聽見，這還了得！」又說：「你不拘練點什麼，施展施展，也好作官。不然人家都作了官，你可不能作官。」天錦聞聽，一著急，只聽磕哧磕哧直響，總管一低頭，看見栽絨毯子撓了十個窟窿，總管就知道他這個力氣不小，又一催他：「難道說你任什麼不會嗎？」天錦一急，說：「唔喲，唔喲，我怎麼任什麼不會！嘿嘿嘿，你瞧，他們會本事不是？我能把他們抓住，扔在房上。」總管說：「那可使不得。」天錦說：「這可怎麼好呢！他們作官我不作官。」他一眼就把那漢白玉欄杆看見了，說道：「我把這欄杆扳折了罷。」總管說：「哎喲，那可使不的！拆毀禁地，你該什麼罪過！」

正說之間，萬歲倒想出一個主意，也看著他那情性為難。天子探出身來，往左右一看，這龍圖閣是坐西向東，這殿明是五間，暗是十五間。靠著南北牆下，有兩個漢白玉石頭座子，上面有兩個鐵鼎。天子說道：「韓天錦力大，此處有個鐵鼎，可不知他舉的起來舉不起來？昔日秦孟賁與秦武王賽舉鼎絕脛❶，這段故事包卿可記得？」包公回奏：「臣一一盡記。」陳總管聽見說：「萬歲叫你舉鼎，你可舉得起來？」天錦問：「什麼叫作舉鼎？」陳總管暗道：「怪不得他說盡會吃飯，果然全不懂得。」用手一指那邊鐵鼎說：「就是那個教鼎。」天錦說：「就是那個小頑藝兒！是一隻手是兩隻手？」總管說：「兩隻手還怕不行哪，你先過去試試。」按說在萬歲的眼前，就這們指指戳戳，成什麼國事！可也就是陳總管，一者是有救駕之功，再說有那樣天子就有這樣臣宰。總管帶定天錦直奔正北。天錦往起一站，身軀更透高大。萬歲十分喜樂，就要把他封一個站殿將軍之職，預備有外國朝賀，或筵宴外國的使節，

❶ 舉鼎絕脛：據史記秦本紀載：秦武王頗有勇力，手下有三個大力士，即孟賁、烏獲、任鄙。一次，秦武王與孟賁比試舉鼎，因鼎過於重大，力氣不支，砸斷了武王的小腿骨致死。孟賁的家族也因此被誅殺。

為教他們看著大邦天國人品出色，可惜再有一個才好。此時天錦已把鐵鼎抱到。總管的主意，把鼎耳子上絆住絲繩，天錦套進一隻臂膀，雙手一抱兩個耳子，就在萬歲面前，衝著萬歲又轉了三個灣灣，方把鐵鼎放下。天子一笑：「天錦可比昔日之孟賁。」忽聽大聲說道：「謝主龍恩！」天子一怔，這才封官：芸生四品左護衛，徐良右護衛，艾虎、盧珍御前四品護衛，韓天錦站殿將軍。萬歲知曉這五個人是盟兄弟，又知道俱是將門之後，天子親封為「小五義」。連包公帶大眾一齊謝主龍恩。總管派人拿著刀劍袖箭弩箭，又教天錦把鐵鼎安放舊位。忽聽在花園門首有人喊：「冤枉，冤哉！」

要問是何人喊冤，下回再表。

第二十一回　于奢得命二次舉鼎　天子一見復又封官

且說天子誇獎韓天錦可比昔日孟賁，他就謝主龍恩。他如何懂得？卻是有老西提拔他，教他謝恩。從此又是御賜的外號，叫「賽孟賁」。封官已畢，總管叫天錦將鼎安放原處，天錦一擺頭，不管了。總管一著急，說：「你不管，誰挪的動這個大物件？」正在這們時刻，御園門首有人喊冤。天子一聞，龍顏大怒，降旨將喊冤之人綁至龍圖閣。御前人答應一聲，不多一時，將人綁到。天子一見，此人身高一丈開外，面似淡金，頭挽髮纂，一身豆青色衣襟，薄底靴子，五花大綁。見萬歲之時，雙膝點地，說：「冤枉，冤哉！」天子問：「這是什麼人，敢在朕的御花園門首喊冤？」包公跪倒，說：「臣啟陛下得知，此人乃是君山鍾雄手下之人，姓于名奢，匪號人稱金鏞無敵將。」

你道這于奢因何故在御花園門首喊冤？皆因同定❶鍾雄、于義三個人在一處看著，見他們頭一起不作官下來俱有賞賜，大家給道喜；二起得了官職的下來，也是亂一道喜；三起小英雄們上去，誰練什麼本事，也是有人下來送信，把本事俱都練完，封什麼官職外面也都得信。就是韓章替天錦提心吊膽，後來也就得著信息，得了站殿將軍之職，眾人全給韓章道喜。蔣爺說：「到底是傻好傻好。」于奢就與鍾雄說道：「你看出什麼意思來沒有？」鍾雄說：「看出什麼意思？」于奢說：「別瞧你們念書人，我都

❶ 同定：猶跟著。

瞧出這個意思來了。」鍾雄說：「你看出什麼意思來了？」于奢說：「咱們不是受過萬歲招安了嗎？」鍾雄說：「不是卻是什麼？」于奢說：「分明把咱們誆進京來，要咱們性命。」鍾雄說：「胡說！你還要說些什麼？」于奢說：「你們要不信，可只怕悔之晚矣。如果有意招安咱們大眾，怎麼不封官哪？人家都封官，咱們沒信。」鍾雄說：「也得大家封完了，才到咱們這。」于奢說：「到了咱們這就推出去剮了。咱們算活活上他們一個大當。咱們要不早作準備，到臨死時節可就怕悔之晚矣。」鍾雄說：「胡說！這按當差之說，你為惑亂軍心。」于奢說：「你們要不聽我的話，咱們連萬歲爺大駕都見不著。依我，咱們索性鬧出一個大禍來，綁上去見見萬歲，然後再剮，死也落一個開開眼。」鍾雄攔住說：「你再往下說，我就把你綁上了！」于奢不敢多言。他早就安了一個主意，慢慢湊到御花園門，怪叫了一聲「冤枉」！于義過來就踢了他個跟頭，自己望人家當差的要繩子，就把于奢五花大綁捆起來了。于義、鍾雄二人把手往後一背，叫：「蔣四大人，把我們二人捆綁起來，聽候聖旨。」蔣爺言道：「家無全犯，一人作罪一人當。」果然旨意下來，就把于奢綁在三禪之上，跪倒身軀，往上磕頭，口稱「冤枉」。

天子問包公，方才知道他叫于奢。問道：「于奢，有什麼冤枉，在朕面前快些奏來。」于奢跪奏：「罪民居住君山，受萬歲的龍恩，改邪歸正。今現有韓天錦舉鼎得官，他的武藝與罪民差的甚多，不稱其職。罪民怕不能面見萬歲龍顏，怕只怕少刻降旨，把我們推出去斬首。罪民方斗膽喊冤，必然將罪民綁將進來，到底是見著萬歲爺一面，縱死九泉瞑目。」天子言道：「既然招安你們，焉能又殺害汝等，朕焉能作那不仁之事！你說天錦武藝不佳，也罷，鐵鼎現在此處，你若能將他安放舊位，朕就將你喊冤之罪一概赦免。」于奢碰頭：「罪民領旨。」天子傳旨，鬆于奢之綁。御前金瓜武士過來解綁，于奢謝恩，站起身來，將絲繩往肩頭一套，雙手一攏鐵鼎的耳子，用平生之力，他這鼎一舉，比韓天錦差的多，看這光景，也不大費力，前走了三步，後退了三步，繞了個四面，二返又到萬歲面前點了三點，復又奔了正北，安放石頭座子之上，自己來到龍案前，雙膝點地。天子大樂，想著天錦那個身軀，再找一個與他高矮不差往來的，也封他將軍。今一見于奢，二人一般高，本領又好，立刻封官。說：「御花園喊冤之罪一概赦免，朕也封你站殿將軍之職。」于奢謝主龍恩。

旨意下：召鍾雄、于義。不多時到了上面，陳總管拉他們的衣襟跪倒，附膝盡禮。降旨：著他們並正了。見鍾雄青布四楞巾，迎面嵌白骨，翠藍袍，絲絲，皂靴；面白如玉，五官清秀，三綹短髯。見于義一身白緞繡花衣襟，與昔日白玉堂相貌一樣。天子又是一慘，不由龍淚落地，一仰面，含將回去。唯獨封鍾雄的官，天子為難：君山八百地的寨主，官職封小，他不願意；官職封大，他又沒有功勞；何況他又中過文武的進士。天子封他為三品客卿。這個差使最體面無比，是為客官。公伯王侯、督撫、提鎮、欽差等，都是平行，回君山聽調不聽宣。于義皆因相貌與白玉堂相同，賞給護衛之職。君山各寨寨主賞給六品校尉虛銜，待等日後與國家出力，另加升賞。所有嘍兵每人賞給一分軍糧，按營伍中一樣。升賞已畢，鍾雄、于義、于奢三人謝恩，離龍圖閣，奔御花園門首。小五義有人給拿著東西，也就下去，至外面大家道喜。

天子復又封主簿先生公孫策賞加一級，魏昌賞給了一個主簿，包公替他們謝恩。智化天子降旨：賜上書房御書匾額一塊，四個字是「介休遺風」❷，御賜「俠義」金牌一面，另有金銀彩緞。智化雖然隱

❷ 介休遺風：春秋時期，晉國發生內亂，晉獻公寵幸驪姬，廢太子申生，改立驪姬之子奚齊為太子，由此引起

遁，著差官送往黃州府家內，懸掛匾額。龍圖閣所封之官，明日勿用帶領引見，午門❸望闕謝恩。所有眾人，賞假兩個月，回家祭祖的祭祖，完姻的完姻，兩個月假滿回都任差。襄陽王府外藩留守衙，著總鎮代任。襄陽知府金輝，實加一級。襄陽王仍然案後訪拿，拿獲襄陽王者，賞銀千兩，給一個千戶職分。襄陽王手下所有的餘黨，拿獲一人者賞銀百兩。所有各州城府縣，拿獲襄陽王餘黨，就地正法，勿用解京。封官已畢，萬歲坐亮轎回鳳翔宮。

包公由前面出來，奔朝房，坐轎回開封府。所有眾人，俱都離了御花園門首，出御右門，走金左門，奔昭德門，到後宰門。當差使的與大眾道喜，然後這才回開封府。至開封，衙內的官人俱都出來道喜，連公孫先生與魏昌出來，都對道喜。一個個至裡面見相爺，包公說：「萬歲賞假兩個月，假滿回都任差。明日你們大眾也不必面聖謝恩，萬歲有旨，教你們午門望闕謝恩。」大眾就依了相爺言語。次日包公遞代謝恩的摺子，大眾在午門外謝過恩。早朝已畢，包公回開封府，大眾圍著北俠進來，辭了包公，歸奔大相國寺，好削髮為僧。包公看著北俠，心中發慘，有心不忍教他去的意思。連萬歲爺都不能攔住，這還算是特旨出家，自可吩咐一聲，教校尉護送歐陽義士至大相國寺去罷。北俠復又與包公行禮，然後大

動亂，太子申生自殺，公子夷吾和重耳畏懼逃亡。介子推隨重耳在外逃亡，備嘗艱辛，曾割下自己腿上的肉，煮湯給重耳吃。十九年後重耳（晉文公）回國即位，遍賞隨從流亡的人，唯獨漏了介子推。介子推到綿山隱居。後來晉文公又想起他，叫他出山，介子推不願意，晉文公求人心切，下令燒山，逼他出來。大火燒了三天，發現介子推已抱著樹死去。晉文公命人將介子推葬於綿山，改綿山為介山，又將定陽縣改名為介休縣。

❸ 午門：紫禁城的正門，位於紫禁城南北軸線，因門居中向陽，位當子午，故名午門。

家眾星捧月相似，送北俠至大相國寺。

方丈早已知曉此事，撞鐘擂鼓，層層正門大開。大眾進來，至佛殿，參拜神像。嗣後北俠與師父磕頭，大眾與了然長老行禮。了然和尚合掌當胸，念聲「阿彌陀佛」。此時了然和尚有百歲光景了，和尚說：「徒兒，暫且陪著眾位施主朋友談話去罷。」北俠同著眾人到了客堂，單有小和尚獻上茶來。蔣爺說：「咱們由此一別，再要見著歐陽哥哥的時節，可就不是這個體態了。從此跳出三教外，不在五行中，修一個萬年不壞的金身。」北俠說：「四弟，你這是何苦。無非我沒有你們眾位那個福分。你們眾位日後蔭子封妻，全都可以掙一個紫袍金帶。我如何比得了你們眾位的造化。」蔣爺說：「兄長，你這一出家，謹戒的是殺、盜、淫、妄、酒、貪、嗔、痴、愛，對與不對？」北俠說：「正是。」四爺說：「殺是不宰殺，殺人不殺？」北俠說：「要是殺人，還戒什麼！」蔣爺大笑說：「不殺人，你那刀可就無用。先前，艾虎打那場官司吸呼廢命，你的官司贏了。後來艾虎認你為義父，你許下的他，日後出家，他情受你這口利刃。如今你這就出家了，你這刀算無用之物，該教艾虎情受刀了。」北俠說：「老四，你把一千年的事都記著哪。」蔣爺說：「什麼話呢！『許下人，想死人。』艾虎，還不過來給你義父磕頭！」艾虎歡歡喜喜，將要過來磕頭，北俠說：「且慢。當著眾位在此，我可不是捨不得把刀給艾虎。皆因他的年歲太小，怕錯用此物。倘若錯用，連我都怕有橫禍臨身。既是老四這們說著，我要這刀也是無用。」回頭告訴小和尚預備香案。

不多一時，小和尚把香案備齊，旁邊放了一張椅子，將刀供在香案之上，蠟燭點起。北俠把香點著，說：「眾位在此少坐。」眾人答應，在旁看著這刀是怎麼交法。就見北俠將香一舉，插在爐內，雙膝跪倒，說：「過往神祇在上，弟子歐陽春，由得了這口寶刀，殺人無數，總未錯用此物。如今交與我義子艾虎，只看他的造化如何。」說畢叩頭。然後叫艾虎過去，叫艾虎大拜二十四拜。北俠將刀拿起，在旁邊站立，說：「兒呀，今將寶物賜給與你，你可曉得此刀的來歷？」艾虎跪著說：「不知。」北俠說：「此物出在後漢，魏文帝曹丕❹所造。此刀正名叫靈寶，皆因他紋似靈龜，俗呼叫作七寶刀。能切金斷玉，勿論什麼的兵刃，削上就折。可有一宗，這寶物是有德者居之，德薄者失之。倘若錯用此物，必遭天誅地滅。再說，你年紀尚輕，初通人道，你可曉得『萬惡淫為首，百善孝為先』，若要犯了這個『淫』字，連我都有意外飛災。所有我囑咐你言語，必須牢牢謹記，倘有妄殺無辜的時節，你自己起誓。」艾虎說：「我要錯用此物，必遭天譴雷擊！」然後才把這口利刃交與艾虎，小爺復又與義父叩頭。大眾在旁邊聽北俠這套言語，個個含指搖頭。艾虎得刀，大眾道喜。小爺一一磕頭，就是史雲與他叩頭。撤去香案，大家復又落座吃茶。艾虎把刀一帶，自覺得心滿意足。依著北俠，要在廟中待承他們的齋飯，大眾再三不肯，復又到後面辭別了老方丈。蔣爺等又給託付了託付，然後大家出來，北俠送至廟外，灑淚分別。

這一來不要緊，引出白菊花一段節目，且聽下回分解。

❹魏文帝曹丕：曹操次子。三國時魏國的建立者。著名文學家，與父曹操、弟曹植並稱「三曹」。

第二十二回　更衣殿盜去冠袍帶履　鳳翔門留下粉漏菊花

且說北俠把刀交與艾虎，大家告辭，回奔開封。見了包公，又回稟一回。然後大家出來，誰走誰不走，大家一議論：雲中鶴單走歸廟；艾虎、韓章、韓天錦、沈中元、沙龍、孟凱、焦赤這些人俱回臥虎溝；韓天錦、艾虎成親；大官人、二官人同著盧方、盧珍爺兩，大眾上百花嶺完姻去了；徐良跟隨天倫徐慶回山西祁縣祭祖；餘者眾人歸家祭祖。蔣爺家眷在京都，展爺家眷也在京都。邢如龍、邢如虎兩人不走，蔣爺應許把他們天倫屍首由龐太師府中取出，在京都地面看塊靜地，就拿邢道爺立祖。蔣爺又問馮淵：「馮老爺，你是怎樣？」馮淵說：「我們早已就沒有墳。」蔣爺說：「你們家連墳都沒有？」馮淵說：「墳我不知在那裡。皆因小的時候父母雙亡，十二歲練的本事，十四歲入的綠林，入了綠林，誰還管墳！」蔣爺說：「你作了官，也該打聽打聽。」馮淵說：「不好打聽，只可買點子錢紙遙祭一番便了。」蔣爺說：「也倒有理。」果然就打了點子錢紙，馮淵遙祭了一回。蔣爺、展爺到龐太師府，見了管事的，回進去，取老道邢吉屍骨。龐太師也是無法，只可教他們起將出去，有人帶著，到文光樓後太湖石前起了靈柩。先有棺木盛斂，至今未壞，把牆拆了一段，拉將出來，早就預備了一塊靜地，就拿邢吉單身立祖。埋葬已畢，奠茶奠酒，燒錢化紙，然後開發抬夫的錢文。諸事已完，大家回歸開封府，見相爺回明此事，然後大家出來。張龍、趙虎到開封府門外下馬，從人接去。撣了撣塵垢，先到校尉所見南俠、蔣四爺，然後見王、馬二位，這是盟兄弟。蔣爺把馮淵、邢家弟兄帶著一見。二位不能在此久待，到裡面交差。包公問他們一路事情，回答把襄陽接古磁罈，按院大人給了些銀兩，到家中發喪辦事，「諸所平安，並無別事，卑職交差。」包公教先生打本，次日奏明萬歲，書不重敘。天子一見：「知道了，欽此。」包公回府。

等了數日光景，就是天子萬壽。前三後四，文武官員穿吉服朝賀。正在第三天光景，包公將下朝至府，外面一陣亂。包興回話：「聖旨下，請老爺接旨。」包公一怔，問：「何人押旨？」包興說：「陳總管老爺。」包公一聽，就知道大內❶之事，錯非大內之事，不能陳總管押旨。可巧包公未脫去官服，趕著出來接旨。至大堂之下，陳總管已經下馬。包公跪倒，說：「臣包拯見駕，吾皇萬歲萬萬歲。」陳琳說：「二堂開讀。」大眾轉到二堂，總管說：「聖旨下，跪聽宣讀。」包公跪倒：「臣包拯，請總管開讀。」總管打開聖旨念道：「奉天承運皇帝詔曰：昨夜晚三更之後，更衣殿將朕冠袍帶履請出，預備今日早晨呈用。今日早晨朕用早膳後，降旨入庫，更衣殿門窗戶壁一概未動，將冠袍帶履丟失。也不知是被外邊賊人竊去，也不知是被大內看守之人盜去。今將更衣殿首領代班的與散差，交開封府審訊親供。如不是大內之人所盜，著開封府府尹帶領校護尉，至更衣殿驗盜。欽此。」聖旨讀罷，往上謝恩。包公說：「吾皇萬歲萬萬歲。臣包拯領旨。」然後站起把旨接將過去，香案供奉。然後方與陳總管見禮，說：「總管老爺吉祥！」總管也是抱拳帶笑說：「包相爺請了。」落座獻茶。未容包公說話，陳總管就說：「包相爺，你看又出了這個事情啦！好容易清靜清靜，先前白五老爺這個鬧法還了得，這更衣殿可比不

---

❶ 大內：皇宮。

得御花園，這更衣殿離著萬歲爺寢宮甚近。相爺，你還是先審咱家帶來人哪，你還是先跟咱家去驗盜？」包公說：「總是先去驗盜。若是從外邊來的人，就不必拷問他們了。」陳總管說：「很好。外廂備馬。」包公就帶南俠展爺、蔣平，自己也就備馬，跟著總管來的那些官人又都回去聽信。

眾人到朝房下馬，陳總管帶領包公，同著展爺、蔣爺，一道一道門戶甚多，走了半天方到更衣殿。陳總管用手一指，說：「這就叫更衣殿，隨咱家到裡邊驗盜。」展、蔣二位連階臺石都不敢上，就在臺階底下站住。包公跟著陳琳到裡面，四面八方瞧看了一回，並沒看出什麼情形來。總管說：「包相爺，你看這賊人還是從外面進來的不是？」包公說：「此事非著展護衛、蔣護衛二人驗看方可。」總管說：「既然這樣，他們二位因何不進來？」包公說：「無有聖旨，不敢私入。」總管說：「哎呦，你們這個禮也太多了，待咱家替萬歲傳旨。萬歲有旨：宣蔣、展二位護衛入更衣殿驗盜。」外面二人答言：「遵旨。」二人將一進來，彼此全都抬頭望上一看，兩個人彼此全都一笑，然後再望別處一瞧，瞧看了半天，二人齊說：「總管老爺，此賊是打外面來的。」陳老爺哈哈大笑，說：「相爺，別看你能白晝斷陽夜晚斷陰，什麼也沒瞧出一點來。你看人家，一瞧便知。二位，你們看著從何而入？」二人齊說：「從橫楣而入，從橫楣而出。」陳老爺說：「萬歲若問，有什麼憑據？」展爺說：「總管不信，派人搬過梯子來，教他們上去，把橫楣一挪就開。再說夜行人進來，是爬著進橫楣子，心口正貼著底下的橫凳，別處俱有浮土，這個底凳來回出入，必然蹭了個乾乾淨淨。」總管一聽，合乎情理。蔣爺說：「總管請看這一件就明白了，周圍俱是糊裱的嚴緊，這橫楣子四面全都崩了縫子。總管請想，不是橫楣子開了，焉能四面露縫？」總管連連點頭，說：「有理，有理。」派人搬梯子上去，一挪橫楣子，連一點管約沒有，不是蔣爺提說的緊，那個橫楣子就墜落下來了。上面一看，果然窗凳上俱有浮土，底凳上沒有。陳總管說：「下來罷，把梯子搬開。」

陳老爺說：「一併看看打外面什麼地方進來的。」蔣、展二位答應，用手一指：「總管請看，由此處而入。」總管一看，果然靠東牆底下有些個灰片。蔣爺叫：「總管老爺，你看這宗物件，是舊有的是新有的？」陳琳一看，就在那鳳翔門的上坎，有白點點出來的一朵小菊花，一個根兒配著三個小葉，俱是拿白點點成。陳琳說：「先前沒有。」連包公也看見了，不知什麼緣故。就見蔣、展兩個人低聲說了半天話。展爺過來，用他袖子一撣，那個白點點就的菊花蹤跡不見。過來在相爺跟前回話說：「這就是盜冠袍帶履那個賊。他把萬歲爺的物件盜走，還敢留下一個記認。」包公與陳總管說：「總管奏事，我還是在外面候旨，我還是明日早朝候旨？」陳琳說：「咱家一併全都替你回奏明白，你就趕緊派人拿賊要緊。」包公說：「既然這樣，我們就回開封去了。」陳琳說：「請罷。我們大內之人，你也不用再審了罷？」包公說：「本是外來賊人盜去，何用又審裡面之人。」陳總管點頭，派人將包公送將出來。陳總管至寢宮奏聞萬歲。

包公回至開封，下馬入內，至書房，單叫二位護衛書齋面諭。蔣爺、展爺進去，包公吩咐二位：「如今萬歲丟失冠袍帶履，可沒賞限期，此賊總要火速捉拿。若不火速捉拿，萬歲聖怒，連本閣都擔架不住。」二位護衛連連點頭。包公擺手，這才撤身出來，到校尉所，眾位過來全都打聽此事。蔣爺一看並無外人，倒把驗盜緣故對著大眾學說了一回。又派官人出去，叫馬號人備馬。

開封府所管的地面是一廳、二州、十四縣，立馬去傳那一廳、二州、十四縣的馬快班的紅名頭目，官人騎馬立刻就走。單說開封府那些馬快班頭，先叫將進來二個頭目。韓節、杜順面見大人，垂手侍立，在兩旁一站。蔣爺說：「將你們傳進來，你們也有知道的，也有不知道的，再對你們學說一遍：萬歲更衣殿丟失冠袍帶履，可是被外面賊人所盜。賊人好大膽量，在鳳翔門上用白粉漏子漏下一朵小小的菊花，上頭配著一個根兒三個葉兒。你們久慣講究辦案拿賊，採訪差使，粉漏子漏了一朵小花，這是那路賊人，你們必然知曉他的下落，這是那路賊人？」兩班頭一齊跪倒，說：「下役們實實不知，但分知道一些影響，我們焉敢不回稟明白大人。」蔣爺微微冷笑說：「你們自可是這們說話呀，萬歲賞六十天限，相爺賞一個月限。三十天此案不破，小心著腿！下去。」教他們外廂伺候。復又回頭叫張、趙、王、馬，蔣爺說：「四位老爺，此處可一個外人沒有，你們幾位可都是綠林的底兒，似乎用粉漏子漏出一朵小花，這是那路賊人？」列公，方才說了半天粉漏子，這個粉漏子到底是什麼物件？就說念書的小學生，就有會做這個頑藝的。用錢買一個小油搯子，除去皮兒，用錐子外面扎上窟窿，扎出一個小王八的樣兒，裡頭挖出四方糟兒，裝上錠兒粉，把扎窟窿這半頁扺合住。要與誰鬧著頑的時節，衝著衣服一拍，越是青藍的衣服，更看的真切。就是這們一個比樣。賊的粉漏子，做的無非比這個巧妙真切些個就是了。

一問王、馬、張、趙，王、馬、張三位滿臉含羞，老趙他可不怕那些事情，說道：「我們哥們在土龍崗放響馬❷時候，這些個晚生下輩賊羔子們還沒出世哪。要問前些年的事，我們還認得幾個，這如今後出世的，我們焉能知曉？論起來這都在重孫子輩哪。」說這話不大要緊，那旁邢如龍、邢如虎就惡狠狠瞪了老趙一眼。蔣爺說：「趙四老爺不必著急，聖人云：知之為知之，不知為不知❸。」趙虎說：「你

❷ 響馬：舊時結夥攔路搶劫的強盜。因馬身繫鈴或搶劫時先放響箭，故稱響馬。

又來鬧這四書啦，我如何懂得。」蔣爺說：「你不知道可也無法。馮大老爺呢？」馮淵說：「唔呀，不用你說，我替你說了罷。我是綠林，應當知道綠林的事情。無奈我在鄧家堡、霸王莊、王爺府這三處，整整十六年，我是外頭的事一概不知。我要知道不說，我是混賬王八羔子。」蔣爺說：「沒有起誓的。」又問：「邢大老爺、邢二老爺，你們二位也是綠林，棄綠林日子不多，大概有個耳風。」二人一聽，就有些慌張的意思，說：「我們不知，我們實在不知。」邢如龍說：「兄弟，咱們不知道，對不對？」如虎說：「不知，大人別疑著我們不說哪，我們實是不知。」蔣爺一看，明知邢家弟兄知道此事，不肯說出。蔣爺忽然想起一個主意來了。

要問什麼主意，且聽下回分解。

---

❸ 知之為知之二句：語出論語為政。謂「知道就是知道，不知道就是不知道，這才是真正知道」。

第二十三回　開封群雄領相諭　徐州大眾去投文

且說蔣爺問邢如龍、邢如虎，早看出那番意思來了。蔣爺說：「你們二位不必著急，咱們大家認真採訪就是了。」眾人點頭答應。蔣爺告訴韓節、杜順：「那一廳、二州、十四縣人到來時節，你們就告訴明白他們，一個月限期，大家認真採訪。」說畢，蔣爺拉著展南俠到展爺屋中。各人單有各人的屋子，邢家弟兄在東跨院住，王、馬、張、趙住東屋，馮淵住耳房。蔣、展一走，大家散去。單提蔣爺說：「展大弟，你看出點意思沒有？」展爺說：「沒看出來。四哥，你看出點緣故來了沒有？」蔣爺說：「看出來了，人都有了。」展爺問：「是誰？」蔣爺說：「就是邢家弟兄。」展爺說：「可別血口噴人哪。」蔣爺說：「怎麼教血口噴人？明明是他們兩個。你見有那麼說話的麼：『我們不知道，兄弟，咱們真不知道不是？』大弟，你可聽不出來？不用瞞我。」展爺說：「怎麼辦呢？」蔣爺說：「我到後頭聽聽他們背地什麼言語。你在這裡等著聽我的回信。」

蔣爺就到了東院。邢家住的屋子是個大後窗戶，蔣爺就在後窗戶那裡側耳一聽。邢如龍說：「蔣老爺問你時節，你怎麼變顏變色的，我只怕你說出來。」邢如虎說：「依我的主意，可不如說出來好哇。」邢如龍說：「胡說！你不想想，他是咱們的什麼人。咱們若說出來，把咱們釘肘收監，還不定多咱完呢。」邢如虎說：「他是要咱們的命呢。小五義要在城裡頭，拿他還算什麼。要是那時將他拿住，相爺升堂一審，他看見咱們在兩旁站著，他一恨，還不拉扯咱們哪！」邢如龍說：「審他的時節，咱們不會躲躲？總是不說為是。」蔣爺一扭身子不聽了，來到南俠屋裡。展爺問：「聽見什麼了？」蔣爺把邢家弟兄所說之話學了一遍。展爺說：「明天慢慢的拿話再套他們的實話。」蔣爺說：「明天？我這性情怎能等的。」四爺又說：「來呀！」展爺的家人答應說：「有。」蔣爺說：「你們把邢大老爺、邢二老爺請來。」家人答應一聲，去不多時，就把邢如龍、邢如虎二人請到。蔣爺說：「二位請坐。」邢如龍說：「不敢，有二位大人在此。」蔣爺說：「咱們這差使就是一臺戲，誰是大人？誰是小人？你們往上再升一步，咱們就是一樣。這是私下，就是自己哥們。我請你們二位，問問你們懂得當差的規矩不懂。你們這差使應辦什麼事情，二位可知？」二人說：「不知，在大人跟前領教。」蔣爺說：「應當捕盜拿賊。似乎大內這個賊，可是要緊的案子，兩個月拿不住，天子一怒，相爺得罷職。相爺就答應咱們了麼？咱們的官職焉能還在？我怕二位不懂。但分能夠知道賊的一點影兒，可是說出來為妙，要是知道不說，日後查出，可是罪上加罪。若要是至親至友，一家當戶，不怕就是親手足、親叔伯，不怕是父子，若要先說出來，可免自己無禍。我怕你們有一點不明白的地方，當時害怕，隱匿不說；若要拿住賊的時節，教他拉扯出來，那時誰也救不了誰。我說此話，二位可懂？」邢如虎說：「哥哥，你聽見了沒有？」如龍說：「我聽見了，這可怎麼好哪。」如虎說：「咱們說了罷，該怎樣怎樣就結了。」

蔣爺說：「這不對了嗎。你們二位要有什麼罪名，我與展老爺要教你們擔一點罪名，教我不得善終。這你還不敢說麼？」二人一齊說道：「我們要說將出來，這個罪名不小。實對你們二位大人說罷，這個人姓晏，叫晏飛❶，外號叫竹影兒，又叫白菊花。」展爺說：「他是晏子托之子，陳州人，對與不對？」

邢如龍說：「對。」蔣爺問：「你們慢慢的說來。」邢如龍說：「這個人是我們師兄。我們師兄弟共是四個人，他是大爺，我二師兄有個外號，叫神彈子活張仙鄭天惠，陝西人，連我們哥兩，共是四個。我們雖是師兄弟，與仇人一樣。」蔣爺說：「你們先不用擇乾淨，沒你們的事情還不好麼？」邢如虎說：「不是我們擇乾淨，提起來話就長了。我們師父是鵝峰堡的人，姓紀叫紀強，外號人稱銀鬚鐵臂蒼龍，我有個師妹妹叫紀賽花，一家就是三口。我們師父收了他，把自己平生武藝，一點也沒剩，他方肯養活我們師父一家三口。我們師父後來又收了我們三個，他不許我們師父教給我們本事，怕我們學會了能耐壓下他去。我們師父一生就是耳軟，就不敢教給我們本事了。要不聽他的言語，怕他不給銀子，一家三口難以度日。又皆因我們師父雙目不明，要不是雙目不明，也不要緊。皆因我們有個師叔，是揚州❷人氏，外號人稱花刀紀來。頭年上我師父家裡拜壽，就見著我們三個小徒弟，問我們學會了什麼本事，我們說，拜師日子不多，任什麼不會，就囑咐教我們好好的學本事。到第二年又來拜壽，又問我們，仍是任什麼不會。皆因多吃了幾杯酒，與我們師父鬧起來了，一賭氣，把我們三個人帶往揚州去了。我們三個人本事，都是跟師叔練出來的。教我們二師兄暗器，白菊花會的暗器，我們師叔不教，教給他打彈子。我們兩個人太笨，教給我打八步電光錘，我們始終不會。這就是我們師兄弟的意思，豈不是仇人一樣？這就是已往從前的言語，該我們什麼罪名，求大人施恩。」蔣爺說：「你們休提『罪名』二字。兒做兒當，爺做爺當，何況是你們師兄，更不干你二人之事。」

❶ 晏飛：小五義作「蔫飛」。
❷ 揚州：明、清時府名，治所在今江蘇揚州。

蔣爺又問：「這白菊花到底什麼本事？」邢如龍說：「他的本事可算無比。頭一件，有一口紫電寶劍，切金斷玉，是兵刃削上就折；雙手會打鏢，百發百中；會水，海湖河江，在裡面能睜睛識物。」蔣爺說：「眼時現在那裡居住？」邢如龍說：「在徐州府的管轄，地名叫潞安山琵琶峪，山後有一湖，名曰飄沿湖。」蔣爺說：「這要拿他，不費吹灰之力，只要有了他的準窩巢就好辦了。」邢如龍說：「還有一件，若要拿他，至潞安山琵琶峪，找姓晏的不行。」蔣爺說：「改了姓了？」邢如龍說：「他早就改了姓了，他姓他外婆家那個姓。」蔣爺又問：「他外婆家姓什麼？」邢如龍說：「複姓尉遲，單名一個良字。就在琵琶峪裡起造了一座莊戶，連莊客都是他自己招來的，人家也都不知他細底，人家都稱他叫尉遲大官人，都知道他上輩作官。他要出去作一趟買賣，飽載而歸，他對人家說，山南海北，山東山西，全有他的大買賣，他去算帳去了，人就信以為實。他又拿著錢不當事，鄉下人見不得有點好，所有他們那些莊客，無不尊敬他。要拿他時節，千萬別打草驚蛇。」蔣爺聽畢，說：「那事我自有主意。你們二位洩露他住處之跡，還算一個頭功，跟著我們見相爺去。」邢家弟兄點頭。

連展爺、蔣爺、邢家弟兄，全到裡面見相爺。至書房，先教包興回將進去，裡邊說請。展、蔣、邢家弟兄到裡面，與相爺行禮。蔣爺把邢家說的話，對相爺學說一遍。邢校尉過來，與相爺行禮請罪。包公擺手：「二校尉何罪之有！如今洩露賊人的窩巢，本閣還要給你們二人大功一次。」二人謝過相爺，垂手在兩邊侍立。包公著派南俠、蔣爺上潞安山，捉拿賊寇，所帶什麼人任其自己挑選。蔣爺說：「回稟相爺得知：卑職帶定邢校尉、馮校尉，數十名馬快班頭，討相爺一角公文，到那裡見機而作。」包公教二位護衛到外面自己挑選班頭。蔣、展二人答應一聲。四人出來，叫班頭韓節、杜順挑選十二名，都是年輕力壯。蔣爺又問韓節、杜順：「開封所屬一廳、二州、十四縣的班頭可曾到來？」韓節、杜順說：「回稟大人得知，自從大人吩咐下役之後，他們一廳、二州、十四縣，俱都有在此處聽差。長班告訴他們，也無論遠近，他們自己與自己州縣送信。」蔣爺說：「這就是了。」

仍回校尉所，忽然見簾兒一啟，從外頭進來兩個人，蔣爺一見是張龍、趙虎，說：「這兩個人什麼事前來？」這全都是老趙的主意。趙虎知道蔣爺奉相諭上潞安山，他問張龍：「三哥，你看見沒有，如今這官多們好作。先前盧、徐、蔣他們，倒還鑽山爬桿，下河拿蛤蟆，這如今更好啦，行刺也作了官了。現在你我看守御刑，過些年咱們這校尉就老了。咱們送五太太這一趟黑差，如今他們新收了當差使的，這一趟又是好事。這一去，焉有不把白菊花拿來的哪。這一拿住白菊花，所去之人準是加級記錄。」張三說：「人家本事比咱們強。」趙虎說：「咱們也不甚弱。見相爺討差，教他們將就著點，咱們沾他們一個光兒罷。論拿呀，你我如何拿得住，總得是他們拿。拿住進京見相爺，遞摺本時節，不能說沒有咱們兩個人。」張三爺無奈，教趙虎拉著見相爺。至書房外，教包興回進話去，裡面說請，方才進去。見相爺行禮，趙虎討差。包公明鏡知道他兩個人無能，包公又知道趙虎心意，自己總要高升一步，又料著有蔣、展二位，總不教他們吃苦，包公應允。這兩個人才出來，包公復又請公孫先生，教他預備一角公文，用印已畢，叫給蔣護衛等送將出去。

單提蔣爺見趙虎、張三爺進來，讓二位落座。趙虎隨說道：「相爺方才把我們兩個人教將進去，吩咐我二人，說你們拿白菊花人太少，把我們兩個人派出來，跟隨你們二位聽差。」蔣爺說：「此話當真？」老趙說：「誰還為這個撒謊。」蔣爺說：「我們這人足用，我見相爺問問去。」老趙一把將蔣爺揪住，說：「蔣爺，不是那們件事情，是我們自己討的差使。」蔣爺說：「這不結了，我這個人，一生就怕人與我撒謊。」也就是老趙臉憨皮厚，要是別人，直要掛的住，也對著蔣爺真陰。二人說話，展南俠在旁微微淨笑。又見簾櫳一啟，公孫先生托定一角公文，笑嘻嘻從外面進來，大家迎接先生，讓座。先生說：「你們拿著這角公文，先見徐州府知府，此人姓徐，叫徐寬，是相爺門生，有什麼事他好去辦。」蔣爺把文書交給展爺，吩咐外面備馬。蔣爺、展爺、邢如龍、如虎、馮淵、張龍、趙虎帶定幾名從人，由馬號中備了十幾匹馬，把大眾的東西紮在馬上。告訴那十二名班頭，自己領的盤費銀兩，教他們與首縣祥符縣要馬去。王朝、馬漢送將出來，說：「你們幾位多辛苦罷，我們在京都耳聽好消息。」眾人一齊答言說：「託福，託福！」大家上馬。

徐州府投文，拿白菊花，且聽下回分解。

第二十四回　官查姚正說道路　地方王直洩賊情

且說眾人在開封府外上馬，出離了風清門，下關廂，忽見後面十二名馬快班頭與縣中要馬，趕奔前來，大家會在一處。曉行夜住，飢餐渴飲，書中無話不說。這日到了徐州府的東關，蔣爺教從人前去打店，就找下一座福興店。蔣爺教馮爺、張、趙、邢家弟兄帶領班頭店中等候聽信，蔣爺與展南俠就帶一名從人，拿著二人名片進城。到知府衙前，從人下馬，找官人投遞名片。

不多一時，見層層正門大開，知府裡面迎接出來。展、蔣二位早就下馬，從人撣了撣身上的塵垢。知府看看臨近，見他是方翅烏紗，大紅圓領，粉底官靴，面白如玉，五官清秀，三綹長髯。見蔣爺、展爺，深深一躬到地。蔣、展二位答禮相還。望進一讓，至書齋，啟簾櫳入內，落座獻茶。知府說：「不知二位駕到，有失遠迎，望乞恕罪。」蔣、展二位一齊答言說：「豈敢。」知府又言道：「京都包老師相爺他老人家一向可好？」蔣、展二位答言：「一向甚好。」知府說：「二位到此，有何見諭？」蔣爺說：「大人屏退左右。」知府答言，教從人退出。又問：「二位大人，有什麼機密之事？」蔣爺說：「潞安山可是你的管轄？」知府點頭說：「正是。」蔣爺說：「這裡有一角公文，大人請看。」說畢，教展爺獻將出來。知府把公文拆開，從頭至尾一看，就見他那烏紗翅禿禿亂抖，復又把文書交與展爺。知府說：「似乎這樣賊人，大概不好捉捕。請問二位大人，還是調兵，還是差捕快班頭去拿？」蔣爺說：「若要調兵，風聲太大，倘若風聲走露，賊人逃竄，豈不是畫虎不成反類犬❶。若用班頭等，又有多大本領，總然見面，如何捉拿得住。」知府說：「只可請二位大人示下。」蔣爺說：「咱們慢慢計較。我問貴府，這潞安山琵琶峪你可去過沒有？」知府說：「潞安山我倒去過，賊的窩巢實在沒到過。」蔣爺說：「這裡有知曉潞安山道路的人沒有？」知府點頭說：「有。我這敝衙中有個官查總領姚正，他時常往山中辦差，他可是道路純熟。」蔣爺說：「既然這樣，將他叫來。」知府高聲叫外面從人說：「你們把姚正叫來，大人們問話。」

不多一時，就見簾子一啟，進來一人。見那人頭帶六瓣壯帽，青布箭袖，皮挺帶，薄底快靴，赤紅臉面，兩道立眉，一雙圓目，直鼻方口，花白鬍鬚，精神足滿。別看上點年歲，永不服老。過來見禮，知府說：「這是蔣、展二位大人，過去磕頭。」復又衝著蔣、展行禮，說：「下役姚正，給二位大人磕頭。」蔣爺說：「起去。你是官查總領，這潞安山道路你可熟識？」姚正答言：「山內道路，下役一一盡知。」蔣爺問：「此山離城多遠？共有幾個山口？裡面有多大地面？後山有幾股道路可以出山？」姚正說：「回稟大人：出了徐州西門，離五里地有個鎮店，叫榆錢鎮。出西鎮口，緊對潞安山東山口。進山口，就是一股道路，往上走，就是琵琶峪。北邊有四個山灣，南邊有四個山灣，若走山灣，仍然還是

❶ 畫虎不成反類犬：後漢書馬援傳：「杜季良豪俠好義，憂人之憂，樂人之樂，清濁無所失，父喪致客，數郡畢至，吾愛之重之，不願汝曹効也……効季良不得，陷為天下輕薄子，所謂畫虎不成反類狗者也。」比喻好高騖遠，終無成就，反貽笑柄。亦喻仿效失真，反而弄得不倫不類。也作「畫虎類狗」、「畫虎成狗」、「畫虎類犬」。

這一個山口，不然怎麼叫琵琶峪。類如蠍子，這八個山環就似蠍子腿形像，這個山口就是蠍尾。後山無路，有一個大湖，其名叫飄沿湖。」蔣爺問：「這尉遲良住在什麼地方？」姚正說：「他自己蓋的一片莊戶，緊靠琵琶峪西邊，他那後院西牆下去，就是飄沿湖。」蔣爺問：「這尉遲良他是何等人物？」姚正說：「下役就知道他是官宦之子，都稱他叫尉遲大官人。若非官宦人之子，如何稱大官人？此人是個富戶財主。」蔣爺說：「你準知是官宦少爺？」姚正說：「不準知，他是新搬來的。要是在此處生長起來的，下役就準知道他的根底，這個人是異鄉搬到此處。」蔣爺又說：「此人是什麼所在的原籍？」姚正說：「下役不大深知，有說南陽府的，又有說陳州的。」蔣爺說：「這就不差往來了。我實對你說，這是盜萬歲爺家冠袍履帶之賊。我們奉相諭，一半特旨前來，所以將你叫到，問你道路。怕是風聲走露，倘若賊人知曉，怕他逃竄，故此辦事總得嚴密方可。但不知如今尉遲良可在他家內無有，煩勞你打聽打聽。若在家中，大家好去，千萬不可打草驚蛇。」姚正說：「此刻在家與不在家，下役亦不深知。前去打聽明白，再來回話。」蔣爺說：「既然這樣，你到東關福興店，找姓張、趙、馮、邢這幾個人，把他們帶到榆錢鎮，暗暗找下一個公館，千萬告訴明白店東，別教他走露風聲。你想那個店好，我們同著你們老爺隨後就去。」姚正翻眼一想，說：「有一個三義店，店房寬闊，店東又是在我們衙門當差，就在他那裡甚好。」姚正撤身出去。

知府要與蔣爺擺酒，蔣爺一攔，說：「你這裡可有出色的能人沒有？」知府說：「沒有。我們這裡就是總鎮大人，此人是行伍出身，耳聞此人本領高強，技藝出眾，馬上步下無一不精，這個人可是有本領的。再說要兵要將，非此人不可。」蔣爺問：「此人姓什麼？」知府說：「此人姓馮，叫馮振剛，外號人稱單鞭將。」蔣爺一聽：「既然這樣，就煩勞大人將此人請來，大家一見。」知府復又把外邊人叫來，拿自己名帖請馮總鎮至本衙面見，有商辦的公事，立刻請到。從人答應，轉身出去。知府與蔣四爺打聽些京都事情，又問些襄陽事情，歎惜了白五老爺一回。皆因是徐寬當初作祥符縣知縣，連顏查散帶范仲禹打官司都是他手中之事。皆因辦此兩案有功，包公才保舉他作徐州府知府。

正在說話之間，從人進來回話：「總鎮大人到，在那裡會？」大人說：「請至書房大家相見。」不多一時，外面痰嗽一聲，由外面進來。總鎮還有些惱意，他焉知道刻下知府陪著展、蔣二位說話，焉能迎接他去。到裡面，知府早就站起身來，深深一躬到地，說：「未曾遠迎兄臺，望乞恕過。小弟與你見見：這是京都來的二位大人，這位是展大人，這位蔣大人，這位就是此處的馮總鎮。」三個人彼此對施一禮。展爺一看總鎮大人，類若半截黑塔相仿，暗暗誇獎。見他穿黑掛皂，面似烏金紙一般，虎背熊腰。總鎮見展爺傲骨英風，見蔣爺形同病鬼，隨說道：「不知二位大人駕到，有失迎候，望乞二位大人恕罪。小弟請二位大人至敝衙，略備一杯薄酒。」蔣爺說：「且慢，吃酒倒是一件小事，我們是奉相諭而來，有要緊的公幹。」總鎮問：「二位大人有什麼公事？」蔣爺說：「請大人到此，所為潞安山是大人所屬的地面，內中有一賊人，我們請大人商辦此事。」總鎮說：「此賊有什麼案件在身？」蔣爺說：「這裡有一角公文，大人請看。」隨即將文書遞過去。總鎮打開一瞧，便問道：「二位大人要捉拿此寇，用多少兵將，小弟趕緊預備。」蔣爺說：「大人先調二百步隊，全要巧扮私行，暗藏兵刃，上榆錢鎮，在三義店方近的所在。令下就得跟著入山，堵住賊人門首，我們到裡面去拿。倘若賊人逃竄，外面捉拿。如若捉拿不住，大人可要聽參。」總鎮連連點頭說：「是，是，是。」蔣爺說：「大人就去預備，我們在三義店公館專候。」總鎮也知道事關重大，隨即起身告辭，點兵去了。

再說蔣爺會同知府，外面預備馬匹，連知府也是乘馬，就把本衙中馬快班頭，各帶單刀鐵尺，跟隨大人陸續前往，直奔榆錢鎮而來。蔣爺等全到店外下馬，店東出來迎接，口稱「大人」，將要行禮，教蔣爺把他們攔住，使了個眼色。到店門裡頭，店東派人把馬拉將進來，店東方與大家行禮。蔣爺說：「我們這事情，你們都知道罷？」回說：「小人們俱聽我們姚頭提過了。」蔣爺說：「你可囑咐伙計，不許在外面吵嚷此事。要是機關洩露，把你拿到開封府，先拿狗頭鍘鍘你。」店東說：「小人天膽也不敢。」蔣爺囑咐店家完了，往後走至裡面，早有張龍、趙虎、邢家弟兄、馮爺，連十二名馬快班頭，迎接出來。蔣爺就把五位校尉與知府一見，彼此對施一禮。行禮已畢，到五間上房大家落座，店中伙計打臉水烹茶。趙虎告訴怎麼有姚正把他們大眾接到此處，蔣爺問：「他往那裡去了？」趙虎說：「他打聽白菊花的下落去了。」知府吩咐，教店中預備早飯。大家飽餐一頓，將殘席撤去，復又烹上茶來。不多一時，從外面進來一人，肩頭上擔著一個人，大眾看著一怔。原來是官查總領姚正，把那人噗哧一聲摔在蔣爺面前，姚正屈單膝打千，說：「下役交差。」蔣爺說：「你怎麼這們猛撞，這是什麼人？」

原來姚正把公館打好，把眾人帶來，自己辭別眾人，直奔潞安山山口。走了半天，就見前面許多樹木，樹下一塊大青石頭，石上坐著一個人，一個酒瓶子，放著幾個果子，自己拿著那酒瓶子，嘴對嘴正喝在得意之間，自言自語，那裡說鬼話哪。說：「活該！怪不的人家常說，一飲一啄，莫非前定。今天早晨連一文錢都沒有，可巧這們時候，尉遲大叔打南陽回來，見著他，就是活財神爺，磕了一個頭，就給了三兩白花花，又一說，又給了有二三百錢。你說吃什麼喝什麼，要不是遇見他呀，我今日這個罪過，可知道了。人歇工呀，掛兌❷！」說畢，哈哈狂笑。姚正過去一拍他的肩頭，說：「老三，一人不吃酒，二人不賭錢，怎麼一個人喝上了？」原來這個就是琵琶峪的地方，名叫王直，小名叫三兒。回頭一看，說：「姚頭，來罷，咱們白得來的酒，你先吹個喇叭。」姚正問：「你這裡那有喇叭？」王直說：「你全不懂。嘴對嘴喝酒就教吹喇叭。」姚正一想：「在這裡問他，他不定說不說，滿讓說了，不定實不實。倘若不實，我擔架不住。有咧，我帶他去回話。若帶著他不走哪，他一嚷嚷，琵琶峪人出來，我帶不了去啦。有咧，我把他帶的遠遠的，我擔起來就跑。」又叫：「老三你這裡來，咱們說句話，咬個耳朵。」王直站起身來，走了幾步，說：「你說罷。」姚正說：「你再走幾步。」又走了不遠，姚正說：「你再走幾步，與你咬個耳朵。」一連說了好幾次「走幾步說，與你咬個耳朵」，就到了潞安山口外頭。王三說的也真急了：「你到底什麼事情？」姚正把腿往底下一墊，上頭一靠，噗咚一聲，就把王直靠了一個跟頭，把他腰帶解下來，把二臂一捆。王直說：「捆上咬耳朵呀？」姚正並不答言，扛起來就走。

直到公館，進了店門，問伙計：「大人們在那哪？」回答：「現在上房。」扛著奔上房，啟簾進來，見蔣爺交差。蔣爺說：「這是誰？」姚正說：「回稟大人得知，這就是琵琶峪的地方，山中之事他一一盡知。」蔣爺教人將他扶起來，將他帶子解了，教他跪在蔣爺面前。蔣爺問他：「你叫什麼名字？」王直這一嚇，把膽子都嚇壞了，真不知道什麼事情，亂七八糟的。蔣爺問了他兩聲，說：「你倒叫什麼名字？」王直說：「我就叫咬個耳朵。」蔣爺一聽，大家全都笑了。王直說：「我不叫咬個耳朵，我叫王直，我是琵琶峪的地方，你老是甚人？」蔣爺說：「你也不用問我，你瞧那邊有你們知府大人，我是替

❷ 掛兌：舊時京城俗語，工人值陰雨停工，稱掛兌。

你們大人問你。琵琶峪的尉遲良你可認得？」王直說：「認得，那是我大叔，待我好著的呢。今天打南陽府回來，給我三兩銀子二三百錢，常周濟我，常給我錢。才剛我們頭兒瞅著我喝酒，還是他老人家給我的錢。你老認得他？」蔣爺說：「我不認得他。皆因他偷萬歲的東西，我們來拿他。他給你錢，就很好。」王直一聞此言，颼的一聲，打腦門裡冒出一股涼氣，連說道：「我可不認得他，酒是我自己打的。」蔣爺說：「你本人說是他給的銀子，這就改嘴，那還行呵？」王直說：「我方才那是鬧汗，說胡話哪。」蔣爺又說：「先不提那個。這個賊準在家裡無有？」地方說：「他在家裡，也許又走了。我去瞧瞧去，要在家裡，我回頭來送信。」站起回頭就走。蔣爺說：「站住罷。走？你是送信去，報答他三兩銀子好處。」教官人把他看起來：「可別放他出去。這裡還有他一根帶子，把他繫上。」蔣爺又把邢家弟兄叫過來，說：「你們二位先到山中探探虛實。」二人一怔，齊說道：「我們先就說過，我們二人本事比他差多，他又有一口寶劍，他又比我們聰明，倘若教他識破機關，我們是準死無疑。我們死到不要緊，怕是誤了老爺們大事。」蔣爺說：「無妨。二位附耳上來，我告訴你們一個主意，準保無事。」就在邢家弟兄耳邊說了幾句話。

要問蔣爺說的什麼言語，且聽下回分解。

第二十五回　邢如龍挖去一目　邢如虎四指受傷

且說蔣爺教邢家弟兄前去探信，二人不敢前去，怕誤了大事。蔣爺在耳邊告訴他們幾句話，附耳低言，如此恁般，告訴幾句言語。二人一皺眉，齊說：「還怕不好。倘若不肯聽我們這套言語，那便如何是好？」蔣爺說：「他要不聽你們這套言語，我再告訴你們一個主意。」蔣爺又如此如彼，又說了幾句言語，兩個人才歡歡喜喜說：「有理，有理。」他們各帶兵刃，披上英雄氅，辭別了蔣爺，二人遂出公館去了。

邢家弟兄走後，展爺說道：「四哥，他們本事可不強哪，這一去，可別鬧出舛錯來。」蔣爺說：「無妨，我自有道理。」正在說話之時，忽見總鎮大人從外邊進來，還帶著兩個人，那二人也是鬢巾摺袖，鸞帶紮腰。大家站起身形，迎接總鎮。蔣爺就引著張龍、趙虎、馮淵見了見總鎮，總鎮又把他帶來那兩個人又與蔣爺見了一見。原來是兩個小武職官，一個都司，一個守備，一個叫張簡，一個叫何輝。蔣爺問：「共帶了多少兵來？」總鎮說：「共帶二百步隊兵丁，俱在方近地面，那時令下，即時就走。」蔣爺說：「還有一件，教他們頭上或白布或藍布包上一塊，恐怕動手時節，看不清楚，自己殺自己人。」展爺說：「不可耽延時刻，總得接應邢家弟兄方好。」馮淵說：「待我先跟下他們去，我算二隊接應。」趙虎同張龍說：「我們算三隊。」蔣爺同展南俠說：「咱們算四隊。教總鎮大人帶領張簡、何輝督定二百兵丁，作為五隊。」蔣爺說：「我教你們一個主意，要是聽出裡頭動手時節，你們大家就一口同音嚷叫，就說：天兵天將，好幾百萬人都到了，把國家的要犯賊人門首全都圍上，潞安山琵琶峪的官兵，盡都塞滿。山口外頭滴滴拉拉還有八里多地哪，天兵天將有好幾百萬人，有大元帥在後頭還督著隊哪！人煙一多，大家一口同音一嚷叫，又借著山音，賊人固然的不戰自亂。」張簡、何輝連總鎮一齊點頭，說：「此計甚妙。」蔣爺又說：「教知府大人帶著本衙門中馬步快，連開封府十二名馬快班頭，大家接應。」已安排停妥，大家往前夠奔，暫且不表。

單提邢家弟兄，按蔣四爺囑咐兩套言語，到了潞安山，直往前進。走到琵琶峪，直到大門。此門坐西向東，有兩條板凳，上面坐著幾個人。這幾個二十多歲，噴痰吐沫，提眉吊眼，異服奇裝，在那裡講話。邢家弟兄走向前來，說：「辛苦。」那些人回頭一看，本來邢如龍、邢如虎長的相貌醜陋，這些人問：「找誰？」邢家弟兄說：「找你們大爺。」那個說：「我告假將回來，我還沒往裡頭去哪，我不知道大爺在家沒在家，我給你進去瞧瞧去。」邢如龍說：「別價，你告訴你們晏大爺去，就說我們弟兄姓邢，他叫邢如虎，我叫邢如龍。你們大爺是我們師兄，自來他就見我們了。」說罷這句話，那人方才進去。

不多一時，裡面又出來一個人，往外一探頭，又走了。又等半天，這才出來一人，說：「請邢家弟兄。」往前就走。往南一拐，四扇屏風，再往北一看，垂花門。將進垂花門，就見白菊花降階而迎，說：「二位賢弟，一向可好！」邢如龍說：「大哥一向可好！我是買賣忙，總沒得到哥哥府上磕頭來。如今是遼東地面有件買賣，從此路過。按說離此有二十里之遙，特繞路前來，給哥哥叩頭。」白菊花雙手把兩個人望起一攙，上階臺石，讓進廳房，分賓主而坐。白菊花見了他們，永遠是當中一坐，這二人側坐相陪。邢家弟兄暗一打量白菊花，見他此時更透著威風。見他白緞紮花武生巾，白緞繡花袍，上繡寬片金邊，五彩絲鸞帶，水綠襯衫，豆青色英雄氅，上繡大朵團花；臉似團粉，兩道細眉，一雙俊眼，鼻如玉柱，口賽塗朱，牙似碎玉，耳大無輪。雖然相貌甚美，臉上顏色淨白不紅，細看又有點斑斑點點的，並且是個吊角嘴。肋下佩一口雙鋒寶劍，綠鯊魚皮劍匣，杏黃走穗飄垂。

三個人將一見面之時，就見晏飛滿面笑容，直待落座，仍是笑嘻嘻談話。問了二人來歷，復問道：「二位賢弟遠路而來，還是淨為瞧看劣兄，還是另有別事？」邢如龍說：「一者是望看兄長，問候哥哥安好；二者還有一些小事，可不大要緊，我們打聽打聽。」問到此處，就見白菊花哈哈狂笑，隨說道：「我料二位必不是淨為望看兄長，必有別事。二位賢弟有什麼言語，快些說來。」邢如龍說：「我們無非聽過耳之言，見著兄長之面，一問便知分曉。」白菊花問：「到底什麼事情？」邢如龍說：「我們聽綠林傳言，說你把萬歲爺冠袍帶履盜來，可不知是真是假。我們來問問兄長，是果有此事沒有？」白菊花復又哈哈大笑，說：「不錯，果有此事。皆因我在酒席筵前受他人蠱惑，我才撲奔京都，將萬歲爺冠袍帶履盜來。總是年輕之過，又不為己事。雖然盜出冠袍帶履，此時後悔也是無用的了。二位賢弟何以知之？」邢如龍說：「我們無非聽綠林人言講，不定是真是假，今日聞兄長之言，方曉得是真。按說你把冠袍帶履盜將出來，壓倒群芳，你又後悔，是什麼緣故？我們也不是奉承與你，綠林人天下甚多，慢說萬歲爺冠袍帶履，就是一草一木，也不能盜在外面，何況是萬歲爺頭頂身穿之物。我二人應當與你道喜才是，這可稱得起是可喜可賀！」晏飛說：「我這不是一件錯事？」回答：「不錯。」晏飛說：「我總怕把事情作錯了。」邢如虎說：「你這算驚天動地之事，壓倒綠林，怎麼算錯事？似乎我二人慢說是盜，連瞧見過都沒有。借著哥哥你這個光彩，拿出來我們瞻仰瞻仰。」白菊花一笑，說：「你們早來幾天可以看見。我實對你們說，在南陽府團城子，伏地君王東方亮在酒席筵前，大家說近時沒有許多英雄，內中多有不服之人：『這眼時東方大哥人稱叫伏地君王。誰能到萬歲的大內，把萬歲爺的冠袍帶履盜將出來，與東方大哥穿戴起來，看他像個君王不像？』問了半天，竟無人答言。那時間，是劣兄我也多貪了幾杯酒，自己承當前往。也算好，沒費吹灰之力。若要不是萬歲爺的萬壽，也不好辦。這是頭天就給預備出來，淨等次日呈用，我到更衣殿，故此才得的容易。我將此物得到手內，我就送與東方大哥了，今日才由南陽府歸回。你們二位若要昨天到此，你我還不能相見。」邢如龍說：「你看怎麼這麼巧，真沒在你這裡？」白菊花道：「若在此處，你們看看又有何妨。」邢家弟兄一聽，大失所望，彼此面面相覷，一語不發。

晏飛復又笑嘻嘻說道：「你們二位與劣兄賀喜，本應當我與你們道喜才是，你們倒真是可喜可賀。」邢家弟兄說：「我們有什麼可喜可賀的地方？」晏飛說：「你們二位如今不是作了官了？六品校尉，開封府站堂聽差。日後豈不掙一個紫袍金帶，耀祖光宗，也不枉人生一世。這才教可喜可賀。」邢家弟兄一聽這句言語，也是微微一笑，說：「原來你知道我們作了官了。」晏飛說：「不但我知，人所共知。你們必然是做此官行此禮，到此處追取萬歲爺的冠袍帶履，一半拿我入都交差，是與不是？」邢如龍說：「我們可不敢。既然你識破機關，你把所盜之物獻將出來，不但沒有你的餘罪，我們兩個人還盡力保舉你為官，方稱我們心意，這教有官同做。」白菊花說：「住了！我盜萬歲之物，獻出了還做官？輕者是剮。」邢如龍說：「你不知道，如今萬歲喜愛有本領之人，先前白玉堂開封府寄柬留刀，御花園題詩殺命，奏摺摻夾帶，盜三寶，後封為御前護衛。你若是獻出所盜之物，我們相爺盡力保舉你，焉有不為官之理。」晏飛說：「小輩，快些住口！封白玉堂時節，萬歲有旨，不留記載，再有這樣，絕不寬恕。」邢家弟兄所說言語，俱是蔣爺教的，再多說不行啦，說要告辭，晏飛說：「不行！你們只有進來道路，要想出去，除非是把首級留下！」邢家弟兄一著急，說：「晏飛，你好大膽！好說不聽，我們可要拿你了！」說畢，甩了大氅，亮刀躥在院內大罵。晏飛也甩了大氅，亮劍出來。邢如龍一刀砍來，晏飛一閃，噗哧一劍，鮮血淋淋，躺於就地。如虎過來一刀，先削刀，後跟進去一劍，也是鮮血直躥，躺於地上。

要問二人生死，且聽下回分解。

第二十六回　馮淵房上假言詐語　晏飛院內嚇落真魂

且說邢如龍、邢如虎把蔣爺教的那兩套話說完，乾扎煞兩隻手，無言答對——每遇渾人，皆是如此，一急就講要打，不管是他人對手不是。甩衣亮刀，先躥在院子裡，為的是寬闊。白菊花更不慌不忙，他也甩衣襟亮寶劍。頭一個邢如龍，披頭蓋臉就是一刀；白菊花一閃，用了個白蛇吐信，寶劍正到面門。邢如龍往右邊一歪頭，那寶劍正扎在左眼之上，噗哧一聲，把那一隻左眼挖瞎，噗咚摔倒在地，鮮血淋淋。每逢人眼睛受傷，較別處更甚，眼是心之苗，是以疼痛難忍，躺於地下。晏飛又奔邢如虎。邢如虎一見哥哥躺下，也是惡狠狠攞刀剁將下來；白菊花先把寶劍往上一迎，嗆啷一聲，就把邢如虎的刀削為兩段。緊跟著寶劍往下一劈，如虎一急，手無寸鐵，就有個刀把，對著晏飛打去，賊人也得躲閃，一躲閃，就顧不得劈如虎了。如虎回頭要跑，白菊花那口劍仍是白蛇吐信，對著如虎胸前扎去，如虎不能躲閃，一急，用左手往外一推，就聽見蹭的一聲，就把四個指頭削落，又對著白菊花一抬腿，正踹在如虎身上，噗咚摔倒在地。晏飛回頭叫家人捆將起來。當時就把兩個人捆上，四馬倒攢蹄，就把二人捆好，搭在廊簷底下。

白菊花很覺後悔。其實一報進來的時節，他就知道邢家的來歷，皆因他盜冠袍帶履之時，在京都就知道開封府有什麼人。如今聽二人一來，就知道為冠袍帶履而來。他先派人出來，看看他們身後帶來多少人來，那人扒頭一看，就是兩個人，回去說明，然後請將進去，先說好話，後才翻臉。此時後悔是先說好話時節，忘了問問是他們共總來了多少人，都在那裡住著。此時二人身帶重傷，再要明問，他們怕不肯說出真情實話。惡賊人一轉身軀上了階臺石，復又衝著邢家弟兄說道：「你們兩個人身帶重傷，可是你們自找其禍。我好意把你們讓將進來，你們口出不遜，你們兩個拉刀，一定要與我較量。若不是有師兄弟的情分，我立追你們兩個人的性命。只要你們說些情理言語，我就將你們放去。我問你句話，自要你吐露實言，我就放你們逃命。」邢如龍說：「你問我什麼？」白菊花說：「你們共來了多少人？在那裡居住？說了實話，放你們兩人好走。」邢如龍說：「你要問我們來了多少人……」邢如虎咬著牙忍著痛說：「哥哥，千萬可別告訴他！他問明白，前去行刺。咱們兩個人死了倒不要緊，別給旁人招禍。」說到此時，忽聽門外一陣大亂，白菊花復又拿劍威嚇二人。忽見從牆上躥下一人，一身大紅箭袖，說話唔呀唔呀的南邊口音，說：「唔呀，好惡賊人！你們師兄弟，有這等狠心賊人，挖目削手。快些過來受死！」白菊花早就抖身躥下階石說：「你是何人？」回答：「要問我，遼東人氏，複姓歐陽，單名一個春字，人稱北俠是也！」白菊花嚇了一跳，聞名北俠，未見其面，說此人有一口寶刀，天下第一英雄，如今這一來，自己打量非是他人敵手，總要仔細方好，又不能不過去，隨說道：「歐陽春，遠日無冤，近日無仇。依我勸，你急速快些去罷，你我何必反目。」馮淵罵道：「混賬東西，招刀！」

原來馮淵早就到了，遠遠看著邢家弟兄進了大門，等得工夫甚大，他也到大門以前，硬要進來。門上人把他攔住，問他找誰。他說：「找白菊花。」門上人說：「我們這裡沒有白菊花，倒有黃菊花，還沒開哪。」馮淵又一罵人，門上人過去一揪他，叭，給了人家一個嘴巴，那人過去一揪，他一腳踢了一個跟頭。大眾往上一圍，他撒腿就跑，貼著牆根直奔正南，大眾尾於後面。馮淵往西一轉灣，大眾趕上，蹤影不見。原來他跳進牆來了，直奔垂花門南邊那段垛子牆，躥上牆頭，一見邢家弟兄就成血人一樣，再瞧白菊花，手拿寶劍威嚇。馮淵跳下去，自稱北俠，真把淫賊震嚇住了，晏飛真不敢拿自己紫電劍迎馮淵那口利刃。兩個人約有五六個回合，馮爺是得理不讓人，一刀緊似一刀，刀刀近手，並且罵罵咧咧。白菊花動著手，自己心中忖度：這個別不是北俠？北俠是遼東人氏，這個人說話是南邊口音；再者人稱紫髯伯，生的是碧目虬髯，這個人沒有鬍子，可別教他冤了。自己想到此處，虛砍一劍，蹭躥出圈外，大聲招呼說：「小輩，你先等等動手。你說你是北俠，你是南邊口音，這是一則不對；二則北俠人稱紫髯伯，你又沒鬍子，你怎麼配是北俠？」馮淵說：「拿你這個混賬東西，還用他老人家來？那是我師父，就把七寶刀交給我，拿你還用那麼大的事，只要有我這口刀，殺你如割雞一樣！」白菊花說：「好小輩，你叫什麼名字？」馮淵說：「是你馮老爺！」復又擺刀就剁，二人又走了三四個回合。晏飛聽馮淵所說的話言語不實，又看他這口刀不像寶刀的樣子，白菊花乍著膽子拿寶劍蓋住他的刀背，輕輕的試他一試。若是寶刀，必然磕他不動，也不至傷損自己的利刃。主意已定，等著馮淵砍將下來，自己用劍蓋住他的刀背，嗆啷一聲，馮淵刀頭墜地，直氣的白菊花咬牙切齒。馮淵回頭就跑，一縱身軀躥上房去，白菊花後面就追，也要往房上一躥。就見馮淵一轉身，叭叉一聲響亮，白菊花一躲，原來是馮淵上房一伸手揭了兩塊瓦，見白菊花要追，對著他的面門就打將下去。也算晏飛閃躲的快當，那瓦墜落於地。馮淵就嚷：「唔呀唔呀，這可真是我師父來了！」就聽從外邊廂喊叫：「拿賊！拿欽犯！」馮淵說：「就是這個，你拿罷！我師父到了，這是真正北俠！」白菊花一轉身，見這人身高五尺，面目發黑，手中拿一口腰刀。

這個可是有鬍子，卻是一部短鬍鬚，撲奔前來。白菊花說道：「你是北俠？」

來者本是趙虎與張龍，他們三隊到了大門，就不見邢家弟兄，也不見馮淵。門口仍然是那幾個人，皆因追趕馮淵，追來追去不知馮淵往那裡去了，一賭氣，這幾個人罵罵咧咧回來了，仍然又在板凳上坐下。張龍、趙虎到門首之時，往裡一望，這幾個門上的正然講論說：「這小子有點賊頭賊腦的，準不是正經人。」又見張、趙二位全是壯士打扮，俱都帶著刀，看門的人就說：「你們二位找誰？」趙虎素常說話就不懂的和氣，回說：「你管我們找誰呢！」看門的說：「今天這個事情都透著奇怪。」趙虎說：「你們這板凳我們坐坐都不許麼？」看門的說：「坐著罷二位。」張龍猛聽見裡面一嚷，連罵帶說，是馮淵的聲音，說：「老四，裡頭動了手了！」趙虎往裡就跑，門上人一揪沒揪住，趙虎往外一拉刀，誰人就敢過去揪他？自然一回身，把張龍截住。張三爺也不肯教他攔住，也把刀往外一亮，那幾個人誰也不肯賣命，自然東西亂跑。張龍一回頭，就見展爺、蔣爺隨後趕到。張龍說：「四老爺，快走罷，裡頭動了手了！」蔣爺答言：「我們這就到了。」張龍往裡就闖，剛一進垂花門，趙虎刀已經教人削為兩段。就皆因一嚷趙虎是北俠，白菊花一瞅不像，問了一聲：「你是北俠？」趙虎更拉的下臉來，說聲：「然也。」擺刀就剁。白菊花說別管是與不是，蓋住他的刀背，先試試如何。寶劍剛一沾刀，就嗆啷一聲，把刀削為兩段，噹啷一響，刀頭墜地。惡賊一翻手，嘣哧一聲，就把趙虎頭巾削去半截。趙虎一跑，惡賊後面一跟，又對著馮淵一嚷：「這才是我師父哪！」白菊花又是一怔，見張龍一身藍緞衣襟，黃臉面，半部鬍鬚，手中也是一口腰刀。惡賊問道：「你是北俠？」張龍說：「我叫張龍。」白菊花一笑：「全是無名小輩！」張三爺用刀一砍，白菊花拿劍一找他這口刀，馮淵又嚷：「他這是寶劍，別教他碰上！」

張三爺把刀往回一抽，沒容教他削斷。

忽聽外面一聲喊叫：「欽犯休得猖狂造次！還不快些過來受捆，等到何時！」話言未了，縱進二人，一高一矮。白菊花早就看見，頭一個藍緞壯帽，翠藍箭袖袍，鵝黃絲帶，月白襯衫，青緞快靴；面白如玉，劍眉闊目，準頭豐隆，方海口，大耳重輪。手中明晃晃一口三刃雙鋒寶劍，光閃閃奪二目，冷颼颼逼人寒。再看那個矮的，身不滿五尺，一身棗兒紅衣服，拿著一柄三楞青銅刺，青駿駿的面皮，小小頭顱，兩道眉似有如無，一雙眼圓丟丟，神光爍爍，尖鼻子，薄片嘴，小耳朵，窪腦門，形如瘦鬼，活倒臥一般。晏飛一見，更覺藐視。馮淵在旁嚷道：「唔呀，唔呀，妙個哉，妙個哉！白菊花，這可要送你姥姥家去了！北俠沒來，南俠到了！展護衛大人，蔣護衛大人，這就是白菊花，千萬別把混賬狠心賊東西放走！他把他兩個師弟，一個是挖去一隻眼睛，一個是削去一隻手。」

白菊花一聞此言，暗暗怨恨這個蠻子：「我要得手之時，把他剁成肉泥，方消心頭之恨！不說北俠，又說南俠，少刻還有雙俠到來。」直不管他是誰，把心一橫，焉知曉這可碰在崗子上了。展爺躥將過來，對準晏飛蓋頂摟頭，劈山劍剁將下來。晏飛用手中紫電劍往上一迎，用了個十分力。耳輪中只聽嗆啷的一聲響亮，只看半空中火星亂迸，噹啷啷，半天工夫劍尖上響聲不絕。把兩個人嚇了一跳，彼此俱都躥出圈外，低頭自己瞧看自己的寶劍。展爺這口寶劍一絲沒傷，白菊花一看自己寶劍，嚇了個魂不附體。什麼緣故？原來是把自己寶劍磕了一個口兒，約有蕎麥粒大，自己暗暗著急，心痛難受。此劍乃是無價之寶，自從晏子托臨死時節，交與我寶劍之時，再三囑咐：此劍若在，你性命也在；此劍若傷，你禍不遠矣。如今晏飛見寶劍有傷，故此心中害怕。你道兩口寶劍湊在一處，怎麼單傷白菊花這口寶劍？俗言：

「二寶相逢，必有一傷。」皆因是白菊花的這口劍，是晉時年間的寶物；展爺這口劍，是戰國時節造成的，故此年號所差，晏飛這口劍敵不住展爺的那口劍。展爺這口劍一得力，準知道碰著紫電劍自己的不能傷損，就把自己平生武藝施展出來，要拿白菊花。

且聽下回再表。

第二十七回　校尉火燒潞安山　總鎮兵困柳家營

且說展南俠初遇白菊花，兩個人兩口寶劍一撞，展爺明知白菊花的劍軟，展爺就把平生之力施展出來，與白菊花較量。又有蔣四爺在旁邊，那柄刺使的也是神出鬼入，並且不與白菊花一對一個較量，他淨看著展南俠與白菊花較量，晏飛稍有露空之時，他把刺往上就遞，並且不奔上三路，盡在下三路，或鉤或扎或刺。按說白菊花這身工夫真算出色，可惜自己把道路走差，若要取其正路，可算國家棟梁之才。一個人敵住一俠一義，毫無懼色，無非就是劍不碰劍，又得另加一番仔細，他心想拿自己的劍把蔣爺那刺剁折。蔣爺更是留神的，只管動著手，不求有功，先求無過。自己明知他是一口寶劍，焉能教他那寶劍沾著自己的青銅刺，故此白菊花也不能傷著蔣爺之刺。明知一人敵兩個早晚必敗，無奈一聲吩咐，家下人一同齊上。家下人大眾抄家伙，雖說抄家伙，沒有刀槍劍戟，無非廚刀、菜刀、擀麵杖、鐵鏟、鈀子、頂門槓。此時馮淵早就躥下房來，就把張龍手中那口刀要將過來，挑邢如龍、邢如虎兩個人的繩子，叫張龍、趙虎兩個人把他們背將起來。趙虎說：「三哥，你背著龍，我背著虎，咱們是龍對龍，虎對虎。」馮淵說：「事到如今，你還取笑哪。」馮淵拿著這刀，保護著四人，正要往外一走，被那些家人圍住，眾人的木棍、鈀子、頂門槓往下亂打，馮淵這口刀上下翻飛。若論馮爺的本事，要遇見真有能耐的人，他可不是對手，若要與這些家人交手，可算矮子裡顯出將軍來了。砍的那些人一個個東倒西歪，也有帶重著傷的，也有死於非命的，大家誰敢攔阻。闖出垂花門，直奔大門，那些看門的早就跑了。出去大門，眼望那些兵丁來到，馮淵撤身回來，也幫著展爺來動手。

白菊花一看蠻子又來動手，這還不要緊，忽聽外面一陣大亂，就猶如山崩地裂相似。聽大眾一口同音，說是「天兵天將到了，調大兵來的，好幾百萬哪，都到了門口！這縷縷行行，把琵琶峪都塞嚴了，連潞安山外頭俱都是人，山外頭走著的人擺出八里地去，有大元帥督著兵，誰敢不往前進。殺呀！上呀！拿欽犯哪！」總鎮帶來那些兵丁，一口同音。白菊花一聞此言，就知勢頭不好，無心動手，他就打算三十六招走為上策。在外硬闖，殺出一條道路，暫且先逃竄性命，就顧不得自己窩巢了。再說展、蔣、馮三個人圍定甚緊，自己賣了一個破綻，好容易才躥出圈外，撒腿就跑。馮淵嚷：「混賬東西跑了！」大家就追。展爺在先，蔣爺在後，馮淵只管說追，無非虛張聲勢。白菊花奔垂花門一跑，扭項回頭，早就見蔣四爺、展南俠追趕下來。晏飛把劍交於左手，一回右手，鏢囊內取鏢，正跑之間，一轉身軀，叭就是一鏢。展爺是久經大敵之人，將身一閃。蔣爺在展爺身後，展爺閃躲開了，蔣爺看不見前面，就見展爺跑的好好的往旁一閃，蔣爺也跟著往旁邊一閃，焉能躲閃得開，那鏢對著展爺咽喉打來，沒打著展爺，正打蔣爺頭上，蹭的一聲，就把蔣爺頭巾打了一個窟窿。算好，沒傷著皮肉。蔣爺說：「展爺，要追，咱們兩人並肩追趕罷，這們著我可不合適。你在前邊，什麼都看得見，我在影壁後頭追，是乾受其苦。若不是身矬矮小，性命休矣！」隨說著話，腳底下可不讓。此時展南俠被白菊花這一鏢，把自己的暗器也勾出來了，一緩手，把袖箭裝好，一攏簧，登的一聲響，正打在大門門框上。

此時白菊花跑至大門以內，晏飛也是久經大敵之人，只管跑著，不住的回頭。就見展南俠雙手往一處一湊，就知道他要發暗器。果然一伸手，一股寒星夠奔自己哽嗓而來。微一閃身，躲過袖箭，躥出大門。一看前邊，黑壓壓的一片人，堵住周圍院牆，一味的吶喊。大家一口同音說：「賊人出來了！」張簡、何輝在門的兩邊，迎面總鎮大人。晏飛忽見這些兵丁，每人一塊藍布包頭，可沒穿著號坎號褂，各執短兵刃。只見對面上總鎮大人，是醬巾摺袖打扮，面賽烏金紙，手中一柄木磨竹節鋼鞭，有鴨蛋粗細，迎面一站，虎勢昂昂，猶如半截黑塔相仿。白菊花一瞧，就知道他是一個總帥，皆因閱兵時節見他看操，故此認得。最怕的是總鎮兩邊有那二十名長撓鉤手。白菊花不能再往前去。張簡、何輝兩個人往上一躥，一個是熟銅雙鐧，一個是齊眉木棍。淫賊一想：要與他們走上三合兩趟，後面那個姓展的就追上了。只見他們鐧、棍齊奔面門而來，他們焉能知曉白菊花這口寶劍利害，寶劍一磕，嗆啷啷，兵刃全折；使了一個順水催舟的招數，噗哧一聲響亮，就把張簡的膀子砍落下來；一回劍，又是一聲響，就把何輝的頭巾削去了半邊。迎面總鎮大人眼瞅著傷了二員偏將，自己掄鞭就打。晏飛見他力猛鞭沉，不敢用自己寶劍削他的兵器，使了個烏龍入洞的招數，躲過他這一鞭。按說應當緩手給他一劍，無奈眾撓鉤手不容。這二十人等不得總鎮下令，全把撓鉤往前一探，心想著搭住了就拉。白菊花用劍使了一個撥草尋蛇的架式，喊哧嚓叉，把那些撓鉤手的撓鉤全都削折，二十個人往前一撲，險些趴倒。白菊花迎面上遇人就殺，可歎那些兵丁，就有帶傷的，也有非命的。

晏飛闖出來，將到山口，迎面上馬快班頭如何能攔得住他，也砍倒了不少。惡賊出了潞安山，一想上哪裡去好？是往周家巷好哦，還是上柳家營好哪？自己未能拿定準主意。忽見後面眾人追來，說聲「不好」，又跑，順著山邊往北，又往西。只見山上火光大作，烈焰飛騰，萬道金蛇亂竄，淫賊暗暗的叫苦，明知自己窩巢不在了。事到其間，也就無法，反倒恨怨邢如龍、邢如虎，早知事到如此，還不如把兩個小輩結果他們性命，也消心頭之火。走不到二里光景，就到柳家營門首。前邊一帶盡是柳樹。莊主姓柳，叫柳旺，有個外號，人稱青苗神。可著他們那一方種地，連菜園子全不用看青的，遇有偷青的，就教柳旺拿住，是有偷青苗的人，誰也不敢前去偷去，故此人送了他一個外號，叫青苗神。先前也是綠林，後來坐地分贓，自己掙的家成業就，自己洗手不做綠林的買賣了。皆因四十歲無兒，又搭著掙下了萬貫家財，足夠後半世用的了。時逢恰巧，棄綠林後生了一個女兒，更要作些好事。他這女兒名叫姣娘，長到十八歲，聘於宋家堡。頭年妻子又死去了。今年正是六十整壽，固然上他這裡來作壽的甚多。白菊花他們素無來往，彼此全都慕名。正是他生日這天，白菊花同著周家巷火判官周龍，前來與他拜壽，備了一份厚禮。就由白菊花一來，柳旺很覺著親近於他，生辰以後，留晏飛住了數十餘日，終日上等酒席，待如上賓，後來兩個人結為義兄弟。如今白菊花要上周家巷，他那地勢窄小，皆因又有後面追來之人，怕的是自己到了那裡逃脫不了。明知柳家營倒可以逃躲，故此才直奔柳旺門首。可巧正遇青苗神柳旺在他門首，正望潞安山裡面瞧看。皆因柳旺正在書房閒坐，家人進來說：「員外，潞安山裡面也不知因為何事，殺聲震耳。」柳旺一驚，故此出了大門，往潞安山裡面一看，不但殺聲震耳，並且是火光大作。按說離山口有二里之遙，他這柳家營盡貼後山甚近，山又高，山上聲音故此聽得見，火光也看見，又對著是東南風，他這柳家營坐落在潞安山西北。正然瞧看山中之事暗透詫異，要派人前去打聽，忽見白菊花迎面而來，面帶驚慌之色，不住的回頭，再看後面，纏續的人追來不少。

青苗神這個人最有機變，教家人先進去開大門。他住的本是廣梁大門，門洞內有兩條板凳，開著大門門前有兩個石頭鼓子倚著。家人先把石頭鼓子一挪，等白菊花到了門首，柳旺拉著晏飛進了大門，就教家人把大門一閉。白菊花正要行禮，柳旺一攙，說：「此時沒工夫行禮，快說是什麼事情！」白菊花草草把自己的事一說，柳旺翻眼一想，隨說道必須如此如此的方好。白菊花連連點頭，說：「此計甚善，只是哥哥救我了！」說著，就雙膝點地。青苗神把晏飛一攙，說：「你我自己兄弟，沒有那些禮節。」隨叫家人帶著白菊花往後面去了，又叫家人過來，附耳低言，如此這般，家人答應轉身去了。就聽門外一陣大亂，家人過來說：「員外，他們全到了，在那裡叫門哪！」柳旺說：「你們不要慌忙。」自己親身出來，迎面遇見展南俠、翻江鼠，一齊說道：「你是本家主人哪？」柳旺點頭說：「不錯，小可名叫柳旺。但不知你們二位貴姓高名？因為何故帶領這們些個人上我家中？有什麼貴幹？」蔣爺答言：「你要問我們，御前三品護衛將軍，後面還有你們知府、總鎮。我們俱都是奉旨拿賊。如今賊人進了你的門內，快些閃開，容我們捕盜。」柳旺把雙手一攔，說：「且慢，我們院內沒賊。」蔣爺分明遠遠的似乎看見進了他的門首，皆因有那些柳樹擋遮，未能看得很明。到了此處，一聽柳旺開口就不承認，他一耽延工夫，白菊花再打後頭跑了，那時間枉費了許多的事情。先不顧與他說話，先教兵丁：「把他們這個宅子與我圍了。」眾兵答應，忽喇一陣，就把周圍的院牆圍裹起來。蔣爺這才復又與柳旺說道：「你說賊人沒在你的院內，我們要搜將出來，拿你一同治罪。」柳旺滿口應承：「老爺們若打我院中搜出賊來，連我一同治罪。可求老爺們一件事，別教這些個人進去，都一進去，我家中不定得丟多少東西。」蔣爺說：「使得。」告訴兵丁：「教你們大人堵門。」兵丁答應。蔣、展二位往進一闖，將到屏風門，就看見了白菊花後影兒往廳房裡面一跑。蔣、展二人一齊往門內一躥，兩邊的絆腿繩往起一絆。

要問二人怎樣逃躲，且聽下回分解。

第二十八回　因貪功二人墜翻板　為拿賊獨自受鏢傷

且說展、蔣二人將到屏風門外，望廳房上一看，見白菊花往裡一跑，二護衛心神念俱在白菊花的身上，那裡想的到門內有埋伏，只顧往裡一跑，兩邊的繩子往起一兜，蔣爺說：「完了我了！」往前一栽，又一縱身，直奔廳房。列公，你道既有繩子一兜，因何沒躺下，是什麼原故？皆因展爺這口劍始終沒入劍匣，若不是手中拿著這口寶劍，二人全都躺下被捉。惟獨這宗繩子，無論你怎麼身子靈便，要是兜住腳的時節，你越往上躥，越摔的更高。這也是如此，皆因把二人的腳兜住，兩邊往起一兜，展爺那劍刃子正斷在繩子上面，慢說是繩子，就是鐵條，劍要碰上，也得兩段。就聽見咯崩的一聲，繩子一斷，兩邊的人倒全都躺下了。展、蔣二人無非往前一栽，倒全都縱起身來。蔣爺說：「好賊人，中了你們的圈套了！」

此時白菊花早又出了廳房，暗暗切齒，恨天不隨人願。抽出一只鏢來，對著展爺打來，早被展爺躲過。這一來，蔣爺再不敢在展爺身後了，好防著白菊花往外發暗器時節，自己看的明白，躲閃的快當。也是活該二位護衛身當有難，白菊花這一鏢沒打著，自可又趕奔前來動手，又與展南俠連蔣爺，走了三五個回合，轉身就跑，直奔廳房。展爺見他進廳房，心中有些疑乎，怕中了他的詭計。倒是蔣爺說：「追。」因此二人一齊奔廳房。房門上也沒掛著簾子，展爺怕一進廳房的時節，門坎又有兜腿繩子。到房門之外，蔣爺探頭瞧了一瞧，裡面連一個人也沒有。只見白菊花正在暖閣那裡往後一轉，蔣爺先往裡一躥，展爺也就縱將進去。明明見著晏飛往暖閣後邊一轉，二位瞧見，焉有不追之理？二人就到暖閣東邊，往後一看，後邊還有個後門。此時白菊花已經出後門去了，二人也往後門一躥，不敢一步就躥出後門之外，仍然怕有兜腿繩子，故此才在門內落腳。焉知曉這門內有個埋伏，是一塊翻板。二人走著要是一前一後，也不至於一齊全都落將下去。皆因二人一齊縱身，一齊落腳，就聽見崩的一聲，那地板原來是當中有一根鐵條，兩邊有兩個活軸兒，只要用腳一登，他就翻轉下去。不料展、蔣二人正踏在翻板之上，二人往下一沉，也不知準夠多深，撒手把兵刃一扔，雙手一攏磕膝蓋，用腰找地。每遇大行家，從高處往低處一落，皆是這樣。不想這二位由翻板掉將下去，心想身著實地，還想往上再躥。焉知曉噗咚一聲，將身子沉入水中去了。把展爺嚇了一跳，隨著就喝了兩口水。蔣爺一見是水，這可到了姥姥家了，歡喜非常，先往上一翻，就把展爺衣襟往上一提。展爺自從喝了兩口水，只覺得暈頭轉向，教蔣爺往上一揪，緩了緩氣。就聽見上邊噹啷的一聲，柳旺的家人搬過石塊，就把那翻板一壓，裡面人就是肋生雙翅也飛不出去。

別看蔣四爺只管會水，這個所在實係利害。他手提著展爺腰帶，自己用著踏水法。在這井筒之內，黑暗暗，什麼也看不見，只可伸左手去摸。摸著了井筒，周圍一轉，地方到很寬闊，水約有一丈多深。再往上看，雖然看不見，約有數丈有餘。再摸這井筒子溜滑，如鏡子面一樣，總然有天大的本事，也飛不上去。摸來摸去，忽聽見有流水的聲音。原來這井筒子不是由地下翻上來的地泉，原來是由飄沿湖借進來的湖水，挖出一股地道，約夠八尺多寬，上頭俱拿石頭砌好，如同地溝相似，到井筒子這裡，可就不能有那麼寬了。這井筒子這裡只留了六寸寬一個縫兒預備著，怕人掉將下去，倘若會水，豈不借那水道出去了？故此才留了六寸寬的一個縫兒，滿讓就是會水，掉將下去，扁著身子也不用打算出去。這還怕不好，又打了二扇銅蒙子，都是大指粗的銅條，把他擰出燈籠錦來，預先就砌在這縫兒裡面，滿讓身子扁著出的去，這個銅蒙子也是出不去的。一者為擋人，二則間也免得湖裡漂來東西，連大魚全都擋住，不用打算進來。柳旺起的名兒，叫「翻板水牢」。你道柳旺要這所在何用？皆因他年輕坐地分贓的時候，製造此物，他也明明知道所做的事情犯王法，怕的是那時萬一事情敗露，有人拿他，若不是人家對手之時，他好把人帶到翻板水牢。實係追他甚緊，他倒有借水逃命的所在，可也沒用著一回，無非預防不測而已。到此時節，棄了綠林，更是無用的地方了。可巧如今晏飛一來，他就附耳低言，告訴他就是這個主意。再說白菊花也知道這個所在，先用兜腿繩，要拿住那兩個人就不用翻板水牢了。白菊花眼瞅著沒拿住蔣、展二人，豈有不往這裡帶他們之理？這個主意，憑爺是誰，都得上了他們這個圈套。蔣爺也皆因是貪功心盛，既要追趕，誰也不肯一步就躥出後門之外，總得門內住腳，故此才墜落下去。

此時蔣爺摸來摸去，摸到借水的這個地方了，不但窄狹，並且還有銅蒙子擋著。展南俠說：「四哥，事到如今，你不必顧我了，你自己若能出去，早離險地罷。」蔣爺說：「大弟，你看這個所在如何出的去呢？就是我這個瘦弱的身子，扁著也出不去。別說出不去，就是出的去，也沒有一走之理。合合這個柳旺，可實是人面獸心。你我在此，也不知道外面之事怎麼樣了。咱們這可稱得起是坐井觀天，連天都見不著。」展爺說：「四哥，你但能要出得去，你可就出去，別淨拘泥著我一人。」蔣爺說：「咱們生在一處，死死在一處。教我想出去的法子，我是一點也沒有，就有這麼一點盼望。」展爺問：「什麼盼望？」蔣爺說：「就盼著總鎮大人那個鞭，白菊花不敢削。如果馮振剛能把白菊花拿住，還得把柳旺也拿住，進來滿處一找咱們，或者他們家人說了，或者各處找尋，無心間蹬到翻板上，再掉下一個來，那可有出去的道路了。倘使晏飛與總鎮一交手，再把總鎮引到這裡，總鎮一貪功，照樣掉下來，那又多添一個該死在一處的了。事到如今，也不用打算，只可就是憑命由天就是了。」蔣爺、展爺在水牢之中，暫且不表。

且說白菊花將蔣、展二位帶到翻板水牢之處，白菊花在外面看著他二人中計墜落下去，見家人用石塊壓住，自己轉身出來。柳旺在那裡叫道：「賢弟，怎們樣了？」回說：「他們已然墜落下去，兄長可曾看那些人都到了咱們門首沒有？」柳旺說：「不但到咱們門首，他們把咱們周圍的牆壁俱都圍滿了。賢弟你要逃走，我這裡單有一股水道，你自可借水而逃。」白菊花說：「不行，我若借水道而走，他們豈肯與你甘休善罷？我所懼的就是姓展的這口寶劍，如今姓展的總然打算會水，也不用打算有命。兄長如今可救了小弟的性命，我與兄長惹得這個禍患可不小。水牢裡這是兩個護衛，外面還有總鎮，此時我想打那走就打那裡走了，那總鎮倒不放在眼裡。無奈一件，我要走了，就給哥哥留下禍患了，他們豈肯與你善罷甘休？」柳旺說：「也罷，我有個主意，作為我幫著姓展的姓蔣的拿你，你在前頭走，我在後頭追，你闖將出去，我作為沒追上你，他們便把我怎麼樣？」白菊花說：「不行，他們望你要姓展的、姓蔣的，你便怎麼樣？你獻出去也是禍，你不獻也是禍。依我說，不如捨了這分家私，你我逃走了罷。你我兄弟走在那裡，到處為家。」二人在議論之間，就見馮淵由外面進來，說：「唔呀，好賊人，你們全是一類的東西！總鎮大人，快拿賊來罷，他們這裡議論要跑！」那總鎮馮大人一聽，手提單鞭，大喊一聲，闖入院內，大家全撞在一處。柳旺的家人，早在旁邊與柳旺拿著一條花槍交給柳旺。馮淵往外一跑，說：「我去叫人去了！」白菊花說：「哥哥先走！」柳旺衝著總鎮就是一槍，總鎮用鞭一磕，噹的一聲，柳旺險些撒手。晏飛早由馮振剛左邊躥過來了，總鎮一追，噗哧一毒藥鏢正中肩頭，噗咚一聲，摔倒在地。

要問生死如何，且聽下回分解。

第二十九回　巧妝扮私訪淫寇　用假話誆騙愚人

且說白菊花正與青苗神商量主意，不料馮淵闖將進來。按說大門關著，眾人都在外面圍著，也聽不見裡面的信息。馮淵使了一個詐語，道：「裡面說話的不是王大兄弟嗎？」裡面人答言：「找我們王三哪？將才在這裡來著，此時沒在這裡。」馮淵說：「勞你的駕，把他請出來，我們說句話。」那人就叫說：「王三哥，外邊有人找你哪。」不多一時，門內問：「誰找我？」馮淵說：「三兄弟，你開門罷，我與你說句話。」那人還納悶，聽不出是誰，將把門一開，馮淵使了個眼色，眾兵往前一擁，那門就關不上了。眾家人將要一攔，馮淵把刀一亮，那些人就東西亂跑。馮淵闖進屏門，正聽白菊花與青苗神商議。自己往前一躥，高聲一嚷。此時總鎮大人進來，柳旺用槍一扎，往外就闖。白菊花從旁邊過來，總鎮一追，叭就是一鏢，正中肩頭，總鎮大人摔倒在地。白菊花往外就闖，將到門首，馮淵正教那些人進來，迎面正遇白菊花。馮淵焉能與白菊花交手，回頭就跑。白菊花也沒有那們大工夫緊自追他，會同青苗神兩個人撲奔西南。這些兵丁就有奮勇的，還要圍裏他們，焉能圍裏得住，沾著就死，撞著就亡，轉眼之間，就是數十名人在地上橫躺豎臥。那些兵丁誰還敢追，任著兩個人飛跑。跑來跑去，天色已晚，扭項回頭一看，身後有一個黑影兒，在後面遠遠跟下來了。白菊花低聲對柳旺說道：「後面有人綴著咱們哪。」柳旺說：「這便怎樣？」白菊花說：「待我返身回去，別是那個蠻子。」看看臨近，晏飛細細一瞧，何嘗不是。

且說馮淵心中怕苦了白菊花，又是恨他，又是怕他。忽聽兵丁一陣大亂，說：「總鎮不好了，教人打死了！」馮淵一急，眼瞅著白菊花往西南去了，自己不顧追趕，如今一聽總鎮大人身死，自己一想：有咧，我暗地跟將下去，看他們落在何方。越追天氣越晚，大料他們更看不見了。不料白菊花實係詭詐，總是賊人膽虛。馮淵一瞧白菊花返身回來，兩個人相離甚近，馮淵回頭就跑。白菊花追了半天，晏飛不追了，仍然歸在柳旺一處。馮淵又跟下去了，柳旺又追，馮淵又跑。書不可盡自重敘。追他就跑，不追他就緊自跟著。白菊花瞧見前邊一片村莊，就與柳旺商量主意，進村他就無處可找了。果然馮淵要追進村中，又怕白菊花在暗地藏著，無奈何，在村外找了一棵樹下歇息。

只等到天交二鼓，自己回來，想著又是恨又是氣，垂頭喪氣，順著潞安山的北山邊，就回了公館，叫開店門，問了問店家：「知府大人與眾位老爺們回來了沒有？」店中人說：「知府大人回來了。總鎮大人帶傷，邢大人帶傷，邢二大人帶傷，是張大人、趙大人背回來的。有我們這裡張老爺帶傷。」馮淵又問：「展大人、蔣大人回來了沒有？」回答：「沒有。」馮淵又是一驚，往裡就走，迎面遇見姚正，馮淵又問了一回，也是如此言語。馮淵一跺腳，說：「唔呀，唔呀，不好了！」來至廳房，看見知府大人低著頭背著手，急的滿屋亂轉，咳聲不止。原來知府大人所愁者，總鎮大人身受鏢傷，邢如龍挖去一目，邢如虎削去四指，張簡砍去一臂，兵丁殺死十一人，帶傷者十五個。拿獲柳旺家人八名，逃竄者無數。並未查點柳旺家中的東西，大門上鎖，上了封皮。又派兩個小武職官，就是外委的前程；調去五架帳房，大門外兩架，東西北三架。知府衙門兩位先生，開封府八名班頭，徐州府十六名班頭，三十名兵，會同看守空宅一座。若遇有人跳牆出入，立即鎖拿。死去兵丁，每人賞棺木一口，令屍親認屍，事畢時另有賞賜。帶傷者，知府衙門公所調養，另請醫家調治，俱是官府給錢。知府回公館，內外科醫生請來約有五六位，俱是一口同音，張簡、邢家弟兄管保無礙，就是總鎮大人無法可治，所受鏢傷，淨是毒藥，透入皮膚，無論內科外科，無藥可醫。又不見展、蔣二位護衛，又不知馮老爺那裡去了，音空信渺，一點音信皆無，只急得滿屋亂轉，故此哼咳不止。忽見簾兒一啟，馮淵從外面進來。徐寬勉強著賠笑，連忙問道：「可曾見著蔣大人、展大人沒有？」馮淵說：「唔呀，我還要問你蔣大人、展大人的下落哪。」知府就把所有的事，對著馮淵說了一遍。馮淵說：「這可不好了！」知府問：「馮大老爺，難道說沒看見二位大人一點影兒麼？」馮淵說：「就由潞安山琵琶峪，我與二位大人總沒離開左右。就見他們追出白菊花之後，我在白菊花家裡放起一把火來，前後勾串著一燒，火光沖天，我就跟下二位大人來了。自到柳家營，他們關著門不教進去，我使了一個詐語，這才把門詐開。要依著兵丁們說，二位大人進了院子，難道說二位大人還輸給白菊花不成？滿讓蔣大人不是白菊花對手，輸與白菊花，展大人不能哦。越發是納悶！」正說之間，張龍、趙虎從外面進來。馮淵見著大家，彼此對問了一回，全是面面相覷。知府傳出話去，無論大小什麼人，有會醫治毒藥鏢傷者，急速請到。草草把晚飯吃畢，一夜晚景不提。次日早晨，知府派下人去至柳家營打聽，晚間並沒有從牆出入之人。

單有趙虎自己忽然想起一個主意來了，就把官查總領姚正叫在東廂房裡。姚正問道：「四老爺有什麼吩咐？」趙虎說：「你是此地官查總領，應當無一不知，無一不曉。」姚正說：「下役也不敢說無一不知，無一不曉，大概的事情盡都知曉。」趙虎說：「大概的事情你都知曉，我問問你，這白菊花是個賊你知道不知?」姚正說:「老爺,慢說白菊花是個賊,連他叫白菊花我都不知。倒是柳旺,我倒知道他不大是好。」趙虎說:「你既然知道為何不辦?」回答說:「他不法是在年輕時節,本地又沒案件。」趙虎說:「你們這一方,大概還有不法之人無有?」姚正說:「還有,也是沒有做案,無處下手可辦。」趙虎問:「住在什麼所在,姓字名誰?」姚正說:「出了榆錢鎮的西口,別進潞安山的山口,順南山邊有一個村莊叫周家巷,東西大街,由當中分開,東邊叫東周家巷,西邊叫西周家巷。在西周家巷西頭路北,有個大門內,住著一人姓周,名叫周龍,有個外號火判官的便是。在方近的地面也沒有案,我們大眾有點疑心,總算沒探訪妥他,早晚間必要動他,皆因他所來往之人全不正道。」趙虎又問:「他到底是個作什麼的?」姚正說:「據他說他是個保鏢的達官,到如今他又不保鏢了。」趙虎說:「白菊花他們素日可有來往沒有?」姚正說:「那我可準知道他們素有來往,他們交的還是親密,我們還常常言講,可惜尉遲大官人怎麼交他?誰知道尉遲良就是第一的不好人。」老趙說:「這就得了。你不用管,我自有主意。」說畢二人出來。趙虎就把跟他那個從人叫來,說:「我要出去私訪去,你仍然給我買那們一套破衣服來。」

趙虎私訪,前套三俠五義之時,訪過七里村一案,又訪過白玉堂,巧遇三千兩葉子金。包相爺就說過他是個福將,他自己就信真。如今白菊花、展、蔣全無下落,又想著要去私訪,故此與姚正打聽明白,又教家人買破衣服去。不多一時,家人把衣服買來。趙虎就將本身衣服脫下,就穿上了破汗衫、破褲子,光著腳,靸拉著破鞋,挽著髮纂,滿臉手腳上俱抹上鍋煙子,又由牆上揭下幾帖乏膏藥貼在腿上,拿了一根打狗棍,挎著一個黃磁罐。拾掇好了,將往外一走,正遇見馮淵,把馮爺唬了一跳,說:「唔呀,你是什麼東西？」趙虎說：「你是什麼東西？頑笑哇！」馮淵說：「可了不的了，趙四老爺瘋了！」趙虎說：「你才瘋了哪。」馮爺問：「你不瘋何故這般光景？」趙虎說：「展、蔣二位大人連白菊花俱沒有下落，我出去私訪，倘若訪出下落，也是有的。」馮淵說：「你這個樣子還出去私訪，誰看見不說你是形跡可疑？就是落魄的人，也不至於這般光景。總然扮個窮人像個窮人就是了，何至於渾身抹些個鍋煙子，貼些乏膏藥？」趙虎說：「我出去私訪的時候，你還沒得差使哪。」馮爺說：「你滿讓遇著案，教人家看破，也是個苦子，無非又得我們救你。」趙虎說：「那裡用的著你們哪，相爺說過，我是福將。」馮淵說：「好，你是福將，我是臘醋，別抬槓，請罷！」趙虎提著黃磁罐就往外走。來至店門，把店家唬了一跳，剛要說「你這乞丐」，那個字沒說出來，細一看，是趙四老爺，說：「你老人家是怎麼啦？」趙虎說：「你別管我，開店門。」原來這店自從打了公館，就是白天也把雙門緊閉，有人出入時候現開。若要開著門，怕有人住店來，就得教人住，不然就得爭鬧。店家開了店門，趙虎出了店，直奔正西。

榆錢鎮本是熱鬧的所在，來往人煙稠密，大眾一看趙虎，無不掩口而笑。本來看著他形容可笑，並且老趙也真拉的下臉來，放開嗓音一喊，說：「行好的爺們，有吃不了的餅麵飯，穿不了的衣裳，用不了的銀子錢，要是給我窮人，我一輩子忘不了你的好處。行好的爺們哪，行好的爺們！」只顧一喊，招來十幾條大狗，那狗是汪汪汪的亂咬。趙虎一看，氣往上撞，破口大罵：「怪不的說人敬富的，狗咬破的。你當是四老爺真是這們窮，滾開這裡罷，囚囊的！」與狗一批理，狗更汪汪的咬的歡了。「你還咬我，我罵養活你的主人了！」狗的主人一瞧老趙那個樣，趕緊把狗叫進去，把門一關，不惹閒氣。老趙四六句子罵罵咧咧就奔了潞安山的山口，縷順南山邊，直奔周家巷。到了東周家巷，往裡就走。這一進村，狗更咬的利害啦。趙虎用打狗桿掄開要打，又打不著，狗比他快。隨著往西，過了十字街，就是西周家巷。東西所分者，無非南北一條街衝開，在東就是東周家巷，在西就是西周家巷。

將過南北這條街，坐北向南有一戶人家，老趙又一喊叫，只見從門內出來一個人，年歲不甚大，青衣小帽，像個做買賣人的相貌。那人問道：「我這裡有點剩飯給你，要不要？」趙虎說：「剩飯還是一點，不要，我的肚量大。」那人又問：「我這裡有酒，你喝不喝？」趙虎說：「必是剩下的酸黃酒。」那人說：「不，是小花罈女貞陳紹❶。」趙虎說：「你既有女貞陳紹，為何不留著你自己用？」那人說：「實不相瞞，我們是搬了家了，這就要交代房屋了。我一看，他們剩下了一碗飯，有些鹹菜，還有些不要緊東西。有一罐子酒，你要吃，我省的往那邊挪了。我瞧你也不是久慣討飯的。」趙虎說：「有酒就好，我就是好喝。我要不喝，還落不到這般天地哪。」隨說著，把趙虎讓到門裡。有一個轉灣影壁，那人說：「朋友，你在這裡等等。」不多一時，從裡邊拿出一張小飯桌，兩條小板凳，又取出一嗉子酒來，一碟鹹菜，兩個酒盅。趙虎把黃磁罐放下，打狗桿往牆邊一立。那人給斟了一盅酒，自己也就斟上一盅。老趙不管怎樣，拿起來就喝，一口就是一盅。

那人瞅著趙虎淨樂，便問道：「朋友，我瞅著你怪面熟的。」趙虎說：「我是那裡人？你是那裡人？」那人說：「你不用隱瞞，我瞧出來了，你是開封府趙虎趙校尉老爺。」趙虎說：「不是，不是，

---

❶ 女貞陳紹：舊時京城紹興酒分花雕、女貞陳紹兩種。相傳紹興人生女兒時造酒埋地下，待女兒出嫁時作為陪嫁品，由此名「女貞陳紹」。

你錯認人了。往常也有人說我像趙虎，大概我與趙虎長的不差。我也姓趙，我可不是趙虎。」那人說：「你不是趙四老爺？可惜，可惜！要真是趙四老爺那可好了。可惜世界上的事，賣金遇不著買金的。朋友，喝酒罷！」趙虎一聽這話裡有話，隨問道：「你老貴姓？」那人說：「姓張，排行在大。」趙虎說：「張大爺。」那人說：「豈敢，豈敢！」又說：「趙伙計，你是那裡人？」回答：「咱們是京城裡的。」那人說：「京城裡做什麼買賣？」趙虎說：「開雜貨鋪。」那人問：「在什麼地方？」回答：「在竹桿巷東口外。」那人又問：「寶號是什麼字號？」回答：「是這個什麼來著，我忘了。」那人一笑：「是自己買賣會把字號忘了？」趙虎他一句教人問住，磕磕巴巴磕磕半天，說：「買賣是我的東家，是我的買賣我可不管事，單有領東的管事。你問的太急，等我慢慢的想一想，我想的起來。」那人又問：「既是你有個買賣，上這裡來做什麼？」回答：「上這裡找人。」又問：「找什麼人？」回答：「有一個同行的欠我錢文，我找他來了。」又問：「欠你錢的這個人居住何方？在那裡做買賣？」回答：「在徐州府十字街鼓樓東雜貨鋪做買賣。」又問：「徐州府這個雜貨鋪什麼字號？」回答：「我也一時慌疏，忘了。」又問：「這個人姓什麼？」回答說：「你這人問的怎麼這們細微，不亞如當堂審賊的一樣。」那人說：「咱們喝著酒，無非閒談，到底姓什麼？」趙虎說：「這個，他彷彿是姓……」說話之間，又問：「到底是你問我什麼來著？」

姓張的哈哈大笑，說：「你說半天，淨說了些口頭語兒，到底姓什麼？」趙虎忽然想起白菊花來了，說：「他姓白。」那人說：「可找著沒有？大概是沒找著罷。與人本鋪又不認識，總得外頭住店。吃飯要飯錢，住店要店錢，大概是又好喝，又好耍，由京都又沒有帶了多少錢來。本是上這裡要帳，又何必多帶盤費?此處又舉目無親人，沒找著，對與不對?」趙虎說：「你怎麼知道我的事情?」那人說：「你不用撒謊了，你是四老爺不是?」趙虎說：「是怎麼樣，不是怎麼樣?」那人說：「你要是趙四老爺，有天大一件美差，準保你實加兩級。」趙虎問：「到底什麼事情?」那人說：「皆因我們這裡有一個火判官周龍，他們家眷上我們家裡來了。二婦女們說話不管深淺，昨天他們家來了兩個人，一個叫青苗神，一個叫白菊花，教官人追的無處可去。這個白菊花偷了萬歲爺的冠袍帶履，無處可藏，眼時就藏在他們家裡。你要是真正趙虎，這件差使是怎麼樣的美差!可惜你不是，那就不行了。」趙虎一聞此言，哈哈大笑，心中暗道：怪不得相爺說我是福將。

如今趙虎一聞此言，得了白菊花的下落。要問怎樣辦法，可聽下回分解。

第三十回　群賊用意套實話　校尉橫心不洩機

且說老趙聽見這個人說出了白菊花的下落，不覺歡喜非常，就與那人笑嘻嘻說道：「事到如今，我也不用隱瞞，我就是趙虎。」那人說：「你算了罷，你這是冤誰呢？你要是趙虎，你早就說出來了。」趙虎說：「一見面，人心隔肚皮，我本是巧扮私行出來私訪，訪的就是白菊花下落。如今我一見你是個買賣人的樣兒，也是實心眼的人，我故此才把我的真情洩露。」那人哈哈一笑，說：「你是真正的趙老爺，我可多有得罪。」趙虎說：「豈敢，不知者不造罪。」那人復又深深的與趙虎行了一個禮，說：「恭喜四老爺，賀喜四老爺，既是你老人家到此，這裡也不是講話的所在，咱們到裡邊，還有細話告訴你老人家，有成功之法。」趙虎連說：「使得，使得。」一回腳，噹的一聲，就把黃磁罐踢碎，打狗桿踏折，搬著桌子，拿著板凳。拐過影壁來，有三間上房，把桌子放在屋中。趙虎一看，果然就像搬了家的樣子，屋中連些桌椅板凳皆無，淨是三間空房。那人拿著酒嗉子，說：「我再取些酒來。」趙虎就在屋中等著。不多一時把酒拿來，放在桌上，說：「可惜你老人家初到此處，就是一盅空酒，可惜連些菜蔬也沒有，透著我大不恭敬了。」趙虎說：「自要我得著欽犯的下落，比你給我肉山酒海吃還強哪。你若不擇嫌，咱們哥倆得換貼。」那人說：「我焉敢高攀。」二人落座，把酒滿斟了兩杯。忽然那人站起身來，說道：「我這裡有點酒菜，待我取來。是我尋常醃了些個雞卵，最可以下酒。」趙虎說：「不用了，咱們兩個人說話罷。」那人一定去取。趙虎的那道性情，訪案得遇，自己一喜歡，那裡還等得那人取雞卵來喝酒，自己斟上，自斟自飲，吃了三杯，把第四杯斟上，就覺著暈暈忽忽的，也不知曉是什麼緣故。自覺著必然是餓了，怎麼直暈，隨即站起來走一走，焉知曉剛一站起，天轉地轉，房屋亂轉，身不由自主，噗咚一聲就栽倒在地。那人從外面躥將進來，哈哈大笑，說：「就憑你這們渾人，也敢往前私訪？你沒打聽打聽小韓信張大連，慢說你這個渾小子，再比你高明一些個，也出不了大爺所料。」

列公，這個人到底是誰？這人是南陽府東方亮的餘黨，原來是白菊花盜取萬歲冠袍帶履，就是他們兩個人一路前往。皆因白菊花把冠袍帶履交與東方亮，晏飛走的時節是不辭而別走的，東方亮怕晏飛挑眼❶，就教張大連追下白菊花來了。將到潞安山，就看見山上火光大作，自己就奔周龍家裡去了。他將到周龍門首，火判官正在門前瞧潞安山那火納悶。彼此相見，張大連說了他的來歷。少刻家人回來告訴潞安山的凶信，依著火判官要跑，小韓信把他攔住。直到初鼓之後，白菊花同著柳旺上周龍家裡來了。是馮淵把他們追進小村，躥牆躍房，這一家跳在那一家，就跑了，直奔周龍家裡來。群賊相見，火判官一問他的來歷，晏飛就將始末根由，一五一十細說了一遍。大家用酒飯之時，白菊花說：「我們弟兄二人還得速速的起身，不然怕再有官兵奔你這裡來。是我姓晏的連累一個朋友就是了，別再把哥哥連累在其內。」周龍答道：「賢弟此言差矣！古人結交，有為朋友生者，有為朋友死者。劣兄雖然不敢比人，柳兄尚且把家舍田園俱都不要，何況我這一所破爛房屋，又算得幾何？又非祖遺之物。」張大連在旁說：「二位自己兄弟，何故這般太謙。」晏飛說：「倘若有連累兄長之處，實是小弟心中不安。」大家直飲

❶ 挑眼：猶挑剔。故意找差錯。

到天色微明，也派人出去打聽，官兵並無一點來的動靜。張大連又說：「雖然官兵無信往周家巷來，可怕有人暗訪，待我出去，到咱們空房子那裡，我去看看，倘有面生之人，我好盤問盤問。」大眾點頭，白菊花說：「又得有累兄長。」說畢，張大連出來。

到他空房子那裡，院中有兩個看房之人。忽聽外面叫街的乞丐聲音差異，並且還罵狗。張大連一出來，就認得是趙虎。皆因他同著白菊花盜冠袍帶履時節，那日他在街上閒逛，他遇見張龍、趙虎送五太太至原籍回都交差，張大連知道他是趙虎，如今見著，焉有不認得之理？誆進來，用他自己假話，誆趙虎的實話。趙虎說了實言，然後就把他讓進屋來，二次才用蒙汗藥酒把他蒙將過去。把西屋裡兩個大漢教將過來，拿了一條口袋，把趙虎往裡一裝，把口袋嘴子一紮，一個扛著走，一個看家。二人出了門首，直奔周龍家裡而來。到了裡面進了廳房，晏飛問：「這是什麼？」張大連說：「你猜。」白菊花笑說道：「是銀子，是錢。」張大連說：「是人。你看是誰罷。」先把口袋嘴子解開，把口袋撤出。大家一看，原來是個乞丐花子。張大連說：「晏寨主細瞧，認得他不認得？」白菊花細看，說：「哈哈，好張兄，怪不得人稱你叫小韓信，真是名不虛傳。可稱得起你有先見之明，不出兄長之料。」周龍問：「他到底是誰？」晏飛說：「這就是那個趙虎，張兄怎麼把他扛來？」張大連就將趙虎怎麼樣叫街，怎麼將他讓進來，拿自己的假話套他真話，後來拿蒙汗藥將他蒙過去的話說了一遍。周龍說：「把他殺了就結了，埋在後院。」白菊花說：「不可。張兄你可問問共來了多少人？」張大連一跺腳，咳了一聲，說：「就是忘了問這句了。」白菊花又問：「他們都在那住著？」張大連說：「我也是忙中有錯，我也沒問他。」白菊花說：「活該。我初見邢如龍、邢如虎的時節，我也忘了問他們在那裡居住，共來了多少人。」柳旺在旁邊說道：「既然把他們拿住，還怕什麼。拿涼水把他灌將過來，將他綁在廳柱之上，拿刀威嚇著他。要依我說，世界上的人，沒有不怕死的。那時節若要一問他，據我想，他不能不說。」周龍說：「問那些有什麼用處？」張大連說：「打牆也是動土，動土也是打牆。人沒害虎心，虎有傷人意。如今既然把個校尉拿到咱們家裡來了，萬一有點風聲透露，還愁著那官兵官將不來呀？不如先下手為強，自要威嚇出他的話來，咱們夜晚之間，大家一同前往，把他們有一得一，全都一殺。周兄又沒有家眷，咱們大家一走，全奔團城子，上東方亮大哥那裡，預備著五月十五日在白沙灘擂臺上鎮擂。眾位請想，我這個主意怎麼樣？可千萬別逢迎，咱們是一人不過二人智。」眾人一口同音，全說這個主意很好。事已至此，還非這們辦不可哪。立刻教人取涼水，用筷子把趙虎牙關撬開，涼水灌將下去。眾人把他往起一搭，七手八腳，過來把趙虎捆在廳柱之上。大眾搬出椅子，彼此落座，瞧著趙虎。

可歎老趙受了蒙汗藥酒，迷迷忽忽的駕雲相似，待等睜開二目一看，自己教人捆綁在廳柱之上，自己衣襟已然教他們扯得粉碎，足下的鞋早就沒有了，髮髻蓬鬆，活鬼一般。往對面一看，周龍是赤紅臉面，柳旺花白鬍鬚，這兩個自己不認得。再看那邊就是白菊花，迎面站著就是那個姓張的。趙虎瞧見張大連，把肺都氣炸了，說：「姓張的，咱們還要拜把子，你真是好朋友哇！」張大連說：「要沒有我在這裡，你這條命早就不在了，皆因我愛惜你這個人物忠厚誠實。我問你幾句話，你只要說了真情實話，把你解將下來，任你自去。」趙虎說：「看你問什麼了。」張大連說：「大概不是你一個人，你們共來了多少人，在那裡住著？」趙虎說：「就為這個事情？告訴你，可準放我呀。」張大連說：「君子一言出口，駟馬難追。」趙虎說：「你過來告訴你，可別教他們聽見。」張大連說：「使得。」就到趙虎跟前。趙虎說：「你再往前點兒，你把耳朵遞過來。」張大連就把耳朵一遞，歪著臉兒。見趙虎把嘴一開，往前一伸脖子，把張大連嚇了一跳，說：「他要咬我！」復又問他：「你們到是在那裡居住，共是多少人？」趙虎破口大罵，白菊花氣往上一撞，說：「似這樣人，死在眼前還不求饒，反到破口罵人，只不用問他什麼言語了，結果他的性命！」說畢，亮寶劍往前撲奔，舉劍往下就剁。

要問趙虎生死如何，下回分解。

第三十一回 捆廳柱一福將受辱 花園內三小廝被殺

且說趙虎因罵張大連，白菊花在旁亮出劍來，要結果他的性命。張大連攔住說：「晏賢弟不可，你這等的性暴。我準知道趙老爺是個好人。」白菊花復又坐下。張大連說：「趙大哥別怪我晏大兄弟，他是個粗魯之人，你還是瞧著我。總然你就說出來大眾是誰，在那裡居住，也是一件小事，為什麼破著自己性命，執意的不說哪？」趙虎說：「你一定要問，告訴你可便宜了你。」張大連說：「只當就是便宜我罷。」趙虎說：「我們人來的甚多，淨能高來高去的就有三百餘人。由京都點起大兵，足有十萬。」張大連說：「你別信口開河啦，那裡有這麼些個人呢！」趙虎說：「你要不信，我就不說了。」張大連說：「你把有名有姓的說上些個我聽聽。」趙虎說：「你聽著，有北俠歐陽春、南俠展熊飛、雙俠丁兆蘭、丁兆蕙、雲中鶴魏真、鑽天鼠盧方、二義士韓章、穿山鼠徐慶、四義士蔣平、白面判官柳青、小諸葛沈中元、鐵臂熊沙龍、孟凱、焦赤。」說著說著，問張大連有三百沒有。張大連說：「那有三百，共總才幾個人！」白菊花在旁說：「不用聽他的了，他淨是信口胡說。」張大連聽著也覺不確實，說：「姓趙的，你要不說實話，我可就不管了。」趙虎說：「誰教你管哪！錯過是你，別人問我，我還不說哪！」猛然間，聽趙虎扯開嗓子連聲嚷道：「趙虎被人捉住了！趙四老爺被了捉了！趙虎被了捉了！」周龍問：「這是作什麼故事呢？」張大連明白他的意思，急速就將趙虎的破衣裳撕下一塊，把趙虎腮頰一掐，與他口中塞上物件。柳旺也說：「他這是什麼意思？」張大連說：「他們外頭必有一同來的伙伴，不然他不能扯開嗓子亂嚷，為的是教他們伙伴聽見好來救他。」白菊花說：「還是殺了他罷。」

正要過去結果趙虎的性命，忽然從外進來了三個人。趙虎雖然塞住口不能說話，看這三個人倒也看得清楚。全都是箭袖袍，絲鸞帶，薄底快靴，肋下佩刀。一個穿紅，一個穿青，一個穿藍，是兩高一矮。這三個人的像貌實在難看，生的實係兇惡。正當中這人面如藍靛，髮似朱砂，紅眉金眼，連鬢落腮淨鬍鬚，身高五尺，寬到有四尺。還有一件奇文，精細的脖子，長有一尺，大腦袋細脖子，最難看無比。眼瞅這個脖子擎不住腦袋，那個腦袋是在脖子上亂晃，類若是銅絲兒纏的一般，東倒西歪，前仰後合，又是難看又是可笑。看那兩個人，倒是英雄的架子。一個面似瓜皮，青中透綠，綠中又透著亮，兇眉惡眼，未長髭鬚。一個是面賽淡金，左邊臉上有塊紫記，紫記上又長了些綠毛，粗眉大眼，也沒鬍鬚。那個細脖子的先與火判官周龍見禮，然後見張大連，回頭又看見白菊花，說：「原來是晏寨主也在此處。」二人對施一禮，又問周龍：「這位朋友是誰？」周龍說：「與你們二位引見引見，這位是柳家營人氏，號為青苗神柳旺。這位是兗州府人氏，號為細脖大頭鬼王房書安。」彼此一一見禮，又說了些久仰大名的客套。周龍又問道：「這二位是誰？」房書安說：「這是我帶出來的兩個兄弟，新入咱們這個跳板，是親弟兄兩個，過來見見。這就是我與你常提說的周寨主，這位是追魂催命鬼黃榮江，這位叫混世魍魎鬼黃榮海，俱是杭州❶人氏。」二人全給周龍行禮，挨著次序一位一位全都見過，然後眾人落座，獻上茶來。

❶ 杭州：明、清時府名，治所在今浙江杭州。

周龍問：「三位賢弟從何處至此，有何貴幹？」房書安說：「我帶著二位兄弟特意前來拜望你老人家，然後拜望綠林中眾位朋友們，俱都教他們見識見識。還有一件事，團城子東方大哥立擂臺，聘請天下綠林眾位哥們前去護擂，我算計著哥哥必然見了請帖了。」周龍說：「事情我算知道了，請帖我還未見哪。」房書安說：「早晚必到。可是此時出了一個與咱們綠林人作對的，並不把咱們瞧在眼內，如同蒿草一般，你們聽見說沒有？」張大連問是誰，房書安說：「五鼠五義之內有個穿山鼠徐慶，他的兒子名叫徐良，外號人稱多臂熊，又叫山西雁。這個人長的貌陋，黑紫臉面，兩道白眉，平日一看就相似一個吊死鬼一般。他的本領，普天蓋下找不出第二個來，土龍坡高家店高寨主教他殺跑了，桃花溝病判官周五寨主教他殺跑了，桃花村成了一片火場。這個人會裝死兒，又會假受蒙汗藥。追人往西北追，他能在東南那裡等著。崔龍、崔豹教他追的無路，好容易才逃了性命。此人詭計多端，見了咱們的人絕不放過。」白菊花說：「房兄別往下說了，休長他人志氣，滅自己的威風。慢說他一個晚生下輩，就是徐慶也不放在晏某的心上。」房書安說：「我算是多言。我既知道又不能不說，無非告訴列位，如要見著他的時節，小心點就是了。」白菊花說：「我若見著他的時節，務必把他首級割下來，拿回教眾位看看如何？」房書安說：「晏寨主真能如此，可算給綠林中除了害了。」

房書安只顧說話，猛一抬頭，瞧見趙虎捆在柱子上。復又問道：「周寨主，這個是作什麼的？」周龍就把趙虎的這段情由說了一遍：「問他共來了多少人，在那裡住著，他執意的不說。正要殺他，可巧你們三位到了，誰還顧得殺他哪。」房書安說：「就為晏寨主盜來冠袍帶履，鬧出這們大的事來？交與我問問他們的下落。」自己來在趙虎的面前，說：「朋友，我與你商量一件事情。」就見趙虎鼓著腮幫子一語不發，淨衝著他點頭。旁邊有人說：「塞住口哪。」房書安伸手將他口內東西掏出來，說：「朋友，你姓趙哇？你就是趙校尉老爺麼？皆因我們晏賢弟盜來萬歲爺的東西，也是一時之錯，如今後悔已遲，情願再把東西送回去，無門可入。你可以能夠與我們作個引線之人，就連我們都棄暗投明，改邪歸正。你能應此事不能？」趙虎說：「你就叫房書安哪？我看著你替你揪心。」房書安說：「你替我揪著什麼心？」趙虎說：「你這個脖子太細，擎不住你這大腦袋。那時腦袋掉下來，準要砸你的腳面。」房書安說：「你說話夠多們損。」趙虎說：「你這個脖子太不是樣子了，精細，挺長。」房書安說：「已然長就的，那可沒法子了。」趙虎說：「我教給你一個招兒就受看了。」房書安說：「什麼招兒？這可要領教領教。」趙虎說：「你量著尺寸，揪住腦袋，剁下七寸去，趁著熱血一粘，準保就好看了。」房書安說：「我要胡罵你了。瞧著你怪憨厚的，說出話來夠多們損。我與你說正經事，別頑笑。」趙虎說：「誰與你頑笑！你們如有真心，我就帶你們前去。不是我說句大話，在我們相爺那裡，我說一不二。」房書安說：「那就很好，你帶著我們這就上開封府，還是去找別人呢？」趙虎說：「自然是先見見別人。」房書安說：「先上什麼地方見？那裡去找？離此處遠哪還是離此處近？是遠是近我們好預備盤纏。」趙虎哈哈一冷笑，說：「怪不的你脖子長，你行出這個事，再教你脖子長出二尺也不為多。」房書安說：「你總不用說我脖子，你總得說出實話，他們在什麼地方居住，有多少伙伴前來才行。」趙虎說：「你們把我解開，我帶著你們一走，也不用你們的盤費。」房書安說：「你不告訴我們地方可不能去。」趙虎說：「一定要問全在什麼地方，你不是從你們家裡來麼？會沒瞅見？」房書安說：「沒看見。」趙虎說：「全在你老娘屋裡炕上坐著，還有你姐姐妹妹相陪。」把話剛說完，又喊叫起來：「趙虎被捉了，趙四老爺被捉了。」氣得房書安也是混罵，叭叭給了他兩個嘴巴，復又把他口塞上。

可巧外面有人進來回話說：「揚州鄭二爺到。」周龍說請。房書安正要拿棍子打趙虎，外面有人進來，只可就不能打了。趙虎往對面一看，這個人一身青緞衣襟，薄底快靴，面如重棗，肋下佩刀，背著一彈弓，細腰乍背，雙肩抱攏，一團雄壯。周龍往前搶行了幾步，那人雙膝跪倒。周龍用手相攙，說：「賢弟一向可好！」回答：「兄長這一向納福！」周龍說：「賢弟，你看那旁是誰？」就見那人一轉身，看見白菊花，雙膝跪倒，放聲大哭。晏飛忙把他攙將起來，說：「賢弟，為何這等痛哭？」原來此人最正派無比。周龍見他到來，立刻吩咐家人，把趙虎幽囚在後面空房之中，教兩個人看守著他。家人答應，將他解下柱來，往後就推，進了後花園，直奔空房。正走之間，忽聽颼的一聲，趙虎扭項一看，是一個黑影，手中刀兜著後腦殼，磕哧就是一刀，人頭砍落，噗咚一聲，死屍栽倒。

要問來者何人，且聽下回分解。

第三十二回　活張仙與周龍定計　馮校尉救趙虎逃生

且說趙虎就為罵房書安，險些受了苦打。這時進來了一個姓鄭的，不但姓鄭，作事正派。周龍吩咐教把趙虎推在後邊囚將起來。姓鄭的過去，見白菊花放聲大哭。你道這個姓鄭的是誰？就是邢如龍所說的他二師兄，神彈子活張仙鄭天惠。皆因在揚州跟著師叔練了一身工夫，在揚州拜得盟兄弟，一個叫巡江夜叉李珍，一個叫鬧海先鋒阮成。皆因鄭天惠師叔如今病故，依著鄭天惠，不與他師父送信，也不與他師弟送信，自己承辦喪儀，報答他師叔教給他這一身本事之恩。李珍、阮成一定勸他給師父、師兄弟送信。他說兩個師弟沒有準棲身之所，那裡送信？自可給師父、師兄送信。把師叔的靈柩封起來，夠奔徐州。這日要上潞安山的山口，只見天晚，又正從周家巷所過，此人最與周龍交好，皆因火判官最敬重鄭天惠這個人物，一者沒入過綠林，二則知道他師兄弟俱是綠林，也不保鏢，也不與人看家護院，無非自己教個場子，糊口而已。所有他的朋友，俱是正人君子。

今天來到此處，天氣已晚，不料進來見著師兄，跪倒放聲大哭。白菊花一問，鄭爺就把師叔死去的情由說了一遍。白菊花一聞此言，歎惜一聲，說：「可惜呀，可惜那老兒也故去了。」鄭天惠見這個光景，直氣的顏色更變，又不好與他師兄爭吵。世界上那有師叔死去，連個淚珠兒無有，還倒說罷了，反說「那老兒也故去了」，彷彿有什麼仇恨的相似。有心與他分爭兩句，他又是自己師兄，當著眾人面前，他若不服，二人鬧起來，豈不教旁人恥笑，自可拭淚而退，強賠著笑說：「師兄不在家中，在周四哥這裡有何事故？」白菊花說：「先與你見見這幾位朋友，然後再告訴我的事情，說出來令人可惱。」白菊花把這些人一一全都見過了，然後鄭天惠又問：「你說可恨，到底是恨的是那個？」白菊花說：「就是咱們那兩個師弟。」

鄭天惠一聽是邢家弟兄，就知道他們素常不對，又不能不問，自可問道：「他們兩人因為何故？」白菊花說：「我實對你說罷。皆因我把萬歲爺冠袍帶履由大內盜將出來，我把此物送給了一個朋友。」鄭天惠說：「你怎麼至萬歲爺那裡偷竊物件去了？倘若有一差二錯，你也不料一料身家性命如何。」白菊花道：「說得很是。皆因我在酒席筵前多貪幾杯，一寵性兒，還管什麼身家性命。我盜來萬歲爺的東西之後，天子降旨，著派開封府包公要捉拿於我。滿讓開封府有幾個校護衛，就讓他有些本領，天寬地闊，他也沒處找我。包公一急，貼了一張告示，若有知曉我的下落者，賞給官做。邢如龍、邢如虎這兩個小輩，他們焉有不知之理，兩個人自行投首，揭了告示，也不知帶領多少人前來拿我，並且有南俠展熊飛，還有翻江鼠蔣平，又有本地的總鎮，帶領無數兵將，火焚了潞安山，燒了琵琶峪，只害得我有家難奔，有國難投，自可奔到柳兄家來。無奈我逃在柳兄家內之後，他復又知會總鎮兵困柳家營，連累我這個哥哥棄家逃走，我們又投奔周四哥家裡來。他仍不死心，方才你也看見在廳柱上捆著的那個人，他就是開封府的趙虎，又把這個人打發來到此處私訪。教咱們張大哥識破了機關，把他誆將進來，問他們的下落，執意不說，正要責打於他，不想你來到此處，暫且把他推在後面去了。」白菊花本是捏造一派鬼話，不肯說出他自己違禮之事。

這幾句話，把個鄭天惠氣的雙眉直立，二目圓睜，叫著邢如龍、邢如虎罵道：「兩個匹夫，真乃是反復無常的小人！」列公，若論鄭天惠與邢家弟兄他們最厚，怎麼聽了白菊花這一套話，他倒罵起邢家弟兄來了？皆因此人是一派的正氣，不論親疏，誰若行事不周，他能當時就惱。此時若有邢家弟兄在此，他就能向著白菊花，結果兩個師弟的性命。隨即問道：「這兩個小輩眼時現在那裡？待我去結果這兩個小輩的性命。」白菊花說：「皆因不知這二人的下落，方才拿住趙虎，問他共來了多少人，在那裡居住。他執意不說，故此把他捆將起來要打。你這們個時候進來，所以不知他們下落。」鄭天惠說：「既然拿住趙虎，怎麼不說呢？」白菊花說：「要打要殺，他破著死命也是不說。」鄭天惠哈哈大笑：「既是這樣，我有主意。略施小計，管保他得說出真情實話。」小韓信在旁說道：「鄭兄臺，我們領教領教高見。」鄭天惠說：「此人現在後面什麼地方哪？」周龍說：「現在後面空房之內。」鄭天惠說：「周兄，你找一個能言的管家，去到後面，就說他是安善良民，無奈暫居你們這裡。周兄，我可是用計，千萬可別惱我呀。」周龍說：「此言差矣！自己弟兄，怎麼能惱你哪。」鄭天惠又說：「作為他是不願為綠林，又不能脫身出去。『如今見四老爺被捉，就有心來救，無奈一人勢孤。如今瞧見把你推在後面，我把你老送出去，四老爺可得救我，這裡我就不能居住了。』他必然應承，情甘願意。說明與他為奴，他不能不點頭。可不知此人會上房不會？」張大連說：「不會上房。」鄭天惠說：「他若不會上房，先給他立下一個梯子，他一見這個光景，必然更一點疑心的地方沒有了。只管跟著他就走，他必然把此人帶至他們的所在去。我在後面跟隨，看他們到什麼所在，或是公館，或是店房，或是衙門。踩準了地方，我回來送信。你們眾人誰去誰不去我也不管，我就把邢如龍、邢如虎碎剮其屍，是為我哥哥，不要這不仁不義的師弟。」張大連誇獎好計好計，說：「周四哥，你就派人立刻辦理。」

周龍回頭教他手下從人，把周慶兒叫將進來，教他前去行詐。鄭天惠說：「這個趙虎不知可是有人看著他沒有？」周龍說：「不錯，有兩個人看守著呢，怕他跑了。」鄭天惠說：「先把這兩個人叫出來，把房門倒鎖，把趙虎鎖在屋裡。然後派騙他的人去，才好放他，那裡有人看著不行。」周龍說：「鄭賢弟作事真想得全美。」先叫家人去到後面，叫看著他的那兩個人回來，倒鎖房門。家人答應出去。少時周慶進來，就教鄭天惠把他用的那個主意，一五一十就教給周慶一回。周慶說：「你老人家教給小的一回，你老人家就不用關心了，小的比你老人家說的還能圓全。」此時看看快到初鼓，他也並不打燈籠，打量著是一件美差。不料出去的急速，回來的快當，慌慌張張，顏色更變，口中亂嚷，說：「可了不的了，那個趙虎大半是教人救出去了！咱們家裡三個人被人殺死，橫躺豎臥，血跡還熱哪。皆因絆了我一個跟頭，正趴在死屍上頭，鬧了我一身血，眾位爺們請看。」說畢扎煞著手。大眾一看，果然前身盡是鮮血。眾賊一瞧，全都吃驚非小。

你道方才說趙虎看見後面一條黑影，刀到處人頭落地，不是趙虎教人家殺了嗎？列公，趙虎要是被殺，那還算什麼福將？是推他走著的人被殺，不但殺了一個，並且還是宰了兩個。你道這個是誰？卻是馮淵。自從趙虎走後，天有未刻❶光景，張龍便瞧不見趙虎，不知去向，見人打聽老四上那裡去了。惟有馮淵知道，就把他走的情形說了一遍。張龍一聽，嚇了一跳，連忙與馮淵行禮，說道：「別人也不行，奉懇馮老爺同著小弟辛苦一趟。」馮爺問什麼事情，張三爺說：「我們老四是個渾人，不遇見白菊花便

❶未刻：未時。十二時辰之一。下午一時至三時。

罷，遇見白菊花就是殺身之禍。奉懇馮老爺，咱們一路前往。他不遇禍便罷，他若遇禍，還得求馮老爺解救。」馮淵說：「我勸他再四，他說用不著我們這廂人，他說是相爺封就的他是個福將。我說很好，他是福將，我是臘醋。他要沒有這個話，我要不去我是混賬東西。他用不著我們這廂人，我是何苦哪！」張龍苦苦哀求說：「不用理論他，他是渾人，你淨看在小弟的分上。」直急的張三爺與馮淵下了一跪，馮爺這才無法，點頭應允。問說：「上那裡去找哪？」張三爺說：「我有地方打聽。」隨即出去，就把姚正找著，料著老四出去必與姚正問路。果然一問姚正，他便知道，就將趙四老爺要上周家巷的話一五一十學說了一遍。張龍復又回來，見了馮淵提說老四上周家巷去了。馮淵連自己夜行衣包全都帶上，挎上自己的利刃。張三爺也帶上刀，告訴明白了知府大人，又把知府唬了一驚。展、蔣二位大人影響無有，如今又走了三位，自料這頂烏紗有些不妥。

張三爺與馮爺出來直奔周家巷。張三爺打聽明白周龍的門首，同著馮淵前前後後一繞，忽聽裡面喊叫了兩聲，說「趙四老爺被人捉了，趙虎被人捉了」。張龍聽見是老四的聲音，就急了一身冷汗，找了一個僻靜的所在，說：「馮老爺，你聽見了無有？不用說，我們老四教人拿住了，在那裡嚷哪！求你老人家施恩，搭救他的性命罷了。」馮淵說：「我怎們搭救他？」張三爺說：「非躥房躍脊進去不成。」馮淵說：「可是你們把兄弟連心，天還未黑，我要進去，我要叫人拿住，誰來救我？」張龍一聽，無奈，自可等到天將一發黑，二人走到後牆，馮淵把衣襟吊好，仍然背著夜行衣包，教張三爺在此等候，自己才躥上牆頭。見裡面是個大花園子，幸好無人行走，飄身下去，繞過太湖山石，就見有兩個人推著趙虎，直奔空房。馮淵穿過花叢，抽出刀來，往前一縱身軀，嗑哧就先殺了一個，那個將要一嚷，馮爺刀落，也作了無頭之鬼。馮爺過去說：「福將，多有受驚呵！」見趙虎捆著二臂，一語不發，轉過身去，似乎像教馮淵解綁的樣兒。馮爺用刀挑去繩子，才見趙虎自己把塞口之物掏將出來，雙膝一跪，說：「恩公，我算計你該來了，我可算兩世為人了。」馮淵說：「你是福將。」趙虎說：「你再提起那些個話來，我是個狗娘養的。」馮淵一笑說：「我還得把你背出去，你連鞋都沒有了，也罷，你穿我這身。」馮淵就把自己夜行衣包打開，本人換上，他的衣服教趙虎穿上。二人將要走，打前邊來了一人。馮淵就把趙虎一拉，教他在太湖石洞內等著自己，本人由太湖石後繞奔東南，就在來的那個人身後嗑哧一刀，將那人殺死，二番回來，背趙虎出去。來至山洞再找趙虎，蹤跡不見。

要問趙虎的下落，且聽下回分解。

第三十三回　二護衛水牢離險地　鄭天惠周宅展奇才

且說馮淵前後殺了三個，回頭一找趙虎，蹤跡全無，急的馮淵暗暗唔呀唔呀的叫苦納悶。就在轉眼之間，又怎麼蹤跡不見哪？料著要是自己的人，沒有這們大本領的。要是他們前頭的人，那可了不得了，比不得自己不來救他，就是他死在這裡也不干己事。若要這個時候教人殺了，自己抹了脖子，連陰魂都對不起趙虎。自己正在著急之間，忽見正北上有一黑影兒來回亂晃，好像一個人背著一個人的光景。馮淵一急，撒腿就追，又聽見叭噠一聲響亮，由正西上打來一塊小石頭子兒，正墜落眼前。又往正西一看，就見西邊約有三尺多高，黑乎乎瞧著又不像人，來回亂晃。馮淵一想，這個別是鬼罷，剛才殺了三個人，這就鬧鬼？要是活人見鬼，別是死期快到了？到底過去看看。他往西一追，就蹤跡不見，更覺著納悶。正在太湖石前納悶，忽聽背後嗤的一笑。這一笑不要緊，把馮淵臉都唬黃了，扭項一看：「唔呀，敢則是你老人家，可真把我唬著了。」原來是翻江鼠蔣平。

說書的一張嘴，難說兩家話。蔣爺、展爺二人俱在水牢之中，底下是水，上邊蓋的嚴緊，總然有股往裡借水的道路，自夠六寸多寬，並且還有銅蒙子。展爺一味的教蔣四爺出去，蔣爺不肯，也實真出不去。南俠全仗蔣四爺提著他的腰帶，如不然往水中一沉，就性命休矣。再說蔣爺又得顧著踏水，再說單臂沒有多大膂力，不大的工夫，單臂一乏，又得換上那隻手來。展爺只急得手中無劍，但分有寶劍在手，就行一個拙志❶。此時寶劍又沒在腰中，又沒在手內，沉入水中去了。就把這話對著蔣爺一提，說：「四哥，我實對你說罷，大丈夫視死如歸。我倒不怕死，就在這井內一幽囚，倒不如死了瞑目。我寶劍若在手內，我早就行了拙志。」這一句話，就把蔣四爺由夢中提醒，蔣爺說：「得了，展大弟，咱們出去了。」展南俠說：「四哥，你這叫夢話。你我二人現在水中泡著，上不見天，下不著地，在水中旋轉，又不能出去。除非變一個扁扁的身軀，還有銅蒙子擋著，也是出不去。」蔣爺說：「你是當局者迷。我問你一件事，你那寶劍能切金斷玉，要砍磚行不行？」展爺說：「慢說砍磚，就是漢白玉、石頭碌碡、磨盤都能應手而斷，何況是磚。」蔣爺說：「若要砍磚時節，可怕劍刃有傷？」展爺說：「每遇斷金銀銅鐵皆不能有傷，何況磚石等物。」蔣爺說：「這就好了！」展爺說：「你我到危急之間，又問這些作什麼？」蔣爺說：「能砍磚石，你看這個縫兒雖小，咱們不會把他剁的大大的嗎？要是將這縫兒剁寬，你我扁著身子就出去了。」展爺說：「還是四哥足智多謀。」蔣爺說：「你先用手扒住這銅蒙子，我下去摸劍。」展爺就用指頭套住了燈籠錦的窟窿，提著氣，懸著身子。蔣爺沉入水中，用手一摸，摸著自己青銅刺，又摸著劍把。蔣爺往上一翻，踏水法，就露將出來。復又過來，單手提著展南俠的腰帶，自己把青銅刺別在腰間，手拿寶劍。展爺右手摟住蔣爺的脖子，左手推著那邊的磚。蔣爺用劍砍這邊的磚，喊叉喀叉，連銅蒙子帶磚一路亂砍。蔣爺砍乏，手中無力，將劍交與展爺，蔣爺提著展爺的腰帶，展爺又砍。整整砍了半夜，方才砍透，到了寬闊所在，仍是蔣爺提著展爺，直到飄沿湖。蔣爺、展爺二人一聲長歎，整整在黑暗之處呆了一夜，如今復見青天。看了看正是紅日東升之後，蔣、展二位到了湖岸，

❶ 行一個拙志：尋短見，即自殺。

這才上來。

展爺說：「四哥，若不是你，小弟性命休矣！」蔣爺說：「展大弟，咱們誰不謝誰。要不是你的寶劍砍磚，我也出不來；要不是我會水，你也出不來。總而言之，你我二人命不當絕。」蔣爺說畢，趁著天氣尚早，並無有什麼行路之人，把自己衣服俱都脫將下來，就在那沙灘地面擰了擰抖晾，連中衣也脫將下來，擰了擰，自可得穿在身上，不能赤著身子在那裡等乾。惟獨靴子不好乾，蔣爺告訴展爺，把靴子裡裝上沙土，外面用乾沙土拿手亂拍，為的是把那水氣全浸在沙土之內，靴子裡面一潮，再把他抖露出來，從新再換乾沙土。直到天交近午的時候，衣服方才半乾，只可將就穿戴起來，二人回歸公館。只覺腹中飢餓，本來打頭天就沒用晚飯，二人要待找個地方吃點東西，一者腰中沒帶著錢文，二則也沒有賣的，自可二位忍著飢餓，撲奔公館而來。可巧正打柳家營經過，正遇著官兵搭著帳房，看著空房子。蔣爺進去，大眾相見，打聽打聽昨天的事情，方才知道總鎮受傷。

二人回奔公館，見著知府大人。徐寬一見展、蔣二位，喜出望外，打聽二位的事情，因為何故今日方歸。蔣爺就把自己的事情，對著知府學說一回，知府復與二位大人道驚。蔣、展二位到屋內瞧看總鎮大人，那意思性命有些難保；又瞧看邢家弟兄二人，張簡也在此處養傷，方才出來。酒飯已經擺齊，有知府陪定三位用飯。將一端酒杯的時節，蔣爺又問張龍、趙虎、馮淵那裡去了。知府就把趙虎怎麼私訪，張龍、馮淵隨後趕去的話說了一遍。蔣爺一聞此言，就把酒杯放下，吩咐開飯，連展爺二位飽餐了一頓，用畢，約會展南俠一同前往。此時也就不用更換衣襟，身上衣服俱已乾透。二人辭別知府，教姚正過來，問明道路，這才出了公館，二人直奔周家巷而來。

天氣不早，來到周家巷，往後一繞，遠遠就望見張龍。見張龍二目發直，靠著一棵樹，淨望周龍家後牆裡面看著。蔣爺叫了他一聲，並沒聽見，復又叫：「張三老爺！」張龍忽然吃一大驚，扭項一看，忽見展南俠、翻江鼠，二位一到，猶如見掌上明珠一般，往前搶行了兩步，抱拳帶笑說：「二位大人從何而至？」蔣爺說：「提起我們的事長了，我們是兩世為人。先打聽你們的事要緊。」張龍見問，就把趙虎怎麼私訪，他怎麼同馮淵來，怎麼進去的話學說了一遍。蔣爺說：「你在此等候，待我一同進去。」張龍深施一禮。展南俠與蔣四爺一縱身躥上牆頭，飄身下去，一直奔正南。就看見了趙虎與馮淵對換衣裳，換畢之後，就見從南來了一個人，見馮淵把趙虎往太湖石山洞裡一拉，他繞太湖山石撲奔東南殺人去了。蔣爺低聲告訴展南俠：「你把他背出去，我戲耍戲耍馮淵。」依著展爺不肯，蔣爺一生最好詼諧，一定教展爺去背。展爺無奈，直奔山洞，進山洞低聲說：「我把你背出去。」趙虎一瞧展南俠，說：「我的恩人來了。」出了山洞，往展爺身上一趴，展爺把他背將出來，一直撲奔正北。待等馮淵殺人之後，一找趙虎，蹤影不見，後才遇見蔣四爺，說：「你真把我嚇著了！背著趙四老爺走的是誰？」蔣爺說：「那我可不知道是誰，別是白菊花罷？」馮淵說：「你老人家別唬詐我了，這就夠我受得了。」蔣爺一笑說：「咱們走罷，是展護衛老爺。」二人撲奔正北，由牆躥將出來，大家會在一處。馮淵打聽展、蔣二位大人的事情，蔣爺說：「提起我們的事長，一言難盡。」張龍、趙虎過來與三位道勞。蔣爺說：「別盡在此說話了，快走罷，小心人家趕下來。」

眾人撲奔公館，隨走著，蔣爺問趙虎：「你到底是怎麼被捉的？裡面共有多少人？白菊花在與不在？」趙虎說：「別看我受一大險，他們的事情，可全教我聽來了。」蔣爺問他們的什麼事情，趙虎說：

「就為我假妝要飯，遇見小韓信張大連，用蒙汗酒把我蒙將過去，醒過來的時節，就把我綁在柱子上。本家叫火判官周龍，白菊花與青苗神柳旺全在他們家裡。又來的是細脖兒大頭鬼王房書安，一個叫混世魍魎鬼、一個叫追魂催命鬼黃榮江、黃榮海，誆著我教我說你們下落，我把他們罵了一頓。又來了一個神彈子活張仙鄭天惠，是白菊花師弟。這個人一來，他把我推到後面，馮老爺就到了，展大人也到了。」展爺在旁邊說：「四哥，白菊花也在，此處還有群賊，趁著此時，還不拿他去，等到何時？」蔣爺說：「且慢，咱們先把他們送在公館，然後調兵前來圍了周家巷，還是你、我、馮老爺進去拿賊。倘若拿不住跑了時節，外面倒還有人哪。此時你我進去拿他不住，豈不是打草驚蛇嗎？他一遠遁，就不好辦了。依我愚見，此人總要定計而拿方妥。」蔣四爺所說言語，展南俠連連稱善。趙虎、馮淵復又打聽展、蔣二位因何事一夜未歸公館，是何原故，蔣爺也就對他們草草說了一遍。大家隨說著，就到了公館。

馮淵也要隨著他們進公館，蔣爺把他攔住，說：「你往那裡去？」馮爺說：「回公館。」蔣爺說：「你看看你穿著什麼衣裳？總使人家知道咱們是辦差的，也要像個老爺氣派。教人一看，你這個打扮，成了一個賊老爺了。」說畢大家一笑。馮淵說：「只要打牆上進去，不走門，這可更成賊老爺了。」馮淵繞在西邊，從牆上進來，展爺等叫公館門進來。店家開門，大家進來，復又將門關閉。馮淵此時也到院內，大家奔上房。知府大人眼看著天有二鼓，還不見大眾歸回，大人心中急躁。忽見簾櫳一啟，大家從外面進來，趕緊徐寬問道：「四老爺出去私訪，可曾受險沒有？」趙虎說：「我算兩世為人，要不是馮老爺、展大人、蔣大人到，我命休矣！」知府大人復又與道驚，又問受險原故，趙虎一五一十學說了一遍。知府說：「這可真算一大險。教他們預備臉水，四老爺就在此處淨面罷。」馮淵過來說：「你賠我衣服罷，全都污抹了許多的鍋煙子。」趙虎說：「我賠你。」趙虎出去洗臉，更換衣襟，復又回來，馮淵也就更換衣襟。將要教擺酒，忽聽房上瓦片咯崩一響，展爺說：「房上有人。」趙虎說：「待我出去看看。」一掀簾櫳往外就跑，到院內扎煞臂膀抬頭往房上一看，上面颼的一聲，打下一物，噗哧一聲，正中趙虎前胸。老趙哎喲一聲，噗咚摔倒在地。

要問趙虎性命如何，且聽下回分解。

第三十四回　猛趙虎出房受彈　鄭天惠棄暗投明

且說展南俠大家正要用酒，忽聽房上瓦片咯崩一響，說：「有賊！」趙虎愣頭愣腦往外就跑，出來就被人一彈子打倒。你道房上是誰？原來是神彈子活張仙鄭天惠。就皆因周慶兒回來一說，群賊俱是一怔。大家說去到後面看看虛實。大家抄家伙，直奔後面，果然三個家人橫躺豎臥，鮮血淋淋。大家各處一找，鄭天惠先就躥上北牆，一眼就望見有幾個人直奔正東。復又回來告訴周龍：「你們眾位不用找了，我看見了，這倒很好，待我跟將下去。你們眾位前廳等我，得著他們的下落之時，我前來送信。」周龍說：「再去一個人與你同伴如何？」鄭天惠說：「不用，是我一人倒好。」說畢，隨即就躥出後牆，遠遠的跟下展、蔣眾位來了。直到公館，見馮淵返身回來，從西牆而入。鄭天惠認準了他們這個地方，自己就把彈兜子從腰間解將下來，繫於外面，把衣襟掖好，也就躥上西牆。往裡一看，但見上房點定燈火，自己飄身下來，繞到大房的後坡，躥將上去，躍脊到前坡，往房上一趴，裡面說話盡都聽見。

活該有事。趙虎換衣裳回來，大眾商量要吃酒，鄭天惠就要抽身回去，與群賊送信。不料往回一抽身，腳一蹬就把房瓦踏碎了一塊。焉知曉裡面行家聽的出來，裡面說「有賊」，鄭天惠知道人家聽出來了。按說走足可以走的了，皆因是到周龍家裡，總算是自己的主意，把趙虎放跑，反倒三個人被殺，要是就這們回去，覺著臉上無光。鄭天惠本是心高性傲之人，一橫心，命不要了都使得，也不能就這們一跑，回手把彈弓摘將下來，在房前簷上一站，取了一把彈子出來，見一個打一個，出來兩個打一雙，打幾個人再回去，見了群寇臉上方覺好看。頭一個就是趙虎，一彈子正打在胸膛之上，打的趙虎滿地亂滾。復又等著再出來人時節再打。忽見裡面噗噗噗把燈俱都吹滅，又聽嚷道：「唔呀唔呀，待我出去拿賊！」鄭天惠就把彈子上好，往下要打，沒見有人出來，只可等著。又等了片刻，說：「唔呀，待我出去拿賊！」又要打，又沒見出來。復又聽見裡面說：「唔呀，我的刀怎麼找不著了？唔呀，可有了刀了，這可真出去了。」忽聽簾板叭噠一響。鄭天惠恨這個蠻子說了幾回總沒出來，把身子往前一探，前手對準屋門，一露面就打。鄭天惠只顧瞅著屋門，不料後面來了一人，對準他那後臀上，踹了他一腳。鄭天惠只顧前面，未能防備後邊，本是往前探著身子，這一腳焉有不墜落下來之理。你道這踹人的是誰？原來是蔣四爺知道房上有人，就把燈燭吹滅，一拉南俠，低聲說道：「你從後面上房。」馮淵正要出去，蔣爺把他一拉，馮淵就明白了，緊嚷出去，為是領這個賊的心神念淨看著底下，就不顧後頭了。果然展爺把後窗戶一開，縱身出去，躥上房去，躍脊到前邊，見鄭天惠往前探著身子，用了一個橫踩子腳，就把鄭天惠踹將下去。馮淵聽見噗咚一聲，就知道賊從房上摔下來了，自己這才縱身出去，擺刀就剁。鄭天惠摔下房來，還未能縱身站起，眼瞅著刀到，又不能抽自己的刀招架，就用手中彈弓子往上一迎，只聽叭的一聲，就把那彈弓子的弦剁折。鄭天惠彈弓弦一折不要緊，這人的性命休矣，此是後話，暫且不提。

屋中蔣四爺嚷叫：「別殺害他的性命。」馮淵這才過來把他綁上，說：「唔呀，這是我拿住的賊。」展爺也並不爭論。屋內這才把燈火點著，展爺躥下房來，同著馮爺把鄭天惠推入屋中。趙虎被這一彈子正打在胸膛之上，哎喲了半天，原來打在胸脯子上面，細看起了一個大紫泡，咬著牙，忍著痛，罵罵咧咧，也就跟進來了。他教鄭天惠跪下，他偏不跪，趙虎在那人腿挖子上踹了一腳，說：「我也報報仇！」鄭天惠噗咚跪下，復又起來，仍然是立而不跪。蔣四爺、知府連展爺進來，俱都坐下。蔣爺說：「不用教他跪。我問問你，姓字名誰？因為何故前來行刺？」鄭天惠哈哈的一陣冷笑，說：「要問我，姓晏名飛，外號人稱白菊花的便是。前來尋找邢如龍、邢如虎兩個小輩，結果他的性命來了。如今我既然被捉，不能報仇，速求一死。」趙虎說：「呸，你別不要臉啦！你瞧著人家姓晏的發財呀？你打算四老爺不認得你呢。」你道這鄭天惠為什麼假充白菊花？皆因自己這一被捉，明知是死，倒不如替師兄把他盜冠袍帶履之罪，替他一筆勾消，就算給他洗了這一案，這也算盡了師兄弟的情分。萬想不到趙虎認得他，再說，展、蔣二位俱都認得白菊花，他如何假充得下去。

蔣爺一看這個人，紫面長眉，青緞衣襟，很是英雄的氣派，一瞅就愛惜此人。說：「四老爺，這個人是誰？」趙虎還未曾答言，就聽屋內有人說話哎喲，說：「四大人，你可千萬別聽他說，這是我們的二哥。」又叫：「二哥呀，你因為什麼罵我們，反倒替淫賊的名姓？你不看白菊花狗娘養的害得我們有多苦。哎喲，痛殺吾也！」鄭天惠一聞此言，透著詫異，卻是邢如龍、邢如虎的聲音。隨說道：「原來是邢如龍、邢如虎兩個反復無常的小輩！那個是你二哥？那個是你二哥？從此後，再別與鄭某呼兄喚弟了。」屋內說：「哎喲二哥，我們是怎麼得罪你了？」蔣爺一攔說：「二位邢老爺不必往下說，我明白了。定然是姓鄭的見著白菊花，受了晏飛的蠱惑，聽他一面之辭，反倒前來找你們二人來了。姓鄭的，我這一猜準準的不差，是與不是？我先帶著你瞧瞧你兩個師弟，有什麼話咱們回來再說。」帶著鄭天惠來到屋中，邢家弟兄二人一見鄭天惠，說道：「我們二人不能與二哥行禮了，你來看。」鄭天惠一瞅兩個師弟，就猶如刀扎肺腑。本來一個是挎著胳膊，一個是瞎了一隻眼睛，看二人仍然還是血人一樣。鄭天惠一瞧，心中就有幾分明白，是受了白菊花的蠱惑，連忙問道：「你們倒底是怎麼落得這般光景？」邢如龍說：「你聽白菊花是怎麼說的？」鄭天惠就把白菊花告訴他那些言語，學了一遍。邢如龍不覺得那一隻眼睛的眼淚就落下來了，說：「我們也不用說，讓我們蔣四大人告訴你便知分曉。」蔣爺說：「你上外間屋中來，我告訴你他們這不白之冤，讓他們好先保養著他們的精神。」鄭爺隨跟著出來。

到了外間屋中，蔣爺就把邢家弟兄子午卯酉❶的事，學說了一遍。鄭天惠方才明白，原來晏飛傷了師弟，反說師弟陷害於他，一跺腳說：「晏飛呀晏飛，你欺吾太甚了！鄭某原來錯怪兩個師弟。大人，我如今被捉，身該萬死。現在我明白了我們師兄弟的事情，險些錯害了我兩個師弟。如今此事已明，雖死瞑目。大人，快些吩咐把我結果了性命，吾就了卻了今生之事。」蔣爺一笑：「這也怪不得你前來尋找你兩個師弟，沒有晏飛，你也不能如此，並且你兩個師弟背地裡常常誇獎你是個好人。再者，君子誠於中，行於外。蔣某要治了你的罪名，一者也對不起我們邢老爺，二則間你往此處來，非出本人之意。」隨說著，就把他的綁繩與他解了，說：「你願意幫著白菊花，也聽其你自便；你願意棄暗投明，也聽其你自便；你願意幫著我等，有我們展大人在此，連你兩個師弟，連愚下蔣平，一同見了我們相爺，保舉你大小作個官職，豈不是好？再大小立點功勞，若要作官，定在你兩個師弟的肩上。」鄭天惠教蔣爺這一套話，說的倒覺臉上發赤。又聽著屋內兩個師弟齊說道：「快給蔣大人磕頭罷，千萬可別把這個機會

❶ 子午卯酉：如同「東南西北」作為空間方位上的四個參照點，「子午卯酉」就是一天時間上的四個參照點，泛指一天時間。

錯過。你要做了官，你我弟兄就好朝朝暮暮在一處相守，省得你東我西的總不能見面。」鄭天惠聽了這些言語，概不由己，雙膝點地，說道：「小人論罪身該萬死，蒙大人開天地之恩，饒恕活命。小民在大人跟前，願效犬馬之勞，肝腦塗地，雖萬死不辭。」蔣爺用手攙起，又與展爺等相見了一回。蔣爺說：「鄭壯士，你願意助我等一臂之力，咱們是先辦國家要犯之事。」鄭天惠說：「這個……」展爺一擺手，說：「外面有賊。」原來後窗戶上有一個窟窿，被展南俠一眼看見，說了聲「有賊」。馮淵就跟著嚷說：「唔呀，有賊，快些拿賊！」就推趙虎出去拿賊。老趙說：「出去拿賊呀，我先等等罷，我夠受的了，你們拿去罷！」展爺先把眼睛一閉，然後啟簾，才縱出屋子，一跺腳躥上房去，一看就知道是白菊花。

你道晏飛因何故也上這裡來了？皆因鄭天惠走後，周龍吩咐家人找棺木，把三個人死屍裝殮起來。周龍等回至廳房，房書安說：「雖然殺死三個家人，鄭爺這一跟下去，準得著他們的下落了。」小韓信連連搖頭，說：「不好，不好。」白菊花問怎麼不好，張大連說：「你上回說過，鄭天惠與你面合心不合，你上次到揚州看你師叔去，在酒席筵前你與鬧海先鋒阮成你們兩個人拌嘴，鄭天惠反向著他的把弟，倒怪了你一身不是。你從他那裡一賭氣走了，對與不對？他並沒有往回裡追趕於你。那還是他朋友，尚且如此。他今一去，見了邢如龍、邢如虎，他們三個人一見，豈有不把你挖目削手的事對他說明？又真有傷在，並不謊言，他必要偏向著邢家弟兄。他們要定計前來，你我大事不好。」晏飛說：「他們總然定計，又定得什麼高明的計策？」張大連說：「不用別的，他們把計策安妥，他單身回來，告訴咱們沒見著，咱們也無法。他等著他們大眾外邊到齊了的時候，使一個暗令，大眾往裡殺將進來，他在裡面一作內應，咱們大眾湊手不及，豈不是悔之晚矣！」大眾一聽，連連點頭，全說「張爺慮得有理」。白菊花說：「事不宜遲，我先趕下去看看，如真有此事，我先殺鄭天惠。」說畢帶上寶劍，就趕下來了，他也是跟著鄭天惠身後進來。白菊花到裡面時節，鄭爺將叫展爺捉住綁入屋中。晏飛在窗戶後面用指尖戳了一個窟窿，用一目往裡觀看。一見展、蔣二人就嚇了一驚，想道：二人為何沒死哪？先聽鄭天惠替他洗案，不覺歡喜。後來鄭天惠降順了蔣平那邊，要幫著人拿自己了，這才上房走，不料後面展爺等趕下來了。

要問展南俠捉拿淫寇如何，且聽下回分解。

第三十五回　奔南陽府找賊入伙　上鵝峰堡尋師求醫

且說展南俠出了屋子躥上房去，見了白菊花就追趕下去，後面又有馮淵也就追趕下來。白菊花直不敢與展爺動手，怕傷了他那一口寶劍，恨不能肋生雙翅。跑至榆錢鎮後街，倒不奔周家巷。是什麼緣故？皆因怕把展南俠帶到周龍家裡去，又為的是榆錢鎮樹木甚多，他好穿林而過。他料著展南俠必是大仁大義之人，一進樹林，他絕不追趕，果然就跑到樹林，竄入樹林之內。

展南俠果不追趕，同著馮淵轉身回來，仍到公館，還是躥牆進去，來至上房，面見蔣四爺。蔣爺問追趕何人，展爺說：「追趕的是白菊花，他不敢動手，穿林逃命。」蔣爺一聽，說：「鄭壯士，方才的話未能說完，還是奉懇壯士幫著我們捉拿白菊花。」鄭天惠說：「這個事甚難。」又說：「四大人恩施格外，恕我不死之罪，我也說過，用我時節萬死不辭。惟有這一件事，小民實不能從大人之命。論說我們是師兄弟，情實是與仇人一般，可教他不仁，我可實在不能不義。我若幫著眾位大人拿他，我也拿他不住，情實我的本領比他大差天淵。我說此話大人不信，屋內現有我兩個師弟為證。」蔣爺說：「鄭壯士，從此後咱們弟兄不可太謙，再要是自稱什麼小人、小民，我可該罰你了。再說你不肯傷師兄弟情面，我也不能一定強教你傷了和氣，如遇有別的事情時節，再為奉懇。」鄭天惠說：「這是大人格外的施恩，成全小可。還有一件，我雖不去拿他，大人可要早早去奔周家巷方好。他們內中可有一個小韓信張大連，此人是足智多謀。大人倘若去晚，只怕他們睡多夢長，若要生出別的主意來，再要拿他們，只怕更要費事了。」蔣爺點頭說：「有理，有理，承兄臺指教。」展爺說：「四哥，咱們商量著誰去。」蔣爺說：「教姚正請何輝何老爺，教他調兵，立刻前往。」當時就有下人出去，不多一時，把姚正找來。蔣爺附耳低言，如此怎般，這等這樣，告訴姚正，姚正點頭，領命出去。

蔣爺又同著知府大人說：「總鎮大人這傷，非找我二哥不行。要有我二哥在此，總鎮大人這傷一點妨礙無有。奈因要找著我二哥，將藥拿來，只怕大人性命休矣。」鄭天惠在旁問道：「總鎮大人可是受了白菊花的毒藥暗器不是？」蔣爺回說：「正是。怎麼鄭壯士還不知曉哪？」鄭天惠說：「這都是晏飛虧心之事，他豈能對我言講？大人不要著急，我自有道理。」大眾一聞此言，無不歡喜。蔣爺說：「鄭爺，你如能將總鎮大人鏢傷治好，可算第一之功。」鄭天惠說：「我可不能醫治，我師父離此不大甚遠，晏飛所學這毒藥鏢，那毒藥是我師父所造，交給了白菊花這個方子，這個解藥可沒傳給與他。如今也是他拿的銀子，叫我師父配的，他那裡也有，我師父這裡也有。要把此藥找來，總鎮大人這傷立刻痊癒。」蔣爺說：「老師在那裡居住？」鄭天惠說：「鵝峰堡，有七十里之遙。」蔣爺說：「總鎮大人是昨天受的鏢傷，要是明天起身上鵝峰堡，從那裡回來，可不定總鎮大人活的到那時候活不到。」鄭天惠說：「無妨，我知道我師父那毒藥的性情，除非打在致命處上立刻就死，如打在別處，能活四十八個時辰。若要身體健壯，還可以多活一二刻的工夫。」蔣爺隨即就一躬到地，說：「懇求鄭壯士辛苦一趟。」

鄭天惠搖頭說：「我這麼去不行，我先得把我師父的性情說將出來，然後方好辦理。論說我可不應說我師父的不好，事到如今，不能不說。我師父一生是愛小的性情，素常我與我兩個師弟，在師父跟前沒有什麼敬奉，最不喜歡的是我們三個人。喜歡我們師兄，是他拿出銀子來管我們師父一家的用度。並且這藥又是白菊花用銀所配，他又對我師父說過，憑爺是誰，不教給藥。我要忽然去了，與我師父討藥，豈能給我。我們師父一生最愛貪點小便宜，空手而去，萬萬不行。」蔣爺說：「這有何難。拿上幾百銀子，只要治好了總鎮，幾千也不要緊。鄭壯士，你想可以給你預備多少？」鄭天惠說：「有二百兩就行。」蔣爺說：「明天早晨教知府大人給你預備二百兩銀子，明天你就起身，我們這裡辦晏飛之事。」鄭天惠說：「我一人前去不行，無論那位老爺跟我前去方妥。」蔣爺哈哈一笑說：「鄭壯士，你這是何苦。你這是怕我們疑乎你拐了二百銀子跑了罷，是與不是？你太多心了。常言道：託人不疑人。鄭壯士，不必多此一舉。」鄭天惠說：「不是我多心，我師父見了我，倘若不給藥，豈不誤事。無論那位老爺跟我前去，我師父一見老爺們，那可就準給了。」蔣爺說：「你去不給，別人倒給，這是何緣故？」鄭天惠說：「大人不知，我師父一輩子就是懼官。見了我不給，見了老爺們，把話說的利利害害的，說你怎麼教徒弟偷萬歲爺的東西，應當滅十族之罪，連老師全有。我師父本來懼官，又一聽這個信，必然就把解毒散不用費事急速獻出。我說此話大人不信，屋中現有我師弟，他們知道。」屋內邢家弟兄一齊答言說：「對呀，不錯不錯。」蔣爺說：「只要不是鄭壯士多心，去一個人又有何難。」

正在說話之間，忽見姚正從外面進來，說：「外面俱已齊備。」蔣爺約展爺、馮淵各帶兵刃，出離了公館，見著何輝，帶兵直奔周家巷。大家到了周龍門首，叫何輝帶兵將周龍家圍裹起來。展、蔣、馮三個人躥上牆去，跳在院內，先去開大門。展爺把寶劍亮將出來，把鎖砍落，然後開大門，展、蔣二位往後就跑，連外面兵丁帶馮淵一齊嚷叫「拿賊」。大家到院一瞧，各屋中全沒點著燈燭，蔣爺瞅著就有些詫異，各屋全是倒鎖屋門，前後皆是如此。展爺用劍剁開上房門鎖，到屋中一看，全是剩下些粗重的東西，連一個人影兒也不見。蔣爺一跺腳說：「展大弟，咱們來遲了，還是應了鄭壯士之言。」你道這些賊人那裡去了？皆因白菊花穿樹林繞路回周家巷，仍從房上下來，到屋中見了群寇，張大連先就問道：「晏寨主，怎麼樣了？」白菊花就將鄭天惠被捉，降了人家的話說了一遍。張大連說：「還是不出我之所料。還怕少時他們就來哪，咱們大家早作一個準備才好。」白菊花說：「他若來時節，我結果他的性命。」張大連說：「他一人前來好辦，倘若又照著柳家營一樣，兵丁往起一圍，那時豈不費事？」房書安說：「依張大哥主意怎麼辦？怎麼好？」張大連說：「咱們大家不久的要上南陽府，不如趁此起身，到省了許多事情。再說周四哥家內又沒女眷，咱們大家棄了這座宅子，直奔南陽府，省了許多的事情。」周龍一聽，連連點頭：「就是這個主意，很好。」白菊花說：「這又是由我身上所起，連累了周兄。」周龍說：「賢弟何必太謙。」大家拾掇備馬，連家人全是手忙腳亂，拿東西，紮拴包裹，各帶兵刃，吹滅各屋燈燭，倒鎖房門，院內留一個人，鎖上大門，跳出牆去。至外面，全都上馬，馬匹不夠，有幾個家人在步下行走。群賊一逃，不多的工夫，展爺等就到了。展爺一瞧，連一個人無有，與蔣爺商議此事，說：「四哥，如何辦理？」蔣爺說：「若要不是與鄭天惠議論上鵝峰堡的事情，連一名他也逃走不了。群賊一走，又不準知道他們投奔那裡，只可咱們大家回去。」就留何輝帶數十兵丁，在此看守空房。囑咐兵丁，別教他們動人家的東西物件。

蔣、展、馮三位回來，到了公館，直奔裡面，進了屋中，見了知府、張龍、趙虎、鄭天惠。知府見面先就打聽白菊花的事情，蔣爺就把撲空了的言語，對著知府學說了一回：「又不知道群賊何方去了，只可慢慢的打聽群賊的下落。」趙虎過來說：「四大人，我知道他們投奔何方。」蔣爺問：「你怎麼知道？」趙虎就把細脖大頭鬼王房書安來約會他們上南陽府，幫著鎮擂的話學說了一遍。蔣爺說：「自要知道他們的準下落，可就好辦了。咱們先打發鄭壯士起身，這個事要緊。」徐寬說：「我把銀子預備妥當，連盤費俱在這裡。」鄭天惠說：「那位同著我一路前往？」蔣爺一想，他師父懼官，總得官職大著些才好。回頭與展爺說：「大弟，你老人家辛苦一趟罷。」展爺連連答應，說：「使得，使得。」蔣爺說：「論說這就起身，天氣太早，二位吃些酒，然後再走。」知府吩咐擺酒，當時羅列杯盤，直吃到紅日東升方才罷盞。展爺同鄭天惠帶了銀子，辭別知府大眾等起身。知府要往外送，再三託付鄭天惠，鄭爺說：「不必大人託付，小可焉有不盡心竭力之理。」說畢，出到門外，直奔鵝峰堡而來。

一路上無非談談講講，論會子武藝，講些個馬上步下長拳短打，兩個人你的來言，我的去語，說的實在投心。早間打尖吃飯，一概不必細表。直到日落黏山，遠遠望見鵝峰堡，告訴展爺：「這前邊可就到了。」又約會展爺一同進去，展爺再三不肯。二位找了一個樹林，展爺把腰間這一百銀子交與鄭天惠。兩個人分拿著銀子，把鄭天惠帶的一百銀子湊在一處。鄭天惠說：「大料著我見了我師父討藥，準怕不肯給我，不如咱們二人一同進去省事。」展爺說：「鄭壯士，你只管進去說，倘若實係不行，我再見你老師不遲。」鄭天惠自可點頭，拿了包袱，提著銀子。展爺說：「我就在此處等候。」鄭天惠說：「不可，此處離我師父門戶還遠哪。咱們再走幾步，你在我師父那大門西邊等我。」展爺點頭，二人又走不多時，鄭天惠一指，說：「這就是我師父家。」展爺一看，原來是坐東向西一個高臺階，青水春的門樓，兩邊白石灰牆，院子不大，裡面房屋不多。展爺一拱手，說：「我就在這西邊等你。」鄭天惠點頭。展爺來到樹林，看著鄭天惠叫門，叫了半天，見裡面一個大姑娘出來與他開門，鄭爺進去，復又把門關上。展爺見樹林裡邊有一塊青石，自己坐下。天已透黑的時節，左等右等直到初鼓時候，出樹林看看。猛然間，就由東往西有兩條黑影，前邊跑定一個，後面追著一個。

要問來者二人是誰，且聽下回分解。

第三十六回　為交朋友一見如故　同師弟子反作仇人

且說鄭天惠叫門，裡面問是誰。鄭爺一聽，原來是師妹妹紀賽花，說道：「妹子開門來，是我，鄭天惠到了。」姑娘高聲說道：「喲！爹爹、娘呀，我二師哥到了。」老太太說：「教他進來。」姑娘開門道了一個萬福，鄭爺打了一躬，說：「妹子一向可好？」回答說：「好。」進了大門，姑娘復又關上，掀簾進到屋中。原來是三間上房，一明兩暗。將進屋門，就見著師母，鄭爺跪倒說：「師母，你老人家一向身體康泰。」老太太說：「好哇二小子，你怎麼總也不來了？」鄭天惠說：「孩兒淨在揚州地面教場子，總未能得閒與師父師母前來叩頭。我師父他老人家眼睛可比先前好了些？」老太太說：「你師父那樣年歲，如何能好？更不及從前了。你看看去罷，在那裡間屋裡炕上坐著哪。」

鄭天惠來到裡間屋子，見著銀鬚鐵臂蒼龍紀強在炕上坐著，就是雙目不明，仍是紫微微的面目，一部銀髯飄擺。鄭天惠來至炕沿以前，雙膝跪倒，口尊師父：「孩兒鄭天惠給你老人家叩頭。」紀強說：「是那位？鄭二爺，鄭二太爺，老漢有何德何能，敢勞鄭二太爺與我行禮？你們快些攙起來，這不是活活的折受與我麼！」鄭天惠一聞此言，羞的面紅過耳，說：「師父，你老人家不必折受孩兒，我也是實出無奈，知道你老人家嗔怪孩兒不來的過處。皆因這二年的買賣不好，手中並無有積下的錢文，故此在師父面前孝道有虧，並非不惦念師父師母。如今現有鏢行的人，找孩兒出去保綢緞車輛，夠奔遼東。車輛離此還有五里之遙，孩兒暫且教車輛在那裡略等。我這裡有白金二百，孝敬你老人家以作零用，再等做了買賣回來時節，再多多孝敬你老人家。」說畢，將銀子遞將過去。紀強閉著眼睛一摸，說：「姑娘，你看看是銀子不是？」姑娘說：「爹爹，你也不想想，我二哥是什麼樣的人，他焉能在你跟前撒謊？」紀強說：「我知道他是好人哪！我就常說，這四個徒弟就教著了這兩個，要像如龍、如虎兩個天殺的東西，到幫到底是喪盡天良，把本事學會，連我的門都不登了。五倫之內，天地君親師他都忘了。小小歲數，他怎能發生得了？我常提說，就是我二徒弟人又正派，心術又好，就是手內老沒有錢，有了錢就想著我，似乎這樣，怎麼老天爺不加護於他！離著這們遠，他還惦念與我送錢來。這個徒弟收著了，收著了。二小子，你還跪著哪？一路辛辛苦苦的，快上這裡歇歇來罷。姑娘，你倒是給你二哥烹茶呀！」這有句俗言：見錢眼開。這見了銀子眼睛還沒開哪。

且說姑娘不多時烹上一碗茶來，復又說：「你先喝著茶，再教你妹子備飯。」鄭天惠說：「孩兒已然用過了，不必教我妹子費事，我也不能在此久待，我還要追趕車輛去哪。」紀強說：「你明天再走罷。」鄭爺說：「不行，孩兒還有一件事情要在師父面前啟齒。」紀強問什麼事，鄭爺說：「我這是頭一次保鏢，聽見行內人說，現今與先前大不相同，並不按先前的規矩，不講交情，不念義氣，說翻了就講打，並且使暗器甚多，還是毒藥暗器。師父這裡有解毒的藥，賞給孩兒幾包，以防不測。」紀強說：「不行，那是你大師哥拿銀子配的，憑爺是誰，他也不教給。」鄭爺說：「給我幾包，總讓我大師哥知道，也不能嗔怪你老人家，又不是給了外人，我是他的師弟。」紀強說：「不行，你先去，你要真受了毒藥暗器時節，那還可以給你兩包。」鄭天惠說：「孩兒在遼東受傷，路遠途長，你老人家總然有藥，山河阻隔，也是無用，不如身上帶著方妥。」紀強仍是不給。

鄭天惠實係無法，只可說出實話，叫聲：「師父，我方才說的這一套話全是鬼言鬼語，事到如今，不能不說實話。你老人家說白菊花好，他與你老人家惹下殺身之禍。要說我兩個師弟不好，他們全都作了官了，全是六品校尉。」紀強說：「晏飛怎麼與我惹下殺身之禍？」鄭爺說：「白菊花把萬歲爺冠袍帶履由大內盜出，我兩個師弟同著展大人、蔣大人，奉旨並包相諭，到潞安山找我師兄，勸他獻出冠袍帶履，保他作官。他一怒挖了邢如龍一隻眼睛，剁落邢如虎一隻手，一毒鏢把徐州總鎮打中肩頭，看看待死。孩兒我也是受了白菊花他的蠱惑，我去殺我兩個師弟去了，不料教人把我拿住，看我兩個師弟份上，不肯殺害於我。師父請想，倘若白菊花被捉時節，審問他藝從何處來，誰是你的師父，豈有不說出你老人家的道理？若再一追究，你不教給他上房，他焉能入了大內？你老人家豈不是罪加一等？」紀強聽到此處，就唬一身冷汗，說：「此話當真？」鄭天惠說：「徒兒焉敢在師父跟前有半句虛言。」紀強說：「好晏飛，我偌大年紀，你可害苦了我了。」老太太在旁邊也是抱怨，姑娘在旁邊說：「我瞧著他就不是好東西！爹爹，可惜你那本領全教給他了，他要是再上咱們家裡來，我可不教他進來了。」鄭天惠說：「師父不用著急，我與我兩個師弟苦苦哀求展大人，此時只用把那藥拿出來，治好總鎮大人，保你老人家無事。並且展大人還是親身同定孩兒前來，現在外面等候。如你老人家不信，我把展大人請進來，一見便知分曉。」紀強一聽，說：「不可，不可！我要把藥獻出，治好總鎮大人，倘若拿住白菊花，他要當堂將我拉出來，那時怎樣？」鄭天惠說：「現有知府、護衛、校尉、總鎮作保，你老還不放心嗎？再者，總鎮有活命之恩。這銀子不是徒兒的，是知府所贈。有這些人照應，你老人家還怕什麼？」這些話說的紀強方才點頭，叫女兒拿藥匣來。

姑娘由裡間屋中將藥匣搬出，交與紀強。老頭子自己身上帶著一個鑰匙，這藥匣子上有一個悶鎖，只管將藥匣子交給姑娘掌管，可是誰也不能打開。紀強把藥匣子打開，摸了兩包藥，遞給鄭天惠，說：「兒啊，這有兩包藥，一包上在鏢傷之處，一包用無根水送將下去。然後用大鯽魚氽湯，蔥薑蒜油鹽醬醋作料全都不要，將魚煮爛，把魚搭將出去，喝那個湯。把湯喝將下去，自來飲食如常。」鄭天惠說：「師父，你老人家一不作二不休，再多給我幾包。」紀強說：「不行，倘若教你師兄知道，他不答應我。」姑娘在旁說：「你還提白菊花哪？險些都要連累了你這條老命。你是怕他不成？正經人你到捨不的給，反倒向著那反叛東西！」往前一欺，就伸手從匣子內抓了一把。紀強見他女兒抓藥，急的亂嚷：「快與我放下！」姑娘說：「我沒拿。」紀強說：「你抓了許多去了。」姑娘說：「給你老人家，一包，二包，三包，四包。」說完了一拍巴掌，說：「這可沒有了。」紀強說：「我不信，還有好幾包呢。」姑娘說：「真沒有了，你不信我要起誓了。」其實早給了鄭天惠好幾包了。鄭天惠給姑娘拱了拱手。可歎紀強就在眼前，卻看不見。鄭天惠說：「孩兒給你老人家磕頭啦。我就不用把展大人請進來了。」紀強說：「不用，不用，不用，我是不願意見官的。你見了大人時節，就替我說雙目不明，本應請大人家中待茶，皆因我眼睛不好，倘有不周之處，反為不美，千萬別教大人嗔怪於我。」鄭天惠說：「師父只管放心，全有孩兒見展大人去說，絕不能教師父落了不是。」紀強說：「很好，吾兒去罷。」過來辭別師母，又與紀賽花打了一躬，復又問了紀強一句，說：「師父，這被傷的有這個藥，四十八個時辰之內就可以保得住命了罷，對與不對？」紀強說：「不怕。出四十八個時辰之外，一半刻還可不怕。他從口內流黑水，牙關緊閉，撬開牙灌下藥去就活，喝了魚湯就是好人一樣。」

這句話未曾說完，就聽見在院子裡有人抖丹田❶一聲喊叫，說：「呔！好鄭天惠，反復無常的匹夫！原來你是狼心狗肺、人面獸心的東西！晏某來遲一步，你就拿著晏大太爺的藥醫治仇人去了。這也是鬼使神差，冤家路窄，不必饒舌，急速出來受死！」鄭天惠一聞白菊花的聲音，嚇了個膽裂魂飛。情知不是白菊花的對手，自己又沒有彈弓子護身，若有彈弓在手，打一排連珠彈，慢說一個晏飛，十個也敵擋不住。鄭天惠無奈，只得拉刀出去，兩個人交手。

勝敗輸贏，且聽下回分解。

❶丹田：道教稱人體有三丹田：在兩眉間者為上丹田，在心下者為中丹田，在臍下者為下丹田。

第三十七回　鏢打天惠心毒意狠　結果賽花喪盡天良

且說鄭天惠得藥，因多說了幾句話工夫，不料白菊花趕到。白菊花本是與群賊乘騎撲奔南陽府，大眾找了一個鎮店打早尖，仍然起身。行至一股雙陽岔路，白菊花一摟馬，一翻眼，咳了一聲，張大連就問：「晏大弟又有什麼難心之事？」白菊花說：「不好，我想起一件事來。」張大連問：「什麼事情？」白菊花說：「鄭天惠這一順了開封府，他可知道我師父那裡有解藥，他許買他們的好處，找我師父去討藥。」張大連說：「由他去罷。」白菊花說：「不能我作惡他行好。你們幾位先走著，咱們在前途見。」說畢，下了馬說：「你們先請，明天在前途相會。」大眾又不好攔他，只可由他去罷。大眾上南陽府不提。

單說晏飛可巧他把路走錯了，多繞了約有三十多里路，若不然他到鵝峰堡比展爺在先。皆因他們騎著馬走了三十餘里，顯快。這一到鵝峰堡，天倒有初鼓，已經到門首，將要叫門，忽聽裡面有男子講話的聲音，心中一動，莫不成是鄭天惠來了？倒側身下來，往南走了幾步，一縱身躥上牆去，往對面屋中一看，正見鄭天惠那個影兒在窗櫺紙上一晃；再一聽，是師父告訴鄭天惠，四十八個時辰之內可治，就氣的渾身亂抖。淫賊飄身下了牆頭，把寶劍亮將出來，叫鄭天惠快出來。叫罵了半天，鄭天惠總不出來。鄭天惠自己想不出去也是不行，無奈何一聲嚷叫：「白菊花，鄭某到了。」嗑又一聲響亮，白菊花往旁一閃，原來是把小飯桌子扔出來了。隨著鄭天惠躥在院內，就打算躥出牆去，不與白菊花動手。白菊花是久經大敵之人，早就一個箭步擋住他的去路，說：「鄭天惠，拿首級來！」鄭爺破出這條性命，與他決一死戰，這口刀上下翻飛，又得看著他那寶劍，別碰著自己的利刃。屋內銀鬚鐵臂蒼龍紀強說道：「晏飛，可千萬不可與你二師弟交手，他可不是你的對手。看在為師面上，讓他一步，他比你小，有什麼話你們兩個人屋裡說來。」老太太說：「你們還要怎麼鬧哇？呦，你師父的話都不聽啦？」姑娘也說：「你是沒聽見哪，你是裝聾？你從今後不用上我們家裡來好不好？竹影兒，你要是裝聾，我可要拿棍子出去幫我二哥打你去了。爹爹，我脫了衣裳幫著我二哥打去了。」紀強一攔：「姑娘，不用你。」老太太說：「女兒，你可別出去。」正在這們光景，就聽嗆啷一聲響亮，噹啷啷刀頭墜地，銀鬚鐵臂蒼龍紀強說：「不好，把刀削了。晏飛，千萬你可別要你師弟的性命。」又聽噗哧一聲，紀強說：「這又是砍到那裡啦？你別要你師弟的性命。」先嗆啷一聲是削刀，噹啷是刀頭墜地，噗哧是把頭巾削去了半邊。鄭天惠扎煞手，剩了半個帽子，把刀把都扔出去了，自可倒躥出圈外，撒腿就跑，一縱身躥出牆去。白菊花焉肯善罷甘休，隨即也就趕出牆外。鄭天惠一直奔正西就跑。

展爺在樹林內等的著急，出樹林外邊觀看，恰好就看前頭跑著一個，後頭追著一個。展爺細一看，前邊的是鄭天惠，手中也沒拿著兵器，剩了半個帽子。展爺就把寶劍亮將出來，衣襟掖好，躥將上去。鄭天惠瞅見南俠，並不說話，怕把白菊花驚跑了。展爺讓過鄭天惠去，一聲斷喝：「欽犯休走，展爺久候多時！」白菊花見迎面有人將他擋住，一看是南俠，先就把自己心中高興打去了一半。展爺擺劍就剁，兩個人動手，約有十數餘合，白菊花虛砍一劍，回身就跑，一直的正北。跑不甚遠，前邊就是一片樹林，白菊花進了樹林，展爺並不追趕。展爺那個英雄，淨按情理二字，每遇追人，進了樹林就不追趕，這叫窮敵莫追。回頭一看，見鄭天惠也趕下來了，兩個人湊在一處，鄭天惠問：「大人沒追上白菊花？」展爺說：「賊人穿林逃命去了。」復又問鄭天惠：「你們二人怎麼會在這裡見著？」鄭天惠就把怎麼得藥，白菊花把他堵住的話學說了一遍：「今日不虧你老人家，我性命休矣。」展爺說：「不該將他拿住。方才我要同著你到家中見老師去，那可把他拿住了。總是機會不巧。」鄭天惠說：「我要得去告訴我師父去，不然我師父師母也是提心吊膽惦念於我，不知我是死在他手內，不知我是還活著哪。」展爺說：「正當如是。」仍叫展南俠在樹林等著，鄭天惠回奔師父家而來。

將到門首，就見師娘與師妹妹開著門在那裡觀看。這母女一見鄭天惠沒死，姑娘先就問：「二哥，你沒受白菊花的傷？」鄭天惠把怎麼輸給白菊花，展爺怎麼把他追跑說了一遍，說：「我可不進去再告訴我師父去，那邊還有人等著我哪。」老太太說：「不必了，沒事你可來。」遂帶著姑娘關門。鄭天惠撲奔樹林，會同展爺夠奔徐州，隨走著路把那藥掏出，交於展南俠。展爺說：「你帶著不是一個樣嗎？」鄭爺說：「大人，此藥甚好，一包用無根水送下去，吐些黑水，用大鯽魚烹湯，不要油鹽醬醋蔥薑蒜作料，將魚搭出去，把湯喝下，與好人一樣。」展爺誇獎：「這才是妙藥，勝似仙丹。」隨說著話，走到一塊大樹林，是人家的墳塋。二人穿林而過，直奔正北。只顧說話之間，未留神腳底下有一溜長溝，溝內有些亂草蓬蒿，寬夠四尺。二位只顧說著話，不是前後所走，是並肩而行。可巧走在長溝這裡，二人往兩下一分，就是在溝上一東一西所行。展爺心中一動：「這墳院要這個溝何用？」又一想：「必然借這風水。」要出樹林，就見溝中草唰唰一響，展爺說：「不好，有人！」這句話未曾說出，就見一宗暗器撲奔哽嗓咽喉，噗哧一聲，紅光迸現，就躺下一個。

你道溝內發暗器的是誰？就是白菊花。皆因展南俠將他追跑，他絕不死心，仍然遠遠趴在地下看著展爺。等展爺去遠，他在後面跟隨，見他們復又回師父家中，見了師母就將展南俠解圍的事情說了一遍，叫師父放心。復又出來，會同展南俠，將藥掏將出來交給展爺，就提一包上在傷處，一包用無根水沖服，用大鯽魚烹湯，不要蔥薑蒜作料，喝下魚湯，受傷者如好人一樣。展爺說：「你帶著此藥就是了，何必交給於我。」鄭天惠說：「總是大人拿著好。」正說話之間，可巧前邊有一假山溝，就夠三四尺寬，裡面有些亂草蓬蒿。二人由南往北，從溝東邊所走，正走之間，忽見溝中颼颼出來兩只暗器，噗哧一聲，正中鄭天惠，噗咚一聲栽倒在地。展爺將身一歪，躲過那只暗器，回手抽劍，一看正是白菊花躥出溝來，撒腿就跑。原來白菊花預先就跟下來了，就在郭家墳那裡等候。他一看沒打著展爺，撒腿就跑。展爺不敢趕他，看看鄭天惠死活。原來肩頭上中下一鏢，自己將鏢起下來，在那裡躺著，哼哼不止。展爺連忙喊叫地方，不多一時，地方來到。地方一看展爺，問：「你老人家貴姓？呼喚地方有什麼事情？」展爺說：「我姓展，御前護衛。你叫什麼？」地方說：「小人叫劉順，給護衛老爺磕頭。」展爺說：「你們這裡有個姓紀的叫紀強，你們認識不認識？」地方說：「認識，那還是我紀爺爺哪。」展爺說：「這是他二徒弟，叫他大徒弟用毒藥鏢打了。你找幾個人來，取一塊門板、繩槓，取一碗無根水來。」地方應答，回頭便走。走了半天，打著燈籠，找了幾個人來，扛著門板，夾著繩槓，托著一碗水。大家過來，見展爺行禮。鄭天惠此時閉目合睛，心如油烹一樣。展爺先把藥拿將出來，把他肩頭衣襟撕開，上了一包。此時牙關不大甚緊，將他搊起來，將這包灌將下去，哇哇吐了半天黑水，身體透軟。將他搊在門板之上，大家把繩槓穿好，前面有地方打著燈籠，直奔銀鬚鐵臂蒼龍紀強家來。將到門首，展爺就聽見白菊花在裡邊哈哈狂笑。展爺低聲說：「你們暫且先放下，千萬不可說話，兇手在裡面，待我將他拿住。」把大家嚇的也不敢說話了，將門板放下。展爺叫他們吹滅燈籠，自己躥上牆去，往裡一看，吃一大驚非小。

是什麼緣故？皆因白菊花鏢打鄭天惠，就聽見噗咚一聲躺下，不知是死是活。又被展南俠一追，皆因所恨者沒打著展爺，幸好姓展的沒追。惡淫賊一想，雖然鄭天惠前來討藥，師父不應例給他：「他也不想想，那藥是姓晏的拿銀子所配。給你二徒弟，你可叫二徒弟養活你們罷，姓晏的不管了。」隨想著，就到了紀強門首，一縱身躥將進去，啟簾櫳進了屋中。姑娘說：「你什麼事情又上我們這裡來了？從今以後不用登我們的門戶了。」晏飛說：「丫頭，你快些住口，焉有你說話的工夫！」淫賊見了師父師母，並沒行禮。紀強說：「晏飛，你實在不聽話。」晏飛說：「老匹夫，快些住口！我這晏飛也是你叫的麼？」老頭子一聽，這是罵上來啦，氣的渾身戰抖，說：「你是我徒弟，我不叫你晏飛，叫你別的，怕你擎受不住。」晏飛說：「那個是你徒弟？從今後休想再以師弟相論。皆因你行事不周，這才招出晏某與你斷義絕情。」老太太在旁說：「老頭子，你這個徒弟教著了，破口罵你是老匹夫。晏飛，你可也真不怕造罪。老頭子，咱們命中沒有徒弟，有這個徒弟也壓領不住。這是何苦，散了罷，散了倒好。」紀強說：「好晏飛，你說我行事不周，我是那件事對不起你？」白菊花哈哈一陣狂笑，說：「老匹夫，這解藥乃是姓晏的拿銀子所配，囑咐過你不叫給別人。如今你見了銀子，他又帶了一個作官的來。我知道你一生懼官愛財，你把藥給了他，救我的仇人去了。再說，就憑鄭天惠給你這幾個錢，你不想想，要不是姓晏的拿出銀子來養活你們全家性命，大概你們一家大小早就凍餓而死了。」

姑娘在旁一聞此言，早氣得柳眉直立，杏眼圓翻，說：「好白菊花，實在罵苦了我們了，快與我滾出去罷！」白菊花說：「好，丫頭，你也敢出口傷人？要不是姓晏的給你們銀子，你也配花花朵朵，穿穿戴戴。你就將身許我，都報答不過晏大太爺的好處來。」這句話把姑娘羞的滿臉飛紅，說：「姑娘不打你你也不認識姑祖宗是誰。」說著就摘頭上簪環，拿一塊絹帕把烏雲罩住，脫長大衣服，解裙子，到裡間屋內取棍。紀強說：「晏飛，我們姑娘得罪你，你可看在我的面上，你走罷，從此咱們也不用師弟相論了。」老太太過來就往外推著說：「讓你妹子一步也不算你吃虧，你給我們留下這個女兒罷。你要不走，我給你磕頭啦。」晏飛無奈何，叫老太太推到屋門以外。也是活該，姑娘拿著一根棍，老太太用手一攔，如何攔得住。白菊花在院中也不肯走，說：「丫頭，你要出來可是送死。」也搭著姑娘會些本事，要是無能的姑娘，無非氣的就是哭罷。這有本領的姑娘，可要出來較量較量，一推，老太太一歪身，姑娘從旁邊縱出來了。晏飛見姑娘出來，回手把劍抽出來，與姑娘兩個人戰在一處。屋內紀強苦苦哀告晏飛說：「晏大爺，你少許看著老漢一點情面，可千萬別結果我們女兒的性命。你只當做這們一件好事。」老太太是在院中跪著求饒。白菊花聽著紀強說得可憐，並且又有老太太磕頭，自己也就不好意思，說：「也罷，晏某看在他們老夫妻的面上，饒了你的性命去罷。」隨說著，又假砍了一劍，直奔牆來，一抖身躥出牆外。按說姑娘就應例不追。這紀賽花性如烈火一般，口中嚷道：「白菊花，怕了你姑祖宗了？」隨跟著也就一拄棍，他也就躥上牆去。剛一跨住牆頭往外一探身子，白菊花縱身躥出牆外，原來沒走，就在牆根下一蹲，早掏出一只鏢來在那裡等著。姑娘不追便罷，他要追來，說不得意狠心毒，將他打死。不料姑娘真就追上牆頭，往外一探身，白菊花把手中鏢往上一抖，只聽得噗哧一聲，姑娘翻跟斗摔將下去，噗咚一聲摔倒在地，撒手扔棍。老太太眼看著姑娘由牆上摔下來，自己趕到跟前細細一看，哎喲一聲，也就摔倒在地。

要問母女生死，且聽下回分解。

第三十八回　老紀強全家喪命　白菊花獨自逃生

且說姑娘也是貪功之過，被白菊花一鏢正中哽嗓咽喉，由牆上摔將下來，仍掉在院內。老太太過去一看，罵道：「好白菊花，天殺的！」隨即也就死過去了。好惡淫賊白菊花，他復又回來，還要分爭分爭這個理兒。二番縱進牆來，低頭一看，原來他師妹妹帶老婆子一併全死過去了。白菊花反到哈哈一笑，說：「丫頭，非是晏某沒有容人之量，誰教你苦苦追趕，自己找死？大概也是你陽壽當盡，你死在陰曹之內，休怨我晏某。」屋中紀強雖然雙目不明，耳音甚好，就知道姑娘掉下牆來，準是中了白菊花的暗器。又聽老婆子罵了一聲「天殺的」，然後也不言語了，必然也是背過氣去了。紀強高聲叫道：「晏飛，你別走，進屋中我有句好話告訴你。」晏飛說：「可以使得。」

將要進屋，又見老婆子悠悠氣轉，說：「晏飛，白菊花，天殺的呀！」隨說隨哭，「你要了我女兒性命。我們兩口子年過七十，膝下無兒，只生這一個女兒，你還給打死了！老頭子，老天殺的，你教的好徒弟，淨教他本事不算，你還教他暗器，如今他把暗器學會，能打你我的女兒了。我為生為死，就為的是這一個女兒。我女兒一死，我就不活著了。晏飛，你那有寶劍，你把我殺了罷！」說畢，戰戰兢兢爬將起來，把晏飛衣裳一揪，說：「你就是殺了我罷！」白菊花用手一推，說：「你要尋死，難道說你不會自己行一個拙志麼？」老太太復又爬起來說：「我要死在你手裡，你也好大大的有名。」說完，對著白菊花擁身一撞。晏飛往旁邊一閃，對著老太太後脊背叭的一聲推了一掌，老太太本是往前一跑，又對著他這一掌，如何收的住腳，叭叉一聲，頭顱正撞在牆上，撞了一個腦漿迸裂，花紅腦髓滿牆遍地皆是。老太太一死，白菊花反到哈哈大笑，說：「老婆子，你一頭碰在牆上，你自己觸牆身死，可不是晏某要你的性命。」屋內紀強聽得確真，連連叫道：「晏爺，晏大兄弟，進來，我有兩句好話，說完了你再走。」晏飛說：「可以使得，難道說我不敢進去不成？」

白菊花進到屋中，一拉椅子坐下，說道：「老匹夫，你教晏某進來，有什麼言語快些說來。」紀強說：「晏飛，我一家三口倒死了兩個，全都喪在你手。一個是你一鏢打死，一個是教你摔死。你看我雙目不明，什麼人伏侍於我？不如成全了你這個孝道之名罷，以後必然有你的好處。」隨說著話，躥下炕來，就往白菊花懷中一撞，說：「晏飛，快些拉劍，我速求一死。」晏飛見他師父這般光景，把寶劍往外一拉，冷颼颼的那口劍就離著紀強脖頸不大甚遠。如果把劍全都抽出匣來，一攢力，紀強頭顱就得墜地。到底是有師弟之分，惡淫賊總覺著有些難以下手，白菊花復又把他師父一推，老頭子噗咚一聲摔倒在地。晏飛說：「你若尋死，何用晏某下手？」紀強說：「晏飛，你不敢殺我。你可別走，等著我死後之時，你再走不遲。」隨即自己摸了一根繩子，復又上炕，摸著窗櫺凳把繩子穿過來，挽了一個套兒，揪著繩子大聲嚷道說：「街坊鄰舍，大眾聽真。若要是會武藝的，你們要教徒弟時節，千萬可別像我教的這個徒弟，我是失了眼力了。我若不教徒弟，我們一家三口還可以度日，只為教了這們一個徒弟，將我平生武藝一絲兒也沒剩，又傳了他的暗器。他把本領學全，才把他師妹妹打死，摔死他的師母，逼死他的師父。蒼天哪，蒼天！只求你老人家報應循環。晏飛呀晏飛，但願你小小年紀一天強似一天，一日好似一日。你日後收徒弟時節，只要教他比你強點就得了。」說畢放聲大哭，說：「陽世三間我與你也難以辯理，我就是在閻王殿前與你分辯去就是了。」說罷把繩子往脖頸一套，身子往下一沉，手足亂登亂踹，展眼間就氣絕身死。白菊花哈哈一笑：「丫頭苦苦相追晏某，教我一鏢打死；老婆子與我撞頭，一頭碰在牆上，氣絕身亡；老匹夫自己懸梁自縊身死。一家三口，雖然廢命，全是你們自招其禍，可與姓晏的無干。晏某去也！」

原來白菊花說此話時節，卻教展南俠在牆頭之上盡都聽見。皆因展爺到門首，就聽見白菊花在裡說話，教他們把門板放下，自己躥上牆頭，正聽見白菊花說他師妹妹教他一鏢打死，師母撞死，師父吊死。展爺一瞧，地下躺著姑娘，這邊躺著個老太太，被屋中燈影照著窗櫺紙，明現老頭在窗戶上上吊。展爺一想：天地之間，竟有如此狠心之賊。就在房上一聲喊叫說：「呔！我乃奉玉帝敕旨，我佛牒文，前來誅戮你這不孝的子弟來了！」說畢躥下牆來。晏飛一看是南俠到了，嚇了個膽裂魂飛，只不敢出屋門，噗一口將燈燭吹滅，自己攏了一攏眼光，一回手先把板凳衝著展爺扔將出去。展爺往旁邊一閃，就見白菊花隨著這條板凳出來，將一見白菊花露面，用手中袖箭就打將出去。晏飛可稱起久經大敵之人，單腳將一找地，就見展爺用手一指他的面門，趕著一彎身，那只袖箭就從耳旁過去，正釘在門框之上。展爺一著急：「我的袖箭百發百中，百無一失，單單的打不中淫賊是什麼緣故？」他焉知曉白菊花身法玲瓏，眼疾耳尖，腰活腿快，一出來那一團神就在展爺身上，展爺發暗器焉有躲不過去的道理？展爺一袖箭沒打著淫賊，只可把寶劍亮將出來，二人交手。晏飛頭一件總得防著，劍一對劍，別撞著展爺的劍上。此時就打算著不求有功，先求無過，自要賣一個破綻，躥出圈外，好逃出自己性命。怎奈展爺圍裹甚緊，不用打算逃出圈外。總有露空時節，展爺施了一個烏龍探爪架式，白菊花用了個鷂子翻身，躥出圈外，撒腿就跑，左手一按牆頭，躥出牆外，可把地方與這幾人唬了一跳。本來把燈吹滅，這幾人就有些害怕，忽從半懸空中唰飛下一個人來，更覺嚇了一跳，緊跟著又從半懸空中下來一個，卻是展爺。等白菊花躥上牆頭，展爺也跟將上去，往外一看，白菊花一直往西，展爺也飄身下來，尾於背後。

白菊花施展平生的夜行術，展爺後面也是如此。白菊花跑著，前邊一帶樹林，料著進樹林他就不追趕了，行至樹林，一抖身軀躥將進去。展爺至樹林，叫：「惡狠賊！按說窮敵莫追，非是展某不按情理，今天總得追捉你這淫賊，將你碎剮其屍也報不了你這逆倫之罪。」隨即趕進樹林。白菊花復又躥出樹林，暗暗心中害怕：倘若這廝一定不捨，天光一亮，行路人多，再要走只怕費事。正是白菊花心內躊躇此事，忽見前邊黑乎乎一帶松林，遠遠就瞧松樹林外蹲著一人。晏飛心中一動：天有二鼓之時，這個人還在這裡蹲著，要是他們一同的人，我可大大不便；要是我們綠林剪徑劫舍的，我與他調個坎兒，他必放我過去，替我敵擋一陣，我就穿林而過逃竄性命。他將要與他調坎兒，忽聽蹲著那個人哼了一聲，說：「前面來的是什麼人？快些通上名來，老西在此久候多時，不說名姓你休想過去！」白菊花一聽是山西口音，不覺心中一動，暗說：細脖大頭鬼王房書安說過，有個山西人與綠林作對，如要在此處見著是他，大大不便；說此人足智多謀，詭計多端。後面若沒有南俠追趕，我倒不怕。後面那個我就不是他的對手，前邊再遇山西雁，只怕我要不好。正在疑惑之間，越跑越近，見老西往前一站，細看他是兩道白眉，又對著後邊展南俠叫道：「前邊是徐姪男嗎？」就見對面那人說道：「正是姪男徐良。那邊敢是展大叔？你老人家追的是什麼人？」展爺一聽是徐良，不覺喜出望外，連連說道：「徐姪男，這是國家要犯，別放走了奉旨拿的賊人，千萬把他捉住才好。」徐良說：「這就是白菊花？王八日的，遇見樂子就沒有你的走了。」

你道這徐良怎麼知道他是白菊花？皆因所有的眾人，連小五義，奉旨歸家祭祖的祭祖，完姻的完姻，惟獨徐良跟著穿山鼠徐三爺，回老家山西祁縣徐家鎮。徐慶就因二十多歲打了人命，逃出在外，如今父子榮歸，親族人等俱都門前賀喜，連本縣縣太爺都來拜望。家中搭棚請客，整整熱鬧了數十餘日，親友俱都散去，家中透著清靜。徐三爺拿起酒杯來，喝過三盅，就想起五老爺來了，數數叨叨淨哭五弟。哭著哭著，一抬腿，叭叉一聲桌子翻了過了，碗盞家伙摔成粉碎。少刻又教擺上再喝，喝個酩酊大醉，一睡就是三天。又教擺酒，喝著喝著又是啼哭，碰巧又把桌子一翻。徐良在家實在難過，無奈上京任差，早些起身罷。這日辭別父母，三老爺囑咐幾句言語：「在相爺臺前當差，必要實心任事，不許偷閒怠遲。」徐良遵聽父命，帶了自己應用東西，帶著盤費銀兩，並不乘跨坐騎，一路曉行夜住，飢餐渴飲。這日正往前走，在晌午大錯的時候，就覺腹中飢餓，找了飯店吃些東西再走。到了後堂落座，他是永不吃酒，就要了些飯食。見堂官在屋中貼了許多紅帖，上面寫著莫談國事，徐良吃著就問過賣：「你們貼這帖是什麼事情？」過賣說：「拿著你這麼個人，不認得字？」徐良說：「略知一二。」過賣說：「那寫的是『莫談國事』。」徐良說：「什麼叫『莫談國事』？」過賣說：「你連『莫談國事』都不懂？」徐良說：「我不懂的。」過賣說：「皆因我們這出了一件新聞的事。」又問：「什麼叫新聞的事？」過賣說：「離我這有幾十里地，有個潞安山，山內有個賊叫白菊花，偷了萬歲冠袍帶履。開封府大人們，有死有帶傷的，沒人把這賊拿住。我們這鋪子裡吃飯喝酒的，全講究此事。我們貼上這個帖，也壓壓口舌。」徐良說：「就是這個事情？」過賣說：「這就是犯禁的事情。」徐良聽在心中，給了飯錢，出了飯鋪，連著夜往上走，暗暗祝告著，只要見著這個賊就是萬幸。將有二鼓多天，就瞧見往這們跑人，自己一說話，那邊展爺教他拿人，將往上一迎，白菊花颼就是一鏢，山西雁栽倒在地。

不知生死如何，且聽下回分解。

第三十九回　徐三爺回家哭五弟　山西雁路上遇淫賊

且說白菊花教展南俠追定，正然無計可施，前邊又被徐良擋住。自己一著急，掏出一只鏢來，一鏢先把前邊這人打了，到底剩下一個就好辦了。說的時節可遲，那時可快，見面之時將鏢掏出來，身臨切近，颼的聲打將出去，就聽那邊說：「完了我老西了！正打在我的哽嗓咽喉。」噗咚栽倒在地。白菊花暗暗歡喜，想道：「是人只可聞名，不可見面。要教房書安一說，世間罕有，真如天神一般；一見面就死，是個無能的小輩，隨便過去給他一劍。」此時把展南俠嚇了一大驚，怎麼見面徐姪男就受了他的暗器。展爺正在心中難受，白菊花看看臨近，正要擺劍去剁，就見徐良使了個鯉魚打挺，說：「來而不往，非為禮也！」照舊又把那只鏢對著白菊花打將出來。也虧得晏飛眼快，若要稍慢一時，就是性命之憂。跑著跑著，微往下一蹲身，就從頭巾上颼的一聲打將過去，把後面展南俠又驚又喜。驚的是鏢沒打著白菊花，奔了自己來了；喜的是徐良只管說打在哽嗓咽喉，卻沒受傷，反倒又發暗器來了。

原來山西雁專會接暗器，還是雙手能接，可不是跟著雲中鶴魏真所學，打暗器跟著魏道爺所練，就只是打鏢是魏道爺教的，別的暗器全都不是。學會鏢法，就跟著學接暗器。魏真教給他是白晝接鏢，學的精裡透精，後來又學晚間接暗器，雲中鶴說：「那我實係不會。」自己求告再三，魏道爺實係不會，山西雁也就無法。後來自己生發出一個主意，先把伺候他的小童兒叫過來，教給他們打鏢，說以作防身之用。小童全在十八九歲，也都願意，就與徐良磕頭拜師，早晚間苦教，非一朝一夕之功，把暗器教會兩個童兒。徐良叫童兒衝著他打鏢，自然從人不敢，他說：「只管打來，我可能接。」童兒乍著膽子對他打去，徐良一閃身，就用手接來。後又教他天氣似黑不黑時節打，自己練接鏢，就讓是接不住也傷不著自己。若要衝哽嗓打，往左一閃身，伸左手將鏢一順，一半解鏢之力，一半手中一攏；若往右邊閃躲，伸右手，只練得一百支鏢連一支鏢也不能墜地。後來改月光之下，徐良練就；後來又改星斗之下；後又到沒星斗之時，黑暗暗伸手接鏢，大大不易，全仗著手疾眼快。到後來，在師父跟前施展接暗器之能，魏道爺方才知道自己徒弟可算練成。雲中鶴走後，跟著別人學的花裝弩、袖箭、飛蝗石，故此這才得的外號叫多臂熊。

如今見著白菊花，他聽展爺說是國家要犯，他就知道是白菊花，皆因聽見飯鋪過賣說過。暗暗心中一喜：如今若要拿著白菊花，入都任差，可算大大一個體面。將往前一湊，白菊花就是一鏢，早往右邊一閃，用右手接來，口中說「不好，打了哽嗓咽喉」，為是誆白菊花往前來。晏飛也是當局者迷，豈不想打在哽嗓咽喉焉能說話？其實是徐良把鏢接住，不能就往外打。有個緣故，鏢尖衝著裡，若要當面把鏢倒將過來，怕人看出破綻。往後一仰身子，用了一個後橋的工夫，後脊背將一沾地，手內不閒著，把鏢倒過來，鏢尖衝外，腰間一挺，就說「來而不往非為禮也」，颼的一聲把鏢打將出去。白菊花將將躲過，把晏飛嚇了一個膽裂魂飛，不是眼快，險些中了自己暗器。打算著徐良過來拉刀動手，原來是回身就跑，連後邊的展南俠都不知什麼意思。原來是徐良的緊臂低頭花裝弩未能上好，這一跑，就把弩箭收拾妥當，一回身，說：「白菊花，你真不要臉。你苦苦的欺服我老西，真要欺服急了，我給你磕一個頭。」白菊花一想他給磕頭，不定安著什麼心意，房書安說這人詭計多端，必要小心一二。正在思想之間，颼的一聲，就是花裝弩到，他往下一縮脖頸，就從頭巾上過去，算好，未能傷著皮肉。又往對面一瞧，哧的一聲，左手鏢打將出來。他往左邊一閃，將將躲過；右手的鏢到，他又往右邊一閃。緊跟著左手袖箭，右手的袖箭，左手飛蝗石，右手飛蝗石，到底還是打中了一塊飛蝗石子。皆因左手打完，右手一比那個架式，卻原來沒打。白菊花打算雙手俱是飛蝗石，躲過左手的躲右手，自覺著打過去一塊，沒見右手的這塊過去。將一回臉，叭的一聲正打在腮頷骨上，頃刻間外面浮腫，口中鮮血直流。只打得白菊花咬著牙，往口裡吸氣，暗暗又是恨，又是怕，隨即一縱身，徐良那口刀對著頂門就剁，口中罵道：「好白菊花，烏八的東西，你沒打聽老西是誰？」白菊花說：「小輩，你不是徐良嗎？今天遇見晏某，咱們二人誓不兩立。」山西雁說：「老西嘛，不是徐良。」晏飛問：「你到是何人？」徐良說：「我是花兒匠，專揍菊花，不管黃的、白的。」晏飛說：「你敢出口傷人，好小輩，看劍！」刀劍一碰，耳聞嗆啷啷一聲響亮，只看得半空中火星亂迸，把二人俱都嚇了一跳，彼此躥出圈外，各人看自己兵器。徐良見大環刀沒傷，自覺滿心歡喜；晏飛看他的沒傷，也覺著壯起膽來。

你道這兩口寶物碰在一處，怎麼俱都沒傷，是什麼緣故？皆因所造這兩口刀劍的年月不差往來，都是晉時年間赫連老丞相❶所造，故此刀劍剛柔不差往來。再說，若用刀劍的招數，並沒有刃磕刃之理。這二人是白菊花要削徐良的刀，徐良的主意是拿大環刀斷他的寶劍，這才刀刃碰在劍刃之上，只管火星亂迸，彼此無傷著自己的兵刃，二人全都滿心歡喜，壯起膽來。一場好戰，俱把平生武藝施展出來。晚

---

❶ 赫連老丞相：疑為赫連勃勃，字屈子，匈奴族鐵弗部，驍勇剽悍，十六國時期夏國創建者。

間這二人交手，刀劍上下翻飛，如同打閃一樣。展爺此時在旁邊瞧看，不肯幫著徐良動手。皆因徐良是個晚輩，將才出世，教他獨立成名，自己若要下去幫著并力捉拿，豈不是有意要搶他的功勞。因這麼一想，沒肯下去幫他，只是在旁邊喝彩。白菊花他本腮頰帶傷，工夫一大，自覺犯痛，自來透著手遲眼慢。自己明知要輸，淫賊打算三十六招走為上策，自己打算要跑，賣了一個破綻，往前虛扎一劍，徐良將一躲閃，白菊花一個箭步早就躥出圈外，直奔正西跑下去了。徐良尾於背後緊緊的一追，展爺在徐良身後也就趕下來了。那白菊花如傷弓之鳥一般，自恨肋下不生雙翅。又對著後面徐良直罵：「你烏八的！就讓你跑上天去，老西追你上天去；你要入了地，老西就踩你三腳。」展爺在後邊聽著暗笑：「人家要上天，他也趕上天去；人家要入地，他可不入地追趕，他踩他三腳。活人要入地有什麼好處？怪不得四哥說過，這孩子連一句話都不吃虧。」

展爺瞧白菊花躥入樹林去了，再看徐良，倒是按大仁大義的規矩，並不往樹林追趕。又聽見徐良說：「你進樹林逃命，老西要是進樹林追趕，透著我沒有容人之量。皆因我展大叔說，你是奉旨捉拿之賊，誰教你罪犯天廷，這可別怪我了。」先說的很好，後來把這事推在展爺身上，一抖身躥入樹林又追下來了。

白菊花先一喜歡，進樹林將一緩氣，聽著他不追了。嗣後來仍是追，自己無奈，就是往前所跑，出了樹林，撲奔西南。究竟這一方守著鵝峰堡甚近，白菊花道路甚熟，忽然想起一條生路，離此不遠，有一條大河，心中想著：這老西要是不會水，我借水遁，可就逃了性命。他要會水，今天我這條命大概難保。隨往前跑著，遠遠就望見前邊一帶是水，扭項回頭，瞧著山西雁哈哈一笑。這一笑，倒把山西雁嚇了一跳，也就不敢往前緊追，大料必是他前邊有埋伏。待到細細往對面一瞧，遠遠望見前邊白茫茫一帶是水，徐良也哈哈一笑。白菊花一怔，說：「我樂的是有水就可逃命，他樂什麼呢？莫不成他也會水？」就聽徐良說：「你打算要借水遁。你沒打聽打聽，老西我是翻江鼠蔣四老爺的徒弟，若在水中拿你，如探囊取物一般。」這句話，又把白菊花唬的不敢躥入水內。一聽老西的言語似乎有理，他是徐慶的兒子，翻江鼠焉有不教給他水性的道理？此人陸地的本領高強，水裡必然不錯，倘若水中不是他人對手，要想逃命那可萬萬不得能夠，只得順著河沿仍是在旱地逃竄。徐良這是個詐語，見白菊花沒躥下水去，追來追去，看看臨近，白菊花不下水也要教人追上，無奈何，還是躥入水中。又一想：這個老西說話沒準，也許他信口胡說，我卻到水中試他一試。哧的一聲扎入水去了，復用踏水法把身子往上一露，再看徐良，站在旱岸之上，說：「便宜你，既然你扎入水中去了，難道說我一定水中拿你不成？那透我沒大量之才。讓你多活兩天，逃生去罷。你可想著，老西是痛兒女的心盛。」

展爺趕到跟前，低聲問：「姪男，你也是不會水呀？」徐良說：「姪男不會水，你老人家水性如何？」展爺搖頭。徐良才雙膝點地，給展爺磕頭，問展爺來歷。南俠就將萬歲爺丟冠袍帶履，奉聖旨、相諭前來拿晏飛；邢家弟兄、總鎮大人被傷，同鄭天惠來討藥，鄭天惠帶傷；白菊花鏢打師妹妹，摔死師母，逼死師父，自己追趕白菊花的話，說了一遍。徐良一聞此言，直氣的破口大罵。南俠又問徐良的來歷，徐良也把自己家中之事，半路在飯店聽人講說白菊花的事情，也就學說一遍。展爺說：「你來得甚巧，你先同著我到鵝峰堡看看，鄭天惠鏢傷痊癒，幫著他葬埋紀強全家之後，你們再奔徐州公館相會。」山西雁連連點頭，就同著南俠奔鵝峰堡來了，暫且不提。

單說白菊花由水中見徐良二人全不下來，就知他們全不會水，自己放心順水而走，行了有二里之遙，方才上岸。找了一個樹林，把衣服脫將下來，擰了擰水，在那裡抖晾。不料打樹後躥過兩個人來，拿著兩口刀，撲奔自己，擺刀就剁，把淫賊嚇得魂不附體。

要問來者何人，且聽下回分解。

第四十回　鄭天惠紀家辦喪事　多臂熊葦塘見囚車

且說白菊花在樹林內脫下衣服抖晾，心想半夜之間，並無人行走，也就把中衣脫將下來。不略樹後有人。白菊花見兩個人全都拿著刀趕奔前來，淫賊也顧不得穿中衣，赤著身體，手中拿定寶劍，迎面而站。所懼者是山西雁與展南俠他們，遂用聲招呼：「來者何人？」那二人方才站住，對面答話道：「莫非是晏寨主？」白菊花說：「正是小可晏飛，前邊是五哥麼？」對面病判官周瑞說：「正是劣兄周瑞。」白菊花又問：「那位是誰？」周瑞說：「就是飛毛腿高大哥。」白菊花說：「二位哥哥等等，待小弟穿上中衣再與哥哥見禮。」白菊花把一條濕褲子暫且先穿上，並未穿上身衣服。三個賊見面全都行禮已畢，問白菊花為何這等模樣。他將自己之事對著二賊學說一遍，又問高解、周瑞因何到此處。這二人把腳一跺，咳了一聲，一個說丟高家店的原由，一個說失桃花溝的故事。白菊花一聞此言，說：「咱們三個人同病相憐，你們二位也是受徐良之苦。我今日是初會這個山西雁，一見面，連我的鏢就是八宗暗器，末尾受了他一個誆騙的招數，這一飛石正打在我腮頰之上，你們二位請看。」二賊一瞧，果然臉上浮腫，三個賊一齊又咒罵徐良一回。

晏飛問：「你們二位意欲何往？」周瑞、高解一齊道：「我們二人在宋家堡會面，在那裡見著南陽府的請帖，本打算約會宋大哥一同上團城子，不想宋大哥染病，他不能前去。我二人一路前往柳家營，又見柳大哥門首有許多官人看守他那一座空宅，我們才草草的打聽打聽，方知曉你們事情。我們也不敢走大路，也怕碰見徐良，由小路而行，不料走在此處，遇見賢弟。咱們三人會在一處走路，滿讓碰見那個狗娘養的，也沒甚大妨礙。」白菊花說：「從此就要撲奔南陽府？我總想這個老西不肯善罷甘休，倘若跟將下來，你我三個人仍是不便。依我愚見，不如不管南陽府之事，同著我撲奔河南洛陽縣姚家寨那裡去，可高枕無憂。」周瑞說：「還是上南陽府為是，別辜負東方大哥下請帖這一番美意。」高解也願意上南陽府。白菊花無奈何，自可點頭。又有兩個人幫著他抖晾半天，衣服就在瀰乾的光景，穿戴起來。有四鼓多天，三個人直奔南陽府去，暫且不表。

且說展熊飛回鵝峰堡，一路走著，徐良便問道：「白菊花這一跑，但不知他投奔何處？」展熊飛說：「他這一走，無別處可去，必是上南陽府東方亮那裡去。」徐良問：「你老人家怎麼知道？」展熊飛就把趙虎私訪，群賊怎麼說的話，告訴徐良一遍：「不但他上南陽府，並且五月十五日，那裡還有擂臺呢。再說萬歲爺冠袍帶履也在東方亮家內所存。」徐良一聞此言，喜之不盡，說：「大叔，你老人家總得急速回去，醫治總鎮大人要緊。姪男就在此處把紀家事辦完，我就奔南陽府去了。」展爺說：「好。你若先去，我告訴你一個所在。這南陽府我是到過的，在西門外有個鎮店，叫五里新街，這個地方從東至西，整整五里長街，熱鬧非常。你在那裡找店住下，等過三五日的工夫，你可要出來打聽，我們到那裡之時，找一座大店打下公館。你若打聽明白，咱們好會在一處。」徐良點頭。

隨說著就到了紀強的門首，雙門大開，就聽裡面哭泣聲音。叔姪二人進裡面，見鄭天惠大哭。展熊飛勸他止住悲淚，與徐良二人相見。展南俠不能在此久待，教給徐良一套言語，展南俠由此起身，連夜回奔徐州而來，總怕誤了時刻，總鎮大人難救。

展熊飛回徐州暫且不提。單言徐良，叫地方過來，吩咐先預備三口上好的棺木，這裡現有二百兩銀子，叫地方拿去辦理；又教買鯽魚氽湯，多買些金銀錢紙、錁錠。書不可盡自重敘。天光大亮，俱已買來，把三個人入殮，將三口棺木支起。鄭天惠喝了魚湯，就如好人一樣。請僧人超度陰魂，燒錢化紙。徐良寫了一張稟帖，論說一家俱是凶亡，應當報官詳驗。這張稟帖寫明闔家不白之冤，又有護衛大人親眼得見，一者求本地面官施恩免驗，二者求本地面官施恩准其抬埋，又皆因紀強有總鎮大人的好處，著地方送去呈報當官。此時又有徐州府知府的信到，官府有諭，准其抬埋。又看著紀強並無親族人等，孤門孤戶，就是鄭天惠披麻帶孝，猶如父母親喪一般。

這日晚間，徐良與天惠說：「若把老師埋葬已畢，你我二人可同奔南陽府去。」鄭天惠一聲長歎說：「徐老爺，小可本應許展大人棄暗投明，如今一看我師尊之事，我看破世俗。總有眾位大人提拔，掙一個紫袍金帶，位顯爵尊，也是不能脫過死去。我如今非是出乎反復，待等把我師尊葬埋之後，我要入山修煉去了。雖然不能成仙了道，且落一個無憂無慮，清閒自在，不管人間是非，朝中興滅敗亡。」徐良一聞此言，也覺著好生淒慘，說：「本來人生在世，就是虛泡幻影，螢火之光，待大數一到，萬事皆休。至親莫若父子，至近莫若夫妻，閻君一喚，別管是什麼人，也替不了。」說到此處，二人一齊落淚。徐良說：「既鄭兄一定看破紅塵，我徐良也不敢強扭著兄長幫我們辦事。我可至明天不候兄長了，我自己要撲奔南陽去了。」鄭天惠點頭。到次日，徐良告辭起身，上南陽府不提。鄭天惠把師父家內房產，還有三十餘畝田地，連使用的東西，盡都變賣，俱以發送師父一家三口；又到揚州葬埋師叔，諸事已畢，入山修煉去了。

單提山西雁，離鵝峰堡，奔南陽的大路。這日正走之間，忽見前面有一座山，不大甚高，直奔山口而來。行至山口，但見前面一座葦塘，還是水葦。忽然見那葦塘旱岸之上，有打碎的木籠囚車，血跡滿地。又細一找，就見靠著葦子底下顯露著衣襟，又細一看，還有露著手腳的地方，又有許多折槍、單刀、鐵尺，水內也有，旱地上也有。徐良一看這個光景，準是把差使在此處教人劫去了。又看了看這個山裡頭道路，大約著準是山裡有賊。要是山中賊寇將差事搶去，大約這個解差之人不是教他們殺死，就是自己逃走性命去了。我若不走在這裡，我也就不管，既然親眼看見，焉有袖手旁觀之理？再說身居護衛之職，應當捕盜拿賊。又怕白菊花在此處藏躲，我要是上去，倘若遇見，豈不是一舉兩得。

主意一定，繞著葦塘找盤道上山，見前邊有一座松樹林子，見樹林內有兩個人藏藏躲躲，復又往外瞧看。山西雁疑為不是好人，隨即躥進樹林，把刀往外一拉，說聲：「小輩！你們兩個是什麼東西？」就聽見兩個人噗噗咚咚摔倒在地。徐良身臨且近一看，見兩個人在地下趴著，原來是一男一女，俱夠六十多歲。兩個人一齊說：「寨主爺爺，大師父，饒我們兩條命罷！我們女兒也不要了，連驢帶包袱全都不要了，望求師父饒我們兩條老命罷！」只是苦苦的哀求。

徐良說：「老頭子，你睜開眼睛看看，怎麼管著我叫師父？我也不是寨主。」那老頭兒翻眼往上一瞧，說：「哎呀，可了不的了。不是你老，我們認錯人了。」復又跪下給徐良磕頭。山西雁說：「老頭子貴姓？方才說你女兒是怎麼件事情？」那老頭說：「小老兒姓張，我叫有仁，這是我的妻子，膝下無兒，只有一個女兒，小名叫翠姐。我們住在徐州府東關，開了一座小店。皆因是我女兒許了石門縣呂家為親，人家要娶，離著道路甚遠，前去就親，騎著三匹驢，上面馱著包袱行李。不料正走在此處，也不知此處叫什麼地方，忽然從山上下來二十多人，內中有兩個和尚，一個是頭陀，一個是落髮的。迎面來了木籠囚車，還有許多官兵，他們大家亂一交手，唬的我們也不敢往前走了。打碎囚車，救了犯罪之人，也是個和尚；由廠車❶上救下的，也是個和尚，又有一個年輕少婦。把兩個武職官也拿下馬來，還有兩個騎馬官人，教他們殺了一個，拿去一個，護送官兵教他殺了五六個人，俱都扔在葦塘以內。他們已然上山去了，不料我女兒被他手下人等看見，過去在白臉的和尚跟前說了幾句話，他們復又回來，把我女兒攙上驢去，連包袱帶驢都被他們搶去了。」

山西雁一聞此言，把肺都氣炸了，說：「張老翁，你不要著急，你們是在此處等我。」張有仁說：「恩公，你要搭救我女兒，兇僧他手下人多，只怕寡不敵眾。」徐良說：「不怕，你只管放心。卻是你們在此處怕不好，倘若有山賊下來，結果你們性命，我就是救了你女兒也是無益。」張有仁說：「恩公請想，我們兩個人已然年過花甲，又沒有包裹行囊，總然就見了山賊，也沒什麼妨礙。只要恩公搭救出我的女兒，就是我一家萬幸。」徐良說：「你在此處等等，待我上山看看虛實。」就見那老兩口子給徐良磕頭，如雞啄碎米一般。徐良連連擺手，轉身便走，拐山灣，抹山角，看看臨近，就瞧見一段紅牆，必然是廟。將要撲奔廟門，見前邊有兩個人一晃，慌慌張張就下來一人，見了徐良，就是一躬到地，說：「你老人家貴姓？」山西雁說：「老西姓徐，有什麼事情給我行禮？」那人說：「我在營伍中吃糧當差，我們的差使連我們大老爺全被和尚搶去。我見你老人家肋下帶刀，必是有本領的人。你老認得廟中和尚

❶ 廠車：廠，原為明代由皇帝直接控制的特務機構東廠、西廠。這裡廠車指奉御旨押送犯人的囚車。

不認得？要是認得僧人，求你老給我們講個人情。只要饒了我們兩位老爺的性命，今生今世再不敢忘你老人家的好處。」徐良一聽，微微一笑，說：「朋友，你自管放心，我正要找那兇僧算賬。我受山下那老者重託，許下救他女兒。你既為你家老爺，隨我前來，或者結果性命，或者拿住，那時再找老爺的下落。」那人一聞此言，歡歡喜喜，就跟徐良來至山門。徐良一看，是准提寺。天氣雖晚，徐良眼光足，故此看得出來。只見山門半掩，那人說：「我在前面帶路。」進山門往西拐，在徐良腦後，飛來一根悶棍，就打在頭顱之上。

要問徐良生死如何，且聽下回分解。

第四十一回　准提寺前逢二老　養靜堂內論英雄

且說徐良被那人帶著進了山門，早就看出他的破綻來了，頭一件，不像當軍的打扮；二者看見他是兩個人，因何一個人過來說話；三者他求人救他們老爺，他卻頭前引路。山西雁將一進山門，早就看見牆垛子後頭隱著一個人，雙手擎著一根木棍，兜著徐良腦後打來。徐良單臂把前頭那人揪住往回裡一轉，自己往旁邊一閃，叭叉一棍，正打在那人的腦後，萬朵桃花迸現，死屍栽倒在地。自己一抬腿，就把那個打棍子的踢倒。那人將要喊嚷，早被徐良把脖子捏住，往起一提，把他攜在廟外。拐過牆角，解他的腰帶，把他四馬倒攢蹄捆將起來，把刀亮出來威嚇，那人連連求饒。徐良問說：「此山叫什麼山？廟叫什麼廟？」那人說：「我要說了實話，你老人家可饒了我的性命。實是不相瞞，我家有八十歲的老娘，無人侍奉，要吃要穿，我又沒本錢做買賣，故此我才在廟內雇工。和尚叫我辦什麼事情，我就得與他辦去，這是實出無奈，只可求你老人家高抬貴手。我若一死，我的老娘也得活活餓死。」說畢放聲大哭。

山西雁本是孝子，惟獨有人一提家內有七八十歲的老親，他就心中不忍。皆因聞此人之言，隨說道：「你還是個孝子哪。只要你說了真情實話，我就饒你不死。」那人說：「我絕不敢撒謊。這個山叫金鳳嶺，這個廟叫准提寺。裡面有兩個和尚，一個叫金箍頭陀鄧飛熊，一個叫粉面儒僧法都。手下有二十多個徒弟，見天教他們習學槍棍。」徐良問：「方才劫的這個囚車是什麼人？」那人說：「這個囚車原由是：石門縣九天廟有個僧人叫自然和尚，內中又有個朱二禿子、吳月娘兒通姦之事。本地知縣叫鄧九如，沒問出他們的親供，將這案解往開封府，由此經過。我們法師父徒弟有一個叫飛腿李賓，他得著此信，給廟中送信。囚車將到，我們二位師父就下山去了，將囚車打碎，救了自然和尚、朱二禿子、吳月娘，拿了一個千總，一個守備，一個馬快頭兒，殺了一個馬快。」徐良又問：「拿住這些人，此時活著呢沒有？」回說：「俱都沒殺，幽囚後院。」徐良又問：「搶來那個姑娘如今怎樣？」回答：「圈在西跨院，有幾個婦女在那裡勸解於他，這姑娘執意不從。」徐良又問：「白菊花往這裡來了沒有？」回答：「不認得白菊花是誰，今天倒來了一伙人，內中沒聽見說有個白菊花。」徐良問：「這伙人都是誰？」回說：「有個柳旺、火判官周龍、小韓信張大連、房書安、黃榮江、黃榮海，後又單來了一個人，叫三尺短命丁皮虎，與我們師父前來送信：南陽府團城子有個伏地君王東方亮，定準於五月十五日在白沙灘立擂臺，請我們前去助擂。」徐良一聞此言，果然廟中人不在少處，回手要結果那人性命，那人說：「方才你老人家已然饒恕我了。我要一死，連我老娘就是兩條性命。」徐良說：「也罷，不管你說的話是真是假，我將你捆在此處。你若真是孝子，必然有人前來救你，若指你老娘撒謊，必然有人前來殺你。」說畢，撕下他的衣襟，就把他口堵塞，前邊有一棵大樹，正有個雙杈，就把那人托將起來，放於樹杈之上。說：「待等事畢之時，我再來放你。」說畢轉身進了廟門，把那死屍提將出來，扔在山澗，復又進來，直奔裡面。

過了兩層大殿，又看見單有個西院。躥上東房後坡，躍脊又到前坡，只見五間上房，屋內燈光閃爍，人影搖搖。只見裡面高高矮矮，一個個猙獰怪狀，上垂首是火判官周龍。單有金箍頭陀鄧飛熊，就是他好認，披散著髮髻，箍著日月金箍，面似噴血，兇眉怪眼，獅子鼻，闊口重腮，大耳重輪；赤著背膊，穿一條青縐絹的中衣，高腰襪子，鬨口僧鞋；胸膛厚，背膀寬，腹大腰圓，臉生橫肉，實在兇惡之極，猛若瘟神，兇似太歲。鄧飛熊就從清境林逃跑，又到了准提寺。這廟中有一位淨修老和尚，鄧飛熊假裝在廟內掛單，就在當日夜內，把老和尚殺死，連火工道人盡都喪了性命，他就為了廟主。法都由九天廟叫人追跑，也奔准提寺而來。這二人就在廟中相會，彼此全都說了自己來歷。法都打發自己徒弟飛腿李賓，打聽自然和尚的官司。本要約會鄧飛熊前去劫牢反獄，不料李賓回來說，差使解往開封府，由廟前所過。他們下山就把差使劫上山來，拿了千總姓郭，叫郭長清，守備王秀，馬快江樊，被殺的班頭叫秦保，追散護送的兵丁。來到山上，叫自然和尚從新更換衣襟，朱二禿子也換了衣裳。吳月娘兒有他本廟中婦女伏侍，他豔抹濃妝，穿戴起來，好伺候與師父們斟酒，一半又勸解翠姐從和尚之事。翠姐總想要行拙志，反被那些婦女捆住了雙手。

法都、鄧飛熊本要把郭長清、王秀、江樊帶上來審問，可巧有火判官周龍到，吩咐李賓暫且把他們押在後，迎接大眾進來，彼此相見。他們還帶著從人馬匹，俱拴在前院，落座獻茶。緊跟著三尺短命丁皮虎到，大家見禮，隨即就把東方亮的請帖掏出來，與法都、鄧飛熊看了，然後擺酒。皮虎一問周龍：「你們幾位這是要上南陽府麼？」周龍點頭說：「正是。」皮虎說：「你們的請帖赫連齊、赫連方與你們送去的，是與不是？」周龍說：「我們沒見著請帖。」皮虎問：「怎麼沒見請帖？」周龍就將白菊花的事情學說了一遍。鄧飛熊說：「怎麼還有這們一件事情哪！」張大連說：「連柳大哥帶周四哥，全都吃了晏寨主的掛誤。晏賢弟上鵝峰堡去，大概一二日準來。」

鄧飛熊問說：「如今雖有東方大哥請帖到來，卻連一面之交沒有，久聞東方大哥實係是好交友之人。」細脖大頭鬼王房書安說：「那老哥三準準的是講交朋友，普天蓋下並無第二。」小韓信張大連說：「全是你知道。」房書安說：「果然我知道，比你年長幾歲。」夙日他二人本就不對，房書安好說大話，小韓信愛攔他，故此二人不對。張大連聽他說大幾歲，就問：「你知道的事多，東方大哥他的先人叫什麼名字？」房書安說：「叫你問不住。外號人稱九頭鳥，名字東方保赤。」張大連說：「不錯。你知道先前做甚買賣？」房書安說：「先前亦做綠林，可與綠林不同，一二年不定出去做一號買賣不做，若要做這一趟買賣，就奔京都公伯王侯、皇上大內、大府財主，做這一次買賣，就是飽載而歸，真有奇珍異寶，價值連城的東西，還有多少陳設。做這一次回來，三五年不用出門，足以夠度用的。再者，那品行不像咱們，在家內結交官府，誰不知他是綠林英雄，可稱得出入接官長，往來無白丁。」張大連問：「你知道得了這些寶物都散在什麼所在？」房書安晃蕩著他那精細脖子，哈哈大笑，說：「你更問著了我了。所有值錢寶物，他家內有一個樓，叫藏珍樓，俱都放在裡面。」張大連問：「這第一寶物是什麼東西？」房書安說：「就是那口魚腸劍❶，由戰國時節專諸刺王僚，直到如今，叫他們上輩由土中得出。這座樓就為魚腸劍所蓋。」鄧飛熊說：「怪不得房爺說的話大，真知道事多。」房書安聽人一誇讚，話更說大了：「告訴張賢弟你說，別瞧我年歲小，普天下的英雄我認識多一半。」張大連說：「你這話越發大了，

❶ 魚腸劍：也稱魚藏劍。相傳是歐冶子得天地之精華，製成五口寶劍，即湛盧、純鈞、勝邪、魚腸、巨闕。因為劍身的花紋猶如魚腸，曲折婉轉，凹凸不平，因而得名。另一種說法認為魚腸劍得名，就因為它小巧能夠藏於魚腹之中。專諸刺殺吳王僚，即將匕首置於魚腹之中。

綠林你認得一半，大概俠義也可認得。」房書安說：「三俠五義，南俠做官，北俠是遼東人。那時我在遼東地面，北俠小哪，有人帶他到咱們店內要給我磕頭，拜我為師。我瞧那孩子沒有什麼大起色，因此沒收。」張大連一聽這話，更沒有考究了，索性往上捧他高高的，然後再撒手。「北俠既然這個光景，五鼠五義更差多了？」房書安說：「不敢說更差多了，那幾個耗子，微末小鼠，不敢與咱們論哥們就是了。」張大連哈哈大笑說：「有個穿山鼠徐慶，他的兒子如今可大大有名。」房書安連連擺手，晃著腦袋說：「不行，不行，差的多。徐慶是我把姪，他的兒子豈不是孫子麼？」

此句話不要緊，徐良正在房上聽著，實在忍不住了，躥下房來，高聲罵道：「你就叫細脖子大頭鬼王？趁早滾出來罷！重孫子，孫末子，我是你爺爺，老西是你祖宗！快出來，老西不把你剁成肉醬，你也不知老西的利害！」群賊聞聽是山西口音，就知是徐良到了，一個個面面相覷。張大連說：「你說此大話，你出去見他罷。」房書安一聽是徐良的聲音，就往桌子底下一鑽，說：「你們告訴他我沒在這裡。」張大連說：「你招的禍，你出去見去。」回答：「我不能，出去就得死。」徐良在外邊叫罵，金箍頭陀鄧飛熊一看俱都不敢出去，大叫一聲：「什麼人敢在我廟中撒野？」鄧飛熊正要摘他的護手鉤，只見三尺短命丁皮虎說：「割雞何用牛刀，待我前去會會此人。」抖身往外一躥。

徐良正叫房書安，忽然裡面一矬子❷出來，類若猴形，由腰間拔出一口短刀，就在一尺多長，背鈍刃厚，對著山西雁大叫一聲，說：「你是什麼人？夜晚入廟，快快說來！」徐良一笑：「你問老爺，姓徐名良，外號人稱多臂熊。你叫什麼名字？」皮虎說：「要問寨主爺姓皮，叫皮虎，外號人稱三尺短命

❷ 矬子：矮子。

丁便是。知你寨主爺的利害，讓你快快逃生去罷！」徐良說：「你怎麼叫皮虎哪？這個名字不好，改了罷，依我說，你正叫皮孫子。」皮虎一聽此言，氣衝兩肋，說：「好山西雁，看刀！」徐良把大環刀一亮，將要找他這口小刀。別看他身量小，躥蹦利落，這一躥有一丈多高，就見皮虎往後一躺，噗咚就摔在地下。徐良以為他是真躺下呢，用大環刀一剁，如何剁得著皮虎呢？他本是一趟滾堂刀，前番見邢家弟兄時節，就是這一趟滾堂刀，把他們殺了一個手忙腳亂。如今又是這趟刀，滿地亂滾，看他這刀淨在下三路。徐良一著急，想出一個招數來了，將大環刀刀尖衝地，刀刃衝外，淨隨著皮虎亂轉，他的刀要是剁在大環刀上，那是準折。皮虎一看破了他的滾堂刀，不敢久戰，撒腿就跑。徐良並不追趕，一低頭，暗器正打在皮虎腿上。

要知皮虎生死，再聽下回分解。

第四十二回　鏢打腹中幾乎廢命　刀傷鼻孔忍痛逃生

且說徐良初會皮虎，就破了他的滾堂刀。皮虎就知道不能取勝，投奔正西逃竄性命，將往牆上一縱，就叫徐良一花裝弩打在腿上，自己咬著牙往西一滾，就掉在西院去了。徐良也並不追趕，仍然回來叫房書安答話。房書安在桌子底下，至死也不出來。火判官周龍與張大連兩人一商議，二人與他雙戰。一高一矮，一左一右，叫他首尾不能相顧。主意定好，二人一齊縱身躥將出來，說：「好徐良，你欺我們太甚了！」周龍用刀剁徐良面門，張大連繞在後面用刀就扎。山西雁早已看見，往旁邊一閃，用了一個鳳凰單展翅的架勢，先把張大連這口刀削折，嗆啷一聲，刀頭墜地。火判官就知勢頭不好，只不敢與徐良交手，也是轉身就跑。徐良也不追趕，仍是要房書安出來。此時鄧飛熊又要出去，卻被法都、柳旺攔住，二人說：「別叫這廝猖狂造次，待我二人結果他的性命。」鄧飛熊囑咐：「二位小心了。」法都提了一根齊眉棍，柳旺也是一口單刀，二人一齊從屋內縱身出來，出來的急速，跑的更快。法都的棍對著徐良頂門就打，徐良用大環刀往上一迎，就聽見蹭噹，就把齊眉棍削為兩段，那半截墜落於地。柳旺的刀也到了，徐良用大環刀照定刀背往下就砍，虧柳旺抽得快當，不然也就削為兩段，轉身就跑。徐良也不追趕，一伸手就是一支袖箭，叭一聲正釘在柳旺肩頭之上，自己忍著痛，逃竄性命。

徐良還是要房書安出來。鄧飛熊真是不能不出來了，回手由壁上取那一對護手鉤，摘將下來，大叫一聲：「山西人別走，師父出來會你！」徐良一瞧，正是那頭陀和尚出來，又見他這個大肚子，心中一動，少時掏出鏢來衝著他那肚臍兒給他一鏢，倒是很好的一個鏢囊。見他提著一對護手鉤，說：「多臂熊，我與你往日無冤，素日無仇，找尋在我這裡，所為何故？」徐良說：「你自要把房書安獻出，與你無干。」鄧飛熊一笑，說：「你叫我獻出房書安不難，只要你勝得洒家這對護手鉤，我就把房書安獻出。」徐良說：「很好，那們咱就鬧著頑罷。」徐良擺刀就剁，鄧飛熊用單鉤往上一迎，鉤住刀背又往外一帶，那一支鉤朝上就遞。徐良見他用鉤掛住自己刀背，就用刀刃子往上一翻，只聽蹭的一聲，就把他左手那柄鉤鉤尖削落，把鄧飛熊嚇了個膽落魂飛。再看右手那柄鉤，類若寶劍相似，下面卻又有一個蛾眉支子，直不像兵器了，只得把右手那柄鉤往上一遞，徐良仍用大環刀單找他那個鉤兒，嗆啷一聲，也就削掉。此時鄧飛熊也就沒了主意，只可用像雙劍的鉤往外一扎，徐良用刀一裹，又是嗆的一聲，削去半截。鄧飛熊就拿著兩個蛾眉支子，就不敢再動手了，也是撒腿就跑。徐良後邊跟下來說：「你著寶貝！」鄧飛熊扭項回頭一看，徐良一撒手衝他面門，鄧飛熊將一躲閃，不想什麼暗器也沒有，只氣得他咬牙切齒，復又直跑。連連三次，鄧飛熊也就大意了。不料這回仍是說招寶貝，鄧飛熊大轉身一看，徐良將手往上一晃，這支鏢衝著肚腹打去，噗哧一聲，正打在肚臍之內，他就噗咚摔倒在地。徐良轉身回來，又對屋門連連大罵，叫：「房書安出來，如若不然，老西進去，殺你們乾乾淨淨。」黃榮江、黃榮海二人說：「哥哥，你快出去罷，不然連我們都有性命之憂。」房書安那裡敢出來，連連求告黃榮江、黃榮海說：「我要出去，準叫他剁成肉泥爛醬。你們二位好兄弟，替我堵擋一陣去罷。」黃榮江、黃榮海二人彼此使了個眼色，說：「真不出去，我們可要出去了。」他說：「很好，你們出去替我擋一陣。」

原來這兩個人卻是把桌子往起一抬，將桌子一翻，自然就把房書安露出來了。這兩個人不敢出屋門，把後窗戶一踹，他二人由窗戶逃竄性命。

房書安也要從後窗戶逃跑，徐良看見屋內無人，早一個箭步躥到屋中來了。房書安一看逃走不了，見徐良已到身旁，冷嗖嗖那口大環刀往下就剁。房書安就在面前一跪，說：「老人家，爺爺，祖爺爺，祖宗，祖太爺爺，拿你這老人家，與小孫孫一般見識？」徐良本是氣的渾身亂抖，見了房書安就要把他剁成肉泥爛醬。不想進來叫他苦苦哀告，手雖舉著刀，不忍往下剁。又對著房書安苦苦直叫：「爺爺，祖宗，只當我是看家之犬，避鼠之貓，偷嘴吃來著，冒犯你老人家，也要生點惻隱之心，不肯打他，何況我是你兒女一般。再說你是寬宏大量之人，再說我父親去世甚早，你就算我爹爹。」山西雁直氣的亂跺腳說：「我不殺你罷，你是背地裡罵人，實係可恨。我要殺你，你又跪在這裡輸嘴，老西最見不的這苦磨之人。」房書安說：「我小子如何敢背地罵人？我是熱病將好，鬧汗哪！」徐良說：「我不殺你，不消我心頭之氣，任你怎樣說的多好，我也是宰你！」他復又磕頭說：「真是你老人家不疼你的兒子了？」徐良說：「我不管你是兒子是孫子。」一狠心，把刀往下落，就聽崩的一聲，本是對著他的面門，往下又一砍，險些把房書安的前臉砍下來。多虧他的脖子長，一別脖子，哧的一聲，就把鼻子削將下來，鮮血淋淋。房書安回頭就跑，也奔後窗戶，忍著痛疼躥出窗外，逃命去了。

山西雁也不追趕。屋內雖然無人，忽見門外來了約有二三十號人，全都拿著家伙，打著燈籠，往裡一闖。徐良說：「你們全是和尚的餘黨。我乃御前四品護衛，正是前來辦案拿賊，一名也未能拿住。你們這些人來得甚好，我就把你們拿住，交在當官，我先當上差使。」這句話把大眾嚇的驚魂失色，又見鄧飛熊死屍，誰敢還過來與徐良動手，大眾一齊出門逃命去了。徐良也不追趕。原來這些人不是淨廟中僧人的餘黨，有周龍帶來的家人。先有飛腿李賓偷著悄悄的出去給大眾送信，還想著以多為勝，焉知曉叫徐良兩句話全都嚇跑。就是門外那兩個誆徐良進來的那二人，也是他的主意，倒沒想著是徐良前來，怕的是有逃走的官兵與地面官送信，故此派兩個人門首看定。此時連李賓也逃命去了。

再說徐良屋內一看，有一塊橫匾，寫的是「養靜堂」三個字，自己暗道：這樣的和尚還懂得養靜？又看裡外並無一人，就想要救翠姐，又要找郭長清、王秀、江樊的下落。自可出了屋子，先把鄧飛熊的死屍提將起來，往後院便走。到了後院，扔在一個僻靜所在。見西北有四扇屏風，單有跨院，看裡面燈光閃爍。徐良進了屏風門，直奔上房，裡面有許多婦女，亂藏亂躲。徐良一聲喊叫，說：「你們大眾不用藏躲，我也知道你們都是好人家的兒女，只要把吳月娘與翠姐獻出來，我就饒你們的性命。如今和尚已然被我殺死，你們大眾分散他的東西，有親奔親，有故奔故。」眾人一聽，全都跪倒，一口同音說：「這就是翠姐。吳月娘與朱二禿子他們在裡間屋內喝酒哪。」徐良見翠姐髮髻蓬鬆，捆著雙手，就問因為何故將他捆上，婦女們說：「他要行拙志。」徐良過來，說：「姑娘，你的父母俱在廟外，我今殺了兇僧，我這就找你父母去。你們三口等著天亮，你們好投親去罷。和尚已死，千萬不可再行拙志。」翠姐跪下與徐良叩頭，以恩公相稱。婦女們過來與他解綁。山西雁到裡間屋中，果然朱二禿子與吳月娘俱在屋中。皆因月娘穿好了衣服，要往前邊與兇僧斟酒，只為大眾一來，不能過去，他與二禿子在這裡先喝起來了。忽聽外間屋中有人說話，一聽不好，二禿子正要開窗戶逃跑，不料徐良進來就把二人踢倒捆將起來，撕衣襟把他們口中塞物，就叫那些個婦女們看著這兩個：「若要走脫一人，拿你們治罪。你們大眾也拾掇東西，天亮方許出廟。那一個不聽我的言語，立刻就殺。」眾人齊聲答應。

徐良復又出來，往西一拐，單有三間屋子，門上掛著一個燈籠，有兩個人在板凳上坐著，在那裡說話，說：「咱們只是看死鬼呢，要不是那伙子騎馬的人到，這三個人早作了無頭之鬼。」徐良一聞此言，就知道是江樊他們三個，往前一跑，亮出刀來要殺這兩個。這二人一見事頭不好，連話也不敢說，開腿就跑。山西雁並不追趕，進到屋中，全是四馬倒攢蹄，三人俱在那裡趴著，給他們解開繩子，把他們塞口之物俱都掏將出來。還醒了半天，江樊說：「是那位恩公前來救我的性命？」山西雁說：「正是小弟徐良。」江樊說：「徐老爺呀！想不到你老人家到此，活命之恩，如同再造。」徐良說：「自己弟兄，怎麼鬧起這套言語來了。」江樊把郭、王二位叫來，與徐良見禮，復又磕頭道勞，謝活命之恩。徐良連忙攙住，就告訴江樊，把吳月娘、朱二禿子一併拿住，又提翠姐之事。江樊問：「那自然和尚可曾拿住沒有？」徐良說：「就是未能把他拿住，也不知他的去向。」江樊說：「這個人還是要緊的。」山西雁說：「我認的那個自然和尚與粉面儒僧法都，咱們不是在九天廟見過，那個法都方才可追跑了。」正說話間，徐良眼快，就見由北牆縱下一人，順著東牆往南直跑。山西雁也往南跑，那人將一上牆，徐良就是一袖箭，正中腿上，噗咚摔倒在地。徐良過來就捆，一看正是自然和尚。高叫：「江大哥，圓了案啦。」皆因自然和尚在監中幽囚，不成人樣，見群賊一來，自己不願與他們在一處談話，又覺著羞愧，自己在後邊閒房之內先養養精神去。有人與他送信說大事全壞，自己打算逃命，不料復又被捉。徐良叫：「江大哥，把他搭到前邊來。」郭長清與王秀搭起來往前院所走。

將到前院，徐良就見房上有一個人影一晃。山西雁回頭一擺手，自己一蹲身，就聽見房上叫：「鄧大哥，鄧大哥，這們早全睡了嗎？」徐良說：「沒睡。白菊花，才來麼？咱們兩個人死約會，不見不散，老西久候多時了。」隨說話，叭叉就是一鏢。

要問晏飛的生死如何，且聽下回分解。

第四十三回　水面放走貪花客　樹林搭救老婦人

且說白菊花同著飛毛腿高解、病判官周瑞三人，一路行走，撲奔南陽府。可巧正走在金鳳嶺，與二賊商量：「天氣已晚，咱們到山上瞧瞧鄧大哥去，並且還怕周四哥也在這裡哪！」周瑞問：「是我四哥麼？」白菊花說：「正是。皆因我們由周家巷起身，還有柳旺哥哥、張大連、房書安，一同上南陽。定在半路分手，我上了一趟鵝峰堡，涉了一個大險。他們說在前邊等我，也許在此處廟中等著我一路前往，也是有的。」飛毛腿說：「上准提寺呀？」白菊花說：「正是。」高解說：「我不去。」周瑞問：「你怎麼不去？」高解說：「我與鄧飛熊有仇，我們見面打起來，反得你們相勸。」白菊花說：「你們有什麼仇恨？」高解說：「皆因我得了大環刀的時節，我立了一回寶刀會，聘請天下水旱的英雄。他見帖不去，我絕不惱，他絕不該當著我的朋友，辱言與我。到如今我們二人未能見面，早晚見面之時，我們二人得講論講論。」白菊花說：「就為此事？這是一件小事。大哥，咱們一同進去，見了鄧飛熊時節，連我帶五哥與你們解說解說，叫他給你賠個不是就算完結了。」高解說：「不行。我若上山，豈不是給他賠不是來了麼？」周瑞說：「你若不肯上去，晏賢弟你辛苦一趟，把鄧大哥陪下來，你們二位在這裡見見，難道說這還不行麼？」白菊花說：「就是如此。」又說：「可有一件，我要一人上山，撞著白眉毛，那時候可怎麼樣？」高解、周瑞齊說：「我們在這裡等你，我們若遇見往上跑，你要遇見往下跑。」白菊花這才上山，不料真應了他們的打算。

可巧沒走山門，又對著徐良提著鄧飛熊屍首扔在後院，白菊花躥牆過來，並沒看出一點形跡，連叫了兩聲鄧大哥，又沒人答應，以為是大家全都睡了。忽聽哼了一聲，又是「死約會，不見不散」，就見颼的一聲，一點寒星直奔哽嗓而來。晏飛是吃過徐良的苦子的，一聽是山西口音，就把那一團神看住了徐良。忽見他一抬手，就知他使暗器，果然見他一發暗器，自己一回臉，噹啷啷一聲響亮，那只鏢墜落在房上。又縱身躥下房來，意欲要跑，早叫徐良迎面颼就是一刀。白菊花無奈，只可亮劍，急忙招架，隨動著手。徐良說：「今天看你烏八的往那裡跑。依著我說，早早過來受拴便了。」晏飛並不言語，與徐良決一死戰。戰夠多時，不分勝敗。白菊花淨惦記著要跑，忽然賣了一個破綻，仍是躥出圈外，一直撲奔廟外去了，徐良尾於背後跟將下來。出得廟外，直奔山口，白菊花直奔樹林找那兩個朋友，到樹林高聲嚷叫：「二位兄長，快些前來，小弟仇人到了！」喊了半天，並不見有人答應。徐良緊緊跟隨，那裡肯放。白菊花一瞧，這兩個朋友不在樹林，大失所望，只得把他嘴一捏，噓噓一聲唿哨，也並不見兩個朋友，把晏飛只恨的暗暗咒罵。直跑到天有五鼓，方才見著前邊一道小河擋路，暗暗心中歡喜，明知徐良不會水。徐良在後面也就瞧見了這段小河，就知道今日晚間拿他不住，就不願往前追趕。果然白菊花行到此間，哧的一聲扎入水中去了。徐良說：「便宜你這烏八的，放你逃生去罷，誰叫老西不會水。早晚之間，非學些水性不可！」氣哼哼的往回來所走，又到廟中。

此時江樊三個人等的著急，總不見他回來，也是替他擔心。徐良見著江樊，把追白菊花的事故對他們學說一遍。江樊說：「可惜，可惜，總是他們不該栽官司之過。」徐良先下山到葦塘，找著那老夫妻二人，把他們帶上山來，見了翠姐，連他們的驢帶包袱俱都找著。一家三口全給徐良叩頭，等著天光大亮，俱都起身去了。又有那些婦女，也都背著包袱，與大眾磕頭，逃命去了。復又叫江樊下去找本地面官，與此處的地方，預備木籠囚車，裝上三股差使，知會本地面武營官兵護送。將死屍俱都拋棄在山澗。把樹上那個人也放他逃生去了。廟內還有許多婦女的東西，俱都入官。廟中從新另招住持僧人。所有死去兵丁棺木成殮，准其本家領屍葬埋，本地方官另有賞賜。江樊的伙計也是用棺木成殮，由本處送往石門縣，鄧太爺另有賞賜。徐良把此事辦完，方才起身，撲奔南陽府，暫且不提。

單提周龍那些賊，陸續全都跑下山來，一直往西北。皮虎嗔嗔的亂打唿哨，慢慢大家全都湊在一處，就是不見房書安、鄧飛熊、自然和尚。忽見前邊黃榮江、黃榮海、李賓，還有三四個伙計，喘吁吁走到跟前，說：「眾位寨主，鄧師父死了，房爺不定死活，叫老西拿住了。」大眾讚歎一回。周龍說：「咱們也就走罷，少時他要下來，咱們也是不便。」說畢，大家又跑。張大連說：「站住，站住，把哥們你們都唬暈了罷！」周龍說：「怎麼？」張大連說：「上南陽府怎麼往北走來起了？」皮虎說：「對呀。」復又往南。周龍說：「大家可留點神，瞧著點那小子。」正說之間，皮虎說：「你們瞧，前邊那裡趴著個人哪，別是他罷！」眾人俱都不敢往前再走，又聽哼了一聲，險些就把大眾嚇跑。細一聽，原來不是，卻是房書安在那裡趴著。皆因自己眼前一發黑，腿一發酸，噗哧一聲栽倒在地，人事不醒，約有二刻光景，被冷風一嗖，悠悠氣轉。皆因他沒有鼻子了，才哼一聲，就把大家嚇了一跳，身臨切近一看，卻是房書安。他一瞧大眾，不覺忽囊忽囊的哭起來了，說：「張大哥，你害苦了我了。」眾人聽著又是要樂，又替他怪慘的。樂的是人要沒有鼻子，說話實在難聽，慘的替他難受。張大連說：「我怎麼把你害苦了？」房書安說：「要不是你捧著我說三俠五義，我焉能落得這樣光景？」張大連說：「你說的是他比你晚著兩輩。」房書安說：「不對喲，我比他晚著三輩哪！幸虧這位祖宗手下留情，不然把我這一個前臉砍下來，淨剩下一個腦杓子，還活個什麼意思？那可真就是沒臉見人了。」張大連說：「咱們閒話少說，急速走快才好。」房書安說：「我可實在的走不動了，寸步難行，那位行好背我幾步？」眾人一口同音說：「誰能背你？」房書安又說：「別人不行，黃家兄弟還不行麼？你們弟兄兩個是我帶出來的，難道說哥哥就沒一點好處不成？你們自己也拍著良心想想，若有點好處，你們就背我兩步。」二人將才要背，叫張大連使了個眼色，說：「可了不得了，那個削鼻子的又來了！」說畢就跑。大家一齊開腿，把個房書安嚇得也是爬起來就跑，直跑了約有一里多地，方敢站住。房書安噗咚一聲坐在地下，說：「哎喲，可累死我了。」又問：「他多咱來了？」張大連說：「我瞧著像他，原來不是。」房書安說：「韓信哪，你小心著蕭何罷！你有多們損。」張大連哈哈一笑，說：「起來走罷。」房書安還叫黃家弟兄背他，張大連說：「你不會走就會跑哇，我又說他來啦。」黃家弟兄無奈，只可攙著房書安緩緩而行，大眾奔南陽不提。

再說白菊花由水內上來，又是抖晾衣襟，方才見著高解、周瑞，氣哼哼的問道說：「你們二人太不義氣了，我叫徐良追趕下來，你們不知往那裡藏躲去了。」二人齊說：「我們見著老西追趕，我二人若不是有一山洞救命，我們也就性命休矣。」白菊花問道：「你們怎麼也叫徐良追趕下來？」二人回問：「你是怎麼叫他追趕下來？」白菊花就把廟中之事細說了一遍，這二人又是一番納悶。原來這二人不是遇見徐良，是房書安往下跑的時節，由鼻子內一哼哼，他們疑是徐良來了，這才知道陰錯陽差。先前晏飛疑乎是他撒謊，後來一起暫，白菊花才信以為實，仍然三個人商量一路前往。白菊花執意不願上南陽府去了，他說：「老西既然到這裡，必然也是要上南陽府去的。咱們要奔南陽，他也上南陽，這一走豈不是碰在一處？要撞著時節，就悔之晚矣。」那二人說：「焉有那們巧的事哪，越怕越不好。拿著你這們一個人要是怕他，似乎我們二人該當怎樣？」白菊花被這兩個人一說，並且他還有一點心事，自可一路前往，三個人同走不提。

再說徐良奔南陽府，不走大路，淨抄小道而行。為的是那些個叫他追跑的賊人，上南陽必然不敢從大路而行，他們若走小路，豈不又撞在一處？想的雖好，卻沒遇見。自己走著路，忽然想起一件事來。在淮提寺房上趴著時節，聽房書安說，東方亮家內有個藏珍樓，樓裡面有一口魚陽劍，大概萬歲爺的冠袍帶履也許在樓內收藏。我若到南陽府，一者為請冠袍帶履，二則若能把魚陽劍得在我手，那時可算我的萬幸。聽說這口劍當初刺王僚的時節，穿透了唐猊鎧，這口劍也是切金斷玉，削銅砍鐵，比我這口刀還強呢！我再得著此劍，又有大環刀，也不是自負，走遍天下，某家可算第一的英雄了。自顧思想這口魚陽劍，往前正走，忽聞有悲哀慘切之聲。望樹林一看，有一個年老婆子，在這裡拴上了繩子，正要自縊。將要往上一套脖頸，徐良嚷叫：「老太太，別在我們這裡上吊，這是我所管的地方。」見那年老的婦人，聽了此話，眼含痛淚，說：「我尋死都有人不准？我往那邊去上吊，大概就不與你相干了罷？」徐良到跟前說：「不行，我周圍管三百多里地哪！你若上吊，除非過三百里地之外方可。我看你偌大年紀，因為何故一定要行拙志，是什麼緣故？」那老婦人說：「爺臺你不知道，我生不如死。」徐良問：「你有什麼難心之事，對我說明，倘若我能與你分憂解惱，也是有的。如若不能，那時節你再死我也就不管了。」那個老婦人說：「爺臺，我不是小看與你，我就是說出來，你也不能管，人命關天之事。」徐良說：「我偏要領教領教。」那老太太把那一五一十的事情細述了一遍。徐良一聞此言，呆柯柯發怔。

要問那老太太說些什麼言語，且聽下回分解。

第四十四回　金毛犼愛財施巧計　山西雁貪功墜牢籠

且說徐良問那婆子因何自縊，那婦人說：「我娘家姓石，婆家姓尹，我那老頭子早已故去，所生一子，名叫尹有成，在光州府知府衙門伺候大人。老爺很喜愛我那孩兒，前日派他上京與老爺辦事。皆因夫人有一頂珍珠鳳冠，有些損壞之處，自來咱們本地沒有能人，派他上京收拾，給了他一匹馬，賞了他幾十兩銀子盤費。皆因出衙天氣就不早了，又因我這兒沒出息，喝了會子酒，天氣更晚，他拿著老爺要緊的東西，天晚固然就不敢走了，回到家中，次日晨早起身。不料就在夜晚之間，連馬匹帶這頂珍珠鳳冠，盡被賊人偷去，就是老爺賞的盤費沒丟。我兒急的要死，我們街坊有一位老人家問他，昨日出衙門時節喝酒，還是自己一人，還是同著朋友。我兒一生就是好交朋友，進酒鋪時節，是一個人，後來有一個朋友，把他那酒搬在一處，二人同飲，還是那人會的酒鈔。」徐良問說：「那個朋友姓什麼？素常是好人歹人？可曾對他提這鳳冠的事情沒有？」婆子說：「你老人家實在高明，我們街坊也是這樣問他。這個人是在馬武舉家裡使喚的，名叫馬進才，也曾對著他提講上京給老爺辦的事情。我們街坊就叫我兒找找他去，我兒一找他，別的倒沒問著，看見他老爺給他的那匹馬由馬武舉家內出來，另換了一付鞍韂，又有人騎著走了。我兒一追問他這些事情，他反倒打了我兒子一個嘴巴。我兒揪扭他上知府衙門去，怎奈人家的人多，反倒把我兒子打了。我兒一賭氣上衙門去，親身見老爺回話，老爺不但不與我兒子作主，反到把我兒子下到監中去了。」徐良說：「既然有這匹馬的見證，怎麼老爺會不與你兒子作主？」老婆子說：「他們都是官官相護。這個馬武舉又有銀錢又有勢力。」徐良問：「這個馬武舉他在那裡住家？」那人說：「就在這南邊，地名叫馬家林。先前他在東頭住，皆因他行事不周，重利盤剝，強買強賣，大斗小秤，欺壓良善。可巧前幾年有二位作官的告職還鄉，他在那裡住不了啦，搬在西頭住了。東頭如今改為二友莊，西頭仍是馬家林。」徐良問：「這個人叫什麼名字？」婦人說：「他叫馬化龍，外號人稱金毛犼。」

徐良一聽就知道八九準是一個賊。按說自己還有要緊的事，那有工夫管旁人之事。天然生就俠肝義膽，見人之得如己之得，見人之失如己之失，如遇不平之事，就要伸手，說：「老太太，你只管請回家去，我自有主意，管保你的兒明天就能出來，一點餘罪沒有。你可別行拙志呀！」老婆子道：「你說這話我也明白，你攔著我不叫我死，自可先叫我回去，給我一句寬心話聽。這還是素不相識，路遇之人。我娘家的人，也沒錢財也沒勢力，盡自不管。」徐良問：「你娘家還有什麼人，為什麼不管？」那婦人說：「提起我娘家來大大有名，並且沒出五服❶有我一個叔叔，當初作過遼東游府❷，皆因龐太師專權，告職還鄉。到今兒女成行，在家中納福。皆因我母子家業凋零，素不甚來往。今日早晨我去找他，我說我就是這一條根，倘若老爺刑下逼命，問成死罪，叫我依靠何人。我叔叔說的更好聽了：『這個事情非同小可，不見確實，焉能說人偷盜？你暫且回家，等著我慢慢尋問，尋問明白，我自有道理。』爺臺請

❶ 五服：指高祖父、曾祖父、祖父、父親、自身五代。
❷ 游府：指遊擊。武職官名。

想，我們還是當族，只不如你老人家這幾句言語。皆因我一想我叔叔這套話，他要不管，我兒是準死。我兒已死，我還活個什麼意思，故此我才上這裡上吊。」徐良說：「那是上年歲的人說話慎重，不像我們一衝子性。你老人家暫且回家去罷，全有我哪。」婦人說：「爺臺此話是真是假？有什麼方法救我兒的性命？如果真能搭救我兒，慢說是我，就是我去世夫主，在九泉之下也感恩不盡。」隨說著話，眼淚汪汪的就與徐良下了一跪。山西雁最是個心軟的人，看老太太這個光景，他也要哭，趕著深打一躬，說：「也罷，老太太，我送你回家去罷！」伸手把那根繩子抖將下來，用自己刀砍得爛碎，拋棄於地，同著石氏回家。那婦人讓他到家中獻茶，徐良執意不肯，臨走時節，緊緊的囑咐，就怕他行了拙志。

等著婦人進門之後，自己才奔馬家林而來。見著人打聽明白馬化龍的門首，繞著他周圍的牆探了探道，預備晚間從那裡進去。此時天氣甚早，又到二友莊看了一看，原來是一個莊村，起了二個地名，都是前中後三趟大街。自有一個小小的茶鋪，帶賣斤餅斤麵，徐良將就著在那裡吃了一頓飯。會了飯帳，也不肯走，假裝著喝茶，為的是耗時候。等他們要上板子時節，再奔馬家林，也就是時候了。等到初鼓，堂官過來問：「你老還喝茶不喝？我們要上板子了。」徐良站起來將要往外一走，忽見從外邊進來幾個人，說：「還有開水沒有？我們喝茶。」堂官說：「馬二爺，宅內還短了茶了？怎麼這晚了還出來喝茶？」徐良一聽說話有些詫異，復又坐下。那幾個人在對面落座，山西雁在桌子上一趴，假裝睡覺。就見那姓馬的說：「烹茶烹茶。」堂官忙慌的就給預備。徐良猜疑著這個姓馬的準是馬化龍的從人，見他歪帶帽子，閃披衣襟，薄底靴子，青白面皮，長的是兔頭蛇眼，鼠耳鷹腮，看著就不是良善之輩。大家喝著茶，眾人一齊說：「二哥，你是怎麼請我們罷！」那人說：「就在這鋪中，由著眾位性兒，愛要什麼要什麼。」大眾一齊說：「不行，你要吃肉，我們得喝點湯兒。你就是拿出一百兩銀子來，我們換雙鞋靴。」姓馬的把臉一沉，說：「那裡有這們鬧著頑的哪！你們直不打算，要說什麼好。」

山西雁就猜著夠十成這頂鳳冠準是在馬化龍家，一絲兒也不差，自己就搭訕著出去，直奔馬化龍門首。到了後牆，縱身躥將上去，並沒換夜行衣靠，就把衣襟吊起，袖子一挽，把大環刀別在絲鸞帶裡。在牆頭上往裡一看，是一個花園子景象，也沒用問路石子就躥下牆頭。腳落實地，往前撲奔，越過兩段界牆，正是五間廳房，前後窗戶裡面燈光閃爍，男女說話的聲音。徐良就從窗櫺紙用指尖戳了一個月牙孔，屈一目往裡窺探。但見有個婦人，年紀四十多歲，滿臉脂粉，珠翠滿頭，衣服鮮明。上垂首坐著個男子，也夠四旬光景，寶藍緞子壯巾，藍箭袖袍，黑紫面皮，粗眉圓眼，壓耳兩朵黃毛。外號人稱金毛犼，卻是由一腦袋黃頭髮，這個外號因頭髮所起。身高八尺，膀闊三停，不問可知準是馬化龍。他那裡吩咐，叫婆子把那東西取出來看看。就見婆子拿出一個藍布包袱來，解開麻花扣兒，裡面還有一個油綢子包袱，打開露出一個帽盒，把帽盒蓋打開，裡面俱用棉子塞滿，怕的是一路上磕碰。燈光之下一看，俱都是珠翠做成，耀眼爭光。此物雖舊，上面寶石珍珠可算價值連城，就是有些損壞之處。那婦人看著哈哈大笑說：「老爺，咱們家中雖然有錢，要買這頂鳳冠只怕費事。這就是咱們馬進才的好處。」馬化龍說：「要沒有范大哥在此，也是不行。」婦人說：「怎麼謝承范大哥呢？」馬化龍說：「我二人那等的交情，不必提謝。」婦人又問：「馬進才如何？」回說：「給他二百銀子。他說這個物件費了許多事情。」正說話之間，忽見進來一個婆子，說：「范大爺外面有請。」馬化龍回頭告訴婦人收在櫃內。馬化龍出去。

徐良想著要盜他這頂鳳冠，自己撤身下來，想一個主意，把那些婦女誆出來，盜他那鳳冠，叫他們不知覺方算手段。正在思想之間，忽聽屋中婦女們一亂，復又由戳得那小孔往裡一看，就見那些婦女往外亂走，齊說：「別嚷別嚷，這是太太的造化。」方才那個婦人說：「待我把金簪子拔下來插在裡頭，是財就走不了啦。」徐良一聽就知是有夜行人了。自己雖然沒有那宗物件，聽見師父說過，夜行人有一宗留火遺光法，淨為的是調虎離山計所用。無論地下牆上一蹭，自來的冒煙，大片的火光，用手摸著也不燙，也燒不著什麼物件。這前套三俠五義上，雙偷苗家集，白玉堂用過一次；雙偷鄭家樓時節，丁二爺用過一回；鄧車盜印，鄧車用過一回。如今山西雁一聽就知是這宗物件。自己打算，不管什麼人用的這個法子，我先進去拿他這頂鳳冠。不料一扳後窗戶，開不開。原來沒到後窗戶時節，這窗戶由裡面鎖了個結實，自可由前邊進去。又怕自己走在後頭，又往屋中一看，人家早就進來了。但見那人一身夜行衣靠，背後插著一口鋼刀，面如白玉，細眉長目，鼻如懸膽，口賽塗朱。伸手把包袱一攏，衝著徐良這個窟窿嗤的一笑，噗一口將燈吹滅。徐良一著急，往後倒身躥上房去，越脊縱到前坡，見那些婦女仍然還圍著花盆子亂嚷呢。就見那條黑影直奔前邊去了，徐良怕的是把這物件落在賊人之手，那可無處找了，緊緊的一追，追到前邊，也是五間上房，東西的配房，再找那人，蹤跡不見了。

自可上了西房，往前坡一趴，只見上房屋中打著簾子，點定燈燭，有一張八仙桌子，正當中坐著一個人，身高七尺，一身皂青緞子衣襟，面似瓦灰，微長髭鬚，下垂首坐的就是馬化龍。吩咐一聲「擺酒」，從人登時之間羅列杯盤。馬化龍親身與那人斟酒，連進三杯。喝完了，各斟門盅，將要說話，從人進來報道說：「外面二位複姓赫連的求見。」馬化龍吩咐一聲「請」，說：「范大哥少坐，待我迎接二位賢弟。」不多一時，就見三個人進來。徐良見這兩個人俱是閃披英雄氅，細身長腿，長的全是賊頭賊腦的。到了屋中，那人也站起身形，抱拳讓座。馬化龍說：「三位不認識，我與你們見見。這位姓范叫范天保，外號人稱閃電手。這二位是親弟兄，這位叫赫連齊，外號人稱千里飛行；這位叫赫連方，外號叫陸地追風。」彼此對施一禮，說了些久仰大名的客套。對謙讓了半天座位，復又落座，重整杯盤，馬化龍仍在主位。

原來這范天保，皆因遇蔣平、柳青，在水內逃跑，找了幾處朋友，都未曾住下，這才到馬化龍家裡。可巧正遇馬進才在酒鋪套了尹有成的實話，回來報信，就是閃電手踩了道路，晚間把鳳冠馬匹一齊盜來。正是馬化龍與他擺酒道勞，不想有赫連弟兄到。落座，將斟上酒，赫連齊就把請帖掏將出來，遞與馬化龍。馬化龍字上不行，叫閃電手念了一遍，方才知道是為擂臺的事情。赫連方說：「范大哥，我們到府上請去才是，我們就不往府上去了。」范天保說：「我既然見著，何必再請。要去的時節，我與馬大哥一路前往。」赫連弟兄復又站起來，深打一躬，然後落座吃酒。赫連齊說：「范大哥可曾聽見了沒有？」范天保問：「什麼事情？」赫連齊說：「如今出了一個山西雁徐良，又叫多臂熊。現今咱們綠林，吃他的苦處的可不少啦。」范天保問：「怎麼？」赫連齊說：「桃花溝連高寨主那裡，大概連琵琶峪、柳家營、周家巷，全都是他，害的這幾處瓦解冰消。咱們要是遇著他的時節，可要小心一二才好。」馬化龍哈哈大笑，說：「這扎刀死狗娘養的！不遇著咱們弟兄便罷，若要遇見這廝的時節——可惜就怕不認的他。」赫連方說：「好認，這個人長兩道白眉毛。」

將才說到這裡，後面婆子往前跑著亂嚷說：「老爺，可了不得了，後面把鳳冠丟了。」眾人一聽，大家跑出房來問：「怎們丟的？」婆子說：「我們瞧見四個花盆裡頭往上冒煙冒火，出來一看，回頭就不見了鳳冠。」馬化龍說：「別是那個山西雁罷？好狗娘養的！」還要往下罵，忽聽房上說：「鳳冠可不是老西拿去的，我是來與你要鳳冠來了。」隨說著就躥下房來。閃電手亮刀就砍，徐良用刀一迎，嗆啷一聲削為兩段。馬化龍往後就跑，說：「待我拿兵刃去。」徐良就追。到後院，三間西房，馬化龍先進屋內，徐良到門口用刀往裡一扎，叫人家把自己腕子揪住，往裡一帶，噗咚一聲摔將下去。

要問徐良生死，下回再表。

第四十五回　徐良臨險地多虧好友　石仁入賊室解救賓朋

且說山西雁一生性情別的全都忍得住，惟獨不叫罵。先前那裡一罵就要下去，後來一丟鳳冠，固然的就罵出來了。自己實在忍受不住，躥下房來，先削了閃電手的刀，後就追下馬化龍來了。馬化龍跑在後院，單有三間西房，也沒點著燈火，他往屋中一跑，有個單簾子，徐良把簾子一掀，不敢進去。見屋中黑洞洞的，看著那情形，馬化龍進屋中好似往北一拐，就把刀往裡一扎。不料叫人把腕子刁住，往裡一帶，徐良說聲「不好」，噗咚一聲就墜落下去。原來這屋中預先就刨下一個大坑，足夠好幾丈深。馬化龍自己做下的埋伏，本要安翻板，還沒安好呢，就是貼著前窗戶，有六寸多寬一塊板子搭著。馬化龍將一進門，他往北一拐，面向外，腳蹬住六寸多寬的板子，手扒住窗稜，看著徐良的刀往裡一扎，馬化龍用單手刁住徐良的腕子往裡一帶。山西雁知道裡面有人，自可借他力也就往裡一躥，焉知曉腳找不著實地了，噗咚一聲摔將下去。

馬化龍二反躥將出來，到兵器房取了一口朴刀，撲奔前面來了。將到前邊，就看見好幾個人在那裡動手哪。自己一瞅就嚇了一跳，但見有四個鬼一般的相彷，只看不出是什麼面目來，全都是花臉，青黃紫綠，蓬鬆著紅綠的頭髮，有兩個五彩的髯鬚攥成了疙瘩，為是躥蹦利落。每人一口軋把刀，圍住了赫連齊、赫連方，閃電手此時也在壁上摘了一口利刃，七個人在那裡交手。馬化龍先前只不敢過去，總疑乎著這四個是鬼。後來才聽見他們腳底下有聲音，方才明白這幾個是塗抹的臉面。自己一聲喊叫，說：「你們這幾個人是從何而至？快些說出姓名，是因為何事而至。若是為借盤費自管說來，我最好結交綠林的朋友。你們要不說話，兵刃上可無眼，倘若傷著你們，可是悔之晚矣。」無論怎們問，他們是一語不發。馬化龍一聲吩咐，叫家人抄家伙拿人，為是禁戒那個賊字。頃刻間，家人掌燈火，拿棍棒，齊聲喝嚷「拿人」。將往上一圍，那兩個有鬍鬚的早就躥出圈來。赫連齊、赫連方二人一追，前邊那兩個躥上牆頭。連齊、連方往上翻眼一瞧，也要上牆追趕。就見那二人一回手，颼颼就是兩只暗器，赫連齊、赫連方二人噗咚噗咚全都摔倒在地。一個是左膀，一個是右膀中了鏢傷，一狠心將鏢拔將出來，鮮血淋淋。若不虧家人把他們護住，也就叫沒上牆的二人結果了性命。那兩人往東西一分，就躥往東西配房上去了。閃電手一追，上房的揭瓦就打。范天保躲的快當，叭叉一聲，那瓦摔在地下。馬化龍正在頭頂上受了一瓦，虧著有他那壯士巾擋住，不然也是頭破血出。雖然沒打破，頭頂也是紅腫起來。四個人倒有三個受傷，誰還敢追那幾個似人非人似鬼非鬼的。家人大眾都湊在一處，圍護著進了屋子。

馬化龍派人到後面取來止痛散，赫連齊、赫連方俱都敷上，馬化龍用酒將藥調上，暫且止痛。稍緩了有半個時辰，方才談話。議論這鳳冠必是這伙人盜去：「幸而一樁好，白眉毛山西雁拿住了。」那三人一齊問道：「真果把那徐良拿住了麼？」馬化龍說：「拿住了。這可算備而有用，就在後面要安翻板的那個屋子。」大家一聽全都歡喜，說：「這可去了眼中釘、肉中刺也。在底下咱們怎麼把他治死？」你一個主意，我一個主意，有說把他活埋了的，有說不行的：「往下填土，他借著那土就上來了。」赫連方說：「先拿石頭砸死他，他就上不來了。」就有說拿亂石頭一齊砸，他豈不死了：「死後把他撈將上來，用亂刀把他剁死，也就算給咱們綠林報過仇來了。」說畢，叫家人打燈籠，一直撲奔後面，一邊叫家人搬運大小石塊。來在三間西房，又叫人先把簾子摘將下來，眾人站在門坎外邊，拿燈籠一照，再找山西雁，蹤跡不見。

你道這徐良那裡去了？原來是他墜落坑中半天的光景，翻眼往上一瞅，黑洞洞伸手不見掌。自己暗暗一思想：終日打雁，叫雁啄了眼了，總是一時慌疏。自己往上一躥，這坑實係太深，縱不上來。又一想：生有處死有地，少刻他們前來，焉有自己的命在，難道還落在賊人手內再死不成？不如自己早早尋一個自盡，也免得喪在賊人之手。一回手將大環刀拿起，自己就要刀橫項上。只聽上邊有人說話：「下面的那位兄臺怎麼樣了？」徐良說：「你是什麼人問我？」那人說：「兄臺不要疑心，我也是與馬化龍有仇的。皆因我看見兄臺受了他的詭計，此時馬化龍往前邊去了，我才過來救兄臺。早早出去方好，不然他們大家一到，兄臺禍不遠矣。」徐良說：「既是恩公搭救我的性命，如同再造。」那人說：「兄臺言太重了。」徐良說：「此坑太深，只怕難以上去。」那人說：「無妨，我自有主意。」徐良說：「恩公有什麼妙策？」那人說：「我這裡有飛抓百練索一根，你揪住此物，我將兄臺掏將上來，急速早離險地。」徐良說：「既然這樣，很好。恩公就把飛抓百練索扔將下來救小弟上去罷。」隨將大環刀插入鞘內。只看上邊千里火筒一晃，徐良這才看出來了，原來上邊那個人，就是拿鳳冠的那人，可不知姓字名誰。就見他把飛抓百練索叭噠往下一扔，徐良用雙手抓住。那人在門外頭掛起簾子來，用力往上一掏，徐良雙手揪住絨繩，雙腳踹住坑邊。看看的上來，那人一使力，就把徐良提出門外。山西雁方才撒手，往前行了半步，急忙雙膝點地，說：「請問恩公貴姓高名，仙鄉何處？」那人說：「小可姓石，單名一個仁字，匪號人稱銀鏢小太歲。」徐良一聽這個外號兒，就知道此人不俗。

你道這個人因為什麼事前來盜這鳳冠？這就是二友莊的二位老英雄，一位姓石叫石萬魁，外號人稱翻江海馬；一個叫尚均義，外號人稱浪裡銀魚。石萬魁跟前一兒名叫石仁，就是這個石仁；還有兩位姑娘，一個叫石留花，一個叫石玉花；有二個徒弟，一個叫鐵掌李成，一個叫神拳李旺。尚均義跟前兩個女兒，一個叫尚玉蓮，一個叫尚玉蘭。就皆因尹有成之娘哀告他娘家叔叔，就是這個石萬魁。雖然告訴他不管，等著慢慢打聽打聽，叫他先回去家中聽信。卻原來因他是個婦人，怕他嘴不嚴，倘若走露風聲，事關重大。先叫他回家，隨後就打發李旺上馬化龍一左一右打聽這個消息，打聽明白，回來告訴果有此事。先派家人上光州府，拿錢打點了監中囚頭獄卒，然後約會尚均義到家中。這二位老者，皆因先在遼東作官，一位是參府❶，一位是游府，皆因龐太師專權，告職還鄉。回到家中，就知馬化龍不是人類。馬武舉到底是邪不能侵正，他搬在西頭，這邊就改作二友莊，就依石、尚家起了這們一個莊名。這日晚間，爺五個全都換了衣襟，卻是尚均義出的主意，說此去少不了要出人命，方才塗抹臉面。皆因尚玉蘭很好的一筆丹青，就把他的顏色取來，二位老英雄連鬍鬚全都塗抹顏色。又從街坊家把小孩子帶著頑的鬍子，紅的也有，黑的也有，借來全都往軟包巾上掛住，自來的就像蓬鬆髮髻一般。就是石仁沒改換形容，也沒塗抹臉面，說明白了他去盜那鳳冠。他一到馬家之時，就看徐良進來了。他在前窗戶那裡瞧看，馬化龍出來時節，他就掩在鹿簷底下，後來用流火遺光法把大家誆出來，不然他拿鳳冠時節怎麼衝著徐良一笑。他把鳳冠得在手內，送回家去。這是由家內復又返轉回來，才見著徐良掉在坑中，把山西雁救

❶ 參府：指參將。武職官名。

將上來，又把簾子放下來，方才通了自己名姓，復又問徐良的姓氏。徐良就把自己名姓說將出來。石仁說：「這可不是外人，請到寒舍一敘。」二人躥出牆來，正要回家，忽見一棵樹後躥出四個人來，各執單刀，擋住去路。

要問來者何人，且聽下回分解。

第四十六回　入破廟人鬼亂鬧　奔古寺差解同行

且說石仁一聽徐良是穿山鼠徐慶之子，可算都是將門之後，邀到家中談話。將一出牆走不甚遠，忽見樹後蹭蹭躥出四個人來，每人一口利刃，一字擺開，擋住去路。徐良眼快，一瞅嚇了一跳，有高有矮，有瘦有胖，有醜有俊，全都是絹帕罩住烏雲，貼身小襖，腰紮汗巾，原來是四位姑娘，三個俊的一個醜的。這個醜的就是石留花，胖大身軀，一臉麻子，蒜頭鼻子，厚嘴唇，粗眉大眼，元寶耳朵，噗叉噗叉一對鮎魚樣倒大腳。這對金蓮無非就夠三寸，可是横量，長裡不夠裁尺一尺也夠九寸七八。那三位俊的是石玉花、尚玉蓮、尚玉蘭。皆因是四位的天倫上金毛犼家裡去，四位姑娘也都湊在一處，搭著都有高來高去之能，一看天氣不早，一商量都怕天倫有險，說：「咱們何不前去看看，咱們老人家若是寡不敵眾，咱們好幫著動手。」論歲數大本事強就是玉蓮，論聰明論性烈就是蘭娘兒，論憨傻忠厚就是留花，論隨和就是玉花。將才走到樹後，就瞧見前邊來了兩個人，影影綽綽的往這邊夠奔，不知是誰，故此這四位姑娘一字排開，把刀全都亮將出來。身臨且近，石仁說：「原來是四位妹子，你們急速回家去罷！」四位姑娘一聞此言，就問道：「哥哥，那位是誰？」石仁說：「是我一位朋友，你們不用打聽，回家去罷。」四位姑娘答應一聲，回轉身軀往家內去了。然後同著徐良到了自己門首。

徐良一看是廣亮大門，門前有兩條板凳，坐著三四人，俱都是有年歲的老者。一見石仁，大家都站起身來，說：「大爺回來了。」石仁說：「回來了。」復又到耳邊低聲問：「老爺怎麼樣了？」石仁說：「少刻就到。」同著徐良進了大門，進了屏風，直奔廳房，啟簾進去，落座，叫從人獻上茶來。徐良問道：「貴府還有什麼人？」石仁把家內所有之人，當初石萬魁所作什麼官，因何事告職，娘親妹子，還有兩個師兄，都叫什麼名字，一一都告訴徐良一遍。又把尚家事情也對他說了一回，又把自己姐姐、外姪男不白之冤的事情又說了一番，說來說去說至盜鳳冠的事情。又問徐良因為何故上馬家去。山西雁也把自己怎麼上京任差，遇白菊花的事，如今要夠奔南陽，請萬歲的冠袍帶履，白晝遇見尹石氏，晚間奔馬家林的話也就說了一回。石仁說：「徐兄長，你我一見如故，再說上輩提將起來也都認得，如不棄嫌小弟，情願結義為友，不知兄臺意下如何？」徐良說：「只要兄長不棄嫌小弟，我是情心願意。」正說話間，從人把衣服拿將過來，石仁告便，到裡間屋中把白晝服色換好，從新出來。

忽見簾櫳一啟，打外面進來四個勾著臉的。將一進門，徐良看見就要樂。石仁給見了一見，大家說洗完臉再見罷。徐良說：「哥哥，那位是伯父？」石仁告說：「這就是我的天倫。」把山西雁的事情替他說了一遍。石萬魁哈哈一笑，說：「我攀一個大說罷，你可是老賢姪呀。我問你一個人，鐵臂熊沙龍是你什麼人？」徐良說：「那是我的伯父，是我盟弟的岳父。」石萬魁說：「你盟弟就是韓天錦與艾虎哪？」徐良說：「正是。」石萬魁說：「新近你這二個盟弟特旨完姻，我們沙大哥聘姑娘，遣人來請，我們未能前去，就是禮物到了。」說畢，又與徐良見尚均義，徐良也是過去行禮。尚均義說：「我也提一個朋友，雲中鶴是你什麼人？」山西雁說：「那是我師父。」尚均義說：「那還是我把弟呢。你天倫在京都見過一次，那是你盧伯父給引見的。」然後鐵掌李成、神拳李旺，彼此對施一禮。

石萬魁吩咐擺酒，這四個人上裡間屋中，打臉水洗去顏色，更改白晝的衣服，復又出來。擺酒，把徐良讓在上面，讓至再三，徐良坐了二席，尚均義坐了首席。大家巡杯換盞，唯獨徐良不喝。在酒席筵前，問了些徐良襄陽破銅網的事情，徐良也淡淡提了一提。又提白五爺的事情，怎麼死後還扎死一個活人，大家無不誇讚。石仁就把與徐良要結義為友的事，對著天倫說了一遍。尚均義在旁說：「正當如此，都是將門之後。還有件事，老賢姪你定下姻親沒有？」這一句話，把徐良問的滿面通紅，低下頭一語不發。尚均義又問，徐良無奈之何，一搖頭說：「還未能定下姻親。」尚均義哈哈一笑，說：「好，既然未定下姻親，我有兩個女兒，我的長女與姪男年歲相仿，頗不粗陋，今許與賢姪為妻，不知賢姪意下如何？」又說：「懇煩石兄長作一個媒山保山。」石萬魁說：「好，我方才一見徐賢姪就有此意，不略你倒先說出來了。」徐良趕緊站起身形，對著二位老者深深一躬到地，說：「非是姪男不願意此事，皆因我是奉展護衛所差拿賊，二則沒有我父母之命，此時姪男不敢應允。」石萬魁說：「此事有姪男這一說，我們趕緊與你天倫寫信，候你的天倫回音就是了。」山西雁說：「這還可以，姪男實不敢作主，二位伯父千萬別怪小姪。」石萬魁說：「尚賢弟，咱們有這句話放著就是了。」說畢從新又飲。

石仁問：「天倫，這鳳冠孩兒已經盜來，你老人家打算怎麼辦理方好？」石萬魁就在石仁耳旁低言悄語說了一遍，石仁連連點頭。石萬魁立刻吩咐，叫從人預備香案。石仁就與徐良衝北磕頭，結為生死弟兄。徐良大，石仁小。二人結拜之後，又過來與二位老者行禮。李成、李旺也過來道喜。直到天亮，殘席撤去。尚均義告辭回家，說少刻再來。石萬魁寫稟帖，拿著鳳冠見知府去了。石仁與徐良二人到了書房，傾談肺腑，講論些馬上步下、長拳短打、十八般兵刃帶暗器，談的是件件有味，說不盡交友投緣的意思。這才叫：人情若比初相見，到老終無怨恨心。

用完早飯，天交午初，門外一陣大亂。徐良與石仁出來瞧看，原來是許多官人都拿著單刀、鐵尺，押解馬武舉，威嚇著直奔衙署。原是光州府知府此人姓穆叫錦文，有石萬魁在府中遞了稟帖，獻了鳳冠，報了馬化龍的窩主，家內養賊，現有真贓實犯，鳳冠是由他家內得出。本知府一聽不覺大怒，見了稟帖，見了鳳冠，老爺立刻差三班人等前去拿馬化龍，當堂立等。三班的頭兒到了馬家林，不敢辦案拿人，把他誆將出來，方才動手，鎖著他奔知府衙門而來。范天保與赫連齊、赫連方一聞此言，俱都逃竄出去了。馬化龍正給那些官人的銀錢，官人也說得好：「這是我們老爺要的差使，誰敢自辦？你要親身見了我們大人倒好辦。」馬化龍無奈何，只可跟著他們走就是了。這知府大人升堂，一作威，追究鳳冠的事情。到底是官法如爐，真是不錯，馬化龍把他事情推在范天保身上，當堂畫供，革去了武舉，打了個待質：「幾時拿住范天保時節，再定你罪名。」釘肘收監，發下海捕公文，捉拿范天保，拿住他之時，二人質對。由監中把尹有成提出，仍然還是在衙署伺候老爺，這頂鳳冠再不上京收拾去了。石萬魁回家，知府倒與他送了些禮物。待回家之後，見了徐良，尚均義也到石家，商量著好與徐慶寫信。山西雁告辭，過來與石萬魁、尚均義行禮；石仁過來也與徐良磕頭；李成、李旺對施一禮。石萬魁拿出一百兩白金作為路費，山西雁再三不受，無奈何拿了二十兩銀子，大家送出門外，徐良夠奔南陽去了。二位老者派人與徐慶送信，暫且不表。

單說徐良離了二友莊，一路曉行夜住，總怕誤了自己事情。這日正往前走，天氣透晚，前邊一看並無有村莊鎮店，盡是一片漫窪。忽見天上烏雲遮住，劈空冷風一颼，光景是要落雨，緊走幾步。山西雁足下用力走的約有一里之遙，就見風中裹著雨點兒，點點淋淋墜下來了。自己心中急躁，這又沒有避雨所在。正在為難之際，見前面有一座破廟，廟牆俱都塌陷，這個瓮洞尚在，門可無有了。奔到大殿，槅扇全無，裡面神像不整，原來是座龍王廟，供桌上只有泥香爐一個，後面房瓦透天。再看佛櫃兩邊放著兩口棺木，也不知裡面有人，也不知是耒材。復反又看一看，後面有一層殿，也是俱都塌陷，東西配殿，連木料磚瓦全無，也並沒有和尚老道。只可就在前邊殿中先與龍王爺磕了三個頭，站起身形，把香爐往裡一推，暗暗祝告說：「神祇在上，無論古廟可有神在神不在，也無論神佛在與不在，弟子先祝告明白，千萬別見弟子之怪。」徐良祝告已完，就把大環刀往旁邊一順，把小包袱從腰間解將下來，往頭顱下一枕，就在供桌上仰面朝天，蜷著一條腿，那條腿搭在這條腿磕膝蓋上，往外瞧著。

這雨可沒下起來，總也是行路勞乏，就覺著一陣迷迷忽忽。將一合眼，就聽見咯崩的一聲響亮，徐良猛然間就由夢中驚醒。再看此時天氣已晚，外邊的陰雲四散，透出朦朦的月色。自覺著那邊棺材蓋響了一聲相似，若論行俠作義之人，那裡有害怕哪，到底是心中一驚，再看看也沒什麼動靜。又要一合眼，這一回可聽真確了，是棺材蓋叭叉一聲響亮，山西雁可就睡不著了，一挺身就坐在佛櫃之上，目不轉睛，淨看著那口棺材。這個廟本是坐東朝西之廟，這個殿也是坐東向西的殿，南邊那口棺材沒事，淨是北邊這口棺材咯哧咯哧連聲響起來了。徐良自己雖不甚害怕，也覺心中禿禿亂跳。徐良說：「活人見鬼，別是老西陽壽不遠了罷！待我看看這個鬼是什麼樣兒？」眼看那棺材蓋叭噠一聲往上一起，咯哧咯哧的就橫過來了，往下一滑，橫擔在棺材下半截上。就聽裡邊嗞的一聲鬼嚎，從裡邊躥出一個吊死鬼來，帶著一個高白帽子，一尺長的舌頭，穿著孝衣，繫著麻辮，拿著哭喪棒，嗞嗞的亂叫。徐良嚇的下了供桌就跑，那鬼隨後一跟，繞佛櫃三遭，舉哭喪棒對著徐良就打，山西雁就噗咚摔倒在地。

要問多臂熊的生死，且聽下回分解。

第四十七回　儒寧村賢人遭害　太歲坊惡霸行兇

且說徐良見鬼，下了佛櫃一跑，那鬼苦苦就追。山西雁繞著佛櫃，用耳細聽，那鬼雖然是兩隻腳併齊，蹭蹭的亂蹦，究竟足下總有聲音。論說鬼神走路絕無響動，自己心中方才明白，每遇作賊的不能高去高來，就是想出這個主意來，不是打槓子就是套白狼，裝神做鬼。這個鬼大概必是小偷兒裝扮的，若真是鬼，足下斷斷無聲音。徐良猜透了這個情理，跑著跑著那鬼舉哭喪棒一打，徐良故意往地下一躺，把雙腿一蜷。那鬼打空，又收不住自己，雙腳正要蹦在徐良身上。山西雁使了個喜鵲蹬枝，正蹬在鬼的身上，那鬼如何還能站立得住，哎喲一聲，噗咚栽倒在地。徐良更放心了，聽他哎喲一聲，準知他是個人。自己用了個鯉魚打挺，縱身躥將起來，就把鬼揑住。頭上先把他那三尺高的白帽子摘下來，再看他那舌頭，是鐵絲兒勾在耳朵上，類若唱戲帶鬍子一樣，此時已然摔掉在地。徐良把他放在一邊，把腰間麻辮子解下來，把他這件孝袍子也給他扒脫下來，見那人裡邊穿著貼身小襖，束著一根破帶子。把他裡頭那根帶子解下來，四馬倒攢蹄把這人捆好，將他提在佛櫃以前，往地下一扔。

山西雁倒坐門坎，慢慢的一問，說：「你這烏八的東西，大概各處有案。你叫什麼名字，害死過多少人？倘若一字不實，我就是打你。」隨著把那哭喪棍撿過來一看，那根棍子那一頭釘著許多大頭釘子，尖兒朝外，類若似一根狼牙棒相仿，噼叉叭叉一陣好打，只打的這個小賊哎喲哎喲直嚷，苦苦的哀求：

「饒命，饒命！」徐良拿著這事就似一個頑意兒相仿，說：「你到底害死過多少人，姓什麼？」那小賊說：「我姓吳，名字叫天良。」山西雁說：「看你這個樣兒，也夠有天良的了。」隨說著噼叉叭叉又是一路亂打。那人說：「爺爺饒命罷！我實不相瞞，我家有八十歲的老娘無人侍奉，見天與我要好吃的好喝的，我又沒有本錢做買賣，實出無奈，我才想出這們一個傷天理的買賣來了。只求爺爺你手下留情。你若將我打死，不怪你老人家意狠心毒，皆因我做的這個勾當罪在不赦。我若一死，我的老娘走也走不動，看又看不見，就是要飯吃都找不著門戶。就求你老人家積兒積女，我若回去，把這事情告訴我老娘，我改過前非，背著我娘挨門乞討，要了好吃的好喝的來供養我老媽，剩下湯湯水水我度命。多咱我老娘一死，我也尋個自盡，我再上陰曹侍奉我的老娘去，也就了卻我今生之事。爺爺自當看在我老娘的分上。」徐良一聽吳天良的這套話，不覺心中發慘。他本是個孝子，一聽人說孝順的言語，早就動了惻隱之心，豈不想是賊皆是一套口。過來就替他解了帶子，說：「你從此做個小本經營方算是好的，倘若不改前非，老西的大環刀不饒。」那人一聽，趴下就磕頭：「爺爺你說得很好，我做小本經營那裡來的本錢？」徐良說：「我既教你做個小本經營，我就有本錢給你。」隨即就把自己包袱打開，把石萬魁給他的二十兩銀子拿出來，給了小賊一半，說：「我告訴你幾句言語，你可謹記。倘若不改前非，遇見我老西，仍是結果你的性命。」那人連連磕頭說：「不敢不敢。」過去要把他那孝袍子拿起來往外就走。徐良一把抓住說：「你仍然還是不改前非呀！」那人復又跪下說：「我改了，改了。」徐良說：「你把這孝袍子拿去，仍然是要裝鬼。不然你拿孝袍子何用？」吳天良說：「拿到家中染一染，給我媽做件衣服穿。」徐良說：「不用，老西還穿哪。」那人說：「使得使得。」把那帶子往腰中繫妥，一瘸一點的走了。

徐良過去把刀掖上，包袱也繫在腰中，他把那白帽子拿過來，往自己壯帽上一套，把那件孝袍子往身上一穿，麻辮往腰間一攏，把舌頭一掛，往院中一蹦，他就在院內從南往北，從北往南，一路亂跳，嘴內也學著鬼的聲音嗞嗞亂響，以為是件得意的事。越跳越高興，越走越喜歡，把嘴一嘓一嘓的，那舌頭亂打胸膛，自己笑個不了，自言自語的說：「老西實實有錢，十兩銀子買了這們一套頑藝兒。」正在高興之間，忽聽廟外有鐵鏈的聲音，又聽得一聲長歎，說：「二位上差，是我學生實在走不動了，你們二位行一個方便，讓我學生歇息歇息再走。」那人答言：「可以使得。我說二哥，頭前到了龍王廟了罷。」那人說：「可不是嘛，到了龍王廟兒了。相公，你要歇著這可教你大歇歇罷，這就算到了你姥姥家了。」徐良一聞此言有些不對頭，怎麼到了姥姥家了？遂急一縱身，躥在北邊塌陷的牆外，偷著一看，三個人是一差兩解，那個犯人項上一條鐵鏈，沒帶著手鐲腳鐐，穿著罪衣罪裙，蓬頭垢面，走路艱難，大概身帶棒瘡，說話的聲音很透著斯文。兩個差人，一個背著捎馬，裡面裝著起解的文書；一個提著一根水火棍，一個別著一口鋼刀，兩個長解❶橫眉立目，俱有虎狼之威。直到廟中，進了佛殿。

你道這個犯人是誰？就是前套小五義上也曾說過，這就是艾虎的盟兄，姓施名叫施俊。皆因艾虎、雙刀將馬龍、勇金剛張豹，保護著施俊回家。施大人病至膏肓，百醫不效，金氏娘子要上小藥王廟求籤。施公子本不願意教妻子去，有艾虎、張豹、馬龍三個人保護，至小藥王廟。就見著太歲坊的伏地太歲東方明，帶著家人王虎兒，正在客店之上用茶。東方明就看見了金氏，東方明就教手下豪奴要搶，被王虎攔住，說：「你要搶他，就不打聽打聽他是誰。一提你就知道了，他是知府的女兒，並且那邊還有三個

---

❶ 長解：謂長途解送罪犯。此指擔負這種差事的差役。

老虎似的保著哪！」按東方明意思，不管好歹就要硬搶，王虎再三攔阻，說：「你老人家若要是喜歡他不難，等著相機應計的時候，我自有主意把這個人得在你的手中就是了。」因此東方明才死了這個念頭。後來金氏回至家中，艾虎三人也上襄陽破銅網去了。不略施大人故去，施俊在家中發喪辦事。

這日正到六十天的時節，該燒船轎❷的日期。可巧這日金氏娘子與佳蕙坐了兩頂轎子，俱穿素服，正從太歲坊所過，又遇見東方明正在門首，一眼就把金氏看見，叫著王虎兒：「你前番說的，這個人對著機會與我搶來。」王虎兒連連擺手說：「員外爺，悄言悄語。」暫且主僕都進來，東方明入了書房，王虎兒說：「員外老爺在此等候，我給他們轎夫幾兩銀子，少時就把他搭在咱們家裡來了。」東方明一回頭，先教人拿出一百兩銀子給王虎兒：「由你辦去，把大事辦成，再給你二百兩。」王虎兒說：「謝謝太爺，說了可別不算哪。」東方明說：「你快滾罷！」王虎出來，直奔施俊的墳塋。此時正把船轎擺列，墳墓之前又供上了祭禮，那些轎夫都在遠遠樹林內伺候。王虎過去道了個辛苦，說：「今日是那位的轎夫頭兒抬來的？」有個姓王的，也認得王虎兒，說：「王都管爺，今天怎們這麼閒在，到這裡來有什麼事情？」王虎兒說：「王頭，你這裡來，我與你咬個耳朵。」到了那邊樹後，說：「王頭，我與你商量一件事，你敢辦不敢辦？」轎夫說：「有什麼事情都管只要說來，能辦就辦。」王虎兒說：「沒有膽子不能掙銀子。你若能辦這件事，有禍出來有我們替你擔待。」轎夫頭兒問：「什麼事，你老說罷。」王虎兒說：「施相公那個妻子金氏，你敢把他搭到我們家裡去不敢？」轎夫頭說：「誰的主意？」王虎說：「咱們不敢，是我們員外爺的主意。這裡有二十兩，給你們大眾的，單掖你十兩。」說畢就把銀子

❷燒船轎：舊時的一種祭奠形式，供死者在冥間渡無奈河時用。

一遍。王頭兒見了銀子，笑嘻嘻說道：「這還要領賞賜嗎？只要是員外爺的主意，教搭到金鑾殿上去還搭哪！」王虎兒一擺手說：「悄言。我在頭裡等你們。」轎夫回去告訴了伙計，膽小的不敢抬，貪財的就豁出命去了。可歎金氏作夢也不知曉。待等焚化了船轎，燒錢、化紙、奠酒、奠茶，哭泣了多時，方才止住。有婆子攙架進了陽宅，歇了片刻的光景。連施相公也是怔怔柯柯的，總是餘痛未盡。有人勸解了半天，施俊催著女眷轉回家去。金氏娘子同著佳蕙先走，每人坐了轎子，抬佳蕙的不提，單提是抬金氏的，真就把金氏娘子抬到太歲坊去了。

進了門首，有那些婆子迎接。金氏娘子一瞅，俱不認得他們是誰，問道：「你們這是什麼所在？」那些婆子說：「我們這是太歲坊。」金氏一聽太歲坊，自己又是一怔，隨即問道：「我因為何故到了你們這裡？」婆子說：「原來大奶奶還不知道哪！我們太歲爺久慕你老人家的芳名，總沒遇見巧機會的時候。如今才遇了一個機會，方把你老人家請到此處。事到如今，你也不必煩惱，這也是前世造定，非人力所為。」那個婆子有意還要往下再說，早教金氏叭唾了他一口，唾沫唾在臉上，說：「你還要說些什麼！」那婆子微微一笑，說：「大奶奶，你別怪我，你要從了我們大爺，有天大的樂境，你要不從，只怕悔之晚矣！」隨說話之間，就上來了四五個婆子。金氏說：「我乃是知府之女，御史的兒婦，豈能從你們這惡霸！依我相勸，急速將我快些送出去。如若不然，只怕我天倫要知曉此事，你們居家滿門俱是殺身之禍。」婆子說：「你也不知道我們太歲爺的事情。我們南陽府大太爺那裡事情一成，就是面南背北，稱孤道寡，做了皇上了。這裡太爺行二，大太爺作皇上，二太爺還不是一字並肩王嗎？他要得了王爺，你就是王妃啦。人生一世，再說咱們又是女流之輩，隨夫貴隨夫賤，似乎你那丈夫，一個窮酸，身無寸職，無非託賴祖上之福，暫且還有些銀錢，久而久之，把家業花得一空，可惜你這如花似玉之人，免不了要跟他受飢寒之苦。你自己想想，我們這話是好是歹？你要不從，肋生雙翅也不用打算出去。」

金氏一聞此言，嚇得粉面焦黃，自己思忖，既入於惡霸門首，就讓出去，也是名姓不香。想畢，把心一橫，對著牆壁攛身一撞，噗咚一聲，栽倒在地。

要問金氏生死，且聽下回分解。

第四十八回　貪官見財忘天理　先生定計滅良心

且說金氏聽婆子說的這些言語，明知是出不去惡霸的門首，自己把心一橫，倒不如尋一個自盡，落得乾淨。擁身往牆上一撞，有一個婆子手快，用力一揪，往懷中一帶，金氏本是怯弱身體，又是窄小金蓮，如何站立得住，故此噗咚一聲，栽倒在地。眾婆子往上一圍，往起一攙架金氏，大眾又一苦勸。金氏明知教大眾圍住不能行拙志，一急將手往回一蜷，就把臉上抓了四道血痕。這些婆子把金氏手一揪，亂嚷說：「這可得告訴員外爺去，不然抓成血人似的可怎麼好。」正說之間，只聽一陣環佩叮咚，進來了十數個姨奶奶。婆子說：「好了，姨奶奶們來了，他把臉抓了。」姨奶奶說：「那可不好，也不用告訴員外爺去，我們的主意，把他倒翦上。」婆子過來就用汗巾子把手給他捆上。金氏把雙手一捆，一點主意也沒有了。大眾圍著解勸金氏不提。

且說佳蕙坐在轎內，打算大奶奶準是先回去了。到門內下轎，直到裡面，丫鬟婆子問佳蕙：「大奶奶怎麼沒回來？」佳蕙說：「他的轎子在先，我的轎子在後，怎麼他會沒回來哪？是什麼緣故？不能上別處去，穿著一身素服能上那裡去哪？」又等了半天，施相公回來，一提講此事，施俊也覺納悶，教家人出去問轎夫，這一伙轎夫不敢說，概是一字不知。即打發家人出去找去，去夠多時，錦箋進來回說：「相公爺呀，可了不得了！大奶奶教太歲坊伏地太歲東方明搶了去了。」施俊一聞此言，哎喲一聲，噗咚栽倒，就氣死過去了。撅了半天方才撅將過來，直氣得破口大罵，自己往外就跑。書童把相公攔住，說：「你老人家上那裡去？」施俊說：「我找東方明去！」書童說：「那如何行的了哪？有辦理的地方，有本地縣太爺，總是上縣衙裡去。」施俊一聽點頭說：「也倒有理。」施俊就奔了縣衙來了。本是念書的人，最不能走路，到衙門口時節，就喘吁吁渾身是汗。幸虧衙門不遠，預先就找了一塊磚頭，奔到大堂，把那鳴冤鼓咚咚咚打的亂響。就有人過來，把施相公一揪，也有認得的，說：「施相公，你老因為何故，暫且請班房落座，念書的人為何動這等粗魯？還有不可解的事情嗎？」拉拉扯扯就把施相公扯在班房去了。施相公此時氣的渾身亂抖，連話也說不出來，怔了半天才說了兩句話，說：「反了哇，反了！」大眾又問：「到底因為什麼事情，只氣得這樣？」施俊就把已往從前的事，對他們說了一遍。大眾說：「相公來的不巧，我們太爺出門去了，就把鼓打碎，我們太爺也是不在衙中，等到晚半天再來。」少時，又有先生進來，也不教他走，也不教他擊鼓，盡纏繞他在班房內。

原來這事裡頭早就知道了。皆因外邊一打鼓，知縣在裡邊書房內就聽見，教內司出來打聽因為什麼事情。這位太爺姓段，叫段百慶。怎麼是這們個名字？因生他時節，他祖母一百歲，家內慶百壽這一天養的他，就叫百慶。不略後來作了知縣，他又是賄官，他這名字叫段百慶，叫白了就叫一個段不清。他在裡面聽見了施俊原由，也不敢升堂。明知是施昌施大人之子，金知府的門婿，邵知府的把姪，明知自己不行，立刻派人上太歲坊請東方明去了。東方明在家內一見此信，帶著王虎兒，騎著馬就奔了縣衙。在路上，王虎兒就教給了東方明一套言語，不奔衙門口，奔他們的後門下馬。有人報將進去，並不等著人請，往裡就走。皆因是與知縣兩個人是把兄弟，並且把胻腑的事情都說明白了。這個段百慶如今已經降了王爺，待等王爺攻破潼關，殺奔京都，搶州奪縣，必從他這裡所過，他就在固始縣開城獻印。待等王爺得了天下，與東方明平分江土。東方亮作了皇上，東方明就許下他一個宰相之缺。果然如今一到衙門，不等著請就自己進來了。將奔書房，就有內司出來迎接說：「我們老爺在內書房候駕。」

前邊有人帶路，將到內書房門前，就有段不清迎接，二人攜手攙腕進了書房，落座獻茶。段不清說：「二兄長，今天你這禍患惹的不小。」東方明問什麼事情，知縣說：「你把施俊之妻搶去，可有此事？」東方明說：「不錯。明人不做暗事，施俊的妻子是我搭在家裡去了。」知縣說：「哎呀老兄，你可不知，施俊之妻是襄陽太守金輝之女。這施俊是長沙太守的盟姪，他又是金輝的門婿。在京中，京營節度使、世襲潼臺侯岳恒岳老將軍是他姨父，吏部天官是他的師祖。我一個小小七品知縣，我是誰也惹不起的。」東方明一聽哈哈一笑，說：「賢弟，你好小量人也。你只管放心，慢說這幾個人，就是開封府黑炭頭的包公，也不放在我的心上。我實對你說，南陽府我哥哥不久的就稱王霸業，手下能人甚多，你說這些人，誰敢斜瞅咱們弟兄們一眼，並不用咱們動手，教他派一兩個人來，就追取了他們的性命。此話我可對你說明，你自己酌量辦理就是了。」一回頭叫王虎兒：「少刻回家中取三千兩銀子，給這大老爺送來。」說畢站起就走，說：「賢弟，由你辦罷。」知縣一瞅這般光景，心中好生難過，當下又沒有個主意，只可耐著氣兒說：「兄長，你再坐一坐，咱們兩個再談談。」東方明說：「沒有什麼可談的了，別耽誤了你的公事，咱們改日再會。」知縣送在門首，東方明仍出後門去了。知縣回至房中落座，倒覺著後怕起來了，這兩下裡自己全都惹不起。久躊躕了半天，叫從人有請師爺，就把刑名師爺請將進來。

這位先生姓曹，單名一個高字。進來見知縣深打一躬。曹高問段不清：「有什麼事情，老爺請講。」

知縣就把施俊擊鼓，東方明託情的事，對著曹先生學說了一遍。曹高說：「老爺有什麼主意？」段不清說：「我是一點的主意都沒有，特請先生與我出條妙計。」先生說：「老爺，要依我的愚見，少刻升堂，把施俊帶將上來，不容他說話，老爺先就作威說：『施俊，你枉讀聖賢之書，不達周公之禮❶，聽說你在外邊廂有些不法之處。』他要一聽此話，必要暴躁。老爺就辦他個咆哮公堂，目無官長，拉下去打他四十板子，立刻把他釘肘收監。趕緊派兩個長解，暗暗賄賂兩個人，糊裡糊塗出一角公文，就把施俊提出監來，當堂起解，告訴明白兩個解差，半路行事。待等兩個長解回來交差時節，老爺再賞賜他們些個銀錢。老爺，這可算人情兩盡，白得二千兩銀子。施俊一死，他們家裡又沒男子，也生不出什麼別的禍患來。老爺若不依從，東方員外那可不好，他要一反恨老爺，他說既然前去派人殺包公，也就能派人來行刺老爺。事到臨頭，只怕悔之晚矣。」段不清一聞此言，連連點頭稱讚說：「好先生哇好先生，這兩個長解就煩勞先生替我去派，我給他們二百兩銀子，我先給他們一百兩，事成之後，我再給他們一百兩，可要辦得嚴密。」先生連連點頭說：「老爺只管放心，全交給我了。」

先生出去之後，知縣吩咐一聲升堂。不多一時，在二堂預備。知縣整了官服，從後面出來升堂坐下，吩咐一聲：「把擊鳴冤鼓的與我帶上來。」立刻把施俊帶到堂口。施相公整等了有三個時辰，方才有人進來說老爺升堂。施相公氣昂昂跟定官人來至二堂，見知縣歲數不大，圓領烏紗，瘦如猴形，拱肩聳背，在公位上端然正坐。施俊見了知縣這個相貌，就有些不樂，只得深打一躬，說：「父母太爺在上，我學

❶ 周公之禮：指周代的禮制。周公，名姬旦，西周政治家。執政時制禮作樂，規定各種典章制度，成為後世禮教的基礎。

生施俊與父母太爺行禮。」知縣把驚堂木一拍，把小母狗眼兒一翻，薄片嘴兒一張，說：「哇！施俊你好生大膽，既讀聖賢之書，不達周公之禮，不在窗下讀書，淨自任意胡為，終朝與匪人❷同黨。論說應當請你老師出革條革去你的秀才，你別打算本縣辦不了此事，我足可以替你老師代勞。來，革去他的秀才！」旁邊有先生答言，立刻就出了革條。若論宋室年的秀才，最尊貴無比，知縣不應例打，故此先革去他的秀才，然後就許他動刑了。施俊一見這個光景，就知道這個知縣受了東方明的情託，說：「父母太爺，不容我學生說話，怎麼就革去我學生的秀才？若要革我前程，我有老師所管。再說，我有什麼不法之處？是你親眼所見，還是別人說的？如今現有不法之人，你置若罔聞，不容我申訴其冤，反倒先怪我一身不是。」知縣說：「今有你太爺所屬的地面，路不拾遺，夜不閉戶，除了你之外，並無不法之徒。」施俊一聽此話，哈哈大笑：「如今把我妻子都搶了去，還說沒有不法之徒。」知縣又把驚堂木一拍，說：「清平世界，朗朗乾坤，焉有搶人之理！分明是你捏造。」施俊說：「你受了東方明多大賄賂？我如今可稟明於你，你要不管此事，我要上府中去告。你已知曉此案，我可不算越訴。」知縣又把驚堂木一拍，說：「哇！好一膽大施俊，在此咆哮公堂，目無官長。來，拉下去，與我重責四十板子。」施俊跺著腳說：「好狗官，你受了東方明的賄賂，你就滅盡良心，要打你相公爺。除非把你相公爺打死，若要有我三寸氣在，小心著你這七品的前程，我與你誓不兩立。」贓官那裡管那些事情，把臉一扭，官人立刻把施俊拉將下去，脫了中衣，打了四十板子。也並沒託付皂班，自來都有人情，原都知道他是官宦之子，又是不白之冤，生的是嬌皮嫩肉，自來的就不肯用十分刑。就是這樣，施俊就擎受不住，只打

❷ 匪人：行為不端正的人。

的皮開肉綻，鮮血淋淋。起來還要分爭這個理兒，知縣吩咐收監，大家退堂。

到了次日，提出監來當堂起解。有兩名長解，一個叫祁懷，一個叫吳碧，叫白了就叫他們是「齊壞無比」，兩個押解施俊起身。走了一天，晚間至龍王廟，施俊求著要歇歇。連長解三人到了佛殿，齊壞說：「到你姥姥家了。」施俊說：「我沒有外祖母。」押長解說：「誰教你有一個好媳婦招事，死去別怨我們二人，是我們太爺的主意。」施俊說：「二位既在公門，正好修行，饒了我施俊的性命罷！」齊壞那裡肯聽，舉刀就剁，崩哧一聲，死屍栽倒。

要問如何，且聽下回分解。

第四十九回　二解差欺心害施俊　三賊寇用計拿徐良

且說施俊到衙門裡受了四十板，一收監，書童兒錦箋一聞這個凶信，就飛跑往家中送信。此時家內無人，就是佳蕙在家中主事，趕緊教人出去雇來馱轎，教書童在家內看家，婕奶奶上京往岳老將軍宅中去，一者是託情，二者上開封府告狀去了，萬也想不到施俊第二天就起解。可歎施俊整走了一天，晚間到了龍王廟，打算要歇息歇息，不料身逢絕地。要哀求二個長解饒恕性命，那裡知道這「齊壞無比」那心比鐵石還堅，他們焉肯做那樣的德事。把刀一舉，也是鬼使神差的，施俊說出這們一句話來：「你們二位既在公門，正好修行，饒了我施俊這條性命罷。」焉知這一句話不要緊哪，就是保命的讖言。徐良在外邊聽著，忽聽他說出施俊二字，就想起艾虎說過，他的盟兄叫施俊，光州府固始縣❶人氏。自己想將過光州府，這可必是固始縣的管轄。別管是與不是，先打發這兩個差解上他們姥姥家去。就把孝袍子的袖子朝上一捲，把袖箭簧一攏，那個齊壞剛一舉刀，只聽噗哧一聲，正打在哽嗓咽喉，噗咚一聲死屍栽倒在地。把吳碧嚇了一跳，瞅著這事詫異，怎麼一舉刀就躺下了？正在納悶之間，嗞的一聲鬼叫，進來一個吊死鬼。解差將要跑，那鬼的哭喪棒叭的一聲就打在肩頭之上，吳碧也摔了一個跟頭。徐良不容他起來，將腰帶解下，將他四馬倒攢蹄，把個長解捆上。這才過來與施俊說話。

❶ 光州府固始縣：今屬河南。

施俊也是嚇的魂不附體，說：「你要拉替生？我是殺死的，你是吊死的，莫非你叫我上吊？」徐良說：「兄長不要害怕。」隨說著把舌頭往下一摘，說：「小弟不是鬼，我提一個朋友你就知道了，我是衝著我這朋友前來救你。」隨說著就雙膝點地，說：「大哥請上，受小弟一拜。」施俊也就跪下，說：「沒領教恩公貴姓高名，提我那一個朋友是誰？」徐良說：「你問小弟，姓徐單名一個良字，外號人稱山西雁。我的盟弟姓艾，單名一個虎字，外號人稱小義士，與你有八拜之交，是與不是？」施俊說：「不錯。原來是徐大哥，我也聽艾虎兄弟說過。恩公救我這條性命，恩同再造，如生身父母一般。」徐良說：「大哥言重了。但不知施大哥犯了什麼罪過？遭在什麼所在？」施俊一聞此言，羞的滿臉通紅，說：「徐大哥若問我的事情，一言難盡。皆因是我天倫死去，這日六十天，往墳塋去燒船轎。我們那裡有個太歲坊，這人叫伏地太歲東方明，就把我的妻子搶去。我上縣衙去告，不料我們這裡這個狗官受了東方明的賄賂，我上堂不容分說，就打了四十板子。」徐良問：「你是個秀才，他就敢打你不成？」施俊說：「他先就革了我這個秀才，然後打的。打完了我，也不容我分說，就把我收在監中。到了第二日，就當堂起解。那狗官並沒升堂，就是先生糊裡糊塗的點解起身，並不知道發往什麼所在，就走在這裡。若不是徐兄長到此，小弟此時已作了無頭之鬼。」

徐良一聽，連連的亂罵說：「好惡霸贓官，連這兩個狗腳，要不都教他們在老西大環刀下作鬼，我就不叫多臂熊了。」回頭一看，那名長解趴在那裡，連連求饒，說：「好漢爺爺，饒了我這條性命罷。」徐良說：「方才你要肯饒了我這個盟兄，我此時也肯饒放於你。我要不殺你，我怕留下你這宗壞種。」正說著話，噗哧一聲，人頭落地。過來把施俊鐵鏈一揪，大環刀一沾那根鐵鏈，嗆啷一聲，把鐵鏈削折。

教施俊把罪衣罪裙俱都脫將下來。施俊說：「大哥，你怎麼是這們一樣打扮，是什麼緣故？」徐良就把吳天良裝鬼的事說了一遍。施俊說：「大哥也不嫌穿這個衣服喪氣。」徐良說：「我要不是在這裡鬧著頑耍，我就早走了。我要一走，兄臺你這條命就難保了，總是哥哥命不當絕。我有一件事，我不好出唇。」施俊說：「你是我活命恩人，還有什麼不好講的話呢？」徐良說：「我這嫂嫂既然教人家搶去兩日光景，不知他的貞節如何？」施俊說：「大哥只管放心，他乃是知府之女，在家時節，熟讀烈女傳，廣覽聖賢文。如今既然被搶，死到許有的，絕不能從了惡霸。」徐良連連點頭說：「好好好！」原來行俠做義之人，不救失節之婦。徐良說：「哥哥，你先在這裡等等。」一回手，就把這兩個死屍，連人頭，裝在棺材之內。又把罪衣罪裙，那根鎖鏈、捎馬，連水火棍、刀，俱全扔在棺材之內，把棺材蓋順過來蓋好，說：「他們兩個人並骨去罷。」回來與施俊商量起身。把自己孝袍子、帽子、麻辮子包在自己包袱之內，就不要哭喪棒，二人出離了龍王廟。

那施俊如何能走的動，腿上棒傷疼痛，一瘸一點，走了兩箭之遙，施俊哼咳不止，汗流脊背。徐良看著這個意思，非背著走不行，暫且先找一個樹林裡面歇息歇息，找了塊臥牛青石，二人落座。徐良說道：「大哥，少時再走，我背著你方好。」施俊說：「那還了得，只可我忍著痛走就是了。」徐良說：「我若同著你走，還不能回家去。倘若一回家，風聲透露，我要去救大嫂子，至太歲坊不能不殺人。倘若有幾條人命，那時一經官動府，還是哥哥的事情。總得想一個萬全主意方好。」施俊說：「哥哥不必太謙，你也與艾虎是一盟，我也與艾虎是一盟，怎麼管著我內人叫大嫂子，是什麼緣故？」徐良說：「你比我年長。」施俊說：「咱們務必敘真年庚方好。」徐良說：「我今年二十六歲。」施俊說：「我今年二十五歲，己卯年生人。」徐良說：「哎喲，這可壞了醋了，早知道不敘倒也罷了，這一敘年庚可就不好辦了。」施俊問說：「此話從何說起？」徐良說：「我要是上太歲坊，總得把大嫂子背出來。要是大嫂子，我是兄弟還可；我要是哥哥，可就不能背弟妹了，世界上那有大大伯背小嬸的道理。」施俊說：「事到如今，你是活命之恩，怎麼還論的了大大伯、弟婦哪？兄長，你這是多此一舉。」徐良說：「不能，不能，世間總有個長幼尊卑的次序不許錯亂。」施俊說：「不要緊。」徐良說：「咱們慢慢的再定主意罷。」施俊說：「不用想主意，一勞永逸，全仗你老人家救命。」

正在說話之間，忽見從北來了幾個人，嚓嚓嚓往前直走，口中亂罵說：「你恨徐良不恨？」那個人說：「我怎麼不恨哪，我要見了，恨不能將刀扎死狗狼養的，生吃了他的心肝。」徐良一聽卻是熟人，先告訴施俊說：「賢弟，我來了幾個朋友，預先定下在此處相會。你可在此處等我，千萬別離這個地方，待我回來咱們兩人再走。」施俊點頭說：「哥哥只管放心，我絕不離開此地。」徐良又囑咐他千萬不可高聲，自己出了樹林就迎上來了，離那幾個人遠遠的一蹲，等到身臨切近再起來搭話。

你道這來的是誰？卻是白菊花與病判官周瑞、飛毛腿高解，三個人議論著要撲奔南陽府。依著白菊花要上姚家寨，這二人苦苦不依，一定要上南陽府，晏飛無奈之何，自可陪伴二寇奔南陽地面。他有點心事，雖然同著一路走，他可不上團城子去。皆因是他每遇到處採花時節，無論從與不從，從也是殺，不從也是殺。單單就有一個，會在他的手下漏網，並且與他海誓山盟，應下了把那人送往姚家寨去，兩個人作為是長久的夫妻。自己隨著這兩個人走，情實是為找那一個婦人去，明說同著他們一路前往，到了南陽，自己好分手。可巧這天走路，三個人走著就議論：「倘若咱們要是遇見山西雁之時，咱們三個人三馬連環，難道說還勝不了他一人嗎？」高解說：「不行，只要有那口大環刀，我們三人就敵擋不住。晏賢弟還可，再說晏賢弟你們二位都會水，若要遇見水時，你們二位俱可逃命。」周瑞說：「我有一個主意，可透著點不高貴。」白菊花問：「怎麼教不高貴的主意？」周瑞說：「倘若遇見他，咱們三個人站在三角，晏賢弟有鏢也是打不著他，碰巧還教他把鏢接去，反傷自己。不如咱們三個人每人撿上些石塊，他若奔我，你們兩個人用石塊打他；倘若奔晏賢弟，我們兩人用石塊打他。總然他會接暗器，他還能接咱們兩個人的石頭不成？並且咱們這石頭永遠打不絕，一追咱們就跑，那兩個人就追著他打，他要站住的時節，咱們三個人總相隔那們遠，一齊攻著打他。他空有寶刀，萬不能削咱們的石頭，有贏沒輸，這就教三馬連環。你們二位請想，我這個主意怎樣？」白菊花哈哈一笑，說：「好可是好，無奈非是英雄所為。也罷，咱們如若見著，先按我這個主意辦理。」二賊問：「你這是什麼主意？」「如要見著他，你們二位在前邊並肩而行，我在後面，把鏢掏將出來，待等夠上時節，等你二人往兩邊一閃，我這鏢要打將出去，只怕他難以躲閃。這就算金風未動蟬先覺，暗算無常死不知。」這二人一聽說：「好可是好，我們在前邊可有些個不得。」白菊花說：「無妨，你們在前邊，也不是太身臨切近。我鏢要打不著時，咱們三馬連環，那還不遲。」

三個賊人把這個主意議論好了，沿路走著就撿了些石塊，全都不大不小的正可手，俱揣懷內。走路雖透著沉，只要臨近用著可以護命，誰還管沉與不沉。萬也想不到遇見徐良，隨著路就罵罵咧咧。高解說：「我要遇見，刀扎死狗狼養的，我生吃他心肝都不解我心頭之恨。」周瑞說：「我要遇見囚囊的，把他剁成肉泥方消我心頭之氣。」白菊花說：「我要見了這畜生，剁他一百寶劍方隨某的心意。」只顧三人走路亂罵，高解一眼瞧見前邊蹲著一個人，說：「別走啦，他在那裡蹲著哪！」白菊花身軀往後倒退兩步，把高解、周瑞兩個人衣襟一拉，教他們二人並在一處往前所走。晏飛掏出一只鏢來，等著身臨切近，往外就打。徐良看著他們離自己不遠，往起一站，哼了一聲，說：「你們幾位才來嗎？死約會不見不散。」忽見二人往兩旁一閃，颼的一聲一只鏢到，老西說：「哎喲，完了我了。」噗咚一聲，栽倒在地。三賊一看，歡喜非常，擺刀劍就剁。

要問徐良生死，且聽下回分解。

第五十回　欽差門上懸御匾　智化項下掛金牌

且說白菊花想了這個暗算人的主意，果然真就遇上徐良。晏飛這只鏢打將出去，就聽那邊「哎喲，完了我了」，噗咚栽倒在地。三個賊人打算徐良未能躲開，焉知曉早就把那鏢接去。前文已經表過，他夜晚之間專能接人的暗器。若論這只可不好接，兩個人在前邊走路，擋著晏飛。如真要是三個人走路，忽然一分，往外就打，慢說是接，就是躲閃都躲不開。這三個人走著亂罵，誰的語聲徐良都聽出來了，要想這們暗算他，如何能夠。徐良又是蹲著，比站著看的又遠，聽著是三個人說話，看著剩了兩個，並且這兩個人又緊往後瞧，徐良早就明白他們這個意思。心裡說：「好烏八的白菊花，你要暗算於我。」他往底下細看，乃是六條腿走路，他往起一站，他心神念就看上了暗器。果然暗器一發，往旁邊一閃身，伸手把那只鏢接過來，往後一躺。

三個賊打算真是躺下了哪，擺刀的，擺劍的。徐良往上一挺身子，又說「來而不往非為禮也」，對著白菊花就打。淫賊嚇了一跳，往旁邊一閃身軀，原來那鏢沒打出來。徐良說：「打的不是你。」噹的一聲，正打在周瑞頭巾之上，把周瑞嚇了個膽裂魂崩，也還算他躲閃甚快。後來三個人就把徐良往上一圍，四個人交手。那二個使刀的，先把自己兵刃防住。徐良見他們三個人情性不同，越戰越往後退，退來退去，忽就見叭的一塊頑石打將出來。徐良往旁邊一閃，躲過來這塊頑石，又是一塊石頭打來。再看，嚇叉叭叉的亂打，可也打不著徐良。山西雁就知道他們定好了的詭計，自己飛也相似撲奔白菊花，心想著身臨切近，與他交手。晏飛回身就跑，見後邊那兩個人，反倒追了自己來了，也是用石頭亂打。徐良情知不好辦，也就無心與他們動手，自己並不追趕他們，說：「便宜你們賊烏八的！」自己轉身回來。也是活該，他們那石頭打的已然剩了一二塊，見徐良去遠，三個人無不歡喜，三個賊復又聚在一處。徐良皆因樹林內有個朋友，故此無心與他們動手。

到了樹林回頭一看，那三個人已然撲奔正東去了。隨即進了樹林，叫道：「施賢弟，施賢弟。」叫了兩聲，並不見施俊答應。徐良一著急，就在臥牛青石上一看，蹤跡早就不見，再往四圍一瞧，連一個人影皆無。自己一想：「怎麼施俊兄弟這們慌疏，不在此等候，往那裡去？」無奈出了樹林，往西一看，前面有一個人背著一個人來回的亂晃。徐良看見了些影像，這事就好辦了，撒腿往前就追。只見前邊那個看見有人追他，也開腿就跑。徐良緊緊一跟，氣的他高聲嚷叫說：「你是什麼人？快些把我兄弟放下。你若不把我兄弟放下，我可不管你是誰，我要口出不遜了。」前頭那人仍然還是直跑。徐良又說：「你要不放下，我可要罵你這個烏……」剛說到這「烏」字，那人趕緊站住，說：「是我。你何不罵？」徐良身臨切近一看，趕緊雙膝跪倒，說：「原來是你老人家。」

列公，你道背施俊的是誰？原來是智化。皆因在京都小店住著，聽見小五義得官，又有一道旨意下來，賞他的金牌、御賜匾額、金銀彩緞，自己先就奔家中去了。直等到奉旨欽差到自己門首，連本府本縣全到門首，自己跪接聖旨，懸掛匾額，欽差官把萬歲賞賜金牌給他掛在胸膛之上，查收了金銀彩緞。本要在家中預備欽差的酒飯，有黃安縣的知縣蔡福說，早就與欽差大人預備驛館。欽差去後，自己親身上墳前祭掃，家內搭棚，請鄰里鄉黨、當族親戚，對大眾說明白了自己的事情，從此就出家去了。整整熱鬧了三晝夜，然後備了自己應用的東西，帶上盤費銀兩，然後離了自己門首。還是要撲奔京都，求相爺遞謝恩的摺子，自己在午門望闕謝恩。

每遇有工夫的人，有夜行術之能者，總願晚間行路，為的是清淨。智爺倒不是晚間走路所遇，是白晝就看見一差二解，細一看卻是施俊。智爺在夾峰山見過施俊一次，故此認得。見施俊項上有鎖，是發遣的形像，自己心中忖度：這個人是讀書的相公，宦門的公子，不能作非禮之事。也不好過去問，只可暗地保護。又瞧兩個解差起意不良，晚間跟至龍王廟，拿智爺那樣的英雄都嚇了一跳，廟內破殿的外面有一個大白人，見他們一到，就出了北邊破牆，往那邊一藏，智爺可就扎住步了。找了一棵樹，在後面細細一看，卻原來是徐良，心中暗道：「這孩子也不嫌喪氣。」就見他先結果了一個，後來在殿內又殺了一個。智爺在破殿外頭，裡面言語俱都聽明，方知道施俊妻子被搶，又遇見貪官。智爺瞧著他們拾掇好了，自己先就躲避。見二人到樹林，自己在林外聽他們一敘年庚，徐良執意的不背，說哥哥沒有背弟婦的道理，此時更不好露面了，自己暗道：「我要露面，準叫我背，不如我在暗地看他們怎麼辦理就是。」徐良告訴他，我的朋友來，已定的此地約會。智爺暗笑說：「他終朝每日足智多謀，這件事可慌疏透了。這也是朋友，那也是朋友，怎麼單出去迎接那朋友去？你一出去不大要緊，若有這兩個解差的餘黨，施相公就得廢命。有咧，我戲耍戲耍他，叫他著會急。」

自己就進了樹林，說：「施賢姪，你可認識於我？」施俊細看說：「莫不成是智叔父？」智爺說：「正是。賢姪多有受驚。」施俊行禮說：「叔父何以知之？」智爺說：「賢姪之事我俱已知曉，不必再說。此時我先把你背將出去，這樹林之中不可久待。」施俊說：「徐良哥哥叫我在此老等，叔父若將我背出去，我徐大哥回來，豈不叫他著急。」智爺說：「不怕，他知道我往外背你。」施俊一聽他知道，也不敢往下再說了。施俊說：「智叔父，我自己走罷，焉敢累你老人家背我。」智爺說：「我背著你走的快當。」出了樹林，往西行不甚遠，還不見徐良回來，智爺說：「咱們在此稍等等你徐大哥。」又把施俊放下。遠遠聽見那裡噺咚咕咚類若與人打起來相仿。此時又不敢扔下他到那邊去看，又怕自己過去時間再叫別人背走，只可等著。工夫甚大，方才回來，智爺背起就跑，鬧得施俊也不知什麼緣故。又聽後邊是徐良的聲音，算是聽著要罵，智爺方才放下。

徐良到跟前一看是智叔父，自己雙膝跪倒，說：「智叔父，你可把我唬著了。」智爺說：「徐姪男，你有多們慌疏，虧得是我，你出去見朋友去，若有解差的伙計把他殺了，你有什麼臉面見人？朋友到了把他讓到樹林有何不可？」徐良說：「叔父，那是誰的朋友，那是仇人，國家欽犯白菊花。」智爺問：「什麼叫白菊花？」徐良說：「你老人家連白菊花還不知道哪！」智爺說：「不知道什麼叫白菊花。」徐良這才把白菊花事情提了一遍，智爺方才知曉，說：「你為何不說明白了？你要說明，我豈不幫你去拿，就把他們拿住了。」徐良說：「我施兄弟是念書之人，提出來怕他害怕此事，倒不用提起，免得他害怕。我想那白菊花早晚是我口中之肉。現時倒有一件事情，非你老人家不行。」智爺問什麼事情，徐良說：「我施大兄弟事情你老人家知曉不知？」智爺說：「我一一盡知。」徐良說：「姪男打算前去救我弟婦，他在東方明的家中，不定隔著幾段界牆，打算往外救他，非背不能出來。我是哥哥，他是弟妹，焉有盟兄背弟婦的道理？此事若要這們辦理，豈不叫人恥笑。你老人家是叔叔，咱們爺三個一路前往，進太歲坊殺人是我的事情，救人是你老的事情。」智爺說：「別看我是叔公，我的歲數也不大，背著也是不相符，還是你背的為是。」徐良說：「你老人家是怎們推脫也推脫不了。」施俊在旁說：「智叔父你如我親叔伯一般，再者又是活命之恩。」智爺說：「咱們慢慢再定主意罷。」徐良問：「我兄弟又不能回家，咱們先奔什麼所在才好？」智爺說：「守著太歲坊相近的所在，先找一個店住下，慢慢再想主意。」徐良說：「我背著施大兄弟。」智爺說：「給他穿上點衣服方好。」徐良說：「那裡去找？」智爺說：「我這裡有。」打開包袱，拿出一領青衫，又拿一頂軟包巾，青紗遮面的面簾。施俊問：「這作什麼？」智爺說：「離太歲坊不遠，找店住下，離你家也不甚遠。若要沒有這個青紗遮面，要有人認得你，豈不是反為不美。」施俊說：「倒是叔父想的周全。我們那裡有個金錢堡，斜對著就是太歲坊，那裡有個大店，足可以住下，有什麼主意慢慢再想。」智爺說：「很好很好。」

施俊穿上青衣，把頭巾一帶，拿著那塊青紗，等用著時節再戴。徐良把他背起來，出樹林，智爺在後跟隨。走下甚遠，智爺接過來又背，再走一時，徐良又背。正然走著，忽見前邊有一個燈亮射出，聽了聽，遠方更鼓方交三更以後。智爺說：「二位賢姪，你看前邊那燈，必是住戶人家。依我的愚見，不如咱們先去投宿，明日早晨再走。天光一亮，若有車輛腳驢，叫他騎著，豈不省得背著他走路哪。」徐良說：「叔父這個主意甚好。」智爺說：「咱們前去問問。」徐良說：「我這山西口音說去不成，總是你老人家去說。」智爺叫徐良背著施俊，自己來到門首，叭叭叭叩打門環。忽聽裡面有婦人說話：「深更半夜，這是什麼人叫門？」智爺答言說：「我們是走路的，皆因天氣甚晚，我們這裡有一個病人，要在貴宅內借光投宿一宵，明日早行，總有重謝。」裡面婦人說：「實不相瞞，我們當家的沒在家，我家內又無有別人，你們又都是男子，我可不好讓你們進來，別處投宿去罷。」智爺說：「此處又沒有多少人家，望大奶奶行一個方便，若不是有個病人，也就不用借宿了。」裡面的婦人又答言說道：「你們既然這們說著，我就看在你們這病人的面上，住一夜又待何妨。」智爺低聲告訴徐良說：「人家本家沒有男子，少時婦人開門，人家看見你這相貌，再聽你口音不對，許他不叫咱們在這裡住下。你別說話，且裝作一個啞巴，我自會辨別。」徐良抬頭，見裡面燈光一閃，出來一個婦人。三位一看，吃驚非小。

要問什麼緣故，且聽下回分解。

第五十一回　知恩不報偏生歹意　放火燒人反害自身

且說智化叫徐良裝作啞巴，以免婦人疑心。不料這個婦人打著燈籠把門一開，三位一看，好生兇惡。身高七尺，胖大魁偉；頭上一塊絹帕，把他那一腦袋的黃頭髮包住；像地皮的顏色一張臉，上面還搽了一臉粉，又畫了兩道重眉，蒜頭鼻子，窩扣眼，厚嘴唇，大板牙，烏牙根，大耳重輪，上掛著兩個銅圈。穿一件藍布褂，腰中繫著一塊深藍油裙，兩隻鮎魚樣倒大腳，一臉橫肉。打著燈籠，年紀約夠三十多歲，說話聲音洪亮。三位一瞧，就知不是良善之輩。徐良瞅了智爺一眼，智爺想著天氣已晚，又沒有別的住戶人家，滿讓這個婦人兇惡，有自己有徐良還怕他什麼，就沒把這事放在心上，衝婦人深深一躬到地，說：「大嫂，這是我個姪子，冒染了風寒，在鋪中做買賣，伙友俱都不願意，故此把他背回家去。打此經過，天氣甚晚，就求大嫂行個方便，我們在院裡都行。」婦人說：「我們這裡有兩間西房，就是太破爛，你們若不嫌冷，也算不了什麼要緊的事情。」復又拿燈籠一照，說：「喲，這就是個病人哪！」此時施俊就用青紗把臉遮住，智爺說：「不錯，這就是我姪子。」又問這個背人的是人是鬼。本來徐良生的面貌難看，又是兩道白眉往下一耷拉，直是吊死鬼一般。智爺說是人。又問：「這位姓什麼？」智爺說：「不用問他，他是啞巴。」也對著徐良真會，他就啊巴巴的指手畫腳，也不知說些什麼，招的那婦人哈哈大笑，說：「錯過他是個啞巴，我可真不敢叫你們在這裡住下。幾位請進來罷。」智爺隨同進去。

婦人進來關上大門，直奔西房。這院內是三間上房，很大的個院子，兩間西房，離上房甚遠，靠南牆堆著些柴薪。進了兩間西房，那婦人把油燈點上，徐良就把施俊放在炕上。婦人說：「應當給你們預備些茶水，皆因我們家沒有茶葉，屈尊些三位罷。」智爺說：「這就多有打擾，還敢討茶？大嫂請歇息去罷。」婦人轉頭出去。施俊腿上傷痛，直哼咳不止。那盞燈又沒有什麼燈油，不大的工夫，油燈一熄，徐良、智爺二人就在炕上盤膝而坐。悶坐了半天也覺困倦，雙合二目，沉沉睡去。

忽聽外面叭叭叭叩打門環，婦人問是誰，外面答言說：「快開開罷，是我。這可算終日打雁，叫雁啄了眼了。快開門來罷，我叫人打的渾身是傷，我好容易爬回來了。」婦人出來把門開開一看，丈夫吳天良，渾身是血，一瘸一點的往裡就走。關上大門，進了上房，往桌子上一趴，不敢坐下。他妻子一問什麼緣故，吳天良說：「皆因我在龍王廟棺材裡一蹦……」他妻子一擺手，說：「你別嚷，西屋裡有投宿三個人呢！你叫人聽了去，豈不是自己把自己告下來麼？」你道這人是誰？就是龍王廟棺材裡裝吊死鬼的那人，叫徐良打了他一頓，給了他十兩銀子，好容易奔到家來。見了妻子刁氏，吳天良就把始末根由說了一遍，把徐良給他的十兩銀子掏出來，放在那八仙桌上，復又說：「西屋裡有三個投宿的，我在外頭買賣沒做成，我在家裡做這號買賣罷。」刁氏說：「方才你說，打你、給你銀子的是白眉毛？」吳天良說：「對，長的與吊死鬼一般。」刁氏說：「此時他變了一個啞巴了。」就把三個人投宿情形告訴了吳天良。吳天良說：「內中要有那個人可不好辦，他說給我銀子，叫我改過前非。他一個人我就了不了，何況他們三個。依我說，明日早晨讓他們走罷。」婦人說：「呸！可惜這個男子皮叫你披了來，你還不如我三綹梳頭、兩截穿衣。常言說得好，逢強智取，遇弱活擒。」吳天良問：「你有什麼主意？」

刁氏說：「我出去聽聽，等他們睡著時節，咱們南牆有的是柴禾，堵著西屋門把柴薪堆將起來，把柴薪一點，破著這兩間西屋，把他們燒死在內。離著咱們上房又遠，絕不能夠著咱們屋子。你要是有膽子，等他們睡著了時節，人睡覺如小死，進去用刀結果他們三個的性命，也費不了多大事情。你要不敢，只可是放火燒死他們。」吳天良說：「燒他們倒是個善法子，我可不敢殺他們去。」刁氏說：「待我出去聽聽。」出去工夫不大，回來笑嘻嘻的說：「天假其便，他們都睡著了，油燈也滅了，咱們就此行事。」

當時間兩口子手忙腳亂，把柴薪堵在西屋的門首，刁氏叫吳天良取火紙去，吹著好點。吳天良奔到屋中要取火紙，回頭一看，八仙桌子上兩錠銀子沒了。刁氏正在這裡等著取火紙，聽見屋中問：「家裡的銀子那裡去了？」刁氏一聞此言，暗暗咒罵說：「好烏龜王八小子，單在這們個時候問我話，我一答言，把這屋內人由夢中驚醒，咱們這事還辦得成嗎？真是一點心眼沒有。」又聽屋中哎喲，噗咚一聲栽倒在地。婦人聽見，疑著為取火紙，眼神兒有限，不知叫什麼東西絆了一個跟頭，說：「你太是無能之輩了！」一賭氣，自己去取。將要一轉身，覺著脖子一發緊，被人掐住往起一提，腳不沾塵，直奔屋門口來了，嚷又嚷不出來。就聽屋中那裡問：「智叔父，拿住了沒有？」外面答言說：「拿住了，你那個拿住了沒？」屋中說：「拿住了。」

原來徐良與智化俱都聽見吳天良回來了，徐良低著聲告訴了智化一遍吳天良這件事情，智爺聽著也是生氣。徐良出了西屋，把他們兩口子定下的計策盡都聽去，復又回去低聲告訴智爺。扒著窗戶往外看著，待婦人臨近，徐良與智爺假裝一齊打呼，施俊是真睡著了。等婦人聽準奔上屋時節，婦人去後，徐良與智爺也就出來了，智化在西房上趴著，徐良在正房上趴著。二人早就商量好了，看著他們兩口子一搬柴禾，徐良就躥下房來，進了屋子，把十兩銀子收在兜囊之內，說：「俺老西捨命不捨財。」往八仙桌子底下一蹲。吳天良進來，一找銀子不見，一問他妻子，早就叫徐良把兩條腿的腿腕子攥住，往懷裡一帶，噗咚一聲栽倒在地。徐良往外一躥，把他脖子掐住。智爺把婦人提在屋中，說：「你才會哪！你拿男的，叫我拿女的，捆罷！」徐良先把男的捆上，智爺把女的往下一扔，徐良無奈何，只可也把他捆上。刁氏苦苦央求說：「爺爺們，他要怎麼樣我，就怎麼樣我。」徐良說：「任怎麼樣你不怎麼樣你。」撕衣襟把他口來堵塞，轉過臉來說：「吳天良，說你有八十歲老娘，在那裡，請出來我見見。我給你的銀子，告訴你老娘，打算作個什麼買賣？」吳天良四馬攢蹄在地上趴著，衝著徐良點頭，說：「我的媽媽沒在家，住姥姥家去了。」徐良說：「我告訴你，不改前非，大環刀不饒。我還給了你十兩銀子，你還放火燒我，可見你的良心何在！我不殺你，怕留下壞根兒。」手中刀往下一落，只聽磕叉一聲，紅光迸現。回手就把那婦人磕叉一聲，也是紅光迸現，結果性命。

智爺說：「你結果兩條性命，可是他們罪當如此，可就怕地面官擔架不住。」徐良說：「這個賊人，素常不定害死多少人的性命，這也是他的惡貫滿盈。明天咱們爺們起身時節，把房子點著，將他們屍首火中焚化，絕沒有地面官的事情。」智爺說：「這個主意也好。此時咱們趁著施相公睡覺，先定下一個主意，明天到太歲坊，倒是怎麼個救法。」徐良說：「總是你老人家吩咐。」智爺說：「我方才想了一個主意。明天咱們到金錢堡店中住下，出去至惡霸家中踩道。找一個幽密所在，咱們把施俊帶出去，叫他在幽密所在等著。咱們先買下一副靴帽藍衫，待等把金氏救出來，叫他把靴帽穿戴，女扮男裝。咱們預先出店時節，就告訴明白了店裡，就說施俊上他表弟家裡去。咱們把金氏救回，就說是他表弟。第二日五鼓起身，雇上車輛，先出去幾十里地找店住下，問問施俊有投奔沒有。咱們再返轉回來，進太歲坊殺他們個乾乾淨淨。明天咱們是淨救人，但得不殺人可連一人別殺，為的是咱們走出一站去就不怕了。次日剩咱們二人，殺完了人一走，誰還能追的上咱們？你想我這個主意如何？」徐良一聽，說：「總是你老人家足智多謀。再說明天要進太歲坊，也不準知我那弟婦在什麼地方，趁著我這裡有一身鬼的衣裳，我就穿戴起來，嗞嗞的亂叫，連男帶女見著，他們不能不怕。你老人家趁亂之際，也好找我弟妹。智叔父想想我這個主意如何？」智爺說：「你要裝鬼，我就裝神。我那裡有一個隔面具，是個金臉的，披散著紅頭髮；我那裡有一件青衫，有一個蒼蠅甩兒，我就算夜遊神。」徐良說：「我算吊死鬼，這可真有個玩藝兒了。」爺兒兩個把主意商量妥當，又到西屋裡看了看，施俊方才由夢中驚醒。徐良說：「天氣不早了，咱們該起身。」施俊問：「怎麼謝承那個婦人呢？」徐良說：「早就謝承了，謝承他一刀。」施俊問：「此話怎麼講？」徐良說：「你打算那婦人是好人哪！」將底裡原由對他說了一遍，施俊說：「這一番若不虧叔父兄長，我又身歸那世去了。」徐良出來，把柴薪堆在上房屋中，立刻點著，背起施俊就走，智爺開了大門。將走一箭之遙，就見烈焰飛騰，萬道金蛇亂穿，火光大作。走到紅日東升時節，遇見一個趕腳的，並沒議論價錢，就叫施俊上了驢，叫他馱往金錢堡。書不可盡自重敘，一路無話。

到了金錢堡，天已晌午大錯。徐良摸了一塊零星的銀子，給了趕腳的。施俊下驢，仍然是徐良背著，施俊把青紗罩住臉面。這金錢堡是東西大街，南北的鋪面，人煙稠密，熱鬧非常。就見路北有一座大店，是高升店。將近店門，伙計迎出來問說：「三位是住店的？」智爺說：「不錯，我們是住店的。可有上房？」回答說：「有上房。」將要往裡一走，忽聽後面嚷了一聲，如同打了個霹靂相仿。智化、徐良一看，這四個人紅、黃、黑、藍四張臉面，四樣衣服，全是帶刀，有夜行衣包，好生兇猛。

若問來者四個人是誰，且聽下回分解。

第五十二回　金錢堡店中觀四寇　太歲坊門首看兇徒

且說智化等三人將一進店，伙計說有上房，將要進上房，忽聽見後面有人問：「店家，可有上房？」伙計連連答應說：「有。東跨院有三間上房，西跨院也有三間上房。」那四個人說：「我們上東跨院罷，不住店，打打尖就走。」又從屋中出來一個伙計，說：「你們四位爺往這裡來。」徐良、智化早就打量這四個人俱是賊寇，生得兇惡之極。徐良進了上房，見那四個人就奔了東院。徐良把施俊放在裡間屋中，放下簾子。店家打來臉水，隨後烹茶，然後就教預備飯。就是智化一人喝酒，另教店家預備點湯水，兩碟饅頭。施俊也吞食不下，喝了些湯，吃了兩個饅頭。徐良把剩的東西就拿到外間屋中，俱已吃完，教店中伙計撿去。

徐良問：「伙計貴姓？」那人說：「姓王。」徐良問：「排行在幾？」伙計說：「店中伙計，還有什麼準排行，你老喜歡叫王幾就是王幾。」徐良說：「那們叫你個王八。」伙計說：「客官別頑笑。你老人家貴姓？」徐良說：「我姓人。我問你一件事情你可知道？」伙計說：「什麼事情？」徐良說：「此處有一個儒寧村施家，你可認得？」伙計說：「怎麼不認得呢？無奈可有一節，正在例頭上。什麼事情罷？」徐良說：「那位大人作過藍陵府知府，我在本地賣醋。皆因是有一個人欠我三十六個錢，我們兩個人因為討賬，被我一拳將他打死。正遇衙門官人拿我問罪，正是這位大人卸任走在這裡，認得我是個賣醋的。這位大人作主，叫我認死鬼老太太作乾媽，我就給老太太磕了三個頭，說明白了，老太太死的時節，教我頂喪駕靈，發送死鬼。都是這位老大人的好處，要不是他老人家，早就把我定成死罪了。後來這位大人一走，我也沒有工夫給這位大人道勞。到如今奔至此處，我還沒找著住處哪，說在儒寧村住。」伙計說：「你幸虧遇見我打聽，千萬可去不得。如今施大老爺故去，新近全家遭害，施相公還不定死活哪！皆因六十天燒船轎，少大奶奶教我們這裡太歲坊搶去了。施相公到衙門中告狀，打了四十板，第二天就發遣，也沒有準地方。咱們聽見說，在半路上準死。姨奶奶上京告狀去了。你可千萬別找去。」徐良說：「這位少奶奶教他們搶去幾天了？」伙計說：「在太歲坊三天啦。」徐良說：「這三天工夫，大概也成了太歲奶奶了罷。」智化惡狠狠瞪徐良一眼，心中暗說：「施俊在裡間屋內聽著哪。」伙計說：「呔！客官你別胡說亂道。人家那少奶奶是什麼樣的人物？知府大人的女兒，又是知府的兒婦，你可別胡說亂道。咱們聽見說，他要行拙志不能，有人看著他，把臉都抓破了。如今也不吃飯，也不喝水，一味的求死，就是不教他死。論說那位施大人在世，可沒作過不好事情，這後輩受的苦處可不小。」徐良說：「我可不去啦。」又教伙計出去烹茶。徐良說：「智叔父，我弟妹沒死，這就不怕了，你老人家出去置買東西去罷。」智化答應一聲，拿了銀子，囑咐徐良：「可別教伙計進裡屋內去呀。」徐良說：「叔父只管放心，全有我哪。」

智化出了上房，直奔店門口而來，與店家打聽那裡叫太歲坊。伙計說：「太歲坊好找，由西往南，見著石頭牌坊那就是太歲坊。」智化出離了店外，一直西南，進了石頭牌坊，路西廣亮大門。將到門首，就見門外有數十騎馬，正碰上東方明送客。有一人身高八尺，黃緞紮巾，絹帕擰頭，淡黃箭袖袍，紅青跨馬服，薄底靴子，寶藍絲帶，肋下佩刀，披著一件豆青色的英雄氅，面賽薑黃，微長髫鬚。書中暗表，這就是黃面狼朱英，與他送寧夏國王爺的書信來了。再瞧東方明，天青色四楞繡花員外巾，迎面嵌一塊碧玉，雙垂青緞帶飄於脊背之後。穿一件斜領闊袖大紅袍服，上繡三藍色大朵團花，可是薄底靴子；面如油粉，兩道寶劍眉，一雙三角眼，獅子鼻，闊口重腮，連鬢落腮鬍鬚，臉上怪肉橫生，實在兇惡。就是他身後，還站著一個，更透著出奇。身高一丈開外，一身皂青緞子衣服，皮板帶，薄底靴子；面如鍋底，黑而透暗，熊眉豹眼，獅子鼻，火盆口，一嘴牙七顛八倒生於唇外；胸膛厚，背膀寬，肚大腰圓，猛一瞧就猶如半截黑塔相彷。送出朱英來，吩咐教人把馬帶過來，抱拳帶笑說：「候乘。」從人把馬鞭子遞過去，那人上馬，欠身抱拳說「請」，東方明大家回去，從人俱都上馬，數十匹坐騎直奔南陽府去，暫且不表。

單說智化遠遠看見那個黑大漢，暗暗吃驚，想這個人本領不小，也不知他們是那裡挑選來的這樣人。自己圍著他的院牆探了探道路，直到他後牆外頭。見那裡有一棵大柳樹，燒了心子，是一個黑洞相似。暗說：「教施俊在這裡藏著倒不錯。晚間若要進來，也從這後牆進來，很好的一條道路。」復又看：西北是金錢堡，西口外頭有個小五道廟。智化到跟前一看，是新收拾的，紅槅扇糊著黃紙，有個鎖頭鎖著。智化往前所走，身臨切近，上了月臺，將黃紙戳了一個窟窿，往裡一看，是新塑的佛像，兩邊白石灰牆，又用墨畫出來神聖的出處。智化看了這個所在，比樹窟窿強的多。智化看好了這個所在，復反又至街裡頭買了一副靴帽藍衫，急速回店，啟簾進了上房屋中。

徐良把包袱接將過來，放在桌子之上，問道：「智叔父可把所在看好？」智化說：「已經看妥。」

徐良說：「多一半是樹窟窿內，或五道廟，是與不是？」智化說：「徐姪男，多一半你也去了。」徐良一笑，說：「姪男假裝走動，我就上太歲坊繞了一個灣兒，趕緊回來了。」智化說：「你看見他出門送客沒有？」徐良說：「我沒看見，你老人家可見著東方明了麼？」智化說：「我見著東方明，本來他就兇惡，他身後還有一人，好生猙獰怪惡，比你二哥還高半頭，又胖大，可不知這個人是誰？」徐良說：「姪男到那裡，看他門首無人。晚間教我施大兄弟在那裡等候？還是五道廟好，還是那樹裡頭好哪？」智化說：「你既然是看見啦，總是五道廟內好。」兩個人把主意定妥，到裡間屋中告訴施俊。又聽見東院那四個人走在院中說：「我們把錢開發清楚啦。」店中伙計說：「你們走麼？我們可慢待。」徐良復又扒著窗戶看了看四個人，回來告訴智化說：「叔父你瞧，這四個人來頭不正，要據我看，他們準是東方明的餘黨。」智化說：「咱們不管他的事情。」隨就吃晚飯，吃畢，將殘家伙撤去，掌上燈火。

不到二鼓之時，把自己所用的東西俱都帶上，智化拿著包袱，施俊仍用青紗遮面，還是教徐良背著。智化把店中伙計叫來，說：「把我們這屋門鎖上，我帶著我的姪子看看病去，還要到他表弟家瞧瞧哪。」伙計問：「這位表弟家在什麼地方住？」這一句把黑妖狐給問住了。若要說就在這金錢堡，這店中伙計就在此作多年買賣，倘若提出，張口結舌，反為不美；要說在這左近的村莊，又不知道教什麼名兒。總是智化心快，隨用手指著西北，故意裝作低著頭想不起那個地名兒來，說：「是教這個，就是這西北頭一個村子。」伙計答言：「那裡叫小沙屯。」智化說：「對了，就是小沙屯。」這就不容他再往下問了，隨說道：「我們這一到他表弟家，他可不定回來不回來，我們是準回來的，你們可別上店門，多等一會。」伙計說：「客官只管去，不怕是五更，就是天亮回來，我們這是大店，有打更的，他總在門洞之內伺候，為的是客官出入方便。」智化說：「既然這樣，你多照看些就是了。」

爺兒三位出離高升店，走到金錢堡西口之外，上了小五道廟月臺。徐良把施俊放下，拉出大環刀來，對著鎖頭嗆的一聲，就把那鎖砍落。智化推開槅扇，三人進去，恭拜了一回神佛，暗暗祝告，自己祝告自己的心事。智化、徐良祝告的是早把金氏救將出來，施俊祝告的是神佛保佑，早把妻子救出，許願掛袍上供。智化把包袱交給施俊，教他在拜墊上坐著。徐良出去搬了一大塊石頭來，囑咐施俊：「等我們爺兩個走後，把這塊石頭頂在槅扇之上，憑爺是誰叫門，你可別開，聽出我們語聲來，你再開門。」施俊復又與徐良、智化磕頭。山西雁說：「你這禮路太多了。」爺兩出了五道廟，施俊把槅扇關上，用石頭一頂，淨等著聽妻子的喜信。

單提智化、山西雁離了五道廟，一直正南，奔太歲坊後身。到了後牆，二人一縱身軀，全都躥將上去，就把牆上灰片揭下一塊，往下一打，一無人聲，二無犬吠。叔姪下了牆頭，趴伏於地，往四下瞧看一回。正是花園子的景致，亭館樓臺，樹木叢雜，太湖山石、抱月小橋、月牙河、四方亭、荼蘼架，好大的一個花園子，真有四時不謝的花，八節長春之景，看惡霸家中這個花園頗為可看。智化說：「我在前面，你在後面。我若得著金氏的下落，我與你送信；你若得著金氏的下落，你與我送信。」說畢，叔姪二人分手，智化上前邊去不提。

且說徐良早到了一片竹塘，自己把夜行衣包解下來，打開放在地下，就把那個白高帽子拉直，足有三尺高，他套在自己壯帽之上；後面有兩根帶子，在腦後繫好；又把孝袍子穿上，把裡邊箭袖袍掖好了，把刀別在外邊；又將麻辮子虛攏住腰，再把舌頭掛上。此時可沒哭喪棒，就是空著手。徐良扮出這個吊死鬼來，對著他那兩道白眉毛，正像吊客一般不二。自己一樂，又學著鬼嚎的聲音嗞嗞的亂叫，由西往東亂跳，又從東蹦到西邊，越蹦越樂，越跳越高興，來回好幾次。跳了半天，自己想起來救人要緊，自己來到西邊拿他的夜行衣包。不料一找包袱蹤跡不見，徐良一急，忽聽南邊竹葉嘩嘩一響，見一個黑影兒一晃。

要問何人拿去，且聽下回分解。

第五十三回　遇吊客魂膽嚇落　見大漢誇講奇才

且說徐良扮成吊客，一學演這個鬼形，回頭一取包袱，展眼之間就會丟了。自己一怔，又沒見什麼動靜，怎麼就會丟失了？往正北一看，正對一座大樓。自己想了想，準許是這樓上有狐仙，聽說狐仙最喜鬧著頑，大半是狐仙爺把我包袱拿去了，待我叩求叩求。衝著那座大樓下了一跪，說：「狐仙老爺，別與我鬧著頑，我這裡是有正事的。我要沒事，要是鬧著頑，更對我的意思了。也不管是狐仙老爺，也不管是狐仙太太，也不管是狐仙公子、狐仙少奶奶、狐仙小姐，不管是誰把我的包袱拿去，早早還了我罷。前頭還有人等著我，別誤了我的正事。話我可是說明，我先躲避躲避，讓你們好往外還這個東西。」說畢立起身形，走在竹塘東北角上，面向東站了半天方才回來，再看包袱仍然沒有。復又照前番又說了一遍，仍是在那邊等了片刻的工夫，回來時節仍然不見，可把山西雁這個火性惹上來了。仍然衝著大樓，把舌頭摘下來說：「你可別欺服我老西，別看你是狐仙，不定有老西的位分大沒有，我眼前是御前帶刀四品護衛，我還給你下了一跪，苦苦的哀求。那裡有這們愛小的狐仙哪，拿了人家的東西去就不給了。你好好還我便罷，如若不然，我到你們總辦狐仙文案處，我寫一道黃表焚化，不管你有多大道行，可怕你擎受不住。你若還出來，可是好多著的哪。」說完過去一瞧，仍是沒有，徐良就罵出來了，說：「好烏八的，驢球球的！」

這一罵可就罵出禍來了。就聽唰啦竹葉一響，叭叉從正南上打來一塊石頭。徐良說：「真是狐仙扔磚頭？你顯出形象來，咱們兩個人較量較量。」說著話，就由竹塘西邊，繞著往正南上就追。真是顯出形象來了，就見一條黑影。山西雁把他的孝袍子一撩，尾於背後，見那條黑影，由正南撲奔東南。先前山西雁總疑是狐仙，嗣後來聽見前邊那條黑影腳底下有聲音，就知絕不是狐仙。但是一件，自己追不上他，皆因是他這孝衣又長，又是裹腿，跑的不能甚快。正跑之間，就見東邊一段長牆，牆頭上是古輪錢的花瓦，白石灰的牆，青石灰下截，有個瓶兒門，門兩傍有兩個朱紅三角的架子，上面有鐵鉤環掛著兩個羊角的引燈，就見那條黑影躥上牆頭。對著是白石灰牆，這個人穿著一身青衣，看的更真，就是一件怪事，沒有腳。徐良也就跑到牆下，離那人進去的地方，讓出約有四五尺的光景，也就躥上牆頭。往裡一看，就見正北上有三間樓房，俱點著燈燭，還有兩間東房，就瞧見那條黑影奔東房後坡去了。

自己躥下牆頭，正要往東房上追趕，忽聽見樓上細聲細語、哭哭啼啼、悲哀慘切的聲音說：「你們這幾個人作一件好事，讓我一死，我若到九泉之下，再也忘不了你們的好處。我也不是求別的，我就求一死。」又聽那幾個人說：「我們教你一死不大要緊，你不想想我們擔架得住擔架不住。依我相勸，你想開了罷，出你是出不去，死你是死不了。你還打算你丈夫尚在哪？你丈夫早死多時了。早有我們二太爺告訴知縣，派了兩名長解，把你丈夫的性命結果了。依我說，你從了好。大太爺大事一成，你就是個王妃哪。你有多大的造化呀！」徐良一聞此言，就知準是弟妹現時在這樓上呢。自己一想，追那個倒是小事，先與智叔父送信要緊。故此一轉身，復又由牆上出來，直奔正南。忽見有一所房子，裡邊燈光閃爍，全是婦女講話的聲音，心中一動，說：「我先在這裡嚇唬嚇唬他們。」把簾子一掀，就見那屋中約有二十多個婦人們，全都在那裡喝酒哪。原來是眾姨奶奶們預備下酒，淨等著與東方明道喜。這個婦人，今天晚上別管從與不從，也是要洞房花燭。這些個姨奶奶把酒都預備好，皆因是東方明前邊來了朋友，此時還沒有工夫過來，故此這些姨奶奶們預先就喝上了。有些個婆子，有些個丫鬟，有十一位姨奶奶，全都在那裡坐著，丫鬟婆子斟酒，說說講講，嘻嘻哈哈，正在高興的時候。不略聽見嗞的一聲，往門口那裡一看，先進來一個大白帽子，後來進了屋子，見他穿著一身孝服，繫著一根麻辮子，黑紫的臉，兩道白眉毛往下一耷拉，鮮紅的一個舌頭，足夠一尺多長，嗞嗞的亂叫。把這些姨奶奶、婆子、丫鬟嚇了個膽裂魂飛，頃刻間，噗咚噗咚東西亂倒，口中也有喊叫出來的，也有就死過去的。徐良越發逞能，在滿屋中蹦來蹦去。自顧他就在屋中亂叫不大要緊，可巧從外邊來了一個人，就是內外管家王虎兒。皆因是東方明前頭陪著幾個人喝酒，教王虎兒與姨奶奶們前來送信，不用教他們大眾等著了。王虎兒將一到門外，就聽見屋中直聲直氣的鬼嚎。自己把簾子一掀，往裡探頭一瞅，原來是個吊死鬼，嚇的他真魂出竅，回頭撒腿就跑，一直撲奔前邊去了。直到廳房，掀簾進到裡面，喘吁不止，嚇的連話都說不出來了。

原來東方明正陪著四個人在那裡吃酒，那四個人是南陽府伏地君王東方亮派來的，四個人一個叫趙勝，一個叫孫青，這兩個叫薛昆、李霸。他知道太歲坊東方明近來鬧的事情太大，他手下沒有多少能人，就是有些個打手連護院的，也沒有多大的本事。倘若東方明闖出禍來，遇見真有本領的，怕他乾受其苦，故此才把這四個人派來。這幾人全是做綠林的買賣，一個叫神偷趙勝，飛腿孫青，小猿猴薛昆，地裡鬼李霸。皆因是他們不認得太歲坊在什麼地方，在金錢堡高升店內打尖，要來的上等酒席，喝著酒與店中伙計打聽太歲坊離這多遠。店中伙計一指告太歲坊的地方，四個人很覺後悔，悔早知道離這們近，為什麼在這裡打尖。地裡鬼李霸說：「咱們外頭打了尖再去也好，省得咱們見了人家就與人家討飯吃，也教人家瞧不起，咱們這吃了飯倒爽快。」會完了飯錢，就上太歲坊，見了東方明，就把他們待為上賓，治酒款待，問了會子團城的事情。神偷趙勝說：「如今擂臺的事情業已辦好，在五里新街口之外，地名是白沙灘，總鎮擂臺的臺官就是神拳太保賽展雄王興祖。」東方明問：「此人可在我大哥家內？」趙勝說：「沒有，此刻打發人請去了。」東方明問：「現在那裡請去？」趙勝說：「現在河南洛陽縣姚家寨，在黑面判官姚文、紅面判官姚武家內去請，此時還未到哪。我們那裡大員外爺，怕你老人家勢孤，打發我們前來，要有用我們時節，只管吩咐。」東方明說：「若有事的時節，短不了奉懇。」

正在說話之間，忽然打外邊進來一個人，趙勝四個人一看，如半截黑塔相似，煙熏太歲一般，連忙問道：「員外爺，這位是誰？」東方明說：「與你們見見。這就是我妻弟，姓竇叫勇強，外號人稱大力將軍。」又向著竇勇強說：「這四位是大哥那裡打發來的趙爺、孫爺、薛爺、李爺。」彼此相見，五個人對施一禮。趙勝等往上一讓竇勇強，竇勇強再三不肯，大家落座飲酒。趙勝看著竇勇強生得十分兇惡，問道：「舅老爺所用的是什麼工夫？慣使什麼兵器？小巧的藝業如何？」竇勇強嘟嘟唔唔嚕嚕的，半天也沒說出一句整話來，說：「咱們全不懂的。」東方明在旁邊哈哈大笑，說：「四位賢弟，你們不知，我這個妻弟是個呆子，你們看他這個形像，還能會小巧的工夫？再要會小巧的本領，那就普天下沒有敵手了。」趙勝說：「必然是膂力大。」東方明說：「若論他的本事，使一條熟銅棍，會行者棒。按說行者棒三十六招，他共總記得六招。」趙勝問：「餘者的哪？」東方明說：「餘者就不會了。還不是一手跟一手的打，前前後後統共會打個五六手棍。別看他棍的招數雖少，動手時節，百戰百勝。」趙勝說：

「準是力大棍重，見者就死。」東方明說：「不是。棍可是重，上秤稱足夠八十斤的分量。兩下見面，不論人家使長短兵刃，或扎或砍，若奔他至命處來，他一急，用棍往外一磕，來人就得撒手扔兵器，力又大，棍又重。人家要不奔他至命處來，他盡自不理，仍是拿棍打人。人家只管扎他、砍他，自要不是至命處，他仍然不怕。」趙勝說：「原來是金鐘罩的工夫。」東方明說：「不是。」李霸說：「鐵布衫的工夫？」說：「也不是。」薛昆說：「也不是鐵布衫，也不是金鐘罩，到是什麼？」東方明說：「我告訴你們眾位，實在是件奇事。他生成的憨傻，頓飯雖不能吃斗米，也得八升。世路人情一概不懂，連一句整話也說不出來。渾身上下，生成的一身鱗甲相仿，類若象皮一般，不然他還有個外號叫賴皮象。他的胳膊對著咱們的胳膊一蹭，就得皮破血出。咱們刀要是砍上，也能砍一個口子，只要把刀抽出來，立刻這個口子就長上啦；咱們拿槍扎他，把槍拔出來，立刻這皮就長死了。這個賴皮象外號兒，真沒把他叫錯。還有一節，這們大歲數，仍然還是童體。」說得趙勝四個人無不誇讚。薛昆說：「這樣年歲還是童體的可少。」東方明說：「我給他提了幾回親事，他不知道娶來媳婦是作什麼用的，他一定不要。因他姐姐死後，近來我很覺著疼他，我就憐他憨憨傻傻的意思。」孫青說：「據我看這個人不凡，明年王爺一興兵，定是給王爺開基定鼎的功臣。」東方明說：「那看他的造化了。」

正在喝酒敘話之間，王虎兒進來，張口結舌說：「後、後頭鬧、鬧、鬧鬼。」東方明問：「你是瘋子罷？」王虎兒說：「我沒瘋，後頭鬧鬼。」東方明問：「什麼鬼？」王虎兒說：「大鬼，有七八十啦丈高，腦袋像車輪那們大，眼睛是兩盞燈，一尺多長的舌頭，嘴裡往外噴火，穿著一身孝袍子。哎喲，怕死我了！在姨奶奶屋裡亂鬧，把姨奶奶全都唬死了。」東方明問：「此話當真？」王虎兒說：「小人焉敢撒謊。」東方明一聲吩咐，叫護院的抄家伙，打更的點燈籠，去到後院捉鬼。

這段節目，下回分解。

第五十四回　東方明仗造化捉鬼　黑妖狐用巧計裝神

且說東方明一聽姨奶奶屋中鬧鬼就急了，立刻吩咐看家的、打更的抄家伙、掌燈火。立時間一陣大亂，護院的進來了十數個人，外號兒叫夾尾巴狗、長尾巴狼、無毛雞、花臉野貓。怎麼都是這宗外號？似乎真正有本領的，誰上他這裡來，這都是些無能之輩，狐假虎威的在他這裡混碗飯吃。聽見員外爺叫，大眾就抄家伙前來，問：「員外爺，喚我們有何事情？」東方明說：「你們到後院與我去捉鬼。」眾人一聽，全都嚇得身軀往後倒退，說：「員外爺，別的事全行，要教我們捉鬼那可不行，人鬼是兩路，總然有本事，誰能捉的住鬼哪？」東方明說：「你們既然在我這裡看家，我教你們捉鬼就得去捉，不捉不行。」那些人也說得好：「當初講的是拿賊，沒講下捉鬼。先要講下捉鬼，我們還不定來與不來哪！」東方明聽他們這些言語，氣的是拍桌案亂嚷。趙勝、孫青四個人說道：「二員外爺不必動怒，我們去捉鬼。」東方明說：「不用你等去。可見我手下的人皆是些無能之輩，教他們瞧瞧，還是我去捉鬼。」吩咐一聲：「看我的兵器來。」單有兩個人，抬著一把虎眼金鞭。趙勝等看這鞭足有碗口粗細，兩個人抬著，把二人壓的還是歪歪咧咧的，就見東方明一伸手接將過來，並不費力。趙勝等暗暗把舌頭一伸，說：「二員外爺好大膂力。」東方明早就把長大衣服脫去，摘了頭巾，氣昂昂的拿著一把鞭出了廳房，直奔後邊來了。連趙勝等並家人帶護院的，大眾點著燈球火把，也奔後邊來了。

王虎兒見他們人多，先就跑到前邊帶路。至姨奶奶的屋子外頭，聽了聽，此時屋中又沒有什麼聲音啦。衝著東方明用手一指，說：「就在這屋子裡哪。」趙勝等要進屋子，東方明把他們攔住說：「不用你們，還是看我的。」自己心中一忖度：有人常言為人平生的造化，若有舉人之命，晚間行路，肩頭上就有一盞燈，鬼最不敢欺身，若要一欺身，被這燈一照，就能把鬼照化了。若要有進士之命，晚間肩頭上有兩盞明燈；位分再要大些個，腦袋上就有許多的明燈。自己一想，若要哥哥作了皇上，我就是一字並肩王，我這腦袋上、肩頭上不定有多少燈哪。我要先把腦袋伸進去晃悠晃悠，屋中要是有鬼，教我這腦袋上明燈也就把他照滅。想好了這個主意，自己把簾子一掀，把腦袋往裡一伸。也是心中害怕，閉著眼睛把那腦袋晃了幾晃，並沒有鬼的聲音，自己就把膽子壯起來了。睜開眼睛一看，連個鬼影兒全無，想著自己造化是真大呀！就見地下橫躺豎臥，盡是那些姨奶奶、丫鬟、婆子。東方明一狂，說：「大眾跟我進來罷，鬼已教我治滅了。這我可作了一件損事，這鬼教我這燈照滅，永世也不能脫生去了。」趙勝等也是納悶：「他有什麼燈？也沒瞧見一點亮兒，他說他有燈，這可是個怪事。」大眾進來，就把這些婦人扶起來，待了半天，全都悠悠氣轉。東方明坐下一問這個緣由，那些人一口同音說鬼的這個形像，又與王虎兒說的不同。東方明又安慰了他們半天，又說自己怎們造化大，從此就不能再有了。

忽見竇勇強跑進來說：「姐丈，前頭院子有個神仙，駕著白雲彩，在半懸空中那裡嚷哪，他說他是夜遊神。」東方明一聽又是一怔：「怎麼今天晚晌神鬼全來了哪？」趙勝等也都是一怔。又有幾個家人，怪嚷著往裡直跑，說：「員外爺，可了不得了！前頭夜遊神那裡說哪，教咱們好好把金氏娘子送將出去沒事，若要不送，他要教咱們一家子都化成膿血。」東方明說：「待我去看。」勸姨奶奶不用擔驚害怕：

「有我在，一福壓百禍。別看神鬼亂鬧，方才鬧鬼，怎麼我到了就不見了呢？前頭鬧神，我到了就完。」仍然大眾執定燈火，夠奔前邊來了。至前廳院內，果見半懸空中，類若半雲半霧之中，是個金臉紅頭髮之人，穿著一件青衣服，手中蒼蠅甩兒亂擺。這內中就有信以為實的，七言八語，紛紛議論。唯獨趙勝，細細瞧看智爺，總未深信。

原來智化與徐良分手時節，一直撲奔正南，各處找尋金氏在什麼所在。可巧正走在更房，見裡面點定燈燭，窗櫺紙有破損的地方，往裡看了一看，原來是打更的，二個更夫在那裡跪著，一個更夫一隻手中執定酒壺。智爺看著有些納悶，到要瞧看瞧看。跪著的那個說：「你準保我有賊伸手就拿，給你磕頭。」這醉鬼說話舌頭都短了，酒夠十五成，說：「咱們這個招兒，錯過你不教。拿去，在門後頭哪。」那個人也不知道是什麼，就從門後拿出一個口袋來，高夠一尺開外，有碗口粗細，抽著口兒。那醉鬼說：「徒弟，過來我告訴你怎麼使法，可別輕易就傳人哪，不磕頭別傳給他。」那人說：「到是怎麼使法？」醉鬼說：「一隻手袖著手勾子，一隻手袖著口袋，要是遇見有賊，他必在花棵底下，竹塘邊上。黑暗地方蹲著，故意裝沒看見他，離他不遠，就把這宗東西衝他面門一抖，用手勾子一搭，搭躺下就捆，他有托天本領也不行啦。為人全憑手眼，如若迷失二目，要拿他豈不是探囊取物一般？這個招兒錯非是你磕頭，絕不輕傳。」正在說話之間，一陣大亂，眾人喊叫後面捉鬼。智爺看這兩個人一聞此信，急忙出去。智爺心中納悶，到底不知這口袋內是什麼物件。看屋內無人，自己一縱身躥到屋中，就見門後放著五六個口袋，全是一般大的尺寸，把口袋嘴子打開一看，原來是白沙石軋的麵子，過了細籮。智爺一看此物，計上心來，提著口袋往外就走。找了一個僻靜所在，打開包袱，把自己衣襟吊妥，將刀挪在絲帶之內，上邊罩了一領青衫，帶了隔面具，就是那小孩子帶的鬼臉一般，卻是金臉紅髮，眼睛、鼻子、口這幾處皆有窟窿，可以出入氣，往外瞧看，上面有個飄帶，往腦後一繫。復又拿了一個蒼蠅甩兒，把包袱往腰間一繫，提著白沙石口袋往前就走。

行到廳房後邊，一縱身躥上後坡。扭項往後邊一看，見後邊燈籠火把，人聲亂嚷，說：「捉鬼，捉鬼呀！」智爺就知道是徐良鬧的故事。自己往前來一路之上各處留神，總沒找著金氏的下落，只好也就裝起神來，使個詐語，使他們家內之人口中說出金氏的方向，再去搭救。拿定了這個主意，說：「呔！下面聽真，我乃夜遊神是也！奉玉帝敕旨，我佛牒文，鑒察人間善惡。今有東方明作惡多端，快快前來見見，吾神好開活汝的性命。」隨說著，早就看見了底下也有由屋內出來的，也有由別院跑過來的，也有打著燈的，也有在黑暗處站著的。趁著此時，智爺在房上往上一躥，又躥起有一丈多高，使了一個雲裡轉身，就把那白沙石一灑。下面人看這夜遊神，猶如從天宮駕著白雲墜落下來的一樣，家人撒腿往後就跑，與東方明送信去了。智爺見他們走後，也就不往下再說，也不灑白沙子了。工夫不大，見東方明率領大眾，由後面往前院而來，復又把那白沙子唰唰啦啦的亂灑。伏地太歲東方明帶著趙勝、孫青、薛昆、李霸、竇勇強，大眾抬頭一看，夜遊神復又說道：「呔！下面聽真，吾乃夜遊神是也！奉玉帝敕旨，鑒察人間善惡。今有施俊夫妻被東方明所害，金氏娘子乃是三貞九烈婦人，你若知時務，急速快將金氏送回家去，以免爾等滿門之禍。如若不然，吾神教你全家大小，一時三刻俱化為膿血而亡。」東方明一聞此言，身不搖自戰，就對竇勇強大眾說：「今有夜遊神指教於我，快把金氏送回他們家去罷，亦免咱們全家之禍。」

趙勝在旁邊把孫青叫將過來，低聲說：「這個是夜行人假扮夜遊神，那雲彩是灑的白土子，你們會看不出來？待我由後面上房，你們逗他說話，我把他踢下房來，用亂刀一剁，咱們在二員外眼前顯顯本領。」孫青點頭，轉身就與智爺說話：「夜遊神老爺，我們這就送出金氏去，千萬可別降我們一家之罪。」智爺說：「急速快……」那個「送」字未能說出，就咳喲，噗咚摔下房來。眾人用刀就剁，嘁哧嗑哧，鮮血淋漓。

要問智爺生死，且聽下回分解。

第五十五回 趙勝害人卻教人害 惡霸欺人反被人欺

且說智爺只顧與孫青說話，不略後邊有人上來。孫青為的是領著智爺心神念淨在下面，就不提防後面之人。就聽夜遊神哎喲一聲，噗咚摔倒在地。孫青、薛昆、李霸三人把刀亮出來，喊哧嗑哧一陣亂剁。東方明一見大家亂剁夜遊神，不覺心中害怕，反倒攔阻他們幾個，說：「你們因何亂剁夜遊神？此乃神聖，斷斷不可。」孫青說：「你老人家怎麼知曉他是夜遊神？要真是夜遊神，我們斷斷不敢。這都是夜行人的主意，裝神扮鬼。再說綠林人都是高來高去。二員外請想，他既是夜遊神，怎麼教我哥哥一腳踹下房來？」東方明一聽此言，方才明白，說：「這既不是夜遊神，後面定不是鬼了。」正在說話之間，忽聽房上一聲喊叫：「呔！下面該死的惡霸，敢用刀剁夜遊神！爾等們該當何罪？」眾人一聽房上又有夜遊神說話，大家細細一看，剁的這人不是夜遊神，原來是趙勝。一個個面面相覷，暗道：「趙大哥怎麼打房上摔下來了？」原來是趙勝預先與孫青低聲講話，智爺心中就明白了，準是商量要暗算於我。果然一回頭，見趙勝慢慢扒房脊過來，往起一抬身，對著智爺臀部就是一腿。智爺容他一踢，自己哎喲一聲，卻是揪住了趙勝的腿腕子，往下一帶，惡賊人身不由自己，噗咚摔下房來。眾人並沒看明白是誰，此時又聽夜遊神說話，大眾方才細細瞧看，彼此一口同音說：「員外爺，咱們上了夜遊神的當了。」眾人大罵夜遊神。

智爺一生就是不教人罵，本與徐良商量次日再動手殺人，被眾人一罵，撞上氣來了，把隔面具飄帶一解，脫下青衫，拋了沙子口袋，把蒼蠅甩兒往青衫裡一捲，放在房上，回手抽刀，說：「夜遊神要汝等的性命來了！」眾人往兩旁一閃，智爺腳站實地。東方明在旁邊說：「爾等們上！你們若拿他不住，等二員外我去。平生永不喜以多為勝，總是單打單我方才動手哪。」眾人齊說：「拿住這個人與我們大哥報仇。」一個個手中兵刃往上亂扎亂砍。智爺這口刀遮前擋後，幸而好那兩個出色的倒沒上來。正在動手之間，後邊又有人來說：「員外爺，不好了，後面又有鬼嚎起來了！是柱天柱地一個大白人，無論男女的房中他是掀簾子就進去，此時唬死人不少啦。」

東方明以為捉鬼作臉，仍然還是自己捉鬼，教那人在頭前引路，直奔後面。就見那人用手一指，果然就在屋中嗞嗞的亂叫。東方明奔到屋門口，仍然是把簾子一掀，眼睛一閉，他吃著上回那個甜頭了，將頭一搖，他心想著頭上的燈把鬼照滅。晃悠了半天，果然聽不見鬼嚎了，倒把山西雁嚇了一跳。頭一次是徐良把眾姨奶奶唬躺下，自己往別處去了，東方明鑽進腦袋來，徐良是沒看見過的。這一次山西雁瞧他閉著眼睛，頭顱亂晃，不知是什麼緣故，就用自己舌頭衝他面門舔了一下。東方明就覺著冰涼，在面門上又一蹭，他睜眼一看，哎喲一聲，險些栽倒，這才看見徐良這個樣兒。自己又一壯膽子，想著前面是人，後面也是人，就往屋中用手中鞭對著徐良打來。山西雁回頭就跑，皆因與智爺定下的，今天不殺人，想著戰要戰要他，得便再走，又看東方明這條鞭實在太粗。徐良一跑，東方明更覺膽大了，也就進屋中追趕徐良。當中有張八仙桌子，徐良在前，東方明在後，二人轉桌。徐良最好詼諧，跑著跑著用舌頭一舔東方明，伏地太歲一驚，連著好幾次。東方明暗暗恨自己無智無才，其實隔著一張八仙桌子，何必與他轉桌，要論手中這把虎眼金鞭，並不用追趕與他，橫著一打足以夠得上。主意一定，就把那鞭對準徐良後心，颼的一聲，噗咚摔倒在地。列公聽清，可不是徐良摔倒在地，論東方明也打不著。山西雁眼瞅著他一橫鞭，自己往旁一閃，就見東方明摔倒在地；又見由桌子底下躥出一個人，磕膝蓋點住東方明後腰，立刻就捆。

見此人穿一身皂青緞夜行衣，軟包巾，絹帕擰頭，灑鞋青緞襪子，背後插刀，總沒看見他的面色是誰。徐良納悶，走過前來，將要問那人是誰，就見他將東方明捆好，一縱身軀起來，與山西雁磕頭，說：「三哥，你老人家一向可好？」徐良哈哈一笑，說：「老兄弟，你真嚇著了我了。」把艾虎攙起來。又說：「老兄弟，你來的實在真巧，我與智大叔正因此事為難。」艾虎問：「什麼事情？」徐良說：「兄弟你不用明知故問，你不是為你盟嫂而來麼？」艾虎說：「不錯，正是為我施大嫂子。」徐良說：「我們正為此事為難，我比施俊年歲大，不能往外背弟妹。教智大叔背，智叔父也不願意往外背施大妹子。老兄弟你來得甚巧，往外背弟妹非你不可。」艾虎說：「來我可是來了，要教我往外背嫂嫂那可不能。」徐良說：「咱們上前邊找智叔父去，你愛背不愛背不與我相干。」艾虎說：「很好。這個惡霸咱們是把他殺了，或把他砍了？」徐良說：「依我主意，別把他殺了，留他活口，聽智叔父的主意。往他口中塞物，把他扔在裡間屋裡床榻的底下，咱們先往前邊找智叔父去。」艾虎過來，撕東方明的衣襟把他的口塞住，把他提起來，至裡間屋中，往床榻底下一放。艾虎坐在地下，用雙足把東方明往裡一踹，踹的惡霸身貼北牆，艾虎方才起來，復又把床幃放將下來，不怕就是有人到裡間屋中來，也不能知道床榻底下有人。

二人復又出來，艾虎問：「三哥，你因何這樣打扮？」徐良就把自己事情對著艾虎學說了一遍，復又問艾虎的來歷。小義士說：「我的話長，等事畢我再慢慢的告訴三哥。」教三哥把那袍子脫了，好往前邊動手去。徐良說：「你教我脫了袍子，你把我的東西還不給我麼？」艾虎問：「什麼物件？」徐良說：「你不用明知故問，拿來罷。」艾虎又問：「到底是什麼東西？」徐良說：「我的夜行衣靠，什麼東西！」艾虎說：「你的夜行衣靠，怎麼來問我呢？」徐良說：「準是你拿了去，沒有兩個人。」艾虎直急得要起誓，說：「實在不是我拿了去了。」徐良說：「必是你嗔怪我方才找我的包袱時節，口中不說人話，不肯還我，是與不是？」艾虎微微一笑，說：「三哥，你方才找包袱說什麼來著？」徐良把找包袱的言語說了一遍，小義士聞聽把舌頭一伸，哧的一笑，說：「很好，很好。」徐良問：「到底是你拿去不是？」艾虎說：「要是我拿去，焉敢教三哥這樣著急哪！總是有人拿去就是了，可不是我。」徐良又問到底是誰，艾虎說：「不用打聽了，咱們先去辦正事要緊。」山西雁無奈，只可把頭上帽子、麻辮子、孝袍子、舌頭，俱都摘下來，同著艾虎直奔前面而來。前邊正在動手之間，二人把刀亮將出來，一聲喊叫。這兩口利刃非尋常兵器可比，就聽喊哧磕哧亂削大眾的兵刃，眾人一齊嚷叫利害。

智爺正在危急之間，孫青、薛昆、李霸與護院的並家人等，圍著動手，倒不放在智爺心上。竇勇強提著一根熟銅棍，從外邊往裡一闖，蓋頂摟頭打將下來。智爺看他力猛棍沉，只可逢強智取，往旁邊一閃，用了個反背倒披絲的招數，對著竇勇強後脊背，就聽見崩得一聲響亮，把智化吃一大驚非小。就聽他說：「哎喲，你怎麼真砍呢？」仍然掄棍又奔智化而來。就在三五個回合，智爺只顧用刀一砍，被他那棍一磕，只聽噹啷聲響亮，把自己這口利刃磕飛。將要往外逃竄，徐良、艾虎趕到，早有徐良先就奔了智化，用他手中大環刀，遮前擋後，保護智爺闖將出來，離大眾動手的地方甚遠，叔姪方才說話。智化問艾虎從何而至，徐良就把兩個人遇見，拿住東方明，已知金氏的下落這些言語，學說了一遍，讓智爺到樓上先救金氏去。智化說：「有艾虎來了，不用我去背金氏。」徐良說：「我艾虎兄弟他不管背金氏，還讓你老人家去救。」智爺說：「也罷，我先到樓上看著金氏娘子去，你們把前頭事情辦畢，再上樓找我。」徐良說：「我先給你老人家拿一口刀來。」見徐良去不多時，就給智爺取來一口利刀，交與智化。

智爺拿這口利刀夠奔東北，直奔藏金氏之樓而來。將至樓下，就聽見上面哭哭啼啼的聲音。將要躥上樓去，忽見由瓶兒門那裡來了一個燈亮，走在樓下，高聲嚷叫說：「上面的聽真，現有員外爺吩咐，別管這個婦人是從與不從，教我先把他帶將下去，員外爺先教他失了節，然後什麼人愛救他就救。」上面婆子答言說：「我們勸解他有幾成願意了，讓員外爺稍等一等。」下面那人說：「張姐，你下來我告訴你一句話。」上面婆子道：「有什麼話為何你不上來說呢？」下面那人又說：「你下來罷，我這句話要緊。」上面那個婆子說：「李大嫂，你可好好的看著他，千萬別教他行了拙志。」上面那個人說：「我早知道你們兩人有私話，下面說去罷。」智爺暗地一想：「這倒是很好一個機會，省得自己上樓，當著金氏一殺婆子，倘要唬著金氏反為不美，總是在樓底下殺他才好。」先就縱身躥過來一刀，先把男子殺死。然後見那婆子下來：「有什麼話你快說來。」智爺趕奔前去，一刀也把那婆子殺死。復又往樓上叫說：「李姐，你也下來，我告訴你一句心腹話。」樓上那婆子說：「這個說話的是誰？」智爺說：「是我，你連我的語聲都聽不出來了？」那婆子說：「我不能下去，我這裡看著人呢！」智爺說：「你只管下來，難道說還跑得了他不成？」那婆子也是該當倒運，無奈何走下樓來，始終也沒聽出是誰的口音。下了樓，隨走隨問：「你到底是誰？」智爺見他身臨切近，用手中刀往下一落，叭又一聲，結果了性命。復反拿著這口刀，由樓門而入，直奔胡梯。

上下俱有燈火，踏胡梯上樓，心想著過去與金氏說話。焉知曉上樓來找，金氏蹤跡不見。智爺一急，就見後面樓窗已然大開。智爺也不知曉是什麼緣故，展眼之間，金氏不知去向，就見後面樓窗大開，大概金氏教人由此處背出去了。又不知是教什麼人背走，若是自己人背去方好，倘若教他們這裡人背出去，自己就是行拙志，都對不起徒弟與姪男。想到為難之處，只可就由後窗戶那裡也就躥出來。往下面一看，見有一條黑影，躥上西邊牆頭。智爺隨後趕下來了，過了兩段界牆，方才看見前面背人的飛也相似，直奔正西。智爺在後面追趕，說道：「前面是什麼人背著金氏？快些答言。你若不把金氏放下，我要趕上時節，我可不管你是什麼人，你要是惡霸餘黨，不放下金氏立追你的性命。要是救金氏的，別管你是平輩晚輩，我可不與你甘休善罷。你這不是戲耍姓智的，你是羞辱姓智的。我用了一個調虎離山計，我殺了婆子，你往外背！」智爺隨說著，那人並不理論，還是一直飛跑，所以智爺生氣。就因當初在霸王莊救倪繼祖時節，由土牢救將出來，教北俠背走，吃過這一回苦處。這如今總算老英雄了，卻又是這樣，焉有不上氣的道理，故此在後面追著，氣哼哼的教把金氏放下。又對著前邊那人不肯站住，智爺越追越上氣，復又說：「前邊那小輩，我將好言語你不放下，我要口出不遜了。」只顧這一句話不要緊，這才見前邊那人停住腳步。原來是用大抄包兜住金氏，繫在胸膛，為的是背著省力。站住時節，先把抄包解開，將金氏放下，轉過面來說：「你老人家千萬別罵。」智爺也就身臨切近，氣昂昂的說：「你到底是誰？」細細一看，說：「原來是你！」一跺腳，咳了一聲，愣柯柯半晌無言。

要問來者是誰，且聽下回分解。

第五十六回　智化送姪婦回店　蘭娘救盟嫂逃生

且說智爺見著背人的把脊背上人放下，與智爺一跪。細一看，卻是徒弟的媳婦甘蘭娘兒。智爺一見是他，自己羞了個面紅過耳，焉有師父要罵徒弟媳婦的道理？你道這甘蘭娘兒因為何故來到此地？皆因是這前後兩套小五義俱是明講的平詞，所以不比四大奇書❶，也不敢比十家才子❷，可也不與小說相同。乃當初玉昆石先生❸所留，此書講的是明筆、暗筆、倒插筆、驚人筆。諸公細瞧，必須把此理看明，方有可觀的所在。似乎艾虎、蘭娘兒這一露面，表他們的來歷，皆稱為是倒插筆。不但艾虎、蘭娘兒來，還有甘媽媽、鳳仙、秋葵、霹靂鬼韓天錦，俱已來到。

---

❶ 四大奇書：羅貫中的三國演義、施耐庵的水滸傳、吳承恩的西遊記、蘭陵笑笑生的金瓶梅，被明末著名文學家馮夢龍稱為「四大奇書」。

❷ 十家才子：指「十才子書」，元明清三代的十部戲曲、小說著作：元末羅貫中的三國演義，清初名教中人編次的好逑傳，明末清初荻岸山人編次的玉嬌梨，明末清初佚名氏的平山冷燕，元末明初施耐庵的水滸傳，元代王實甫的西廂記，元代高明的琵琶記，明末清初佚名氏的花箋記，清初樵雲山人編次的捉鬼傳，清代吳航野客編次的駐春園。

❸ 玉昆石先生：石玉昆，號問竹主人，清咸豐間北方著名講唱藝術家，擅長講唱忠烈俠義傳。後經人編成小說三俠五義、小五義、續小五義。

就因艾虎與韓天錦他們在臥虎溝完姻，韓章回家去了。這日閒暇無事，忽然鳳仙想起牡丹金氏來了。他們本是乾姊妹，對著艾虎一提，小義士也想念盟兄，對著上京任差日限又遠，何不一同上一趟固始縣去又礙何妨。夫妻一商量，秋葵也想念姐姐了，要一同前往。秋葵要去，蘭娘兒也要一路前往，霹靂鬼也要去。沙老員外不放心，怕的是霹靂鬼闖禍，艾虎也不願意同著霹靂鬼一路前往。甘媽媽說：「既然這樣，我同著他們一路走走。」沙老員外方才放心，雇了馱轎兩頂。艾虎、霹靂鬼坐車，甘媽媽、蘭娘兒、沙氏俱都坐馱轎，一路無話。

也是住在金錢堡，可不是與智化、山西雁在一個店內住著。在西邊有個德勝店，把上房東西房俱都留下，打臉水烹茶。今日天色已晚，打算明日再奔施俊家去不遲。沙氏教艾虎打聽打聽施老大人是尚在還是故去了，艾虎就與店中伙計打聽施家之事。那伙計是連連擺手說：「千萬可別提施家事情了。」艾虎問什麼緣故，伙計就把施家之事，一五一十學說了一遍。沙氏一聞此言，不覺二目之中落下淚來。艾虎等店中伙計出去，也就止不住往下落淚。唯有甘蘭娘兒在旁邊哈哈的狂笑，艾虎與沙鳳仙越哭，甘蘭娘兒越笑，哈哈笑個不止。艾虎不覺怒氣往上一衝，用手一指，說：「好賊輩，你太也無調教了。論說婦道的規矩，曉三從懂四德是婦道根本，夫主就是一層天，為丈夫要是遇見喜事，你也幫著歡喜，若是遇見煩事，你就幫著愁腸才是。我與你姐姐都在這裡悲泣，你反倒在那裡哈哈的狂笑，那裡有夫妻一點情分！到底你出身不高。」

艾虎雖這們說著，甘蘭娘兒還是哈哈直樂，樂了半天，說是：「老爺說完了沒有？」艾虎說：「我說完了便怎麼樣，不說完了便怎麼樣？」甘蘭娘兒說：「你說我出身不高，生來一個婦人，是隨夫貴隨夫賤，妾身託賴老爺之福，也就不能論出身高矮。請問你一件事情：你是何人的門徒？」艾虎說：「你這不是明知故問，誰人不知我是黑妖狐智化的門徒。」甘蘭娘兒又問：「什麼人的義子？」艾虎說：「你這是沒話想話說，我的義父是北俠，難道說你就不知？」甘蘭娘兒哈哈又笑，說：「可惜呀可惜。師父、義父那樣的英雄，認你這樣義子徒弟。我可是女流之輩，我可也聽見說過那二位老人家揮金似土，仗義疏財，樂善好施，濟困扶危，有求必應。殺贓官，去忤逆，愛孝子，敬賢孫，喜的是義夫節婦。千里之外有一惡霸，自備資斧，到那裡結果惡霸的性命；千里之外有個被難的，也是自備資斧❹，救這個被難之人去；饒把他救將出來，還不通名姓，若是窮苦之人，還要周濟銀兩與他，這叫大丈夫施恩不求報。可惜收你這樣徒弟！聽見盟兄全家遭害，不想一個主意與盟兄報仇，反到同著我姐姐在那裡哭哭啼啼。似乎我與我姐姐是三綹梳頭、兩截穿衣的婦女，你是個八寶羅漢、鬚眉男子，萬歲爺家現任職官。你與施大哥八拜為交，生死弟兄，不思念與哥哥報仇，反在此落淚，你這就叫有負前言，連一點大義綱常全無，反倒說我不懂三從四德。我樂得是你堂堂四品護衛，又是俠義的門人弟子，不曉得與盟兄全家報仇，反在此流這婦人淚。哭會子也是無益於事，能把哥哥哭活？能把姐姐哭的身離虎穴？要真如此，就是把二目哭瞎，也不枉哭了一場。若依我愚見，你要不敢到惡霸家中與哥哥報仇，我就要前去探道啦。只用把道路探好，今日晚間，妾身背插一口鋼刀，夜入太歲坊，把惡霸家中殺個乾乾淨淨，雞犬不留。金姐倘若未死，把姐姐救出龍潭虎穴，就算替我丈夫盡盡交友之道了。」甘蘭娘這一套話不大要緊，把一個艾虎說的面紅過耳，氣的是渾身立抖，說：「你出此朗朗狂言，我要出去探道，你真敢跟著我，今日晚

❹ 資斧：指旅費。

間，夜入太歲坊走這一趟？」甘蘭娘兒說：「你要不去，我自己還要前去，何況又是跟你前往，焉有不敢之理？」艾虎真就出來探道。探明道路，轉頭回來。

大眾吃畢晚飯，艾虎換了夜行衣靠，蘭娘兒也拾掇利落，拿絹帕把烏雲罩住，摘了釵環鐲串，脫了衣裙，淨剩裡邊小襖，用汗巾紮腰，多帶了一根抄包，背後插刀，換了軟底弓鞋，就同艾虎出來。並不走店門，蘭娘兒與艾虎俱從後牆跳出去，直奔太歲坊的後身。走在五道廟，遠遠的看見山西雁搬著一塊石頭進廟去了。艾虎告訴蘭娘兒說：「這就是三哥，大概還有別人。」不多時，又見智爺出來，艾虎說：「他們也為此事而來，不用過去見他老人家，咱們誰先到誰救。」倒是艾虎先進的太歲坊，夫妻分手，艾虎往前面去了，蘭娘兒在花園子裡一繞。若論膽量，這個婦人可算數的著第一。忽然一見徐良換他這一身孝袍子，可把蘭娘兒嚇了一跳，細一看，卻原來是三哥，心中暗暗納悶，他因何這般的打扮。只見他扭來扭去，正扭在高興之間，蘭娘兒就把他這夜行衣靠包袱拿起來了。遠遠的看著，打算他真急了時節，好把包袱給他。不想他口出不遜，這一罵，把甘蘭娘兒罵急了，這一賭氣，包袱也不給他了，找了一塊石頭，對著徐良打去。徐良隨後一追，自己就跑。跑過了東房，後來不見徐良追他，方才又從東房過來，各處找尋金氏。後來找著金氏，由後樓躥將上去，戳破窗櫺紙，看了半天，方才聽得明白，暗暗誇講金氏所說言語，真是烈婦。

本打算要進去殺婆子，也怕唬著金氏，可巧遇見智化用了個調虎離山計，自己就開了後樓窗，來至金氏面前，解了綁繩，說：「姐姐多有受驚，我是前來救你。」金氏說：「你要是我的恩人，容我一死，我也不能出惡霸門首。」蘭娘兒問什麼緣故，金氏說：「我既到惡霸家中，我要出去，也是名姓不香。」

蘭娘兒說：「我不是外人，我是艾虎之妻，前來救你。」金氏說：「你是艾虎之妻，你姓什麼？」蘭娘兒說：「我姓甘。」金氏說：「你更是胡說了。艾虎之妻姓沙，你怎麼告訴我姓甘呢？」蘭娘聽他問到此處，覺著臉一發赤，低聲說：「妹子，我是艾虎的側室。」金氏方才明白。蘭娘兒早把他攔將起來，用大抄包兜住他的臀部就往背後一背，抄包的扣兒繫在了蘭娘兒的胸前，背起來就走。

將一出來，就遇著智化後邊追趕，明知是師父，故意一語不發。後來聽著要口出不遜，自己不能不答言，方才把抄包解開，把金氏放下，雙膝跪下說：「師父別罵，徒弟媳婦在此。」智爺一看是甘蘭娘兒，自覺臉上有些發愧，搭訕著問：「原來是你們夫妻俱都上這裡來了！」蘭娘兒就把來由對著師父學說了一遍。智爺說：「很好，你們來得甚妙，我們爺們正為背金氏發愁呢！我先保護你們出去，然後告訴你們一個主意。」金氏一看原來是智化，當初曾在夾峰山見過一次，跪在地下就與智爺磕頭，說：「智叔父，姪婦被惡霸搶來，本不打算出去。現有弟婦前來救我，我要行拙志，我妹妹不教我死。我若不死，出去怕人談論，名姓不香。」說到此處，就哭起來了。智爺勸解半天，又教蘭娘兒把他背將起來，仍然把抄包繫住，智爺保護，直奔北牆而來。蘭娘兒躥上牆頭，飄身下來，智爺也就跟出牆外，送他們直奔德勝店。走著路，智爺就告訴蘭娘兒一個主意，說：「施相公可現在五道廟內，此刻倒不用叫他夫妻相見，先把你姐姐背回你們店去，可別教店中人看出破綻來，女眷中多一個人也不大要緊，又是夜晚之間。明日五鼓，教他們套車，你們上車之時多一個人，店中絕看不出那女眷中多出一個人來。我帶著施公子、徐良前來尋找你們，作為是咱們一路前往。」蘭娘兒點頭說：「師父這個主意很好。」隨說著，就到了店的後牆，蘭娘兒說：「師父到裡邊不到？」智爺說：「我就不到裡面去了。」蘭娘兒一回手，由腰中解下一個包袱來，交給智爺。蘭娘兒說：「你老把這個包袱交給我三哥，告訴他往後說話可要留神，再要那們說話，嘴巴可要打上臉去了。」智爺一聽這話，就知不大相符，問了問：「這個包袱你是從何得來？」蘭娘兒說：「我是撿拾三哥的這個東西。」智爺也不敢往下再問了，料著必是徐良口出不遜。暫且把包袱繫在自己腰中，看著蘭娘兒躥上牆頭，進裡面去了。自己復反回來，躥進太歲坊後牆，仍然往前撲奔到了前邊動手的所在。

此時，那些動手的人已然教艾虎殺了個七零八落，智爺復又殺進來了。就見地下橫躺豎臥，也有帶重著傷的，也有死於非命的，遍地半截兵刃不少。又聽正房上一聲喊叫，原來是東方明趕到此處。皆因艾虎把他捆上，口中塞物，二位英雄出來之後，原來有個家人不敢進屋子，遠遠看著。等徐良他們去後，家人進來，就由床下把東方明拉出來解開，又將口中之物掏出。東方明叫家人把金氏帶去霸占之後由他們去救，不想工刻甚大，自己一賭氣，撲奔東院來了。將到院內，就見婆子家人俱都被殺，親身上樓，不見了金氏，直氣得大罵一場，又上前邊動手來了。將到前院，就見家人亂嚷說：「從外面來了兩個大山精，打進來了。」

要問來者是何人，且聽下回分解。

第五十七回　竇勇強中鐵棍廢命　東方明受袖箭亡身

且說惡霸見丟了金氏，大失所望，就想著上前邊動手去，殺了這幾個人也出出他胸中之氣。將到前邊一看，他家下的人俱都無心動手，有機靈的全都逃了性命，痴傻的還在那裡交手。又從外邊跑進幾個人來，齊說道：「員外爺，可不好了！由門外來了一個大山精，一個母夜叉，提著兩條渾鐵棍，瞪著大眼睛，看不見咱們的大門，口中亂嚷說：『怎麼這裡沒門哪？』那母夜叉說：『那邊有門。』大山精說：『走這邊近便。』就用棍一戳，牆就倒了，邁腳就走，不久的就打在這裡來了。」東方明一聞此言，這又是一件奇事。忽聽大吼一聲，猶如外面打了一個霹靂相似。艾虎裡邊動手，就聽見二哥的聲音，原來是韓天錦夫妻二人全都到了。

皆因艾虎與蘭娘兒夫妻議論上太歲坊的事情，可巧被秋葵聽見了。也沒把此事聽明，就知道施俊一家遭害，教太歲坊太歲爺搶去，有甘姐姐同老兄弟姐夫去到太歲坊救人。秋葵管著艾虎又叫老兄弟，又叫姐夫，自己本就糊塗，又沒聽明白，回來就與韓天錦商議，他們也要去。原來韓天錦吃完了晚飯，躺在裡間屋沉沉睡去，打呼的聲音猶如牛吼一般。秋葵過來，掄開了拳頭嘣嘣的亂打，好容易才把天錦砸醒，一挺身坐起來說：「秋葵，你怎麼打我？」秋葵說：「霹靂鬼，你還睡覺呢？」原來夫妻二人就是這個官稱。韓天錦說：「我睡覺與你何干？」秋葵說：「牡丹姐姐教太歲爺搶了去了，施大哥教太歲爺害了。」韓天錦問：「怎麼樣哪？」秋葵說：「老兄弟、蘭娘兒姐姐他們兩口子去找太歲爺去了，咱們也去。」韓天錦說：「咱們就走。」遂提了他那條鐵棍，把衣襟掖得利落。秋葵也就摘了花朵，脫了裙衫，裡邊短襖用汗巾紮住，也用絹帕把頭髮包好，也就提了一條渾鐵棍。秋葵在先，韓天錦在後，將往外一走，就被甘媽媽攔住，說：「喲，我的乾女兒，你上那裡去？」秋葵說：「我上太歲坊找太歲爺去。」甘媽媽說：「喲，我的乾女兒，你可去不得，有我們姑娘與姑老爺前去，你們不必去了。」秋葵說：「你快躲開，別誤了我們的事情。」甘媽媽說：「我偏不教你們去。」說畢，就把門口一擋。秋葵說：「你要不躲開，我要拿棍打你啦。」甘媽媽說：「你要打我，可衝著我的腦袋打。來！」沙氏真正一舉棍就要打，甘媽媽往旁一閃，說：「喲，大姑娘，你二妹子要上太歲坊去哪！」鳳仙慌忙由東裡間屋中出來，把門口一擋，說：「妹子要上那裡去？」秋葵一瞧事頭不好，一生就是最怕姐姐。別看他是個渾人，也有主意，他把韓天錦一揪，說：「你在前頭走罷。」霹靂鬼答應說：「使得。」他見鳳仙攔住門口，說道：「躲開不躲開？拿棍要打啦。」隨說著一捋棍，照著鳳仙就打。沙氏一瞧事頭不好，無有法子管這兩個渾人了。韓天錦見鳳仙躲開，回頭叫著秋葵，一直奔店門來了。

將到店門，此時門已是關閉了，有一個人在那看著，若有出入之人，這看門的給開。韓天錦走在那裡嚷：「開門。」那人一看他這個樣兒，就有幾分害怕，問道：「你老人家天到這們時候，上那裡去？」韓天錦說：「我外邊拉屎去。」那人說：「拉屎你拿棍有什麼用處？」回答說：「為的是看狗。」那人說：「店中有的是中廁，何必單上外邊走動去哪？」韓天錦說：「中廁小，在這裡走動憋悶的慌，總得敞亮的地方，三里地沒人我才拉的出來呢，再者放屁臭氣散的快當。你再要不開，我就要拿棍打你啦。」

嚇的店中的人捂腦袋往旁邊就跑，天錦自己開門。店中人又見秋葵也提著一條棍，他復又問道：「這位太太你是做什麼的？」秋葵說：「我是看拉屎的那人。」說：「拿棍何用？」回答說：「與他看狗。」店中人看這事頭不好，也就不敢往下再問了。夫妻二人俱都出店，也並不知太歲坊在那裡，夫妻二人對問：「你知道太歲坊在那裡？」秋葵說：「我不知。你反倒問我，你知道太歲坊在那裡不知？」韓天錦說：「你說的，怎麼反倒問我呢？」可巧來了一個行路之人，夫妻二人俱都看見，二人彼此棍對著棍把路一橫，韓天錦說：「站住罷小子！」那人一看，不但站住，反跪下了哪。說：「二位，我是任什麼沒有，就有身上的衣服，肚內乾糧。」天錦說：「放你娘的屁！如今不幹那個了。」書中代表，他本是打槓子的出身。秋葵問那個人太歲坊在什麼地方，那人說：「在正南。」說了才放那人去了。若依天錦，他直不認得東南西北，到是秋葵還明白些個，一直往正南。

進了石頭牌坊，就聽裡面吶喊的聲音，又對著燈球火把照徹沖天。韓天錦說：「這就是太歲坊罷！」秋葵點頭：「準多一半是罷。」天錦問：「這裡怎麼沒有門哪？」秋葵說：「那邊有門。」霹靂鬼說：「這裡開一個罷。」拿棍一杵，嘩喇一聲，將牆杵倒，就開了一個門，邁腿就進來了，秋葵也跟著進來了。霹靂鬼一嚷，東方明瞅見如山精相仿，身高一丈開外，是所有這些打手還不夠他一半高的身量哪！大家往上一圍，秋葵施展他的棍法招數，展眼間，東倒西歪，死了不少。霹靂鬼一眼就把竇勇強看見了，用聲高叫說：「那個大小子，過來咱們兩個人較量。」竇勇強也就看見霹靂鬼了，正無心與艾虎、徐良交手，一擺手中熟銅棍，就奔了韓天錦來。二人並不問名姓，就打在一處。如今韓天錦自打完姻之後，就是跟著夫人秋葵學了幾手棍，先前不會。對著竇勇強也是多了不會，二人這一交手，倒把旁人給嚇住了。銅鐵兩條棍叮噹的亂響，秋葵在旁總怕韓天錦被傷，賣了一個破綻躥將上去，單臂使平生之力，對著竇勇強臀部的底下，腿窪子之處，叭又就是一棍。若是竇勇強身體伶便，也不至於打上，皆因是他棍法不精，顧前不顧後，被秋葵這一棍，噗咚栽倒在地。韓天錦也用平生之力，對著大力將軍太陽穴，叭又就是一棍，砸了個腦漿迸裂。這竇勇強本不是金鐘罩，也不是鐵布衫，本是生就的一身象皮豬骨，若要刀砍在皮糙肉厚的地方，皆都不怕，這太陽穴如何禁得住韓天錦這一棍？砸了一個腦漿迸裂。總而言之，邪不能侵正，此人要歸了正途，與國家出力報效，何愁無有官作。此是閒言，暫且不表。

東方明看見秋葵一棍將他舅爺打倒，被韓天錦要了性命，自己一個箭步躥將過去，對著秋葵後脊背，一語不發，掄鞭就打。秋葵也是個傻子，不能瞻前顧後，不料人家人多。智爺在旁說：「姑娘小心，鞭到了。」秋葵一扭身，掄棍一迎，那把虎眼金鞭噹的一聲，那鞭梢兒被棍一磕，就折下半尺有餘。你道這把金鞭怎麼一碰就折？卻來是東方明就為這們一個虛體面，這把鞭是硬木胎子，上邊金銀銅三樣合在一處，掛的一個皮兒，淨為的裝樣，可以鎮人。吩咐一聲抬鞭，抬鞭的那二人故意壓的歪歪咧咧，淨為是教趙勝、孫青幾個人瞧看，不然他怎麼不敢向前與人動手？到如今，他想著暗算秋葵，不料有人提醒了，沙氏一緩手，就把鞭梢磕折，自己嚇得不敢動手，轉身就跑。霹靂鬼看了看沒有很出色之人，他就追下伏地太歲來了。秋葵也要追趕，被智爺攔住，說：「姑娘，深更半夜，你不用追趕那廝去了。」秋葵聽智爺一套話語，也就不肯往下追趕。

此時大家倒沒動手，皆因見秋葵與韓天錦一來，眾人齊說山精與母夜叉到了，又對著竇勇強過去，這兩條棍，棍磕棍的聲音太大，眾人暗暗誇獎。不料竇勇強一死，又有東方明過去交手，將一過去，鞭又一折，所有太歲坊的眾人都沒有什麼指望了。人無頭目不行，鳥無翅不騰，就無心動手。又對著孫青動手的工夫不小了，所以眾人動手，不求取勝，只要保住自己兵刃削不了，就算保住一半性命。艾虎往前一湊身，與孫青兩個人較量。薛昆、李霸二人一瞧事頭不好，撤身往外就跑，山西雁就追，說：「老兄弟，你拿那一個，我拿這兩個。」徐良追出兩個人去，暫且不表。

單提艾虎與孫青交手，智爺也就躥上去了。此時孫青已經手忙腳亂，無心動手，也打算要跑，不料未能跑開。稍一失神，自己的刀教艾虎七寶刀削為兩段；隨著一抬腿，被艾虎踢在肋下，噗咚一聲，孫青栽倒在地。艾虎過去打算要拿一個活的，剛要把孫青捆起，就聽上面颼的一聲，小義士趕緊往後一撤身軀。原來是秋葵看著孫青躺在地下，看出便宜來了，也不管有人沒人，掄棍就打，若不虧艾虎躲的快當，連艾虎的頭顱俱碎了。艾虎雖然躲開，把孫青打了個骨斷筋折。艾虎說：「你夠多們愣。」秋葵拿棍復又要打那些家人，智爺把他攔住，說：「姑娘且慢。」秋葵這才不打了。智爺說：「你們大眾無非是雇工人氏，你們主人任意胡為，如今你家主人已跑，我們不忍傷害汝等性命。」大家一聞此言，如同領了一道赦旨相仿，大家扔下兵器，俱都跪下與智爺磕頭。智爺說：「放你們逃走去罷。」大家歡歡喜喜，逃竄性命去了。這才有艾虎、秋葵過來與智爺行禮。智爺問秋葵：「你們夫妻從何而至？」秋葵就把來歷學說了一遍，艾虎又說：「上後面看看我盟嫂如何。」智爺說：「已然叫你妻救回店中去了。咱們在此等等你二哥、三哥，他們回來時節，咱們一同再走。」

再說伏地太歲東方明在前邊一跑，後邊韓天錦苦苦一追，追來追去追至前邊一片松林。東方明料著他要進了樹林，韓天錦就不追趕於他了。焉知曉天錦不懂的這個規矩，追進樹林，仍然趕不上東方明，一賭氣，把手中棍颼的一聲，撒手對著東方明打出去了。只聽得噹的一聲，卻沒打著東方明，正打在一棵松樹上。伏地太歲見他把棍扔出來，手無寸鐵，自己反覺歡喜，復又追下天錦來了。霹靂鬼本是渾人，兩下裡動手，焉有撒手飛棍的道理？本是得勝，反倒敗回來了。對著東方明又苦苦一追，正追之間，忽聽樹上有人叫他說：「大哥，別追啦。」東方明抬頭一看，由樹上下來一宗物件，正中咽喉，噗咚一聲，摔倒在地。

要問東方明生死，且聽下回分解。

第五十八回　金錢堡羞走山西雁　毛家疃醉倒鐵臂熊

且說韓天錦扔出棍去沒打著東方明，反倒敗回來了。不料山西雁追出薛昆、李霸，打算要把二賊捉住，那二賊分路一跑，一個往東，一個往西，徐良也就無心追趕兩個賊了。就聽見前邊嚷嚇之聲，是韓天錦的口音，自己也就奔樹林而來。到了樹林，見天錦撒手這一扔棍，自己暗暗恨怨二哥：「兩下動手，焉有撒手扔兵器的道理？前邊就是有個死人，也叫你打不著哇，並且又有許多樹木阻擋。」自己一翻眼，忽然計上心來。看見旁邊有一棵大樹，隨即躥上樹去。料著天錦必跑，東方明必追，若從樹下一過，就可以結果他的性命。果然不出所料，先把天錦讓將過去，他在樹上叫聲「大哥別追了」。東方明不知是誰，必然抬頭朝樹上一看，徐良二指尖點指，噗哧一聲，正中哽嗓咽喉，東方明噗咚一聲摔倒在地。徐良高聲嚷叫：「二哥，別走了，去撿棍去罷。」徐良下了樹，與韓天錦見禮。霹靂鬼說：「虧了三弟你呀！要不是你，我準得死在這小子手裡。」徐良說：「從此往後，與人交手，可別撒手扔了棍。」天錦說：「再也不敢了，這原來不是個招兒。」過去把自己的鐵棍撿來。徐良也會寃他，說：「你把這小子扛回去，見了智叔父，也是你一件功勞。」天錦答應，真就把東方明用肩頭扛上，棍交與徐良替他拿著，直奔太歲坊來了。

將至門首，早有艾虎迎將出來，說：「二哥，扛的是什麼人？」天錦說：「我知道他是誰呀！」徐良在旁說：「這就是太歲爺。」艾虎說：「我師父淨等著你們弟兄二人到此，好一路前往。」隨說著，弟兄三人進來，見了智化，韓天錦扔下東方明，過來與智化磕頭。智化把他攙起，說：「賢姪，你扛個死人來何用？」韓天錦說：「姪男追出他去，一棍將他打倒，沒想他就死了。」智爺瞧了瞧，東方明就是項下有些血跡，別處並無棍傷，又見徐良在旁微微直笑，智爺早就知道是徐良結果他的性命，卻叫天錦承名。智爺說：「天氣不早了，咱們急速回去罷。」

正在說話之間，忽見由後邊跑出幾個人來，細看全是婦女，並沒有男的，全是東方明的姨奶奶，也有婆子，也有丫鬟，跪在地下求施活命之恩。智爺一擺手，盡饒他們逃生去了。智爺一回頭，不見艾虎，復又問徐良艾虎上那裡去了，山西雁也是搖頭不知。正要尋找，見艾虎由正北跑來，喘吁吁的說：「走罷，走罷，火起來了。」大眾一看，何嘗不是，烈焰飛騰，又對著天邊明皎皎的月色。智爺問艾虎：「這是你辦的事情罷？」艾虎說：「不錯。我看這裡有好幾條人命，放起一把火來，倒省許多的事情。」智爺說：「好可是好，只怕連累街坊鄰舍。」智爺過去把自己那口刀找來，徐良又把前邊屋子點燃著後，爺兒幾個出來，直奔五道廟。

走著路，智爺把腰間包袱解下來遞與徐良。山西雁一見他的包袱，說：「智叔父，冤苦了我了。我只打量是狐仙爺和我鬧著玩呢，原來是你老人家拿去。」智爺說：「不是我拿去的。我問你，你丟了這個包袱，你說些什麼來著？」徐良道：「我沒說什麼。」智爺說：「不能。你到底說什麼來著？」徐良就把他所說的言語學說了一遍，智爺說：「好，你可惹下禍了。」徐良問：「到是什麼人拿去了哪？」智爺說：「可也不是外人，你明天好好與你弟妹陪不是去罷。是你弟妹拿去的，他叫我囑咐你，從此往後，說話留神，倘若再要如此，小心嘴巴可就要上臉了。」徐良一聞此言，羞的面紅過耳，說：「老西可真不是人啦，滿口胡說八道，我可怎麼對我弟妹！」艾虎在旁微微一笑，說：「哥哥何必如此，豈不聞有個不知者不作罪。」徐良說：「實在太下不去了。咳，這是怎麼說的哪！」連智化也是勸解。

大家就到了五道廟，前去叫門。施俊把門開開，連艾虎也都進來，見著施俊與他行禮，說了始末根由。施俊與大眾道勞，就用不著靴帽藍衫了，仍然還是徐良背著施俊，出離了五道廟，大家分手。艾虎同著秋葵、韓天錦回他們的德勝店，山西雁同智化回他們的高升店。韓天錦與秋葵由店門進去，艾虎由後牆進去。至裡面，艾虎見了嫂嫂，給金氏道驚。秋葵、韓天錦至裡面，金氏與他們道勞。金氏與蘭娘兒早就換了衣服，艾虎也就更換白晝服色，等到天交五鼓起身。

再說智爺同著徐良背著施俊，叫開店門，到了裡面，點上燈燭，算清了帳目，給了酒錢。五鼓起身，仍然叫徐良背著施俊，出離店門，直奔德勝店而來。徐良說：「智叔父，讓我兄弟在地下走幾步吧，我就不上那店中去了。」智爺問因為何故，徐良說：「我得罪了我弟妹，我若到那店中，不能見不著的。若要見面，他說我幾句，我有何言答對？是死是活哪？」智爺說：「全有你老兄弟一面承當，你這個人怎麼這們死心眼，連我還說了一句錯話哪。你要怕他當著眾人羞辱於你，我再囑咐艾虎一番，我準管保當著眾人面前，絕不能有一言半語羞辱你的言詞。」徐良只可點頭，跟著到了店門首。徐良把施俊放下，說：「我到那邊告告便。」智爺這裡就叫門，裡邊問找誰，智爺說：「找姓艾的，姓韓的。」不多一時，見店門一開，就見艾虎與韓天錦出來，見了智爺與施俊，說：「我三哥那裡去了？」智爺說：「在那邊告便哪。」智爺把艾虎叫到跟前，低聲告訴艾虎一遍，說：「少刻你三哥進去，你千萬囑咐你妻子，別叫他當著眾目之下說你三哥。你還不知道徐良他那臉皮太薄嗎？」艾虎說：「師父只管放心，我早就囑咐明白了，絕不能有什麼說的。」智爺說：「很好，原當如此。」只是等了半天工夫，始終不見回來，打發艾虎找了半天，蹤跡全無。智爺說：「不好了，徐良跑啦。」艾虎問：「就為這個事情跑的麼？」智爺說：「可不是就為這個事，還有什麼事情哪？」艾虎說：「他實在想不開了。」只可艾虎背施俊進去，仍用青紗遮面。大家進來，正遇女眷都要上車之時，到了裡面，也都見了一見，施俊也就上了馱轎，智化、艾虎、韓天錦都在地下行走。叫店中開了門，店錢俱已開付清楚，車輛趕出來，直奔正西。遠遠就聽人聲喊嚷，原來是許多人都在太歲坊救火呢。

直走到天光大亮，到了一個鎮店，找了一座店房進去打尖，打臉水，烹茶，預備酒飯。艾虎就與智爺說：「師父，我三哥此去必是上南陽府去了。」智爺說：「不錯。一者為的是冠袍帶履，二者為拿白菊花，三來他知道團城子裡面有一口魚腸劍，他打算要把此物得到手中方稱他的心意。借著這一點因由，他奔南陽府去了。」艾虎說：「他這一走，總算打我身上起見。師父你老人家辛苦辛苦，送他們娘們上一趟臥虎溝罷。我追下我三哥去，我也找找白菊花的下落，倘若把他拿住，豈不是奇功一件。」智爺說：「你要去可也使得，無奈我也有事在身。」艾虎說：「你老人家事情不忙，我去趕上我三哥，把這一點小事說開了，省得日後弟兄見面，彼此全不得勁。」智爺說：「既是這樣，你就去罷。」可巧被韓天錦聽見了，韓天錦說：「老兄弟，要去咱們兩個人一同前往。」艾虎說：「不能，你到處闖禍。」韓天錦說：「我絕不闖禍，有人打我不還手，罵我不還言，還闖得了什麼禍。」艾虎說：「別瞧此時說得好聽，出去走上路就不由你了。」韓天錦一定要去，說：「你不帶我去，我就一頭碰死。」智爺說：「他這們說著，你就同著他去就是了。」艾虎說：「你一定要去，可別拿著鐵棍。」韓天錦說：「我就不拿我的鐵棍。」把話說定。

吃完了早飯，會了飯帳，大家商量施俊的事情怎麼辦才好。智爺出了一個主意，暫且叫他夫妻上臥虎溝躲避躲避。到了臥虎溝，再往京中寄信，打聽佳蕙的下落，必是在岳老將軍那裡住著呢。開封府的狀告了沒有，若要告了狀，必有府諭，若要沒告，就不便再告了。等著把這個知縣撤了時節，冷淡冷淡再回家去。施俊說：「此計甚妙。」就依了智爺這個主意。艾虎同著韓天錦先就起身去了。他們大眾給了飯錢，上了車輛，也就起身。

將要出店，忽見從外來了三騎馬。智爺一看，原來是鐵臂熊沙龍、孟凱、焦赤。見著智爺，全都拋鐙離鞍，下了坐騎。智爺過去一一見禮，沙老員外說：「別走哪，等著我們吃完了飯再走。」甘媽媽也過來見老員外，蘭娘兒、二位沙氏、金氏、施相公全都過來，見了沙、焦、孟三位行禮。老員外一見金氏滿臉血痕，一問，說：「你們夫妻也在此處，是什麼緣故？」智爺擺手搖頭，說：「悄言。」到了屋中，伙計復又打臉水，烹茶。容伙計出去，智爺才把施俊夫妻的事情學說了一遍。老員外一聽，只氣得渾身立抖，罵道：「好賊徒、惡霸，反了哇反了！」智爺低聲說：「此處離太歲坊不大甚遠，此仇已報，你老人家不可聲張此事了。」要把施俊帶至臥虎溝與京中探信的話，又學說了一遍。又問：「你們三位因何來到此處？」沙龍說：「皆因你姪女他們上固始縣來時，我就不放心。由他們走後，終朝每日心驚肉跳，髮似人揪，也不知道因為何故。我總料著怕他們路上惹禍，故此我才止了關廠，約會焦、孟二位賢弟趕下來了。若要不是這裡打尖，咱們還會不在一處呢。」智爺說：「你們吃飯罷，吃完了飯咱們好一路前往。」又把店中伙計叫將進來，復又叫他們備酒，飽餐一頓，又會了飯帳，然後大家上車，沙龍三位乘跨坐騎，保護車輛，直奔臥虎溝而來。未行半里之遙，再找智化，蹤跡不見。老員外與焦、孟二位一說：「智賢弟這叫滿懷心腹事，盡在不言中。由他去罷！」行至天晚，老員外要早早住店，皆因是有女眷，晚間行路不便。天氣就在日落的光景，路北有座大店，車輛馬匹俱都入店，女眷住了五間上房，沙、焦、孟、施俊住了西跨院，皆因前院東西配房俱都有人住下。伙計也是打臉水，烹茶，老員外吩咐叫看酒，要上等肴饌一桌。將酒擺齊，四位酒過三巡，將要談說，施俊說：「不好，我心內發慌。」連老員外四人，噗咚噗咚俱都摔倒，人事不醒。

要問什麼緣故，且聽下回分解。

第五十九回　假義僕復又生毒計　真烈婦二次遇災星

且說老員外只顧喝酒，萬沒留神酒內有什麼東西，酒過三杯就身不由自主，四位俱都噗咚咚摔倒在地。你道這是什麼緣故？列位必疑著是個賊店，卻原來不是賊店。皆因是這店東姓毛，叫毛天壽，這個地名叫毛家疃，此處姓毛的甚多，這個店東有個外號叫千里一盞燈，先前是個綠林，可不是高來高去的綠林，是占山為寇的山賊。皆因有個伙計叫賽張飛蔣旺，二人在夾龍溝哨聚嘍兵，劫奪過往客商。後來被本地面官搜山，賽張飛蔣旺被捉，毛天壽由後山滾山而逃。過了半載有餘，自己扮作乞丐花子的形像，入夾龍溝，慢慢搬運他們先前所藏的金銀財寶。當初劫奪的東西，是值錢的物件，俱都藏在後山有一個石洞之中，上面用亂石蓋好，就是他與蔣旺知曉此事。如今蔣旺問成死罪，就是他自己一人搬運。後來開了一座小雜貨鋪兒，總是賊人膽虛，怕是有人知曉他的根底，自己拾掇拾掇就回了原籍。如今也上了幾歲年紀，就在此處開了一座店房。他也走的是固始縣的門子。可巧這日在知縣衙門裡會著東方明，知縣一同拜的把兄弟，三個人交的深厚。如今也知道東方亮私通了襄陽王，商量著一同造反。自己這個準主意還沒拿好哪，要跟著他們造反，又怕事敗招出滅門之禍；又打算自己這點家財，足以夠後半輩子快樂的了；又沒有子嗣，總然掙下萬貫家財，日後也是白便宜旁人，倒不如作一個清閒自在，不作犯法之事，到底是夢穩神安。想到回心之處，就要善退了東方明：「不與他們親近，自然他們也不尋找我來了。」不料東方明事敗，有王虎兒、王能兒會同薛昆、李霸，找到毛天壽店中來了。

皆因是薛昆、李霸叫山西雁追跑，天光大亮，二人才會在一處。見面之時，咳聲歎氣，正要商量一個主意，就見那邊樹林之中，有兩個人嚎啕痛哭。趕過來一看，卻是王虎兒、王能兒，旁邊放著兩個包袱，一見二賊，復又大哭。薛昆把他們勸住，說：「你們意欲何往？」王虎兒說：「我們一點主意沒有，打算要在此處上吊。你們二位爺臺要上那裡去？」薛昆說：「咱們一同上南陽府見大太爺去，讓那裡派人與你們員外爺報仇。」兩個人一聽，這才把包袱背起來，一直撲奔南陽而來。

晌午大錯，走在一個雙羊岔路，王虎兒說：「你們二位爺臺多走幾步願意不願意？」二賊說：「可以使得，但不知要上那裡去？」王虎兒說：「我們員外爺的盟兄就在毛家疃，給他送個信息去如何？」薛昆說：「使得。」就到毛家店見著毛天壽，就在東屋裡說話。王虎兒就與薛昆、李霸見了毛天壽，對行一禮。王虎兒哭哭啼啼的，就把他們一家火滅燈消的事情，說了一遍。毛天壽一聞此言，也就放聲大哭，問他們此刻有什麼主意。王虎說：「我們自可上南陽府見我們大太爺去，讓那裡設法與我們員外爺報仇就是了。」毛天壽問：「怎麼沒上縣衙？叩稟過太爺去嗎？本地太爺與你們員外爺，我們都是換貼的弟兄。那裡要是知道這個事情，不能不替你們為力。這是那裡來的這伙人？又有裝神的，又有裝鬼的，又有大山精，又有母夜叉。想這施俊，他是官宦之子，怎麼他會認的這些個人呢？這可真透著奇怪了。」隨說著話，就叫擺酒。不多一時，酒已擺齊。連能兒、虎兒也就搭了一個橫凳，同桌而食。

王能兒斟酒，將要一端酒杯，忽聽外面一陣大亂，正是沙老員外到。王虎兒扒著簾子往外一看，正見女眷們下馱轎車輛，就見了金氏與秋葵。施俊此時也就不拿那青紗遮面了，也就露出本來的相貌。這幾個人王虎兒盡都認得，他又是歡喜，又是害怕。歡喜的是他們若到這店中，就算是自投羅網，員外之仇可報，這總算是冤魂纏腿；怕的是施俊已然是死了，怎麼會又到這裡來了？一轉面，就與毛天壽雙膝跪倒，說：「大太爺應了小人這件事情，小人起去，如若不應，小人就碰死大太爺的眼前。」毛天壽說：「你還有什麼要緊的事，你只管起去，我無有不應之事。」王虎兒方才起來，說：「方才進來的這些車輛馬匹、男女眾人，就是我們員外爺的仇人到了。」毛天壽一聞此言，當時一怔，說：「那一個要了你們員外爺的性命？」王虎兒說：「搶的就是那個面上有痕血的婦人。就是這個黑粗胖大的婦人，我們舅老爺連我們員外爺的性命，俱死在這個醜婦人的手內。望求你老人家念其與我們員外爺一拜之情，如今他既住在這裡，就猶如籠中之鳥，釜內之魚，若要報仇，不費吹灰之力。要錯過這個機會，可就無處去找了。」薛昆、李霸也就深施一禮，說：「毛兄長，只要你老人家一點頭，等至晚間他們睡熟之時，我們兩個人進去，結果他們的性命。」毛天壽哈哈一笑說：「此乃是一件小事。」對著王虎兒說：「總是你家員外爺此仇當報，想不到他們自投羅網。不用你們去，我自有主意。」隨急把伙計叫來，問了問上房共有多少女眷，西院有幾個男人，連趕馱轎的馱夫叫他們另住一所房屋，量著人數目下藥。伙計說：「外面雖有些藥，還不夠，還得你老人家取去。」前文說過，這個店可不是賊店，要有看著眼詫之人，或者有帶著文書的官人，遇見這等樣人，可就拿蒙汗藥蒙將過去。自從開店以來，也害過十數個人，可不是為財帛害人。如今又有此事，蒙汗藥不夠，就親身取了些個交與伙計，就將上房中，連西跨院帶馱夫那裡，酒內俱都下了蒙汗藥，連馱夫帶老員外那裡，全都躺下了。

惟獨上房女眷中沒躺下，是什麼緣故？皆因是這裡有一個使蒙汗藥的老行家，就是甘媽媽。在娃娃谷的時節開黑店，他那蒙汗藥天下無雙，無異味，無異色，酒也不渾不轉，連翻江鼠蔣爺都受了他的蒙汗藥酒，這店中的酒如何瞞得過他去？把酒席擺好，將一斟酒，甘媽媽說：「等著，這酒千萬別喝。」眾人一怔，甘媽媽托起來這酒杯一看，在酒盅子裡滴溜溜的亂轉，而且酒發渾，用鼻孔一聞，這酒仍有藥味。甘媽媽說：「好哇，險些終日打雁叫雁啄了眼，你們這能耐差多著的呢。要論使蒙汗藥，你們在孫子輩兒上呢。」蘭娘兒一見這個光景，頭上就摘花朵，脫長大衣服。甘媽媽攔住說：「你先等等，那屋裡還不定怎麼樣呢。待我先過去瞧看，他們要是受了藥酒，先把他們救過來，然後動手方妥。」蘭娘兒說：「這菜大概也就吃不得了。」甘媽媽說：「總是不吃的為是。」自己提著茶壺，把裡面茶全都倒將出來，奔到廚房，打了一壺涼水，提著直奔西院。果然到屋中一看，全都東倒西歪。甘媽媽暗笑說：「可惜老員外久經大敵之人，不懂得他們這個圈套。」拿筷子把牙關撬開，把涼水灌將下去，一個個皆是如此。展眼之間，慢慢蘇醒。沙老員外翻眼一看，連忙問道：「這是什麼緣故？」甘媽媽就將受蒙汗藥的話細說了一遍。此時焦、孟、施俊也都緩過來了，焦、孟二位一聽，只氣得渾身立抖，說：「老哥哥，抄家伙！」老員外問甘媽媽：「你們那邊倒沒受他們的詭計呀？」甘媽媽說：「我們剛一斟酒就看出他們破綻來了。」老員外先叫甘媽媽過去囑咐姑娘們，別叫他們出來動手：「連施俊也帶至前邊去罷。」甘媽媽點頭，就把施俊帶到前院五間上房之內。

將至屋中，早被王虎兒看見了。皆因王虎兒扒著東屋窗櫺一看，說：「那老婆子怎麼打西院而來？並且那施俊也奔上房去了。」毛天壽說：「再等片時看看如何，也許是把那相公約到前院喝酒來了。」又等了半天，絕無動靜。隨著叫伙計到上房間問添換什麼酒菜，看看怎麼樣了。伙計答應一聲，往外就跑。來至上房，一掀簾進去，說：「太太們添換什麼酒菜？」剛進屋中一瞧，這些太太們都是短衣襟的多，拿刀的拿刀，提棍的提棍。見事頭不好，剛要回身，早被蘭娘兒噓哧一刀殺死。蘭娘兒頭一個就一掀簾子闖出去了，緊跟著秋葵一掄渾鐵棍也躥出去了，毛天壽就知道事頭不好。鳳仙也把長大衣襟脫去，也提一口刀。你們道他們瞧看施俊來了，因為何故帶許多的兵器？人要不會武藝，也就想不起來帶兵刃，他們都是一身工夫，出門都要隨帶自己順手的兵刃。論說鳳仙使彈弓最熟，進店下車輛沒料著有這些事情，彈弓現在車上綁著呢，彈囊兒可在包袱裡面包著，刀現在屋中，挎了彈囊，提著這口刀出離屋中。此時西院內，沙、焦、孟也就躥出來了。薛昆、李霸一聽院內有男女叫罵，也就不能不出來動手，隨即掖衣襟，挽袍袖，拉刀出來。毛天壽也就脫了長大衣服，摘了頭巾，抄包紮腰，薄底靴子，叫人抬過槍來，吩咐一聲：「上店門。」王能兒就往外跑，說：「我去關大門去。」毛天壽說：「憑他是誰，別叫進來。」自己躥在院中，先與沙老員外交手。薛昆、李霸就叫蘭娘兒、鳳仙、秋葵、孟凱、焦赤五個人把這兩個賊人裹住。也難為這二人，手中刀上下飛騰，遮前擋後，可就沒有還手之力。忽然間，由後邊跑來數十個人，俱是店中伙計，也是長槍、短刀、花槍、鐵尺、索子棍，都是這些兵刃，展眼間往上一圍。此時間就歡乍了一個秋葵，單手一掄渾鐵棍，呼呼的風響，淨奔這些伙計，碰上就死，打著就亡，展眼之間就有數十個人俱都廢命，並且還有幾個被傷的。秋葵愈發歡喜了，更加著倍的用力掄棍，離他一丈開外無人，他奔那方去那方人就跑，大眾齊說利害。此時毛天壽一瞧事頭不好，奔東夾道往北飛跑，老員外那裡肯捨，尾於背後緊緊一追。毛天壽早一伸手掏出一支鏢來，正跑之間，一扭身對著老員外颼的就是一鏢，只聽叭叉一聲響亮，正中太陽穴，噗咚死屍栽倒在地。

要問如何，且聽下回分解。

第六十回 盟兄弟巧會盟兄弟 有仇人偏遇有仇人

且說毛天壽一跑，老員外就追。這個東夾道往北道路甚窄，南北甚長，毛天壽在前，老員外在後，不料跑著跑著，一回身颼的就是一鏢，老員外一閃，不料身後還有一人。皆因沙鳳仙、秋葵大家一齊動手，見蘭娘兒十分英勇，自己躥出圈外，直奔車輛而來。見彈弓在車輛上綁著，顧不得去解，用刀把繩子一割，提著彈弓往北飛跑。見天倫追趕毛天壽，自己馬上就把彈子掏出來，在弦上穩好。忽然見毛天壽一轉身，總是鳳仙眼快，就知是暗器，自己用胳膊一拐老員外，鳳仙往西一歪身，前拳對準毛天壽，一撒手，叭的一聲，彈子正中天壽的太陽穴。毛天壽的鏢可沒打著沙龍老員外。皆因姑娘用胳膊一拐，自己往西一躲，沙龍往東一歪，剛剛躲過那一飛鏢。說的時可遲，那時可快，就在一展眼之間，毛天壽身歸那世去了，老員外一點皮膚也沒傷著。人生在世，總講命運造化，毛天壽先前占山為寇，如今仍是不改前非，這就是報應循環。老員外見他一死，帶著鳳仙復又回來。到廳房以外，把老員外嚇了一跳，回身一拉鳳仙，姑娘早已會意，一伸手就把彈子仍然在弦上穩好，前拳對準，後手一撒，叭又一聲，惡賊人往後一仰，栽倒在地，正倒在甘媽媽身背後，把甘媽媽也嚇了一跳。

你道這是什麼緣故？皆因王虎兒始終他也不敢出離那東房，他淨扒著往外瞧看，就見秋葵、蘭娘兒與薛昆、李霸交手。孟凱、焦赤見沙老員外追趕毛天壽往後院去，又見甘媽媽拿著一條門閂，在那階臺石上站著亂嚷。原來甘媽媽沒有本事，王虎兒準知道施俊與金氏更沒有能耐了。暗中就提了一口刀，溜出房門，貼著東房山牆下臺階，輕輕的撲奔門口，走到甘媽媽身後，打算著一刀先把這老婆子殺死，然後再進屋中把金氏、施俊殺死，就算給主人報了仇了。想頭雖好，天不隨人願，皆因素常所行之事傷了天理，惡貫滿盈。將一掄刀，叭叉正在後脖頸上就是一彈子，自覺頭暈眼黑，噗咚栽倒在地。甘媽媽這才回頭，唬了一跳，就用手中門閂叭叉一聲，打將下去，砸了個腦漿迸裂。鳳仙趕到就是一刀，噫哧一聲，結果王虎兒性命，復又過來圍上薛昆、李霸。二賊一見，嚇了個膽裂魂飛。二人無心動手，就躥出圈外，颼颼的躥上房去。這內中惟獨是蘭娘兒會躥房躍脊，除他之外誰也不會。正要往前去追，有沙老員外把他攔住，說：「姑娘，千萬不可追趕，饒這兩個人去罷。」

再看店中，還有十幾個伙計，打也不敢打了，跑也不敢跑了，一字排開，全在那裡一跪。這個說我是廚子，那個說我是幫案的，這個說我是今天來的，那個說我是方才到的。老員外說：「沒有你們的事情，可也不能把你們放走，用你們當官對詞去。到了當官，你們就作為是今天才到，不知道他這裡是個賊店，等到晚間就要告辭，不略未到晚晌就出了這樣事情。再說這裡有蒙汗藥酒為證，絕不與你們相干。你們看看，這是將軍之妻，這是護衛大人之妻，他要用蒙汗藥酒害死，該當什麼罪過？再者，我問問你們，他素常所害之人，都埋在什麼地方？」眾人一口同音說：「素常這不是賊店。」老員外說：「你們還是向著他們，若要不是賊店，為何與心害我們大眾？再者，有高來高去之賊，方才上房跑去的那兩個不是賊麼？」眾人把王虎兒同薛昆、李霸怎樣的哀告毛天壽給他們報仇的話，說了一遍。老員外又問：「你們說既然不是賊店，現有蒙汗藥是那裡來的？」內中有一個嘴快的說：「除非是我，別人也不知曉他的來歷。他先前在夾龍溝占山為王，他有個伙計叫賽張飛蔣旺，那人被官拿去，姓毛的逃在這裡開店。今天遇見王虎兒一求告他與東方明報仇，他有現成的先前所剩下的蒙汗藥，今天俱都拿出來了。」老員外一聽也倒合乎情理，立刻教焦、孟二位出去把此處地方找來。

不多一時，地方帶著幾個伙計進來，見了老員外行禮，問明姓氏，又問這些死人的緣故。沙龍就把他們開黑店害人，現有蒙汗藥酒為證，自己帶著女兒回臥虎溝，住在此店，險些教他們害死，告訴地方一遍。現有店中這幾個伙計，先教帶著他們去見本地面官回話。那些死屍全用蘆席蓋上。又到南屋裡，把那些馱夫俱用涼水灌活。書不可重敘。地方帶領眾人去見官，伙計在此處看著死屍。到次日，官府下來相驗。沙龍見本地面官，仍然照前言學說了一遍。官府吩咐把死屍裝殮起來，店中東西入官，房子已作抄產，店中這幾個人開放，案後捉拿薛昆、李霸與王虎兒兄弟王能兒。老員外帶領女眷上馱轎車輛，焦、孟二人上馬，老員外也是乘跨坐騎，施俊可是坐車，大眾歸奔臥虎溝去了，暫且不提。

單言艾虎同著霹靂鬼韓天錦二人撲奔南陽府，這一路之上，把艾虎險些急壞了。皆因是小義士一生最是好酒，這一單走，無人轄管，每遇住店打尖之時，必要開懷暢飲。韓天錦一生是憨憨傻傻，飯量最大，每遇吃飽之時，就是好睡，若要睡著，想要叫他起來那可費事。頭天晚間住店，艾虎喝的大醉，第二日早晨起身，就是叫不起來韓天錦，無論怎麼喊叫，打他又不好十分用力真打，把他掫起來坐著，他坐在那裡仍然是呼聲震耳，還是不醒。艾虎一賭氣，把他放倒由他去睡，看他睡到幾時。自己叫店家備酒，艾虎又是煩，又是氣惱，自己喝的大醉，一賭氣，他頭朝裡也睡了。韓天錦醒了，一瞧艾虎在那裡睡覺，桌子上擺著些個酒食。他也把店中伙計叫過來，教給他烙餅燉肉。韓天錦每遇吃飯之時，並不會要別的菜蔬，就是燉肉烙餅，飽餐一頓。他一吃飽，仍是頭朝裡又去睡著了。艾虎醒了一看，二哥仍然還睡，只打量他是沒醒。往桌子上一看，擺列許多盤碗，方才知道他吃飽了又睡，心中暗暗著急。似乎這們走路，到幾時方能到了南陽？一賭氣子，要酒又喝。

到了次日天交晌午，給了店錢飯錢，出店門方才走路。艾虎想出一個主意來：晚間不住店，連著夜走。天氣甚晚，就是到了鎮店地方，也不奔鎮店走，抄著小路就下去了。韓天錦一見天黑，就問：「老兄弟，怎麼還不住店呢？」艾虎說：「住店也得有店好住哇！」到底是寃傻子好寃，韓天錦也就跟著氣哼哼的走，不為別事生氣，是又睏又餓。到了次日打尖，艾虎就買了一個皮酒葫蘆，裝了一葫蘆酒，烙了幾斤餅，買了些熟牛肉，又買些鹹菜，自己揣上酒肉，教韓天錦飽餐一頓。將一吃飽，就要蒙籠二目。艾虎說：「走走走。」又催著大傻小子起身。二人出了樹林，走著道，閉目合睛，類若睡覺一般。艾虎不怕，餓了也是喝酒，渴了也是喝酒，乏了也是喝酒。韓天錦不肯把餅吃完，餓了再吃，就跟著傻走。到次日打完了早尖，仍然又買些餅背著走。又到次日晌午錯的時節，韓天錦實在走不上來了，說：「老兄弟，我可不走了，你行行好事，教我在這裡歇息歇息罷。」艾虎說：「你只要睡著能醒，為什麼不教你睡覺呢？」韓天錦說：「我要是不醒，你只管真打我，打的我身上作痛，我就醒了。」艾虎說：「我如何敢那們打你？自要你睡起一覺就走，還有不行的麼？」韓天錦連連應承。別聽說的好，一躺下就是沉沉睡去。艾虎就拿著酒葫蘆喝酒，喝得也覺著有八成了，又被冷風一颼，迷迷糊糊的沉沉睡去。

剛一睡熟，耳邊有人說：「呔！你們好大膽子，全睡著了。」小義士睜眼一看，原來是四哥，立刻站起身形，連忙雙膝跪倒說：「四哥一向可好！從何而至？」盧珍說：「由陷空島而來。」皆因他奉旨完姻，百花嶺成親之後，連妻子也回陷空島。去到家中，盧方老夫妻一見這房兒婦，喜之不盡。本來小霞姑娘生的閉月羞花之貌，沉魚落雁之容，見了公婆，這一番穩重端然。小夫妻先行了雙禮，然後就在紫竹院那裡另有一所小房屋，就教他們小夫妻在那裡居住。後來又有墨花村丁兆蘭、丁兆蕙、丁大奶奶、丁二奶奶都來瞧看姑娘來了。論姑娘說是舅舅、舅母，論婆家說是叔叔、嬸母，連盧家親友都來瞧看。盧珍惦記上京的心盛，不到一個月的光景，就要起身。辭別父母，囑咐妻子在父母跟前多多盡孝。次日起身，也不帶人，也不乘跨坐騎，帶上盤費銀兩，離了陷空島，上了一趟百花嶺，到叔丈那裡看看。若要不上百花嶺，可就遇不上艾虎了。這日正走，見韓天錦與艾虎在那裡睡覺，近前先把艾虎叫醒。艾虎過來行禮，彼此道了一回喜，這才問艾虎的來歷，艾虎就把始末根由說了一遍，盧珍說：「很好，咱們一路前往。」艾虎說：「這二哥實在是個累贅。」盧珍說：「有我不怕，教他走就走，教他站住就得站住。」艾虎說：「何不就試驗試驗？」盧珍一伸手，韓天錦大吼一聲，說：「喲！」往起一躥。盧珍過去行禮，韓天錦說：「我算計是你，好哇小子！」盧珍說：「你又瘋了罷？」韓天錦說：「我忘了忘了，從此再不敢了。」盧珍說：「咱們一同快走哇。」天錦說：「我怪睏的，你不知道，好幾天沒睡覺呢。」盧珍說：「不行，這就起身。」艾虎就見他往膕那裡一伸手，韓天錦連忙說：「我走，我走！」艾虎說：「四哥哥，你這是什麼招兒？」韓天錦說：「你可別告訴他。」盧珍說：「我起過誓，不能告訴別人。」艾虎也就不問了。這再走路，全有盧珍，教走就走，一路無話。

到了南陽府的管轄地面，這日晚間，三人貪著多走幾里，天有二鼓，前邊有座廟，見有一個黑影兒，肩頭上有個包袱，躥進廟去。盧珍說：「有個賊進了廟了，我看看去。」艾虎說：「我怎麼沒看見？」

盧珍說：「你們這裡等著。」自己進了西牆，奔到上房的臺階，忽見簾子一啟，出來一人。盧珍將要上房，一看原來是路素貞，他把迷魂帕一抖，盧珍噗咚摔倒在地。

要問盧珍吉凶如何，且聽下回分解。

第六十一回　趙保同素貞私奔　艾虎遇盟兄同行

且說盟兄弟三人一同走路，就是盧珍一人看見有個賊，叫艾虎在外邊等著，我進去看看。要不是韓天錦，艾虎也就進去了。盧珍將到裡面，原來是仇人路素貞，就是路凱的妹子。皆因大鬧天齊廟，龍滔、姚猛、盧珍、馮淵全教他們拿去。要不是馮淵在王爺府待過，大家全都性命休矣。到晚間馮淵一鬧洞房，迷魂帕也沒得在手中。後來有大眾官人一到，拿住路凱、賈善，路素貞跑了，趙保他是緊緊相跟，路素貞跑在那裡，他是追在那裡。後來天光大亮，趙保過去，說：「妹子多有受驚。」路素貞一見趙保，眼淚就落下來了，咬牙切齒說：「這蠻子實是可惱。趙二哥你看看，我哥哥作的都是什麼事情，也有拿著妹子耍笑著頑的嗎？這全都是崔龍壞事。他不知道準底，信口胡說。事到如今，我若不死，名姓不香。二哥你自己尋你的生路去罷，我就在此處尋一個自盡。」趙保本為的是他，焉能教他尋了自盡呢。趙保說：「妹子要是就這們一死，豈不教人恥笑。我跟下你來，我就怕你行了拙志。有仇不報非為人類，無論男女枉立於天地之間。再說，君子報仇，十年不晚。妹子要是願意報仇，我有個愚見，可不知妹子意下如何？」姑娘說：「我是女流之輩，當局則迷。二哥如有高見，快請說將出來，妹子思忖思忖。」

趙保說：「此時南陽府東方亮設立擂臺，聘請天下的英雄，幫著他共成大事。要是妹子同我前去，咱們見著東方亮，提說大哥這不白之冤，他必然肯拔刀相助。他那手下能人甚多，或者劫牢反獄，或盜獄，或劫奪法場，把哥哥救出來之後，妹子愛死愛活聽其自便。再說，慢慢尋找尋找這個蠻子他們這一伙人的下落。可不知妹子心中怎樣，我要見著他們，我是生吃他們的心肝都不消我心頭之恨。」姑娘一聽，眼淚汪汪的說：「難得你這一點誠心，妹子眼前待你有什麼好處呢？」趙保說：「咱們這樣交情，如同親兄妹一般，怎麼反道說這些謙虛的言語。」姑娘說：「既然二哥肯拔刀相助，也不枉我哥哥與你有一拜之情，真勝似當初古人交友的義氣，請上，受妹子一禮。」到底總是姑娘的見識，他焉能知道趙保的心意，很不是為他的哥哥，淨為的是他。趙保趕緊答禮相還。姑娘說：「我也不能家去了，我連長大衣服也沒有，這便如何是好？」趙保說：「妹子隨我來。」找了一個大村子，教他在樹林中等著。去不多時，就背了一個大包袱來了，裡面盡是婦女衣服、簪環首飾，格外還有些個細軟的東西，還有五六十兩銀子。九尾仙狐仍然是不換衣服，為的是走著利落。到了天光快亮，這才換上衣服。到了第二日早晨，找店住下。所有多少婦女穿戴的什麼東西，就在這個地方買齊，奔南陽府。

走了三天，他們明是兄弟，暗就是夫妻了。這日到了南陽府的管轄，正走在一個尼姑庵前，就見從裡邊出來了一個老尼僧，見年紀總在六七十歲了。路素貞給那老尼僧道了一個萬福，說：「師父，這離南陽府還有多遠？」尼僧說：「還有十幾里路。」又問：「這個團城子離此多遠？」回答：「三里地，這裡可就看見了，那邊黑忽忽一片樹林，就是團城子。施主，怎麼認得團城子裡面人嗎？」路素貞說：「認識東方大員外。」尼僧說：「這個廟就是大員外的家廟，廟名兒叫仙佛蘭若。」趙保在旁說道：「我們正是要投奔東方大員外那裡去，這是我個妹子，教他暫且在師父廟內借宿一宵，明日早走，多備香燈祝敬。」尼僧說：「既是我們廟主的朋友，這有何難。再說，廟內有的是房子，就請施主進來罷。」隨往裡走，又問：「施主貴姓？」趙保說：「姓趙。未領教師父貴上下？」尼姑說：「小僧修元。」路素貞說：「原來是修師父，失敬失敬！」尼姑說：「豈敢，阿彌陀佛！」當時讓至客堂獻茶，趙保吃了兩杯茶，告辭上團城子去了。晚間直到初鼓之後方才回來。尼姑過來問：「施主可曾用過晚飯？」趙保說：「在你們廟主那裡吃得晚飯，還託付你多多照應我妹子一二。」尼姑說：「豈敢，只求施主們照應小僧。」趙保說：「天已不早，你歇息去罷。」尼姑出去，路素貞問趙保見著了沒有。趙保說：「見著了，不但見著，他也應了你的事情。若要不是十五日這個擂臺，一半日就要派人跟著咱們辦這個事去了。皆因有他這個擂臺，總得把他這擂臺事情辦畢，再辦咱們的事情。他說本應把你接到家中去住，無奈有一宗，他家中沒有女眷，不能陪著你，怕慢待了咱們。說要在此處不便，就把尼僧殺了，明天他另派婆子伏侍於你。」路素貞說：「那如何使得，咱們住一半天再說罷。」焉知曉就在當日夜內，這個尼僧就教趙保結果了性命，把他屍體埋在後院。

等了三五日，並沒見團城子的信到，他們也就沒有盤費了。趙保這天出去踩了踩道，有一個地名叫五里屯，這五里屯有一個有錢的財主，他就打算著晚上去偷盜些個盤費，暫且度日。對路素貞說明，九尾仙狐說：「我也沒事，咱們兩個人一路前往。」吃完晚飯，外邊有人叫門，讓進來，原來團城子的從人，請趙大爺，教他上團城子去說話，還是立等。他就把這事情到屋中告訴給路素貞，說：「我今天先上團城子，明天再辦那邊的事情。」路素貞說：「我要上那裡去也未有不可，明日咱們就沒花的了。」趙保說：「你可別去，你沒辦過那個事情。」路素貞說：「你不用狂美呀！可惜我是沒有那份家伙，我要有那百寶囊，撥門撬戶的東西，要竊取物件不費吹灰之力。」趙保說：「很好，大奶奶，今天瞧瞧你的本領。」隨說著，就給他作了一個揖，哈哈的直笑。九尾仙狐說：「呸！」唾了他一口唾沫，說：「什麼東西！你還要說些什麼？」趙保說：「我的錯，我的錯。我這裡有應用的東西，給你。要是不行，可就別辦。就在咱們看的那個五里屯，十字街的北頭，就屬他那房屋高大。」路素貞說：「知道了。」趙保出去，同著團城子的人出廟去了。且說路素貞脫了長大衣服，摘了花朵，絹帕罩住烏雲，汗巾紮腰，換上弓鞋，背後插刀，帶了迷魂帕囊，又繫上百寶囊，連屋中燈火俱都沒吹，把廟門由裡邊插住，自己躍牆而過。到了那個財主家中，也用的是流火遺光法，把人調將出來，拾掇了不少的東西，揚揚得意，回了仙佛蘭若。

自己躥進牆來，就覺後面有人。進到屋中，就把包袱放下，一轉身復又出來，與盧珍險些撞在一處。盧爺剛要施展倒捲簾的工夫，不料早被九尾仙狐把五色迷魂帕一抖，此時素貞也顧不得奪上風頭了，就把自己鼻子一捂，那帕子就抖在盧珍的臉上了，焉有不躺下之理。素貞收了帕子，就把盧珍提到屋中，往下一摔。素貞剪了剪燭花，細細的一看，好不詫異，這就是天齊廟的那一個姓甄的。皆因前次天齊廟被捉，是馮淵的主意，怕他們說出真名真姓，內中有人知道大事不便，全教他們以名作姓，以姓為名，這如今他還是知道他姓甄。當初九尾仙狐就是喜愛盧珍，都是他哥哥把事作錯，教那個蠻子鬧得自己家敗人亡。如今雖從了趙保，總是心中不願意。可巧在此處又拿住了這個姓甄的，趙保又沒在廟中，按說有仇可是與那蠻子有仇，看這個人武藝又好，人品端正，日後必成大器。我與趙保這樣不明不暗，久而久之，總算是件醜事。方才趙保管著我叫了一句大奶奶，倘若教旁人聽見，我還怎麼活著哪？再說他殺那個尼姑，心地太狠，不如趁著他沒在此處，我用涼水把這個灌將過來，聽聽他是什麼口氣，大約著年輕的人，要是見著我這品貌，不能不願意。只要他一點頭，我們是明媒正娶，久以後死去時節，也對得起上輩先人。倘若趙保他要不依，我結果他的性命，以除後患。主意拿妥，取涼水來了，先把二臂捆上，然後找來一根筷箸，把牙關撬開，灌將下去。展眼間，就聽咕嚕嚕肚腹一陣亂響，一翻身坐於地上。

公子盧珍此時看見九尾仙狐，不大很認識。自己回思想方才的事情，又細細看了看，心中忖度：莫不成是天齊廟那個姑娘？要是他，我這條命可要不保了。對著路素貞便問：「你是什麼人？咱們男女受授不親，你這廟中又沒有別人，你把我捆上是什麼意見？」九尾仙狐說：「你不是姓甄麼？」盧珍說：「哇！滿口亂道，那個姓甄？我姓盧，單名一個珍字。」素貞說：「你尋常作何生理？」盧珍說：「我是明人不作暗事，你老爺是御前帶刀四品護衛。」素貞又問：「上次那個蠻子，他是什麼人？」盧珍說：「也是護衛。」自己隨說著話，早就搭訕坐在椅子之上了。素貞說：「前番那個蠻子，是我哥哥糊裡糊塗不知怎麼辦的，我二人雖然拜堂，可無有夫妻之分。就為他把我們害了一個家敗人亡，我又是女兒之身，只落得孤孤單單，無倚無靠。你若肯應允此事，咱二人成就百年之好；你若不應，一刀將你殺死，悔之晚矣！」盧珍說：「丫頭，快些住口！你老爺是將門之後，豈要你這下流的賊女。要殺就殺，要想教俺作苟且之事，萬萬不得哇。」說畢大嚷：「這裡有賊！」素貞一著急，拿了一塊絹帕，可不是迷魂帕，一捏盧爺雙腮，就把他口拿絹帕塞上。素貞笑嘻嘻的坐在盧珍之旁，把刀放在桌案之上，說：「你這個人世間少有。生死路兩條就在目下，你若求生，把頭一點，就算應了你小姐之事；你要求死，把頭一搖。」隨說著，將刀拿起來往桌上一拍，說：「你姑娘將刀一落，就是無頭之鬼。」盧珍連連把頭一搖，是速求一死。素貞說：「世間這樣痴人可是真少。」舉起刀來，又不忍結果盧珍，盡是教他點頭應允。忽見簾子一啟，趙保從外邊進來，一看是盧珍，心中早有幾分明白了，說：「妹子，拿住仇人，因何不殺？總是你的膽小。」趙保亮刀，對著盧珍往下就剁。只聽噗咚一聲，栽倒在地。

要問盧珍生死，且聽下回分解。

第六十二回　五里屯女賊漏網　尼姑庵地方洩機

且說正是姑娘叫盧珍應允此事，盧珍是至死不應，可巧這們個時候趙保進來了。鐵腿鶴一瞧盧珍眼睛就紅了，又一看素貞神色不對，故意說：「妹子，你的膽小，不敢殺人。」把刀抽出來對著盧珍就砍，盧珍把雙睛一閉等死，焉知旁邊有不教他死的。素貞把自己鼻子一捂，把迷魂帕往外一拉，衝著趙保一抖，鐵腿鶴身不由自主，噗咚就躺下了。素貞噗哧一笑，說：「相公，你看見了沒有？我與你準是真心實意，咱二人要殺他不費吹灰之力。你若不點頭那可是無法，你一定要求死，也教你死一個心服口服。」連說了好幾次，不行，仍是一個勁兒搖頭不允。素貞一瞧，此事有些不行，又怕迷躺下的那個，他要醒過來時節，問我因何故將他迷倒，我何言答對？這兩個人總得殺一個才好，姓盧的自可是殺他罷。正猶疑未決，忽聽外面有人說話，說：「你不用問我四兄弟了，老西倒願意。你要跟我去餓不著你，早晚有你一碗醋喝。」素貞一聽，說：「外面什麼人？」徐良說：「是老西。」

你道這徐良從何而至？皆因為金錢堡羞走，越想心中越難過，對不起弟妹。滿讓此時不見，日後還不見面麼？打聽道路，直奔南陽府，一路無話。這日遠遠看見城牆，遇見一個打柴的，與他一打聽，那人說：「你看的城牆不是南陽府，那就是團城子，正經城牆往東邊哪，看不見。」徐良打聽那裡有大店，那人說：「就在這前邊五里新街，五里長的街道，鋪戶是一家挨一家，要找店，或東或西俱有大店。」

徐良給那樵夫行了一禮，樵夫擔上柴薪，揚長而去。徐良進了五里新街一看，人煙稠密，做買做賣、推車擔擔，那人實在不少。一直往西，路北有座大店，門前有幾個伙計在板凳上坐著。徐良往裡看了一看，伙計就張羅：「客官，住店嗎？」徐良說：「有跨院沒有？」伙計說：「有，西跨院三間上房。」徐良跟著進來，到裡面看看，倒也乾淨。啟簾到了屋中，打臉水，烹茶，然後要飯，不要酒，格外單帶高米醋一盆，徐良說要餅、饅首、飯一同上來。徐良飽餐一頓，撤將下去，然後點上燈火，自己吃了半天茶。天有二鼓光景，忽然心中一動，對面就是團城子，此時無事，我何不到團城子走走。把店中伙計叫過來，教他把門鎖好，吹了燈燭：「我到外邊走走就來。」伙計答應，把門鎖上。

徐良出去直奔團城子而來，周圍一繞，就是東西有兩個大門，此時已然關閉了。地方實係寬大，自己心中納悶：他一個莊戶人家，如何築得城牆？難道說本地面的官府盡自不管？必有情由。本是從北面看起，仍然繞至北面。忽見由東邊有一個人飛也相似直奔西北，徐良尾於背後跟下來了。直到廟牆，並不叫門，竟自躍牆而過，徐良也就跟著上了牆。就見西邊牆上上來了一個人，山西雁細細一瞅，原來是艾虎，自己納悶：他怎麼也上這裡來了？遂進了院內，與艾虎打了個手勢。艾虎一見徐良到，滿心歡喜。自己就皆因等盧珍工夫甚大，不見出去，也是著急，把韓天錦留在外邊，自己上前看看什麼緣故，可巧碰見三爺。二人彼此全都奔至窗欞之前，戳窗欞紙往裡瞧看。但見盧珍在那裡綁著，趙保將才要殺，忽見路素貞一抖手帕，趙保就躺下了，然後又與盧珍商議兩個人要聯姻的意思。外邊二人微絲怔了一怔，看他應允不應，他要應了，弟兄們從此絕交，他要不應，那二人才進去救他。一看盧珍直是搖頭，姑娘拿刀威嚇，盧珍執意不肯點頭。外面二位英雄，暗伸大指稱讚，徐良這才把九尾仙狐叫將出來。艾虎一伸手，從兜囊之中掏出四個布捲，一伸手遞與徐良兩個，教他堵住鼻孔，自己兩個，也就堵住鼻孔。艾虎說：「與這丫頭動手，搶上風頭，小心他那帕子。」

你道艾虎這個布捲怎麼那麼現成？皆因是前番雙盜獄的時節，他偷了沈中元的薰香盒子，直到如今也沒還給沈中元，故此身中總帶著幾個布捲，倒是為他使薰香所用，不略此時用著這個物件了。徐良把鼻子堵好，路素貞由屋中躥至院內，說：「你們是那裡來的狂徒？好生大膽！」徐良說：「你不用嚷，給我四兄弟，他的臉皮薄，咱們商議商議倒可以。」路素貞說：「好狂徒，滿口亂道！」隨說著擺刀就剁。徐良大環刀往上一迎，嗆啷一聲，把刀削為兩段，把路素貞嚇的魂飛天外。自己一搶上風頭，徐良總不教他過去。路素貞一著急，把手中刀把也打將出去。徐良能接暗器，似乎那刀他焉能打著他呢，自己微一閃身，那刀把墜於地上。素貞轉過西南，對著徐良唰唰一抖迷魂帕，徐良往後一閃身，隨說：「你那東西抖別人還可以，要抖老西算枉用心機。你不知道我有佛法護身？」路素貞一聞此言，更覺著急。艾虎一擺七寶刀也就躥上來了。素貞往西一跑，正迎艾虎之面，一抖迷魂帕，艾虎一歪臉，說：「我也有佛法護身。」素貞一想這事實在怪道，怎麼如今這帕子會不靈哪？自可就往西牆上一躥，逃竄性命。不料外頭那個大傻小子等急了，左一個進去不出來了，右一個進去也不出來了，自己扒著西牆往裡一看。他身高一丈開外，牆只九尺，一長身軀看了個真切：老兄弟同著三爺與個姑娘動手。那姑娘往牆上一躥，他就過去雙手一抱，說：「你別走啦小子！」他是呆呆傻傻的，什麼也不知，那還管男女受授不親，抱住了往牆下一拉。徐良說：「別撒手他。」韓天錦說：「交給我了。」徐良往牆上一躥，連艾虎也就上了牆頭，就聽噗咚一聲，韓天錦栽倒在地，焉知曉早被路素貞用那迷魂帕抖倒，九尾仙狐逃命去了。待等徐良、艾虎下了牆頭，過來一看，韓天錦四肢直挺，人事不省。

艾虎說：「三哥先在這裡看著，我先進去開了廟門。」徐良點頭。艾虎進來，先到屋中解了盧珍綁繩，掏出口中之物。盧珍一聲長歎，說：「我真是時運不佳，才遇見這丫頭纏繞。」艾虎一笑說：「你在這裡看著這個人，我去開門。」盧珍點頭。艾虎出去把門開開，山西雁把韓天錦扛進來，到裡邊見了盧珍，與他道驚。盧珍很覺慚愧。那裡現有灌盧珍的涼水，把韓天錦與趙保全用涼水灌了，把趙保四馬倒攢蹄綁上。艾虎問：「三哥從那裡來？」徐良把自己事情對他說了一遍，說：「我實在沒臉見弟妹，故此不辭而別，跑下來了。四弟，因為何故你們走在一處？」艾虎就把找三爺，二爺老叫不醒，樹林睡覺，遇見四哥的話學說了一遍。徐良說：「我出去找地方去，這個人準是一個賊。」盧珍說：「不但是賊，這裡還有他的真贓實犯，開封府內還等著他原案哪！」徐良說：「我出去找地方，教地方把他交在當官，解往開封府原案。你我倒先別露面才好，若要一露面，白菊花要在這一方，他一知道就不好辦了。四弟，你說那裡有真贓實犯？」盧珍說：「方才女賊盜來的包袱在這裡，大概失盜主離此也不大甚遠。」

徐良出去，等了半天工夫方才進來，帶了五六個人來。原來是一個地方，那幾個是伙計。到裡面與盧珍、艾虎一見，說：「這是盧老爺，這是艾老爺，在此處辦開封府要緊的案子，不略碰上了這們一案。明天把這個叫趙保的交給你們本地面官，解往開封府原案。還跑了一個女賊，等著我們慢慢拿獲。此刻我們是不能出頭露面，我們還要在此處採訪，有奉旨的差使哪！」地方朱三連連點頭，說：「老爺們只管放心，絕不能把風聲透露。」徐良問：「這廟可是官廟私廟？」地方說：「這個廟是團城子裡東方員外的家廟。」徐良說：「要是他的家廟，你可更別聲張了。」地方點頭說：「老爺們只管放心，是囑咐我的言語，我們絕不能洩露。」徐良又問：「這個團城子東方員外他有多大前程❶？」地方說：「是個武童。」徐良說：「他是個武童就住城牆房子，他要是朝中卿相，該當住什麼房子？難道說你們地面官也不管嗎？」地方說：「老爺，這個話提起來就長了，焉有不管之理。」徐良說：「既然要管，怎麼由著他蓋城牆房子，這不是要反叛麼？」地方說：「先前這五里街不熱鬧，是南陽西關熱鬧。團城子那裡叫劉村，姓劉的人多，有個東劉村、西劉村，每逢二、八大集。這複姓東方的是後搬去的，他那財主大的無比，他那名字叫東方保赤。」此時韓天錦可也緩過來了，直要嘔吐，徐良教他外面活動活動就好了。趙保也緩過來了，無奈他是教人家捆住了，暗暗自己後悔，明知這一場官司，大概總有性命之憂。徐良又問：「東方保赤怎麼樣？」地方說：「此人家財甚厚，又趕上年歲不好，是賣房子的他就要，不要地畝。那個城牆本是一個當鋪，叫元亨當，三年止當候贖，就把鋪子關閉了。他就買將過去，就用當鋪的那垛口牆，把他買的那些房子都圈在裡面去了，那個集場市面也就歸到五里新街來了。先前四個梢門，東西南北，後來他把個北門堵塞了。又有人給他看的風水，他叫東方保赤，赤者是紅，紅者是火，南方丙丁火，火見火無處躲，把個南門也堵塞了。這可就有一位知府大人，外號兒叫錢秀，剛一上任就親身拜望他去了。見他家住的是城牆，立刻教他拆。他用了許多銀錢，疏通好了，知府大人不究此事了。可巧又換了一位知府，這位大人叫錢⿸疒虎，到任仍是找他。他一想此事不好，換多少位知府花多少回銀錢，他與這位知府拜盟兄弟，哀告知府給他一個執照，作為是住戶院牆，不應例砌城垛口，當時若要拆毀，當時無錢壘砌；若要塌陷之時，不許再砌城牆垛口的形像。給了他一張印文，再換任知府就不能找尋於

❶ 前程：指功名職位。

他。他這個牆一萬年也沒有塌陷之說，例年修補，焉能塌陷？如今裡面還蓋了一座什麼藏珍樓，東西兩個門。如今慢說車馬，連人都不許走了。」徐良一聞此言，就對了房書安的話了，自己想了個主意：明天到團城子。

找冠袍帶履連白菊花，帶盜魚腸劍的節目，且聽下回分解。

第六十三回　徐良頭盜魚腸劍　二寇雙探藏珍樓

且說地方說了團城子當初這個來歷，徐良說：「你若見著團城子人，可別提起尼姑庵之事，餘者的我俱已告訴明白了，你就按我那言語辦理去罷。你見了你們官府，準還有些個好處哪。」地方說：「此時天氣已晚，明天早晨再把他解官罷，老爺們請想如何？」徐良說：「自可也就是如此。」地方說：「我給老爺們預備點酒去。」徐良說：「不必。」就等到次日天明，地方找了一輛車來，把趙保口中塞物，放在車上，把廟門倒鎖。幾位爺奔五里新街，俱上徐良店中去了。地方朱三解著差使，奔衙門見官回話去了，不提。

再說徐、艾、盧、韓四位進了店中，伙計過來開了西院房門，到裡面伙計給烹茶，打淨面湯，然後開飯。大家用畢，談了些閒話，晚間又用了晚飯。徐良說：「眾位，我今晚入團城子裡面，探探東方亮他們共有多少賊人，白菊花在與不在。今晚探明，等我回來，咱們再定主意是如何辦法。他們若是人多地險，你我弟兄還不可輕動哪。等個一半日，展大叔等也就到了，咱們俱都會在一處，那可就好辦了。」艾虎說：「我今晚同三哥一路前往如何？」徐良說：「我今晚又不動手，要許多人去何用？你要去等明日再去。」艾虎無奈，只可點頭答應，說：「我在店中等候罷，聽你回來的喜信。」等到天交二鼓之半，教艾虎在門外看著，怕店家進來。自己換上夜行衣靠，背後勒上大環刀。拾掇利落，屋內一擊掌，艾虎外邊一擊掌。屋內擊掌是拾掇利落了，外邊擊掌是沒有人。盧珍說：「小心了。」徐良一點頭，躥在院中，縱身躥在西牆之外，艾虎進了屋子。

徐良直奔團城子而來，回手掏飛抓百練索，搭住上面城牆，揌著上去。用手一扳上面城磚，用了一個騙馬式躥將上去，摘抓頭。往下一看，就見由東北上來了兩條黑影，直奔城牆而來。也都是一身夜行衣靠，到城牆之下，抖百練索搭住了城牆上面，揌絨繩而上，也是騙馬式到了上邊，復又扔下絨繩去，教那個揌繩而上。可巧牆頭上邊有一棵小榆樹兒，徐良就趴在樹後，隱住了自己的身形。看這兩個人俱都上來了，二人相貌實係難看，一個是一張黃臉，上面有一層綠毛；一個是面似瓦灰，在印堂上約有鴨卵大小一塊紫記，全都是背插單刀。這二人摘了抓頭，直奔裡面而來，也是把抓頭扣住城磚，那一個黃臉綠毛的先下去，那一個有紫記的後下去。徐良就轉過來瞧看，見頭一個下去，一手一手鬆著絨繩，看看快腳沾實地，就見他把腿往上一蜷，復又用腳蹬住城牆，回頭往下一看，透著驚慌之色，低聲告訴那個沒下來的說：「兄弟，你要小心，這城牆底下有護牆壕，寬夠六尺，全是翻板，一塊搭著一塊，要是蹬上可就墜落下去，可不定多們深呢，千萬留神。你下來可得倒腰，非躥過七尺去可不行。」上面那個點頭說：「哥哥放心吧，我知道了。」那人踹城牆一倒腰，躥出足夠七尺方才腳沾實地，第二個這才下來。

徐良一看這個光景，忽然想起一個壞法子來。趕緊跑將過去，就把他那一個飛抓百練索一伸手揪住了絨繩，一手把那撓鉤一摘。那人看看剛要腳沾實地，一撒手，那人噗咚一聲正正就掉在護城壕之內。原來這團城子裡面，是所有裡邊髒水，連下雨的雨水，屎尿泔水，全歸這護城壕裡面。若有人進來，行家不能上這個當，淨為的是打笨家子的地方。這人落在護牆壕中，正正一身連尿帶屎，油泥的湯水，騷臭難聞。先下去的那個，把翻板給他登住，把他拉將上來，怒沖沖的抱怨他一頓，說：「我連連告訴與你，你還是掉將下去了。我若沒說也還罷了，我這裡緊囑咐著你，你還是不留神。這少刻要到了藏珍樓，你更不定怎麼樣了。」那人說：「你先別抱怨我，非是我不留神，是百練索抓頭斷了，怎麼怪我呢？」那人說：「抓頭萬不能斷，總是你登在翻板上了，不信咱們看看抓頭。」徐良在牆頭上暗笑。那一個人一賭氣，將絨繩掏過來一看，一絲兒也未動。那人就在地下沙土地，咕嚕咕嚕的亂滾，滾半天站起來，把身上的泥片往下拍打拍打。論說應當用水去洗，當時那裡有淨水呢？到虧得這一片沙土地，滾了有五六次，身上的衣服就透著潮乾了，那騷臭之氣仍然不斷。過來便問：「哥哥，到底那個抓頭是斷了沒有？」那人說：「你來看，一絲兒也未動。」那有紫記的說：「這個事情實在的怪道，像上頭有人給摘了的一樣。」上邊老西暗說：「你算猜著了，是老西多了一把手兒。」那黃臉綠毛的說：「你說的直不像話，上面又沒有人，焉能給你摘鉤兒哪。」說：「你往那邊去的時候，可多要留神就是了。」說畢，二人施展夜行術，一前一後撲奔正南去了。

山西雁方才下來，也是百練索抓頭抓住了城磚，又四面八方細細瞧瞧有人沒人，他也怕的是再有個人給他摘了，也怕鬧身尿泥，然後這才鬆絨繩而下。離地約有三四尺的光景，看準了翻板，一踹城牆，往後一倒腰，撒手絨繩，倒出七八尺光景，方腳沾實地。用力一綳絨繩，復又往上一抖，抓頭方才下來。將百練索絨繩繞好，裝在皮囊之內，也就施展夜行術，跟下那兩個人來了。此處原本是東方亮的大花園子，過了月牙河，就是太湖山石。剛一拐竹塘，就遇見兩個打更的，噹噹噹正交三鼓，就聽那兩個打更的哎喲一聲，徐良就知道被那兩個人拿住了。往前一探身軀，看了看，何嘗不是。見那兩人掐著打更的脖子，繞在太湖石山洞之外，往下一摔，噗咚一聲摔倒在地，四馬倒攢蹄把兩個打更的捆上，把刀亮出來，扁著刀亂蹭腦門子。只嚇得那兩個人魂不附體，連連哀告，求饒活命，說：「我們俱是雇工人氏，二位好漢爺爺問什麼我們就說什麼，只要二位好漢爺爺手下留情。」

這二人說：「我問你幾句言語，只要你們說了真情實話，我就饒你。若是有半字不實，立時就殺。」更夫說：「只要饒命，我們就說。你們二位是為冠袍帶履而來，是為魚腸劍而來，是為借盤費而來？」二人說：「我們就為魚腸劍而來。這個東西在什麼所在？只要你們說了實話，我們將此物得到手中，不但饒恕你們，還要大大的周濟周濟你們兩個。」那更夫說：「只要饒恕我們就足感大恩大德，那裡還敢討賞呢。你們二位既要打聽魚腸劍，我把這道路與二位說明。由此往西有個果木園子，穿果木園子而過，北邊一段長牆，可別進去，那裡叫紅翠園。一直往南，就看見西邊一段短牆，那柵欄門子可在西邊，似乎你們這樣能耐，就不用開門了。躍進短牆，路北有座高樓，說樓可又不是樓的形像，類若廟門相彷，七層高臺階，上邊有三個大銅字是『藏珍樓』，外邊明顯著一條金龍，腦袋衝下，張牙舞爪，這魚腸劍可在樓的裡面。」二人又問：「聽說這藏珍樓有些消息埋伏，可是什麼消息？」更夫說：「我們知道的便說，不知道的，就是把我們剮了，我們也是不知。」二人又問：「你們既是在此處打更，不能不知到底是有埋伏沒有。」更夫說：「埋伏是有，我們可不知道是怎麼個消息。自從我們上工，我們大太爺、三太爺親身囑咐我們，前後打更，紅翠園不許進去；東北角上，有一個小廟兒不許進去。這藏珍樓院子可許我們進去，離著樓周圍一丈可不許到。倘若走到離樓一丈之內，蹬出什麼舛錯來，或死或帶傷，我們大太爺可不管。你們二位要問，我們可不能不說，可也不知是嚇唬我們，可也不知是有什麼消息。」二人一聽，大概這兩個更夫準是不知，等著到了那裡時節，仔細留神就是了。說：「更夫，你說得言語也無憑可考，等著我們得劍，回頭再來放你。」說畢，撕衣襟把他們口來塞住。

徐良看著那二人往正西去了，自己過來，把那一個年長的更夫口中之物掏將出來，也把大環刀抽出來，扁著刀往腦門子上一蹭。更夫連連哀告說：「好漢爺爺饒命，你老人家問什麼，說罷。方才那二位可是一同來的不是？」徐良說：「是一同來的，他們是上藏珍樓去了不是？」更夫說：「他們上藏珍樓找寶劍去了。那二位是你老人家的什麼人？」徐良說：「算起來他們是我孫子。」更夫一瞧徐良這個形容，紫臉白眉毛，那兩個人一個是黃臉綠毛，一個是灰色臉紫記，這三個人生的是實係可怕。問：「你老人家既是同那二位來的，可認識藏珍樓不認識？」徐良說：「有他們二位去了，我就不用去。我另問你一件事情，你要不說，我打發你上姥姥家去。」更夫說：「你老人家問什麼言語？」徐良說：「你們員外這裡現在住著多少朋友？」更夫說：「刻下住著朋友不大甚多。」徐良問：「都是什麼人？姓字名誰？」更夫說：「一個叫金頭活太歲王剛，急三槍陳振，黑金剛柳飛熊，菜火蛇秦業，獨角龍常二怔，病獬豸胡仁，就是這些朋友。」徐良問：「有火判官周龍上這裡來了沒有？」更夫說：「沒來。」徐良說：「有個白菊花來了沒有？」更夫說：「姓晏哪？」徐良說：「不錯。此人可在這裡？」更夫說：「先前在這裡，如今不在。」徐良說：「我也暫且屈尊屈尊你們，待事畢之時，再來放你們兩個。」也就把口塞住。徐良自己一忖度：這藏珍樓有險，讓他們兩個去罷，我先到前邊看看。恐更夫言語不實，白菊花果在此處，設法拿他，如不在此處，更不可打草驚蛇。再看這兩個賊人把寶劍盜得出來盜不出來，他們若將寶劍得到手內，我跟到他們外邊與他們要劍，他如不給，量著這二人準不是我的對手。主意一定，直奔前邊去了。

單提那二人過了果木園子，看見紅翠園，直奔正南，迎面有棵大柏樹，往西一拐，躥進短牆。一看藏珍樓與更夫說的一樣，二人直奔七層臺階，離階石有七八尺的光景，二人將要拉刀，就覺著足下一軟，蹬在翻板之上，兩個人一齊墜將下去。

要問他們生死，下回分解。

第六十四回　伏地君王收二寇　金家弟兄見群賊

且說這兩個奔藏珍樓的，說了半天，到底是誰？原來在儒寧府的管轄，有一座朝天嶺，山上有五家寨主，一個叫王紀先，一個叫王紀祖，三寨主叫金弓小二郎王玉。山下有個梅花溝，內中有個金家店，兩個店東姓金，一個叫金永福，一個叫金永祿，就是山內四寨主、五寨主。這朝天嶺山路最險，前面是十里地的水，通著馬尾江，到山口左右有兩座島，一座叫連雲島，一座叫銀漢島，當中有個中平寨。這中平寨前，在兩個島口當中，隔著一段竹門，竹門之前，水內有滾龍擋，上面有刀，有水輪子，無論多大水性之人也過不去這滾龍擋。過了竹門有個三孔橋，有三塊捲網。暫且不表，等到了時節慢慢再說。

這梅花溝就在連雲島下面，靠著中平寨的水面，南岸就是金家店。皆因為這日金永福、金永祿正在店中，接著王爺的書信，過水面與山中送信。見了王紀先、王紀祖、金弓小二郎王玉，投了王爺的書信。可巧頭一天，有團城子伏地君王東方亮派了兩個人去，一個叫赫連齊，一個叫赫連方，兩個人送東方亮的請帖。山上三家寨主俱都沒見到，是金永福、金永祿這二人見著了，說：「昨日晚間到了咱們店中，與我們留下了一個請帖，咱們店中待承了他們的酒飯，整說了半夜的話。今日早晨，咱們給他預備盤費，他們一概不受，辭別去了。」

翠麒麟王紀祖問說：「大哥，我聞聽說團城子東方亮家中有一口魚腸劍，從列國專諸刺王僚時節，直到如今復又出現，可稱是無價之寶，大概連大哥準都沒見過此物罷？」王紀先說：「我可就是耳聞，不但耳聞，我還是最怕那宗東西出世。我有一身寶鎧，尋常刀劍一概不怕，所懼者就是魚腸劍。」王紀祖問：「東方亮所下的請帖，五月十五這天哥哥打算去與不去？」王紀先說：「咱們與他素無來往，憑他那路英雄，很不是名聲遠震的人物，誰能與他前去助威？」王紀祖說：「既然打算不去，又與他沒有交情，那時若是得便，到他那裡把他魚腸劍盜來，咱們大家一觀。一者大家瞧看瞧看，二則間亦免大哥憂思此物日後為患。」王玉說：「這有何難，待小弟我去走上一趟。除非我去，別者之人還不行哪。」王紀祖問：「怎麼非你去不行？」王玉說：「這東方亮家內有個藏珍樓，這藏珍樓內不易進去，非得能人去方可。倘若不行的，到那裡不但不能把劍得來，還怕有害於己。」王紀祖說：「待等得便之時，王兄弟就辛苦一趟。」金永福在旁言道：「三哥方才言說這魚腸劍，我弟兄二人情甘願意往團城子去走上一趟如何？」王玉說：「二位賢弟，不是劣兄小看你們，你們二位雖能高來高去，要盜人家無價之寶，只怕畫虎不成反類其犬。你們不想一想，他既是祖傳之物，必要收藏一個嚴密去處，再不能就在明處放著。再說他那裡人多，你們二位再沒有什麼格外的秀氣，豈不是班門弄斧？」金永祿一聽，微微冷笑說：「既然這樣，非你去不可？」王玉說：「你們二位如要不信我的言語，就辛苦一趟。要真能夠把魚腸劍盜來，我從山上一步一個頭，給你們磕到梅花溝去。我要不磕，我不是人物。」王紀先攔道：「你們千萬不可這樣。」金永福、金永祿也就不往下再說。

當日晚間出山，回到梅花溝，二人這口悶氣不出，商量著要上南陽府。金永祿說：「哥哥願意去不願意去？你要不願去，我就一人前往了。」金永福說：「焉有不願意去的道理。倘若咱們把魚腸劍盜來，非教三哥給咱們磕頭不行。他實在是眼空四海，目中無人。」二人商量妥當，次日換了衣襟，帶些盤費，提了夜行衣靠的包袱，由梅花溝金家店起身，一路無話，也是住在五里新街。晚間換好夜行衣靠，背插單刀，奔團城子而來。進團城子，頭一個是金永福，第二個掉翻板內就是金永祿。問明白了更夫，到了藏珍樓院內一看，這樓的形像極其高大，當中挖出來的旋門與廟門一樣，有兩個門環，紅門上起金釘，兩扇門當中約有二指寬的門縫，上面嵌出來三個大銅字是「藏珍樓」。在銅字上邊，有一條金龍，張牙舞爪，垂著兩根龍鬚，有如今通條粗細，越往下越尖，這龍鬚垂到與門的上檻高矮上下不差往來。二人一齊要奔七層臺階，不料就蹬在翻板之上，噗咚一聲墜落下去。幸而好不大深，二人打算要往上躥，上邊翻板復又蓋好，裡面是黑洞洞的伸手不見掌。二人往下一墜，就聽嘩啷嘩啷銅鈴一陣亂響，工夫不大，只聽上邊一陣亂嚷，把翻板一掀，數十把長撓鉤往下一伸，先把金永福搭住，後把金永祿搭住，拉將上來，俱都捆上二臂，從背後給他們把刀抽出去，推推擁擁往外就走，一直奔了更房兒。許多打更的把他們圍上，問他們姓什麼叫什麼，二人也好，說：「我們既然被捉，速求一死，我們也不必說出名姓。」內中有個更夫說：「咱們問他也是不肯說，告訴咱們大太爺去罷。」與東方亮送信，暫且不表。

且說徐良直到前面，看有明三暗九一座大廳，就從大廳後邊躥將上去，躍過房脊，到了前坡，扒住連簷瓦口，往下探身軀一看，就見伏地君王東方亮員外的打扮。足下薄底靴子，箭袖袍，絲鸞帶；面如油粉，兩道寶劍眉，一雙大三角目，獅鼻闊目，一部花白鬍鬚遮滿前胸，可是黑的多白少，在當中落坐。上垂首就是他的兄弟，紫緞紮花壯巾，雙飛火雁絹帕擰頭，紫緞子箭袖袍，薄底靴子；身高九尺，膀闊三停，紫微微一張臉面，劍眉圓目，直鼻闊口，一部黑髯，就是紫面天王東方清。內中還坐著六個人，一個個穿紅掛綠，高矮不等，全都是兇眉惡眼，臉上怪肉橫生，俱都不是良善之輩。山西雁暗暗心中打算：這個人外號叫伏地君王，要憑這樣的品貌，坐在金鑾殿之上也不是個樣兒。他若是奉公守法，還落一個終於正寢，一定胡思亂想，任意胡為，早晚是剮。

正在觀看之際，只見外邊飛也相似跑進一個人來，說：「周四寨主爺到。」伏地君王說：「請。」不多一時，前面燈球火把，就把許多人引將進來。東方亮迎出大廳之外，大眾都給伏地君王行禮，又見了紫面天王東方清。房上的徐良認得，進來的這些人卻是火判官周龍，小韓信張大連，青苗神柳旺，赫連齊、赫連方這二賊如今也混在他們一處了，又有三尺短命丁皮虎，黃榮江，黃榮海，細脖大頭鬼王房書安。惟獨到了房書安這裡，伏地君王東方亮問道：「房賢弟，你如今也有四十多歲了罷，怎麼混鬧起來了？你自己也不覺乎著教人恥笑？」房書安哈哈一笑，說：「哥哥，說了半天，多一半是為我這鼻子罷。」東方亮說：「你自己還倒知道哇。這個歲數，反倒胡鬧起來了。」房書安說：「你打算我這鼻子是長了天疱瘡了不成？卻不是，我是叫一個……」一個一個的說了半天，總沒說出什麼來。東方亮哈哈大笑說：「一個什麼呀？怎麼不往下說了，是什麼緣故？」房書安說：「我說到此處，我心裡就有些發怯，我總怕他老人家在這裡。」東方亮說：「你這人說話半吐半嚥，屋裡說來罷。」

到了屋中，就與金頭活太歲王剛、黑金剛柳飛熊、急三槍陳振、菜火蛇秦業、獨角龍常二怔、病獅豸胡仁，都與周龍等大家相見了一回，然後彼此大家落座，從人獻上茶來。東方亮倒要問問房書安：「你這鼻子是什麼緣故？」房書安說：「我這鼻子，是遇見一個削鼻子的祖宗給削了去了。」東方亮問：「這削鼻子祖宗是誰？」房書安說：「提起此人大大有名，陷空島有一個穿山鼠徐慶之子，此人姓徐名良，外號人稱多臂熊，又叫山西雁。這個人本領高強，足智多謀，一身的暗器，會裝死，會打呼嚕，人家疑乎他睡著了，卻原來他假睡著，一過去就吃了他的苦子了。火焚桃花溝，殺跑了飛毛腿，結果了金箍頭陀鄧飛熊的性命。若不是張大連蠱惑著我信口開河，也搭著我吃了幾杯酒，講來講去，我就講到穿山鼠徐三老爺子那裡去了。這個削鼻子祖宗，他那裡答應我呀！我鑽到桌子底下，教他們替我說一句沒在這裡，他們誰都不管。後來還是我帶出來的這個黃大兄弟、黃二兄弟報答了報答我，把桌子一掀，他們兩個人踹後窗戶跑了。要不是我眼前有點機靈，那天晚上就出了大差了。也仗著是我腿軟嘴軟，才保住這條性命。」東方亮問：「怎麼叫腿軟嘴軟？」房書安說：「這你還不明白麼？腿軟是給人家跪著，嘴軟是央求人家，這才把這位老爺子央求心軟了，說：『我不殺你罷，實在怒氣難消，殺了你罷，又瞧你央求的可憐。』這才與我留下了一個記號，把鼻子削將下來，我方逃了性命。」又對著房書安說話沒有鼻子，烏囊烏囊的，又搭著他說話有一句說一句，絕不藏私，所有聽者之人，大眾俱都掩口而笑。

紫面天王東方清大吼一聲，說：「住了！房賢弟，不要往下再講了，休長他人的志氣，滅自己的威風。慢說他是穿山鼠徐慶之子，就是五鼠五義也不放在複姓東方的心上。有日王爺興師，早晚必要會會他們這俠義，看看他們這俠義有多大本領。連徐慶我都不懼，何況是他的後人？就怕遇不見他，我要見著這個多臂人熊，我要不把他首級拿來見見眾位，從此我就更名改姓。」房書安說：「二爺，這們說的人太多了。見面之時，你就曉得他那個利害了。」這一句話不要緊，只氣得紫面天王把桌案一拍，大叫：「房書安，你再要誇獎於他，你就出我們團城子去罷！或者你把他找來，你看著我們兩個人較量較量。」山西雁正在房上聽了個真切，心中暗道：「你不用找，老西現在此處，要較量較量，卻有何難。」想到此處，抽大環刀，這一躥下房去。

要問徐良勝負輸贏，且聽下回分解。

第六十五回　屋內金仙身體不爽　院中玉仙故意騙人

且說徐良在房上聽紫面天王不服他，要與他較量較量，正要拉刀躥將下去，教這紫面的知道知道我的利害。忽見由外邊跑進三個人來，兩個壯士打扮，一個是穿著一身重孝，放聲大哭，直奔屋內而來。身臨切近，山西雁方才認出來了，一個是薛昆，一個是李霸，一個是王能兒，王能兒穿著一身重孝。皆因由毛家疃王能兒一瞧事頭不好，背著自己包袱先就跑了。後來第二天方才遇見薛昆、李霸，一問他們兩個人的來歷，就把毛天壽已死，王虎兒被殺告訴了王能兒一遍。三個人商量著無處可奔，議論了半天，只可是上團城子與大太爺送信。就仗著王能兒包袱內有些散碎銀子，做了一身重孝，一路盤費。到了團城子天氣就不早了，到了門首，眾人一驚，一問緣故，王能兒就把太歲坊之事說了一遍。眾人一聽，都讚歎了半天，並不用與他通報，就自己進來了。

直到裡面，見了東方亮噗咚一聲跪倒身軀，放聲大哭。伏地君王一問因為何故這們大哭，穿了一身重孝。王能兒哭訴其事，說：「太歲坊我家二員外爺，皆因搶了一個金氏的女子來，本是知府的女兒，又是知府的兒婦，搶來執意不從。這日晚間，招了許多人來，又有神又有鬼，全是假扮奇形。後來又來了一個大山精，一個母夜叉，連我們舅老爺那麼勇，全死在他們手裡了。後來我們上了毛家疃，又到千里一盞燈毛天壽那裡，心想用蒙汗藥酒將他蒙過去，不料又教他們識破了機關，連毛寨主帶我哥哥俱教他們結果了性命。我特來報與大太爺、三太爺知曉此事。」東方亮、東方清一聞此言，放聲大哭。大家勸解了一回，東方亮說：「眾位有所不知，我二弟性情古怪，他要在我們這裡住著，焉有此事。」大家一齊說道：「也是二員外爺命該如此，自可打聽打聽準喪在什麼人手，咱們與他報仇就是了。」薛昆、李霸又把趙勝的緣故說了一遍：「別者之人俱未能看清，單有一個相貌古怪的，是兩道白眉毛，又是山西的口音。」房書安說：「眾位聽見了沒有？就是這個老西。我總疑乎著，早晚之間必上這裡來哪！」東方清言道：「正要找尋於他。他若不來，可是他的萬幸；如果要來，可算他是飛蛾投火，自送其死。」東方亮說：「你們暫且吃飯去罷，有什麼話然後再講。」薛昆、李霸、王能兒俱都撤身下去。

忽見外面慌慌張張跑進一個家人來，說：「員外爺在上，如今藏珍樓拿住兩個盜劍的了。」伏地君王東方亮一聞此言，吩咐一聲：「把兩個人與我綁上來！」不多一時，就看見從外邊推推擁擁推進兩個人來，大家說：「跪下，跪下！」見那兩個人撐腹疊胸，立而不跪。大眾一看，這兩個人全都是馬尾透風巾，青緞夜行衣，青抄包，青中衣，藍緞襪，扳尖灑鞋。一個是黃臉綠毛，一個是面似瓦灰，一塊紫記，怒目橫眉，立而不跪。東方亮一看，微微冷笑說：「你們兩個人好生大膽！既要前來盜劍，也該打聽打聽才是。我複姓東方的，最喜歡交綠林中的朋友，山林的賓朋、海島內好友準準的有幾百位，俱是出乎其類的英雄，拔乎其萃的好漢。我一生最惱的，是不打聽打聽我是什麼樣朋友，依仗你們的本領，前來竊盜哇，或是盜我藏珍樓的寶物哇，自逞其能，藐視我這個所在。我也不怕你們惱，慢說你們那樣本事，就是比你們強著萬倍，連我那樓門也不用打算進去。我也不用問你們的名姓，倘是問出來，要有與我相好的朋友認識，倒不好辦了。來推出去與我砍了！」有人答應，立刻往外一推。

再說紫面天王一瞧這兩個賊，就有幾分愛惜。見他們進來時節，虎勢昂昂，撐腹疊胸，毫無懼色；後來往著各位上一瞅，就把頭往下一低，再也不瞅人了，倒彷彿是害了怕形像。將要往外一推，就聽有人說：「刀下留人。」原來是赫連齊、赫連方，說：「二位莫不成是姓金麼？」過去細細又一看，又說：「這不是梅花溝金家店二位寨主麼？」二人是更把頭往下一低，一語不發。赫連方說：「對呀，哥哥你看臉上這塊紅記，難道你就忘了不成？」赫連齊說：「對呀，你們二位不言不語不大要緊，險些耽誤了交情。」回頭說：「大哥，咱們紅白帖兒把人家請來了，咱們這們待承人家可下不去呀。」東方亮說：「我也得知曉這是那裡來得哪。」赫連齊說：「這就是朝天嶺梅花溝四寨主、五寨主，一位是鴛鴦太歲，一位綠面天王；一位叫金永福，一位叫金永祿。」東方亮一聞此言，吩咐一聲：「招回來。」自己親身下去與二人解綁，說：「二位賢弟，實在劣兄不知。但分知曉二位賢弟到此，我天膽也不敢將二位賢弟綁將起來，望乞二位賢弟恕過愚兄。」隨說著就一躬到地。金永福、金永祿雙膝點地，說：「我二人自逞其能，前來盜劍，冒犯天顏，身該萬死，萬死猶輕。蒙大太爺不肯殺害我們，恩同再造。慚愧呀慚愧。」東方亮說：「二位賢弟言重了。我本是差派我兩個兄弟，聘請五位寨主前來助威，不略二位賢弟也搭著是更深時候，無心墜落我的翻板，我就作出虎狼之威。若不是赫連賢弟看出，險些誤了大事。」金家弟兄說：「大太爺饒不肯殺害我們，還說這許多謙虛言語，我們如何擔待得住。」東方亮說：「你們二位再要叫我大太爺就是罵我一樣，咱們全都自己弟兄，要是那們太謙那還了得？赫連賢弟，與他們眾位見見。」赫連齊這才帶著金家弟兄先見了東方清，然後與群寇一一相見。

東方亮吩咐家人取了兩件英雄氅來，先教金家兄弟披在身上。東方亮復又問道：「但不知這下月十五日，那三位寨主可能到我這裡來不能？」金永福說：「大哥，實不相瞞，有這裡請帖到了朝天嶺，皆因是我們大哥、二哥不來，這才提起了你老這裡有口魚腸劍。我們大哥、二哥說，聽人講究過，可沒見過怎麼個形像。王玉就說，要見這口劍不難，他要上這裡盜去給我們大哥見識見識。他說盜劍非他不成，除他之外，則無一人能盜。我們兩個人一聽他這個話太大，一賭氣，自逞其能，也並沒告訴他們，我們兩個人就往這裡來了。不略我們二人被捉，多虧大哥寬宏大量，若不然，我二人早作了無頭之鬼。他們既要打算盜你的寶劍，是日豈能與你助威呀？」東方亮一聞此言，哈哈大笑，說：「二位賢弟，我方才已然說過，我最好交友之人，待等我十五日這個擂臺已過，我自帶一名家人，同著二位，帶上魚腸劍，我到朝天嶺見一見二位寨主。我把寶劍也教他們二位看看，自要他們二位喜愛此物，我就把這個東西送給他們二位，又算什麼要緊的事情。常言說得好，寶劍贈與烈士，紅粉贈與佳人❶。此劍乃是我用不著的物件，把劍送與他們二位，倒作一個贈劍之交，並且我還有大事相商。」金永福、金永祿說：「這位大哥素好交友，名不虛傳。」說畢，群寇一口同音說：「你們與大哥交長了，就知道大哥這交友慷慨的了。」伏地君王一聲吩咐備酒。

山西雁把他們根根切切的事情俱都聽個明白，自己一想，此處又沒有白菊花，我也不必出頭露面了，倒不如我上藏珍樓，瞧瞧這樓的形像。自己拿定主意，撤身回頭，後坡飄身下去，直奔後面來了。又到了捆更夫的那個太湖石前，一直撲奔正西。過了果木園子，見著一段長牆，心中一想，方才那更夫說的，這個地方叫紅翠園，但不知這紅翠園是什麼景致。將走在這裡，就見裡面燈光閃爍。原來這個門卻在西

❶ 寶劍贈與烈士二句：語出元代鄭光祖的戲曲王粲登樓。

邊，徐良繞到西邊一看，是花牆子門樓，黑漆漆的門戶，五層臺階，雙門緊閉，旁邊有一棵大槐樹。山西雁要看裡面景況，就躥上樹去，往下一瞧，院子裡靠著南牆，有兩個氣死風燈籠，一個八仙桌子，兩把椅子。上面大紅的圍桌，上繡三藍的花朵，南紅椅披。桌子上有一個茶壺，四五個茶盅，一個銅盤子。靠著南牆，還有兩個兵器架子，長家伙紮起來，短家伙在上面掛著。靠著椅子那裡，站著一個大丫鬟，約有二十多歲，頭上烏雲，帶些花朵，滿臉胭粉，鼻如懸膽，口賽櫻桃；穿著天青背心，葵綠的小襖，大紅中衣，窄小金蓮，繫一根蔥心綠的汗巾，耳上金勾掛著竹葉桃，看相貌頗有幾分人才。徐良瞅著納悶：這是什麼事情？不多一時，就由三間上房內出來一個姑娘，約有二十四五歲的光景，頭上烏雲用青綢帕兜住，青縐綢綁身小襖，青縐綢中衣，窄窄金蓮，腰紮青綢汗巾；滿臉脂粉，柳眉杏眼，準頭端正，口似櫻桃，耳上金勾沒掛著竹葉桃。就聽那丫鬟說：「小姐請坐。」姑娘出來坐在椅子上，丫鬟給倒了一盅茶。姑娘問丫鬟說：「你們小姐呢？」丫鬟說：「我們小姐身體不爽。」徐良見這姑娘品貌甚好，但是一件，這說話之間，未語先笑，自來透著輕狂的體態。書中暗交，別看品貌甚好，外面透露妖淫的氣象。此是閒言不敘。

且說這姑娘叫丫鬟，問：「你們小姐是什麼病？」丫鬟說：「渾身發燒，四肢無力，淨想躺著，茶飯懶餐。也沒有什麼大病，就是受了些感冒。」小姐說：「叫他出來練一練就好了，頑兩趟拳，踢兩趟腿，自來得身上出些汗就好了。你提我請他。」丫鬟無奈何，進上房屋中去了，就聽裡間中說：「二妹子，今晚實不能奉陪了，我渾身作痛。」院中說：「叫丫鬟把你攙出來。」不多一時，由屋中丫鬟攙著小姐出來，也坐在椅子之上，就要往桌子上一趴。那姑娘說：「你活動活動，頑頑拳，踢踢腳，咱們兩人過過家伙就好了。」這病姑娘可不像那個的打扮，珠翠滿頭，紅衫綠裙，也是透著妖淫的氣象，品貌有十分人才。那穿青的姑娘說：「我與姐姐腕衣裳。」那個姑娘再三不肯，說：「好妹子，你饒了我罷，除非是你叫，我連房門都不能出來。我還得告假，實在坐不住。」隨說著，仍然站起身來，晃晃悠悠走進屋中去了。

你道這二位姑娘是誰？這就是東方亮兩個妹子，一個叫東方金仙，一個叫東方玉仙。這兩個姑娘與東方亮不是一母所生，這兩個是東方保赤第四個姨奶奶所生。從小的時節，東方保赤愛如珍寶。上了十幾歲，學習針黹；嗣後來就教他練武，到了十五六歲，把工夫就練成了。東方保赤看看要死啦，一想姑娘要不會武藝便罷，若是會些武藝，必要性傲。若要教給他們工夫，必須要教給他們一點絕藝方可。一個是教了一對練子槊，一個是教了一個練子錘，除此之外，刀槍劍戟、長短家伙，無一不會。東方保赤一死，這二位姑娘就單住一所院子。後來他娘一死，姑娘漸漸大了，東方亮不管他這兩個妹子。這二位姑娘住在紅翠園，就與哥哥說明白了，是前邊的人，不怕是三歲的頑童，不許入紅翠園去。——知道哥哥認識的並沒有正人君子，俱是些個匪人。——倘有人過後邊去，不論是誰，結果性命。就由東方亮私通王爺，這玉仙苦苦勸了數十餘次，他哥哥也不聽他的言語。金仙連一次也沒勸過，這是什麼緣故？金仙遲鈍，素常不喜說話。玉仙姑娘是精明強幹，足智多謀，性如烈火，口巧舌能。如今已然二十五六歲了，常常抱怨哥哥不辨正事，誤了自己青春。每日晚間，必要操練自己身體。

可巧這日晚間，金仙身體不爽，不能陪著玉仙頑拳踢腿，金仙出來復又進屋中，躺在床上哼咳不止。玉仙就想起一個主意來了，叫丫鬟摘頭上花朵，挽袖子打拳。這個丫鬟名叫小紅，伺候玉仙的丫鬟叫小翠，這兩個丫鬟的名字就由紅翠園所起。叫丫鬟打拳，小紅一定不肯，回說：「我那拳沒學會呢，打的不是樣兒，反叫二小姐生氣。」玉仙叫他打，非打不可。丫鬟無奈，這才把釵鬟花朵摘去，拿了一塊絹帕把他抓髻兜住，繫了一個十字扣兒，汗巾一掖，袖子一挽，說：「那樣打的不是，二小姐千萬指告於我。」徐良正要看打拳，忽見上房後坡有一個黑影兒一晃。

要問這黑影兒是誰，且聽下回分解。

第六十六回　多臂人熊看姑娘練武　東方玉仙叫丫鬟打拳

且說徐良正要看丫鬟打拳，見上房有個人一晃，自己躥下樹來，直奔紅翠園後面。躍過西牆，飄身下來，看房上那個黑影蹤跡不見，自己也就躥上房去，由後坡往上一瞧，那個人影兒也沒在前坡。院中有人，他也不敢奔前坡去。此時丫鬟打的這趟拳叫獼蹤拳，論說這趟拳叫俏獼蹤，最是婦女們打這趟拳好看。山西雁在旁邊瞧著，險些沒打鼻孔中樂出來，見這丫鬟手腳腰腿打出去全不是地方。又見從西房裡跑出兩個婆子一個丫鬟來，那丫鬟說：「姐姐，我可要看你打這一趟拳了，你學了一個多月，淨瞞著我山後練。偏今天我們小姐叫你施展，我可要借個光兒看看了。」就見玉仙把桌子一拍，說：「小紅，算了罷，別給你們小姐現眼了，可惜你家小姐兢兢業業那個工夫。你們小姐也像你這們打來著？真冤苦了這教你的人了。腰腿腳面一點沒有，倒著腰，軟著腕子，腳底下拔著根，踢出去腿不直。常說打拳總要掌如瓦壟，拳如捲餅，手似流星眼似電，腰似蛇形腿如攢。文不加鞭，武不善坐，那才是練武的規矩哪。像你這懈著腰，一點雄壯的地方沒有，別給你們小姐現眼了，歇息去罷。你看我打一趟，你也瞧一眼，雖不如你們小姐，也不至於像你那樣子。」直說的那丫鬟羞的面紅過耳，收住拳腳式兒，往這邊一走，說：「二小姐，我本不行，總算是沒學會哪，如何能好。」屋中的病姑娘答言說：「滾開那裡罷，你別氣我了，我本來身體就不爽快。也對著二小姐真好性兒，那們大工夫瞧你練呢。可惜我那兩個多月的工夫，教你這不長進孩子，到幫到底你是朽木不可雕也。」外面玉仙答言說：「姐姐，你本就身體不爽，氣著你反為不美。小紅，瞧我的。」

徐良在房上一看，這個姑娘比那丫頭大差，天地相隔。躥高縱矮，一點聲音皆無，手眼身法步，心神意念足。連丫鬟帶婆子看著連連喝彩。把這一趟拳打完，收住架式，問丫頭：「比你如何？」小紅說：「我比二小姐果然是差的多，再說我也敢與小姐比肩共論？」玉仙說：「大概是你家小姐藏私，沒教給你真的罷。」小紅說：「那可不能，總是我太糊塗，永教不會。」屋中病姑娘說：「二妹子，你可冤苦了我了。你想，他是我使喚的一個丫頭，我怎們能與他藏私？別忙，我這裡脫衣裳，倒要替我們丫頭爭爭這口氣。」玉仙說：「得了，算了。姐姐，你養病罷，不用生氣。」金仙說：「不能，我偏要替我們丫頭爭爭這口氣。」那玉仙連連衝著丫鬟使眼色，他這叫激將法，特意教丫鬟一練，他一數說小紅，自來的把金仙氣就逗上來了。只要他一出來，就得教他出一身透汗。果然金仙從屋中往外一躥，奔過小紅去，伸手就要打，說：「你太也不給我作臉了。」嚇得丫鬟身軀往後倒退。此時金仙手腕子早教玉仙接住了，說：「姐姐，你要打他，與我臉上有什麼光彩，要打是打我。咱們兩個打倒好，你過來罷，姐姐！」往前一拉金仙。房上的徐良在上面看了個真切，暗暗直笑。見這回金仙出來，那個打扮可不像玉仙。用鵝黃絹帕包頭，蛋青小襖，西湖色的中衣，水綠汗巾，大紅弓鞋。出來本是氣哼哼的要打丫鬟，被玉仙把他揪住往前一拉，吸呼躺下，說：「妹妹，真要欺負我們？」玉仙說：「尋常我不是你的對手，今天趁著你有病。」金仙說：「你這是何苦，我那時也不是你的對手。獨你們這口巧舌能之人，偏要說這宗言語。」隨說著，這兩個人就打起來了。

徐良想著：這女流之輩，會本事又有多大本領？先前一看不以為然，後來一瞧，這兩個人交手勝似男子，一手一式，封閉躲閃，並沒有露空之處。山西雁看見，暗暗誇讚：這女流之輩竟有這們一身工夫，是何人所傳？真受過名人指教。看這二人動手的工夫甚大，金仙就說：「算了罷，我真氣力不加了。」玉仙說：「不行，咱們還得過家伙哪！」就見玉仙往旁邊一躥，奔了兵器架子去了，一回手把上面刀拉將下來，往外一抽，金仙也就過去把刀往外一亮，兩個人單刀對單刀，閃砍劈剁，類若拚命一樣，猶如仇深似海一般，並不相讓。忽然金仙微一露空，玉仙一抬腿，正踢手腕子之上，金仙撒手扔刀，噹啷啷那口刀墜於地上。金仙往下一敗，玉仙就追，金仙就從架子上抽了一條長槍，回手就扎；玉仙用刀一磕，往近就欺身；金仙用槍一攔，用了個霸王摔槍式，玉仙往旁邊一閃。丫鬟婆子就將桌子椅子往後一搭。此時，一長一短的家伙交手，故此得地方寬闊才行。當時丫鬟婆子也就勸解，二人執意不肯罷手。忽見金仙用了個怪蟒翻身的招數，眼睜睜槍尖就奔玉仙脖頸而來。徐良在房上看著，替他們一著急，忘了他是在暗地瞧看，替玉仙一害怕，說：「哼，要不好！」那知道金仙他們更有手段，把後手往回來一抽。忽聽房上有人說話，躥出圈外，二人俱望房上一瞧，連丫鬟婆子也都往房上瞧看。

玉仙眼快，早就看見了徐良。山西雁也知道自己失了聲音，打算要走，不料被玉仙瞧見。玉仙說：「你是那裡來的狂徒，快些下來！」徐良一聽叫他下來：「我要不下去，豈不教這兩個丫頭恥笑。」又一想：「反叛的女兒罷——他自打量是東方亮的女兒——也罷，下去與他們頑耍頑耍。」自己萬也沒想到，出世以來沒栽過跟頭，到了此處，這個跟頭可就不小。由房上躥將下來，一抽大環刀，金仙、玉仙那裡肯容。一個是長槍，一個是短刀，頭一個就是金仙先到，嗆啷一聲，把槍削為兩段，把金仙嚇了個膽裂魂飛。玉仙一見這口刀的利害，就不敢往上遞自己這口刀了。金仙一回頭，叫丫鬟取兵器去。丫鬟奔到西屋裡，就是兵器房。徐良雖然動手，眼觀六路，耳聽八方，只聽見他說取兵器，心中暗道：「你取來多少兵器，我給你削多少，教你這兩個丫頭也知道老西的利害。」玉仙雖然顧住自己這口刀不能教他削斷，稍一失神，沒顧住，嗆的一聲削為兩段。玉仙一著急，抽身就跑。徐良打算不追，自己躥出牆來走罷。只見金仙趕奔前來，手中一宗物件嘩啷一抖。徐良一看，原來是帶練子的家伙，圓丟丟耀眼爭光，如同茶碗口大小，鐵胎，外罩金衣，是甜瓜的形像，上有練子，金不金銅不銅的顏色，是三楞黑魚骨的樣式。山西雁他把這宗兵器看在眼裡，無論是什麼金銀銅鐵家伙，用刀剁上就折，何況這練子錘？就見他單錘打，徐良用手中大環刀一找他的練子，只聽見咯吱的一聲，錘頭往下一沉，這口寶刀並沒磕動這根練子。皆因徐良不知道他這練子的來歷，此乃是東方保赤一輩子得來的這們四宗寶物。這宗物件出於外國，乃是金銀銅鐵鋼煉成了此物，別看他是很細，憑他是什麼樣的寶刀寶劍，不用打算磕的動這根練子。那東方保赤雖有三個兒子，看著那一個也成不了大器，就是把這兩個女兒看如珍寶。前文表過，把女兒武藝教成，自己又有些後悔。姑娘本是不會武藝方好，已經本事都學會了，又怕他們遇見寶刀寶劍。老頭子一狠心，就把這練子錘、槊給了女兒，到晚年時節，才教給他們這個招數。金仙願意要錘，玉仙願意要槊，分量俱都不差往來。這槊的形像，是兩隻手攥著兩支三楞鏢。這錘頭、槊頭全是後配的，掛在練子之上，後邊有兩個皮套兒，套在手腕子上。此物若要打出去，打不著人，往回裡一抖，伸手還要把他接住。山西雁用刀沒磕動練子，暗說不好。緊跟著那個錘到，用手往外一磕，仍然咯吱一聲響亮。又緊跟著玉仙練子槊衝著面門而來。徐良看著都是一般形像，用刀一磕，也是咯吱一聲響亮。嘩啷嘩啷鎚、槊亂抖，把山西雁鬧的手忙腳亂，只可是三十六著走為上策，往牆上一躥。鎚奔面門，槊奔腳去，倒沒打著腳，教練子把腿一繞，往下一拉，山西雁就由牆上噗咚摔倒在地。

要問他的生死，且聽下回分解。

第六十七回　洩機關捉拿山西雁　說原由丟失多臂熊

且說徐良也是藝高人膽大，那時也沒打過敗仗，如今教這兩個丫頭追的亂跑，打算要走，那得能夠？將一上牆，就教練子把腿繞住，往下一拉，噗咚一聲摔倒在地。金仙掄錘要打，玉仙說：「等等，咱們問問他是誰。」不容徐良起來，就用磕膝蓋一頂徐良的後腰，叫丫鬟取繩子。小翠把繩子取來，玉仙把山西雁四馬倒攢蹄捆上。又過去把徐良這口刀拿起來，瞧了又瞧，看了又看，暗暗稱讚，叫小翠：「把這口刀與我掛在上房屋中去罷。」丫鬟答應，從徐良身背後把刀鞘子摘下來，將刀插入刀鞘之內，拿進上房屋中，掛於牆壁之上。

玉仙與金仙姊妹兩個坐在椅子上，叫丫鬟：「把這個提過來我們問問。」丫鬟把徐良提將起來，往二位姑娘跟前一放。玉仙問：「大概你是新來的罷，你要是陳人，我不能不認識。」徐良說：「不錯，我是新來的，昨天才到。」玉仙說：「你昨天到的，大太爺也沒囑咐你嗎？我們這紅翠園憑爺是誰也不准來，誰要私自往這裡來，立刻就殺，絕不寬恕。」徐良說：「你說了半天，什麼叫大太爺？怎麼是打前邊往這裡來？」玉仙說：「你不是前邊的人麼？你怎麼明知故問？你們不是管著我哥哥叫大太爺麼？」徐良說：「姑娘，你快住口。你打算我是伏地君王一伙的餘黨哪？我是御前四品護衛，前來辦案，捉拿白菊花。老爺親身到來探探白菊花現在此處沒有。」玉仙一聞此言，說：「姐姐，此事敢情錯了。」又問：「你上我們這裡來，我哥哥知道不知？」徐良說：「我為白菊花一個人，與你哥哥往日無冤，舊日無仇，我若一露面，豈不驚嚇於他？我見白菊花沒在此處，我就要回去，不料走在此處，聽見刀槍聲音，上房一看，正是你們二位動手。我見槍尖正要點其咽喉之上，我替他一著急，就嚷出口了。這是已往情由，要殺便殺。要尊王法，看我是現任職官，不肯殺害於我，我日後還要報答你們呢。」玉仙說：「你道現任職官，你姓字名誰，一一道來。」徐良說：「你要問我，你把我解開，我慢慢告訴與你。」金仙說：「妹子，可別聽他的言語，可別把他解開。先教丫鬟到前邊問問哥哥去，有這們回事沒有。」玉仙說：「問哥哥去作什麼？我自有主意。」

說到此處，玉仙七斜著杏眼想了半天。原來玉仙聽他說四品現任職官，想了想自己終身未定，又見他是一口寶刀，又愛他一身武藝，又能夠高來高去。可惜是一件不喜歡，他品貌不強，兩道白眉，類若吊死鬼一般。正在猶疑之間，忽聽叭叭的有人叫門，婆子出去，少刻進來說：「大太爺派人前來送信，說有個路姑娘少刻就來，教二位小姐好好待承人家。」玉仙問：「這路姑娘是誰？」婆子說：「是大太爺相好的朋友有個鐵腿鶴趙保，他把子妹妹，有個外號叫九尾仙狐，路素貞路大姑娘。」玉仙說：「姐姐，我也不用見他，聽他這外號就不是好人。」金仙說：「管那些事情呢，哥哥叫應酬，咱們就應酬應酬。」外面說：「路大姑娘到。」玉仙叫小翠：「先把這個白眉毛的提在西屋裡去，放在咱們那個空大躺箱裡。」丫鬟答應，把徐良提起來，進西屋中，把箱子蓋一揭，將徐良放在裡面，把箱蓋一蓋。玉仙、金仙、丫環、婆子打著燈籠，出去迎接九尾仙狐。

你道這路素貞從何而至？就皆因在仙佛蘭若教韓天錦抱住，素貞一急，用迷魂帕把他抖過去，自己逃跑。這一跑，自己連長大衣服都沒有，仗著天氣尚早，又偷了些衣服銀兩，第二天也不敢露面。次日晚間，又到尼姑庵，見有兩個官人看著那座空廟，又聽他們講論趙保解到官府，今日晚上過堂，大概就得受罪。路素貞一想，此事皆因自己身上起見，我不把他抖躺下，焉能遭了官司？想了半天，無計可施。忽然想起一個主意：「我何不上團城子見見東方員外？」主意已定，就奔團城子而來。走至西門，那門已然關閉，叫夠多時，裡面方才有人答應，把自己要求見東方員外的話說了一遍，裡面方才把門開開。正是東方亮收伏金永福、金永祿，擺上酒大家吃酒。東方亮正打聽朝天嶺水旱的道路，有從人進來說：「有個姓路的叫路素貞，是個姑娘，現在外面求見，還是現叫開的西門。」東方亮一怔，路素貞是誰呀？金頭活太歲王剛、黑金剛柳飛熊一齊說道：「大哥怎麼忘了，就是鐵腿鶴趙保趙賢弟他的把子妹妹。」東方亮一聽，說：「是了。怎麼趙賢弟不來，打發姑娘來是什麼緣故？」吩咐一聲請。

不多一時，從外面進來了一位姑娘。在燈光之下一看，衣服不見華麗，是淡淡梳妝，容顏甚美，透著有些輕狂的意思，可真大道，也敢說話。素貞問：「那位是大哥、三哥？」從人指告說：「這就是我們大太爺。」素貞過來深深道了一個萬福。東方亮說：「這就是路大妹子？初會。」說：「這就是我三弟。」素貞復又與東方清道了一個萬福，紫面天王衝著他也深打一躬。然後素貞衝上又道了幾個萬福，說：「眾位兄長們，我素貞與眾位萬福了。」眾人也還了一禮。東方亮吩咐一聲：「與路大妹子看座。」然後姑娘謝了座，方才坐下。東方亮問：「趙賢弟因何不來？」素貞說：「大哥有所不知，皆因昨日從大哥這裡回去，不略有許多官人知道我們現在廟內，半夜之間，盡都入廟。正是我與他們動手較量，可巧我趙大哥回去，他們人多勢眾，我二人不是他們的對手，我先就躥出廟外，我趙大哥走遲了一步，被他們拿去。妹子我實出無奈，今晚到大哥這裡求求大哥，如能設法解救我趙大哥，可算他萬幸。」東方亮一聽此言，微微冷笑說：「這些官人是此地的，還是跟下你們來的哪？」素貞說：「大哥若問這些官人，從我們那裡跟下來的也有，此處的也有。」問：「大哥能救不能？」東方亮說：「自要是我們這裡官人，我就可以能救。」素貞復又深施一禮：「全仗大哥鼎力。可不知怎樣救法？」東方亮說：「我與此處知府是換帖弟兄，如在此處，不費吹灰之力，伸手可救。待至明天，我先派人打聽打聽，若要不在知府衙門，咱們慢慢設法救他便了。」路素貞說：「全仗哥哥。」東方亮又問：「這一來妹子在那裡居住？」素貞說：「不怕眾位哥哥恥笑，我還無有棲身的所在哪。」東方亮說：「後面現有我兩個妹子居住紅翠園，並無別者之人，妹子若不棄嫌，何不與我妹子住在一處？」素貞一聞此言，微微一笑說：「大哥這就是恩施格外。」東方亮叫家人，同著路姑娘上紅翠園去：「妹子上那裡吃酒去罷。」素貞復又與東方亮道了一個萬福，跟隨家人出去大廳，前面有人打著燈籠，直奔紅翠園而來。

先有人下來給金仙、玉仙二位姑娘送信，這裡才預備燈籠迎接。路素貞到了院內，三位姑娘一見，對道了一個萬福。玉仙就問了路素貞的來歷，九尾仙狐也就把自己事情學說了一遍。自古以來皆是一理，姑娘見了姑娘親近。三個人攜手攬腕進了上房，教人拾掇了外頭的東西，在屋內叫丫鬟獻茶。吩咐一聲擺酒，當時之間，不費吹灰之力，就擺列杯盤。素貞上坐，金仙、玉仙側坐旁陪，丫鬟斟酒，無非談論些草橋鎮天齊廟的事情，又談論些尼姑庵遇官人的故事。正在飲酒說話之間，素貞一抬頭，見壁上掛著一口刀，自己一怔，說：「二位姐姐，這口刀是那裡來的？」玉仙把方才在院中姊妹二個過家伙，怎麼房上有人，怎麼叫下來，把他拿住的話說了一遍。素貞問：「這個人可是兩道白眉毛不是？」玉仙說：

「正是。」素貞說：「這個可是我們的仇人。」玉仙說：「既是姐姐的仇人，現時捆著，在西房裡躺箱之內扔著呢。既是姐姐仇人，咱們何不把他宰了。」素貞說：「真要把此人一殺，我們這仇可是東方姐姐替我們報的。」玉仙說：「咱們先去殺他，然後吃酒。」三人站起身來，叫婆子掌燈，將出屋門，就聽前邊一陣大亂。

原來前邊見素貞一走，東方清就問金家弟兄：「你們二位到了裡面，怎麼就認得藏珍樓呢？」金永福說：「可是我們還捆著兩個更夫哪。煩勞那位去到太湖山石洞內把他們放開罷。」家人答應，出去不多一時，復又回來說：「大太爺，更夫說了，不是他們二位，還有一個白眉毛老西，打聽晏寨主，往前邊來了。」眾賊一聽，一陣大亂，房書安說：「祖宗來了！」往桌子底下就鑽。東方亮叫家人護院的點燈，抄家伙。這一陣亂，怎見得？有贊為證：

忽聽更夫一聲報，群寇聞聽吃一驚。房書安，把話明，叫眾位，仔細聽，我可不了，這個祖宗，一矮身軀鑽在桌子底下不敢哼。東方亮，氣滿胸，回頭叫，東方清，快吩咐，眾家丁，抄家伙，莫消停，務必與我拿住這個多臂熊。點火把，與燈籠，噹啷啷，把鑼鳴，到像是，出兵打仗亂擁擁。半夜明，鬧了個兇，真可笑，狐假虎威的逞英雄。眾逆賊，齊逞性，大廳前，點起兵，無知匪棍假作威風。也有胖瘦，高矮不等，齊尊太爺，往上打躬，呼喚我等何處使用。東方亮，叫家丁，護院的，眾賓朋。山西雁，理不通，因為何故夜晚之間到了我的家中。齊奮勇，莫消停，分南北，與西東，捉住他，莫相容，誰拿住，算頭功，看看誰能誰不能。護院的，掌燈籠，執刀槍，亮且明，往後去，發喊聲，為的是，把他驚，全都不敢衝鋒怎麼能鬥爭。不過是，虛揚聲勢一陣亂，倒像是，造反一樣鬧了個天紅。

且說東方亮帶領著眾人直奔後面，各處搜尋。正走到紅翠園不遠，就見裡邊婆子出來嚷叫說：「大太爺，眾位爺們，快來罷。如今我們這裡拿住那個老西，在箱子裡放著哪，正要殺還沒殺哪！」眾人一聽，無不歡喜，俱奔紅翠園而來。

要問山西雁死與不死，且聽下回分解。

第六十八回 躺箱之中徐良等死 桌子底下書安求生

且說東方亮正在後院找徐良，忽聽婆子說已然拿住，眾賊聞聽，無不歡喜，俱奔紅翠園而來。東方亮問婆子是怎麼樣拿住的，婆子剛要說，就見金仙、玉仙、路素貞全都迎接出來。東方亮、東方清過來一見兩個妹子，金仙、玉仙與兩個哥哥道了萬福。東方亮就問妹子是怎樣把他拿住的，玉仙說：「皆因姐姐身體不爽，逗著教他打兩趟拳，砍兩趟刀，身體見點汗豈不勝似吃藥嗎？正在我們兩個人比試時節，房上有個人就下來了，我用練子錘把他拿住。正要問他名姓，路大姐姐到了，把他扔在兵器房屋內那躺箱之中。說起來他是路大姐姐的仇人，我們剛才要殺，就聽前邊大眾嚷說拿白眉毛，我們倒沒殺他，等著哥哥告訴告訴你們因為何故拿他。」東方亮就把大眾所說徐良作的那些事情，對著姑娘說了一遍。玉仙說：「這可是實在可惱。哥哥，還是搭在前邊殺他去，還是在後面殺他哪？」火判官周龍、張大連、皮虎一齊說：「大哥，咱們前頭殺去罷，每人剁他幾刀也出出氣。要是妹子氣不出，先叫妹子剁他幾刀，然後搭在前邊來。可有一件，別教妹子把他剁死方好。」東方亮說：「這也是個主意。」說：「妹子，你氣不出，先把他剁幾刀，然後我們搭著一走，可別把他剁死。」玉仙說：「我們倒沒有什麼氣不出的事情，倒是路大姐姐氣不出，教他剁他幾刀罷。」素貞說：「我也不用剁了，教大哥搭過去罷。」東方亮說：「你們全不剁了？」一回頭叫來四個打更的，找來一根槓子，眾人也就不必進去，就是東方亮帶著四個抬人的，同著三個姑娘進了院子，直奔西屋而來。

玉仙一瞅，西屋燈燭俱都滅了，回頭就問婆子：「這屋裡燈怎麼全都滅了？」婆子說：「我們跟著小姐迎接大太爺去了，沒留神怎麼燈全都滅了。」玉仙叫：「小翠，小翠哪！」叫了兩聲不見答應，玉仙說：「這孩子，又睡著了，除了睏，沒有別的能耐的了。這個是捆著哪，在箱子內，要不是，這個人跑了他還不知道哪！」叫婆子掌燈。小紅先就進去，要把小翠叫醒，怕他挨打。小紅剛一進屋中，噗咚一聲摔倒在地，燈籠也就滅了。金仙問道：「這是怎麼啦？」小紅說：「我小翠妹子在當道地上睡著了，把我絆了一個跟頭，燈也滅了。」婆子一看，說：「大太爺，了不的了！小翠教人殺了。」東方亮一聽此言，說：「妹子，別不好罷！」大家往屋中亂跑，先奔到箱子那裡，把蓋子一揭，打算伸手把徐良提將出來。將一伸手，再看山西雁，蹤跡不見。當時玉仙、金仙心中難過，捆著放在箱子裡，怎麼還跑了呢？第一對不起路素貞，誇講了半天，只不曉得他是怎麼遁去的，並且殺死丫鬟更透著奇怪了，莫不成他還有伙計？正說在這裡，玉仙說：「我瞧瞧刀去罷！」說畢往屋中就跑，至屋內一看，見壁上那口大環刀蹤跡不見。玉仙說：「你們各處地方搜尋搜尋罷，刀也沒有了。」伏地君王立刻轉身出了門外，與大眾一商量，從新又點燈火，拿單刀鐵尺。姑娘等著他們去後，立刻吩咐婆子往前邊要了一口棺材，把小翠裝殮起來，抬在外面，等著明了天再埋。伏地君王把他這一個花園各處搜到。

你道這山西雁地遁了不成？這部書上並沒有涉乎異端之事，全是講情理二字。皆因徐良這一被捉，教人捆上放在箱子之內，不用說殺，就是這一悶，工夫一大就得悶死，自己也就把死活扔於肚腹之外。不料到箱子裡面不大的時候，就見那箱蓋忽然一開，有人一伸手一揪自己的手，看見有一口明晃晃鋼刀，自己就把雙睛一閉等死。不略蹭的一聲把繩子給他割斷，又見箱子復又蓋上。徐良納悶：這是救我來了罷？自己一挺身，用手把箱子蓋往起一托，一看屋中黑洞洞並無燈火，又一看，迎門那裡躺著一個女眷。一縱身躥出箱外一看，是個丫鬟被殺。徐良實在納悶：這是什麼人救了我的命，還殺死丫鬟？按說活命之恩，我上那裡與人家道勞去？我先走要緊。又一想，把大環刀也丟了。出房門到了院內，自己得了活命，又想念自己寶物。又想：沒有這口刀，回去怎麼見老兄弟去？人家要來與我巡風，我一定不教他來。再說寶物得而復失，大大不利。將要到上房屋中探探，又聽見他們那屋裡正講論這事。又一想：他們那個練子錘我就不行了，又添上一個會使手帕的，我手內又沒有兵器。正在猶豫此事，忽聽屋中三個姑娘說，要出來殺自己來；又見南邊火光沖天，眾人嚷道：「捉拿老西。」自己一想，說：「不好，走罷，三十六招走為上策。」躥出南牆，也不敢奔藏珍樓去，一直往西去了。自己走的快當，若稍遲片刻，也就叫人堵住了。過了兩段界牆，直奔城牆。到了六七尺寬翻板那裡，自己不敢走了，知道是翻板，遂就掏百練索往上一抖，上面用抓頭抓住城牆，搯繩而上。至外邊，也是用抓頭抓住，遂搯繩而下。

這一回店，可是乘興而來，敗興而去。也顧不的眼觀六路，也顧不的耳聽八方了，往前走著，一步一歎，一步一咳，越想心中越難過。勝敗倒是常理，無非輸給這兩個丫頭，倒不以為恥，無奈丟了這口大環刀。自己越想心中越窄，忽見前邊有個黑影兒一晃，徐良看見就知是個人，撒腿就追，眼瞅著這人直奔五里新街去了。徐良一想，大概準是艾虎兄弟跟下我來了，這一來我更對不起他了。自己沒追上那個黑影兒，進了五里新街就不好找了，本人也就慢慢回店。到了店外，繞在西邊，躍牆而入，就是他們那個跨院。至裡面，將一啟簾，有艾虎、盧珍迎接三哥，韓天錦早就睡了。

艾虎把衣服與三哥拿過來，讓三哥脫了夜行衣，換上白晝服色，就問：「三哥，探的團城子事情怎麼樣了？」徐良說：「老兄弟，你不要明知故問了，是你不是罷？」艾虎一說話就愛樂，說：「什麼是我不是我呀？你在團城子，我在店裡，我怎麼是明知故問？」徐良見他說話直樂，更疑著是他了，說：「老兄弟，你說實話，到底是你不是你罷？」艾虎說：「我實是沒出店，要不信你問四哥，我連這房門也沒出去。」徐良一聽，把腳一跺，一聲長歎，說：「賢弟，三哥活不的了！」盧珍問什麼緣故，徐良就把被捉丟刀，吸呼廢命：「不曉是什麼人殺死丫鬟，給我斷了綁繩，出來再找蹤跡不見，不知是誰。又見三個姑娘出來要殺我，又聽前邊眾賊找我，我一著急，越牆而逃。快到五里新街，見前邊有一個人飛跑，我略著必是你。」艾虎一聽也是倒吸了一口涼氣，盧珍與艾虎一齊說道：「三哥不用著急，待今日晚間，我們兩個人上團城子走一趟，至裡面打聽打聽你這口刀的下落。不用著急，有了便罷，若要無有，你先使我這口七寶刀。」徐良說：「那如何使得？今天晚晌，還是我去，找不著我這口大環刀我絕不活了。」艾虎說：「那是何苦，咱們大家尋找，沒有找不著的。再說，你提這兩個丫頭，怎麼有這們大的本領？」徐良說：「你沒見過這兩根練子的家伙，咱們空有寶刀，就是那精細的練子都磕不動，也不知是什麼緣故。」艾虎說：「我明日晚間定要去領教領教。」徐良說：「我這刀既然磕不動，你那口刀也是如此，不用打算給他磕斷。事已至此，天明再議論罷。」天已不早，三位歇覺，一夜晚景不提。

次日早晨起來，店家打臉水淨面已畢，徐良仍然頭朝裡睡覺去了。到吃早飯時節，山西雁連飯都沒吃，淨是睡覺。天有晌午之時，小義士把他拉將起來，說：「三哥，你不是說展大叔看看快到了麼？咱們何不找尋找尋去哪，瞧他來了沒有。」徐良這才起來。教他吃東西他也不吃，也不同著艾虎，自己一人就出店去了。從五里新街由西往東，人煙稠密，來來往往盡是些做買做賣之人。忽見路南有一座酒樓，藍匾金字，上寫「美珍樓」，是新開張的買賣。徐良一想，可惜自己不吃酒，要是好喝，到此處吃會子酒，倒有個意思。

過了美珍樓，往東走至東邊路北，見有一座大店，是三元店。大門開著一扇，關著一扇，往裡瞧了一瞧，見裡面冷冷清清，自己就進了這店。見各屋房門俱都關閉，見上屋臺階之上坐著兩個伙計，徐良走近前來。店中伙計打量徐良這個影相與吊死鬼一樣，二人暗笑，隨即問道：「你是找誰？」徐良說：「我要住店。」伙計說：「沒有房子。」徐良說：「沒房這是什麼？」伙計說：「全有人住著呢。」徐良問：「人都往那裡去了？」伙計說：「全都出去了。」徐良說：「真巧，全出去了。一間可有沒有？」伙計說：「沒有。你去罷，這裡沒房。」徐良轉身將往外一走，兩個伙計對說：「這小子這個樣長像，準是奸細。找一間房子，一間？除非是現奏。」徐良他的耳音甚快，一聽那兩個人說自己像奸細，一間房子現奏，一轉身，回頭就問說：「你們兩個說誰是奸細？什麼叫一間房子現奏？要同著你們叔伯也是這樣的說話麼？」那兩個那肯答應，說：「老西，你嘴可要乾淨些個，我們在這裡說我們的話，你因什麼事情挑眼？」徐良說：「我前來找店，你們口出不遜，找你們掌櫃的烏八的問問，這是什麼買賣規矩？」那二人說：「老西，你嘴可要乾淨著，不然我們可真要揍了。」徐良說：「你也配。」那個伙計不知道徐良的利害，用左手一晃，右手衝徐良面門就是一拳。徐良一刁他的手腕子，一抬腿，那伙計噗咚一聲摔倒在地。這個復又過來，用了個窩裡發炮，照舊教徐良一腿踢倒。那人一嚷，從後面出來數十個人。那人說：「這是個賊，偷咱們來了，眾人一齊動手罷。」大眾七手八腳，抱腰的，扳腿的，揪胳膊的。徐良使了個掃堂腿，這些人披蹬扒咚，展眼間東倒西歪，也有躺下的，也有帶傷的，也有戳了胳膊的，也有捂著心口的，也有碰了眼眶子的，大家亂嚷：「這個老西手裡有活，咱們抄家伙去！」忽然間，由東邊四面屏風門內，躥出兩個人來，一伸手就把徐良揪住，說：「你好生大膽！要打是咱們較量。」山西雁一看這兩個人，吃一大驚非小。

要問來者何人，且聽下回分解。

第六十九回　三元店徐良遇智化　白沙灘史丹見朱英

且說徐良是一心的氣惱，又是著急，又對著店中伙計出言不遜，要講打，五十人也打不過他。忽見屏風門後出來兩個人，頭一個是馮淵，第二個是蔣四爺。馮淵說：「唔呀，我早就聽出是醋糟的聲音來了。要打，是咱們兩個人打。」徐良說：「臭豆腐！你耽不住我打。」過去與蔣爺磕頭。蔣爺問：「因為什麼事故在此相打？」徐良說：「他們說我是奸細，我一問，房子還得現奏。」蔣爺問店中伙計：「你們這是怎們說話呢？」伙計那裡敢承認哪，說：「我們這裡說話，他老人家聽錯了。我們說的是我有件汗衫，要托托肩，我們伙計說，不如買幾尺布現奏一個。」蔣爺想了想，汗衫托肩，托肩汗衫，現奏，這是轉便，說道：「別往下說了，算了罷，這也是一位大人呢！」遂帶著徐良往東院去了。伙計對抱怨了半天，自己養傷去罷。

單提徐良進了東院，是五間上房，剛跟著蔣爺往上一走，只見裡面展南俠、智化、邢如龍、邢如虎、張龍、趙虎，徐良過去行禮。這伙人就皆因展南俠由鵝峰堡回去，遇見徐良，拿了解藥，回到徐州公館，救了總鎮大人，說了紀強滿門居家死的緣故。總鎮大人鏢傷一好，知府行了文書，不用詳驗紀強滿門居家的屍首，格外總鎮、知府單預備些祭禮賞賜。然後蔣四爺與展南俠給開封府打了稟帖，就夠奔南陽府而來。可巧行在半路之上，遇見黑妖狐智爺。一問智化，智爺就把神鬼鬧家宅，棍打太歲坊的話說了一遍。本要上臥虎溝，怎麼遇見沙大哥，怎麼自己不辭而別的話又說了一遍。蔣爺說：「很好，咱們一路前往罷。」智爺說：「我得謝恩去。」蔣爺說：「你謝什麼恩，相爺早替你謝了恩啦。」智爺說：「不謝恩，我得要出家去了。」蔣爺說：「你先幫著我們把這事辦完，你再出家去也就沒人管了。」智爺說：「這事情不了一件又是一件，到底幫著你們辦完了什麼事情放我走哪？」蔣爺說：「只要把萬歲爺冠袍帶履得到手中，就沒有你的事了。」智爺說：「可是君子一言出口，駟馬難追。」蔣爺說：「你還教我起誓不成？」智爺方才點頭，一齊夠奔南陽而來。到了五里新街，找三元店住下，就囑咐明白了店家，打了公館，不教再住人了，憑他是誰問，也不准把風聲透露。故此徐良一來，他也沒細打聽，對著伙計說話又嘴尖，若不皆因打起來，徐良還不定見著見不著大眾呢。

到屋中行禮已畢，展爺就問：「徐姪男，由咱們分手之後，幾時到得這裡？」徐良說：「姪男昨天才到。」智爺又問：「由咱們分手之後，你怎麼昨天才到？」徐良把所辦的事情，對著智爺說了一遍。又問：「昨天到了，可往團城子裡面看看虛實沒有？」徐良道：「不瞞叔父說，昨日晚間我去了一趟。」智爺問：「白菊花在那裡沒有？」徐良說：「沒有。火判官周龍他們一伙人，都在那裡哪。」智爺又問：「瞧見藏珍樓了沒有？」徐良說：「藏珍樓我沒看見。」智爺問：「你進去會子，怎麼沒看見藏珍樓哪？」徐良說：「我到那裡看看就回來了。」智爺又問：「除此之外，一點別的事情沒有，你就回來了嗎？」徐良一聽這話裡有話，連忙問道：「智叔父，你老人家知道罷？」智爺微微一笑說：「你說實話罷，到底是怎麼件事情？」徐良只得把自己事情又說了一遍，遇姑娘被捉，有人救了自己，不知是誰。丟刀的話未曾說完，就見智爺微微冷笑，徐良就明白了八九的光景，說：「叔父，別是你老人家也去了罷？」蔣爺在旁說：「智賢弟，真少不了你，昨日一刻的工夫，就上團城子去了。我問你，你說拉屎去了，你還不承認。」智爺說：「你問問罷，我要不去，就出來大禍了。」

蔣爺問徐良到底是怎麼件事情。山西雁清清楚楚，一五一十，一點也不敢隱瞞，又說了一遍。智爺也對著大眾一提：「昨日晚間到了團城子，至紅翠園，我在房的後坡上，就看見了徐良在樹上。他一跑，我就上東房後坡去了。他教人家練子槊繞下來，我就揭下房瓦，打算用房瓦打他們，好救徐姪男。不略這們個時候，有路素貞到，就把他裝在西屋箱子內。那三個姑娘進上房喝酒去，我下了房，進了屋中，殺死丫鬟，開開箱子，挑了他的綁繩，吹滅燈燭，我又藏起來了。徐良出來院內發怔，將要奔上房屋中，這麼個時候，他們就來了，他就躥出牆外，逃命去了，連自己的刀也顧不的要了。」徐良過來與智爺跪下，恭恭敬敬磕了三個頭，說：「叔父活命之恩，姪男這一輩子也不忘你老人家這番好處。還有一件，你老人家提我那刀，可知道下落不知？」智爺說：「我既說，我就知道下落，掛在他們上房屋中牆上了。趁著三個姑娘迎接東方亮之時，我就替你代了一代勞。」徐良一聽此言，如獲珍寶一般，復又深施一禮。智爺回身進裡間屋中，把他的刀取出來交給徐良。徐良將刀帶起來，說：「我回我們店中，與我二哥、四弟、五弟送信去，教他們上這裡見眾位叔父來。」蔣爺說：「叫他們去罷。」

徐良出了公館，到了自己店中，見韓天錦、盧珍、艾虎，把三元店的事情對他們一說，給了本店中店錢飯錢，各帶自己東西，出店直奔公館而來。進了三元店，來至東院，到了屋中，見大眾行禮。對問了一回路上所遇的事情，又叫店家烹茶。展南俠復與徐良打聽團城子裡那兩個姑娘，他們那練子錘、槊怎麼會那們利害。徐良說：「姪男也是藐視他們那兵器，看練子很細，就是結實。」展爺說：「你的刀既是礚不動，大概我的劍也是不行。」徐良說：「不行。」正在談話之間，忽聽外邊一陣大亂。徐良說：「眾位叔父聽，外邊又是什麼事情？」馮淵說：「待我出去看看。」剛要出去打聽，只見店家進來說：「眾位老爺們，外邊瞧看瞧看熱鬧去罷。」蔣爺問：「瞧看什麼熱鬧？」店家說：「他們全瞧擂臺去了。這五里新街西口外頭，有個白沙灘，立擂臺哪！」蔣爺說：「你先去罷，回頭我們看去。」店家出去。蔣爺問徐良：「他們擂臺不是早著呢嗎？」徐良說：「五月十五哪。」蔣爺說：「怎麼這們早就看擂臺去哪？」徐良說：「咱們大家全去看看便知。」智爺說：「全去可是全去，可別在一處，咱們大家散走。我說一個地方，在一處會齊。」展爺說：「咱們在那裡會齊？」智爺說：「咱們看完了擂臺回來，在這本街上路南，有一個新開的大酒樓，叫美珍樓，我請眾位在那裡喝一個酒兒。」大家一聽全都點頭，惟獨艾虎就是好喝，一聽師父請酒喝，就樂的他手舞足蹈。徐良是不愛喝酒，只可以也就跟著出來，叫店家把門帶上。

眾位出了三元店，行至大街，就見那些人挨肩擦背，攙老扶幼，一口同音全是瞧看擂臺去的，他們大眾也是三三兩兩的散走。出了五里新街西頭一看，盡是白亮亮的沙土地，此地起名就叫白沙灘，寸草不生。遠遠看見那裡有一伙人圍著瞧看。展爺、智爺、蔣爺、張龍、趙虎這幾個人在一處，一看這擂臺形像，就吃一大驚非小。你道這是什麼緣故呢？這擂臺還沒搭起來呢，將把四至拉好，栽上杉高，綁上桿子，方圓寬窄高矮，將綁出一個形像來，類若鄉下唱高戲臺的一樣，無非比戲臺可大。這是三丈不見方，也有上下場門，高夠一丈五尺，上面搭上銅板，就在這上邊動手。若要上臺，左右兩邊單有梯子。兩邊八字式的看臺，也是兩層，單有梯子上去。另有一個小棚，是單有一位小文職官在這棚內，也就在佐雜未入流的爵位，要是知府大人不來，這個差使也就是先生代勞了。蔣爺他們吃驚，皆因一看是個白虎臺。展爺低聲叫：「四哥、智賢弟，他們搭擂臺為何搭一個白虎臺，是什麼意見？本來這擂臺不定要出多少條人命，再搭一個白虎臺，更了不得了。唱戲的戲臺，戲班子還不願意唱呢，何況這是擂臺。怎麼不找吉祥事辦，這是什麼緣故呢？」蔣爺說：「誰知道他們安的什麼意見。」智爺說：「也許他們不懂，也許他們成心。」趙虎說：「咱們看看那邊去，什麼事情圍著那們些個人。」

展爺往那邊一看，果然壓山探海圍著一圈人往裡瞧看。蔣爺等一齊都到這裡來了，分開眾人，往裡一看，原來是大眾圍著一個江湖上賣藝的。見那人身高八尺，膀闊三停，頭挽牛心髮髻；穿一件青綢的汗衫，俱都破損，青縐絹的褲子上面補著幾塊補丁，一雙舊布靴子綻了半邊，用帶子捆著，腰間繫著一個舊抄包；面似鍋底，黑而透暗，兩道擰眉，一雙闊目，蒜頭鼻子，火盆口，大耳垂輪。地下放著捎馬子，放著一根齊眉棍，一把竹片刀。見他衝著眾人深施一禮，說：「愚下我走在此處，舉眼無親，缺少盤費。人窮當街賣藝，虎瘦攔路傷人。我會點粗魯氣力，在眾位面前施展施展。要是練完的時節，懇求師父們幫湊幫湊，有多給多，無多給少。此處瞧看的老師父甚多，少師父不少，是頑過拳的踢過腿，回漢兩教，僧道兩門，皆是我的老師。若要是練的那招不到，懇求老師們指教一二。」說畢這套言語，就踢了兩趟腿，然後打拳。

張龍一拉展南俠，低聲說道：「你認識這個人不認識？」展南俠說：「我看這個人眼熟，一時可想不起來。」蔣爺說：「我就不認識這個人。」張龍說：「你不認識。」告訴展爺：「這就是花神廟盧大老爺打死花花太歲嚴奇看擂臺的那個史丹。他與盧老爺打起來了，他拿虎尾三節棍一打盧老爺，盧老爺把嚴奇舉起來一迎他，他那棍會打不會收，一沒收住，把嚴奇打了個腦漿迸裂。後來到開封府，盧老爺作了官，把他充了軍。他是個逃軍，他逃在此處來了。」展爺說：「對了，你這一說我就想起來了，按說這個人咱們伸手當辦。」蔣爺說：「那是何苦呢。」見他打完了這套拳要錢的時節，連一個給錢的也沒有，大家誇獎說好，就是沒人給錢。蔣爺暗笑，問張龍：「這個人到底叫什麼？」張龍說：「這人就叫史丹。」蔣爺說：「呦，這就是屎蛋哪！」又練了一趟刀，也沒人給錢。又練了一趟棍，也沒人給錢。史丹可就急了，說：「我連練了三四趟工夫，連一個給錢的沒有。」

忽然從外邊進來一人，十分兇惡。要問此人是誰，下回分解。

第七十回　蔣平遇龍滔定計　趙虎見史丹施威

且說蔣爺瞧這賣藝的可憐，練了半天，連一個給錢的也沒有。賣藝的一著急，就要說那不防頭的言語了。忽然從外邊進來一個黃臉的大漢，生的猙獰怪狀，說：「朋友，沒人給錢，你可別放閒話，皆因你不懂的這裡規矩。你應當先找出一個頭目人來，在本地有人緣的，還得這個人素常交朋友，教他幫著你湊合。半衝他，半衝你，那方能行的了。打算你自己要，一天也要不下一文錢來。除非有過路的給錢，要是我們本地人給錢，還有人不答應呢。你不懂規矩呀。朋友，你貴姓？」史丹說：「姓史，我叫史丹。」那人說：「史壯士，我給你找個事情，不知你願意不願意？」史丹說：「我實出無奈，塌下了人家的店錢，我才出來賣藝。自要與我找個吃飯的地方，永不忘爺臺的好處。」那人說：「這在南邊有個團城子，裡面住著東方大員外、東方三員外，他們那裡打更的約有四十多人，打算要尋找四個打更的頭目，可得有些個本事才行。據我看，你這本事雖不甚強，你這身量相貌還可以。」

史丹一聞此言，就與那人深深施了一禮，說：「恩公但能如此，我要得了好事，這一輩子也忘不了你老人家的好處。」那人說：「明日正午，我在團城子西門與你留下話。見了員外時節，成與不成在兩可之間。」史丹說：「那就看我的造化就是了。」那人一回手給了他一錠銀子，說：「你拿這銀子還還店帳，換換衣裳，明日正午咱們相見。」史丹又給打躬，那人說：「我可要走了。」回說：「請罷。」

那人又說：「我可要走了。」史丹說：「請罷你老人家。」那人哈哈一笑說：「朋友，你敢情是個渾人哪！」史丹說：「我也不算聰明。」那人說：「我給了你銀子不算事，你也不打聽打聽我姓字名誰呀？」史丹一聞此言，羞了個面紅過耳，說：「爺臺，我實在是個渾人。」隨說著噗咚就給那人跪下了，說：「恩公，你千萬別怪乎於我。到底你老人家貴姓？」那人哈哈一笑說：「我姓朱，單名一個英字，外號人稱黃面狼。你明天到那裡之時，你就說有個姓朱的，自然就與你回說進去，千萬你可要記住了。你到底是在那個店裡住著哪？」史丹說：「我就在這五里新街西口外頭，有個李家小店，就在他那一溜南房盡西頭那一間，住了十幾天的光景，就塌下人家的店錢了。」朱英又說：「你算計這五兩銀子連還店錢，帶置衣裳，夠與不夠？如要不夠，我再給你幾兩。」史丹說：「足夠足夠。」黃面狼朱英這才揚長而去，瞧熱鬧的眾人也就一擁而散。史丹也就拿著銀子，提了捎馬子，撲奔五里新街來了。

蔣爺說：「咱們走罷。」蔣爺與智化、展南俠說：「此處有很好的一個機會，你們二位想到了沒有？」智爺說：「什麼機會？」蔣爺說：「咱們要是有人同這個姓史的一說，明天與他一同上團城子，做個假投降。此時東方亮正是用人時節，只要是高一頭乍一膀的人，他是準要。團城子裡頭若有一個內應，要請冠袍帶履就容易了，藏珍樓的底咱們也就得著了。讓誰人可去哪？」智爺說：「就是這個人不好找。」大家隨說著，就到了五里新街西口。忽聽後面有人喊叫說：「四老爺，怎麼這們忙哪！」蔣爺回頭一看，原來兩個人：一個是白方面短黑鬚，粗眉大眼，一身皂青緞衣襟；一個是年幼的後生，粉綾色武生巾，粉綾色箭袖袍，薄底靴子，肋下佩刀，面如美玉，五官清秀，無非就在十八九歲。一看那白方面的，認識，就是大漢龍滔，看那後生不認得是誰。身臨切近，將要叫展老爺，蔣爺往他施了一個眼色，那人才不敢往下叫了，彼此對施了一個常禮。展爺問：「這是誰？」龍滔一回頭把那後生叫過來，說：「給你見見，這是展伯父，這就是我姪子，他叫龍天彪。」過來與展伯父叩頭，說：「展伯父在上，姪男天彪叩頭。」展爺把他攙起來說：「賢姪請起。」龍滔對所有的眾人一一全都見了一禮。

展爺說：「找一個清靜之處說話。」離那瞧熱鬧之人遠遠的，幾位坐下。蔣爺說：「這就是大爺跟前的姪男罷？」龍滔說：「對，這就是我哥哥龍淵所生之子。」蔣爺問：「從何而至？」龍滔說：「皆因先到開封府任差去了，王老爺、馬老爺告訴我說，你們在南陽府團城子五里新街打下了公館，我們就上這裡來了。將才到這裡，聽見有人說這裡有個擂臺，我們多繞幾步奔到此處，不略真遇見老爺們了。」蔣爺問：「你姪子跟來作什麼？」龍滔說：「皆因他父親教花蝴蝶一毒藥鏢打死了，如今跟著他馮七叔練了一身工夫。他七叔就是不會打暗器，這孩子他一心要學打鏢，教我帶著他給他找一個師父，跟著學打鏢。學會時節，慢慢找花蝴蝶的後人，只要是他沾親帶故，無論是誰，打死一個就算與他天倫報仇。」蔣爺說：「好，稱得起是個孝子。龍老爺打算與他拜誰為師？」龍滔說：「四老爺給他想一個人罷。」蔣爺說：「這裡有一個很好的人。」龍滔問：「是那位？」蔣爺說：「無非輩數不大相符，就是我把姪，也可以教他收作一個師弟。」龍滔一聽是徐良，說：「要是徐老爺可就好了，不但使鏢，什麼暗器都會。」回頭就把天彪叫過來，說：「你這師父一身的暗器，不但學鏢，要學什麼有什麼。四老爺，你給說一說，咱們立刻就拜。」蔣爺說：「使得。」叫徐良過來，說：「我與你收個徒弟，龍老爺的姪子，方才與你見過的那個。他要跟你學鏢，為給他父親報仇。衝著他這一點孝意，你要收了這個徒弟，日後準能不錯。」徐良說：「姪男年輕，如何敢收徒弟？」蔣爺說：「你不必推辭了。龍老爺，把他叫過來磕頭罷。」龍滔把天彪叫過來，就在白沙灘這裡大拜了四拜。行禮已畢，龍滔也給徐良深施一禮，說：「兄弟，你多分些心罷。」爺兒兩個又與蔣爺道勞。徐良說：「咱們可是教著看，學會了很好，要是學不會，可別說我不會教徒弟。」龍滔說：「你不要太謙了。」收徒弟已畢，大家都與徐良道喜，他復又與大眾磕了一會子頭。徐良說：「這不是收徒弟哪，這是老西與人家賠不是哪。」艾虎、盧珍過來與三哥道喜，龍天彪也給大眾磕了一回頭。

智化說：「四哥，你方才說，咱們這裡少一個人上團城子作個內應，據我看，龍老爺正去。」蔣爺點頭說：「我也打算是這個主意。」龍滔問什麼事情，蔣爺對他如此這般學說了一遍。龍滔說：「使得。君山我都敢去詐降，別說這個地方。」天彪答言：「眾位伯父在上，可不是我小孩子人家多說話，要說教我叔叔上團城子去作個內應，我也跟著一路前往。只要是他們那裡把我們爺們留下，連那位姓史的帶我叔叔，他們不好打聽的事情，我都好打聽，他們到不了的地方，我可以到的了。我是小孩子家，他們絕不能疑乎我。眾位伯父想想使得使不得？」蔣爺說：「也倒有理。」展老爺問：「去了怎麼個說法？」蔣爺說：「作為龍老爺與那位姓史的是親戚，龍爺帶著姪子在鏢行做買賣，由鏢行散下來，沒剩下錢，要在此處打把式賣藝，碰見這個姓史的了。姓史的說那裡都可賣藝，惟獨此處不可賣藝，這個地方沒人給錢，就提這個姓朱的給找事作。為他們爺兩個也求一求這位姓朱的給美言美言，就是在團城子裡打更都是情甘願意。一說沒有個不成。」展爺說：「怎麼見得一說就成？」智爺在旁說：「四哥，你真料得不差，是一說就行。」展爺說：「你們這足智多謀的人也真怪道，怎們說一說就成，是什麼緣故呢？」蔣爺說：「你想，他是要反，他豈不各處尋找這高一頭乍一膀的人？似乎龍老爺這個相貌，到那裡焉有不成之理？」展爺哈哈一笑說：「你們料事真到，但不知誰去找那姓史的去？」蔣爺說：「不用多少人去，就是我同著張三老爺、趙四老爺就行了。」智爺說：「事不宜遲，咱們就辦理。」展爺說：「我們在那裡等你們呢？」蔣爺說：「咱們都在美珍樓相會。」說畢，大家散去。

蔣爺同定張龍、趙虎奔了李家小店。進了路北的店門，順著一排南房，直到盡西頭末間房子。門口掛著一個單簾子，啟簾至裡面一看，那姓史的正要拿著銀子出去置買衣服，一看，忽然從外面進來了三個人。趙虎先就過去，說：「朋友，你認識我們不認識？」史丹回答說：「三位恕我眼拙，未領教貴姓。」趙虎說：「我們是開封府的，這是我們蔣四大人，這位是我三哥姓張，我姓趙，叫趙虎。」史丹一聽是開封府的校尉，展眼間就顏色更變，說：「眾位老爺們請坐，你們眾位必是為我來的。我可是被罪之人，我可不是逃軍。」趙虎說：「你不用說那些個，你跟著我們到開封府見見相爺就得了。」史丹一聞此言，嚇了個膽裂魂飛，事不由己就給趙虎跪下了，說：「我在那裡實出無奈，看看快餓死了，我才上這裡找幾個盤纏，仍然回去任罪。」

蔣爺說：「你先起來，不必撒謊。我先問你一句話，你是願意死願意活？」史丹說：「螻蟻尚且貪生，為人豈不惜命。」蔣爺說：「你願意活？方才姓朱的給你找得那個事情，東方員外是作什麼的，你知道不知？」史丹說：「我就知道他是個員外，別事一概不知。」蔣爺說：「如今襄陽王造反，他與襄陽王連手，也是個反叛。」史丹說：「他是個反叛？我餓死都使得，我可不跟著他們造反去。」蔣爺說：「你既然說出這樣話來，你就是大宋的好子民。咱們只要說明白了，你只管前去。」史丹說：「我可不去，殺了我都使得，我可不去。」蔣爺說：「我教你去，你只管前去。不但你去，我有個朋友姓龍，他還有個姪子，他叫天彪。我把實話告訴你，向著反叛也在你，向著大宋國朝也在你。」史丹說：「我怎麼是向著反叛呢？我要向著反叛，叫我不得善終。」蔣爺說：「好，你同著我們這姓龍的爺兒三個去，就提你們是親戚，他們在鏢行裡保鏢，如今把買賣散了，要在此處賣藝，作為是碰見，你說賣藝不行，作為他們爺兒兩個，苦苦哀告於你，轉求這位姓朱的給他們美言美言，就在員外家內打更都是願意。行了更好，要是不行也不干你事。只要大事依我，不但你前罪已免，還算你一件奇功。我見了相爺給你回明，準有你一個小小武職官做，那就看你的造化了。」史丹一聞此言，連連點頭說：「四老爺，倘若人家不收，那時可別嗔怪於我。」蔣爺道：「我方才說過，事要不成，不與你相干。」遂教四老爺把龍滔找來。

史丹又問：「四老爺，叫我們前去，取其何用？」蔣爺說：「我要不言你也不知，是萬歲爺丟失了冠袍帶履。現在團城子裡面有個藏珍樓，不知道那藏珍樓裡面的消息，總得有個內應，方能得他裡面的實底。再說，他擺擂臺，裡面有許多賊人，他又是王爺的餘黨，要有內應，辦他的時節豈不省事。這就是已往從前的實話，全部告訴與你，就看你心地如何了。」正說之間，就見趙虎帶著龍滔進來。蔣爺給他們見了一見，史丹問：「咱們明日一同前去，說咱們是什麼親戚？」龍滔說：「咱們作為是兩姨弟兄，這是我姪子。」龍天彪說：「叔父，你倒不用說我是你姪子，你就說咱們是父子爺兒兩個，據我想著，比說是你姪子還強哪。」蔣爺在旁說：「很好，這孩子實在真聰明，是說兒子比姪兒強。」把主意定好，蔣爺掏出兩錠銀子來給了史丹，說：「你們三位以作零用盤費罷。」然後告辭。龍滔、天彪也不跟回公館去了。張龍、趙虎也就跟著蔣爺上美珍樓去。

到了美珍樓往裡就走，從西邊胡梯而上，至樓上一看，共是五間樓房，當中三間，單有兩間雅座，都是金漆八仙桌椅，條凳，南面俱是槅扇；東西兩邊兩間雅座，俱是半截窗臺，上掛著半截斑竹簾子，從外往屋內看看不真切，由屋內往外看看得明白，北面是一遭欄杆，全都是朱紅斜卍字式。蔣爺奔到槅扇那裡往下一看，是人家大醬園的後身，很大的院子，淨是醬缸，地上一半，地下一半，有兩個人在那裡曬醬。東雅座把蔣爺叫將進去，蔣爺與南俠、智化就把史丹他們的事情說了一遍。復又叫過賣另添杯箸，又添了些酒菜。正在吃酒之時，忽然跑上一個人來，周圍一看，復又下去，就把白菊花同上來了。

眾人捉拿淫賊，這段節目下回再表。

第七十一回　美珍樓白菊花受困　酒飯鋪眾好漢捉賊

且說蔣爺進去，見大眾一個圓桌面，要了許多酒菜，有喝的有不喝的。蔣爺這一進來，又添了些個酒菜。忽聽胡梯一響，蹭蹭蹭上來一人，看了看又下去了。艾虎說：「這個叫飛毛腿高解，是個賊。」徐良說：「別嚷，白菊花到了。」蔣爺說：「怎麼見得是白菊花到了哪？」徐良說：「他是白菊花的前站，還有個病判官周瑞，他們三個人總在一處。」正說之間，又聽胡梯一響，頭一個就是白菊花，武生相公打扮；第二個是高解，第三個是周瑞，三個人仍是一路而行。依著白菊花絕不上南陽府來，是教飛毛腿高解、病判官周瑞兩個人苦苦相勸，晏飛自己想了想，點頭只可隨著判官走，另單有個主意。他的意見是找他那個相好的婦人去，那婦人也離團城子不遠，暫且隨著那們走，讓他們上團城子去，自己單找那婦人去，見著時節，就帶著他上姚家寨去了。可巧到了五里新街，天氣尚早，假說在此處吃酒，盼到天黑，自己就單走下去了。

來在美珍樓要吃酒，又怕山西雁在這裡，飛毛腿說：「待我進去看看。他要在這裡，我跑的快，就先下來送信；若不在這裡，咱們進去吃酒。」故此飛毛腿先上來。到了上面一瞧，並沒有多少飯座，可見著東雅座裡有些個人，隔著那斑竹簾子，實在可看不出來是誰。他想焉有那們巧的事情，老西絕不能在這裡。一回身下樓出來，告訴白菊花樓上無人。晏飛同周瑞進了酒鋪，直奔胡梯。到了上面，白菊花總是賊人膽虛，淨往東裡間屋中看了又看，就是看不真切，皆因有那竹簾子擋著，總疑乎著山西雁在屋中吃酒哪。復又扒著南邊槅扇往下一看，一院子淨是醬缸，一口挨著一口，還有兩個人在那裡曬醬。他就靠著那南面槅扇坐下，正對著樓口，倘若徐良從下面上來，他好一翻身就從那槅扇往醬園裡逃跑。高解、周瑞就在兩旁邊二人坐下。走堂的過來問：「三位要什麼酒菜？」周瑞說：「要一桌上等酒菜，三瓶陳紹。」不多一時，擺列停當，高解斟酒，三個人輪杯換盞。雖吃著酒，晏飛不住往東屋裡瞧看。正在疑乎之間，忽聽胡梯又響，蹭蹭蹭又上來一人。見那人一身素緞衣襟，生的面如少女一般，五官清秀。到了樓上，也往東裡間屋內看了一看，又瞧了瞧白菊花，自己奔到西雅座去，叫過賣要了半桌酒席，自己一人在屋中飲酒。

你道東屋裡人怎麼不出來捉拿三個賊寇？是智爺的主意。有徐良低聲告訴那個是白菊花，那個是周瑞，那個是高解，眾人就掖衣襟挽袖子。智爺說：「別忙，等著他們定住了神的時候，咱們大家往外一躥，一個也走脫不了。」故此全沒出來。後又上樓這個人是白芸生大爺。這人奉旨回家料辦喪儀，諸事已畢，奉嬸母、母親之命，早早上京任差。帶著手下從人，乘跨坐騎，離了自己門首，直奔京都而來。正走在這五里新街，大爺覺著腹中飢餓，又看這座酒樓嶄新的門面，吩咐家人在此處吃酒。下了坐騎進了飯鋪，教從人在樓底下要酒飯，自己上樓。他也沒看見裡間屋中是誰，倒瞧了白菊花幾眼，見周瑞、高解的相貌，定不是好人，自己倒奔西屋裡去了。將要來的酒菜，喝了無非三兩杯酒，就聽東屋裡一聲喊叫，如同打了一個巨雷相似。芸生一聽，好似二弟的聲音，往簾外一看，由東屋裡躥出許多人來，頭一個就是徐良，說：「三塊人才來呀，老西久候多時了！死約會，不見不散。」一低頭，就是緊臂低頭花裝弩，嘣哧一聲就打在白菊花頭巾之上。也就是晏飛的眼快，如若不然，這三只暗器就不好躲閃。

白菊花一聽是老西說話，就站起身來，用腳一勾椅子，那張椅子往西一倒，就有他退身之地了。雙手一扶桌子，見徐良衝他一低頭，他也一低頭，正打在頭巾之上。緊跟著左手一只袖箭，白菊花往左邊一躲，就釘在槅扇框上了。徐良右手一只袖箭出去，白菊花往右邊一躲，蹭的一聲在耳朵上微沾了一點。邢如龍瞪著一隻眼睛——瞎了一隻眼睛，罵道：「白菊花，狠心囚囊的！我是替師父一家報仇。」隨說著掄刀就剁。邢如虎也是破口大罵，剩了一隻右手，也是提刀就砍。晏飛瞧著兩口刀到，就把桌子衝著二人一抖，嘩喇一聲，俱都合在邢家兄弟身上，兩口刀全都剁在桌面之上，並且還把邢如虎撞了一個跟頭。白菊花抽身要跑，早教智化把他攔住，迎面颼就是一刀。白菊花拉劍將要削智化這口刀，展爺那裡早就發了一只暗器。晏飛顧不得削智化的刀，總是躲袖箭要緊，一扭身軀，那只袖箭沒打著賊人，出樓外去了。晏飛抽身躥上西邊那張桌子。艾虎先就上了板凳，對著淫賊颼就是一刀。白菊花用寶劍往上一迎，打算要削艾虎這口刀，活該自己倒運，就聽嗆啷啷一聲響亮，在眼前火星亂迸。皆因是二寶一碰，故此才火星迸現，把艾虎也嚇了一跳，白菊花也吃驚非小。艾虎低頭一看自己的刀，連一絲也沒動；白菊花一看自己寶劍，又磕了一個口兒。總而言之，上回已然表過了，艾虎這口刀是魏文帝所造，白菊花這口劍是晉時赫連老丞相所造，故此敵不住七寶利刃。

晏飛將要看寶劍，從西來了一宗物件，叭的一聲，正打在他的腮頷骨上。卻是白芸生，一見大家動手，也就從裡間屋中出來，先就衝著白菊花打來一塊飛蝗石子。若要打在太陽穴上，也就斷送了他的性命。展爺趕過去就是一劍，晏飛往旁邊一閃，剛一躲過，山西雁就是一刀，晏飛直不敢還手，也就一閃，緊跟著艾虎又是一刀。晏飛看這事頭不好，料著今天在這樓上要走不了。躲過了艾虎七寶利刃，白芸生的刀到。將要拿寶劍削玉面小專諸的那口刀，架不住人家的人多，徐良在旁邊提醒說：「大哥小心，他那是口寶劍，見兵器就削。」芸生一聽此言，把刀往回一抽，嗆啷一聲，就把刀尖削落，也把白芸生嚇了一跳。盧珍在白菊花後邊，斜肩帶背用刀就砍。晏飛用了個鷂子翻身，仍拿寶劍找盧珍這口刀。徐良早躥在斜ㄓ字式欄杆上，提撥大眾。他知道盧珍那口刀也不行，一碰就折。徐良在上面說：「小心著刀。」盧珍方才看見芸生大爺這口刀削去了半截，自己早就留神，又被徐良一提撥，這個當自然就上不了，把刀往回一抽。晏飛打算要走，一看大眾把他圍裹上來。

可歎是這個過賣，做買賣的人，多咱見過這個事情，只唬的東西南北都認不出來了，口中亂嚷，說：「可了不得了！樓上反了，刀、刀、刀、刀槍的亂砍。」也找不著樓門在那裡了，好容易找到樓口，你倒小心著點胡梯，一步就邁下去了，咕嚕咕嚕就滾下樓去，摔了個頭破血出，也顧不得痛疼，到了底下，爬起來就跑，口中直嚷：「反了哇，反了！」底下的酒飯座也並不知樓上是什麼事情，嗆啷啷刀劍亂響，也有趁亂藉此為由不給錢的，有唬跑了的，下面之人一擁而散。上邊的人，身法玲瓏的，全上了桌子。聖手秀士馮淵是「唔呀，唔呀」直罵，他不敢過去與白菊花交手，他怕那口寶劍，會同蔣四爺圍住飛毛腿高解，三個人交手。邢如龍、邢如虎圍著病判官周瑞，三個人交手。艾虎正與晏飛動手，飛毛腿高解瞧出一個便宜來了，對著艾虎後脊背颼就是一刀，艾虎一回手嗆啷啷把高解這口刀削為兩段。高解一縱身，就從蔣平腦袋上躥出槅扇之外去了。徐良嚷：「飛毛腿跑啦！」蔣爺說：「交給我了。」就尾於背後跟將下來。飛毛腿飄身下樓，腳沾實地，蔣爺也就躥下來。這二人一躥下樓來不大要緊，把兩個曬醬的老西吸呼沒掉的醬缸裡。徐良見飛毛腿一跑，回手掏出一支鏢來要打白菊花，見圍繞的人太多，從這個桌子上躥在那個桌子上，來回亂躥，又怕打不著白菊花打著別人，那還了得。一想也罷，看病判官那裡清靜，對著周瑞颼就是一鏢，只聽見噗哧一聲響亮，噹啷啷撒手扔刀。

要問周瑞生死，且聽下回分解。

第七十二回　醬缸內周瑞廢命　小河中晏飛逃生

且說徐良這一鏢正釘在周瑞手背之上，噗哧一聲，鮮血直躥，撒手扔刀，回頭就跑。邢家弟兄那肯教他逃命，尾於背後也就趕下來了。周瑞躥出樓外，徐良說：「先跑了一個飛毛腿，後跑了一個判官，就是別教這菊花跑了。」忽聽東屋裡大叫一聲，說：「都跑了，不教我出去，你們也合乎不住。全跑了，這個菊花該我拿了。」又聽得嘩喇叭叉、磕叉磕叉。嘩喇是把桌上家伙俱都摔為粉碎，叭叉是把圓桌面翻於地下，磕叉磕叉是劈了兩個桌腳子。原來是智化的主意，不教張龍出來，也不教趙虎出來，教他們兩個人把雅座的門堵住，把韓天錦圈在屋裡，不讓他出來。怕他出來沒有什麼本事，萬一他要受點傷兒，他身價太重，是將軍的爵位。他在裡邊扒著簾子看了半天，此刻是真急了，把桌子一翻，劈了桌腳子就要出來。教張龍、趙虎把他攔住，一定不放他出來。一賭氣，攥著兩根桌腳子，叭叉一聲把那半截竹簾子打折，一邁步就從窗臺子上邊出來了，喊叫一聲說：「打呀！」智爺說：「你別打，是我。」韓天錦看了看，這個也打不的，那個也打不的，又不能到白菊花身臨切近，急的他是亂嚷亂罵，對著那張桌子掄開了桌腳子，叭叉一聲，把個桌子砸了個粉碎。智爺下來，仍然把他攙到裡間屋中去，說：「用不著你動手，連我還不出去動手哪！」

再說白菊花遮前擋後，始終不能逃竄，倒是飛毛腿高解逃了性命。他在前邊跑著，蔣爺在後面追趕，他看蔣爺瘦弱枯乾，料著必沒多大本事，自己躥上醬缸，蹬著醬缸的缸沿，颼颼飛也相似一直奔正西去了。蔣爺那裡肯容他逃竄，也就躥上醬缸，緊緊的一追。做醬的那兩個山西人，見從樓上往下飛人，早就跑到前頭與掌櫃的送信去了。蔣爺追趕高解，追到西邊，西南上有個平臺，是人家雜貨鋪裡後院的屋子，後身坐落在這個院子裡。飛毛腿一縱身躥上了平臺，蔣四爺也就跟著躥將上去，看那高解早就躥下去了。蔣爺往那院一看，是雜貨鋪的後院，堆著好些個囤，囤裡是些乾果子，再找高解，蹤跡不見。其實蔣爺明知他不是在囤裡頭藏著，就是在囤的夾空藏著哪。蔣爺不肯追趕，一定要追趕，怕自己吃虧。他在暗地，自己在明處，這宗苦處蔣爺永遠不受。

往下看了半天，並沒有動靜。一回頭，見病判官周瑞教邢家弟兄追著在缸沿上亂跑，蔣爺在平臺上一趴，瞧這三個人暗笑。周瑞下了樓就躥上缸去了，邢如龍也上缸一追，邢二爺在缸上追趕，可笑者邢大爺追周瑞，邢二爺又追邢大爺。周瑞見邢如龍是一隻眼睛，他總打算著把他繞在醬缸裡頭才好，跑到西邊，復又往東跑，到了東邊，又往西跑。他心想著跑來跑去，邢如龍腳蹬缸沿一滑，就得掉下醬缸裡去。他也不顧他的手疼，雖然把他手背上鏢拔出去，仍是鮮血淋漓。也對著邢如虎實在太愚，淨追他哥哥，絕不知道分頭一擋，豈不就把周瑞攔住了麼？已經跑了三個來回，蔣爺高聲嚷叫：「邢二老爺，別追你哥哥了，分頭一攔就擋住他了。」這一句話把如虎提醒，心中暗道：「我怎麼這們糊塗！」往北一歪身，提著刀說：「你往那裡走？」周瑞說聲「不好」，手無寸鐵，只可一回身，仍奔正西，也就看見那個平臺了。到了平臺之下，往起一縱身軀，往房上一躥，被蔣爺用手中青銅刺一晃他，說：「招寶！」周瑞見眼前一晃，自己不敢上去，往回來一翻身，腳找缸沿，焉能那麼巧，只聽噗咚一聲，正掉在醬缸裡面。蔣四爺樂的連話都說不出來了，教邢大老爺蓋上缸蓋。邢如龍下了醬缸，旁邊立著石板，一伸手就把石板蓋在醬缸之上，自己往上一坐。蔣爺問：「你覺著醬缸裡面怎麼樣了？」邢如龍說：「他在醬缸裡噗咚噗咚直撞這石板哪。」蔣爺說：「可別把他醬死。」自己下了房，奔到醬缸這裡，又問：「這時候怎麼樣了？」邢如龍說：「這半天可不撞了。」蔣爺說：「你下來罷，別把他悶死。」邢如龍跳將下來，把石板搬開，蔣爺再一看，已然不行了。蔣爺一伸手把他往上一拉，通身連臉上帶五官全都是醬，人已然是氣絕身死。蔣爺說：「可惜，我說留他活口。邢大老爺，你難道說試不出來麼？他不大很往上撞，必是不行了，你還在上頭死坐著，他會不死？從新把石板蓋上罷，大家仍然上樓。」

邢家弟兄點頭，剛才要走，醬房掌櫃的扒著門縫往外瞅著他們要走，掌櫃的出來說：「人命關天，我們醬缸內醬死一個人，你們打算要走，那可不行。」蔣爺同著邢家弟兄說：「掌櫃的，咱們櫃房裡坐著，我告訴你話說。」遂即進了路南那個小門。到了櫃房，問掌櫃的貴姓，掌櫃的說：「我姓趙。」蔣爺說：「趙掌櫃的，我姓蔣名平，字是澤長，御前三品護衛。萬歲丟失冠袍帶履，我們奉旨拿賊。方才這個醬缸裡的，就是他們同手伙計。你可不許聲張此事，絕連累不了你。這一缸醬該賣多少銀子，我們連一分一釐也不能短少你的。你若外面把風聲透露，拿你到開封府，用狗頭鍘把你鍘為兩段，你可是有冤無處訴去。」掌櫃連說：「不敢，不敢，買賣人不敢。」伙計進來說：「又從樓上下來了好幾個人，都往西跑下去了。」

原來是白菊花到底賣了一個破綻，躥下樓來。徐良說：「還是跑了，追！」頭一個就是白芸生、盧珍、艾虎、山西雁小四義下了樓，緊緊一追。白菊花跑到西邊躥上牆去，由牆上的房，直跑到五里新街西口外面，撲奔正北，順著白沙灘往北，將到五里新街後街的西口外頭，忽見從巷口裡面出來了南俠、智化、馮淵，後面還有張龍、趙虎，就擋住去路。這幾人是智化的主意，見白菊花下樓往西跑，依著展爺也要往西追趕，智爺說：「不可，隨我來。」就從樓上往下一躥，南俠、馮淵也就跟著躥下來了。張龍、趙虎從樓梯上下來，智爺往北街跑，大眾跟隨由北街往西，迎面正撞上白菊花。智爺與南俠說：「大哥，看小弟料得怎麼樣？」展爺一舉寶劍，說：「欽犯，那裡走！還不急速過來受拴，等待何時！」白菊花一見，嚇了個膽裂魂飛。暗暗一想，後邊小四義本就不是他們對手，前邊又有姓展的擋住，這便如何是好？自己無奈何，掏出一支鏢來，明知也是打不著他們，暫作為脫身之計。離展爺不大甚遠，對準颼就是一鏢。又是白晝，展爺焉能受了他的暗器，往旁邊一歪身，展爺躲過他這一支鏢，吸呼沒把馮淵打著，皆因馮淵跟在展爺身後。馮淵說：「唔呀，好王八羔子！險些沒把我打了。護衛大人，我可不在你身後頭了。」

白菊花一斜身，撲奔西北。後邊眾人那裡肯捨，緊緊一追。晏飛實在是快，跑出約有一里多地，淫賊回頭一看，大家仍然追趕於他，忽然心生一計。他知道五里屯東北有一道長河，這河名叫涼水河。自己想著要是跑到涼水河，也就有了性命，大概他們全不會水，遇這些人，非借水遁逃走不行。正跑之間，遠遠就看見了這一段水面，歡喜非常，直奔水去。山西雁瞧見前邊白茫茫一帶是水，暗暗著急，雖然追著白菊花，往前後一看，見追的這些人並沒有蔣四叔，暗暗恨怨：「蔣四叔這個工夫往那去了？空有這們些個人，連一個會水的沒有。」雖然恨怨著，口中可就說出來了：「蔣四叔這們個工夫上那裡去了？白菊花打算要奔水去，咱們這裡有會水的沒有？」馮淵說：「醋糟，我會水，我的水性與你四叔一樣。」

徐良說：「臭豆腐！我的能耐與你爺爺相仿。」艾虎聽著暗笑，大料白菊花這一下水，自己可以把他拿住。皆因他在陷空島跟著升二練的水性，可就是在水中不能睜眼。果然行至涼水河，白菊花衝著大眾哈哈一笑，說：「晏大太爺走了！要是有能耐的，在水中拿我。」哧的一聲扎入水中去了。徐良說：「壞了醋了！」大眾一怔，艾虎說：「不用忙，待我下水拿他。」自己往前一躥，哧的一聲也就扎入水中去了。見他單臂膀把白菊花往胁下一夾，往上一翻，把賊人夾至岸上。

大眾過來一看，要問賊人生死如何，下回分解。

第七十三回　吳必正細說家務事　馮校尉情願尋賊人

且說大眾追至水面，白菊花下水，艾虎說：「眾位，待我下去拿他。」自己往下一扎，工夫不大，翻身上來，往岸上一扔，說：「你們捆罷！」大家上前一看，徐良過去要綁，細細瞧了瞧，微微一笑，回頭叫：「老兄弟，你拿的是年輕的是上歲數的？」艾虎說：「那有上歲數的淫賊哪！」徐良說：「對了，你來看罷，這個有鬍子，不但是有鬍子，還是花白的。」艾虎過來一看，何嘗不是。衣服也穿的不對，這是青衣小帽，做買賣人的樣兒。艾虎一跺腳，眼睜睜把個白菊花放走了。這個是誰哪？徐良說：「這個人還沒死就哪。心口中亂跳，咱們把他攙起來行走行走，再把他身上衣襟水往下擰一擰。」張龍、趙虎攙著他一走，艾虎說：「那賊扎下水去，料他去的不遠，我再入水中，務必將他拿將上來。」智爺說：「你等等罷！你蔣四叔到了。」

就見蔣四爺帶著邢如龍、邢如虎直奔前來。皆因是在醬園內與掌櫃的說話，伙計進來告訴：又從樓上躥下幾個人來，往西去了。蔣爺說：「不好，我們走罷。」就帶著邢家弟兄仍出了後門，躥上西牆，也是由牆上房。見下面做買做賣那伙人說：「房上的人往白沙灘去了。」蔣爺往白沙灘就追。將至白沙灘，遠遠就看見前面一伙人。蔣爺追到涼水河，見張龍、趙虎二人攙著一個老人那裡行走，看那人渾身是水，又瞧艾虎也渾身是水。智爺高聲叫道：「四哥，你快來罷！」蔣爺來至面前，智化就把白菊花下水，艾虎怎麼夾上一個人來的話說了一遍。蔣爺叫：「張老爺、趙老爺，把他放下罷，再攙著走就死了。」又說：「艾虎，你這孩子實在是好造化。」艾虎說：「我還是好造化哪？要是好造化，把白菊花拿住夾上來，才是造化。」蔣爺說：「不遇見白菊花是好造化，遇見白菊花你就死了。」艾虎問：「怎麼見得？」蔣爺說：「你到水裡不能睜眼，白菊花在水內能睜眼視物。你在水內閉目合睛，他要不走遠了，你下去閉著眼睛一摸，他趕奔前來給你一劍，我問你這命在與不在？這不是萬幸麼？正走好運氣呢！」又對著智爺說：「你還叫黑妖狐哪？」智爺說：「怎麼樣？」蔣爺說：「誰的主意攙著這個老頭子行走？」智爺說：「我的主意。」蔣爺說：「你打量他是上吊死的，攙著他走走就好了。他是一肚子淨水，水不能出來，又攙他行走，豈不就行走死了嗎？」智爺一聽連連點頭，說：「有理，我是不懂的。」

這時蔣爺過去，把那老頭教他趴著，往身上一騎，雙手從肋下往上一推，就見那老頭兒口內哇哇往外吐水。吐了半天，蔣爺把他搊起來，在耳中呼喚，那老頭才悠悠氣轉。蔣爺問：「老者偌大年紀，為何溺水身死？你是失腳落河呀，你還是被人所害？」那老者看了看蔣爺，一聲長歎，說：「方才我落水是你把我救上來的？」蔣爺說：「不錯，是我救的。」老者說：「若論可是活命之恩如同再造，無奈是你救我，可把我害苦了。」蔣爺說：「救你倒是害你，此話怎講？」老者說：「人不到危急之間，誰肯行拙志？這陽世三間，實在無有我足扎之地。」蔣爺說：「你貴姓？有什麼樣大事我全能與你辦的了。」老者說：「惟獨我這事情你辦不了。」蔣爺說：「我要是辦不了，然後你再死我也不能管了。」

老者說：「你一定要問，我姓吳，叫吳必正，我有個兄弟叫吳必元。我今年五十二歲。我在五里屯路北小胡同內，高臺階，風門子上頭有一塊匾是『吳家糕乾鋪』，我們淨開這糕乾鋪是五輩子了。皆因是我兄弟比我小二十二歲，我二人是一父兩母。我沒成過家，我兄弟二十六歲那年給他說的媳婦，過門之後，到他二十八歲，我的弟婦就故去了。由他妻子一死，苦貪杯中之物，淨喝酒。我怕他心神散亂，趕急找媒人又給他說了一房妻子，誰知上了媒人之當，是個晚婚。據我一想，他又是續娶，晚婚就晚婚罷。今年三十歲娶的，我弟婦才二十歲。自從過門之後就壞了我們的門庭了。我兄弟終日喝酒，他終日倚門賣俏，在我們櫃上一坐，穿著衣服全是匪類衣襟。這人終朝每日在我們門口聚會的人甚多，俱是些年輕之人。先前每日賣三五串錢，如今每天賣錢五六十串、三二百串，還有銀子不等。只要他一上櫃，就有放下許多錢，給兩包糕乾拿著就走；不然還有扔下銀子，連一塊糕乾也不拿，淨自揚長而往。先前都是上年歲的買糕乾，也有為孫子孫女乳食不足的，也有為兒女乳食不足的。如今年輕之人提著糕乾一走，倘若遇見叔伯，打聽說你還沒成家呢，買糕乾何用？當時急得他無言答對，他說他先天不足。我一見這個事頭不好。我們鋪中有個伙計，他叫怯王三，這個人耿直忠烈，氣的他要辭買賣好幾次。我們這鋪子前邊是門面，後頭住家，單有三間上房，鋪子後面單有一段長牆，另有一個木板的單扇門，從鋪子可以過這院來。又恐怕我這弟妹出入不便，在後邊另給他開了一座西門，為他買個針線的方便，這可更壞了事情了。他若從後門出去，後邊那無知之人就圍滿啦；他若要前邊櫃臺裡坐著，那前邊的人就圍滿了。那日我告訴我兄弟說：『你得背地囑咐你妻子，別教他上櫃才好，太不成個買賣規矩了。』可好，我兄弟就打了他一頓，不料我兄弟又告訴他是我說的，我們把仇可就結下了。這日晚間，我將往後邊來，一開後院那個單扇門，我就見窗戶上燈影兒一晃，有個男子在裡頭說話。我就聽見說了一句，我就不敢進去了。說：『你自管打聽，我白菊花劍下死的婦女甚多，除非就留下了你這一個。』我聽到此處，一抽身我就回去了，嚇得我一夜也沒敢睡覺。次日早晨，沒教兄弟喝酒，我與他商議：『把這個婦人休了罷，我再給你另娶一房妻子。如若不行，只怕你終久受害。』我對他就把頭天事情說了一遍。我兄弟一聽此言，到後邊又打了他一頓，誰知這惡婦滿口應承改過。到了今日早晨，後邊請我說話，我就到了後邊。不知是什麼緣故，他與我說話顏色不正，伸手過來一拉我，我一威嚇他，說：『弟婦，你還要怎麼？』我就抖手而出。可巧我兄弟從外邊進來，我弟妹哭哭啼啼，不知對他說了些個什麼言語，他就到了前邊，說：『你我還是手足之情哪！你說我妻子不正，原來你沒安著好心。』我一聞此言，就知道那婦人背地蠱惑是非。我也難以與我兄弟分辯，越想自己越無活路，自可就是一死，不料教爺臺把我救將上來。我說著全都羞口，爺臺請想，如何能管我這件事情？」

蔣爺說：「我告訴你能管就是能管。我實對你說，這位是展護衛大人，我姓蔣名平，也是護衛，難道說我管不了你這們一件小事嗎？論說這是不潔淨之事，我們可不應例管。皆因內中有白菊花一節，我們正為此事。你暫且跟著我們回公館，我自有道理。」吳必正聞聽連連點頭，與大眾行了一回禮，把衣服上水擰了一擰，跟著大眾一路前往。艾虎也把自己身上的水擰了一擰，直奔五里新街。

蔣爺同著展爺先上飯鋪，那些人就回公館。蔣、展二位到了美珍樓，往裡一走，就聽那樓上噼叉叭叉，韓天錦仍然是在那裡亂砸亂打。掌櫃的見著蔣、展二位，認識他們，說：「方才你們二位不是在樓上動手來著嗎？」蔣爺說：「不錯，我們正為此事而來。」到了櫃房，把奉旨拿賊的話對他們說了一遍，仍然不教他們洩露機關：「所有鋪內傷損多少家伙，俱開了清單，連兩桌酒席帶賊人酒席，都是我們給錢，連一絲一文都不能少給你們。」那個掌櫃的說：「既是你們奉旨的差使，我們這點小意思不用老爺們拿錢了，只求老爺們把樓上那人請下來罷，我們誰也不敢過去。」蔣爺說：「交給我們罷，晚間我們在三元店公館內等你的清單。」說畢出來，蔣爺上樓把韓天錦帶下來，教他扔下桌腳子。天錦問道：「四叔，拿住賊了沒有？」蔣爺說：「沒拿住。」天錦說：「不教我出來嗎，我要出來就拿住了。」蔣爺說：「走罷，不用說話了。」出了美珍樓，直奔公館。

進了三元店，直奔東院而來。此時艾虎與吳必正全都換了衣服，蔣爺說：「方才這老者說，在五里屯開糕乾鋪，白菊花在他家裡。我想此賊由水中一走，不上團城子，今晚必在這糕乾鋪中。你們誰人往那裡打聽打聽？」問了半天，並沒有人答言，又問了一遍，也沒人答言，連問三次，連一個願意去的沒有。蔣爺說：「徐良，你去一趟？」徐良說：「姪男不去。」蔣爺一翻眼，這才明白，說：「哎喲，你們怕擔了疑忌。」又問艾虎，他也是不去。蔣爺說：「你們全都不願去，就得我去了。」馮淵在旁說：「你們都不願去，我去。心正不怕影兒邪，我不怕擔了疑忌。」徐良說：「你就為這件事去，這才對了你的意思呢。」馮淵說：「我要有一點歪心，教我不得善終。」蔣爺一攔徐良，說：「你可不！你又不去，馮老爺要去，你又胡說，你們兩人從此後別頑笑了。馮老爺，可有一件事要依我的主意。你若到五里屯訪著白菊花，你可別想著貪功拿他，自要見著，就急速回來送信，就算奇功一件。」徐良說：「他拿白菊花？連我還拿不住哪。他要拿了欽犯，我一步一個頭給他磕到五里屯去，從此我就拜他為師。」馮淵氣得渾身立抖。智化在旁說：「你去罷，馮老爺，不用理他。」蔣爺說：「我告訴你的言語要牢牢緊記。」

馮淵拿了夜行衣靠的包袱，剛一出屋門，碰見艾虎，說：「兄弟，你這裡來，我與你說句話。」艾虎跟著他到了空房之內，馮淵說：「賢弟，論交情就是你我甚近，我的師父就是你乾爺。他們大家全看不起我，我總得驚天動地立件功勞，非得把白菊花拿住，他們大眾可就看得起我了。」艾虎說：「皆因你素常好詼諧之過，非是人家看不起你。」馮淵說：「我若拿住白菊花，你歡喜不歡喜？」艾虎說：「你我二人，一人增光二人好看，如親弟兄一般，焉有不喜之理。」馮淵說：「我可要與賢弟啟齒借一宗東西，你若借給我我就起去，你要不借，我就一頭碰死在你眼前。」隨說著，雙膝跪倒。

要問借什麼東西，且聽下回分解。

第七十四回　得寶劍馮淵快樂　受薰香晏飛被捉

且說馮淵與艾虎商議借一宗物件，又與他下了一跪。艾虎問：「你要借何物？」馮淵說：「我見了白菊花，若要論兩個人交手，我很不懼他，我也不怕他那暗器。就是一宗，他那口寶劍我可實在不行，我的刀倘若碰在他的劍上，就怕削為兩段。我要勝他，除非有合手寶物，方能不懼他那口兵刃，才能取勝。今日在美珍樓你與他交手，你們二人刀劍一碰，大概是把他寶劍磕傷。我見他就與你刀刃碰了一次，再也不敢與你交手，淨是封閉躲閃，我想必是你那寶刀的好處。你若樂意讓我取勝，你將寶刀借我一用。」艾虎一聽，連連擺手說：「不行。在大相國寺給我刀時節，你也看見了，訓教我之時你也聽見了，說刀在我的命在，刀不在我的命就休矣。此物有德者居之，無德者失之。自從我得了這口利刃，晝夜不離左右。慢說是你，就是我師父也不能借這口利刃。我方才說過，你我如親兄弟一般，除此之外，任其所借我所有的東西全行，就是這刀可不能借與哥哥，你可別惱。」馮淵說：「你我自己弟兄，焉有惱你的道理。除此之外，我再與你借件東西行與不行？」艾虎說：「除刀之外沒有不行的，你借什麼罷？」馮淵說：「把你那薰香盒子借我一用。」艾虎想：他實在的有心，怎麼他還惦記著薰香盒子哪。欲待不借，又不好推辭，把話全說滿了。又見他在那裡直直跪著，無奈何說：「大哥，我這薰香盒子大概你也知道他的來歷，此物乃是小諸葛沈中元的東西，也不是他送給我的，也不是我花錢買來的，也不是與他借的，我是偷他的東西。我借給你，可得有人家的原物在，別給人家丟失了此物。」馮淵說：「我又不是三歲孩子，怎麼能夠丟失此物。我要丟失此物，有我一條命陪著他呢。」艾虎把薰香盒子拿來交與馮淵，還教給他怎麼使法，連堵鼻子的布捲都給了馮淵。

聖手秀士歡歡喜喜辭別了艾虎，出離公館，直奔白沙灘來。見人一打聽必由之路，到了五里屯東口外頭，見一老者手扶拐杖，年過七旬。馮爺說：「借問老丈，那裡是五里屯？」老者道：「這就是五里屯。」問：「你找誰？」馮淵說：「這裡有個糕乾鋪在於何處？」老者瞪了他一眼，說：「不知道。」馮淵說：「唔呀，怪不的他們不來。」自己無奈之何，進了五里屯的東口。路北有一個小巷口，見有一百多人都在那裡蹲著，俱是年輕的，連一個上年歲的沒有，俱都是面向著北。看那北頭有一個鋪子，是五層臺階，並沒有門面，是個風門子，上面有個黃匾，上寫著「發賣茯苓糕乾吳家老鋪」。自己撲奔正北，要上臺階，就有人說：「沒出來哪，你不用進去。」馮淵看著這些人暗罵道：「唔呀，這些個混賬王八羔子，一個好東西沒有。」也不與他們說話，拉開風門子奔了櫃臺，說：「唔呀，你們這裡賣糕乾不賣？」那怯王三說：「糕乾鋪麼，不賣糕乾難道說賣豆腐不成？你多一半瞧錯了人了罷。」馮淵剛要往下說話，忽聽外邊一陣大亂，眾人往北直跑。

馮淵不知是什麼緣故，也就出來。見那些人順這小胡同直奔正北，馮淵也就跟著到了北邊，就見了吳必元的大門。見那門半掩半開，裡面站著個婦人，頭上烏雲，戴了許多花朵，穿著一件西湖色的大衫，蔥心綠的中衣，紅緞弓鞋，繫著一條鵝黃汗巾，滿臉脂粉，雖有幾分人才，卻是妖淫的氣色，百種的輕狂。一手扶定門框，一隻手扶定那扇門，得意的把那條腿邁在門限之外——不然如何看得見弓鞋哪。有一塊油綠絹帕，往口中一含，二目乜斜，用眼瞟著那個相公。雖然瞧著他的人甚多，惟獨單對一個相公出神，在他迎面一站。那個相公約有二十餘歲，文生巾，百花袍，高腰白綾襪子，大紅厚底雲履，面白如玉，五官清秀；一手提著那文生巾的飄帶，一手倒背著，拿著一柄泥金摺扇，也是二目發直，淨瞅著那個婦人。眾人看著全是哈哈大笑，這男女盡自不知，就類若痴傻憨呆一般。正在二人出神之際，忽聽正北上痰嗽一聲，馮淵抬頭一看，卻不是別人，白菊花到了。

馮淵見了白菊花，就不敢在那裡瞧看，進了小胡同，撒腿就跑。出了小巷口回頭一看，幸而好沒追趕下來。自料著白菊花他沒看見，他要瞧見必然趕下來了。又一想，還是與他們送信去好哪，還是自己捉拿淫寇好哪？想了想，這賊人今日晚間必然在這裡住宿，若等他睡熟之時，我這裡有的是薰香，就把他薰將過去，不費吹灰之力，伸手可拿。我為什麼與他們前去送信？自己拿準了這個主意，就不肯回公館去了。現找了一個小飯鋪，飽餐了一頓，給了飯錢，直待到人家要上板子時節，方才出來，繞到五里屯後街，探了探糕乾鋪後面院子的地勢。自己找了一塊僻靜所在，把夜行衣靠包袱打開，通身到頂俱都換好，背插單刀，百寶囊收好了薰香盒子，把白晝衣服俱都用包袱包好，奔了糕乾鋪後院。

東隔壁有一棵大榆樹，馮淵躥上牆頭，爬上大樹，樹上有一個雙杈，自己騎在樹上，前邊枝葉正把自己擋住，往下瞧看逼真，下面人要往上瞧看可有些費事。隨手把包袱掛在樹上，淨往下面看著。不多一時，有人用指尖彈門，裡面婦人出去將門一開，細細一看，原來是白晝那個相公。皆因是白晝之期，正是男女二人出神，不料白菊花將到，痰嗽了一聲，婦人看見了晏飛，趕緊抽身進去。回至屋中，倒覺著害怕，猶恐晚間白菊花一來，倘若要問白晝之事，有些難以答對，自可見了他的時節，說些個鬼言鬼語就是了。

那個相公姓魏，叫魏論，萬貫家財，父母早亡，跟著叔父嬸母度日，不喜讀書，最愛奢華。到二十歲的時節，外面交了些狐朋狗友，臥柳眠花。回到家中，與他叔父吵鬧，把家私平分了一半，也不娶妻，終朝每日秦樓楚館❶，看看要把家私花盡。如今又聽見說糕乾鋪這個婦人，他要到此處領教領教，可巧今日一來，就會上了這個婦人。將一見面，這個婦人見他很有些意思，故此兩個人正在發怔時節，被白菊花把他們衝散。魏論見婦人把門關上，自己方醒悟過來，眾人一哄而散，自己無奈也就奔了飯鋪。也沒回家，點染而已用了晚飯，天到初鼓之後，好大膽竟自奔了吳必正的門首而來。至門前轉了兩個灣兒，一橫心，把死扔於肚皮之外，用指尖彈門。婦人出去，那相公對著吳必元的妻子一躬到地，說：「大嫂，今日白晝我學生目睹芳容，回到寒舍，廢寢忘餐，如失魂魄。今晚涉險前來，與娘子巫山一會❷。」婦人一聽，微微的一笑，口尊：「痴郎，你我素不相識，夜晚叫門，你這膽量可就不小。」魏論說：「但能得見尊顏，雖死無恨。倘能下顧，賞賜半杯清茶，平生足願。」婦人說：「我見世上男子甚多，似你這痴心的也太少。如此就請進來，吃一兩杯茶你可就得速去，倘有別意，另定約期。」魏論滿心歡喜，復又深施一禮，說：「多蒙娘子垂念，幸甚，幸甚！」婦人前邊引路，魏論就跟將進來，似乎這個人膽子實在不小，也不問問人家丈夫在家不在家。也是活該，生死簿上勾了他的名字，閻王殿前掛了號了，也不能不到裡面去了。進了院子，婦人就把大門關上，來至屋中。馮淵在樹上看得明白，他倒替這個人

❶ 秦樓楚館：泛指歌舞場所。多指妓院。

❷ 巫山一會：戰國宋玉作高唐賦、神女賦，記楚懷王與巫山神女幽會之事。後以「巫山雲雨」形容男歡女愛。

提心吊膽，暗說：「要是白菊花一來，只怕此人難逃活命。」

果然不大的工夫，唰的一條黑影，由牆上來了一人。馮淵一看不是別人，正是白菊花。見淫賊飄身下來，直奔窗前，用耳一聽，正是裡邊男女講話。惡淫賊把簾子一掀，見雙門緊閉，一抬腿，噹的一聲把門踢開，哈哈一笑，說：「賤輩，你作得好事！」滿屋中一找，方才本是男女二人講話，此時淨剩下一個婦人了，那個男人蹤跡不見。白菊花哈哈一笑，說：「我且問你，那個男子那裡去了？」婦人說：「晏大爺，你莫不成是瘋了罷？分明就是妾身一人，那裡又來了男子？」晏飛復又滿屋中一找，也是活該，就見那床幃子底下露著一點衣襟。婦人站在那裡擋著，晏飛過來把婦人一揪，噗咚一聲摔倒在地。晏飛一伸手把魏論拉出來，回手一亮寶劍，嘣哧結果了他的性命。回身往椅子上一坐，說：「賤輩！你說沒有男子，他是何人？」那婦人機變最快，爬起來說：「晏大爺，這可是活該不該我們家出事。你要問這個男子的來歷，白晝之期我就看見他了。在咱們門外頭兩隻眼睛發直，淨瞅著我。這必是我方才倒水去時節，我可瞅見有個黑影兒一晃，我打量這是一條狗哪，我也沒留心細看，必然是他先鑽在床榻底下來了。要不虧你來，我關上門就睡覺，他要從床榻底下躥出來，淨唬也要把我活活唬死。他要行不仁之事，我一喊嚷也是不好，不嚷也是不好，要教我們當家的知道，因為何故屋中有個男子，這個事情我實情是不知，豈不屈死我了。」白菊花又哈哈一笑，說：「賤婢，你真辨別的好。」婦人用言語又百般的一哄，晏飛可就沒有殺害婦人的心意了，就問婦人：「你可給我預備下酒菜無有？」婦人說：「今日白晝見著你，我就算計下你今晚必來，早把酒菜給你預備停妥。可就是一件，這地下扔著個死屍，唬人唿喇的，教酒如何喝得下去哪？」白菊花說：「這個不難，待我把他拋棄河中。」先教婦人把門開了，晏飛一伸手把相公提起來，出了街門，直奔河沿。一路並沒遇見行走之人，轉身回來，復又關上大門，進了屋子。婦人預備酒。

把個馮淵在樹上等的是無奈心煩，好容易等至二人吃畢酒，安歇睡覺，吹滅燈燭，還不敢下來，料著不能這就睡著。又等了一個更時，天交四鼓，把包袱摘下來，往腰中一繫，盤樹而下。到了窗欞之外，聽了聽，影抄抄的呼聲，就知二人睡熟。先把布捲掏出來，堵住自己鼻孔，就將薰香盒子掏出來，點著薰香，將二人薰將過去，扛回公館。

這段節目，且聽下回分解。

第七十五回　見惡賊貪淫受害　逢二友遇難呈祥

且說馮淵來至窗檽之前，見二人已然沉睡，用布捲先把鼻子堵上，然後把薰香盒子掏出來，將蓋揭開，取千里火筒。這香盒子類若銅仙鶴的形像，晃千里火點薰香，仍在仙鶴肚內把千里火掐滅，用仙鶴嘴對準窗檽紙。此刻香煙已濃，把仙鶴尾巴一拉，兩個翅兒自來一乎扇乎扇的，那香煙就奔屋中去了。把所點那香俱已點完，大略著白菊花已然薰過去了，回手把仙鶴脖子擰回，收藏百寶囊之內。到了屋門，把簾子一啟，那門無非虛掩，頂著一張飯桌子，將門推開，桌子一挪，進了屋中，一晃千里火，就奔床榻而來。馮淵也是好大膽量，就把燈燭點上，往帳子一看，馮淵嚇得身軀倒撤。原來他們是赤條條的睡覺，就見他那寶劍、鏢囊、衣服等件，俱在他身旁放著。馮爺過去，一伸手先把他寶劍、鏢囊、衣服等件拿過來，抱著就往外跑。到了院中，樂的他慌慌張張把包袱解下來打開，把他所有的東西，衣服、靴襪還有夜行衣靠的包袱，俱裹在自己包袱之內，把鏢囊自己繫上，又把寶劍也別在身上。就是一件為難，要拿白菊花，他們是赤身露體，自己乃是有官職之人，過去捆他又怕沖了自己之運，有心一刀將他殺死，又想不如拿活的好。又一狠心，一刀把他殺死，提著首級回去見大人，教醋糟給我磕頭。從此後我有了這口寶劍，誰也不能看不起我了，別瞧他們是萬歲爺欽封的小五義，姓馮的拿著欽犯，越想越樂越歡喜。

正在歡喜之間，忽聽前邊的門磕叉一聲，打前邊進來一個人，吸呼沒栽倒身軀。那人喝的酒足有十二成了，就是吳必元從外邊喝的大醉而回，要在櫃房裡睡覺。王三見大掌櫃的一天沒回來，怕他行了拙志，二掌櫃的回來自己就辭買賣。怎奈二掌櫃的回來，醉得人事不醒，只可明日再說罷。往後推著吳必元說：「你上後邊睡覺去罷。」把後門一開，吳必元就一路歪斜進來。馮淵過去說：「你是什麼人？」這一句話把吳必元的酒唬醒了一半，回問：「你是誰？」又一瞧馮淵這樣打扮，說：「你是個賊呀？」馮淵道：「胡說，我是御前校尉，奉旨捉拿國家欽犯，如今現在你家睡覺。你是吳必元哪？」吳必元一聽是校尉，深施一禮，說：「我正是吳必元。」馮淵就把他哥哥溺水，自己怎麼奉差而來，白菊花怎麼在裡面的話，細細說了一遍。吳必元嚇得渾身立抖，把王三叫過來，又告訴伙計一遍，王三也就深施一禮。馮淵問吳必元說：「你這妻子還要他不要？」回說：「不要了。」馮爺說：「你若不要他，我給你出個主意。你用一床被子將他裹上，兩個人搭著他扔在河裡去。再用一床被子把賊人蓋上，我好進去拿他去。」吳必元說：「把我妻子搭出，將他驚醒之時，他要是叫喊如何是好？」馮淵說：「絕不能叫喊，我把他治住了，如死人一樣。」這才吳必元同著王三進去，用被子把他妻子裹住，又用一床被搭在白菊花身上。

王三過去把街門開開，吳必元叫王三幫著搭他妻子，王三說：「等等，二掌櫃的，你也過於慌疏了。抬起來往河內一扔，倘若遇見官人，或是漂上來有人認得，這個官司是你打我打？你不問明白了老爺，你抬起就走，那得有老爺作主才行哪！」馮爺說：「唔呀，怪不得說你是個好伙計，真想的到。」王三說：「常言一句說的好，拿賊要贓，拿什麼來著要雙。這要單害他就得償命。」馮爺說：「我是原辦的正差，親眼得見，你們若要不信，我姓馮叫馮淵，御前校尉，開封府總辦堂差。」這二人也不知他有多大的爵位，這方才把淫婦抬將起來，出離大門，扔在河中。回來見了馮淵，告訴了一遍。馮淵過去教王三找了兩根繩子，把白菊花二臂捆上，又把他的腿捆好，用一床大紅被子，照著捲薄餅的樣子把他裹好，馮淵往肩頭上一扛。那二人送在大門以外，王三說：「不然我給你老人家扛了去罷？」馮淵說：「不用，我要回去告訴你們大掌櫃的，大概明天早晨也就回來了。」吳必元說：「懇求馮老爺罷。」

此時已交五鼓多天，對著朦朦的月色，馮淵扛著白菊花，直奔公館而來。過了五里屯就是白沙灘的交界，走出約有三里多路，此時正在四月中旬的光景，夜是最短，看看東方發曉。自己一想，天光快亮，本人穿著一身夜行衣，又扛著個人，走路不便，暫且先找個樹林，把白晝衣服換上。可巧前邊一片松樹林，是人家一塊墳地，到裡邊把白菊花放下，把身上包袱解下來，又把刀劍摘下來，將包袱打開。脫下夜行衣靠，連軟包巾帶鞋，倒把白菊花那身衣服他全穿上了，武生巾、箭袖袍、絲鸞帶、厚底靴子、跨馬服，也把寶劍佩上。把百寶囊解下來，將自己的夜行衣包袱打開，將百寶囊包在裡面，從新把麻花扣兒繫好。還有自己一套白晝衣服，連白菊花的夜行衣包，共是兩個夜行衣包，外面單有一個大包袱，打量著連自己的包袱，帶白菊花的包袱，兩個包在一處，背起來就走。不料未能包在一處，正包之時，忽聽樹林外頭念了一聲「無量佛」，說：「你是那裡來的？偷盜人家的東西，意欲何往？」

馮淵聞聽一怔，從樹外躥進兩個人來，未能看得明白，大概必是兩個老道。忽聽白菊花嚷說：「師弟快來罷，我教人家捆在這裡了！」馮淵一聽白菊花說話，暗暗著急。到底是不會使薰香之過，原來他將一出五里屯，那白菊花就緩醒過來。那薰香本是雞鳴五鼓返魂香，只要是天交五鼓，那香煙的氣味就散淨了。晏飛將一緩醒過來，睜眼一看，自己二臂牢拴，連腿教人家捆上了，有被子擋著，看不真切，原來是教人家肩頭扛著，禿禿的直走，自己暗暗著急。回思一想在那裡睡覺，必然是吳必元把我賣在當官，勾了人來把我拿住。自己此時好生後悔，酌量著這一到官，只怕九死一生。見他走著走著嘣哧一聲將自己摔在地下，復又往外掙拔掙拔，就看見是馮淵把他拿住了。見馮淵換了自己衣服，又不能掙開繩子，暗暗歎道：「萬般皆由命，半點不由人。」可巧那邊有他師弟到了。

這兩個人一個是蓮花仙子紀小泉，一個是風流羽士張鼎臣。這兩個是老道的徒弟，又是師兄弟，又是盟兄弟，全是尋花問柳之賊。皆都是老道打扮，生得面如少女一般，要是見著婦人，另有一分人緣。若要見著三貞九烈的婦女，那可不行；稍微有一點不正道的婦人，專能壞人閨閫❶，敗人名節。這紀小泉就是銀鬚鐵臂蒼龍紀強的姪兒，後來拜的是梁道興為師。皆因他入了綠林，到處問柳尋花，銀鬚鐵臂蒼龍紀強不許他進門。故此紀強全家已死，他並不知曉。但得知道紀強已死，死於白菊花之手，他也不管救了。可巧這日他同著風流羽士張鼎臣撲奔團城子，又不好空手而去，打算備辦點禮物，手中又無錢財，二人要打算做一號買賣。可巧正走在此處，就見馮淵肩頭背著一個紅赤赤的類若似包袱相仿，他也沒看明白，自覺他是偷盜來的。紀小泉叫：「哥哥，咱們劫這個，大概總有點油水。」張鼎臣點頭，兩個人這才往裡一躥。二人一念「無量佛」，白菊花就聽出來了，故此高聲喊叫：「師弟，快來救我。」紀小泉、張鼎臣與白菊花至好，皆因無事之時，商量著遇見少婦長女之時，夜晚間會同一路出去採花，都是這樣朋友，故此交得甚厚。如今聽見是晏飛的聲音，焉有不過來解救的道理。

馮淵見白菊花他緩過來了，又有人躥進樹林，一著急，包袱也沒包好，事已至此，倒不如先一劍把

---

❶ 閨閫：宮院或後宮；內室。也特指婦女居住的地方。借指婦女和閨房隱私。

他砍了罷。再說此時有仗膽的兵器，慢說兩個人，就是有三二十人我都不懼。全憑這口紫電劍，他有什麼兵器，削上就得兩段，那還怕他什麼。將一回手拉寶劍，叭的一聲就是飛蝗石打將過來，正打在馮淵右手手背之上。馮淵「唔呀」一聲，一甩腕子，痛疼難忍，那劍就拉不出來了，鬧了個手忙腳亂。眼看張鼎臣、紀小泉兩個人攏寶劍反要剁他，馮淵無奈，自可一伸手把夜行衣靠包袱拿起來，撒腿就跑。雖然跑著，仍是甩著自己手腕子。張鼎臣、紀小泉二人緊緊一追，白菊花叫道：「二位師弟，別追他，先給我解開。」紀小泉說：「哥哥，你先追那個，我回去與我師兄解開。」先把寶劍放於地下，一伸手將被子抖開，一看白菊花赤身露體，紀小泉一笑，說：「大哥，準是採花被捉了罷？」白菊花說：「不錯，正是採花被捉。」說：「賢弟，要是有山西人，你可別追，淨那一些蠻子，務必把他捉住，這廝把我害苦了。」紀小泉答應，復又拿起劍來，挑開繩子，出了樹林，趕下來了。

白菊花一看地下現有的是衣服，蹬上一條中衣，穿了靴子，抄起馮淵那口刀，也就追出樹林，往下緊緊一趕，追來追去，也就離著不遠。馮淵回頭一看，三個人都往下追趕自己，又用手拔了一拔寶劍，此時手背已然浮腫起來，一拿寶劍不甚得力。打量著勉強把寶劍拉出來，削不了他們的兵刃，萬一手不得力，把這口寶劍一扔，再教他們得回去，那可不好。倒不如我還是跑吧，大概也不能叫他們追上，莫非我跑到公館，他們追到我公館不成。自己想頭雖好，不料人家腿快，扭項回頭一看，已然離著不遠了。馮淵一急，直奔樹林，使一個詐語，準保就把他們打發回去了。主意已定，高聲嚷叫說：「樹林裡頭埋伏，快些出來，今現有白菊花到了。多臂熊快來罷，白菊花現在此處哪！」這一聲不大要緊，把白菊花嚇了一跳，高聲叫道：「二位賢弟別追了，白眉毛現在此處哪！」紀小泉與張鼎臣也不知道是甚事情，微一扎步，問道：「是什麼緣故？」晏飛說：「要是遇見那個老西，咱們不是他的對手。」紀小泉問：「那裡有個老西？」正說之間忽見樹林之中跑出一人，哼了一聲，說：「烏八的驢球球。」隨罵著往下就趕。

若問徐良這一來，怎樣捉拿白菊花，且聽下回分解。

第七十六回　晏飛丟劍悲中喜　馮淵得寶喜中悲

且說馮淵跑的實不可解，一著急使個詐語，果然一叫，樹林之中就有人答言，哼了一聲，罵：「烏八驢球球的。」出來一看，原來不是徐良，卻是學徐良口音，是邢如龍、邢如虎二人。皆因是馮淵沒回去，此時天有四鼓，還不見回公館，蔣平說：「可不好了，我見他走的時節，印堂有些發暗，別是遇見禍了罷。」智化說：「不能，可是四哥你會相面，我見他這幾天天庭大亮，我算計他必有些喜事。」蔣平說：「我不是沒見出，他那喜是假喜，雖有點兇險也不大甚要緊。」艾虎說：「他許有些喜事。」蔣平問：「怎麼見得？」艾虎說：「他臨走把我那薰香盒子要去了，真要是白菊花在那裡下榻，豈不伸手可得？」徐良問：「老兄弟，你怎麼把薰香盒子借給他哪，你損了德了。」艾虎問：「怎見得我損德了？」徐良說：「他這一去，就為糕乾鋪內掌櫃的去的。他要遇不見白菊花，必拿薰香把內掌櫃的薰過去，他要採花，豈不是你損德了麼？」蔣平在旁說：「徐良，不要血口噴人，他不是那樣人物。」展南俠說：「總是有人接應接應去方好。」蔣平說：「教二位邢老爺前去辛苦辛苦罷。」二人答應，遂帶了兵刃，問了問吳必正他家道路，出離公館，直奔白沙灘。

此時已然天光快亮，邢如龍說：「依我的主意，咱們不能去了，這還有多大的工夫。」邢如虎說：「不去可不是差使了。若咱們回去，他們一問，何言答對？」正然說話，前邊有片樹林，邢如龍說：「咱們在這裡歇息歇息。」將進樹林，見前邊飛也相似往前直跑，邢如虎說：「準是馮老爺敗下來了。」聽馮淵說後面白菊花到了，邢家弟兄也是不敢出去。邢如虎忽然心生一計，說：「哥哥，我這兩天專會學徐老爺罵人，咱們先驚嚇他一下，看是如何。」邢如龍說：「可怕你學得不像。」邢如虎說：「你不信聽著。」果然往外一跑，哼了一聲，罵道：「烏八驢球球。」可再也不敢往下說了。這一聲不要緊，現在把白菊花嚇跑了，不但把他一人嚇跑，並且他還拉著張鼎臣與紀小泉。

這兩個人也不知道是什麼事情，心想著，師兄他要是怕，別人更得可怕了，也就跟著他糊裡糊塗跑下去了。隨跑著問道：「是怎麼件事情？」白菊花說：「等到那邊我再慢慢告訴你們。」幸而好沒追他們。張鼎臣又問：「大哥，到底是怎麼件事情？」白菊花說：「這個地方還是不好說話。」又來至那個樹林墳地，紀小泉又問，白菊花說：「你們往外瞧著點，他要一來，咱們好跑。若要提起那個老西來，令人可恨，他害得我好苦。這個蠻子就是那個老西的前站。」他把老西的事一五一十細說了一回。這兩個人一聽也是一怔，紀小泉說：「要教你這們一說，這個人誰能是他的對手？你必然是教他嚇破膽子了。」白菊花說：「不然，你日後見著他，就知他的利害了。」紀小泉又問：「你是在那裡採花，落得這樣狼狽？」白菊花也就實說了一遍。又說：「要不是你們來，我這條性命也就休矣。」紀小泉說：「你那寶劍就是方才這人盜去了？」白菊花說：「大概他準是有薰香，我自覺得糊裡糊塗的，就教他把我扛著走哪。我明白過來之時，就捆著手腳，不能動轉。不虧你們到，我準死無活。別的是小事，惟有把我的寶劍一丟，我命休矣！」

隨說著話，就把馮淵的衣服穿上，還有一個包袱，打開一看，裡面卻是夜行衣服，還有個百寶囊。

掏出來一看，卻是夜行人所用的東西：飛抓百練索、千里火筒、鋼鐵撥門撬戶的家伙。又一摸，裡邊有個盒子，拿出來一看，原來是個薰香盒子，把崩蓋一揭，看了看，裡面還有許多薰香。這是什麼緣故？皆因馮淵被蓮花仙子一飛蝗石打在手背之上，一慌疏，把夜行衣包拿錯了，把白菊花的衣包拿走，將他的扔下了。白菊花一見此物十分歡喜，連忙叫紀小泉說：「賢弟你看，雖然把我寶劍丟了，我卻得了一個薰香盒子。」紀小泉說：「恭喜哥哥，賀喜哥哥。」白菊花說：「我把寶劍丟失，還有什麼喜事？」紀小泉說：「據我瞧，寶劍雖然丟失，這薰香盒子比寶劍還強。咱們出去，常常遇見少婦長女多有不從的，有這宗東西，無論他從與不從，豈不是比寶劍強的多麼？人是時運領的，把無價之寶丟失，得了他這一宗物件，反為無價之寶。」白菊花哈哈一笑，說：「有了此物，真要再見著節烈的婦人，要教他順手，不費吹灰之力。」

從新把包袱裹好，他就改作馮淵的打扮，肋下佩刀。問紀小泉意欲何往，紀小泉說要上團城子。白菊花攔阻不教他去，說：「你們一到團城子，這個老西先前說過，必要去尋找我，我可不是老西的對手，你們要去，我也不攔。」紀小泉說：「你要不去，我們也就不去了。你是意欲何往？」白菊花說：「上我姐丈那裡去，仍回姚家寨，他那裡倒是我棲身之所。」張鼎臣、紀小泉二人一口同音，俱都願意一路前去。白菊花說：「既然這樣，你們二位同著我把吳必元殺了，然後再走。」二人答應，同白菊花又回五里屯，殺了吳必元，三人一同撲奔姚家寨。惟有蓮花仙子紀小泉不大願意，皆因跟隨他師父，前幾年上團城子與東方亮拜過一回壽，見過玉仙，在東方亮家中住了整一個多月，常與玉仙插拳比武。東方亮也沒把他放在心上，以為他是個小孩子，他又管著玉仙叫姑姑，豈知二人很有些意思。今日打算要上團城子會會玉仙，教白菊花說的無奈之何，也自可隨著殺了吳必元，夠奔姚家寨，暫且不表。

單提馮淵見了邢家弟兄，並沒有徐良，又問：「徐良那裡去了？」邢如虎說：「是我學徐良口音，嚇退賊人。你為何這樣打扮？」馮淵把自己的事，如此這般細說了一遍。邢家弟兄一聽，「如今白菊花的寶劍教你得來了？」馮淵說：「你看，不是我佩著哪！」邢家弟兄說：「早知道白菊花沒有寶劍，為何不追他呢？」馮淵說：「這工夫追他也不為遲，就此煩勞你們二位跟我一趟，我那裡還放著好些衣裳呢。」自己低頭一看，說：「不好了，我把包袱拿錯了。」邢如虎問：「怎麼拿錯了？」馮淵又把換衣裳事一說，怎麼剛要拿大包袱一包：「這麼個時候，有兩個老道進來，將一拉寶劍，被他打了一石子，正打在我手背之上。還得你們二位跟著我辛苦辛苦。」邢家弟兄無奈，只可跟著馮淵，又到了那個大松樹林子墳院裡邊，再找衣襟包袱，連刀蹤跡不見。馮淵急的跺腳搖頭，咳聲歎氣。邢家弟兄說：「雖然沒拿住白菊花，得了一口寶劍卻是喜事，為何咳聲歎氣？」馮淵說：「你那裡知道，我丟了東西了。」邢家弟兄問丟了什麼東西，馮淵說：「不必問了，咱們暫且回去罷。」將出那墳院，就見由西跑來一人，說：「馮老爺慢走。」馮淵回頭一看，卻是糕乾鋪怯王三。身臨切近，說：「馮大老爺，大事不好了。自從你老人家去後，我們二掌櫃的在後頭院睡覺，我在櫃房看著鋪子。我還沒睡著哪，就聽二掌櫃的喊叫說殺了人了。我趕到後邊一看，我們二掌櫃的被殺身死，也沒有兇手，也沒有兇器，不知被何人所殺。又不知道你老人家在什麼地方居住，我就跳牆出來，要到五里新街各店中打聽去，不料跑到此處，看見你老人家了。」馮淵說：「不怕，你跟我走罷。」王三答應一聲，就跟隨馮淵，直奔公館而來。

此時天已紅日東升，到了公館，將進店門，店家瞧見一笑，問道：「馮老爺發了財了？」馮淵說：

「發了棺材了。」店家問：「怎麼改換了打扮？」馮淵說：「你不用細問。」直奔東院而來。此時間，蔣平等整整一夜沒睡覺，好容易盼著馮淵到了。眾人看他這樣打扮，俱都掩口而笑。蔣平就問：「馮老爺，你怎麼打扮也換了？」馮淵就把始末根由的話說了一遍。蔣平說：「如何？但分再有一個人同著他去，豈不就把白菊花拿住了。」智化說：「總是他不該遭官司。」教徐良把吳必正叫過來，吳必正見眾人復又磕頭行禮。蔣平把王三叫過來，告訴他家中之事。王三把家中事情說完，吳必正「哎呀」一聲，栽倒在地。蔣平教人把他攙起來，叫了半天方蘇醒過來，放聲大哭。蔣平把他勸住，說：「你兄弟業已身死，你哭會子也是無益於事。」老頭子說：「我兄弟已死，也該我出頭了，打官司去，又是一件醜事。倒不如我一死，口眼一閉，全不管這些鬧事。」蔣平說：「你很不用死，我教給你一套口詞，管保你絕不出醜。你自己找人寫呈子去。」吳必正問什麼口詞，蔣平說：「作為你弟妹這日晚間將要安歇睡覺，忽見從外邊進來兩個人，一個文生秀士，一個武生相公，俱沒安著好意。就聽見那人自己說叫白菊花，也不知道是外號兒，也不知道是名字。這兩個人為爭風，那白菊花一劍將文生秀士殺死，抛在河內，就要與你弟婦行苟且之事。不略此時有官人趕到，將白菊花追跑。你弟婦雖沒失身於匪人之手，本人一害羞，溺水身死。你就照著這套言詞寫張呈子，準不至名姓不香。後來賊人去而復返，又把你兄弟殺死，求你們太爺作主。你也不沾罪名，你弟妹也是個烈婦。你想想如何？」吳必正連連點頭說：「總是大人的高才。」老頭子得了蔣平這套話，連王三又給眾人磕了頭，出館去了。

老頭子去後，大眾再看馮淵，坐在那裡洋洋得意，很透著自足。左把寶劍按一按，右把寶劍提一提，站起來復又坐下，自己不知要怎樣方好，就類若小孩兒穿新衣服的相似。蔣平說：「智賢弟，我想這白菊花從此一跑，又失寶劍，無處可去，這可要上團城子去了。」智化說：「今天晚間，我到團城子走走。」蔣平說：「智賢弟，辛苦辛苦，你去可是很好，探望裡面光景如何。」徐良說：「智叔父要上團城子，姪男跟隨你老人家一路前往。」艾虎說：「我也同去。」盧珍說：「智叔父，我也跟去瞻仰瞻仰。」白芸生說：「智叔父，我也領教領教去。」這四人全都要去。

黑妖狐帶領小四義前去二盜魚腸劍。不知怎樣盜法，且聽下回分解。

第七十七回　史丹無心投員外　天彪假意認乾爹

且說智化與蔣四爺商議，要上團城子，小四義全要前去，都要看看藏珍樓。智化心內為難，想他們身價太重，攔阻大家又不聽，一定要去。智化怕這幾個人倘有些舛錯，自己擔架不住。蔣平在旁說：「智賢弟，你不用多慮，他們都是正走子午之時❶，再說本領全都不弱。」智化方才點頭。徐良對著盧珍、艾虎說：「方才蔣四叔說咱們的本事俱都不弱，你們看看我的本事如何？」盧珍說：「咱們弟兄五人，要論本領，就算你是頭一名。」徐良說：「別看我的本事好，缺典。」艾虎問：「缺什麼典？」徐良說：「本領講的是馬上步下，我就會步下，不會馬上。」艾虎說：「三哥原來馬上不行，是未學練過，故此不行。」徐良說：「我也練過，在家中我一心想著買一匹千里馬。」盧珍說：「那可不容易呀。」徐良說：「買倒可以買，價錢還不大，就是不教騎。往上一騙，噗咚把我摔下來了；又一上，又把我扔下來。後來叫人牽住，我方才上去，他又不走。若要一走，他腿快，又把我扔下來了。」馮淵哈哈一笑，說：「醋糟，你如何行的了。千里馬還得千里人哪，這是句俗言。千里馬沒有千里人，固然是不走。」徐良也哈哈一笑說：「臭豆腐，你還懂的千里馬與千里人哪。雖然你得了一口寶劍，是無價之寶。世間罕有之物，乃有德者居之，德薄者失之，故此不能久在白菊花的手內。皆因他行事不良，擎受不住

❶ 子午之時：子時和午時，指夜半和正午。子時是夜間二十三時至凌晨一時，午時是中午十一時至十三時。

此物。不如早作個人情，送給有德之人，還可以身旁常帶此物。你若不信，你就佩著，不但不能長久，還怕要與你招出禍來。」徐良這句話未曾說完，把馮淵臉上顏色都氣變了，說：「不用細講，我不配帶此物，必是你可以配帶。」徐良說：「我也不配，咱們公舉一人，將這人說出，人人皆服，那才可行。倘若內中有一個人不服，咱們從新另舉。我說是智叔父，你們請想如何？頭一件是前輩老英雄；二則聲名遠震，文武全才，正大光明，光天化日；三則間不久拜我師父為師兄，我師父有一口白虹劍，他老人家有一口紫電劍。若是智叔父得了此劍，連一點不相符的地方都沒有。列位請想如何？」馮淵一聽，「唔呀，唔呀」的，鬧了三個「唔呀」，說：「醋糟，你原來是繞兌❷我，你倒是明要，我雙手奉送。你這繞脖子，指著千里馬說。你想誰有你機伶，說的可是馬，為的可是劍，繞了六里地的灣子，還是歸到寶劍上了。我這個性情最喜直言，越繞灣子越不行。劍是在我身上帶著，你們不能搶我的，憑爺是誰，我也不給。我可是無德，偏要帶有德的東西。」徐良道：「我無非是多說，與我無干，愛給不給。」馮淵說：「我就是不給。」

徐良往旁邊一閃，對著艾虎使了個眼色，艾虎也就明白了這個意思，問馮淵說：「哥哥，你把事辦完了麼？你去拿白菊花拿住沒拿住？」馮淵說：「方才說了半天，你沒聽出來，沒拿住哪。」艾虎說：「今天你還拿去不拿？」馮淵說：「今天就不去了。」艾虎說：「你要不去，該把那個東西還我了。」馮淵問：「什麼東西？」艾虎說：「薰香盒子。」馮淵一怔，說：「教我丟了。」艾虎說：「那可不行。你臨走之時，我要不借，總說我沒有弟兄的情分了。我給你時節，囑咐你千萬可別丟了，你也知道我是

❷ 繞兌：撒嘴皮子；欺哄。

偷的東西，誰知道你丟了沒丟，沒有人家的原物，可不行。你說過，你不是三歲的頑童，小小的一個盒子如何丟失的了？」馮淵說：「我真是丟了，你要不信，我重重起個誓。」艾虎說：「你也不用起誓，你要丟了就是給我找去。」馮淵說：「我上那裡去找，準是教白菊花得了去了。」徐良說：「老兄弟，薰香盒子要教白菊花得了去，他必是薰人採花，那個罪惡全在你的身上。」艾虎一聽，更透著急，與馮淵要定了，沒有不行。

馮淵看了看艾虎，瞧了瞧徐良，說：「唔呀，我明白了，總是親者厚，厚者偏，就只我是個外人。」一回手把寶劍摘將下來，雙手捧著交與智化，說：「智大爺，我可不成敬意，是教他們擠兌❸的，我要不給，準許他們把我害了。」智化說：「你好容易得來的寶物，我焉敢領受。常言『君子不奪人之所好』。」馮淵說：「唔呀，你就不用擠兌我了。醋糟與我繞脖子，艾虎與我要薰香盒子，淨擠兌我，是為這口寶劍。如今我恭恭敬敬送給與你，你又不要。不信我要拿回去，艾虎又該給我要薰香盒子了。不用作這圈套會，你收下，饒了我罷，不必難我了。」蔣、展二位在旁說：「既是馮老爺這一點誠心，你就收下罷。」智化這才伸手接將過來，深深施了一禮，說：「馮老爺賞給我這口寶劍，應當請上受我一拜。」馮淵說：「那我可不敢當。」回頭又與艾虎說：「我把寶劍送給你老師，你還與我要薰香盒子不要？」艾虎說：「寶劍的事情我一概不管。你把我的薰香盒子丟失，已然是丟了，咱們自己弟兄，難道說我還一定與你要不成？可不就是丟了就丟了罷，這是一件小事。」馮淵說：「好兄弟，真慷慨。我要不給你師父那口寶劍，你就沒有這樣言語。」大眾全都哈哈大笑。

❸ 擠兌：嘲諷。

智化教艾虎把店家找來，給預備香案。不多一時，將香案設擺妥當，智化把劍供在桌案之上，點上香燭，雙膝跪倒，祝告：「神仙在上，弟子智化現今得了紫電劍，必按正道而行。倘若錯用此物，必遭天誅。」說畢，將香插入香斗之內，大拜二十四拜。站起身形，才把寶劍跨上，吩咐店家將香案撤去，大家輪次道喜行禮。馮淵說：「唔呀，我得著這口寶劍，那裡懂得這麼些個規矩呢。」行禮已畢，蔣平叫店家備酒，與智化賀喜。不多一時，設列杯盤，眾人落座。展熊飛要敬智化三杯酒，智化再三不受，說：「我飲了你這杯酒，往下我就不好推辭別位了。」展熊飛說：「我作個領袖，你把三杯飲完，然後各飲門盅。」眾人齊說：「你不必託辭，將三杯酒吃乾，全不與你再斟了。」智化這才將酒飲完。又從新大家歡呼暢飲，議論上團城子，暫且不表。

單說龍滔與龍天彪在史丹店內住了一夜。史丹出去置買衣服，青緞子箭袖袍，皮挺帶，薄底快靴，墨灰襯衫，青緞壯帽，穿戴起來又是一分氣象，更透著威風。到了次日，把店內陳欠飯帳俱已開發清楚，吃畢早飯，天交掛午，三人出離李家店，直奔團城子西門。看了看周圍城牆，鴨蛋相似，是個長圓的形像。來至西門，北邊一帶三間上房，遂問道：「裡面有人麼？」那人答道：「找誰？」史丹說：「有一位姓朱的給留下話了沒有？」那人說：「你莫非姓史，叫史丹，打把式的麼？」史丹說：「正是。」那人說：「你們先在屋內坐坐，我打發人去請朱大爺。」去不多一時，黃面狼朱英從外面進來。史丹過去要行大禮，朱英把他攙住，就問：「這兩個人是誰？」史丹說：「你們二人過來見見朱大爺。這是我姨弟叫龍滔，這是他的兒子叫天彪。」龍滔要行大禮，也是叫朱英把他挽住。一打量龍滔，白方面，短黑髯，虎臂熊腰；又看那小孩子，是武生公子打扮，面白如玉，生得十分俊秀。隨問道：「你叫什麼名字？」小爺跪下磕頭，說：「我叫龍天彪。」朱英把他攙起來，說：「好聰明一個小孩子。」回頭又問史丹：「你帶著他們父子二人有什麼意見？」史丹說：「昨天我正在街上買衣裳之時，遇見我姨弟，他原是在鏢行保鏢，皆因把鏢行買賣擱下了，沒找著事情，也要在此處打把式賣藝。我就把你老人家話對他們一說，他們要求求你老人家，給他們美言美言，不怕就是此處打更，都是情甘意願。」朱英說：「我昨日見員外可就說得你一人，再添上一人可也使得，這個小孩子我怎麼去說呢？」龍滔、史丹本是粗魯之人，當時教朱英一問，無言答對。還是龍天彪機伶，說：「你老人家不要作難，只管說著瞧去。倘若此處員外爺淨要我姨大爺，不要我們父子兩個，那也不要緊，我們再找別的事去。萬一要留下我父親，瞧我小孩子無用，不怕教我看看書房，打掃打掃院子，只要給我兩頓飯吃，我也不要工錢月錢。倘若一定不用，只要留下我父親，給我父親先支三二兩銀子，我作盤纏回家去。全仗朱大爺啟齒之勞。」隨說著復又跪下了。黃面狼朱英見天彪說話這樣口甜，十分歡喜，說：「小孩兒，你只管放心，不怕此處員外爺不要，你伺候我去。非是我說句大話，足可以養活起你。」又把龍天彪攙起來，帶著他們就走。

前邊還有一層大門，進了大門，穿宅越院，來至垂花門外頭，教他們在那裡等著。自己去了半天，復又出來，說：「你們要見了員外爺之時，可想著磕頭。」到了裡面，進廳房一看，群賊實係不少。朱英帶領三人進見，說：「這是大員外。」史丹、龍滔俱都跪下磕頭；又見了紫面天王，也給行禮；復又見群寇，也是一一行禮已畢，往旁一站。東方亮問：「那個叫史丹？」那人說：「我叫史丹。」又問龍滔會什麼武藝。回答：「小人會使單刀，也會拳腳。」問史丹會什麼武藝。回說：「會使單刀、齊眉棍，拳腳。」東方亮教他們施展施展。先是史丹把衣服一掖，袖子一挽，打了一趟拳。後又教龍滔練，他也將衣裳一掖，袖子一挽，把刀摘下來，教天彪拿著刀鞘子。龍滔這一趟刀，大家無不掩口而笑，就是三刀夾一腿，沒有別的招數，也不換樣兒，也不收住，三刀一左腿，三刀一右腿，砍了極大的工夫。還是東方亮說：「收住罷。」自己就是不能收住，類若是砍高了興的一般。小爺龍天彪也是緊嚷說：「收住罷，收住罷。」好容易方才收住。砍完了這趟刀，他還提著刀過去問說：「員外爺，你們瞧著好不好？」眾群寇一口同音說：「好，還是很好。」龍滔哈哈一笑，說：「我知道很好麼！」東方亮一看這個人憨傻傻，倒也很喜歡。

東方清問：「小孩子，你會什麼本事不會？」天彪說：「眼前也會幾手兒，不敢當著眾位太爺出醜。」東方清說：「你先打一趟拳我看，不用害怕，打在那裡若要忘了時節，有我們告訴你，你看我們這些人全都會。」天彪說：「我要忘了，眾位爺們可別樂我。」東方清說：「你只管練罷，你要當著我打的上來就算不錯。」天彪把衣裳一掖，袖子一挽，衝上深施一禮，說：「在眾位太爺面前出醜。」然後這才一拉架式，往外一伸手，大家就知道他是個行家。正是「行家伸出手，便知有沒有」。再看手眼身法步，心神意念足，綿軟矮酥小，腕胯肘膝肩，躥高縱矮，身軀提溜溜亂轉，走馬燈相仿。群賊看的連聲喝彩。這一趟打完，收住架式。東方亮說：「會單刀不會？」天彪說：「會個三兩手。」東方亮教他練刀。小爺天彪把刀摘下來，又走了一趟刀。眾人無不喝彩，誇講好刀法。東方亮問跟誰學的，龍滔在旁說：「我們小子是我教的。」張大連問：「是你教的麼？」龍滔說：「不錯，是我教的。」張大連說：「你照著他這個樣兒，砍一趟我瞧瞧。」龍滔說：「現今不行，把他教會我就忘了。」東方亮說：「別胡說了，到底是跟誰學的？」天彪說：「我在鏢行裡，都是我叔叔大爺們教給我的武藝。」東方亮連連誇獎：「這個小孩子，我真愛惜他。」張大連最能奉承，說：「大哥要愛惜，何不收他作個義子哪！」東方亮說：「怕人家不願意。」龍滔在旁說：「員外爺，你要收我這小子作義子，我是求之不得哪。」焉知曉正對巧機會，好於中取事，不然焉能給反賊作義子，豈不有虧於名節乎？再說張大連又一奉承：「這孩子的造化真是不小，磕頭罷！」小爺趕緊就大拜了四拜，又與東方清磕頭，然後又給群寇磕頭。全行禮已畢，又問：「義父，我義母現在那裡？我給他老人家磕頭去。」東方亮把桌案一拍，說：「不用問那賤婢，他死了。你倒有兩個姑姑，叫人領你去見見。」天彪問：「今在那裡？」東方亮說：「現在紅翠園。」叫家人：「帶著少爺見見二位小姐去。」家人答應一聲。此時天氣已晚，家人打定燈籠，帶著天彪，將到後院。

忽見前面有個人影一晃，要問是誰，且聽下回分解。

第七十八回　眾英雄二盜魚腸劍　小太保初進紅翠園

且說龍天彪認東方亮為義父，教家人帶著他上紅翠園，遇見黑影，然後與金仙、玉仙磕頭去。東方亮告訴龍滔與史丹，每月一個人十兩銀子工錢，前後共四十個打更的，全屬他二人所管。這兩個人謝了員外出去，單有人帶著他們兩個人上更房，暫且不表。

單說天彪頭裡有兩個家人打著燈籠，直奔紅翠園而來。家人叫開門，告訴明白婆子，教婆子進去說明白了，復又出來說「請」。天彪來至院中一瞧，二位姑娘俱是短打扮，素衣淡妝，絹帕包頭，將練完拳腳，在那裡坐著，還有些喘吁吁的意思。婆子帶天彪一見，說：「就是今天大太爺收的少爺，給二位小姐磕頭來了。這是我們大小姐，這是我們二小姐。」天彪過去雙膝點地，說：「大姑姑在上，姪男給姑姑磕頭。」起來又與玉仙也是如此磕頭。行禮已畢，往旁邊一站。丫鬟小紅過來說：「喲，這就是少大爺，我小紅與少大爺磕頭。」天彪一擺手說：「今天也沒帶著什麼，改日再賞賜你罷。」金仙、玉仙一見天彪生的標致俊秀，十分歡喜。玉仙問他的來歷，小爺就把他們的事情說了一遍。玉仙問：「你叫什麼名字？」小爺說：「我叫東方天彪。」玉仙說：「好個響亮的名字。」又問：「你會什麼本事？」小爺說：「十八般兵刃就是太沉重的我使不動，力氣太單。」玉仙說：「十五十六力不全，二十五六正當年，你的年歲還沒到哪。」回頭說：「姐姐，咱們哥哥真有眼力，這個義子收得不錯。」金仙說：「這孩子日後必成大器。」玉仙說：「人家孩子給咱們磕了些頭，也得給他點見面禮兒哪！」金仙說：「使得。」叫了丫鬟取來一塊碧玉佩。玉仙問：「你識字不識？」小爺說：「略知一二，可不會作文章。」玉仙進房中，親身取來一個金項圈，隨手與他戴上：「論說你歲數大了些，還可以將就著戴的哪。」天彪謝過二位姑姑。從人還在那裡等著呢，說：「少爺，咱們上前邊去罷。」天彪告辭，玉仙說：「沒有事之時只管上我們這裡來，無論早晚，我還瞧你的本事哪。」小爺答應，轉頭往外就走。

跟著家人往前走著，心中一動：方才那條黑影，別是師父來了罷。來至前邊，見了東方亮，就把二位姑娘給他的東西教東方亮看了一看。大員外又教人去取來一套衣服，與天彪換上。束髮亮銀冠，前髮齊眉，後髮披肩。單頸穿一件白緞子箭袖袍，周身寬片錦邊，上繡金龍，張牙舞爪，下繡海水江涯，鑲配八寶雲羅傘蓋，花確魚長。五彩絲鸞帶紮腰，套玉環，配玉佩，蔥心綠的襯衫，五彩花靴。那一頂亮銀冠嵌明珠鑲異寶，光華燦爛，雙插一對雉雞尾，類若兩條錦帶相仿，飄於腦後。迎面上單有兩朵素絨球，翠藍顏色，人不動他也不動，人要一晃，那對絨球也是禿禿亂擺。把金項圈往脖頸上一套，又對著小爺這臉面，類若少女一般，誰又看見過當初的呂布❶！這一穿戴起來，把那大眾群賊瞧的鼓掌大笑，說：「這個姪男好俊美，好威風，這可要送個外號方好。」細脖子大頭鬼王房書安說：「大哥叫伏地君王，他叫伏地太子罷！」東方亮說不好。張大連說：「叫他個小太保如何？」東方亮說：「很好，好好，從此人稱叫小太保。天彪吾兒過來，謝你張叔父送你的外號去。」對著小爺也會，把腦袋一搖，雙雉尾一擺，不慌不忙給張大連磕了三個頭。東方亮是男孩女兒一個沒有，忽然間有這們大的一個小子，直樂

❶ 呂布：字奉先，號「飛將」。原為董卓部將，後被曹操處死。三國演義稱其少年英俊，為「三國第一猛將」。

的手舞足蹈，復又吩咐說：「天彪，所有這團城子裡面任你遊逛，東北角上有個廟可不許你去，倘若背著我你上廟中去，砸折了你的雙腿。」天彪說：「天倫囑咐我的言語，孩兒焉敢不聽！」東方亮吩咐一聲擺酒，張大連說：「大哥的酒咱們與大哥道喜，這叫借花獻佛。」立刻羅列杯盤，大家落座。東方亮說：「吾兒，與你眾叔父斟酒。」天彪說：「謹遵爹爹之命。」

就在這們時光，大廳上與東西配房上，上來了五個人，是黑妖狐智化與小四義。他們也是耗到二鼓之半時節，全都換了夜行衣靠，背刀的背刀，背劍的背劍，辭別大眾，出離了上房，並不走門，躥房躍脊出了三元店，魚貫而行，直奔團城子而來。到了團城子北邊，徐良告訴芸生大爺與盧珍、艾虎說：「下去時節，裡面可有護城壕，全是翻板，若要腳沾實地，可得躥出七尺開外。」大眾點頭。徐良掏百練索，抓住城頭，教智爺先上去，一個跟著一個，五個人全到了上面。復又把抓頭搭住裡面，徐良頭一個揪繩而下。看看離地不遠，一踹城牆，往後一倒腰，躥出約有八尺開外才腳沾實地。山西雁撒手，絨繩交給智爺，連白芸生、盧珍、艾虎皆是這樣下來。徐良把上面抓頭抖下來，絨繩繞好，收在兜囊之內，爺兒五個仍然是魚貫而行。正走之間，忽見太湖石上有個人影兒一晃，徐良一伸雙手，把大眾擋住，說：「有個人影兒你們看見了沒有？」俱都低聲說：「看見了。」艾虎說：「你們瞧，又來了兩個。」大眾一回頭，就打城牆而下，揪絨繩呢。徐良說：「咱們過去瞧瞧是誰。」智爺說：「不必，咱們不管來者是誰，先瞧白菊花要緊。」徐良遵聽智爺言語，直奔前廳而來。過了兩段界牆，到了廳房後身，白芸生與盧珍躥上牆去。智爺與徐良往前一繞，上了東房，艾虎上了西房，全往裡面一望，就見那些群賊飲酒。正是東方亮叫：「吾兒，與你眾叔父斟酒。」徐良一看不是別人，卻是自己徒弟，改換了穿戴，又見大眾管著他叫小太保，一賭氣把智爺一拉，到房後坡低聲說：「你老人家看見了沒有，我這個徒弟真無志氣，與人家當兒子來了。」智爺說：「那才好打聽事情哪。」徐良說：「我定則不要他了，教他當他的伏地太子去罷。」智爺道：「你胡說。」正在爺兒兩說話之間，忽聽前邊一陣大亂，燈球火把。爺兒兩往前邊一看，原來是眾賊寇出離了上房，直奔垂花門而來。

眾人出去工夫不大，猶如眾星捧月相仿，從外邊迎進一個人來。就見東方亮與那人攜手攬腕在前邊所走，群賊俱都跟於後面。見那人生得十分兇惡，身高九尺，膀闊三停；綠緞紮巾，青銅抹額，二龍鬥寶，兩朵紅絨球禿禿亂顫，綠緞箭袖袍，月白色襯衫，鵝黃絲帶，薄底快靴，閃披一件大紅英雄氅，上繡三藍色大朵牡丹花，肋下佩刀；面如藍靛，髮賽朱砂，紅眉金眼，獅子鼻，火盆口，暴長一部紅髯。智爺一看此人，暗暗誇獎。雖然他們是一伙之人，也不知那裡挑選這樣的人物。原來是伏地君王東方亮三次方才請到，這個人就是賽展雄王興祖，又稱他為神拳太保。東方亮派人上河南洛陽縣❷請了他三次，預備著五月十五日全仗這個人鎮擂。要講究馬上步下，武藝超群。他與姚文、姚武至厚，正在姚家寨住著，有伏地君王派人送了許多的禮物，聘請前來助擂。依他的主意一定不來，被姚文、姚武苦苦相勸，這才乘跨坐騎，帶了兩名從人，原籍是武昌府❸的人。走在雙陽岔路，勒住馬猶豫了半天。打著不來，倒不是怕對不起東方亮，怕對不起姚文、姚武，故此無奈，才奔這裡來了。

將到門首一下馬，家人報將進來。東方亮一聽是王興祖到，猶如斗大明珠托於掌上一般，率領大眾

---

❷ 洛陽縣：今屬河南。

❸ 武昌府：治所在今湖北武昌。

至於外面。王興祖撩衣跪倒，東方亮也就屈膝把賽展雄攙扶起來，說：「賢弟一向可好！劣兄想念賢弟，食不甘味，寢不安席。今見賢弟一來，如渴得漿，如熱得涼，實是愚兄的萬幸。」王興祖說：「你我自己弟兄，何必這般太謙。」復又見過紫面天王，然後與群寇見禮，與東方亮攜手而入。來至廳房落座，教人把殘席撤去，獻上茶來。一聲吩咐：「吾兒過來，見過你王叔父。」天彪跪倒，王興祖把他攙將起來，問道：「大哥，我怎麼沒見過我這個姪男？」東方亮說：「乃是我義子螟蛉❹。」王興祖說：「我這個姪男好福相，日後必成大器。」東方亮問：「姚家二位賢弟可好？」王興祖一回手從懷中掏出一封書信，說：「這就是姚家弟兄問候兄長的金安❺。」剛要接書，忽見從人進來說：「藏珍樓拿住一個盜劍的。」

要問盜劍的是誰，且聽下回分解。

---

❹ 義子螟蛉：蜾蠃常捕螟蛉餵牠的幼蟲，古人誤認為蜾蠃養螟蛉為己子。後因以螟蛉為養子的代稱。

❺ 金安：舊時的祝福語。多用於對長輩和尊敬的人。

第七十九回　賽地鼠龍鬚下廢命　玉面貓亂刀中傾生

且說王興祖一來，叫天彪過來見禮。王興祖掏出書信來，東方亮正要接書，忽見家人進來報說：「藏珍樓拿住一個盜劍的。」東方亮吩咐一聲：「綁上來。」不多一時，打外邊推進一人，群賊一看，見此人馬尾巾，夜行衣靠，面如銀盆，粗眉大眼，約有三十歲的光景。大眾說：「跪下！」那人挺身不跪，只管倒捆二臂，怒目橫眉，氣哼哼在那裡一站，大家叫他跪下，他偏不肯跪。東方亮說：「也不用一定教他跪下。你好生大膽，你也不打聽打聽，你又有多大本領，竟敢前來盜劍？我可是最愛結交綠林中朋友，惟獨藐視我的，我可是恨之入骨。你既然來此盜劍，也該打聽打聽我東方亮是怎麼一個人物。」東方清說：「沒有那些工夫與他說些閒話，推出去砍了罷。」東方亮將一吩咐，跑進兩個人來，在東方亮面前跪倒，說：「望乞大哥恩施格外，這就是我們三哥。」東方亮一看是金永福、金永祿，說：「是你們三哥，這必是金弓小二郎王玉。」立刻一聲吩咐，教三弟與王寨主解了綁繩，東方清下來給他解開。

金永福、金永祿過去與王玉行禮說：「三哥幾時到的？」王玉說：「就打你們去後，我派人至梅花溝打聽，你們店中人不知道你們的去向。復又見了大哥、二哥，說明我要上這裡，打量著要把這口魚腸劍盜去。不料到此問更夫藏珍樓的所在，將一到藏珍樓，一蹬臺階，墜落翻板，教人用撓鉤把我搭將上來。不料你二人在此。」金永福說：「你先謝過大太爺、三太爺活命之恩。」王玉往上磕頭，東方亮親自把他攙將起來，說：「王賢弟，我久聞大名，本欲到朝天嶺親自拜望，奈因總無閒暇之工，這才前天專人前去請你們五位前來拔刀相助。不想前番有金家二位賢弟到我家中，也是要盜魚腸劍，我也不必往下細說，讓金家弟兄替我學說學說，賢弟就知道了。」金永福、金永祿就把東方亮等著過了打擂之時，自己帶著魚腸劍上朝天嶺：「還要把劍送給大哥哪」。王玉一聞此言，很覺慚愧，過來又與東方亮行禮請罪。伏地君王倒說了些好話安慰他的言語，也就說：「等著過了十五，咱們弟兄一路前往，上朝天嶺，不但把寶劍送給大哥，還另有別談。」叫家人：「取套衣服來，與王寨主穿上。」王玉擺手說：「不用，我有衣服。煩勞那位管家替我辛苦一趟，到太湖石那裡，捆著兩個更夫，在他們後邊有個小山洞那裡放著呢。」果然家人去不多時，就拿著一個包袱，還有一張彈弓，一口刀，俱都交給王玉。家人告訴東方亮說：「更夫說不是他一個人，還有兩個人也是打聽魚腸劍來著哪。」東方亮一聽，問：「王賢弟，你同著誰來了？」王玉說：「沒有，我就是自己一人來的。」東方亮哈哈一笑，說：「別忙，若不是同賢弟來的，少刻聽報，也不用我去找他。」房書安說：「別是白眉毛罷。」正說之間，王玉穿戴起來，東方亮吩咐擺酒：「不管什麼白眉毛黑眉毛，他只要奔藏珍樓去，就得被捉。」將要擺酒，就聽見藏珍樓金鐘響亮噹噹噹，就這麼三聲三聲三聲的響了一陣。東方亮說：「不好，有人進了三道門了。這是個行家，錯非是行家，不能至三道門。」原來是頭道門拿住人是一聲金鐘，二道門是兩聲金鐘，三道門是三聲，有他們暗記兒，一聽三聲鐘響，就知道是三道門拿住人了。吩咐大家一路前往，教家人打定燈球火把。忽見家人來報說：「藏珍樓裡面拿住盜劍的了。」東方亮說：「早就知道了。」

單說房上這幾個人，雖說看的很真切，就是有人來，趕緊的奔到後坡，等大家進了屋子之時，方敢到前坡觀看。如今聽見說藏珍樓又有人被捉，智爺衝著大眾打了個手勢，眾人皆都會意，全躥下房來，花園內會齊。智爺說：「他們要上藏珍樓，咱們怎麼辦？白菊花是沒在這裡。」眾人一口同音說：「我們跟叔父來的，但憑叔父作主。」艾虎在旁邊不敢言語。智爺說：「依我的主意，咱們此時不好露面，又沒見著白菊花，難道說白來一趟不成？咱們看看藏珍樓去。再說那裡拿住人，咱們過去看看是誰，要是咱們公館之人，好打主意。」小弟兄也都願意。徐良說：「我在頭前帶路。」往西穿過一片果木園子，徐良往正北上一指，說：「我就在這個院子裡教兩個丫頭把我拿住了。」艾虎說：「這兩個丫頭有多大本領，你誇獎的天上少有，地下皆無。」徐良一生的性情，他懼怕的人也少，他要怕這個人，能怕一輩子。艾虎說：「咱們瞧瞧去，這兩個丫頭是怎樣的利害。」盧珍說：「我也看看去。」芸生說：「我也看看去。」徐良說：「我在前邊等，我可不去。」同著智爺奔了藏珍樓的矮牆，縱身躥進牆去，直奔藏珍樓的樓門。往裡一看，黑洞洞隔著兩三道門，見那當地有一個立柱子，上面有一個橫梁兒，遠瞧上頭類若掛著一個人的相似。下面橫著三個車輪亂轉，那輪上全都有刀，已經把那個人砍的下半截全都不在了。他們細細一看，何嘗不是自己的人哪。艾虎說：「可不好了，是我展大叔沒了命了。」智爺說：「胡說，你展大叔不能。」盧珍說：「我也看著像是大叔。」其實智爺看著也有些個像，心中暗暗著急：「怎麼展大哥也到此處？要來又不一同前來。」徐良眼快，說：「不是。」又問大家：「展大叔使什麼兵器？」艾虎說：「使寶劍，永不使別的東西。」徐良說：「你們看看，這是一口刀，不是寶劍。」大眾細看，說不是寶劍。

你道這個人是誰？真與展爺長的一點不差，這就是玉面貓熊威。皆因是奉旨回家祭祖，諸事已畢，等著賽地鼠韓良、過雲雕朋玉。有數十餘日，賽地鼠韓良一人到家，朋玉沒來。又等三兩天，有朋玉一封書信到家。因他哥哥病故去了，在家中料理喪儀，教他們先走罷，這二位才一同起身。也是活該有事，這日正走大路之上，見有個騎馬的，抛鐙離鞍跳下坐騎，過來見禮。韓良不認識，熊威看了半天，說：「朱大哥麼？」來者是黃面狼朱英，原來是往夾峰山去過一趟，是拜望去了。他那時在野樹林剪徑，到如今打量著熊威、韓良仍做綠林的買賣哪。見了對施一禮，然後問道：「你們二位買賣順當？」韓良說：「不做買賣了。」熊威與他使了個眼色，趕緊接著說道：「不做買賣了，我們那座山教官面抄了，到如今無有足扎之地，散做買賣呢。朱大哥這一向可好？」朱英說：「我也不做買賣了，如今得了點好事。」韓良問：「什麼好事？」朱英本是給王爺邀人，一聽這兩個人無事，就打算把他們邀到王爺那裡去，遂急說道：「我如今現在王爺那裡。」熊威問：「那位王爺？」回答：「是襄陽王。」熊威問：「襄陽王爺不是跑了麼？到如今現在什麼所在哪？」朱英說：「跑可是跑了，現今在寧夏國，國王助幫人馬，不久的仍然奪取宋室江山。」熊威一聽滿心歡喜，說：「但不知我們要投了去行與不行？」朱英說：「你們二位要去，只要我一句話就行，王爺正是派我給他邀人。」熊威問：「我們幾時投奔了去哪？」朱英說：「你們不用投奔王爺那裡。」又問：「投奔那裡？」朱英說：「刻下團城子伏地君王東方亮。」熊威說：「怎麼這個人叫伏地君王？」朱英就把東方亮一誇張，怎麼家大業大，怎麼交朋好友，當初有他先人之時叫九頭鳥，怎麼家內有口魚腸劍，藏珍樓，怎麼白菊花盜來萬歲爺冠袍帶履，怎麼五月十五立擂臺的話，說了一遍。熊威說：「既然這樣，我們還有點別的事情，把事辦完，我們一同上團城子去。可是你先給留下一句話才行。」朱英說：「我這就上那裡去，西門上與你們留下話，一問就得。」熊威說：「朱兄，你先請罷，咱們團城子那裡相見。」朱英怕他們不去，又再三叮嚀，然後這才擰身上馬，上團城子去了。等他去遠，這二人哈哈一笑，熊威說：「兄弟，這可是活該，不打自招。咱們先不用上開封府，上團城子，把萬歲爺冠袍帶履請出來，得便盜他那口魚腸劍。回京任差，把萬歲爺的東西交給相爺，可算是奇功一件。」韓良一聽，也是滿心歡喜。

二人奔到五里新街，靠西邊住下。將到二鼓之半，兩個人換了夜行衣靠，吹滅燈燭，將門倒帶，躥房躍脊，直奔團城子而來。也是百練索搭住城牆，捯繩而上。兩個人俱都上來，又到裡面。熊威險些就墜落翻板，總算是身體伶便，沒墜落下去。他又囑咐韓良，二人俱都下去，抖落抓頭，將繩繞好，收在兜囊之內，直奔正南。見太湖石旁捆著兩個更夫，將更夫口中之物掏將出來，問明藏珍樓所在，仍然將口塞住，這才奔了藏珍樓的短牆。進了短牆，見那朱紅門上安著金釘，在門上檻的上頭有三個銅字，是「藏珍樓」。那上面又有一條金龍，有兩根龍鬚衝下，底下七層臺階。離著樓約有一丈，熊威就把刀拔將出來，用刀尖戳地，戳來戳去，約有七尺，就戳在翻板之上，熊爺就不敢前進。按說一縱可就躥在臺階之上，又怕臺階有什麼埋伏。一回頭見那邊有塊大板子，長夠一丈三四，寬夠二尺，厚夠三寸，熊威將那板子二人搭將過來，往下一放，那邊搭在臺階，這邊搭在實地，類若浮橋相仿，就擋在翻板之上。韓良頭一個就往上跑，到了那邊，拿著刀剁那石頭臺階，剁一刀往上邊一蹬，剁一刀往上邊一蹬，剁到五六層上也就大意了。往頭層上一躥，不料那臺階往下一沉，英雄說聲「不好」，要往下躥又怕墜於翻板之內。說的可慢，那時可快，要往搭的那塊木板上躥，熊威已經是上來了，又怕撞下他去，無奈往上一挺身，用手一揪那條龍鬚。焉知那條龍鬚是個消息，自然是一揪，把腿一蜷，就聽叉喇一聲，那龍鬚往下一扎。韓良又不能撒手，正對心窩，身子一沉，躺在臺階之上，那根龍鬚打前心扎將過去，扎到後心，把後心扎透，穿過皮膚之外。砰的一聲，撞在臺階石頭之上，哧溜一聲復又回去了。原來這兩根龍鬚皆是如此，若揪兩根，一齊全都下來，揪一根是一根下來，非得碰在石頭上方能回去，論分量總有一二百斤沉重。

這一將韓良扎死，直急得熊威肝膽俱裂，往上一跑，抱韓良屍首去了。蹬在頭層臺階上，往下一沉，自己也不逃命，也不往上躥，把雙睛一閉等死。焉知曉這個臺階是打力笨的地方，其實很墜不下去。那個臺階是石頭邊框，另鑲的一個心子，那心子下面用銅條盤繞成螺螄式，類若盤香形像。人要蹬上必是往下一沉，要是膽小，不是往下躥就是抓龍鬚，一躥就是翻板，一揪龍鬚就是扎死。這熊威豁出死去，倒沒掉下去，無非忽悠忽悠了半天。一伸手把韓良抱將下來，過了木板橋，放在牆根之下。哭了半天，自己要尋一個自盡。又一想，破著這條命，進裡面找冠袍帶履為是。如若得著，回去交與相爺，然後再死；要得不著，就死在他們這裡面。把心一橫，二次又上了臺階。見門縫兒約有二寸多寬，將刀插入裡面，往下一劃，只聽嘩喇一聲，那兩扇門往下面一沉，就類若入地去了。把千里火拉出一照，裡面還有一道門，上邊有兩個金字「藏珍」，是兩扇黑門，嚴絲合縫。東邊那扇門上有一個八楞銅划子，過去伸手一擰，就聽見叭的一聲，雙門一開，裡邊有個大鬼，頭如麥斗，頂生三角，眼睛是兩個琉璃泡兒，張著火盆口，手中拿著三股叉，兩邊門框夠多寬，這兩邊叉翅子就夠多寬。這鬼在地上頭就露半截身子，門要一開，把叉一抖，來者人躲閃不開，準死無疑。滿讓躲開叉，就從那鬼口中叭叭叭就是三支弩箭。仗著熊威身體伶便，見門一開，他往後一仰，窩了一個後橋，這才把一叉三支弩箭躲開。那鬼弩箭打完，往後一仰，仍回地下去了。熊爺起來，用千里火照著，見地下是一個大坑，那鬼就在坑中，一絲兒也不動。熊爺躥過大坑，至三道門，是黃門，有兩個門環，上面有五個銅福字。此門一推就開，見當地一根立柱，上有一朵金蓮花，有個橫梁，東西北三張圓桌。熊爺不管好歹，進了五福門。用火照著，正北上東西兩個門，拄著兩個軟簾，當中一個大紅幔帳。從柱子東邊一走，腳下一軟，往上一躥，單手一揪橫梁，三張桌子一轉，從桌面子旁邊出來的盡是鮎魚頭的刀。由東西牆出了兩個鐵叉子，把熊爺叉住不能動轉。

要問熊爺性命如何，且聽下回分解。

第八十回 黃面狼細講途中故 小韓信分說舊衷情

且說熊威進了五福門，見屋中形勢：三張桌子，當地一個立柱兒，自己把死豁出去了，直往後走。不料腳下一軟，往上一躥，手一扒上頭的橫梁，兩旁出來兩個鐵叉子，把熊爺的腰一叉，想要動轉不能得夠。就聽下面咕嚕咕嚕一陣亂響，由圓桌面旁邊鑽出來全是鮎魚頭刀，每個桌面上有刀十八把。底下消息弦一動，桌子一轉，那刀全有二尺多長，就在熊威的腳面上亂剁，一把跟一把的，如何能夠躲閃。仗著熊威身法快當，把腿往上一蜷，腳到桌面子的上頭，那刀可就剁不上了。不料那桌子上金蓮花一轉，消息裡面又套著消息，蓮花隨轉，帶柱子連鐵叉帶橫梁一併全往下來，又是嘩喇喇的一響，眼瞧著那根柱子往地裡直去。熊威雖蜷著腿也不行了，那鮎魚頭刀也夠上腳面了。熊爺空有刀不行，要換了艾虎與徐良那口刀可就行了，把桌面子那些刀全都削折可也就行了，那可也把鐵叉子就削折了，自來就可以逃躥性命。這可不行，砍鐵叉子是砍不動，支桌子面也支不住，仍然亂轉。可憐熊威展眼之間就把雙足剁落，痛疼難忍。自己一想，辜負相爺提拔之恩，未能與國家出力報效，一旦之間性命休矣！叫了一聲：「韓賢弟，你在陰曹路上稍等片刻，劣兄隨後就到。」想到此處，英雄把牙關一咬，雙睛一閉，把腿往外一伸，就在展眼之間，自覺一陣渺渺茫茫，身歸那世去了。

熊威一死，那桌子仍然還是亂轉，等那根鐵叉子橫擔在桌面子之上，桌子也就不轉了，那根柱子也不動了，下面金鐘噹噹響起來了。正是徐良等著艾虎、盧珍、芸生趕到，大眾來至藏珍樓外，先前一看，自打量是南俠展爺，嗣後看出來使的是刀，又一細瞧，徐良說：「這是熊威。」智爺說：「怎麼見得是熊威？」徐良說：「除他之外，沒有像我展大叔那個相貌的人。」又一回頭，說：「更是熊威了，你們看，韓良死在這裡了。」大家回頭一看，何嘗不是。就見他胸前有個窟窿，仍然還是噗哧噗哧的冒血哪！艾虎說：「難道咱們就這麼看著不成？咱們到裡頭救救他去才是。」徐良說：「人都不動了，怎麼去救？再說，裡面俱是什麼消息？」智爺問芸生：「白姪男，你懂得消息不懂得？」芸生說：「我這一身工夫都是跟我叔叔練的，連飛蝗石子也是我叔叔教的，就是不教給我消息埋伏。我苦苦的央求，可就是不教，故此一樣也不會。」智爺就說：「這可無法。」正在說話之時，就看見從前往後燈球火把，奔藏珍樓而來。智爺說：「走罷，咱們還不露面的為是。」跳出西牆，又奔西面城牆而來，仍用百練索搯上城牆，從外面下來，眾人回公館。

走在路上，徐良問艾虎等：「你們到紅翠園，看見那兩個丫頭沒有？」艾虎說：「不但看見，我們還聽了一件事情哪！」智爺問什麼事情，艾虎說：「正遇見他們兩個人在屋子裡說話哪，咱們拿住的那個鐵腿鶴趙保，不是把他交給當官了麼，教東方亮託知府的人情給要出來了。趙保與東方亮道勞，他自然就在這裡住著，他要與九尾仙狐一處安歇，東方亮看出他們的破綻，把二人給趕出去了。我們到園裡時，兩個姑娘正說此事，全教我們聽見了。那個丫頭瞅著可不善哪！」徐良說：「你還沒看見他那練子錘、槊，神出鬼入。」艾虎說：「早晚也是拿他。」徐良說：「早晚是你們拿他，我可不行。」芸生說：「這倒是不要緊的事，說是熊爺、韓爺死的實在可憐。」智爺說：「你們那裡知道，這兩個人是報應。」

徐良問：「怎麼是報應？」智爺說：「你們那裡知道，他們三個人在夾峰山上為寨主，熊威擄眷在山上，韓良就為有女眷，出外不便，他硬把一個玉皇閣玉皇爺的聖像，教嘍卒搬出去，扔在山澗裡頭了，這玉皇閣就算一個後寨，教婦人居住。到後來熊威回來，他就應當不從者才是，他又不肯傷了弟兄們情面。內中有朋玉，他再三的不教把玉皇閣作為後寨，這二人一定不聽。到次日，魏道爺來到之時，已經這玉皇閣改為後寨，道爺也無法，就衝著後面念了三聲『無量佛』。你們看這報應真切不真切？熊威、韓良、朋玉三個人是生死之交，怎麼淨是熊威、韓良，想那朋玉他上那裡去了？他要來也就死在這裡了。可想人總得心好神佛，不得不敬。」眾人讚歎，回公館不表。

再說東方亮、東方清率領大眾，執定燈球火把，直奔藏珍樓而來。到了藏珍樓外邊短牆，誰也不走門，俱都躍牆而過。東方亮往裡邊一看，桌面子也不動轉，就知人已死，就問東方清：「是你進去我進去？」除他們二人之外，誰也不會上這個消息。東方清說：「待我進去。」帶著四個人，打著燈籠，先上那個木板橋。進了頭道門，奔二道門，教他們邁過去那個坑，到了五福門的裡頭，拿燈一照，見熊威就剩了半截身體。東方清把那朵金蓮花往回裡一扳，這朵金蓮花反著轉起來了，嘩喇嘩喇的亂響。眼瞅著那根柱子連橫樑帶鐵叉子往上直走，那三張桌子咕嚕咕嚕的反轉，連鮎魚頭的刀俱都抽將回去，直抽到原歸本位，那朵金蓮花也不動了。東方清教他們在那裡等著，復又出來，到門外頭往上一躥，一隻手抱住當中那個「福」字，一隻手把東邊那「福」字一轉，就聽倏喇的一聲，東邊那鐵叉子仍然抽將回去，熊威噗咚一聲死屍摔將下來。自己奔到西邊，也是把西邊「福」字一轉，西邊那鐵叉子倏喇一聲，也就抽將回去。教人那把死屍搭將出去，東方清也就出來，把雙門一帶。復又到二層門外頭，回頭叫：「大哥，教人找那三只弩箭。」家人提著燈籠把那三支弩箭找著，遞將進來。他在坑的北邊，教人出去，一伸手在坑邊上把東邊那根鐵鏈往上一拉，那個大鬼復又上來，用叉往外一抖。這個大鬼本是傀儡頭，身子是用藤子綁出來的形像，就是半截身子，那消息全在他肚子裡頭，上面連紙帶布糊出來的，又塗上顏色，晚間一看，正像一個巨鬼。一伸手從他口中插進一只弩箭去，把左邊犄角一擰，就把那只弩箭扣住；又插進一只去，把右邊犄角一擰；又插進一支去，把當中犄角一擰，俱都安好。復又把西邊鐵鏈一拉，那個大鬼往後一躺，一絲兒也不動了。自己縱身躥將出來，到了外面，把雙門一帶，復又把八楞銅刂子一擰，就把雙門扣住。復又到頭層門，往上一躥，用左手把「珍」字抱住，用右手一轉那個「藏」字，就由下面東邊那扇門就上來了；又一倒手，右手扒住「珍」字，左手一轉那「樓」字，又是吱嚕嚕一響，西邊那扇門也上來了，兩扇門原歸舊位，東方清才飄身下來。又抬頭看了看那兩條龍鬚，仍然相齊，那也不用再拾掇他了，這才順著那搭的木板下來。

到了大眾一處，問道：「你們有認識這個的沒有？」大眾細細看了一看，內中就是黃面狼朱英說：「可惜，可惜！這裡還有一個死屍哪！」又一看，靠著南牆那邊，果然有個死屍，大眾俱不認得。朱英說：「這兩個人是、是我要了他們的命了。」東方亮問：「怎麼？」朱英說：「我走在半路上，讓他們來幫著王爺共成大事，不料他們晚間前來。這兩個是夾峰山的寨主，一個叫玉面貓熊威，一個叫賽地鼠韓良。」東方亮說：「可惜，可惜！」張大連在旁說：「大哥，別說可惜了，萬幸，萬幸！」朱英問：「怎麼講是萬幸？」張大連說：「你知事不確，可千萬別往這裡帶人。我可不認得他們，你說是夾峰山的寨主我才知道了。這兩個人，如今都是校尉，上這裡找冠袍帶履來了。如今沒教他們得出去，豈不是大哥萬幸。」東方亮一聞此言，細細的一問，張大連小韓信將要說他們來歷，忽見東牆上躥下一個人來，飛也相似往前就跑。房書安說：「不好，有人來啦，看看是誰。」大眾一聞此言，全都一怔。

要問來者何人，且聽下回分解。

第八十一回　清靜庵天彪逢雙女　養性堂梁氏見乾兒

且說東方亮聽張大連說兩個是校尉，就有些著急。忽見從牆上躥下一個人來，往前飛跑，身臨切近，一看不是外人，卻是天彪。東方亮問：「你從何處而來？」小爺說：「我跟著爹爹往這們來，被我兩個姑姑把我叫住，問我什麼事情。我說什麼樓拿住人了，我姑姑打發我來，看看拿住的是什麼人，問說有那個老西沒有。」東方亮說：「沒有老西。」小爺問：「是什麼人？」東方亮說：「你小孩子家，不用管這些事情。」又問張大連，小韓信就把在京都聽見人家講論，誰封什麼官，自己記住了多一半，內中就有這兩個人是校尉的話，學說了一遍。

小爺在旁一聽是兩個校尉，心中一慘要哭，自己就不敢在這裡站著了，怕的是教人看出破綻，無言答對，自可一轉身，也仗著人多，自己就暗暗走了。仍是跳出牆來，也沒回紅翠園去，就信步遊行。又對著明月東升，自顧低著頭想這二位校尉死的真苦，本人雖在團城子裡面，又不能把兩個人的屍骨盜將出去，越想心中越慘。繞著太湖石竹塘等處，也不知走在什麼所在來了。冒然一聽，有木魚的聲音，梆梆亂響。心中納悶：這裡是住戶人家，怎麼會有木魚的聲音？非得有廟、有出家人才能打木魚兒哪。忽然心中又一動，說：「站住。東方亮認我為義子之時，已曾說過，不教我往東北去，說有個廟不許進去，我那時要進廟時節，砸折我的雙腿。這裡必有蹺蹊之事。」看了看方向，自己奔的就是東北。細一看，前邊就是一段紅牆，越走越近，就聽見細聲細氣在裡面念經。看了看是東西一段長牆，往北一拐，就看見那個廟門。可不是挖出來旋門，是一個青水脊門樓，兩扇紅門，貼著黃紙對子，上聯寫「暮鼓晨鐘驚醒世間名利客」，下聯是「經聲佛法喚回苦海夢中人」，橫披是「法門不二」。隔著門縫往裡一看，院內有燈光，有人在那裡說話，俱是細聲細氣婦女聲音。小爺心中納悶：既是廟，怎麼又有婦女聲音？撤身下來，往北一拐縱上牆去，就見裡面有兩個姑娘，一個丫鬟，點著兩個氣死風燈，還有兩個羊角燈。

這兩個姑娘全是十七八歲，短打扮，一個是紅襖綠褲，大紅弓鞋，鵝黃汗巾，翠藍絹帕包頭；一個是玫瑰紫小襖，青縐絹中衣，大紅緞子弓鞋，西湖色汗巾，鵝黃絹帕包頭。這二人俱是滿臉脂粉。見地下扔著一口刀，兩口寶劍。見那個姑娘手中提著一柄飛抓，那抓頭是鋼鐵打就，類若一隻手相仿，也是五個手指，一個手掌，安著骨節，全是活銀釘扣兒，手背上一個菊花環子，後面掛定綠色絨繩。若論這二位姑娘，品貌十分俊美，舉止端正，並無半點輕狂之態。一高一矮，一胖一瘦。那胖的往那瘦的要學雙寶劍，那瘦的說：「姐姐算了罷，別冤我了，你那劍法比我高明。」那胖的說：「我會單劍，不會雙劍，你要不教給我雙劍，我就不教給你飛抓啦！」那瘦的說：「你教給我罷，你要不會雙劍我就教給你。我會七手劍，還有一個進步連環絕命劍，除此之外我可不會。你先教給我飛抓，等一半日我把飛抓只要學會了，打的出去，有了準頭，我自己練去。我已然是練了兩天，打出去那抓總不能著手，如何行得了。」那個姑娘一笑，說：「你瞧著我。用中指四指夾住這個菊花環子，往外一打，總得用力，你把手一張，自來這個鐵手也是張著。打在人的身上，往回一帶絨繩，自來那隻鐵手往回一抽信子，那五個手指尖往回一扣，就把人的皮肉抓住。千萬莫鬆絨繩，自來越綳越緊。若要學會，也不是什麼要緊的事情。」

那胖姑娘右手托住飛抓將要打，忽見後面慌慌張張跑進來一個婆子，打著一個燈籠，說：「二位小姐後面練去罷，老太太囑咐不教你們前邊練，你們仍然還是在前邊練，過後頭去罷。」那胖姑娘說：「老太太在那裡用工課，我們要在後邊練，咕咚咕咚，要混了老太太的工課，誰擔架的住？你去罷，不用管我們的事情。」那婆子說：「不行，老太太把工課用完了，教我請你們來了。」姑娘說：「你先去罷，我們隨後就到。」正在說話之間，那胖姑娘往地下一看，哼了一聲，一回手把飛抓往外一抖，正抓在天彪肩頭之上，往下一帶。天彪躲閃不及，被鐵手抓住肩頭，要不跟著下去，實在真痛，就聽噗咚一聲，從牆頭上摔下去了。叫丫鬟過來捆上。這丫鬟也真有力氣，就把自己汗巾解下來，將小爺四馬倒攢蹄捆好。姑娘說：「你們在這裡聽信，老太太若是教殺，這裡有的是刀劍，你們把他就殺了。」說畢，兩個姑娘全奔後頭去了，那婆子給打著燈籠跟著。

婆子走了，小爺羞的面紅過耳，暗暗想道：這個丫頭好快手。翻眼瞧著這個丫頭，說：「丫鬟，快把我解開，你不願意活著了？把少爺捆上該當何罪？」丫鬟哧的一笑，說：「你是誰的少爺？」小爺說：「你們的少爺。」丫頭說：「此時任憑你說是誰的少爺也不管，你絕活不到一刻了，我們老太太把你們前頭人恨透了。深更半夜，扒著牆頭瞧看，你還有好心哪？就是大員外的至友，也是拿住就宰。」小爺聽丫頭這套話，心中一想：這老太太準是東方亮的妻室，這兩個姑娘準是他女兒。前番我要給我義母磕頭，他賭氣子說死了，不用提那賤婢。別是他們夫妻不對，也許有之。待我問問這個丫頭。又叫：「丫鬟，方才你們說這老太太，可是老安人不是？」丫頭說：「你不用明知故問，不是老安人是誰？」小爺又問：「這二位姑娘，是老太太親生之女不是？」回答：「不是，一個是姪女，一個是乾女兒。」

原來東方亮他夫妻兩口不對。這安人娘家姓梁，他本是知府的女兒。皆因這位大人是個貪官，由梁老爺故去之後，夫人上了媒人的當，提說東方保赤家裡頭多大財主，住的是城牆，就把女兒給了東方亮。過門之後，夫妻就不對，後來慢慢的就知道了他們根底，苦苦勸解，東方亮執意不聽。後來夫妻連話都不說了，自己行了三回拙志未死，就奔在這個廟中。與東方亮說明，只要有三寸氣在，誰不見誰。這個廟前文已然表過，這就是劉村那個尼姑庵，如今圈在他院裡邊了。這梁氏就在廟中苦修，吃長齋，終日念經，只求得東方亮那時改惡從善，夫妻還是見面。就帶著兩個婆子，兩個丫鬟。丫鬟一個叫秋菊，一個叫臘梅。皆因是東方明有個女兒叫東方姣，也是苦勸他父親改惡從善，東方明不肯，把女兒就送在團城子來了。姑娘一見伯父與他三叔比他父親作惡尤甚，自己無奈，投奔清靜庵。見了他伯母，娘兒兩個對哭了一陣，也就在這清靜庵立志修行。後來東方姣就給梁氏磕頭，不叫伯母，就叫娘親了。那兩個丫頭老太太最喜愛秋菊，也認為義女兒。論說秋菊比東方姣大一歲，今年十九，可管著東方姣叫姐姐。後來老太太給他起個名字，叫東方豔。這東方姣是在家中有一個使喚婆子，跟他練的武藝，這婆子是個女賊，會使飛抓。這東方豔是跟著金仙、玉仙一同練出來的工夫，他由十一歲就練起，也會使練子錘。這姐兒兩個除了針黹之外，就是頑拳踢腿。

可巧這日晚間，東方豔要與東方姣學抓，正遇龍天彪。又有婆子前去一送信，東方姣一看地下有個人影。總是龍天彪失於檢點，他在東牆上扒著往下瞧看，正在明月東升之時，焉有沒影兒之理？故此東方姣往地下一看，並沒言語，一抖飛抓將他抓將下來，叫丫頭把他捆上。他問明白丫頭，把自己的事也就說了一遍，怎麼給大員外磕頭，怎麼認的義父，怎麼叫門沒叫開，教姑娘抓下來了。丫鬟說：「你這話可是當真哪？」天彪說：「焉能與你撒謊？」丫鬟說：「在此聽信罷。」就見婆子打後頭來了，說：「臘梅，姑娘說這件事不用告訴老太太，把他殺了罷。」丫鬟說：「這個殺不得，是少爺。」婆子說：「怎麼殺不得？」丫鬟把天彪的話說了一遍，婆子說：「既然是少爺，這可不能不回稟老太太了，你在這裡看著，我去回話。」丫鬟說：「使得。」去不多時，復又回來，說：「臘梅，老太太要見他哪。」丫鬟問：「解綁不解綁？」婆子說：「姑娘教捆的，誰敢與他解開？」把他腿解開，仍綁著二臂，婆子引路，直奔後面而來。

婆子先進去回話，然後出來請天彪進去。見屋中擺列些古銅頑器，幽雅沉靜，並且是些柏檀紫降氣味。當中硬木羅圈椅，坐著一位年老的婦人，倒是慈眉善目。上垂首並肩坐著那二位姑娘，全都換了長大衣服，珠翠滿頭，環佩叮咚。天彪雙膝點地，衝上一跪，說：「娘親在上，恕孩兒與娘親叩頭來遲，望乞恕罪。」梁氏說：「素不相識，因何以老身喚為娘親，是什麼緣故？」天彪說：「我跟著我天倫本打算與這裡傭工，不略大太爺一見孩兒十分歡喜，認孩兒為義子。與我義父磕頭之後，我就打聽義母，我義父不教孩兒前來給義母叩頭。孩兒一想，義父多大義母多大，我這是背著我義父與你老人家前來叩頭。不料到得此間，雙門緊閉，我打算躍過牆來，可巧遇見姑娘把孩兒拿住。如今見著娘親，只要見著你老人家一面，雖死瞑目。」梁氏往下一看，本來天彪生得俊秀，齒白唇紅，早就有幾分歡喜，遂說道：「我兒小小年紀，竟有這一點誠心。」叫婆子與少爺鬆綁之後，小爺復又大拜了四拜。

老太太說：「見過這是你兩個姐姐。」姑娘給道了一個萬福，小爺打躬還禮。老太太指著說：「這是我姪女，這是我乾女兒，一個叫豔，一個叫姣。」吩咐看座，小爺坐下。又問：「你本姓姓什麼？叫什麼名字？」天彪說：「孩兒姓龍，叫天彪。」老太太說：「我兒你今見過老身了，是你一點誠心，從此後，我這養性堂不准你常來。」小爺聽「養性堂」，抬頭一看，有塊橫匾是「養性堂」三個字。老太太說：「我兒不可久待，快些上前邊去罷。只有一件，我告訴的言語你可牢牢緊記，倘若不遵，再要到我這清靜庵來，可要砸折你的雙腿。」天彪答應一聲，轉頭就走。將至門外，就聽梁氏說：「可惜這個小孩兒禍到臨頭，難免項上餐刀。」婆子送出門外，迎面來了一人，把小爺嚇了一跳。

要問是誰，且聽下回分解。

第八十二回　蔣平給天彪慮後事　梁氏與二女定終身

且說小爺教人送出清靜庵，迎面來了一人，問道：「是誰？」小爺說：「是我。」那人說：「小太保爺，你上這裡作什麼來了？」原來是個更夫。天彪說：「我打藏珍樓來，找不著前頭廳房在那裡了，我淨在這裡轉遊呢。」更夫說：「這裡離廳房甚遠，你是道路不熟，我帶你去罷。」跟著那名更夫到了前邊，天彪說：「我認得了。」來至廳房，大眾正然議論熊威的事情。東方清說：「明日西門外頭打一個坑把他埋了，有人問，就說咱們家人也就完了。」小爺把此事聽在心中，等明日至公館與他們大眾送信。暫且不表。

且說智化帶領小四義回至公館，全是躍牆而入，直到東院上房。到了屋中，蔣爺先就打聽說：「眾位，此去恭喜如何？」智爺說：「我們又算白去了一趟，白菊花也沒在團城子，冠袍帶履也沒請回來，在藏珍樓還死了咱們分之內的兩個朋友。」蔣爺聽了就是一怔，連忙問道：「是誰？」智爺把熊威、韓良的事情說了一遍。蔣爺一聲長歎，說：「智賢弟，這就是他們兩個人報應循環，皆因他們不敬神佛之過。」說著話大家換了衣襟，蔣爺教店家備酒，擺列上酒，大家落座飲酒。蔣爺又問智化：「熊威的死屍在什麼地方，你們可看真切沒有？」智爺說：「看不真切，裡面好幾道門哪，黑洞洞的。」蔣爺又問：「可見著龍爺、史爺沒有？」徐良在旁說：「四叔，不用說了，我這個徒弟可現了眼了。」蔣爺說：「怎麼見得？」徐良說：「給人家反叛當兒子去了，如今作了伏地太子了。」蔣爺問：「到底是怎麼一句話？」智爺就把東方亮認為義子的話說了一遍：「王興祖也到了，是他們請來的擂臺上鎮擂的。」蔣爺問：「你們打量打量這人武藝如何？必然不錯罷。」智爺說：「要看那個像貌，武藝必然超群。他那身軀類若歐陽兄長，藍面紅鬚。」蔣爺說：「是日這個臺官交給咱們徐良拿他了。」山西雁說：「四叔，我看他那像貌，大概我也非是他的對手。」蔣爺說：「等至是日之時，咱們見機而作。但有一件，熊威、韓良死在團城子，連他們屍首只怕不容易得著。」智爺說：「不怕，等龍天彪早晚必來，他要來時，咱們就知道細底了。」說著話天光大亮，就把殘席撤去。書不重敘。

到了天交正午，忽見龍天彪從外邊進來，與大眾行禮。蔣爺問：「你從何處而來？」天彪說：「從團城子來。」蔣爺問：「你們見了東方亮怎麼辦的？」小爺就把見了東方亮，如此如彼這般這樣細說了一遍。蔣爺又問：「熊威、韓良這二人之事你可知與不知？」小爺說：「一個教龍鬚扎死，一個在五福門死的。將兩個人的屍首，在西門外頭埋葬。」蔣爺說：「你知道地方就好辦了。」小爺說：「還有一件。」就把東方亮夫妻不對，怎麼遇見梁氏在廟內修行，還有他一個姪女，一個乾女兒，一個叫姣，一個叫豔，怎麼自己被捉，見了梁氏，梁氏所說的什麼言語，就一五一十的學說了一遍。蔣爺翻著眼睛想了半天，說：「有事，有事。」智爺問：「有什麼事情？」蔣爺說：「有意思麼。」又問：「有什麼意思？」蔣爺說：「你想情罷，這話裡有話。」智爺也一翻眼睛，說：「是了，四哥你略得不差。」南俠在旁說：「你們別打啞謎，說出來我們也明白明白。」蔣爺說：「聽天彪學說這套話，東方亮他妻子不是有兩個女兒嗎？也別管乾的濕的，必然愛如珍寶一般，不用說，沒許配人家哪。他見著咱們天彪，也是愛惜他，不愛惜，怎麼他出門的時節，他說可惜這個小孩兒禍到臨頭，難免項上餐刀？不但愛惜，還是憐他。我也給他出個主意，十夠八九，總許鬧一個媳婦來。天彪過來，我教你一套言語今晚去說。」小爺問：「上那裡去說？」蔣爺說：「你上那清靜庵去說。」小爺說：「再上清靜庵？我不去了。那裡老太太說過，我再上清靜庵去，砸折我雙腿。」

蔣爺說：「我教你去你就去，要砸了你的腿我賠你。你今天再去見那老婆子，跪在他面前不起來。他必然有氣，他必說：我昨天囑咐你，不教你上這裡來，你再上這裡來砸折你的雙腿。你就說：我有幾句話，在義母跟前回稟明白，說完之時，但憑義母處治。他必問你什麼緣故。你就說：我昨天說的話全是鬼言鬼語，一句真的沒有。你就說我也不姓龍，姓龍的那是我叔叔。我姓展，我乃常州府玉杰村人氏，我叫展天彪。我天倫是御前三品護衛之職，大將軍姓展名昭，字是熊飛，萬歲爺賜的御號叫御貓。我皆因跟隨顏按院大人破銅網有功，萬歲爺親封我御前四品護衛之職。我們本是前來行詐，那姓史的、姓龍的全是校尉。皆因我義父結交白菊花，這裡擺擂臺，我們奉旨捉拿白菊花，混進團城子，假作傭工，為的是拿白菊花，幾時往這裡一來就拿。我是得便就出去與我天倫送信。不略我義父收我作義子，昨晚間又見著你老人家所說的什麼言語，今天白晝見著我的天倫說了一遍。我天倫說了，千萬別辜負了你義父義母待你這分好處，教我今日晚間進來，見著我義父不教我洩機，教我見著義母把真情實話全都說了，一點也不許隱瞞。怕在十五這一天，要在擂臺上一拿人，官兵官將一圍團城子，怕的是驚嚇著你老人家，又怕你行了拙志。先教我見義母，把話說明，當日不必害怕。是日不怕大眾拿住，準保沒有我義父、義母、三叔的罪名。先教我對義母說明此事，若要殺我，我就死也算為國盡忠；要不殺我，總算義母恩施格外。話已說完，請義母示下。他絕不能殺害於你，他一聽你是護衛，準把他姪女許你為妻；碰巧了準把兩個全都給你也是有的。他要給你，你可別要，你就說我不敢作主意，我得出去問我天倫。我父親教我要我才敢要，我父親不教我要我不敢，義母可別惱我。你要是這們說，他更加敬重於你。一者他愛你這品貌，二則貪著你有官，三則聽著你是個孝子，他必教你明天出來問你天倫。你也不用出來問來，等到後天晚間你再去，你就說問了，情甘願意。你就身上帶著兩塊玉佩，給他們以作定禮，準保你不費吹灰之力，白得兩房妻子，碰巧了他就許教你在裡面成親。成親之後，你可想著問他們藏珍樓的消息，要把消息問好。他們要是能進藏珍樓，你跟著進去，把萬歲爺冠袍帶履請出，咱們一同入都，我就該告職了。我這個護衛給你，這三品不成，四品準行了。我囑咐你的言語你可要牢牢緊記，事畢之時，你看看四叔略事如何。」大家聽畢，連連點頭稱讚。蔣爺說：「事不宜遲，你就去罷。」小爺說：「真就是這樣說法？」智爺在旁道：「你就這們辦罷，三全其美。」天彪告辭回去。

走到團城子，門上出入沒人攔擋，家人都管他叫小太保爺，這些事也沒告訴他叔叔。在東方亮廳房裡張羅了半天，伺候吃完酒飯，好容易撤身出來，直奔清靜庵而來。行至廟門叫門，裡面有婆子出來，見少爺來了，說：「少爺，你怎麼又來了。快去罷，你不知老太太的性情，說在那裡應在那裡，你再要一來，砸折你的雙腿哪。」小爺說：「你別管我，快給我回稟進去。」婆子說：「使得，我就與你回稟進去。」婆子在前，他也跟著進來，到了養性堂，婆子說：「少爺來了。」老太太說：「那位少爺到了？」婆子說：「少大爺到了。」梁氏一聽：「啊，好孩子！昨日我告訴他說，不教他來，今天仍然又來了，教他進來。」婆子出來說「請」，天彪到了裡面，見老太太雙膝點地，老太太氣哼哼的說道：「你好生大膽！昨日老身囑咐你什麼來著？今天復又來。老身所說言語永無更改，你是打算不要你的雙腿了？」天彪說：「非是孩兒不遵你老人家言語，皆因之孩兒有幾句言語，把我這話說完，任憑你老人家愛殺愛剮。」老太太說：「事到如今，你還有什麼說的？」小爺說：「昨日孩兒所說的言語淨是些鬼言鬼語，今天到此處，我是說實話來了。」老太太問：「今天又來說什麼實話？」他就把不姓龍姓展，叫展天彪，他的天倫是南俠，就把蔣爺所教那些言語，一五一十清清楚楚的細說了一遍。梁氏一聽，呆柯柯的發怔，說：「原來你是貴客，快些請起。」叫婆子過來：「快看一個座位。」天彪謝座。

梁氏復又問：「展公子定下姻親沒有？」天彪說：「未能定下姻親。」梁氏說：「你把你的肺腑與老身說明，你乃是朝廷的命官，奉旨前來捉拿白菊花。這樣年歲有這樣膽量，可稱是忠；奉父命，捨死忘生前來行詐，可稱是孝，你乃是忠孝兩全之人。昨日老身一見，就看你不是貧家之子。你既對老身傾說肺腑，可算是一點誠心，老身也把肺腑對你說明。我與你前邊義父不是夫妻，乃是前世冤家。他任意胡為，我苦苦相勸，執意不聽。如今我聽旁人所言，他隨了王爺意欲造反，待等事敗之時，玉石皆焚，滅門之禍，祖父屍骨都應例拋棄墳外。老身又無兒無女，無有可貪之事，早我就行了三回拙志，俱教他們把我解救下來，也是我命不當死。如今我倒有一件掛念之事，就是我這兩個姑娘，尚且他們終身未定，只要他們終身一定，總然這就一死，死也瞑目。展公子，方才我問你定下姻親的言語，就是有意要將這兩個女兒許配於你，可不知展公子意下如何？」天彪趕緊站起身形深打一躬，說：「義母老大人在上，並非是孩兒推託此事，我天倫現在外面，這件事我孩兒不敢作主。待至明天出去，見我天倫說此事，我天倫點頭，孩兒才敢應允。」梁氏一聽此言，連連點頭，說：「好，應當如此，這才可稱孝子所為。」

天彪說：「孩兒的話已回稟明白義母，我要回去伺候我義父去了。若要教我義父知道，可有大不便。」老太太說：「可要謹慎方好。」天彪臨行，復又深施一禮。

婆子送將出來，天彪到了外面。第二天也沒過去，到了第三天晚上，又到清靜庵。見了梁氏，天彪就說他天倫願意。梁氏甚喜，也不要他的定禮，擇定第三天很好日期，就教天彪在這後邊拜堂成親，老太太受雙禮。入洞房，頭天是東方姣，二天是東方豔。過了五六日，問東方姣藏珍樓的消息，他是一字不知。次日問東方豔，先前不說，後來慢慢的這才說出。

要問說的什麼言語，且聽下回分解。

第八十三回　到後院夫妻談樓事　上信陽校尉請先生

且說龍天彪成親之後，問東方姣不說，問東方豔，先也是不知，嗣後來天彪說：「咱們是夫妻，你是隨夫貴隨夫賤，我們請冠袍帶履的人甚多，我在裡面若要請不回去，要教旁人請去，許教相爺怪罪。我要得著，就能越級高升，我要得到頭品，你就是頭品夫人，我要是降級，你連恭人爵位都不到了。你在團城子內從幼小之時長大，不能不知此事。」東方豔被天彪說的無奈，說道：「我指你一條明路，你自己去辦。」天彪問怎麼一條明路。東方豔說：「我雖不知道樓中埋伏，我可知這個樓是什麼人擺的，只要把這人找著，就可以進去。」天彪問：「但不知什麼人所擺？」東方豔說：「提起此人，也是大大有名。他可是個文人，在信陽州居住，姓劉叫劉志齊，當個衙司先生❶。」天彪一聽是劉志齊，暗暗心中歡喜。他本是信陽州的人，自己可沒見過面，久聞此人文武全材。只可明天與公館送信，讓他們請去。再問他妻細底，可實實不知。一夜晚景不提。次日晌午的光景，天彪出團城子東門，直奔公館而來。

且說公館中的人盼念天彪，總沒來信，急的山西雁晚間要上團城子去。可巧天彪從外面進來，見眾人磕頭，磕了一遍復又磕頭。蔣爺說：「大喜，大喜！」展爺問：「四哥怎麼知道，就給他道喜？」蔣爺說：「磕兩遍頭麼，這二次還不是喜頭麼！」展爺說：「我實在是個渾人，測不開這個情理。」等天

❶ 衙司先生：舊時負責案卷工作的小吏。

彪磕完了頭，蔣爺問：「給了一個是給了兩個？」天彪說：「是兩個。」蔣爺說：「如何？我猜著了罷。準是兩個。」徐良說：「人間事情不公道，他小小年紀，一個人會說了兩個媳婦，偺大年紀還有沒有的哪。」蔣爺說：「你這是什麼師父！」又問：「這樓的信息怎麼樣了？」天彪說：「也有了。是劉志齊擺的，非找此人不可，他們可進不去。」智爺說：「我們相好。可惜有一個人沒在此處，他們是盟兄弟。」蔣爺問是誰，智爺說：「沈中元。他盜大人時節，就是與劉志齊借了一個迷魂藥餅。還好，他不在這裡，我還會套寫他的筆跡。」蔣爺說：「使得，假作他的一封信，你的一封信，我與展大弟一封信，咱們三封書信寫的懇懇的，再多備些禮物。」智爺說：「禮物倒不用，只要有咱們三封書信就可以行的了。」馮淵在旁說：「這件事情我去送信，我們兩個人通家至好。」蔣爺問：「怎麼你們會通家之好？」馮淵說：「我與沈中元到他家裡去過一趟，並且那日沒走，還是在他家內住下了。」蔣爺說：「那倒很好，馮老爺就辛苦一趟罷。」馮淵說：「都是差使，講什麼辛苦二字。」立刻修書，將三封信寫完，馮淵自己帶了些應用東西，又帶上盤費銀兩。徐良說：「臭豆腐，你可把書信帶好了，可別像薰香盒子呀，道路遙遠，要是走在那裡書信丟了，那可往返徒勞了。」馮淵說：「醋糟，不用你管。」徐良說：「我總瞧著臭豆腐你不配辦這們大的事情。」蔣爺說：「你們先別頑笑。馮老爺，你要請這個人來到這裡，可別過五月十五才好。」馮淵說：「四大人只管放心，絕過不了十五。」自己找了一塊油綢子，把三封書信包好，繫在貼身，告辭眾位。天彪說：「我也走了。」蔣爺說：「你得便就往這裡來。」天彪這一回團城子，皆因是新娶的媳婦，淨貪著往後邊去，前邊在東方亮處工夫透短，一叫就沒在這裡，一找就不知去向，要見著他時節，指東說西，指南說北，不是說他睡覺去了，就是上紅翠園與他姑娘練拳腳去了。後來他姑娘那裡也有事，不教他常去。他姑娘那裡有什麼事情，下文慢表。

單說馮淵帶著三封書信，直奔信陽州而來。曉行夜宿，飢餐渴飲，這日到信陽。看了看太陽西下，緊走了幾步，直奔劉家團。當初鬧花蝴蝶的時節，此處安過團練，故此就叫劉家團。未到門首，就將包袱解下來打開，把三封書信拿出來，仍舊把包袱包好，直奔劉志齊門首而來。進劉家團東村口，路北第一門，上階臺石叩打門環。從裡面出來一位老管家，開了雙門一看馮淵，先問找誰。馮淵問說：「劉先生在家沒有？」老頭子問：「咱們是那裡來的？」馮淵說：「我從南陽府而來，有三封書信，請劉先生出來面遞。」老管家說：「我是我家安人派我出外差，我是剛回來，在家不在家可不知，等我進去看看，不然你老人家把信交給與我罷。」馮淵說：「不能。你把你們先生請出來，我還有話說呢。」老管家說：「既然這樣，你在此等候，我進去看看去。」馮淵說：「使得。」老管家去不多時復又出來，問：「你老人家貴姓？」回答：「姓馮。」管家說：「你來得不巧，我家先生沒在家，教人家請去與人家置買墳塋，看看風水，還得與人家點穴❷去了。」馮淵問：「等幾時回來？」管家說：「也許三兩個月，也許個月十天，也許一半日回來那也不定。不然你把書信留在這裡，等幾時回來，我與你回稟就是了。」馮淵說：「那可不行，我非得面見。大概明天可以回得來回不來？」回答：「不準。」馮淵此時無法，問那裡有店，回答說：「離此甚遠。」用手一指，說：「西南地名叫賈家屯，離此五里地，那裡有店。」馮淵說：「再近著點有店沒有？」回答說：「沒有，那就是至近的了，再有是關廂，離此有八里多地。」馮淵說：「我還是找近的所在罷。少陪，少陪，我明天再來。」馮淵走後，家人進去關了街門。

❷點穴：舊時迷信者選擇墓地，請堪輿家尋求所謂龍脈結穴之處，以求後代子孫興旺發達。

馮淵直奔西南，越走天氣越晚，掌燈時候才到了賈家屯。見西口外頭是一個大菜園子，進西口，路北頭一個店是雙盛店。伙計張羅：「客官，住了罷。」馮淵問：「可有上房？」伙計說：「西跨院有三間上房。」馮爺說：「前邊引路，我看看去。」跟著伙計到了西跨院，伙計點燈燭，先不教他烹茶，先預備酒飯。書不重敘。飽餐了一頓，倒了一口漱口水來，伙計撿家伙。馮淵漱著口，往院子裡一噴，就聽西隔壁院內有哭哭啼啼聲音。可巧靠著西牆有一個大土堆，看過賣托著家伙出去，自己上了大土堆，扒著西牆一看，就見有三間土屋，一個大院子，種的些菜蔬，原來這就是西口外頭那個菜園子。見屋中半明不暗點著一盞殘燈，忽見那窗櫺紙上有個人影一晃，要在窗櫺凳上上吊。馮淵一著急，把漱口碗往那院一扔，一掖衣襟就躥過牆去，直奔屋門而來。掛著個單布簾子，啟簾進去一聲嚷叫：「唔呀，老太太為什麼上吊？」那老婆子將要把脖子往繩上一套，聽見一嚷，噗咚一聲摔在坑上。

蘇醒了半天，馮淵問：「老太太，偌大年紀，因為何故要尋自盡？」那老太太說：「這位爺臺，你是幹什麼的上我這裡來？」馮淵說：「你為什麼上吊？告訴我，能給你分憂。」老太太說：「爺臺要問，我實在活不的了。我娘家姓王，婆家姓張，我有個兒子叫張德立，租了這個菜園子，一租十年。去年把買賣做賠了，我兒又出去同相好的借了二百兩銀子，上松江❸置了二百銀子的松江布籠，京都販賣，至今走了半年有餘，音空信渺，我就帶著我這一房兒婦。我這兒婦娘家姓顧，顧氏。就皆因昨日晚間天有三鼓，忽然外邊水筲的鐵梁兒一響，我要出去看去，我兒婦不教，說我偌大年紀，他出去看的。將一出去，就聽『哎喲』一聲，我問了他幾句也不答言，又聽見半懸空中有人說話，說：『我乃夜遊神是也，

❸ 松江：明、清時府名，治所在今上海市松江區。

今有張門顧氏，乃是月宮仙子臨凡，在上方造了一點罪孽，貶下在塵世間受罪。知今罪孽已滿，吾神帶歸月宮去了。』今日白晝找了一天，我整哭了一天，我是實在無處可找。待等我兒回來，要問他的媳婦，我有何言答對？故此我實在無法，才行這個拙志，我口眼一閉全不管了。不料爺臺你來到此處問我，這就是已往從前的言語。」

馮淵說：「不怕，全有我呢。你說這夜遊神不是外人，我是夜遊神的哥哥。」老太太趕緊與馮淵跪下，說：「你是老夜遊神哪？要能夠把我兒婦找回，就救了我這條老命了。只要等我兒子回來，再帶他歸月宮就不干我的事了。」馮淵又問：「你們這裡有惡霸沒有？」老太太說：「沒有。」馮淵說：「就是匪類的惡人叫惡霸呀。」老太太說：「我們這裡有個賈員外，他叫金頭老虎，姓賈叫賈士正，他可常常欺壓善良。」馮淵問：「在那裡居住？」老太太說：「就在咱們這南邊有一個南街，路北廣梁大門。」馮淵說：「你在晚間聽信罷，四更天不來五更天準到。」婆子復又磕頭，馮淵一擺手出了房門，婆子往外一送，展眼之間就蹤跡不見。老婆子望空磕頭，知道他是夜遊神駕雲走了，其實他是躥上房去啦。

馮淵回店，仍打牆上躥將過來，到了自己屋中，往炕上一看，一找自己包袱，蹤跡不見。高聲喊叫：「店家快來，我丟了東西了。」店家道：「客官不要喊叫。」馮淵問：「我此處這個包袱那裡去了？」店家說：「那我們可不知。方才我們過來與你烹茶，你上那裡去了？」馮淵說：「我沒出門。」店家說：「不能，我才過來，這屋中沒人。我還喊叫了半天，連中廁我都找了，沒有。」馮淵說：「你倒不要管我，我要我那個包袱，沒有我的不行，我那包袱裡有要緊的東西。」伙計說：「裡面有多少金銀財寶？」馮淵說：「那倒沒有，你就是給我包袱。」二人爭吵，連掌櫃的也過來在屋中爭吵了半天。馮淵也就無法，說：「既是你們沒見，我就認一個喪氣罷。」店家方才出去。

馮爺一想，已然是應許那個老婆子，要沒有夜行衣靠，就是自己這身衣服，去時有些不利便。拿自己兜囊銀子給了店飯錢，等到天交二鼓之半，掖上衣服，別上砍刀，吹滅燈燭，倒帶雙門，躥出去直奔前街。往東一拐，就見著廣梁大門。由旁邊的牆躥將上去，也沒拿問路石問路，直奔裡面，躥在垂花門西牆，上了西配房，往前坡一趴。往上房屋中一瞅，當地一張圓桌面，擺列一桌果席，全是上好的果品。見一個人在那裡坐著，就在四十多歲，藍緞繡花壯巾，蛋黃箭袖袍，絲鸞帶，薄底靴子，掛著一牆兵刃；面似舊鍋，粗眉大眼，半部鬍鬚。在那裡吩咐家人：「有請高大爺。」家人答應，往外就走。馮爺將要躲閃，忽見對面房上趴著一個人，展眼間蹤跡不見。

要問是誰，下回分解。

第八十四回　賈家屯馮淵中暗器　小酒鋪姑娘救殘生

且說馮淵見金頭老虎賈士正在屋中看著那桌果席，叫家人有請高大爺。家人出來，馮淵自得躲避，就見東房上有一個人，展眼蹤跡不見。自己暗道：這個人好快身法。也就躥在後坡。等家人過去，從外邊進來一人，馮淵一看認得，正是飛毛腿高解。來至廳房，金頭老虎讓他坐下，謙讓半天，高解上座。賈士正親身斟酒，教高解連飲了三盅，然後這才斟上門盅。賈士正說：「這件事多虧是你，除非哥哥你，這件事萬也不能成功。」馮淵一想：高解怎麼跑這來了？

皆因在美珍樓教蔣四爺追跑，在雜貨鋪席囤的旁邊躲避了半天，他見蔣爺沒追他，自己方才放心，後來逃竄。也沒找著白菊花，耳聞著醬園裡多一半是病判官死在醬缸裡了。自己一走，無處可奔，一想白菊花準是不上團城子去，他既要上姚家寨，不如上姚家寨找他，比上團城子可強。主意一定，就奔洛陽縣而來。一路之上也沒見著白菊花，可巧正走在賈家屯的地面，遇見賈士正在他門首。二人彼此見禮，賈士正把他讓在家裡，待承酒飯。飲酒之時，兩個人談了些個閒話，見賈士正愁眉不展，高解問：「賢弟，什麼緣故愁眉不展？」賈士正提菜園子裡有個少婦，生得十分俊俏，自己不能到手：「頭一次見他汲水之時，在井邊上汲水，我過去說：賞我一口水喝。我叫了一聲大嫂子，他轉身就跑了。前天又遇見他汲水，我又說賞我一口水喝，他仍是回頭就跑。我雖有錢，打不進這個門子去。」高解說：「不怕，有我給你辦理。自要你喜愛這個人，我就有法子。」到晚間，高解教賈士正預備兩床被子，帶了兩名家人，到菜園子內，高解見他門外邊放著兩個水筲，用小磚頭往水筲梁上一砸，這叫調虎離山計。那個少婦出來了，將一出門，他用被子往他臉上一捂，直不能喊嚷。高解往肋下一夾，到了牆的外頭，交給家人把他抬將回來。高解復又回去，站在房上一嚷：我乃夜遊神是也。不然那個老太太一說，馮淵就知道，是各行中知道各行人的滋味。高解嚷完，仍然回賈士正家中。

這是第二日晚間，金頭老虎預備一桌果席請高解，與他道勞。三杯酒喝完，復又斟上，給高解深深一躬到地。高解說：「你這是多此一舉，自己弟兄，但不知那婦人從也不從？」回答：「不從，要是從了敢好了。」高解說：「不從咱們慢慢再設法子。」賈士正說：「他要不從，哥哥有什麼招兒？我領教領教。」高解將要說，家人進來回話說：「員外爺在上，外面由姚家寨來了一位周三爺。」賈士正一聽，一聲吩咐：「請。」不多一時，從外面進來。馮淵容他們進去，復又到前坡趴著望裡瞧看。見此人身高八尺，銀灰六瓣壯帽，銀灰箭袖袍，絲鸞帶，薄底靴子，肋下佩刀，白緞子大氅上繡三藍色的團花；面若銀盆，劍眉圓目直鼻，菱角口微長髭鬚。見賈士正對施一禮，見高解微微一怔。賈士正在旁說：「二位不識認麼？這可不是外人，這就是八寶空青山的寨主，外號人稱玉面判官，姓周名周凱。」又說：「這位是土龍坡的寨主，外號人稱飛毛腿，姓高名解，與周四哥、周五哥莫逆之交。」二人一聽，對施一禮，說了些久仰的客套，謙讓半天，然後落座，叫家人從新另添一份杯箸。

賈士正問：「三哥意欲何往？」玉面判官周凱說：「我從姚家寨來，皆因團城子東方大哥請王興祖鎮擂，他不願意去，團城子連催了三封書信，姚大哥總怕他不去，他又有意要回家去，姚大哥打發我趕下他來了。我追到團城子，如若他沒去，我追到家中把他請出來，人家那裡實指著他鎮播，別誤了人家的事。他要在團城子，我就不往他家中去了。」賈士正說：「就為這事情？你明天再走罷。」隨喝著酒，周凱說：「高大哥因何走到此處來了？」高解未從說話先一聲長歎，說：「我們實在的是時運不好，連你們四弟帶晏飛晏寨主。」把自己丟刀，晏寨主丟琵琶峪，周瑞丟桃花溝的話，說了一遍。又說：「你們四弟大概還許沒有命了。」又把美珍樓三個人失散的話，也說了一遍。玉面判官周凱站起身形，把腳一跺，只氣得他「哇呀呀」的喊叫，說：「就是這們一個老西兒，就會害得你們三個人這般光景？」高解說：「你可不知道這個山西人多大本事哪！」周凱說：「多大本事？他還能頂長三頭，肩生六臂不成？到底他有什麼本事？」高解說：「這個人能耐大多了。他會裝死，他會裝打呼，會往西北追人東南等；他那個刀，不管什麼兵器碰上就折；一身暗器，所有的暗器他無一不會。再說，他那暗器也透著各別，手中托著一支鏢，嘴內一咕噥，那一支鏢能打死三個人，那支鏢不丟，仍然還在手裡托著；他那口大環刀更利害了，削兵器不要緊，他把刀往外一甩就出來一道白光，人離著半里地，腦袋就掉下來了。」他一誇獎徐良不要緊，把賈士正、周凱顏色都嚇變了。

你道因為什麼事情替徐良說這樣大話？就皆因白菊花、周瑞教徐良追的望影而逃，不算很栽跟頭，故此才說這個人本事大多了。周凱說：「此人必是有妖術邪法。」高解說：「妖術邪法大概也有點，你要見著他，須多留些神才好。」他這裡替徐良說些大話，氣的馮淵渾身立抖，心中暗說：這個醋糟真走時運，我馮淵背地裡就沒有人替我說些大話。我淨在這裡趴著有什麼意思？趁著他們喝酒，我先到後面把那個婦人救了再說。正要打算往後去，不略兩條腿被人揪住了。扭項回頭一瞅，暗暗心中歡喜，原來是徐良把他雙腿揪住。

你道山西雁從何而至？皆因是馮淵拿著三封書信由公館起身，徐良總看他不能辦這們大事情，隨著就把自己的東西拾掇了，帶些散碎銀兩。蔣爺問：「你上那裡去？」徐良說：「我告告便。」他就打這一告便，從尿道裡追下馮淵來了。一路之上，總不離乎馮淵左右，直到劉家團，他在對面影壁後頭蹲著。他一聽馮淵說的話就不對，暗暗直罵：「臭豆腐，不會說話。不留下書信使得，你到底告訴人家來歷呀。看這個意思，先生準是在家內不見他。」就先奔賈家屯找店來了。他住的也是雙盛店，外院兩間東房，馮淵進來他也看見了。他先吃完了飯，到西院瞧瞧去。將到西院，見馮淵往那院一躥，他也跟過來了。馮淵在屋內說話，他全聽見了。他先過來的，一帶手把馮淵夜行衣靠拿著走了。等到二鼓之半，他也去了，馮淵瞧見東房趴著的那就是徐良。他看見馮淵自己轉到後邊，他把屋中話也都聽見了，淨是暗笑：「說的老西成了神仙了。」一轉身從後面繞到西房，到前坡把馮淵雙腿一揪，自己往起一站，馮淵就在房上拿了一把大頂，又不敢喊叫，又怕他往下一扔。徐良果然往下一抖，馮淵就從房上摔下來了，說：「醋糟，你害苦了我了！」他可雖是一身工夫，自己要躥下房來一點聲音皆無，這是教人扔將下來，果然噗咚一聲，趕緊站起身來。徐良在他身背後低聲說：「不要緊，全有我呢。」馮淵見他在後面，就壯起膽子來了。徐良說：「烏八的，三個人快出來罷，我的鏢是在這裡托著哪。我這就要念咒了，打死你們這三個烏八的，我這鏢仍然還回來。」高解說：「可不好，來了！」他只不敢出屋門，噹的一聲把後窗戶踹開，從後窗戶跑出去了。

周凱不能不出來，無奈把大氅一甩，掖上衣襟，拉刀吹燈，微一攏眼光，躥出屋門。往對面一看，就見迎面站著一人，說：「你就是多臂熊？」馮淵說：「我不是，我是馮大老爺，這個才是醋糟哪！」隨說話扭項一看，徐良早不知去向，把馮淵嚇了個膽裂魂飛，心中說：「徐良把我一個人扔在這裡，我如何是他們的對手？」只可拉刀與周凱交手。周凱說：「外面就是一個人，你們出來拿他罷。」賈士正也就在牆上摘下一把朴刀，躥在院內，說：「你們是那裡來的？黌夜入宅，非姦即盜。三哥，幫著我拿他們，拿住他們交在當官，按例治罪。」兩個人往上一圍，馮淵這口刀上下翻飛，遮前擋後，暗暗恨怨徐良：你把我扔下來，你全不管了。正在恨怨之際，一聽身後「哼」了一聲，馮爺躥出圈外。賈士正、周凱也就一怔，往對面一看徐良，就見他一身青緞衣襟，黑紫臉堂，一雙白眉毛往下一耷拉，類若吊死鬼一般。手中托著一件物件，靠著南牆，瞪著眼睛，齜著牙，實係難看。周凱、賈士正納悶：這個人不像有本事的。周凱問：「你就是多臂熊？」徐良說：「你不是判官呀？」周凱說：「然也。知道我的利害，快些過來受捆！」徐良說：「判官，你沒打聽打聽我的外號叫什麼？」周凱問：「你叫什麼？」徐良說：「我叫閻王爺。」周凱問：「你怎麼叫閻王爺？」徐良說：「閻王爺專管判官。」周凱氣往上撞，說：「好匹夫，滿口亂道！」自己也不敢過去，見他意思是托著鏢哪。又瞧他嘴內咕咕噥噥的，準是念咒哪。說：「小輩，你要施展妖術邪法，你不是英雄。」徐良說：「你這一擾，我把咒腦袋都忘了。」賈士正說：「別容他念咒，咱們動手罷。」二人將要往前一躥，徐良說：「等等，我不會念咒，我也沒本事，你們饒了我罷，如不饒我，給你們磕個頭。」周凱與賈士正說：「咱們是教他戲耍透了，原來是個無能之輩。」擺刀往下就剁。徐良說：「等著我與你們磕頭。」就見他肩膀往兩邊一晃，把頭一低。焉知曉他這頭可不好受，花裝弩蹭的一聲就打出來了。虧得周凱眼快，一低頭往旁一閃，那支弩箭咻的一聲，就從耳朵上穿將過去，鮮血淋漓。氣得周凱咬牙切齒，擺刀就剁，賈士正也就躥上來了。徐良焉能把兩個人放在心上，拉大環刀交手，暫且不表。

且說馮淵見徐良一露面，自己往北撲奔後面去了。由東夾道往後正跑，忽見後照房上站著一個人，晚間一看，猶如半截黑塔相仿，身量胖大，頭如麥斗，二目如燈，用了個魁星踏斗的架式往下瞅著，把馮淵嚇了一跳。

要問是誰，且聽下回分解。

第八十五回　徐良前邊戲耍周凱　馮淵後面搭救佳人

且說馮淵見徐良可來了，往後就跑，見後照房上這人頭如麥斗，二目如燈，往下一瞧。暗說：不好。自己一探頭，疑乎必是賈士正一伙的賊人，打量自己動手不是他的對手，心生一計，復又往上一看，再找那人蹤跡不見。馮淵可就直奔正北，躥過了一段界牆，見那邊有一月樣門。由北邊過來一個打更的，往前直跑，是上前邊送信去，教馮淵用了個掃堂腿掃了一個跟頭。過去把更夫脖子一掐，提起，那更夫腳不能沾地，到西北花叢的旁邊，往地下一扔，噗咚一聲，把更夫四馬攢蹄捆上，拿刀往他腦門子上直蹭，問他那難婦現在那裡。更夫苦苦哀告說：「我知道，我帶你老人家去，只要饒我這條性命。」馮淵說：「你也不用帶我去，只要告訴我他在那裡，說了假話，回頭殺你。」更夫說：「就在這月樣門內有個樓，四個婆子陪著他說話呢。」馮淵聽畢，撕衣襟把他口中塞物，自己直奔月樣門而來。進了門一看，果然有三間高樓，見樓上燈影兒一晃全都滅了，就聽婆子上面亂嚷，說：「可了不得了……」那句話沒說出來，聽噗哧，噗哧，準是全都殺了。馮淵也不敢上去，展眼間再聽，樓上動靜連一點皆無。自己一著急，又不能不上去。往上一躥，到槅扇那裡扒著一看，見此樓前後槅扇，後面槅扇大開，有一人背著那少婦往北去了。馮淵也往裡面一躥，見那四個婆子橫躺豎臥，全都被殺。自己由後邊開著那槅扇出去，也直奔正北，又見那人撲奔東北，馮淵就追下來了。那人背著人躥牆並不費力，直躍過四道牆才到了街上，馮淵也就跟著出來。

此時已有四更多天，路上並無行走之人，追到東邊，復又往北一拐，奔了後街，由東往西又跑。自己可真著了急了，說：「唔呀，你是什麼人？快把這婦人與我留下，你要不留下，你走那裡我追在你那裡。」見那人跑著一回頭，馮淵這才瞧看明白，原來是個和尚。大罵道：「你這出家人，還不與我留下！」雖然嚷著，那個和尚足下透慢，也就看見那邊有段紅牆，大概離他廟不遠。馮淵追的離他不遠，想他是跑不動了，也離著紅牆不遠，心中一想，就是背進廟去，我也是找他。既然應許老太太，要找不回去，有何臉面見那老婆子。再說，他又是個和尚，背著個少婦，他還是個好人哪？只顧貪功，緊著一跑，原來那僧人等著他呢！身臨切近，颼就是一暗器。馮淵一歪身，打在左肩之上。這一鏢雖然沒打在咽喉，也歪出好幾步去，一咬牙把鏢起出來，自覺那鏢傷之處不痛，痲酥酥的串氣。暗說：不好，多一半準是毒藥鏢！聽人說過，毒藥鏢不痛，受了此鏢，沒多大工夫就要廢命。我先回店中去，教店中人與公館送信，又不好找徐良。又一想，夜行衣包準是徐良拿去，他要是與賈士正動完手，他回店中給我送夜行衣包去，那可就好了。此時馮淵心中是胡思亂想，焉知曉受了毒藥暗器就是怕緊走，要是緊走一跑，那藥性發散的更快，人要眼前一發黑，必然倒在地上人事不省；要是不跑，六個時辰也是準死，無非明白著死，要一跑糊裡糊塗也是準死。總而言之，準得到六個時辰方能死呢。馮淵跑著，就覺眼前一發黑，類若半身不遂的光景，先由左腿不能邁步，「哎喲，哎喲」的噗咚栽倒在地，正躺在人家酒鋪門前。多虧往北一歪，那太陽穴險些就摔在石頭之上。這一躺下，就人事不省。總而言之，萬般皆由命，半點不由人。

可巧這開酒鋪的是母女二人，原籍是東昌府❶的人，此人姓尹叫尹剛杰，保鏢為生，專好交友，外號人稱賽叔保，到四十餘歲就故去了。妻子劉氏，無兒，所生一女，乳名叫青蓮，十五六歲，練了一身工夫，小子打扮，常跟父親出去保鏢，生得十分美貌，稟性剛直。因他父親故去，母女無人照看，姑娘有個舅舅就在這信陽州居住，把他們母女接來。姑娘如今已然二十九歲了，在此處開了一個酒鋪，帶著一個老家人。這個老家人姓祝，名叫祝福，在尹家多年，這青蓮姑娘是他眼瞅著長大的。祝福就看著這酒鋪買賣，後面單有房子是他母女居住。姑娘早晚的工夫不肯丟下，每日五鼓之時起來頑拳踢腿，熟練自己長短家伙，練完時節天不能亮，為的是活動身體。把街也掃了，前後院連酒鋪中撣的撣了，擦的擦了，此時也就紅日東升，把祝福叫起來，然後上後邊去梳洗打扮。

可巧這天自己練完工夫，下了一塊板子，將出去要掃街，見臺階底下躺著一個人。近前細細看了一看，武生相公打扮。列位，就有說的：馮淵多怎是武生相公的打扮哪？皆因他穿著是白菊花那身衣裳。旁邊扔著一口刀，左肩頭往外冒血。青蓮小姐顧不得掃街了，進來把那扇板子上好，先把祝福叫醒：「祝大哥，你起來罷。」又到後面把老太太叫醒。老太太問他什麼事情，姑娘說：「咱們門口躺著一個武生相公，旁邊扔著一口刀，多一半是遇見仇人，他那肩頭上還直冒鮮血。你老人家起來，咱們出去瞧瞧他去，要沒死那還好辦，他要死了，咱們趁早把他移開，不然咱們這鋪子擔架不住。」老太太穿好衣服，祝福在外邊點著燈籠，等著到了前邊，又把那扇板子下下來，先教祝福出去將那人衣服撩起來，摸摸他心口還跳與不跳。祝福出去，將他衣服撩起來，一摸心口還是亂跳。祝福說：「姑娘，不但心口亂跳，

❶ 東昌府：治所在今山東聊城。

從他肩頭上流出血來全是黑的。」姑娘叫：「祝大哥，你出去看看是什麼傷？」祝福細看了看說：「是個黑窟窿，不知教什麼扎的。」姑娘一聽，說：「是了。」對娘親一說：「這是受了毒藥暗器了。咱們救他不救？」老太太說：「救人一命勝造七級浮圖。可怕你治不好，那可不是戲耍的呀！」姑娘說：「我跟我天倫學的，不能治不好，咱們做這一件好事罷。」

姑娘隨即挽起衣袖，又下了一塊板子，叫祝福幫著他把馮淵搭在裡面。到了後頭屋內，把馮淵往床榻上一放，叫祝福把板子上上。姑娘進內間屋中取出一個匣子來，教祝福解開他的腰帶，把膀子現出來。姑娘打開匣子，拿出一把小刀兒，刃薄如紙；另拿出一個小葫蘆，拔去塞子，裡面是麵子藥，倒在傷口。微等了片時，姑娘團了些爛紙，就用那把小刀把周圍爛肉一起全都放在紙內。周圍見了好肉，從新又取出一個小盒來，裡邊是膏子藥，俱把他那傷口堵滿，烤了一張膏藥與他貼上。復又取來三丸子丸藥，教祝福取了些冷水來，將丸藥研開，拿筷箸把馮淵牙關一撬，將藥灌將下去。登時之間就蘇醒過來，覺著肚內一攤，哇呀哇呀的吐了些黑水。往起一坐，翻眼一看，那邊一位老太太慈眉善目，總夠六旬上下光景；看那旁有一個大姑娘，在那裡收什匣子呢；看那旁又站著一個老頭兒，青衣小帽，像一個做買賣的打扮。自己又一想，教那和尚用鏢打了一下子，自己就覺暈暈忽忽摔倒在地，後來就全不知道了。連忙站起身來，先給祝福深深一躬到地，說：「這位老兄，方才我受了人家毒藥暗器，躺在地下，我糊裡糊塗的，因何尚在這裡？」祝福說：「你教什麼人打了一毒藥暗器？我們這是一個小酒鋪，正躺在我們鋪子之外，教我們姑娘看見。我們老太太見你沒死就哪，我們小姐有這們一個手段，專會救受毒藥暗器之傷，故此才把你搭將進來。此時把你治好，你過去見見去罷。」

馮淵一聞此言，把袖子伸上，整整衣裳，過去見老太太雙膝點地磕了三個頭，說：「要不是老太太搭救我的性命，準死無疑。未領教老太太貴姓？」老人說：「老身姓尹。我倒不會，是我女兒把你的鏢傷治好。但不知相公貴姓？」馮淵說：「晚生姓馮，名叫馮淵，我在開封府相爺駕前當差，我是六品校尉之職。就是這位姑娘救了我的性命？小姐請上，受我一拜。」姑娘說：「我們可不敢當。」說：「祝大哥，急速把這老爺攙住。」這青蓮小姐生來最聰明，一聽他說是六品校尉，就以老爺稱呼。祝福過來一攔，馮淵一定要磕，說：「小姐乃活命之恩，恩同再、再、再、再……」馮爺一想，這句話不是滋味，說不的這個「恩同再造，重生父母，再養的爹娘」。人家是未出閨閫一個大姑娘，把人家比娘如何說得下去？故此說了好幾個再，就再不下去了，往上磕頭。姑娘往旁一閃，道了三個萬福。馮淵起來又要與祝福磕頭，老家人先就跪下了，說：「老奴可不敢當。」馮淵這才施了個常禮，問說：「老哥哥貴姓？」家人說：「老奴叫祝福。」老太太讓：「馮老爺請坐。」問：「因為何故來到此處？深更半夜，教什麼人打了一暗器？」馮淵將要說自己的事情，被姑娘攔住，姑娘說：「娘親別教馮老爺多說話了，多說話費精神，那個傷處好的慢，總要躺下睡覺，那傷方能好的疾速。待太陽出來之後，教祝大哥買幾尾鮮魚來氽了湯，油鹽醬醋蔥薑蒜作料一概不要，喝了湯之後那可就算是好了，有什麼話慢慢再說罷。」老太太說：「既然我們姑娘這麼說著，馮老爺你就在這裡歇歇，睡一覺。」馮淵說：「我在這裡躺著？我天膽也不敢。我在外邊躺著去罷。」祝福說：「馮老爺既然在這裡躺著不便，必是避諱我家小姐。倒不如請他老人家櫃房去倒好，前邊也無人，也肅靜。」馮淵說：「那倒可以使得。」老太太說：「既是這樣，祝福你把他的刀交給馮老爺。」家人答應，把刀交給馮淵。馮爺接過刀來，插入刀鞘之中，轉身與老太太、姑娘深施一禮，然後這才跟祝福出來。

到了櫃房一看，祝福那個鋪蓋還沒疊起來呢。馮爺先把刀摘下來掛在牆上，頭衝裡躺下，祝福將被子給他搭上。家人說：「我去開門去了。」馮淵點頭答應。祝福將往外面一走，忽聽外頭念了一聲：「阿彌陀佛，怎麼這般時候還不開門？」祝福說：「我們這裡鬧了半夜，將要開門，你老人家來了。」說畢開板子，進來一個和尚。馮淵一聽心中一動，掀了被子下炕往外一瞧，正是仇家到了，牆上拉刀，躥出櫃房。

兩下這一動手，勝負輸贏，且聽下回分解。

第八十六回　生鐵佛廟中說親事　劉志齊家內畫樓圖

且說馮淵扒著櫃房一看，正是仇家到了，就要從壁上摘刀，報那一鏢之仇。將要躥出，又一聽話語不對，祝福管著他叫舅老爺，說：「怎麼這們早就來了呢？」和尚說：「我也是半夜沒睡覺。」祝福說：「我們也是半夜沒睡覺。」和尚問：「你們半夜沒睡覺做什麼來著？」祝福說：「救人來著。」和尚說：「我半夜沒睡覺，也是救人來著。」祝福問：「舅老爺救的是誰？」和尚說：「我救的是菜園子那個顧氏，張德立的妻子。你們救的是誰？」祝福將要往下說，忽聽姑娘那旁說：「舅舅來了嗎？你進來罷，我告訴你一句話說。」祝福說：「舅老爺，我們小姐那裡告訴你哪。」和尚往後就走，說：「姐姐起來了沒有？」老太太說：「我早就起來了。」和尚來至後面，見了姐姐與姑娘，將要坐下，姑娘就把始末根由，怎麼救的馮淵，細細說了一遍。和尚一聽說：「甥女兒，這倒不錯了，怕他不準是個校尉罷，許他信口胡說哪。我皆因知道這個菜園子張德立的妻子教金頭老虎賈士正搶了去了，我昨晚到了賈士正家裡，他們也不知什麼人在那裡動手。見由東夾道跑過一個人來，我略著必是賈士正一黨之人。我到後樓上殺死四個婆子，背著他從後樓跑出來了，我就見著他跟下我來。我沒敢直奔廟去，由東北繞至後街，復返奔正西廟後而來。他在後面說了話了，教把這個婦人給他留下。我一想更是他們的人了，微一收步，打了他一鏢，也沒管他死活，我就進廟去了。據我想，他還不定是個好人不是好人哪！」姑娘說：「這個人現在前邊櫃房睡覺呢，如不是好人，咱們別把他放走了。」姑娘叫：「祝大哥，把那位馮老爺請過來。」

你道馮淵怎麼沒出來動手哪？皆因是祝福管著他叫舅老爺，必是姑娘的舅舅。又聽他說救了菜園子顧氏，這個和尚倒也是個好人。雖然中了他一鏢，倒是他外甥女兒救的。有此一想，故此沒好意思出來動手。祝福說：「有請馮老爺裡邊說話。」馮淵後又挎上刀，跟著祝福到了後面。見著和尚，僧人念了一聲：「阿彌陀佛！」馮淵一躬到地。和尚說：「方才聽我姐姐所說，貴姓是馮哪？」馮爺說：「正是。沒領教師父貴上下？」和尚說：「小僧廣慧。」馮淵又問：「寶剎？」回答：「法通寺。」原來這個和尚先前之時跟著他姐丈尹剛杰保鏢為生，因他姐丈一死，自己很灰心，看人生在世如大夢一場，幾十年的光景，口眼一閉，萬事皆休。他看破世俗，他才削髮為僧。他本姓劉，叫劉萬通，外號人稱鐵生劉萬通。就在這法通寺拜了靜元和尚為師，與他起名就叫廣慧，出家之後，人家管著他叫生鐵佛。此人生來性情古怪，愛管不平之事。皆因姐姐與甥女兒在東昌無人照管，故此才把他們接來，離廟相近為是，好照應他們娘兒兩個。要與甥女擇婚，又沒相當的，高不成低不就，闊家嫌他們是異鄉人，寒家不給，因此這件事耽誤到三十歲尚終身未定。馮淵問完了他，他復又問馮淵事情，回答：「我叫馮淵，開封府站堂聽差，六品校尉，匪號人稱聖手秀士。」生鐵佛問：「大概是奉相諭出來辦差罷？」馮淵說：「萬歲爺丟冠袍帶履，被綠林白菊花盜去，我們是奉旨捉拿此人。」劉萬通一問姑娘：「你給他治好了，沒喝魚湯罷？」姑娘說：「正要教我祝大哥買去哪。」和尚說：「不用買去了，我把他請在廟中，給他點藥吃，比喝魚湯還強哪。」遂說：「馮老爺，請至廟中談話，不知意下如何？」馮淵說：「很好，很好。」

遂即告辭老太太。劉氏說：「這是我兄弟。」又對萬通說：「此乃是貴客臨門，千萬不可慢待。」馮淵剛往外一走，劉氏又把和尚叫將回去，附耳低言說了幾句話，復返才出來。馮淵又給祝福行了個禮，這才出離酒鋪，直奔法通寺。

法通寺就在前街，進廟直奔禪堂，來到屋內，彼此落座，叫小沙彌獻茶。馮淵問：「昨晚那個少婦，師父可給送回家去了？」和尚說：「我送在他姑母家中去了，此時不能教他露面，一露面賈士正家內有幾條人命，那就不好辦了。」又問：「他的婆母可知道此事？」和尚說：「我也與他送了信了。昨日晚間是馮老爺你沒把話說明白，緊說教我給你留下，我只當你是賈士正他們一伙之人，故此我才打了你一鏢，實在可多有得罪。」馮淵說：「我也是錯會了意了，我想你一個出家人，背著一個少婦，怎麼能是好人呢。」說畢二位哈哈大笑。和尚從裡間屋中取出一包麵子藥來，倒在茶碗內，叫用茶沖將下去。功夫不大，就聽馮淵肚內咕嚕嚕一陣響，和尚說：「大概是馮老爺餓了罷。」馮淵說：「何嘗不是。」立刻預備齋飯，不教馮淵喝酒，二人飽餐一頓，撤將下去，獻上茶來。復又問：「這白菊花是那路賊人？」馮淵說：「陳州人氏，姓晏，他叫晏飛。」和尚說：「莫不成是晏子托之子？」馮爺說：「對了。」又問：「此人現今未能拿獲？」馮淵說：「不但他沒拿住，連冠袍帶履都沒請回去哪，我就為此事而來。」就把藏珍樓怎麼不好進去，裡面有內應，來請劉志齊的話說了一遍。和尚又問：「請了劉志齊沒有？」馮淵說：「請去了，昨日到他家中，他教人家請出去瞧墳地看風水，與人點穴，不定幾時才回來呢。」和尚說：「是了，昨日他從我廟中回去，怎麼說與人家看墳地？別是他不肯見你罷。」馮淵說：「真要是在家不見我，可不是交情。師父與此人相好麼？」和尚說：「不錯，莫逆至交，終朝淨在我廟中談話。」馮淵說：「師父，我這就要找他去。」和尚說：「不用，我派人去找他去，一找便來。」馮淵趕緊一躬到地，說：「就勞累師父派人辛苦一趟罷。」和尚把小沙彌叫過來，說：「你去到劉家團，把你劉伯伯請來，說我這裡立等。」

小和尚去後，劉萬通又問：「馮老爺作官之人，怎麼外號人稱叫聖手秀士？」這一句話問的馮淵面紅過耳，羞慚慚的說：「實不瞞師父，我是個綠林的出身。」和尚說：「這就是了。老師是那一位？」馮淵說：「我的師父姓吳，叫吳永安。」和尚說：「這可不是外人，外號人稱雙翅虎，對不對？謝童海是你什麼人？」馮淵說：「那是我師叔。」又問：「馮老爺定下姻親沒有？」馮淵說：「實不相瞞，先在鄧家堡，後在霸王莊，又在王爺府幾天，因此就耽誤了。」和尚問他這些話原是有心事，他臨出來之時，老太太附耳低言，就是教他盤問盤問馮淵，姑娘是大了，又不知道他的準底，又貪著他有官，品貌也不錯，問問他要沒成家，就把姑娘給他。和尚問了問，他是吳永安的徒弟，所以這門親事可以作的。又說：「馮老爺，既是你沒定下姻親，方才我這甥女兒你也見過了，頗不醜陋，意欲與你為妻，不知馮老爺意下如何？」馮淵一聽，「唔呀，唔呀」鬧了兩個「唔呀」，說：「師父，論這件事我也不能不應。無奈我是展大人、蔣大人差遣，前來與劉先生下書。我要在半路定親，有礙於例。」和尚說：「這有何難。只要馮老爺你願意，我就有主意。」馮淵問：「怎麼個辦法？」和尚說：「親事只要定妥，有人問你就說前三年頭裡定的，他們那裡搜查那個細底去。就是馮老爺不願意，那可不行。」馮淵說：「我是情甘意願。」和尚說：「既然願意，馮老爺多少留下點定禮。」馮淵說：「不行，我是任什麼沒有，有個夜行衣靠包袱還丟了，準是教我們伙計偷了去了。玉佩等項我是素常不愛戴那些東西。」和尚問怎麼把夜行衣靠也丟了，馮淵就把住店過那院菜園子問老婆子話，回來就丟了，賈士正家中又遇見徐良，準是他偷了去了的話說了一遍。和尚問：「這徐良是誰？」馮淵說：「你難道沒看見他們前邊交手嗎？」和尚說：「我可知道他們前頭動手，我沒上前面去，故此不知是誰。」和尚為難了半天，一回手從箱子裡取出一宗東西來，是一根嶄新鵝黃絲鸞帶，教馮淵繫上。把馮淵那根絲鸞帶解下來摺疊摺疊，用一張紅綿紙包上，這就算為定禮，並且還吉祥，帶「子」帶「子」。馮淵倒把一根新絲鸞帶繫好，把刀挎上。

就見小和尚進來說：「劉伯父到了。」和尚說請。就見劉志齊青四楞巾，翠藍袍，腰繫絲絛，白襪朱履，白臉面，三綹長髯，見和尚抱拳帶笑。僧人合掌當胸，念了一聲「阿彌陀佛」，說：「小弟問詢過去了。」馮淵過來深深一躬到地，說：「劉先生一向可好！」劉志齊答禮相還，上下瞧看兩眼，並不認識，問和尚：「這位是誰？」生鐵佛說：「你們二位不認識？」馮淵接著說道：「劉先生是貴人多忘事，我叫馮淵，上次同著沈中元到過府上一趟，還是在你家中住宿的。劉先生莫非竟自忘記了不成？」劉志齊說：「原來是馮賢弟，千萬恕我。」連連告罪。馮淵就把三封書信掏將出來遞與劉志齊。劉先生接書還未能打開觀看，說：「昨日晚間打門是你嗎？」馮淵說：「不錯，是我。」劉先生說：「怎麼賢弟你也不把話說明白了，我情實是在家中，沒見。說是南陽府的，我萬沒想到是你，總疑乎是團城子那裡請我來了。我如今與他們斷義絕交，倘要見面，倒有些礙難之處。」隨說著話，就把三封書信打開一看。俱都看畢，微微一笑說：「馮老爺如今作了官了，可喜可賀，這個方算是個正途。論說這三封書信我衝著那位都應當前去，無奈我可不能從命。此樓是我擺的，衝著東方保赤。如今他們小弟兄們任意胡為，我再三勸解，他們是執意不聽，我與他們斷義絕交，三節兩壽之禮我都一概不受啦。我如今要去破樓，他們不能不知，我豈不是反復無常的小人？你們幾位惱了我都使得，我不能做這樣事情。此樓沒有多大的奧妙，你們那裡不是沒有能人，辨別著辦理辦理就行了。」馮淵說：「不行，非你老先生去，此樓萬不能破。」央求再四，連和尚說著如今怎麼是親戚，把甥女兒給馮老爺的話說了一遍。劉志齊無奈之何，說：「我去可不能，我給你們畫個樓圖去，此樓可破。」和尚說：「得幾時才能畫得？」劉志齊說：「後天可得。事不宜遲，我還是就走。」和尚、馮淵送將出來，復又深施一禮。

劉先生去後，和尚又帶著馮淵至酒鋪裡拜見岳母，給了定禮，仍然回廟。等到第三日樓圖畫得，馮淵拿著樓圖回公館。

破藏珍樓，下回交待。

第八十七回　徐良在院中被獲　周凱到樹林脫身

且說第三天將樓圖畫好，先生未到，是專人送來的，並有一封回書，說：「我們先生有些身體不爽，派我送來。」和尚賞賜了家人，說：「我得便往家中瞧看他去。」家人去後，馮淵打開樓圖，同著和尚看了一看，看了半天，連生鐵佛也都不懂。和尚說：「不可在此久待，即速起身要緊。」馮淵仍用油綢子貼身繫好，和尚拿出二十兩銀子來，給馮淵以作路費。馮淵再三不受，生鐵佛講之再四，馮淵這才收下，告辭起身。將到廟外，見前邊一陣大亂。見有地方前邊拿著竹杖兒亂抽，不教閒人近前，後面有青衣❶喝道，後邊一乘大轎。馮淵將出廟門，和尚復又把馮淵拉進來了，把廟門一關。馮淵問：「因為何故把我又拉進來哪？」和尚說：「姑老爺你還看不出來嗎，這是上賈士正家內驗屍去，咱們總是躲避躲避為是。」容他們過去，馮淵這才辭別起身，和尚囑咐路上千萬謹慎，馮淵點頭說：「謹遵師父之命。」帶著樓圖撲奔五里新街而來，暫且不表。和尚回廟不提。

且說山西雁一弩箭把周凱耳朵打豁，然後削了他的刀，又削了賈士正的刀，眾家人往上一圍，也削了他們不少兵器，自己要到後邊救難婦去。到了後面，難婦早教人救出去了，還殺了四個婆子。徐良總疑乎是馮淵辦的事情，自己回店，見馮淵沒回去，又疑乎他準是上菜園子去了，回到自己屋中安歇睡覺。

---

❶ 青衣：指穿青衣的役吏，差役。

次日，還想著要給馮淵的夜行衣靠包袱，將教店中打臉水烹茶，就聽店中一派的喧嘩亂嚷。徐良出了屋門，就見店中人在那裡說：「掌櫃的，你瞧這事情詫異不詫異？」徐良問什麼事情。伙計說：「昨日西院住下一個蠻子，他說丟了一個包袱，後來我們掌櫃的過去一評這個理兒，他又說不要緊了。今日早晨門還關著，把人丟了，大概瞧他這個人苗頭不正。」徐良這才知道馮淵沒回來，暗暗納悶。準知道動手時節他走了，不能遇險。那少婦也救啦，夜行人規矩，但分能回店總然回店。連徐良也猜不著是什麼緣故，只可對著店家說：「你們只管放心罷，這個人我也曾看見了，他絕不能是個賊。倒許是個番子，許是半夜裡趕下賊去了。該多少飯錢店錢，他要跑了我給。」店家說：「飯錢店錢已然給過了，就是這個人走的奇怪，門還沒開哪。」徐良說：「既然給了店錢飯錢更不要緊了，與我預備飯罷。」店家答應一聲，給徐良預備早餐。

直等了三天，並沒音信。晚間忽生一計，非到劉家團看看不可。吃完了晚飯，等到二鼓多天，也沒換夜行衣，就是隨便箭袖袍，直奔劉家團。進東口，路北第一門，門戶早已關閉。心想著躥進牆去，先看看劉志齊在家內沒有，倘若不在家，那臭豆腐不定有什麼緣故了。也許馮淵把菜園子事辦完，見著劉志齊，打那麼就走了。且到裡面看看，實在不得信，或是問問他們打更的與家人，他們必然知曉。躥上南房，扒著前坡一看，冷冷清清，夠奔四扇屏風而來。屏風門左右有兩段卡子牆，縱在西卡子牆上一看，只見三間上房，兩間耳房。往上房屋中一看，燈燭輝煌，上垂首是劉志齊，下邊是他妻子，就聽見那裡講論馮淵的事。徐良離著甚遠，聽不很真切，自己一想，非到窗櫺之外方能聽得明白。躍身下牆，奔到上房，只顧心神念淨惦記到那裡聽話，不略有一宗物件掛住腳面，往前一邁步，繩子兜住腳面，身不由自主，噗咚栽倒在地，往起一爬，連手都教繩子繞住。這一摔倒，把徐良嚇的膽裂魂飛。只聽見遍地都是小鈴鐺亂響，一抬腿嘩啷啷鈴鐺亂響，一抬那條腿嘩啷啷鈴鐺亂響，手一抬也是那鈴鐺亂響，手足全教那繩子索住。徐良也不敢動轉，四面八方，牆頭底下，房簷底下，前後院，鈴鐺亂響。屋內劉志齊先生不慌不忙，叫：「劉安。」不多一時，從屏風門來了一位老管家，手提燈籠，直奔上房，連徐良一眼也不看。他在屋門外階臺石上一站，說：「呼喚老奴有什麼事情？」先生說：「教三哥來罷，這個人捆上，帶過來我問問。」

老奴答應，轉頭出來，叫進一個人來，約夠二十多歲。老家人打著燈，他過來。徐良借著燈光一看，滿地下盡是繩子，橫三豎四。那個人過來，先把他的刀抽出來，腰中掖著兩根繩子，把徐良兩隻手上繩子摘開，原來那繩子全是活扣，一摘就開，把二臂給他捆上；然後摘腳上的，全都與他摘開，捆好。把山西雁往肋下一夾，找著道路，直奔到上房，到了屋中，把徐良往地下一放。老家人說：「你跪下，央求央求我們老爺罷。看你也不是久慣幹這的，讓我們老爺施份恩把你放了就結啦。」徐良說：「你少說罷。別看我被捉，我可不是賊。你打量著我是偷你們來哪？劉先生，我可不是被捉貪生怕死，皆因我叔伯父、我的朋友，都與你相好，我可不能不給你行個禮兒。」說畢雙膝跪倒。劉志齊見他昂昂相貌，儀表非俗，連忙問道：「壯士貴姓？」先教妻子回避了。徐良說：「我姓徐名良字世長，御前帶刀四品護衛之職。」就把馮淵前來，有三封書信，與你下書的話說了一遍。

劉志齊一聞此言，趕緊下位，親解其縛，說：「徐老爺到了，實在不知，多有得罪。既然同著馮老爺前來，為何黑夜到此，是什麼緣故？」徐良就把自己住店，到賈士正家裡，夜晚分手，到今未見，到此處打聽打聽，不略到此已晚，不好叫門，我才躍牆而過，到此被捉。劉志齊讓獻茶，把刀仍然交與徐良，又問：「馮老爺的事情你是一字不知？」徐良說：「我是一字不知，他並沒回店。」劉志齊就把馮淵被傷，受毒藥鏢，教青蓮治好，遇和尚，到法通寺與青蓮聯姻，畫樓圖已然畫好，今日拿去起身的話說了一遍。徐良這才知道，復又與劉志齊行了一禮，說：「我不能在此久待，追我們馮老爺去要緊。」劉志齊一定要備酒待承，徐良再三不擾，告辭出去。先生叫開門，別打牆上走了。徐良問：「劉伯父，你這院中，各處大概全有消息罷？」劉志齊說：「豈敢。好兄弟，怎麼你以叔伯相呼？」說：「實不相瞞，我這裡並沒別的消息，無非是一個串地錦，房上牆上一概沒有。但分知道，人家也不上我這裡來，只要一下牆，他就不用打算走了。別的並沒有什麼消息，我又不作國家犯法之事，要那些埋伏何用？」徐良一聽，說：「也倒有理。等我們破樓之後，再來造府道勞。」劉志齊說：「豈敢，豈敢。」隨說著話，直送到門首，徐良回店，家人把門關上。

山西雁到店仍然躥牆進去，回至自己屋中。天光已亮，叫店家算帳，俱都開付清楚，拿著馮淵包袱，出店直奔南陽府而來。走著路，連打尖都不敢遲延時刻，怕是馮淵早到，一半日把樓一破，連冠袍帶履、魚陽劍一件不能得著。又一算日限，非連著夜走不行。把主意定好，走至吃飯時節，又飽餐了一頓，買些乾糧揣在懷裡，連夜往下緊緊的一走。越到夜間越好走路，沒有許多過往之人，走著清淨。到第二日晚間，見前邊一片樹林，有一個人扎入樹林之中去了。山西雁想道：別是白菊花罷？要是他，這可是天假其便。也奔樹林內來了。就聽那人一聲長歎，自言自語在那裡說話。徐良一聽，原來是他，也覺著歡喜。這個可倒不是白菊花，是玉面判官周凱，這個人把他拿住也倒可以。就聽他在那裡說：「我無緣無故，在姚家寨打發我出來，走這麼一趟外差，頭一次見著這白眉毛老西，把我耳朵打豁了，把我的刀也給削了，我還有什麼臉面活著？大概生有處，死有地，這就該我回去的地方了，就在此處尋一個自盡便了。」徐良剛要拉刀過去，一聽他要尋死，等著他吊上拿他豈不省事？自己就在樹後一蹲。聽見他說：「尋死都找不著一個樹杈兒了。」又說「這裡可以」，又說「不行，這個樹杈太軟。哎，那邊可到行了。這裡可行了，我解帶子搭上就得了」。徐良聽了半天沒有動靜，想著必是吊好了，撒腿往前就跑。身臨切近，遍找玉面判官周凱，蹤跡不見。

徐良罵道：「好烏八的，冤苦了我了。老西終日打雁，教雁啄了眼了。諒他跑他還跑的了多遠？」隨說著就出了樹林之外，往地下一趴，夜晚之間要趴在地下看得甚遠。就見正南上有一條黑影，徐良就追趕下去，追來追去離不甚遠，把大環刀往外一亮，一個箭步躥將上去。那人也就把刀亮出來，說：「唔呀，什麼人？」徐良一聽是馮淵的口音：「原來是臭豆腐麼？」馮淵說：「醋糟，你害苦了我了。」徐良說：「我倒害苦了你啦？要不是我到，你早教玉面判官、賈士正結果了你的性命，你還不謝我活命之恩。」馮淵說：「我謝你活命之恩？為什麼？我受毒藥鏢之時節，你不前去救我，要不是我的命大，我早死多時了。」徐良說：「你那一毒藥鏢沒白受，我要救了你，那裡找媳婦去哪？」馮淵說：「你怎麼知道這些事情？」徐良說：「我有耳報神。」馮淵說：「不要滿口亂道，到底是聽誰說的？」徐良他就把怎麼到劉志齊家中去打聽，他說的話學了一遍。馮淵說：「得樓圖是真，提親事是假。」徐良說：「你瞞我不要緊，我回去見著大眾之時，全給你說出來。你要好好央求央求，我一字不提。」馮淵聽徐良這套話，走著路上苦苦一央求徐良，千萬別給他提出聯姻之事。徐良方才點頭，見大眾不提此事。

且說公館大眾見馮淵去後，徐良也不知道往那裡去了。智爺說：「不用說，徐良準是追下馮淵去了，他說馮淵不能辦這們大的事情嘛，準追了去了。」直等到五月十四晌午光景，還沒見二人回來，蔣爺真著了急了。並且街上眾人吵吵嚷嚷，要看明天擂臺。馮淵不回來可以，徐良不回來這個擂臺事情可不好辦。正說之間，忽見簾子一掀，馮淵同著徐良笑嘻嘻的進來。智爺說：「如何？徐姪男跟下他去了不是。」蔣爺說：「智賢弟可算先見之明。」又問馮淵請的劉先生怎麼樣了。徐良、馮淵先見大眾行禮，然後馮淵說：「人可沒請到，畫來了樓圖，請大家一觀。」打開樓圖，眾人瞧看，議論誰去破樓。

且聽下回分解。

第八十八回　三盜魚腸劍大眾起身　巧破藏珍樓英雄獨往

且說馮淵進門，大家見了一回禮，然後把樓圖解將下來，打開包袱，先把書信遞將過去，後把樓圖打開，鋪在桌上。大家一看，頭道門、二道門、三道門、四道門。頭道門臺階底下是活心子，不用管他，墜落不下去。龍鬚不用動他，也不能扎人。若要破樓，總得有寶刀寶劍方能得得了功，用刀插入門縫往下一砍，自來兩扇門就墜落地中去了。那門一下去，用寶刀寶劍將「藏珍樓」三個字砍落，那門就不能復又上來了。進得裡面，用千里火照著。二道門叫藏珍門，東邊門上有八楞划子一個，用手往裡捻開，人可要往旁邊閃躲，容那個巨鬼起來用叉把門口堵住，容那三支弩箭從鬼口中打出來之後，三支弩箭打完，那鬼自然躺下，砍落「藏珍」二字，那門就不能復又關閉。躥過屋中那個大深坑去，那大鬼身後有兩根鐵鏈，用刀劍將兩根砍折，那鬼就不能又起來了。三道門叫五福門，雙門一推就開，先把兩個門環子砍落，然後把五個「福」字也全都砍落。進了屋中，那當地柱子上有一朵金蓮花，把他削折，鐵叉子也不能出來了，桌面子裡頭鮎魚頭的刀也出不來了，桌子也不能轉了，柱子也不往下沉了。在柱子左右兩個圓桌面以前，地下有兩塊翻板，長夠五尺，寬夠四尺，把這兩塊板子揭開，人就墜落不下去了。第四道門叫「覓寶門」，左右有兩個門，上面掛著簾子。當中有一塊大堂簾子，類若戲臺一般，左右兩旁，如上下場門一樣。那兩個門上一邊有兩個銅字，俱是鼓出來的，一邊是「堆金」，一邊是「積玉」，雖有簾子，把簾子掀開也進不去。後面有兩塊木板門，從外邊也開不開。當中掛著一個堂簾，堂簾上面也有三個字是「覓寶門」。堂簾後頭卻是四塊槅扇，倒是一推就開，那槅扇通上至下全是四方窟窿，每個窟窿內有一支弩箭，那弩箭全是毒藥煨成，若要一推槅扇，身上就得中了弩箭。要破他，先把這四個「堆金」、「積玉」字砍下來，那兩邊的門就開了。後邊全是木板鑲地，可別往後走，先把四扇槅扇後頭有一根鐵條砍折，容他把那弩箭盡都放將出來，仍然還從槅扇當中走進去。一進裡面，當中有一塊四方翻板，把那板子掀起來，往下是一磴磴的梯子。從梯子下去，到了平地，直奔正北，到北邊開著兩扇大門，全開著。進大門，東西有兩個小門，俱掛著單簾子，裡面是一磴磴的胡梯，全是木頭作成，千萬可別上去。若要上去，半路拐彎之時，蹬著消息，前邊下來一塊鐵扎板，後面下來一塊鐵扎板，就把人圈在當中。倒是迎面往正北去，有一個月洞門，瞅著可險，上面掛著一口鍘刀，只管鑽鍘刀而入。裡面也是胡梯，從這裡上去直到樓上，可就沒有消息了。柁上有魚腸劍，冠袍帶履可不知道在什麼地方放著了，自己上去找去。大家看畢，齊聲喝彩。後邊還寫著：藏珍樓外面周圍俱是七尺寬的翻板。

蔣爺說：「樓圖是到了，就在今晚間前去破樓方好。你們大家議論議論，誰去破樓？」問了一聲，並無人答言，彼此面面相觀，你瞧著我，我瞧著你。蔣爺又問：「那位前去破樓，請萬歲爺冠袍帶履？」隨問著，可就瞧看著智化，智爺他一語不發。蔣爺心中納悶，想著大概準是他去。頭一件他有紫電劍，能斷各處消息；二則他又往團城子去過兩趟；三則他是最喜要名的人。怎麼他不答言，是怎麼回事情？又看智爺，是低著頭一語不發。蔣爺說：「這一去就成功，到底沒人答言是什麼緣故？到底是那位辛苦一趟？」展爺也願意教智爺前去，說：「蔣四哥，不礙，不用著急，沒人前往我去。」蔣爺說：「展大弟去，很好，很好，大事準成。」展爺這一答言，要去的人多了，徐良、艾虎、白芸生、盧珍、馮淵全要去。

展爺說：「我不答言，你們也不去，我一答言，你們全都要去，不然教你們幾個人去罷。」徐良說：「人無頭兒不行，鳥無翅兒不騰。我們如何敢去？全仗你老人家，我們不過是巡風而已。」智爺在旁說：「展大哥，只管把他們帶了去罷，無妨，我準管保沒事，有錯朝我說。」徐良說：「臭豆腐，你就不用去了。」馮淵說：「醋糟，那是你不用去了。」徐良說：「偏不教你去，用不著你。」馮淵說：「我偏要去定了，沒有我不行。」蔣爺也說：「馮老爺，你不用去了，何苦為這們點小事大家爭論。」馮淵說：「請人應是我去，請冠袍帶履應是你們去，你們不知道請人去吸呼廢命。」蔣爺說：「大家只顧看樓圖，也沒細問你們的來歷，怎麼叫吸呼廢命，是什麼緣故？」徐良說：「這可是你嘴裡說出來的，別怨我了。」就如此如彼，這般這樣說了一遍。馮淵一聞此言，羞的面紅過耳，只可在展大人、蔣大人面前請罪。蔣爺說：「這也是一件好事，不孝有三，無後為大。這又不是在軍營裡，出兵打仗，臨陣收妻，犯了軍規，該當有罪。我們應當與馮老爺賀賀才好。馮老爺，依我說，你不用去了。前番取樓圖，這是頭一件功勞，寫奏摺之時不能不寫你的頭功，況且還是你一人獨功。」馮淵只可諾諾而退，暗暗恨怨蔣平不公。書不重敘。

吃了晚飯，等到二鼓之半，展爺帶領小四義，換了夜行衣靠，繫上百寶囊，帶上兵刃，爺五個直奔團城子而來。蔣爺、智爺說：「回頭道喜。」展南俠帶領小四義出離店外，躥房躍脊，夠奔團城子。正北有座樹林，徐良說：「展大叔，請你老人家到樹林裡面說句話。」展爺說：「使得。」進了樹林，找了塊臥牛青石，讓展爺落座。展爺說：「有什麼言語，只管說來。」未從說話先給展爺一跪，展爺說：「姪男有話慢慢請說，為何行禮哪？」徐良說：「我們五個人，衝北磕頭生死弟兄，我與我老兄弟每人有一口寶刀，大叔你老人家也有一口寶劍，比我們的刀還強哪。就是我們大哥、老四沒寶刀寶劍，二哥又是個渾人。此番去到藏珍樓，請冠袍帶履不必說，無論誰請出來都算你老人家請出來的。我們幾個人都商量明白，無論誰得著這口寶劍，都要送給我們大哥。只恐怕到了樓上你老人家得著這口寶劍，懇求賞給我們大哥。你老人家要沒有巨闕劍，我們天膽也不敢與你老啟齒。按說我們四爺與我大哥俱都沒有寶物，怎麼單給我們大哥討要，是什麼緣故？可不是我們弟兄之中有偏有向，皆因他是外號玉面小專諸，為的是成全他這外號兒，故此央求你老人家，要得著賞給我們大哥。」展爺一聽，暗暗心中誇獎徐良實在機靈，此事不能不應，說：「你們弟兄都有這般光景，我要得著，萬萬不要。」徐良一回頭說：「大哥，你先過來謝謝展大叔。」芸生很不願意，既有徐良這般說著，不能不過來給展爺磕頭，跪倒身軀與展爺行了一禮。展爺連忙用手攙起來，說：「賢姪只管放心，我要得了寶劍，必然送給賢姪。」芸生站起身來。展爺又問：「徐賢姪，還有什麼話說沒有？」徐良說：「並沒有別的言語了，就是這一件事情。」說畢大家復又出了樹林，直奔團城子而來。

來至城牆底下，徐良把百練索掏出來，搭住城牆，一個跟著一個上去。到了裡面，徐良仍然囑咐小心翻板，也是一個跟著一個下去，然後把百練索收將起來。徐良仍然在前邊帶路，展南俠與小三義俱在後面，繞過太湖石前，就見頭裡有一條黑影，從東南往西北直奔紅翠園。將才過去一個，又追下一條黑影，也奔紅翠園去；就見後邊又追下一個，也奔紅翠園，全都飛也相似。艾虎低聲說：「又來了一個。」

大家一看，這個從正北而來，也奔紅翠園。你道這些個人都是誰？正北上來的這是馮淵。皆因是都不教他上團城子來，越想越有氣，明知徐良怕他得著這口寶劍，故此才不教他來。他一想請人教他去，該有好處你們不教我去，難道說我一個人不會前去？自己換了夜行衣靠，背插單刀，繫了百寶囊，並沒告訴別人，也是躥房躍脊，直奔團城子而來。到了團城子，用百練索抓住城牆，捯繩而上，到了裡面，也是捯繩而下。他也知道有護牆壕，一踹城牆，倒腰縱過翻板，腳點實地，直奔正南。他也不知那裡是藏珍樓，自要見著大家，他打算見一面分一半。就聽見徐良說穿過果木園子，南邊是藏珍樓，北邊是紅翠園，也沒找著果木園子，就見前邊一段牆，見裡面有燈光，他就躥進牆來。見三間上房，靠西邊那間有個小後窗戶，馮淵一縱身躥上小後窗戶臺上，單胳膊一挎，用指尖蘸唾津戳一小月牙孔，屈一目眇一目往裡窺探。

這一瞅他就猜著八九的光景，準是金仙、玉仙。見金仙穿著是長大衣服，玉仙倒是短衣服，青縐絹小襖，青縐絹中衣，青縐絹汗巾，青縐絹包頭，大紅窄窄弓鞋。全是滿臉脂粉，環佩叮咚。馮淵心中忖度：醋糟說這兩丫頭本領出色，要論我的本事更不行了。又看西牆掛著一對練子錘，一對練子槊，還掛著兩口刀。就聽玉仙叫婆子說：「你不是請王三爺去了麼，這個信是沒帶到罷？」婆子說：「帶到了，得便就來。」正說之間，忽聽一聲痰嗽，啟簾進來一人，一身銀紅色衣服，紫頭巾，白臉面，五官透俊，原來就是金弓小二郎王玉。皆因是他知道東方亮有兩個妹子，特意的上果園子拿著彈弓子打鳥，一彈子一個。金仙瞧他這身工夫，暗暗叫婆子與他傳書遞柬，二人私通。今天玉仙把王玉請來，與他議論事情。王玉進來之時，玉仙讓他坐下，王玉問：「妹子有什麼事情教我？」玉仙說：「明日擂臺之上，我算著我哥哥凶多吉少，大概準有官人前來。尋常時節，還有校尉上咱們家裡來哪。前日不是藏珍樓結果了兩個校尉，我還拿住了一個護衛，外邊還不定有多少校護衛哪。咱們家內又放著犯私的東西，擺擂臺又是犯私的事，我苦勸我哥哥，他執意不聽。我們兩個人天大的本事總是女流之輩，此時除了你，我們沒有近人，你得給我們出一條妙策。」話猶未了，牆上摘練子槊，說：「窗戶外頭有人暗地偷聽。」

這一出來，馮淵生死，下回分解。

第八十九回　馮校尉柁上得劍　山西雁樓內著急

且說馮淵在後窗戶聽他們說要商量準備，正說話之間，他會看見窗戶外面有人。馮淵嚇了一跳，連徐良都不是他的對手，何況是自己？打量著要跑。將下來，就聽前窗戶外頭嗶啷，嘣，哎呦，噗咚，躺下了一個。嗶啷是練子一響，嘣是打在脊背之上，哎呦是一嚷，噗咚是躺下了，立刻四馬倒攢蹄捆上，攜著往屋裡就走。來到屋中往地下一扔，回手把練子槊往牆上一掛，也不理那個人，又與王玉說話。馮淵這才明白，他看見是前窗戶外面有人，不是看見自己，倒要看看他怎麼辦法。

王玉瞧見那個人就急了，說：「妹子，拿住這個人怎麼辦法？」地下那人是苦苦哀求：「二位妹妹饒了我罷，再也不敢往這裡來了。」你道這人是誰？此人就是赫連方。皆因他看見過王玉上這裡來，他就心中一動，就疑著兩下私通。今日正要擺酒，見王玉一扭身出來，他也就跟下來。果然見他跳進紅翠園，他也就跟進來了。這可就是徐良看見的，頭一個是王玉，第二個是赫連方，第三個還沒到哪。赫連方苦苦求饒，下次再不敢來了。也搭著姑娘眼睛真快，拿的也快。玉仙就瞧見窗戶上有個小黑窟窿，摘槊往外就跑，赫連方瞧事頭不好，一扭身就跑，從脊背練子槊就打上了，打了個跟頭，立刻就捆。拿進來求饒，姑娘不理他，又哀求王玉，說：「王三哥，你與我講個人情罷！」王玉說：「使得。」原來是與他倒託，說：「妹子，這個可是萬放不的，是你殺他是我殺他？放了他不要緊，怕他前邊去說，那可就了不的了。」姑娘說：「不要緊哪。」王玉說：「可千萬別放他，放了他我就是殺身之禍。你要不殺他，我可動手了。」姑娘說：「你這個人實在太小心了。」就從壁上把刀摘將下來，噗哧一聲，結果赫連方性命。叫小紅過來把他解成了六塊，扔在木炕裡頭了，還照樣辦理，後用灰土壓埋血跡。

玉仙又問：「三哥，你打算怎麼個主意？我哥哥輕者是死，重者是被捉住。你要出一條妙策。」王玉說：「我雖是男子，遠韜近略實不及妹子，望妹子出個主意，我是無一不隨。」姑娘說：「若要擂臺事敗，就是咱們三個人過去也是不成。我哥哥要是教人拿去，必然解往京都，咱們找個要路，劫搶囚車，或上京都劫脫法場。除此之外，別無主意。」王玉說：「正好，我有個朋友是商水縣黑虎觀裡面老道，要在那裡等候準行，正是上京的咽喉要路。要劫囚車，教他打發小老道出去打聽，那時一到，你我可劫囚車。若要劫脫法場，咱們巧扮私行，夠奔京都，打聽那門外頭行刑，咱們就在那門外頭找店住下，那時差使一到，咱們捨死忘生劫救哥哥。我說句喪話，倘若二位哥哥有性命之憂，咱們三個人一同夠奔朝天嶺，我約會大眾，必要給哥哥報仇。」姑娘說：「但願無事才好，咱們這是多料。」

馮淵把這些話全聽在心裡，不料底下有一個人把他雙腿抱住，往下一揪，也就隨著下來，噗哧往地下一躺。那人把他往胏下一夾，面朝外撒腿就跑，直奔果木園樹林之內，一撒手，噗咚把馮淵扔於地下，馮淵嚇的是渾身立抖。就由紅翠園把他拉下後窗戶時節，隨著下來不敢爭論，恐怕屋中聽見有聲音，知道那個丫頭利害。不略教人夾起來就跑，可巧門也開著。自己想使一個鯉魚打挺，那人是個行家，左手攏住馮淵一隻胳膊，往胏下一夾馮淵那隻胳膊，用手往後一別，不能動轉。面朝下，要想瞧見都不得能夠。來到樹林，撒手摔在地下，那人把刀亮將出來，惡狠狠往下就剁。馮淵明知躲閃不及，把雙睛一閉等死。那人倒噗哧一笑，馮淵這才細瞧，往起一縱身軀，用手一指，說：「唔呀，你這孩子真把我嚇著了。」

你道這人是誰？原來是龍天彪。白晝之時，一算今天十四，明天就是十五，親身至公館打聽請劉志齊的信息，那時節馮淵還沒到哪。蔣爺告訴他一套言語，不管劉先生到與不到，今天晚間總要去人。又告訴他明日正午，團城子東門外頭給他預備下三輛太平車：「容大家上擂臺之後，你帶著你兩房妻子連你岳母，並帶些細軟東西，歸奔信陽州。你也不用管擂臺與公館之事，回家辦理妥當，你也不用上南陽，你上京都開封府，奔咱們校尉所中相會。」天彪領了蔣爺這套言語，回來告訴龍爺、史爺。晚間出來到後邊照料照料，就見有兩條黑影直奔紅翠園，他也奔紅翠園而來，這就是徐良看見末尾的那條黑影。將上牆頭，就是赫連方被他們拿到屋中之時，嚇的自己也不敢扒牆頭觀看，直奔後面而來。見後面窗戶那裡還扒著一個人，細細一看，原來是馮淵，他也在那裡把屋中之事聽了一個明明白白。時刻甚大，小爺總疑著馮淵貪看姑娘，不肯下來。小爺一賭氣，嚇唬嚇唬馮淵，這才把他夾在樹林，說：「馮老爺，你太無出息了，怎麼你看著兩個姑娘一點兒也不動？」馮淵說：「你這孩子，有這麼鬧著頑的麼？我那裡是看姑娘來著哪，我是看他們殺人，聽他們說要緊的言語來著。怪不得你師父說這兩個丫頭利害，隨隨便便的就出去了，不慌不忙的就拿進來了，似有如無的就把赫連方殺了，唬的我也不敢動了。」天彪問：「馮老爺，到底是作什麼來了？」馮淵說：「我是請冠袍帶履來了。」小爺說：「因何不去請去？」馮淵說：「我不認識，你把我帶了去罷。」天彪說：「使得。」天彪在前，馮淵在後，來到藏珍樓短牆那裡，叫馮淵進去，天彪往正東跑下去了。馮淵一躍身躥入矮牆之內，將要撲奔藏珍樓，見前邊許多人全在那裡。徐良眼快，說：「馮淵來了。」馮淵身臨切近，說：「我一步來遲就趕不上了，見一面分一半。」徐良說：「臭豆腐，你上這裡作什麼來了?」馮淵說：「醋糟，你上這裡作什麼來了?」原來是展爺帶領小四義將至短牆，颼颼颼大家往裡一躥，艾虎低聲說：「別忙，有人追下來了。」徐良叫他下來，大眾沒奔藏珍樓去，都在牆下一蹲，可巧馮淵進來。別人還可，惟有徐良見著馮淵，兩人就得口角分爭。展爺說：「馮老爺來就來罷，咱們破樓要緊。」大家撲奔藏珍樓。

到樓門以外，眾人一瞅，全是呆柯柯發怔。就見七層臺階上面搭著一塊木板，類若木板橋一般。銅龍的龍鬚墜落臺階之上，「藏珍樓」三個字不知被什麼人砍落於地，兩扇門墜落地下去了。往裡一看，黑洞洞看不真切。展爺說：「不好了。」回頭叫徐良：「咱們來遲了，此樓不知被什麼人所破，大概萬歲爺冠袍帶履準許又教別人得去。」小四義一個個面面相覷。徐良說：「展大叔，咱們到裡邊一看便知分曉。」展爺點頭，仍是南俠在先，把千里火筒取將出來，上木板橋，然後告訴大眾說：「到七層臺階總要顫巍，不要害怕。」眾人說：「我們都知道。」展爺等進了頭道門，一晃千里火，見二道門「藏珍」二字削落在地；又看坑中那個巨鬼躺在裡面，頭上三角盡都削掉，叉頭砍落，淨剩叉桿；東西兩條鐵鏈子俱都削折。展爺納悶：「這是什麼人辦得事情?」又到五福門，五個銅「福」字俱都削落在地，那根柱子上金蓮花削落，桌面上刀也削落；桌子前邊起了一塊翻板，長夠五尺，寬夠四尺，往下一看，如同一個黑坑一般；西邊那塊翻板未起。又至四道門，「堆金」、「積玉」、「覓寶門」七個字盡都砍落，門簾幔帳俱都扔在地下，當中四扇槅扇裡邊弩箭俱都發將出來；四扇槅扇大開，進裡面單有一個四方黑窟窿，倒下臺階。

徐良要在前邊走，展爺不教。徐良說：「展大叔，姪男猜著了什麼人破樓，準是我智叔父。」展爺問：「怎麼見得是他？」徐良說：「咱們臨來之時，他說你們去罷，請冠袍帶履不費吹灰之力。必是他老人家先來一步。展大叔請想，這話裡豈不是有話麼？」展爺說：「如若是他還好，若是別人，我就得死。」隨說著話，魚貫而行，由梯子一磴磴直到了平地。只見正北有扇大門大開，進了大門，東西兩邊小門，全是一磴磴的胡梯。展爺思想：這樓圖畫的明白，這兩個小門萬萬進去不的。又見正北上有一個月洞門，上面橫擔著一口大鍘刀，冷森森的刀刃衝下。徐良一揪南俠說：「是我智叔父來了，你老人家請看罷。」用手一指，說：「請看在這裡寫著哪。」就在月洞門上垂首，貼著一個黃帖兒，黃紙寫黑字，半真半草半行書，寫著：「箱中有寶，柁中有劍。由此處上樓，別無險地。」是智爺的筆跡。南俠一看不錯，暗暗稱讚：真是奇人也！

原來智化早就打好了這個主意，自己涉險，讓他們擎功。論走倒是南俠先走的，智爺倒是後出來的。團城子裡面道路比他們熟慣，他從西城牆而入，進來就是藏珍樓。先用木板搭在臺階之上，蓋住翻板。也仗他有這一口紫電劍，要沒有白菊花這口劍，也不能成功。先用寶劍砍斷龍鬚，後削「藏珍樓」三個字，書不絮煩。把四道門消息俱都用寶劍砍壞，由覓寶門臺階下去，走月洞門，鑽鍘刀上去。到了上面，見正北有一只箱子。用寶劍砍落鎖頭，揭開箱蓋，晃千里火瞧明白了，是萬歲爺冠袍帶履，復又蓋上。就見兩邊有兩個大閣子，類若書閣兒一般，裡面盡是奇珍異寶，都是大內的東西，價值連城，世間罕有之物。上面有一塊橫匾，藍地金字，是「多寶閣」。一抬頭，見櫃上掛著一口二刃雙鋒寶劍。智爺一晃千里火，從百寶囊取出一管小筆，又取出紙夾子來，拿了一張黃紙，就在紙上寫的明白。然後把筆裝好，復又下來，用粳米糨子把黃紙在門左邊貼好。自己出了藏珍樓，就算大事全完。故此展爺進來看見字帖，就知是智爺先到。

徐良用大環刀把那一口鍘刀砍落，大眾方才上去。將至樓上，展爺就奔了箱子而來。馮淵一眼就看見櫃上掛著這口寶劍，縱身用手揪住劍匣，往上一抖，把劍摘下來，雙手一抱，死也不放。徐良一見，二目圓翻，劈手就搶。

若問這口劍肯給不肯，下回分解。

第九十回　夜晚藏珍樓芸生得寶　次日白沙灘大眾同行

且說大眾到了樓上，各有心事。徐良惦記著與白芸生大哥盜劍，展熊飛想著是冠袍帶履，馮淵也為的魚腸劍。可巧馮淵上來就把劍先得在手內，徐良一看寶劍教馮淵得去，不由氣往上撞，劈手就奪。馮淵那裡肯給，說：「前一回我得的寶劍教你繞去了，這一次任憑是誰我也不給了。我又不虧欠人家的情分，就是我們祖宗出來，也不能把這寶劍送給別人。」徐良說：「你要不給老西這口劍，你不用打算下樓。」馮淵說：「你要了我的命都使得，這口劍你不用想著了。」展南俠在旁勸解說：「徐姪男，劍已經教馮老爺得去，你一定與他要，他豈肯給你？再者，為這一口劍，也不必二人反目。你一定要要，把我這口劍給你。我想，先前專諸刺王僚，是在魚腹內所藏的東西，你看這口劍有多大尺寸，難道說你還看不出來麼？」這一句話把徐良提醒，暗暗心中忖度：馮淵這口劍，綠鯊魚皮鞘子，黃絨繩挽手，連劍把夠有四尺開外。又一想，智化外面寫的明白，「箱中有寶，柁中有劍」，再樓圖上也是「柁中有劍」，莫不成這個劍不是真的？一則尺寸不對，二則間寶劍不能就這麼明掛著。有咧，我往柁中看看。

想了半天，一縱身躥上柁去，用左手把柁抱住，右手順著柁上面一摸，上邊也是平平，復又用手一拍，嘭嘭的類如鼓聲相似。徐良心中歡喜，大概魚腸劍是在柁中哪。用手一劃，就聽哧的一聲，連紙帶布盡都扯開。見中間有一個長方的槽兒，裡面放著個硬木匣子，用手取出來，把匣蓋一抽，晃千里火一照，裡面有個小寶劍，連劍把有一尺多長，綠鯊魚皮鞘子，金什件，金吞口，挽手絨繩是鵝黃燈籠穗。徐良把這口寶劍往抄包內一插，將硬木空匣子安放原處，飄身下來。

此時馮淵只樂得在滿樓上亂扭，說：「唔呀，我馮淵命中當有此一口寶劍。憑爺是誰，無論你們怎麼繞灣子，我可不上當了。總而言之，不落人家虧欠，全都不怕。」自己在那裡嘟嘟囔囔自言自語。艾虎在旁聽著也是有氣，到底是白芸生正大光明，把那口寶劍毫不介意。徐良下來說：「馮老爺，你得著寶劍，應當大家給你道個喜兒才是。」馮淵說：「我也不用你們道喜，我也不設擺香案。」徐良笑嘻嘻的說：「你把寶劍抽出來，大家瞧一瞧怎麼個形像？」又向展南俠說：「當初專諸刺王僚之時，這魚有多大的尺寸？魚要小了，似乎這口劍可裝不下。」展南俠說：「我知道那口魚腸劍連把兒共有一尺零五分。」徐良說：「他這口劍夠四個一尺零五分，別是大魚的魚腸劍罷！」展南俠說：「我也是納悶。」馮淵說：「你不用管我大魚腸劍小魚腸劍，與你無干。」徐良說：「你拉出來咱們大家瞧瞧，這個事情未為不可，誰還能搶你的？」連展南俠說著教他抽出來大家看看：「我作保，絕不能有人搶你的。」馮淵這才將寶劍用力往外一抽，拉了半天也抽不出來。徐良說：「這劍拉不出來是什麼緣故哪？」馮淵也會說：「大概準是多年未出匣，鏽住了。」展南俠哈哈大笑，說：「切金斷玉的寶物，焉有長鏽之理？」馮淵聽了這句言語就有些灰心，又用平生之力，哧的一聲這才把寶劍抽將出來。大家一瞅這口寶劍，全都大笑，卻原來是半截鋸條。馮淵說：「唔呀，我真是喪氣。」

徐良說：「倒不是你喪氣，是你沒有那們大造化。幸虧你得了半根鋸條，美得你滿樓上亂扭，要真得著魚腸劍，可著這世界上就裝不下你了，故此有真魚腸劍不能教你得著。你要看真正的，在徐老爺身上帶著呢！」說畢往外一拉，教大眾一看。外面裝飾與那口劍一樣，就是尺寸短。展南俠教他把裡面寶劍再拉出來大家看看，徐良把劍哧溜往外一抽，寒光爍爍，冷氣森森，類若一口銀劍一般。展南俠說：「這才是真魚腸劍，分毫不差。」只氣得馮淵把那半根鋸條帶劍匣叭噠扔於樓上，說：「徐良，你真機靈，我種種事情全不如你。」徐良說：「別看我得著寶劍，我也不要，大家有言在先，將此物送與白大哥。」雙手遞將過去。白芸生還讓了半天，這才將寶劍收下，佩在身上，說：「這口劍雖然是無價之寶，據我看實在難用，尺寸太短。」徐良說：「我告訴你一個主意，每遇動手之時，你把刀挎在左邊，把劍佩在右邊，動手仍然用刀，往近一欺身，回手拔劍，仍然削人兵器。」可見徐良實在聰明，一見寶劍他就出了這們一個主意。後來白芸生真就照著他這個意思，百戰百勝。芸生把劍掖好。展南俠將冠袍帶履請出來，眾人參拜了一回，然後用大抄包包好背將起來，別的物件全都不管，就背著冠袍帶履下樓，照舊出了四道門，仍是徐良帶路，直奔西牆而來。過了兩段界牆，到了城牆，用百練索搭住，一個跟著一個上去，仍然從外邊下來，收了百練索，大家夠奔公館而來。

到了公館，躥牆而入，來至東院，啟簾進了上房。蔣平一瞧展南俠肩脊上高聳聳背定，必是萬歲的冠袍帶履，隨就道喜。展南俠說：「託賴四哥之福。」從肩頭上解將下來，大家又參拜了一回，將冠袍帶履放在裡間屋內。然後大家更換衣服，俱都換畢落座，叫人烹上茶來。蔣平問道：「是怎麼請出來的？」展南俠就把始末根由述說了一遍。蔣平把腳一跺，咳了一聲，說：「罷了！智賢弟稱得起是高明之士。不必說，他準是把藏珍樓一破，咱們的後事他一概不管了。」展南俠說：「怎麼見得？」蔣平說：「咱們請他出來之時，他可問明白了，自要得了冠袍帶履，還有什麼事情？咱們說的，只要把冠袍帶履請出來，別有什麼大事一概不用你管了。如今是交友圓信，他準是出家去了。」展南俠說：「不出四哥所料。」隨教他們擺酒，又談了會子得劍之事，天光大亮，把殘席撤去。芸生吩咐店家預備香案，自己也參拜了一回。忽見天彪從外面進來，與大眾行禮。

蔣平見他一來，就知道有事，連忙問道：「你來有什麼事情？」天彪說：「今日他們擂臺上約請知府給他們出告示，又約會本地總鎮大人給出張告示，他們這是倚官仗勢擺的擂臺，我特來給你們大家送信。」蔣平說：「本地知府姓臧，總鎮是誰？」天彪說：「總鎮姓白，叫白雄。」蔣平說：「這個人可不是外人，是范大人的妻弟。這知府並且是個貪官，咱們與他可無來往。」展南俠說：「這個知府我可知道，他當初下陳州之時，安樂侯龐煜修造麗芳園，起造麗芳樓，搶了金氏玉仙，是田起元的妻子，金玉仙堅志不從。這臧能是龐煜的幕賓先生，他會配一宗藏春酒，這酒無論是什麼樣的婦人，只要喝將下去，就能迷住本性。他把藏春酒配得，要害金氏娘子。臧先生出去，我把他們那酒倒換過來，那藏春酒被他妻子喝了。可巧遇著龐福兄前來給他送銀子，教臧先生妻子把他揪住，也不必細表。這們個工夫，臧先生回來，他就知道這酒大概是他妻子喝了，回到屋中，用涼水把他妻子灌將過來。他妻子覺愧，自己懸梁自盡。臧能拐了些金銀財寶遁去，如今也不知道他怎麼會作了本地知府。」蔣平說：「他既是作幕出身，現今作了知府，焉有不貪之理？這個白總鎮絕不能與他們同黨。」展南俠也說大概不能。蔣平說：「少刻我自有主意。」又問天彪：「昨日晚上破了藏珍樓，你們前邊知道不知？」天彪說：「只顧迎接知府，議論擂臺之事，並且託知府約請總鎮大人，一者彈壓地面，二者觀看擂臺打擂，故此後面之事，前頭一概不知。」蔣平說：「你疾速快些回去罷，此處不可久待。」天彪告辭，直奔團城子而來。

單提蔣平叫張龍、趙虎拿展南俠的名帖，帶領兩名馬快班頭，上總鎮衙門請總鎮大人便服至公館：「我們展大人有面談之事，千萬秘密，不可把風聲透露。」說畢眾人起身，直奔總鎮衙門，將名帖遞將進去，並將前言述說了一遍。又帶著班頭離了總鎮衙門，回到店中，見了蔣平，說明來歷：「總鎮大人少刻即到。」果然工夫不大，從外面進來，先遞進名帖，這裡下了個請字。不多一時來在東院，展爺迎將出來，見這位總鎮將軍摺袖，鑾帶紮腰，面似銀盆，劍眉長目，鼻直口闊，虎臂熊腰。見面對施一禮，讓至屋中，大家落座獻茶，一一對問了名姓，又問蔣平與大眾的來歷，蔣平就把開封府文書教總鎮看了一遍。白雄一怔，問：「冠袍帶履可曾得著無有？」蔣平又把得冠袍帶履，沒有白菊花下落的話說了一遍。又問白雄：「今天擂臺，還是親身去，還是給他們出告示？」白雄說：「昨天有本地臧知府請我出去，一半看打擂，一半替他們彈壓地面，懇求再三。我如今既然知曉他們是惡霸之人，我斷然不能前去。」蔣平說：「不可，總要大人親身前去方好。」白雄問什麼緣故。蔣平說：「這東方亮是奏明在案，與襄陽王叛反國家，臧能臧知府也是他們一黨。大人前去，在那臺上絆住東方亮、東方清、臧知府，看我的暗令行事。我要把手往上一招，大人就把三個人拿住，就算大人奇功一件。」總鎮連連點頭說：「三個人走脫一名，拿我是問。蔣大人、展大人若是要兵將可是現成的。」蔣平說：「很好，大人點起二百名步隊，各帶短兵刃，彼此暗有記認方好，省得臨期自相踐踏。」總鎮點頭領蔣平的言語告辭，大家送出去，然後眾人歸座用早飯。

把早餐用畢，忽聽店外亂亂哄哄，俱是瞧看擂臺之人。蔣平與南俠一議論，教張龍、趙虎看著冠袍帶履，別者眾人全都散走，可不要離得甚遠。徐良把頭巾往前一戴，先蓋住自己的眉毛，總怕教人看見，艾虎同著他一路前往；盧珍、芸生二人一路前往；邢家弟兄一路走。惟獨韓天錦，沒人願意與他同走。徐良衝著他使出了一個眼色，他就教馮淵跟他一路同走。馮淵也不願意，再三推辭說不行。韓天錦一把將他抓住，往肩頭上一扛，直奔白沙灘打擂去了。

且聽下回分解。

第九十一回　擂臺下總鎮知府相會　看棚前老少英雄施威

且說大眾三三兩兩同行，就知是韓天錦無人願意與他同走，被徐良用了一個眼色，他就把馮淵抓住。馮淵不願意與他同走，他把馮淵往起一扛就要出店。馮淵連連嚷道說：「那可不是樣兒，你見有滿街上扛著人走的麼？」天錦問：「你同著我走不同著我走罷？」馮淵只得說：「我同著你走。」天錦說：「同著我走，把你放下，不然我扛著你走。」這二人同行，一高一矮出了公館，直奔白沙灘而來。

到了白沙灘，就見那些人壓山探海，千佛頭一樣，縷縷行行，往白沙灘走的人不在少處。行至擂臺之下，那擂臺前文已經表過，如今搭好，坐西朝東，全是豆瓣細新席。上下場門，大紅門簾，綠綢子走水，青飄帶，滿簾上繡著百花鬧蝶。當中另有一個堂簾，也是大紅縐綢，綠走水，青飄帶，滿簾子上繡的是三藍色勾子牡丹。擂臺可像戲臺，但沒有上下的欄杆，俱都是拿紅綠彩綢紮出來的。兩邊紮出大彩團子，俱有碗口大小，全在兩邊柱子上耷拉著，一串一串的。下面也沒有欄杆，用紅綠彩綢紮出來的牆子，約有二尺高。因為何故不安欄杆？皆因在上面揸拳比武，倘若一跤摔倒，怕是腦袋摔在欄杆之上，人是準死無疑；這是彩綢，縱讓腦袋撞上也不至於要命。兩邊臺柱子上掛著兩塊木板，刷著兩張告示，一邊是總鎮大人告示，一邊是知府大人告示，總而言之都是彈壓地面的言語：倘有光棍匪徒擾亂擂臺，立即鎖拿。當中有一塊橫匾，白紙書黑字，是「以武會友」。

臺上靠後擺著三張八仙桌子，後面有二十多張椅子，有數十條二人凳。桌子上全是大紅圍桌，大紅椅披，南紅椅墊，上面全繡的三藍色大朵團花。桌子上面擺著一個盤子，裡面是金銀錁錠。後面有四個兵器架子，插掛著十八般兵刃，長短家伙俱全。靠著臺的南北，立著兩個梯子，迎面上可沒有。天氣尚早，擂官還沒到哪，有兩個看擂臺的在上面坐著。再看兩旁邊，雁翅排開全是兩截樓，底下單有胡梯上來。這看臺上也紮著紅綠彩綢，上面也是金漆八仙桌椅。靠著南邊看臺後面，單有一個廚房，另預備的茶湯壺。靠著南邊單有一個小席棚，裡面單有一個小文職官，為的是有打擂之人上來，問了他們家鄉住處，教這個文職官開寫清楚。倘若在臺上動手之時，格殺無論。靠著東邊一根晃繩，是為他們拴馬匹的地方。

此時大眾一瞧這個勢派，實在不小。臺下瞧看熱鬧之人紛紛議論，就有說：「人活百歲，也沒看見過這打擂的。」就有說：「這不是件好事，碰巧了就得出人命。」就有說：「錯非他們弟兄，焉有這樣字號。」正在議論之時，忽見正南上一陣大亂，來了二十多匹馬，齊撒坐騎，亂抖嚼嚼，直奔擂臺而來。原來是東方亮、東方清，全都是壯士打扮，看看離擂臺不遠，本地面當差使的趕散閒人，說：「閒人閃開！」手中竹杖兒亂打亂抽，瞧看熱鬧之人東西亂竄。東方亮手下從人先就下馬，接鞭子的接鞭子，接馬的接馬。二人先到臺前看了一看，復又到那小席棚見了見那個小文職官，就在那棚中伺候知府與總鎮。不多一時，遠遠望見執事排開，銅鑼響亮，不問可知就是知府大人到了。看看臨近，東方亮、東方清迎接上去。讓過引馬，大轎打杵。從人掀轎簾，摘杵去扶手，知府下轎。東方弟兄要行大禮，被知府攔住。眾人見知府實在不稱其職，細高身軀，青白的臉面，細眉小眼，微長髭鬚，拱肩縮背，鴨走鵝行，說話是「唔呀，唔呀」南邊口音。連忙就把東方亮攙住，說：「總鎮大人可曾來了沒有？」東方亮說：「總鎮大人未到。大人可曾見著總鎮大人？是怎麼個言語？」臧能說：「我親身到他私宅請他出來，一則請他彈壓地面，二則請他看擂。不但他情願出來彈壓地面，並且久仰你們二位之名，他借我引見之門，還要多親近親近。不但他來，還帶些兵丁。」東方弟兄一聞此言，歡歡喜喜，說：「全仗大人替我們為力。」知府說：「也是咱們前世的緣分。」又問：「王興祖可到？」回說：「他得天交正午方能到此。」遂說著話，就上了南面看臺，知府落座，兩邊有東方弟兄伺候，叫人獻上茶來。

不多一時，就見東南上黑壓壓一片人直奔前來。原來是總鎮大人白雄，帶領著二百名兵，四員偏將。全都暗領了總鎮大人密令，每人各帶藍布一塊，若要下手之時，全用藍布包住頭顱。此時還不知道與什麼人動手呢，臨時就聽大人一聲吩咐，教拿誰就拿誰，教綁誰就綁誰。各帶短兵器，也有二十餘人俱都扛著長槍，應名可是彈壓地面，內中兵丁也料著另有別情。總鎮大人一到，也是抛鐙離鞍，齊下坐騎。連知府帶東方弟兄，下看臺迎接總鎮。彼此對施一禮，總鎮說：「原來是大人先到，小弟來遲。」知府說：「那裡話來，劣兄本應先到伺候賢弟才是。」總鎮說：「總是小弟伺候大人才是。」說畢二人哈哈一笑。知府說：「我給你引見兩個朋友。」言還未盡，東方弟兄過來要與總鎮大人磕頭。白雄趕緊用手相攙，說：「二位大哥比小弟年長，怎麼反禮而行？」這才復又施了一常禮。東方亮說：「多蒙大人大駕光臨，小民二人有何德何能，敢驚動大人前來。大人這一來，實在是小民的萬幸。」白雄說：「皆因我久仰二位大哥之名，正要與二公相交，總怕二位兄長擇嫌小弟，故此不敢至府拜望。今有知府大人相約，二位若不棄嫌小弟，等擂臺事畢，情願結義為友。」東方亮說：「小民焉敢高攀？」知府在旁說：

「二位不必太謙，改日有話在我衙門中細談。」說畢，一同上看臺，落座獻茶。東方亮吩咐：知府帶來的馬快班頭，每人領二兩飯銀；總鎮大人帶來兵丁，每人也是二兩；文武小官俱是十兩。總鎮、知府一聞此言，全都當面謝了一謝。吩咐擺酒，教知府把他攔住：「都將才吃過飯，少時再飲罷。」

總鎮大人問了問臺上護擂之人全是什麼人，東方亮就說是王興祖鎮擂，餘者眾人俱是幫著助擂。又問：「這個王興祖大概本領出色。倘若上來打擂之人，本領勝過鎮擂之人也許有之，那時怎樣辦理？」東方亮說：「小民立擂臺非為別事。皆因我們弟兄二人從幼小時節就是好武，所請來的教給我們本領的教師甚多，總沒見著很出色之人。今天設擺此臺，為的是拔選人才。倘有出色之人，絕不能教他與王興祖兩下裡有死有活，連輸贏都不能見。只要看著與我們王興祖本領平平，就疾速將他請將下來，看他年歲行事，若要年長，拜他為師，若要年輕，拜他為師兄。雖然設擺擂臺，非有別意。」白雄一聞此言，微微一笑說：「你們為的是聘請老師設此擂臺，你這一說，我也明白你們心意了。你們要請老師，不用說，這裡薦個人來，那裡薦個人來，全看在薦主分上，其實本人實無本領。似乎你們這樣立擂臺，又不作非禮之事，又不連累地面上替你們擔驚受怕，據我想著還算一件正事。往常立擂，胡作非為，從中取事，有那樣人實為可惱。」其實白雄這也是用言語點破於他。東方亮大料著總鎮不知他的細底，焉知曉蔣四爺那裡早就告訴明白了。遂說著話，望著擂臺，又瞧擂臺以下來往之人。那裡是看人，淨瞧蔣四爺在那方站著，然後動手之時，好看他眼色行事。

就見霹靂鬼站在人叢中就數他高，晃裡晃當，在那裡淨找馮淵。原來馮淵同著他到了這裡，往人群裡一扎，韓天錦就找不著他了。找了半天，口中亂罵：「這個小子可真寃苦了我了。」他看了看，擂臺前邊有兩根柱子，是通上至下兩根門柱，想了個主意：「我到那裡把這個柱子一抱，他們立擂臺的一上來，我把這柱子一拆，他們全都掉下來了。」把主意打好，雙手一抱柱子，淨瞅著團城子裡面人一上臺，立刻就要拆臺。

不多一時，就從東南上來了三十餘騎馬，卻是臺官到了。所有這些瞧熱鬧之人一陣大亂：「瞧臺官呀，瞧臺官。」聲音大噪。知府吩咐下面教他們壓聲音。官人從看臺上下來教他們壓聲音，人多勢眾，那聲音如何壓得住？就見頭一個神拳太保賽展雄王興祖，身高九尺，膀闊三停，綠緞壯巾，一身綠緞衣襟，絲鸞帶，肋下佩刀，薄底靴子，閃披一件大紅英雄氅；面似藍靛，髮賽朱砂，紅眉金眼，連鬢落腮鬍鬚，猶如赤線一般，猛若瘟神，兇若太歲。緊跟著後邊就是火判官周龍連那一干群寇，連朝天嶺金永福、金永祿，就缺少赫連方與金弓小二郎王玉。一個是紅翠園被殺身死，一個是跟大眾出來，復又回去尋找二位姑娘商量計策去了。群寇之中可多一個人，書中暗表：多一個是玉面判官周凱。皆因由賈士正那裡教徐良追跑，次日晚間又遇見山西雁，使了個金蟬脫殼之法，在樹林內假說上吊，他直奔團城子而來。見了東方亮，他看見王興祖現在這裡，他就把怎麼遇見徐良的話學說了一遍。張大連問：「是在信陽州地面見著山西雁麼？」周凱點頭。群賊很覺著放心，打量他在信陽，離著南陽甚遠，都料著是日沒有山西雁，全都不怕。故此這日大眾奔擂臺，一個個大膽前來，準知山西雁不能到此。

這些群寇至擂臺洋洋得意，行至擂臺之下，全都下馬，俱要上看臺面見總鎮。倒是知府把他們大眾攔住，先告訴明白了東方亮：所有眾人不用前來見禮，唯有王興祖一人前來進見。東方亮吩咐從人傳下話去：所有眾位英雄俱都上擂臺罷，單叫王興祖一人至看臺上，與知府、總鎮大人見禮。把話往下一傳，所有眾賊俱從南北兩個梯子上擂臺去了。單有王興祖上了看臺，先見知府，後見總鎮。白雄很愛此人，後來告訴：「王壯士，動手之時，但得能以不傷人，千萬不可傷損人的性命。」王興祖點頭，撤身下來，直奔擂臺正面，分眾人飛身上去。

徐良他就要跟將上去打擂，且聽下回分解。

第九十二回　喬彬頭次上臺打擂　張豹二番論武失機

且說王興祖下了看臺，來至擂臺，由正面而上，抱拳帶笑說：「眾位鄉親們借光了。」眾人閃了一條胡同，臺官要賣弄他這點能耐，倏啦一抖英雄氅，使了個旱地拔蔥燕子飛雲縱的功夫，往上一躥，他不高不矮，正貼著那綢子拉出來的牆兒上面躥將過去。下面眾人喝彩，說：「好功夫，這才叫本事哪！」就見王興祖到了上面，大眾群賊俱都站起來抱拳帶笑，說：「大哥請坐。」賽展雄說：「且慢，此時天氣不早，待我與咱們這臺下的朋友交代一個理兒，或有人較量，或無人較量，然後再說。」把英雄氅一甩，衝著臺下深打一躬，說：「臺下眾位鄉親聽真，小可姓王，我叫王興祖，外號人稱賽展雄的便是。皆因團城子內複姓東方有兩家員外，在此設擺擂臺。天下最貴重者以文武二字，讀書者以文會友，習武者以武會友，設此擂臺不為別事，所為以武會友。無論僧道兩門、回漢兩教、做買做賣、舉監生員、推車擔擔以至紳縉富戶，只要頑過拳踢過腿的，請上臺來，無論拳腳、長短家伙，全由小可王興祖奉陪。如能打我一拳，輸紋銀五十兩；踢我一腳，輸紋銀百兩；如能一腳將我踢倒了擂臺之上，輸銀千兩。愚下我可輸不起，全有東方大員外、三員外立刻盤銀。不怨你手下無德，怨我學藝不精。可有一件，有上臺較量之人，你們可先到那邊席棚裡去掛號。那邊教掛號房，必須把你們家鄉住處姓字名誰開寫清楚，然後較量，省得臨期誤事。所怕者拳腳上無眼，倘若兩下分疏優劣之時，傷著打擂之人，輕者帶傷，重者廢命，預先掛號者，就為此事，無論有什麼親族人等出來，後悔也是枉然。總而言之，既是上臺打擂，格殺無論。那位上臺來比試，小可王興祖候駕。」

話猶未了，就聽正北上一聲大吼，如同半懸空中打了一個巨雷相似。所有瞧熱鬧之人，全都扭項回頭，一看正北上人噗噔噗咚躺下了一大片，內中孤零丁單見一人，如同半截金塔相仿。見那人身高一丈開外，黃衣襟，黃帽子，黃臉。蔣爺、南俠早就看見，原來是君山金鏢無敵大將軍于奢。還不單是他一人前來。原來鍾雄面聖之後，帶著于奢、于義歸奔君山，念了萬歲爺的旨意，所有君山寨主俱是六品虛銜。是日于奢、于義應當進京當差，帶上盤費銀兩，辭別鍾太保，兩個人下君山投奔京都。一路之上，曉行夜住。這日正從白沙灘所過，就見那人如螞蟻盤窩相仿。于奢問于義：「你看前邊這是什麼事情？」于義說：「前邊那是唱野臺子戲哪。你看那不是兩邊的看臺？」其實于五將軍早聽見人說去看打擂的去，瞞著他三哥，知道他那性情不好，假說是戲臺。已經走在北邊，又遇見從北往南的人直跑，說：「看打擂的去，看打擂的去。」于奢方才明白，叫道：「五弟，那邊不是戲臺，原來是打擂的，咱們前去看看。」于義說：「誰去看打擂的，咱們趕路要緊。」于奢也不理論于義，自己返身而回。于義無奈，只可跟著他回來。行至擂臺之下，正看見王興祖在臺上說話。于奢說：「我去打擂。」金槍將一把沒揪住，他大吼一聲，說：「爺爺來了！」把雙手往兩下一分，扎煞著兩隻手，把那些瞧熱鬧之人扒拉的東倒西歪。忽然見韓天錦在那裡高聲嚷叫，說：「大小子，快過來罷，我在此等著你哪！」于奢一瞧是韓天錦在那邊叫他，也就顧不得上臺打擂了：「原來是我們黑小子在這裡哪！」又一分眾人，從擂臺底下鑽將過去，說：「黑小子，你從何處而至？」天錦說：「咱們的人都來啦。我一個人拆不動這個臺，你幫著我拉那邊的柱子。」于奢說：「使得。」他就把那根柱子一抱。這兩個站殿將軍鬧了個二鬼把門。于奢問：「多咱才拆哪？」天錦說：「看著咱們四叔把手一招，咱們就拆。」于奢也跟著說：「看著咱們四叔教怎招手，你就言語。」天錦點頭。

王興祖聽見有人上臺打擂，等候了半天並無動靜，往正北上問道：「方才是那位答言要上臺打擂？」問了好幾聲，並無有上臺之人。瞧熱鬧的人知道于義、于奢兩個人是一處來的，又對著眾人教于奢扒拉了一個跟頭，全都記恨于奢，回頭問于義說：「人家那裡問下來了，不敢上去，就會欺負我們哪？可惜那們大的身量，跑了。」于五將軍如何擔得住大家一齊嚷，說：「你們要瞧看打擂的呀？我上去就上去，這算什麼要緊的事。」大家齊說：「咱們快些閃開，讓人家上去打擂。」眾人往兩旁一閃。事已至此，也不能不上去了。眾人說：「那邊有梯子。」于義說：「要梯子何用？」眾人說：「你也會躥將上去不成麼？」于義說：「固然要躥將上去。」

將要一抖身，忽見南邊梯子上來了一人，聲音喊叫說：「打擂來了！」于義一看不是外人，原來是開路鬼喬彬。于義心中忖度，此人本領平常，不是擺擂之人對手。原來他同著胡小記封官之後，回家祭祖，完畢之後上京當差。到了開封府，也是聽見王朝、馬漢告訴南俠等大眾事情，並且又知道南陽府是用人之際，就打發二人奔南陽府五里新街公館見展、蔣二位大人。這二位到了公館，見著張龍、趙虎，二人告訴他們大眾出去上擂臺拿人去了。喬彬約著胡小記幫辦拿人，胡小記明知喬彬武藝不強，不教他來，說：「咱們幫著三老爺、四老爺看著萬歲爺的物件罷。」喬彬點頭。原來他是假意應承，把大衣服全都脫去，假裝走動，就往白沙灘跑下來了。由正南看臺底下分眾人來至擂臺之下，登著梯子往上就走。

梯子底下有東方亮的人看著，是團城子人方許上去，不是團城子人不許從此而上。剛往上一跑就被人攔住，問說：「你是作什麼的？」喬彬說：「我是打擂的。」那人說：「你是打擂的，你上號棚先去掛號。」喬彬說：「那我一概不懂。」那人說：「你不去掛號，你不用想從這裡上去。」喬爺本是一個粗魯之人，把那人往前一拉，噗咚栽倒在地，他就跑上來了。將一上臺，上面看臺的一攔他，說：「你是作什麼的？」喬爺說：「我是打擂的，打一拳贏多少銀子？」看臺的說：「打一拳贏銀五十兩，踢一腳贏銀百兩。」話言未了，叭叉喬爺就打了看臺的一個嘴巴，下面橫著一個跺子腳，看臺的就噗咚躺倒在臺上。喬爺說：「拿銀子來罷，一百五十兩。」房書安說：「你這小子怎麼這們不通情理，他是看臺的，你打他就要銀子，世間上沒有那們便宜的事情。要打那個才給銀子哪！」喬爺說：「那個全打。」奔過王興祖來就要講打。王興祖問道：「你要打擂先到號棚掛號，然後打擂，格殺無論。」喬彬說：「放你娘的屁，我全不懂得，招打！」王興祖用單臂一磕喬爺的腕子，喬彬就「哎喲」一聲，說：「好小子，拿著家伙哪！」王興祖說：「你前去掛號。」喬爺說：「不懂得，招打！」用了個窩裡發炮。教王興祖用右手一刁他的腕子，往懷中一帶，喬爺往回裡一抽，王興祖借著他的力一抬腿，就聽噔的一聲，把喬彬由擂臺上踢將下來。瞧熱鬧的擁擁擠擠，眼看著喬彬扔下來，有意閃躲那能躲閃的開，整個摔在人的身上，他倒沒摔著，把看熱鬧的都砸在底下。眾人抱頭哀哉亂嚷，也有把腿踒了的，也有把胳膊戳了的，沒受傷之人亂笑說：「這是露臉來了，還是現眼來了？」

于義打算要躥上擂臺，一看又從正南上去了一個。金槍將一瞧這個更不行了，這個是勇金剛張豹。皆因是同著雙刀將馬龍回家祭祖，安排了家中事情，夠奔京都，半路上碰見艾虎的徒弟大漢史雲，一同到開封府，也是教王朝打發他們到這裡來了。將至公館門首，就遇見鬧海雲龍胡小記慌慌張張就往外跑，馬龍、張豹把他攔住，見面行禮，史雲過來磕頭。張豹問：「胡大哥往那裡去？」胡小記就把喬彬出去走動，工刻甚大總沒回來，準是打擂去了：「我要追至擂臺，看看他上去打擂沒有，他要上去，如何是人家對手？」張豹說：「咱們大家一同前往。」將到擂臺以前，見喬彬腕子教人家刁住往下一踢，勇金剛把肺都氣炸，撒腿往前就跑。要打南邊梯子上去，被看梯子之人擋住，他就抱住擂臺柱子往上就爬。到了上面一扳臺板，往上一翻身，把人家那彩綢牆子也給撕斷，往起一挺身，說：「藍臉小子，你好生大膽，敢把二太爺的哥哥扔下擂去，二太爺與你誓不兩立！」王興祖看他這相貌猶如半截黑塔相仿，倒有幾分愛他，連忙說道：「朋友，你是上臺打擂，不可口出不遜。你先到號棚掛號，你不掛號也得把你名姓通講出來，然後再較量。」張豹本是個渾人，那裡懂得事情，說：「你要問我名姓，我就是你二大爺。」說言未了，就是一拳。把王興祖氣得二目圓翻，怎麼來一個一個都是這個樣子？二人就在三五個灣，照樣兒把勇金剛張豹踢將下去。擂臺下面之人哈哈的又是一笑，大家一口同音：「這是露臉哪，這是現眼？原來全是這個樣子。」艾虎那裡掛得住，兩個盟兄都打下擂臺，自己打算要躥將上去。

王興祖上邊說：「本領平常的不用上來現眼了。」徐良也要上去，艾虎也要上去，還是馬龍先就躥上臺去。王興祖一看，這人身高七尺，藍紗壯帽，藍紗箭袖，湖色襯衫，薄底靴子，容長臉面，細眉長目，直鼻闊口，細條身材，精神足滿。王興祖問：「尊公可曾到號棚掛號？」馬爺說：「我也不用到號棚掛號，三拳兩腳結果我的性命，絕沒哭主。也不必問我名姓，小可無非是領教領教。」艾虎已然行至擂臺之下，又見大盟兄上去，明知他也不行，就見二人彼此一抱拳，動起手來。若論馬龍本領，比那二人勝強百倍，就見兩個人躥高縱矮，手眼身法步，腕胯肘膝肩，遠處長拳近處短打。王興祖招招近手，馬龍封避躲閃，兩個人打了一個難解難分，並且是一點聲音皆無，臺下人齊聲喝彩。這兩個人在臺上亂轉，如走馬燈兒一般，工夫一大，馬龍就透著手遲眼慢，艾虎就要躥上臺去。

艾虎這一上臺的時節如何，且聽下回再表。

第九十三回　窮漢打擂連贏四陣　史雲動手不教下臺

且說馬龍在臺上與王興祖交手，工夫一大，鼻窪鬢角津津見汗，只有招架之功，並無還手之力。艾虎總怕盟兄教人踢下臺來，不如早些上去，省得教大哥吃苦。想得雖好，不料一展眼，馬爺早被人家一個掃堂腿掃了一個跟頭，只羞的馬龍面紅過耳。王興祖反倒賠笑說：「這位兄臺，承讓承讓。」遠遠的有人招呼說：「王教師爺，我們員外有請這位壯士在看臺上面談。」有小韓信張大連要陪著馬龍上看臺面見東方亮。就在這們個時候，忽聽北邊嚷叫說：「窮爺爺到了！」王興祖一聽更透著詫異。臺下眾人一看這個打擂的，全是哈哈一陣暢笑。

見這個打擂的實在藍縷不堪，也搭著天熱，頭上沒戴著頭巾，連網子全都沒有，就把髮髻挽了個牛心髮纂；身上穿一件破爛藍綢的汗衫，穿一條青綢破褲，足下一雙薄底快靴，靴腰上綁著帶子，靴底綻了半邊；一臉灰塵，可是細眉長目，皂白分明，唇似塗朱，牙排碎玉，大耳垂輪；肩頭上有一個破捎馬褳兒，困苦之狀已到十分。雖然衣襟藍縷，倒是英雄的氣象。馬龍趁著這個窮人躥上臺來，趁亂之際自己躥下臺去，扎入人群之內，直奔正東，可巧被蔣四爺把他攔住，二人講話，暫且不提。

單說這窮人困苦到這般光景，還有什麼心腸打擂？皆因教眾人督催，實出無奈。本是在此處瞧看熱鬧，皆因看著馬龍有幾個招數使的不到家，他替著急，這才招出事來。馬龍使了一個靠山，王興祖一閃。

他替馬龍著急，心內想著，一比試，他身後有一個人，就教他附了一個跟頭。那人爬將起來，捂著前胸「哎喲，哎喲」的哼哼，說：「朋友，你看天到這們個時候，也該找找去了。你瞧我們這些人，看完了打擂的，回到家中全都有準飯。似乎尊駕你得現去找去。若要過了時刻，誰能與你預備那們現成的？我說的是好話。」把這位爺說的氣往上一撞，說：「你管我找去不找去哪，與你何干？」那人說：「我本就是癆病，你衝著我心口給了我一肘，你不管我受的受不的。你看瞧熱鬧的人甚多，誰像你帶比架式的？真有本事上去，與這位臺官較量較量，真能把這個臺官像我似的踢他個跟頭，就是一千兩，打他一拳罷，也鬧五十兩換換衣裳，這是何苦哪！」窮人說：「我不愛換衣裳，你管不了俺的閒事。」那人說：「是我管不了，別的話沒有，我上你前頭站著去。」可巧窮人又看著馬爺打出去一拳不到家，自己又一比劃，說：「要是這樣，可就打著臺官了。」嘭的一聲，又打在那個人的後心。那人「哎喲」一聲往前一栽，要不是人多吸呼也就栽倒。那人回頭惡狠狠的說：「窮鬼，你窮瘋了罷？我前後都沒躲過你去。既有這個能耐，為何不上去露露臉去，就會欺負我呀？」窮人說：「我是替那個朋友用力。」那人說：「你再替那人用力，我就死了。你是好朋友，上去。」窮人說：「我上去就上去，可惜我如今衣衫藍縷。」那人說：「不在衣衫，真有本領，人家給你換衣服，就怕你不敢上去。」窮人說：「教你說的我倒得上去。」那人說：「很好。」窮人自己看了看自己衣服，一聲長歎，說：「蒼天哪，蒼天！」眼淚在眼中亂轉，還是不肯上去。那個被傷的本是個壞人，暗暗約會了十數個人，把窮人往起一擠，大家一著手齊聲一喊，說：「窮爺爺到了！」就把那個窮人搁上擂去。

王興祖扭項回頭一看，怎麼這樣窮人也要上臺打擂？必是聽見有五十兩銀子啦。連忙問道：「這位朋友，也是前來打擂的麼？」窮人趕緊一躬到地，說：「臺官爺在上，你看看我這般光景，還有什麼心腸打擂？皆因我在臺下得罪了看打擂之人，他們大家把我擱上擂臺。我既來到臺上，那有空返之理，只可陪著臺官爺走個三合兩趟。我也不敢求贏，只懇臺官爺手下留情，走個三合兩趟我就下去，常言破車別礙好道。」王興祖一聽此人言語不俗，別看他身上衣服藍縷，反倒抱拳帶笑說：「朋友，你大概也沒上號棚掛號去罷？小可絕不以窮富相論，請問貴姓高名，仙鄉何處？」窮人說：「尊公不必問我名姓，皆因我有難心之事，我是被朋友所害，才到了這般光景。大概會點文武藝之人絕不能出身就窮，望求閣下不必往下細問。我要不與尊公走個三合兩趟，也教那些小人們瞧不起我。」王興祖暗暗心中喜愛，想著此人大概本領不錯。又想道：與他走個三合兩趟，然後把他請下擂去，給他更換衣襟，再細問他的名姓。一抱拳說：「既然這樣，朋友請。」見那人也一抱拳，留出行門過步，走了半個回合，窮人從上手繞到下手，這方才叫打擂的規矩。二人將一搭拳比武，從後面跑過一個人來，說：「大哥，若論打擂的規矩，就是一個人打三擂，不能來多少人打多少人。如今大哥已然連勝了三個，暫請後面稍微歇息歇息，我先替兄長領教領教這位的武藝。」王興祖也覺著願意。他本是粗中有細之人，他略著這個窮人到了這般光景，不是十分能耐他斷不敢上臺比試。他正願意有個人與他走個三合兩趟，他就知道這個人的武藝如何。

你道過來這人是誰？是金頭活太歲王剛。王興祖往後一閃，王剛過來說：「這位朋友請。」仍然二人一抱拳，窮人把捎馬褳放下，袖子一挽，汗衫一掖，兩個人往當中一湊，叭叭叭就打起來了。這二人躥蹦跳躍，閃轉騰挪，忽上忽下，行高就矮，這就教當場不讓步，舉手不留情。臺下之人齊都喝彩，誇讚不絕，齊說：「你別看這個窮爺爺，真受過名人指教，這們窮他還沒把把式忘了哪！」大家紛紛議論，就有說：「這個人是乍落品的？」就有說：「當初必然不俗。」也有說：「賣藝去也不能這們窮哪！」就有說：「此人必是好賭。」此時徐良、艾虎、馮淵、盧珍相湊在一處，也議論這個人。徐良說：「這個人比咱們弟兄還好哪！這個人這一身工夫，他窮到這個步位，他會不偷，可見此人志量不小。」盧珍說：「等他下來我周濟周濟他，我真愛惜此人。」艾虎說：「我也愛惜他，我問問他的名姓，不但周濟他，我還要與他拜把子哪。」徐良說：「拜把子算上我。」馮淵說：「我看這人本領，像我們本門裡人。」徐良說：「臭豆腐，不用往臉上貼金啦，我領教過尊駕的本領，你們怎麼配有這們樣出色的人物？」馮淵說：「醋糟，你也太藐視人了。我們本門中除了我不行，難道說連一個強的都沒有？」艾虎說：「你們二位先別爭論，三哥，你看，這個窮人是輸是贏？」徐良說：「似乎那個黃臉的三個也不是窮朋友的對手。」說話之間，王剛早被那個窮人刁住腕子，往上一擁，橫跺子腳踹在肋下，險些沒掉下臺來，噗咚倒於擂臺之上。

那個窮人過去拿他的捎馬褳就要走，黑金剛柳飛熊過來說：「這位壯士別走，我來領教。」窮人抱拳說道：「方才小可已然說明，非為上臺打擂，無非陪著你們爺們走個三合兩趟，省得人家瞧不起我就是了。」柳飛熊說：「不行，總得較量較量。」窮人無計奈何，兩個人一交手，走了十幾個來回，窮人往下一敗，柳飛熊趕將下來跟著一腿，打算要踢窮人，被窮人一回身用手一掛，柳飛熊腳後跟教人掛住了，往起一勾，柳飛熊摔倒擂臺之上。急三槍陳振過來，五六個回合，教窮人使了一個靠山，把他靠倒擂臺之上。菜火蛇秦業氣哼哼過來說：「你別走。」那個窮人無奈，只可又與秦業交手。二人走了數十餘合，那個窮人不慌不忙，一手一式，身體伶便，把個秦業打的鼻窪鬢角熱汗直流，始終不能搶人家的上風，一著急使了一個盡命的招數，用一個雙風貫耳。窮人雙手合在一處，往兩下一分，其名叫白鶴亮翅，把他雙手撥開，復用自己雙手往秦業肋下一插，是一個撮勁，秦業身不由自主，往後一仰，噗咚躺於擂臺之上。

王興祖過來說：「兄臺別走，還是小弟領教！」窮人說：「我絕不是尊駕的對手，只當我是甘拜下風，讓我去罷。」王興祖一定還是要與他較量，那人無計奈何，只可又得陪著他動手。這二人一交手，才是棋逢對手，一招一式類若編就的活套子一般，卻原來是見招還招，見勢使勢。臺下面之人此時倒不喝彩了，全都叫起好兒來了。窮人一急，也打算把王興祖踢個跟頭，飛起來一腿，不料自己使得力猛，叭的一聲把捆靴子的帶子繃折，颼的一聲把靴子甩出去多遠。臺下之人，又是一陣大笑。窮人說：「這可算我輸了罷。」王興祖說：「不算，不算，我先給你換上一雙靴子，然後較量。」原來看臺上早已看的明白，打發人來請這個窮漢。從人行至臺下說：「員外爺有請這位打擂的看臺上問話。」王興祖這才住手。那窮人教人把靴子給他撿來復又穿上，拿了自己捎馬褳，跟著從人下擂臺，見東方亮來了。

王興祖將一回頭，忽見迎面躥上一個人來，離擂臺五尺多高，腳沾臺板。一看這人八尺多高，是個大黃胖兒，卻是史雲，叫韓天錦、于奢把他扔上臺來。說：「立擂的，我拿銀子來了。我們這個朋友連踢了你們四個跟頭，應當給我們四千兩銀子。我把車都雇好了，特為拉銀子，快盤哪快盤。」你道史雲他怎麼知道要銀子哪？卻是在下面他要上來交手，又見他師父在那邊站著，打量自己不是他人對手，總有師父替他出氣；又對著喬彬教給他，教他上臺要銀子。臺高他上不來，他專會上樹，要從臺柱子爬上來。是韓天錦替他出的主意，要把他抱上來，于奢說：「不如咱們把他扔上去好。」一黑一黃兩個大個，揪著胳膊搁❶著腿往上一扔，就把史雲扔上來了。他就真往人家要銀子，王興祖說：「那個窮朋友可是連贏了四個，要銀子一分一釐也短少不了。你既是與他相好，你先說說他姓字名誰，家鄉住處。」史雲說：「他自己還不肯說呢，我可知道不說。」王興祖問：「你叫什麼？」回說：「我姓史，我叫史雲，外號人稱愣史。」王興祖說：「你淨為要銀子，你還是打擂？」史雲說：「銀子也要，擂也打。著打！」隨說著話，躥過去就是一個沖天炮，一抬腿就踢。要不是王興祖的眼快，險些還教他打上了，皆因是給了個冷不防。臺官一看這個打擂的更可笑了，打出來的拳腳不是招數。別看史雲可是艾虎的徒弟，就是在乾琪村中給艾虎磕了頭，緊跟就是黑狼山、定君山、破銅網，後來大家散去，那裡有工夫教給他本領。他也會幾招鄉下的把式，那如何行的了。王興祖往旁一閃，用手一刁史雲的腕子，腳底下用了一個勾掛腿，史雲就噗咚趴在臺上。

王興祖說：「別教他走。」看臺的過來就要揪他。愣史躺在那裡也不起來，說：「你們打死我罷。」王興祖問：「你跟誰學的本事？」史雲說：「跟我師父。」王興祖說：「你還有師父哪？據我瞧著跟你師妹妹學的。論說我們這擂臺上可沒有講強梁❷的道理，你們這打擂的真有此理，先前兩個多少還算練過，似乎你這跟師妹妹學的，打出拳來，踢出腿來，我們直不認得是什麼招兒。總得拿你作一個榜樣，如不然長工笨漢也都要上臺打擂來了。」看臺的說：「臺官爺，咱們把他鎖在臺柱子上罷。」王興祖說：

❶ 搁：音ㄓㄡ，把重物從一側或一端托起。

❷ 強梁：強橫兇暴。

「不用，把他的衣服剝下來，教他找教給他武藝的取來。」史雲道：「你們可別胡說，我師父可在底下哪。」王興祖說：「更好了，要的就是你師父。」隨吩咐剝他的衣裳。看擂的將要動手，史雲躺在那裡把手腿往上一蜷，兩個看擂的不知是計，將要伸手解他衣服，愣史把雙手往兩下一分，其名叫反背錘，把兩個看擂的打倒。王興祖氣往上撞，將要過來，忽聽臺下一聲喊叫說：「師妹妹來也。」

要問來人上臺怎樣動手，且聽下回分解。

第九十四回 艾虎與群賊揸拳比武 徐良見臺官講論雌雄

且說艾虎在臺底下與徐良、盧珍、馮淵正誇獎那個窮漢，忽見看臺上把那窮人請過去了，依著艾虎就要把他截住，徐良不教，說：「這人絕不能走，就是教東方亮把他收下，少刻動手之時，咱們對他說明，他絕不能幫著反叛。哎喲，不好了，你徒弟上去了。」艾虎說：「這孩子，真豈有此理。」徐良說：「我打算要看看王興祖有什麼能耐，史雲這一上去，咱們也不能不上去了。」艾虎說：「你要看看他什麼本事不難，我先上去與他比試比試，我要不是他人對手，你再上去。」馮淵說：「你別說話了，人家那邊罵下來了，你不上去我就要上去了。」艾虎一轉身分開眾人，往臺上一躥，說：「師妹妹來也！」王興祖一看這個人是夜行術的工夫，身高六尺，一身青緞衣襟，壯士打扮，黑黃面皮，粗眉大眼，肋下無刀。原來艾虎上臺之時，先把刀交給芸生大爺，教他緊貼著擂臺一站，倘若用刀之時再與他要。此時史雲把兩個看臺的打倒，滿臺亂滾，說：「我師父前來，不干我的事了。」往下一滾，噗咚，算好，教于奢把他抱住了。這兩個看擂的冷不防教史雲砸了個鼻青臉腫。

單說王興祖看艾虎飛雲縱的工夫，就知道此人本領不錯，抱拳帶笑說：「這位尊公上臺打擂，可曾掛號？」艾虎也就一躬到地，說：「臺官爺在上，小可沒有本領，也不會打擂，皆因我落鄉居住，學了兩趟莊家把式，也拆不開，無非就是看場院而已。我本就不會，還收了一個無知的徒弟，方才他自逞其能，得罪你老，我如今上臺也不敢稱什麼打擂，是與我徒弟給你賠禮來了。」王興祖一聽艾虎之言，心中打算：別聽他說話謙恭，必然本領不錯。又問：「尊公不掛號可以使得，倒是留下名姓。」艾虎說：「不必問，我乃無名氏。」王興祖說：「堂堂英雄，焉有不留名姓之理？」艾虎說：「我本是無能之輩，未走三合兩趟你把我踢下臺去，我還不至於甚愧。我若說出名姓，臺下看打擂之人甚多，豈不被人恥笑？方才我已然說過，我本是與我徒弟賠禮。常言說，沒高山不顯平地，沒有你那高明顯不出我這不好來，我就是與你接拳墊場子而已。請臺官爺發拳罷。」王興祖見他說話卑微，心中打量他必是高明。可巧房書安過來，他瞧艾虎歲數年輕，說了一片無能的言語，他打算要在人前露臉，說：「大哥連打了四五個人，這個該讓給小弟了。」王臺官求之不得，說：「賢弟小心了。」房書安點頭，過來與艾虎並不答言，伸手就打。三兩個彎兒，艾虎用單手把他脖子勾住，往懷中一帶，噗咚，房書安趴倒，艾虎用拳照著他脖子上就是一拳，把房書安打的「哎喲」一聲。黃榮江過來，兩個彎兒，被艾虎托住胳膊，橫踩子腳，噗咚踹出多遠。黃榮海過來，被艾虎上面雙手一晃，用掃堂腿掃了一個跟頭。常二怔過來，三五個彎，被艾虎踢倒。胡仁過來，轉眼之間也就被摔倒。火判官周龍過來，走了有數十餘合未分勝敗。王興祖過來在當中一隔，說：「還是咱們兩人較量。」艾虎說：「可以使得。」復又抱拳往當中一湊，動起手來。這二人交手，比先前之人大不相同，躥高縱矮，看臺下那些人復又叫起好兒來了。

徐良在下面看了半天，暗說：老兄弟連贏了幾個，也怕艾虎氣力不加，要不上去，又怕老兄弟吃虧；自己要上去，又怕把群賊嚇跑。事已至此，分開眾人，把刀交給芸生大爺，往上一躥，說：「臺官，你們真不講理。你們共有多少人罷，換替著把人累乏了，然後你再動手，焉能不取勝？」徐良這一上臺不要緊，頭一個就是房書安：「哎喲，哎喲，削鼻子的祖宗到了！」往後一仰，噗咚一聲摔下臺去。他一掉下擂臺去，群賊一陣大亂，噼噔噗咚，類若下扁食一般，周龍、周凱、張大連、黃榮江、黃榮海、赫連齊、皮虎，連金永福、金永祿一併全都躥下擂臺去了，帶累的常二怔、胡仁也跟著跑了，臺上就剩王剛、柳飛熊、秦業、陳振，餘下淨是看臺之人。對面看臺上，東方亮正問那窮人，忽見白眉毛躥上臺去，大家亂一跑，東方亮對東方清說：「賢弟不好了，這就是那個白眉毛上來了。」東方清叫家人看兵器伺候。從人答應一聲，趕緊預備單鞭、雙鐧。東方亮與那窮人說：「有什麼話咱們少刻再說，不怕你有什麼塌天大事都有我一面承當。不知你膽量如何？要有膽量，少刻你幫著我們動手，我準保你後半世豐衣足食。」窮人說：「我這窮苦倒是一件小事，我有一件大難心之事，就是員外也不能與我幫辦。只是員外有這一句話，我就感情不盡。若要用我之時，萬死不辭。」東方亮說：「很好。」先叫家人取了一雙靴子給他換上，找了一口單刀。此時看臺上酒已是擺好了，教他在看臺上吃酒，他執意不肯，東方清叫家人帶他去上廚房吃飯。總鎮大人見徐良躥上臺去，又見東方亮、東方清都預備了兵器，自己往下看著蔣爺，打量動手可也就快了，淨看蔣爺眼色行事。

再說徐良上了擂臺，淨是詼諧，說：「臺官，既擺擂臺必須正大光明，取巧贏人怎麼算得是英雄好漢？你們先教別人過來把打擂的累乏，然後你才過來。一個人有多大氣力？你固然是準贏。來來，咱們兩個人比試，我要打你一拳贏銀多少？」王興祖早就聽見東方亮說過，他是徐慶之子，名叫徐良，外號人稱多臂熊，與綠林人作對。想著他這一上臺，萬沒安著好意，今日非得贏他，這個擂臺方能擺得住，要是輸與他，就得瓦解冰消。隨即回答說：「要打我一拳輸銀五十兩，要踢我一腳輸銀百兩。」徐良說：

「要弄你一個跟頭呢？」回答說：「什麼叫弄我一個跟頭？踢我一個跟頭輸銀一千兩。」徐良說：「要把你打死？」王興祖說：「咱們兩個人無仇無恨，什麼事把我打死？打死我也是白打，打死你可也是白打死。」徐良說：「那可不能，你要打死我得賠我。」王興祖問：「賠你什麼？」徐良說：「一罈子醋，六十錢。」王興祖說：「你淨是詼諧。你姓字名誰？」徐良說：「連我都不認識了？我姓人，我就是那個賣醋的人老西嘛。你叫什麼？」王興祖說：「我叫王興祖，外號人稱神拳太保。」徐良說：「你就是那個太保兒子？」王興祖說：「你滿口亂道，過來咱們兩個人較量。」徐良說：「使得。」二人一交手，徐良並不講什麼行門過步，上去就打，打一拳就一腳，不按正規矩打。眼瞅著他是五花炮，三五個招數就變成八仙拳，一轉眼就是密宗拳，三五招一過，變成猴拳，地躺拳，又改四平大架子，串拳，擦拳，變為開山拳，把王興祖打了一個手忙腳亂，忽上就下，行東就西，地躺拳滿地亂滾，猴拳小架子，八仙拳晃晃悠悠，也就是王興祖封閉得住，也不知道他打這拳準是那一家門路，整是一趟大雜拌拳。臺下之人不懂得的連連叫好，行家看著全是暗笑，直不知道準是什麼招數。

看臺上東方清說：「哥哥，人是自可聞名別見面，哥哥請看，這個人算是什麼本事？」東方亮也瞅著納悶，說：「此人大概沒有多大本領。」東方清說：「大概這個老西不是王賢弟的對手，活該今日要給大眾朋友們除害了。」東方清又說：「待我過去，等王賢弟不行之時，我好與他交手。」東方亮說：「賢弟先不用過去，大料著再有三招兩晃他就得輸給咱們王賢弟。」果然，再瞧徐良不行了，有前勁沒後勁，眼瞅著身軀亂晃，手遲眼慢。王興祖本是粗中有細之人，先前淨徐良的招數，自己並不換招，這叫不求有功先求無過。等把徐良的主意看準，再設法贏他。一看此時徐良透乏，自己暗暗歡喜，準知道今天萬不能輸了，這才施展近步的招數。徐良眼看招架不住，王興祖使了一個掃堂腿，徐良往起一躥，容他腿掃將過去，然後腳站實地。不料王興祖使的是來回掃堂腿，掃過去雖然躲開，掃回來躲閃不及，噗咚一聲山西雁栽倒擂臺，教王興祖把他抓住，用平生之力把徐良舉將起來，惡狠狠往臺下一摔，只聽叭叉一聲，紅光迸現。

要問徐良生死，下回分解。

第九十五回　二英雄力劈王興祖　兩好漢打死東方清

且說徐良被王興祖掃堂腿掃倒，又教王興祖把他舉起來，臺官搶了上風，舉著徐良奔到臺口，自己一賣弄，說：「山西人，你到底姓什麼，你打量著我們不知道哪！你姓徐叫徐良，外號叫多臂人熊，是與不是？你自覺天下無敵，今日遇見姓王的是你死期至矣。」把徐良頭衝臺下，惡狠狠的就摔。臺下都一著急，盧珍也要上來，展爺也要上來，就是馮淵拍掌哈哈的直樂。蔣爺說：「馮老爺，你們兩個人是口仇，見面就拌嘴。如今他一摔倒，你反倒樂起來了，眼前就有性命之憂，你反拍手打掌哈哈大笑。不用說你是恨他，就是恨他，也不當現之於外，教旁人觀之不雅。」馮淵說：「我非是恨他，這他就贏了。」盧珍說：「他都教人家舉起來了，怎麼還是贏？」馮淵說：「你們不知道，這一舉起他更贏了。」蔣爺問：「怎麼？」馮淵說：「上次我們兩個人皆因頑笑急了，打起來。我把他踢了一個跟頭，把他往起一舉，他雙手一扣我的脈門，我這半邊身子全不得力，他就把我舉起來，要拿著我的頭砸蒜，他教我叫他祖宗他才饒哪。」蔣爺問：「你叫了沒叫？」馮淵說：「叫來著，我不叫他不饒我。」正說之間，馮爺說：「你們看，舉起來了不是！」

原來徐良專有這們一手工夫，特意的教王興祖舉起來。他又賣弄說了半天的話，這才要扔，徐良早就扣住王興祖右手脈門，用盡平生之力一扣，王興祖就覺著得了半身不遂相似，把身子一歪，歪來歪去歪在臺上。徐良一緩手把他舉將起來，也是往前一探身子，叫臺下之人：「接著，臺官下去了！」叭叉一聲，不是把徐良扔下去了，是把王興祖摔下去了。王興祖往下一摔，臺下之人往後一擁，早教于奢、韓天錦兩個人抓住，一個人揪著一條腿，往兩下一劈。這二位站殿將軍抱了半天柱子，要拆拆不動，見王興祖下來，這二人不顧拆臺，他二人是萬歲爺駕前舉鼎之人，天然的力量，這個說「我捉著的」，那個說「是我捉住的」，用十分力往兩下一劈，就聽磕叉一聲，把王興祖劈作兩半。韓天錦與于奢兩個人往前一趴，皆因使力太猛，爬起來每人提著一個人片子。一看此時大亂，徐良往下一摔王興祖，王剛、柳飛熊、陳振、秦業一急，就由兵器架子上抽槍拉刀，奔臺口要結果徐良的性命。艾虎還在臺上哪，與芸生要刀，連大環刀也交給徐良。山西雁一接刀，險些教王剛扎了他一槍。艾虎在王剛左膀之上踹了他一腳，王剛栽倒，不是賊人躺下，徐良險些著槍。柳飛熊過來就是一刀，徐良可就還過手來了，一回身嗆啷一聲，把柳飛熊的刀削為兩段。大環刀跟進去要結果賊人的性命，柳飛熊把刀一扔，盡命的往臺底下一躥，逃了性命。陳振見勢頭不好，沒敢動手就躥下臺去。秦業過來救了王剛，也被艾虎把刀削為兩段。此時王剛先逃去了，秦業的頭巾被艾虎削去了半邊，也就躥下臺去了。看擂臺之人早就跑了。徐良說：「咱們鬧個賊不空回，這裡現有金銀錁錠，咱們先揣他幾個。」艾虎說：「要那個何用，咱們下去動手也不得力。」

說書一張嘴，難說兩家話。蔣爺見徐良往下一扔王興祖，眼望看臺上雙手一招，白雄早就看見了。東方亮、東方清說叫家人看兵器，東方亮陪著知府，東方清陪著總鎮。總鎮對著東方清把桌子一翻，嘩啷一聲，碗盞家伙摔成粉碎，那張桌子對著東方清去了。東方清一抬腿，對著桌面子嘡的就是一腳，那桌子復又回來。總鎮將要奔東方清，桌子踢回來，桌腿子撞在肩頭上一個，磕膝蓋上一個，皆因地方窄狹，未能閃開。白雄沒能拿人，倒把他撞了一個跟頭。緊跟著大人有兩員偏將，是兩個承信武公郎，親弟兄二人，一個叫童仁杰，一個叫童仁義。見大人一倒，將要過來攙扶。白雄說：「給我拿！」二人過來將要動手，東方清一抬腿踢了一腳，童仁杰摔倒看臺之上，東方清接雙鐗躥下看臺。白雄起來看東方亮把知府往脇下一夾，也就躥下看臺去了。白雄一著急，在蔣、展二位跟前說的明白，三個人走脫一個拿我治罪，少刻若要見著二位大人，有何言答對，只可下臺奮勇拿人就是了。遂吩咐二員偏將，教那二百名兵丁捉拿東方亮、東方清與知府，不得有誤。童家弟兄與總鎮都是行伍出身，也就躥下看臺。下面還有二員偏將，往下一傳號令，教那二百兵丁都用藍布包頭，長短家伙往上一圍東方亮、東方清。

此時東方弟兄不用官兵圍裹，早有人把他們圈住了。頭一個就是南俠，緊跟著就是蔣爺。邢如龍、邢如虎、馮淵、鬧海雲龍胡小記、喬彬、馬龍、張豹、大漢史雲、金槍將于義、白芸生也就趕奔前來。東方弟兄這身工夫本也不錯，一個使單鞭，一個使雙鐗，份量太大，展爺的劍不肯削他們鞭鐗，怕傷損了自己寶物，故此二人越殺越勇。後來兵丁也往上一圍，連總鎮大人也闖上來了。最可歎是瞧熱鬧的人，也有帶著重傷的，也有死於非命的。皆因是團城子跟東方亮來的家人他們見臺下劈了王興祖，他們仗著知府大人，又有總鎮，見他員外也抄了家伙，他們也拿了長短家伙，奔于奢、韓天錦而來，狐假虎威，齊說：「拿呀，拿兇手哇！知府有諭，教拿人哪！」對著韓天錦、于奢每人手中提著半個人片子，掄開了亂打眾人。于奢那裡多一個腦袋，一隻胳膊，一條腿，肝花腸肚遍地皆是。也有打著團城子的人，也有打著看熱鬧之人，也有膽小的被人片子一撞就嚇暈過去躺下的，又被眾人亂踏廢了性命。此時東方亮手下從人，機靈的早已逃命，痴蒙的還在那裡動手，早晚也是廢命。掄人片子的越掄越短，後來就剩一條大腿，也奔東方亮那裡去了，大聲喊叫：「閃開了！」掄大腿就砸。一個衝著東方亮，一個衝著東方清，砸將下去。二人用鞭鐧相迎，只聽叭的一聲，直招架不住，仗著二人身體伶便，往前一躥，叭一聲正砸在後脊背上，往前撲出好幾步去，吸呼栽倒。東方弟兄直不敢再與韓天錦、于奢二人交手，看還可以與別人動手，此時也就打算著要跑，來的時候人多，此時連自己的一個人也見不著了，東方弟兄心中恨怨這伙人喪盡天良。二人正在打算著要跑，忽聽正南上一聲喊叫說：「員外爺不要驚心，小可到了。」東方亮一聽，原來就是那個窮人到了，暗暗歡喜，準知道這個人本領高強，連忙嚷道：「賢弟快些上來。」喊叫了半天，再找那個窮人，蹤跡不見。

你道這是什麼緣故？原來是蔣四爺一聽那個窮朋友到了，先就迎將上去，身臨切近一看，那窮人手中提著一口刀。蔣爺說：「朋友，你先等等動手，隨我前來，有句話說。」蔣爺把他帶到看臺後面，說：「朋友，你認識我不認識？」那人說：「不識認你老人家。」蔣爺說：「我姓蔣，名平，字是澤長。」那人說：「你就是蔣四老爺呀？久仰，久仰！」蔣爺說：「你知道這二位員外他等是做什麼的？」那人說：「不知。」蔣爺就把他們私通王爺造反，盜冠袍帶履的話述說了一遍。那人一聽，嚇得顏色更變，連忙說道：「小人與他素不相識，皆因受他一飯之恩，他教我幫著他動手，我實在不知他是個反叛。如今既蒙老爺指教於我，天大膽也不敢與老爺們交手，我疾速快些遁去就是了。」蔣爺說：「你可別走，我先不用問你的名姓，你是跟什麼人學的武藝？」那人說：「我的師父姓吳，叫吳永安。」蔣爺說：「外號人稱雙翅虎，對與不對？」那人說：「正是。」蔣爺說：「這可是活該你應當時來運轉了。我們這裡有你一位師兄弟，如今已然作了官了，少刻你們見一見。不怕你有什麼難心之事，我們大眾與你設法辦理，你可千萬別走。」那人說：「既有這樣機會，我是絕不走了。」蔣爺說：「我也不過去動手了，咱們找個高處看著他們拿人罷。」將找了一個高阜之處，忽見由東南上跑來了兩個人，直奔擂臺而來。一看不是別人，正是史丹、龍滔，都是肋下佩刀，腰內還掖著繩子。這二人是天彪給他們送信的。

小爺等他們大眾上白沙灘去後，這個熱鬧誰不去看？除了更夫，餘者全走了。小爺出東門一看，有三輛太平車在那裡等著，過去一問，是蔣四老爺打發來的。小爺說：「我就姓龍，你們把車趕到東門近處等著我來。」回身直奔清靜庵，先見他兩個妻子，說：「咱們天倫打發三輛車來接你們回家，不然少刻就有官人前來封門抄家，省得把咱們封在裡頭。」東方姣、豔二人一聽，說：「咱們先告訴娘親去哪。」小爺說：「使得。」三人一同見了老太太，就把少刻就要封門抄家的話說了一遍，又把外面三輛車等著，接大眾上常州府的話又說了一遍。老太太一聞此言，連連點頭說：「好，這就是咱們娘們出頭之日了，你們多帶些個金銀細軟的東西，等我把晌午工課交完，咱們一同起身。」姣、豔二人點頭出來，到東西屋裡拾掇細軟的東西，天彪也幫著一包袱一包袱的扛在車輛之上。大家拾掇完畢，等了半天，老太太那屋裡總也沒動靜，天彪問：「怎麼他老人家工課還沒完？咱們快快走罷。」東方姣說：「他老人家工課不完，誰也不敢進去。」天彪輕輕的過去一看，高聲嚷叫說：「可了不得了，老太太上了吊了。」姣、豔一聽連忙奔至上房，天彪一抬腿將門踢碎，把老太太卸將下來。痛哭了一陣，天彪勸解：「人死不能復生，就是哭會子也是無益於事。」東方姣說：「這裡有他老人家一個壽木，把他裝殮起來，咱們然後再走。」大眾將棺材搭來，把老太太裝殮停妥，將蓋兒蓋好。天彪教婆子給龍滔送信，出來上車回家去了。

龍滔、史丹二人拿了繩子直奔白沙灘，到了動手那裡，闖將進去。東方亮、東方清一見有兩個近人來了，連忙嚷道：「龍、史二位，快些個幫我們動手。」二人連聲答應，說：「使得，使得。」東方弟兄只顧一說話，不料一個受了一腿，一個受了一鏢，噗咚噗咚，俱都摔倒在地。

要問二人生死如何，且聽下回分解。

第九十六回　親姊妹逃奔商水縣　師兄弟相逢白沙灘

且說東方弟兄只顧見著打更的頭目一說話，稍一疏神，東方清肩頭上被于奢叭叉打了一腿，噗咚栽倒在地，教韓天錦在頭顱上跟著又砸了一腿，打了個腦漿迸裂。東方亮見兄弟一死，心如刀絞一般，打算著要逃命，不料教金槍將于義在腿上噗哧打了一鏢，身軀往前一栽，摔倒在地，于奢、韓天錦掄腿又要打將下來，教于義攔住，說：「不可，留他的活口。」這二人才不打了。史丹、龍滔那肯容他起來，過去用繩子就捆。東方亮說：「你們二位怎們來捆我哪？我待你們可不錯呀。」龍滔說：「這就是報答你收留我們之恩。」四馬倒攢蹄將東方亮捆好。蔣爺也趕奔前來，此時一看並沒有東方亮的餘黨，打算要把徐良、艾虎叫下擂臺。徐良在臺上遠遠看見有三個人直奔西北，看著面熟，當時想不起是誰。前面兩個俱是武生相公打扮，後邊一個壯士打扮。按說徐良眼睛最毒，只要見過一次，隔過三年二載都想的起來，這三個就是面熟，又一細看，忽然想起來了。見後頭那人身上背著一張彈弓，前頭兩個是兩個姑娘，後頭那個是金弓小二郎王玉。

這三個人頭天定好，到了次日，王玉同著他們打擂的一齊出來，趁亂之際一抽身復又回去，直奔紅翠園，見著二位姑娘，先問妹子玉仙打算怎麼個主意。姑娘說：「就是我昨天那個主意，除此之外，別無妙策。」說：「三哥，你出西門，打聽打聽他們擂臺事情吉凶如何。」王玉出了西門，可巧正碰見臧能。臧知府紗帽也歪了，玉帶也折了，教一個班頭背著他飛跑。王玉過去問了問知府說：「大人因為何故教人背著，是什麼緣故？」臧能就把擂臺上事情始末根由說了一遍。王玉說：「大人疾速逃走要緊，不可久待。」知府教人背著回衙去了。王玉復又回來，仍入紅翠園。玉仙問：「三哥，打聽擂臺的事情怎麼樣了？」王玉本不願意同著二位姑娘幫著東方亮動手，他就把知府的話又加上些個利害言語，就提總鎮帶來多少兵將，也是來拿大哥來了。姑娘一聽，也就無法，只可就是同著他逃難去罷。王玉說：「要走，說咱們倒是得快走方好。」玉仙說：「姐姐，咱們要同著三哥走路，他是個男子，咱們大大的不便哪。要依我的主意，咱們女扮男裝。」金仙說：「使得。」兩個姑娘拆了頭，紮上網子，洗了臉上脂粉，耳朵眼用白蠟捻死，薄底靴子塞上棉花，金蓮用綢子條兒纏住，登好靴子，穿上汗衫、襯衫、箭袖袍，帶上武生巾，繫上兜囊，帶上些散碎錢銀，肋下佩刀，練子錘、練子槊單有兩個紅綠口袋，二位姑娘俱都帶好。另包了三個包袱，全是金珠細軟的東西，連姑娘換替衣裳等項。王玉背上彈弓，挎上彈囊。小紅、婆子在眼前一跪，說：「我們捨不得二位姑娘，這一走不知何年日月方能相會。」姑娘說：「你們也不可在此久待，拿些個值錢的東西，有親投親，有故投故去罷。」丫鬟婆子等金仙玉仙去後，他們也就拾掇些個東西，投奔親故去了。

二位姑娘同王玉一出西門，看擂臺之人東逃西奔，四下亂跑。玉仙迎著打聽，那人告訴：「別往那們去了，擂臺的臺官教人家活劈了，東方亮教人拿住了，東方清教人打死了。」姑娘一聞此言，怔了半天，一語不發。王玉催逼快走，玉仙無奈，投奔西北。姑娘緊往擂臺那裡看著，王玉總怕姑娘過去，說：「妹子，千萬不可過去，咱們勢孤。總有三寸氣在，然後報仇不遲。此時要一過去，玉石皆焚。」玉仙無奈，只可點頭。又看出王玉的意思不肯過去，姐姐又不十分答言，心中一想：姐姐他從了王玉，明是兄妹，暗是夫妻。自己如今孤孤單單，無倚無靠，活著也無意思，死去倒也乾淨。我破出這條命去，見姐姐不大願意，必然是怕死，再說王玉又是個外人，只可是另有打算便了。直往前走，天氣已晚，迎面一片大葦塘，全是旱葦。玉仙見有從裡面出來之人，回頭說：「三哥，咱們可從那股道過去？天色可是已晚了。」王玉說：「就從這葦塘穿過去，別走外邊，外邊可繞了道了。」玉仙說：「這個葦塘難以過去，又沒有道路，還不定有水沒水。」王玉說：「二弟沒走過這裡，你看那不是出來的人嗎？待劣兄前邊走。」王玉在前，玉仙跟著金仙，身臨切近，果然是裡邊挺寬的道路，遠瞧是葦葉搭著葦葉，亂亂蓬蓬的。進了葦塘，由南往北，走到裡面，共有五個岔路口，全都可走，東北、西北、正東、正西、正北。這片葦塘周圍有兩頃多地，叫趙家葦塘。三人一進葦塘，不料後邊山西雁早就跟下來了。

在擂臺上想起是金仙、玉仙女扮男裝，後面跟著王玉，三個人必要逃竄。自己並沒言語，由北面擂臺躥將下來。他看的明白，東方亮被捉，東方清已死，準知道擂臺前沒有什麼事情了，遠遠跟下王玉來了。不敢身臨切近，怕教金仙、玉仙看見，皆因懼怕兩個丫頭的鍊子家伙。前文表過，徐良一輩子沒有所怕之人，他要怕這一個人能怕這一輩子。容他們進了葦塘，他也趕將進來。走在五股岔路口，心中一盤算，不知他們走那股岔路，眼看天氣是晚，聽馮淵說他們要奔商水縣，必從正北出去。一橫心，別管對與不對，往正北追趕。出了正北葦塘一看，再找三個人蹤跡不見。一想，他們沒打正北走，必從正東，不然就是東北，自己一扭身又要進葦塘，忽見艾虎從裡面出來。小義士在擂臺上見三哥兩隻眼睛發直，慌慌張張由正北上下去，就知道三哥必然有事，他也就追下來了。跟著徐良進了葦塘，也走正北，出了葦塘二人正碰在一處。徐良說：「你上這裡作什麼來了？」艾虎說：「我見三哥你慌慌張張往這裡來，我跟下你來。你作什麼來了？」徐良就把金仙、玉仙改扮男裝，王玉三個人逃竄，追至此間不見的話說了一遍。艾虎說：「天色已晚，這兩個丫頭也成不了什麼大事，咱們先回去，慢慢再尋找他們的下落罷。」徐良點頭，復又從葦塘舊路出來，直奔擂臺。

且說蔣爺見拿住東方亮，大家會在一處，馬龍、張豹、胡小記、喬彬、于義過來，都與大眾見禮。于義過去把東方亮那支鏢起出來，收在兜囊之內。展爺見眾人全不打了，只見于奢、韓天錦二人拿著兩條大腿亂磕，他們兩人倒打起來了。蔣爺教邢如龍、邢如虎把兩個人勸住，兩人當頑藝兒一般。這二人把兩條腿一扔，過來見禮。總鎮大人過來請罪，連四個偏將：童仁杰、童仁義、張成、董茂，皆因未能拿獲三個人，全上前來請罪。蔣爺說：「你們何罪之有？還有許多事情，非大人不能辦理。」白雄聽蔣爺這套言語，這才稍微放心。蔣爺教他派兵將團城子裡面若有男女俱都放將出來，把門封鎖，然後至裡面查點財寶東西，開寫清楚，聽候旨意。教展爺帶領四員偏將兵丁等捉拿知府，把晃繩上馬匹解將下來，教他們大眾騎上，撲奔知府衙門。又教總鎮派人把擂臺上家伙、金銀錁錠查點明白數目，暫且教總鎮衙門以作這些費用。所有擂臺前死的這些人，全教拉在一處，准其屍親認屍。是團城子的餘黨死了白死，是瞧熱鬧的給一口棺木，二十兩葬埋銀。是看熱鬧的若帶重傷，給銀十兩，輕者五兩，是團城子裡人不給。問搭擂臺的所欠銀兩，俱是總鎮大人開付。團城子的餘黨刨一個大坑一埋。又找掛號的那個小官，早就遁去。展南俠連總鎮並留下這些兵丁，全照蔣爺這套話辦理去了。

蔣四爺復又回身問那窮漢說：「我們的事已完，問問閣下貴姓高名，有什麼難心之事說將出來，我們好與你分憂解愁。」那人未從說話一聲長歎，將要說他的事情，忽見艾虎、徐良打外邊進來。蔣爺問：「你們兩個人上那裡去了？」徐良就把追趕玉仙的話對著蔣四爺說了一遍。蔣爺說：「讓他們三個人去罷，咱們先辦這個事要緊。」復又問窮漢，那人眼含淚跡說：「我乃湖廣武昌府江夏縣❶玉麟村人氏，姓劉，我叫劉士杰，匪號人稱義俠太保。」艾虎說：「你先等等，你們鄉親有一個范仲禹范大人，你可認識？」那人聽在這裡又一聲長歎，說：「那個人再不要提起，喪盡天良。」蔣爺問：「怎麼見得？」劉士杰說：「有我父親時節，開著一座廣聚糧店。皆因那年恩科❷，那范大人一家三口一貧如洗，是我父親借給他們盤纏，還有一匹黑驢。不想他進京得了頭名狀元，由中狀元之後，就算到我們家裡報了一回喜，嗣後來連片紙沒見，至今聽說得了尚書，我們是音信不通。眾位請想，豈不是喪盡天良麼！」蔣爺說：「不能，這內中必然有事。你為何落得這般狼狽？」

劉士杰說：「我從小時節不愛習文，淨好習武，請了幾位教師。我父親不教我習武，教我學陸陳行的買賣，為的是我日後好掌管我們鋪中之事，我仍是在背地裡練武。可巧我們鋪中新來了一個打雜的伙計，這人年過六旬開外，甚無能的一個老頭子，誰也看不起他。這日我在鋪中吃飯，叫他盛飯，他把碗拿起來給我摔成粉碎，他還說：伺候老掌櫃的可以，你怎麼配叫我盛飯？我也沒動氣。那日我將倒出來的茶，他拿起來就喝，我也沒動氣。他連試了我幾次，那日晚間才說了實話，他是一身的工夫，所以我的本領全是此人教的。」徐良問：「此人到底姓什麼？」劉士杰說：「姓吳，叫吳永安。」馮淵過來說：

❶ 江夏縣：在今湖北武昌。

❷ 恩科：清代於尋常例試外，逢朝廷慶典，特別開科考試，稱恩科。

「原來是師弟到了。」士杰問：「師兄的貴姓？」馮爺說：「我姓馮，你聽見說過沒有？」士杰說：「你就是聖手秀士馮淵大哥嗎？」馮淵說：「正是。你們看看，我說他像我們本門中的招數，還是我這眼力不差。如今師父還在與不在？我由十四歲離開師父，到如今音空信杳，你必然知道師父的下落。」

士杰聽他是師兄，先給師哥磕頭，然後又說：「我把武藝學會，我師父就故去了，埋在我們墳墓之旁。我師父就有一個姪子，姓吳，叫吳貴，外號人稱精細太保，我也不知道他現在那裡。見過時節就知道他與人家護院，後來我去找他送信，找到人家本宅，說他早不在人家那裡了。我由找他回來，連我們鋪子帶我們家失了一把天火，燒的片瓦無存，只可就尋親覓友度日。半年光景，這日到江夏縣城內找一筆帳，不料見著我的師兄吳貴，他在縣衙當了一名班頭，差使還是當的很好，把我收留在他家內。我並無妻小，就是我隻身一人，他為報答我葬埋他叔父之恩，在他家中住了半載有餘。他有從小兒收留下的一個乾兄弟，複姓尉遲，叫尉遲善，由九歲撿了來的，長到十九，那一身工夫全是他教的。人到十九歲開了知識，常常的調戲鄰女，教人家告訴我師哥，打了他一頓，兩個人從此結仇。後來又有一個鄰家之婦，是個賣姦的，他那晚住在這婦人家中，教吳貴遇見。次日尉遲善回家，吳貴把他捆上一定要殺，是我苦苦的求情，這才饒了這廝，如要再犯了這個淫字，一定要結果他的性命；又把他打了一頓，整整的兩個月才好。不料他打傷一好，恩不將恩報反將仇報。這日我同著我師哥，有人請我們，從外面回來，天有三鼓，回家一看，我嫂嫂、姪女盡被他殺死，留下名姓逃竄去了。我哥哥一著急，吐了一口血，報官相驗。第二天東門殺死一個婦人，無頭；第三日西門殺死一個婦人，無腳；第四天南門殺死一個婦人，無左手；第五天北門殺死婦人，無右手。縣太爺升堂，與我哥哥要案犯，我哥哥活活的氣死。縣太爺又要能人辦案，快壯❸兩班班頭把我公舉出去，把我哥哥的差使給了我。我黏著閃批文書，我在山東見過他一次，教我把他拿住了。如今我又奔在此處，連一點影響皆無。」蔣爺說：「你帶著閃批文書，你不會上各州府縣要盤纏去嗎？」士杰說：「我一概不懂。」蔣爺說：「我自有主意。」徐良說：「看前邊，這是什麼人到了？」黑忽忽一片人往前撲奔。

若問來者是誰，下回分解。

❸ 快壯：舊時用以稱捕快衙役。

第九十七回　金弓二郎帶金仙單走　蓮花仙子會玉仙同行

且說劉士杰說了他的來歷，大家聽著實在可恨。蔣爺說：「無妨，你與我們馮老爺是師兄弟，我們也是奉旨辦案拿賊。咱們合在一處，賊要是該栽，自來的咱們就碰見了他，要不該栽，怎麼找也夠找的。似乎你這辦案的受了多們大的苦處。」馮淵說：「我給你見一見眾位老爺們。」帶著劉士杰一一相見了一回。相見已畢，忽見前邊黑忽忽一片人來，徐良說：「看前邊是什麼人到了？」大眾一看，約有二三十號人，全奔擂臺而來。來者的是住戶人家，都知道擂臺下打死不少的人，一傳這個信，有看熱鬧的沒回家去，一見這個信全要到這裡看看，也有認著屍首的，也有沒找著的，有官人告訴他們領棺材領賞的言語，不必細表。

單說蔣爺教官兵搭著東方亮，帶著劉士杰及所有眾人，俱都歸奔公館而來。至公館，當時間轎馬盈門，合著南陽府同城文武大小官員俱都奔公館來了。展南俠也就回來，告訴蔣爺大眾：知府拐印脫逃，臧能之妻在後邊吊死。蔣爺說：「他妻子這也算很好哪。」總鎮從團城子到，告訴蔣、展二位：放出四個人去，把前後門俱都封鎖，若有私自出入者立即鎖拿。此時馮淵給劉士杰換了一套嶄新的衣服，這一穿戴起來，真是英雄的氣象。馮淵也很歡喜，省得大眾看不起他，這可算有了膀臂了。總鎮大人要接大眾上衙門去，不用住公館了。

到次日掩埋屍首，查點團城子裡面的東西上帳簿，帶往京都。賠補美珍樓的家伙錢。從醬園子裡撈出周瑞屍首，也埋在白沙灘，賠了一缸醬錢。又有團城子紅翠園內木炕裡赫連方的屍首，也埋在白沙灘。東方亮之妻埋在他們墳塋內，給他超度了三天，總算是個好人。玉面貓熊威、賽地鼠韓良刨將出來，用棺木成殮，總鎮白雄派抬夫送回他們原籍去。蔣爺帶著劉宏義之子劉士杰見白雄說明，又打聽范大人的事情，大略白總鎮不能不知。原來白總鎮無一不知，是他親姐姐、姐夫，他焉能不知道哪。自從中狀元之後，先去的喜信。乍得狀元沒錢，也知道劉家富足，暫且先用不著。得了戶科給事中時節寄去銀二百兩，後得工部侍郎寄去銀五百兩，二次全沒見回信，家人也沒回來。第三次沒寄銀子，教心腹家人去的，復又回來告訴老掌櫃的故去了，家裡失了一把天火，後人不知去向。白雄說：「我姐姐、姐丈一聽此信，整哭了三天。」劉士杰這才知道范大人不是喪盡天良。白雄就由一見劉士杰，問明來歷，就送他衣服靴帽之外，還有銀子一百兩。後又打木籠囚車，押解伏地君王入都，暫且不表。

且說群賊由擂臺上趕跑，到了晚間，周龍、張大連、黃榮海三個人亂打呼哨，哨來哨去，慢慢的賊人復又聚在一處，就沒見三尺短命丁皮虎。就是黃面狼朱英沒在他們一處，打擂頭一天他就投奔寧夏國與王爺送信去了。群賊會在一處，面面相覷，大家議論：團城子事敗全壞在這個老西一個人身上，咱們如今投奔何方才好？還是小韓信出的主意，說：「咱們奔寧夏國，潼關不好過去，不如奔姚家寨，找晏賢弟去好與不好？」周龍願意，周凱也願意，常二怔、胡仁、房書安、黃榮江、赫連齊一口同音，全說上姚家寨。到了次日晌午，才遇見皮虎，說：「金永福、金永祿從擂臺一下來夠奔陝西去了，金頭活太歲王剛、柳飛熊、陳振、秦業四個人，削了刀的，削了頭巾的，躥下臺來，會在一處一議論，全奔朝天嶺去了。」

再說金弓小二郎王玉帶著金仙、玉仙，走葦塘，奔的是正東那股岔道，直到出了葦塘東口，一瞧，只見金仙，不見了玉仙。看四路無人，低聲問道：「妹子那裡去了？」金仙回頭一看，說：「我不知道妹子那裡去了。」教王玉回去進葦塘找玉仙，王玉說：「咱們在此處等等罷，也許在裡面小解，小解我怎麼去找去呢？」金仙說：「也倒有理，咱們就在此等候等候。」等了半天不見出來，金仙仍是教王玉找去。王玉說：「我進去找去。」進了葦塘往裡一蹲，其實願意不見玉仙方好，故此往那裡一蹲，耗了半天，這才出來，就說沒見玉仙：「不知他的去向，大概也許前邊走了，你我未能留神。」金仙說：「不能，自從進了葦塘，他在我身後面走哪，沒見他過去。」王玉說：「我在裡面遍找不見，也許他走錯了路，他也知道咱們奔黑虎觀去，不如咱們上黑虎觀等著他去罷。」若論金仙與玉仙可是親姊妹，人性不同，玉仙是精明強幹，足智多謀，性烈勝似男子。金仙生的忠厚，不能言，是個沒主意之人。教王玉一說，雖不願意，自己又無主意，只可點頭，跟著上黑虎觀。這一來可對了王玉的心思了，他最怕的是玉仙，皆因他眉皺殺人，自己雖與金仙有染，他跟玉仙連一句錯話都不敢說。皆因他與金仙私通之後，他用言語戲弄過兩次玉仙，玉仙說過他：「你要想得隴望蜀❶，你可小心首級。」故此王玉怕他怕在心裡。如今見玉仙一丟，正合他的心意。他帶著金仙上黑虎觀，作為是他在外面打聽囚車多咱到。總然就是到了，他回去也不提起，等著聽見京都的準信，剮了東方亮之後，再告訴金仙，大事一完就算無法了。他

❶ 得隴望蜀：東漢初年，光武帝劉秀與大將岑彭的信說：「人苦於不知足，已經取得隴右（今甘肅一帶），又想攻取西蜀（今四川一帶）。」後用以比喻貪得無厭。

好帶著金仙夠奔朝天嶺，一夫一妻過日子去了。王玉帶金仙奔黑虎觀，暫且不表。

單說玉仙跟著姐姐正往東走那個岔路，忽見由西岔路出來一人，穿一件湖色道袍，醬紫背心，白襪青鞋，杏黃絲縧，背插寶劍，藍緞九梁巾，面如團粉，眉清目秀，齒白唇紅。彼此對瞧了一眼，那個老道目不轉睛淨瞧著玉仙，就顧不得走路了。玉仙一見好生面熟，像是在那裡會過一般。誰知這個老道專有這們個人緣，但分要是淫亂的婦女，只要一見他，就能有八分中意。玉仙看他面熟，忽然想起來了。容那老道將一轉臉，玉仙在他肩頭上就拍了一把，低聲說：「隨我來。」玉仙就顧不得姐姐與王玉，直奔正西去了。出葦塘的西口，路南有個樹林，二人進了樹林，找了塊臥牛青石，玉仙坐下說：「小泉，你還認得二姑姑不認的了？」原來這個就是蓮花仙子。皆因他同著張鼎臣與白菊花夠奔姚家寨，那日晚間住店，見南街上有個美貌婦人，晚間要與晏飛借那薰香盒子前去採花。白菊花不借，二人口角分爭，張鼎臣從旁勸解。到了次日，紀小泉不辭而別，自己單走下來了。張鼎臣與晏飛醒了，睜眼一看，蓮花仙子不知去向，二人也沒找他，就奔姚家寨去了。紀小泉自己一人越走越有氣，恨白菊花不念活命之恩，借薰香盒子他都不借，怪不得人說他意狠心毒。自己這一走可奔團城子去了，心裡仍是想念著玉仙。這日正走之間，一算計日限，今天就是十五，大概此時擂臺上已然打完擂了。又想絕不能就是打一天，至少也得打三天，足可以趕的上。

正走葦塘打算這件事情，忽見對面有一個武生相公，瞅著面熟，也是想不起來。將一轉臉，被人家拍了一把，他也就跟著走至西口外頭，進了樹林，忽聽他自稱是二姑姑。他是個男子，這是什麼緣故？自己心中一動，說：「你莫不是團城子的二姑姑罷。」玉仙說：「你還可以，認得我。」紀小泉趕緊雙膝點地，連忙問道：「你老人家為何這般光景？」玉仙聽他這一問，不覺淒慘淚下，就把團城子的事情始末根由細說了一遍。紀小泉一聞此言，忽然心生一計，連忙問道：「二姑姑，你這女扮男裝意欲何往？」玉仙又把金仙同著王玉上商水縣黑虎觀的話說了一遍。紀小泉本是尋花問柳之人，當時機便最快，說：「二姑姑，我大伯父、二伯父待我如同親兒女一般，這件事我情願效勞。不用上商水縣，我有個地方。二姑姑找一個所在等著，我把木籠囚車劫來，你老人家愛奔那裡奔那裡。」玉仙一聽紀小泉的話比王玉強的多，說：「你真有此膽量，也不用你一人前往，咱們兩個人前去。我就怕他們人多，我死不要緊，倘若連累與你，我居心不安。」紀小泉說：「姪男萬死不辭。」

二人把主意定好，劫脫木籠囚車，且聽下回分解。

第九十八回　搶囚車頭回中計　劫法場二次撲空

且說紀小泉要幫著玉仙劫脫木籠囚車，他本為的是就中取事。玉仙又怕連累了他，又聽他說出「萬死不辭」的言語，自己更覺著喜愛於他，遂問道：「咱們在那裡去等才好？」紀小泉說：「咱們奔信陽州的管轄，有個孤峰嶺，嶺下有個洞叫煙雲洞，洞前有段溝叫石龍溝，由南陽上京總得打此經過。這個地方最幽僻，只要囚車一到，伸手可劫。」玉仙聞聽十分歡喜，兩個人一同撲奔孤峰嶺而來。當日晚間找店住下。似乎一男一女同行，若要是真正烈女，再遇真正的君子，那還可以。似乎玉仙與紀小泉這樣的男女，焉能保得住清白門第？二人就在當夜晚間，做出了苟且之事。這一來，紀小泉更把死豁於肚皮之外。

書不絮煩。這日到了石龍溝南邊，有個小鎮店就叫孤峰鎮，二人找店住下，就說是叔姪，玉仙也改了姓紀，有人問他就說叫紀玉，小泉是親姪兒。小泉如今也不是老道的打扮了，也扮了一個武生相公的形像。二人雖是一男一女，這一打扮武生形像，還是真像兩個官宦的少爺，到處行事又慷慨。終日小泉出去打聽囚車的信息。這日天交晌午光景，小泉回來告訴玉仙說：「囚車明日不到，後天準到。」

到了次日，吃完了早飯，小泉出去又一打聽，離此就有數里之遙。給了店錢飯錢出來，就在石龍溝偏北有個小樹林內一等。天到平西，就見官兵在前，都是些老弱殘兵，俱都扛著刀槍棍棒，拉著叉的，這個兵器可不能扛著，三三五五亂走，誰也不留神這兩個是劫囚車的。見囚車一到，有幾匹馬，是本地一個守備，姓陰，叫陰兆武，是行伍出身，外號人稱大刀陰兆武。醬巾搯袖，鸞帶紮腰，面似冬瓜，騎一匹豹花馬，馬上掛著一口青龍偃月刀。上首是邢如龍，下首是邢如虎，後面騎馬的是張龍、趙虎，緊後面有兩個步下的，一個韓天錦，一個于奢；一個拿著一條鐵棍，一個一條銅棍。韓天錦、于奢路遠走的透乏，在石龍溝南口外頭樹林內歇著去了。又皆因天氣暑熱，還有十幾匹馬，是開封府的班頭韓節、杜順，帶著十數個伙計。將走到小樹林外，忽見樹林躥出兩個人來，說：「殺呀！」把那些兵丁嚇了個膽裂魂飛，不敢往上圍，撒腿就跑。陰兆武一抬腿先把偃月刀摘將下來，當下一努力，馬往上一撞，就奔了玉仙來了。玉仙早把一對練子槊手中一提，陰兆武用的青龍刀，頭一手就是青龍出水，藏頭鑽馬，走對鐙，劈頭砍。玉仙往旁一閃，讓過刀頭，一抖左手的練子槊，正打在手背之上；右手一抖練子槊，正打在肩頭之上，翻斤斗墜馬，仗著傷不重，爬起來就跑。邢家兄弟一催馬，拉刀就剁。這兩個人不偏不向，每人右手上受了一練子槊，撒手扔刀，踅❶馬就跑。張龍、趙虎、韓節、杜順早就教紀小泉殺得棄囚車而走。那些兵丁誰也不敢上前，猶如雨打殘花一樣，展眼間淨剩了囚車。玉仙一見歡喜非常，先過去奔到囚車那裡，趕囚車的早就逃命去了。

玉仙、紀小泉來至囚車以前，玉仙叫了一聲：「哥哥，都是你不聽妹子之言，才有今日之禍。」就見那囚車裡面之人，蓬頭垢面，滿臉的血跡。玉仙把練子槊收起來，拉出刀，與紀小泉用刀劍把囚車一劈。紀小泉說：「你老人家慢動手罷，我大伯父不是花白的鬍子麼？這可是黑鬍子。」玉仙細細一看，

❶ 踅：音ㄒㄩㄝˊ。回轉；折回。

說：「哎喲，不好了，中了他們的詭計啦！」紀小泉說：「你細細看看。」玉仙說：「不對，是假充我哥哥。」玉仙正在氣惱之際，拿著刀就要殺那個囚犯。犯人說：「爺臺且慢，我有幾句話，容我說完，愛殺就殺。」紀小泉道：「別殺，讓他說。」那人說：「我本是南陽府問成死罪之人，那日牢頭進來，淨找有鬍子的。說誰願假充東方員外走這一趟差使，半路之上遇救，也把前罪免了；半路之上不遇救，到京也把前罪免了。我們都不願意去。來了一位蔣四老爺，他說我像，硬把我裝在囚車之內。爺臺要把我放了，我指你一條明路。」紀小泉說：「殺了他也是無用。你說是怎麼個明路？」那人說：「東方員外走的是小路，你們還可趕的上哪。如若追趕不上，到京都楓秋門外，那裡劫脫法場，伸手可得。」玉仙就依了他這個主意，帶領紀小泉，說：「便宜你這老頭子罷。」回頭就走。這囚車劈了個半半落落的，出也出不去。原來這都是蔣爺出的主意，聽見馮淵說他們要在商水縣劫囚車，故此設了一個假的。真正的東方亮髮髻裡頭給他按上迷魂藥餅，多少人護送。小四義、劉士杰、南俠請著冠袍帶履，所有的大眾保護差使，用的是一輛太平車，走小路。大路那邊護送囚車的人：「遇有劫的你們扔下就跑。」張、趙、邢家弟兄連守備走後，韓天錦、于奢來到，一見破囚車，問明來歷，倒是這兩個人把囚車打碎，那個犯人才出來。謝了二位站殿將軍，把他騾子解將下來，騎著走了。這二人也就撲奔京都來了。

單提玉仙與紀小泉依了犯人的主意，也就撲奔京都，抄小路而走，一路之上並沒碰見，沿路打聽，並沒人知道。那日行至楓秋門外，在關廂路北找了一座店，暫且住下。可巧那店有一個東跨院，上房三間，路西另有一個小門，南面的牆臨街，就住在這院。打聽差使一到，出去就劫。烹茶打臉水，吃完了早飯，紀小泉出去，進城打聽。天有平西方才回來，告訴玉仙說：「開封府真有能人，差使今日早晨進的城，不是囚車裝定，就是常行的車。包丞相大概明日奏事，明天早晨要降旨意，就在晚膳後標出去。」玉仙說：「咱們打聽明白，那時出來那時劫。」蓮花仙子點頭說：「咱們既來在這裡，絕不能誤事。」二人把主意定好，就在店中聽信。

且說蔣四爺押解著差使，到了京都開封府，教官人把東方亮搭下車來，班房內看押。展爺請著冠袍帶履，帶領著一干人進去，就是劉士杰不能進去，也在班房等著聽信。眾人來到裡邊，見包公行禮。展爺把冠袍帶履往上一獻，公孫先生把包袱打開，包公正了正官服，參拜萬歲爺的物件，大家全都跟著行禮，然後用香案供奉。包公復又落座，問大眾怎樣把冠袍帶履取來。展南俠將始末根由一五一十回稟了一番。包公見公孫先生聽明，然後教他打摺本，以備明日五鼓奏明萬歲。隨即吩咐升二堂，帶東方亮審問他的親供。一擺手，大家出來，二堂伺候，所有快壯皂俱都在二堂伺候。蔣爺出來，先把東方亮迷魂藥餅起將下來，然後用鐵鏈把他鎖上。忽聽裡面吩咐下來：「帶東方亮。」蔣爺帶著他進了角門，來至二堂，雙膝跪倒，趴伏在地。包公在上面把驚堂木一拍，說一聲：「強賊抬起頭來。」東方亮抬頭一看，這開封府如森羅殿❷一般，包公居中落座，類若五殿閻君❸。怎見得？有贊為證：

堂威震，東方亮細把包公看，難免賊人心中有些動搖。分明是五殿閻君居中坐，令人一見怎不發毛。帶一頂，三山帽，明珠嵌，鑲異寶，細絲疊，金龍繞，如意翅，花兒巧，正面上，有絨桃，原來是

---

❷ 森羅殿：傳說陰間閻羅王所居的殿。

❸ 五殿閻君：傳說陰間地府共有十殿，閻羅王是第五殿之主。

顫顫巍巍一頂金相貂。穿一件，品級袍，錦簇簇，絨繞繞，蟒翻身，龍探爪，穿五雲，海水鬧，八吉祥，水上漂，壽山福海一件紫羅袍。玉帶橫，玲瓏妙，白璧身，藍田照，刀口細，巧匠雕，恰正是一條銀龍串滿腰。皂緞靴，底不薄，包氈蒙，灰土少，走金階，步御道。論骨格，神威奧，文根本，武將貌，兩額闊，立眉梢，目光正，三山妙，土形滿，福不小，方海口，大耳朝，滿部鋼鬚頰下飄。性最直，多剛暴，菩提心❹，憐忠孝，惡逆子，把權奸惱，一恁你皇親國戚、勢大如天，犯之時也不饒。

且說東方亮揭去迷魂餅，忽然心中一明亮，把他往堂口一帶，見包公端然正坐，恰似森羅殿一般，就覺得身不搖自戰，體不熱汗流。又對著包公把驚堂木一拍，上面問道：「你就叫伏地君王？暗地勾串賊匪，盜去萬歲爺的冠袍帶履；家中設擺藏珍樓，害死兩個校尉；暗地私通襄陽王，種種皆是不赦之罪。快些招將上來，免的三推六問❺。」東方亮一想，此事不招不成，自己那樣家財事情，一敗塗地。何況不招不行，如若不招，也怕經不住三推六問。滿讓就是挺刑不招，縱保住性命，自己那裡掙那些家財去？一算生倒不如死。他就把自己的清供❻，家內設擺藏珍樓也招了，把盜冠袍帶履也招了。招可是招了，自己留了個退身之步，不能當時就死，打算著倘然有一個知己知彼的朋友前來救我，也是有之。雖招藏

❹ 菩提心：菩提，佛教名詞。梵文音譯。意譯「覺」、「智」、「道」等。佛教用以指豁然徹悟的境界。菩提心即利益一切眾生的善心，也就是「上求佛道、下化眾生」之心。

❺ 三推六問：謂反復審訊。

❻ 清供：猶清玩。清雅的玩品。多指書畫、金石、古器、盆景等可供賞玩的東西。

珍樓，是上輩所遺之樓；樓內雖放著冠袍帶履，是白菊花所盜；私通襄陽王，是朱英傳信。雖是種種不法，全不干他的事情。包公教他畫招，他就畫了供招。把他釘肘收監，教先生打摺本。包公退堂，淨預備次日五鼓上朝奏聞萬歲，進冠袍帶履。

單提外面玉仙次日吃畢早飯，教紀小泉出去打聽。將要出去，就聽外邊一陣大亂，店家過來說：「二位相公爺不看熱鬧去嗎？」小泉問：「看什麼熱鬧？」店家說：「明天咱們這西門外頭剮反叛，今天剮趕辦不及了，明天剮。今天瞧熱鬧人都去了。」小泉說：「明天剮人，怎麼今天全去看什麼去？」店家說：「你們不知，有膽子小的是今天去看，膽大的是明天去看。明天一者人多，二則地面轟的太利害。」小泉問：「今天看什麼？」店家說：「看搭棚的，設擺公案桌，栽上樁子，周圍拉上繩網，明天馬步軍隊都在那裡把守著，全是弓上弦，刀出鞘，外人想進去一個也不能。」小泉說：「我們不愛看那個熱鬧，今天倒可以得便，少刻我們瞧瞧去。」一擺手，店家出去。

玉仙與小泉商議：「是今天從牢獄救出來好哇，還是明天劫脫法場好哪？」小泉說：「今天晚上不行，一則隔著一道城，再說監牢人太多，咱們沒到過裡頭，裡面道路不熟，倘若大伯父與大眾收住一處，大眾一嚷就壞了事啦。若要劫牢反獄，非得人多不行，倒不如咱們還是劫脫法場。可別容他到法場，一到法場不容易救了。」玉仙一聽他這套言語，也倒合乎情理，只可點頭。玉仙先要到法場看看，小泉不教他去，說：「開封府人有往團城子去過的，倘若教人認出來，大事全壞。」玉仙教他一攔，也就不去了。小泉親身去了一趟，等了半天方才回來。玉仙問他法場的形像，紀小泉說：「你老人家也不用打聽。也不容他老人家到法場，一到法場就不好救了。此時城裡關外亂跑官人哪。」玉仙問：「什麼事情？」

小泉說：「全為明天護決的差使。」玉仙又問：「你看那些官人像有本事的沒有？」小泉說：「難道你沒瞧見那些官人嗎？殺一個全跑。」玉仙說：「可惜那錢糧給他們吃。」說著話天已不早，叫店家預備晚飯。吃畢之時，撤將下去，點上燈火，二人又說些個閒話，早早安眠。

次日五鼓就起來了。皆因是五鼓之時，外面就吵吵嚷嚷，說：「差使快到了。」自己起來，拾掇利索，帶上練子槊。小泉別上寶劍，先出來把西邊小門關上，怕店家過來，復又進來，在屋中聽信。也有匹馬來回的亂跑，就聽見說，總沒見差使到。連玉仙帶紀小泉，在屋中急得亂轉。又等了半天，只可出去打聽打聽。開了小門，到了前邊，店門已然還是大開，此時天已紅日東升。往外一看，街上之人全站滿了。外面營兵全是卒巾號坎，抗著長短家伙。紀小泉一打聽，說：「差使怎麼還沒到哪？」那人說：「不但差使沒到，連城還沒開哪。我們是傳的五更天的差使，這個時候城還不開，也不知道是什麼緣故。每天城早就開了。」正說話間，從正東上一匹馬飛跑，說：「閒人閃開，差使到了。」紀小泉往回裡就跑，進東院關上小門，叫玉仙，二人奔到牆下，聽見破鑼破鼓聲音正到牆外。二人往牆上一躥，玉仙往外一瞅差使，「哎喲」一聲，噗咚摔下牆來。紀小泉一看，嚇了個膽裂魂飛。

要問什麼緣故，且聽下回分解。

第九十九回　玉仙紀小泉開封行刺　芸生劉士杰衙內拿人

且說紀小泉與玉仙將一上牆，往外一看，見那護法場的弓上弦，刀出鞘，馬步隊圍著差使，前面有人打著破鑼破鼓，噹噹，噗哧，噗哧，這宗聲音最難聽無比。外面瞧熱鬧的雖有，官兵也不十分轟趕，鋪面的板子愛上不上，玉仙一找差使，蹤影不見。就見有四個官人，全是兵丁打扮，抬著一個荊條筐子，上面插著個招子，就見裡邊有胳膊有腿，腦袋上面鮮血淋漓。玉仙一見就知不好。可巧牆外邊有個人與護法場的人說話，說：「二哥，我與你打聽一件事，這差使準是從城裡頭剮的罷？」那人說：「不錯，是開封府包相爺的主意，怕在城外頭剮，有他的餘黨搶差使，城裡頭剮他省大了事了。這少刻到法場，把他腦袋一掛，身子一扔，就算沒有事了。」玉仙聽見他哥哥已死，早就摔下牆頭。

紀小泉也就飄身下來，把玉仙腿盤上，挼❶了半天他才悠悠氣轉。他把牙咯吱吱一咬，說：「好包黑子呀，黑炭頭，我與你誓不兩立！」紀小泉說：「你不可高聲，倘若教人聽見，那還了得！有什麼話咱們屋中去講。」玉仙哭哭啼啼的，教紀小泉攙著他來到屋中，坐在炕上大放悲聲一哭，紀小泉苦苦相勸，說：「你要大聲一哭，叫外邊聽見反為不美，咱們打算報仇就是了。」玉仙說：「我要不殺那開封府，我這口怒氣難消。」紀小泉說：「我陪著你去殺。」玉仙這才把眼淚止住，對著小泉說：「海角天

❶ 挼：音ㄖㄨㄛˊ。揉搓；按摩。

涯，你奔你的生路去罷。今晚間，殺得了包丞相，那是該他陽壽將終。我若殺不了包丞相，他手下能人甚多，我就是一死在開封府，絕不活著了。」紀小泉說：「你也不犯說這樣的絕話，咱們今晚要去，見機而作，不怕今天不成，還有明天，明天不行，還有後天。只要那時得手，咱務必結果他的性命，替我伯父報仇。」玉仙點頭言說：「我總不忍連累於你。」紀小泉說：「我有言在先，咱們生生在一處，死死在一處，絕沒有半字虛言。倘若我說話不實，必遭橫報。」玉仙聽他言語，很覺歡喜，復又議論：「倘要把他殺了，咱們投奔何方？」紀小泉說：「要結果了他的性命，他是堂堂的宰相，咱們此處萬不能久待，不如奔到黑虎觀找我大姑姑去，問問他老人家願意投奔何方。」玉仙說：「他必是要上朝天嶺。」小泉說：「你們總是親姊妹，焉能離得開，只可你同著他上朝天嶺為是。」玉仙說：「你意欲投奔何方？」小泉說：「我是海角天涯到處為家，沒有準一定的所在，我可不上朝天嶺。」玉仙說：「你不上朝天嶺，我也不能上朝天嶺。你能捨死忘生幫著我給我哥哥報仇，我也不忍拋下你我一人單走哇。咱們一同到黑虎觀，見著我姐姐，把怎麼給我哥哥報仇的事情對他說明，讓他跟著王玉上朝天嶺，我同著你，你說投奔何方咱們就投奔何方。」紀小泉一聽這言語，也是滿心歡喜。

依著玉仙要到法場看看哥哥的首級去，小泉把他攔住，說：「去不的。那裡號令著一個人頭，你過去看看倒不要緊，你一看不能不哭，你一落淚，教那看木籠的兵丁看見一盤查你，你再一個張口結舌，又是不便。你若實係想念，等咱們到開封行刺完畢之時，把木籠盜走，回到家中葬埋去，那倒可以。」玉仙一笑，說：「到底一人不過二人智。」小泉出去開了小門，叫店家烹茶打臉水，然後用早飯。早飯吃完，撤去家伙，小泉要上開封府踩道。玉仙點頭，教他快些回來。小泉出離店外，直奔城門，到開封府前後左右全都看了一遍，就見開封衙門出入之人甚多。看畢之時，復又回來奔到西關法場，一看高竿之上掛著木籠，木籠裡面就是東方亮的腦袋。果然搭了一個席窩鋪，有官人那裡看著，也有許多人圍著瞧看木籠。自己轉身回來，進了店中見著玉仙，就把自己外面瞧看之事說了一遍。二人又一議論誰殺誰給誰巡風❷，玉仙教小泉巡風，他去殺去，小泉點頭。遂即用了晚飯。

等到天有二鼓❸之半，玉仙倒換了女裝，為是躥房躍脊利索。紀小泉更換了夜行衣靠，背上寶劍，帶了應用的東西。姑娘也背上刀，掖上練子槊。吹滅燈燭，二人將門倒帶，躥房躍脊出離店外，直奔城牆。又對著護城河裡沒水，直到城牆下邊，扒上城去，裡面從馬道下來。紀小泉在前，玉仙在後，穿小巷直奔開封府的西牆。紀小泉躥將進去，正遇見打更的，小泉過去一掐脖子，把打更的提到僻靜所在，往地下一摔，把劍亮出來，在更夫眼前亂晃。那更夫苦苦哀求饒命，紀小泉問：「你們相爺現時在什麼所在？只要對我說明，饒你的性命。」更夫說：「我們相爺在西花園子書房裡面安歇睡覺，別進這個垂花門，那邊有個大門，進去是抄手式的遊廊❹，裡面路西有一個瓶兒門，進瓶兒門有太湖石，就在太湖石後，東西配房，北上房五間，那就叫西書房，就在那裡睡覺。」小泉聽明，說：「待等事畢之時，前來放你。」隨手撕他的衣襟，口中塞物，有一棵槐樹，把更夫放在樹後，二人撲奔那邊大門去了。進門

❷ 巡風：來往守望，觀察動靜。

❸ 二鼓：二更天。舊時夜間每到一更，巡夜的人打梆子或敲鑼報時。一夜分為五更，每更約兩小時。夜晚十九時打落更，二十一時打二更。

❹ 抄手式的遊廊：抄手，謂左右環抱。房屋建築中，自二門起向兩旁延伸到正房的走廊，叫抄手遊廊。

一看，果然是抄手式遊廊，東西俱是兩個瓶兒門，當中是過廳。玉仙往西一指，玉仙撲奔正西去了。從瓶兒門上躥將過去一看，果然是個花園子，裡面許多太湖山石，月牙河，荼蘼架，見北面五間廳房，掛定堂簾，裡面燈燭輝煌。門外東西擺列四張椅子，椅子上坐著兩個人，一個是白芸生，一個是艾虎。

原來在城裡頭剮伏地君王不是包公的主意，是蔣爺的主意。旨意下來，把東方亮淩遲處死。團城子旨意下改一座廟，所有他的地畝以作抄產，裡面抄出來東西，陳設器皿，珍珠金銀財寶，全行入庫，以備荒年賑飢。另換知府，仍然案後訪拿白菊花與拐印脫逃的臧能，追捕東方亮的餘黨。冠袍帶履交給陳總管收四儀寶庫。所有拿東方亮之人俱有升賞。蔣爺親身回稟包公：若剮東方亮，非城內行刑不可。包公依了蔣四爺的主意，只管吵嚷在楓秋門外去剮，其實是在十字街大解了六塊，頭顱號令法場。蔣爺到了晚間與南俠一商議，此時邢如龍、邢如虎、張龍、趙虎、韓天錦、于奢，連韓節、杜順班頭，俱都歸回開封府啦。先回明蔣爺，半路上的假囚車教人劫了去，就把怎麼劫的話細細說了一遍。蔣爺算計著雖然城內剮了東方亮，還怕不好，晚間就派了大眾分出前後夜來，也有屋內坐更的，也有院中坐更的，也有來回尋查的。蔣爺又把劉士杰的事對著相爺細細的回稟了一遍，相爺另給他一套文書，無論走在什麼州縣地面，文武衙門，准其要人，准其討盤纏。這道文書要在身上一帶，無論走在那裡，或辦差或要錢，不費吹灰之力，比江夏縣的文書大差天地相隔。蔣爺又把劉士杰帶過來謝了相爺，後來艾虎、徐良、盧珍、芸生要與他結義為友，劉士杰也點頭應允，只可等明天查了好日期再拜，此時劉士杰也跟著尋查刺客。

玉仙到的時節正是艾虎、芸生前夜坐更，在相爺書房以外椅子上坐著。芸生看見由牆頭上，倏過來一條黑影。芸生假裝作沒看見，特意說：「老兄弟，你多留點神，我先告告便。」艾虎說：「大哥請便。」芸生就奔太湖山石那裡假作告便，其實一回手先把飛蝗石掏出來，見玉仙還在那裡趴著，他打量著芸生真沒看見他呢。芸生拿著飛蝗石對著玉仙打將出去，叭的一聲，正打在玉仙腮頰之上，玉仙一扭臉，背後拉刀，緊跟著又是一塊飛蝗石，又打在肩頭之上，這兩塊石頭打的玉仙吃一大驚，一擰身就躥上牆去。芸生說：「有賊。」艾虎也就拉刀往下就追。玉仙一跑，順著遊廊直奔正南。玉仙將一下遊廊，奔西邊的矮牆，說了一聲：「風緊，扯華。」他為的與紀小泉送信，就見颼的一聲來了一支鏢，只不知道這支鏢從何而至。低頭一看，牆下面有個人給了他一刀，嚇的不敢站住，出了開封府直奔城牆，由馬道躥上城去。後面是艾虎苦苦不捨，追到城牆之下，也打算由馬道追上城去。追的玉仙一急，搬了一塊城磚對艾虎就砸。

要問艾虎生死，下回分解。

第一百回　艾虎三更追女寇　于奢夜晚獲男賊

且說玉仙上了城，見艾虎苦苦追趕於他，一賭氣搬起一塊城磚，對著叭叉一聲砸將下去。也虧艾虎的眼快，往旁一閃躲過城磚，倒把小義士嚇了一跳。再往上一瞅，那個女賊蹤跡不見。後面芸生也就趕到，連忙問說：「方才什麼物件由城上扔將下來？」艾虎說是一塊城磚。芸生問：「沒傷著你呀？」艾虎說：「傷倒未能傷著，若不是小弟躲的快，險些也被城磚砸著。」艾虎要追，芸生把他攔住，二人這才回開封府。

玉仙上城要由外面下去，見他們未追，仍然不捨紀小泉。自己心中想道：我緊嚷風緊扯華，他怎麼會沒來呢？復又奔到裡面，扒著馬道城牆看了一看，還是看不見紀小泉，就是落後他也應當到了。又看了半天，仍是不見，想著還要下來撲奔開封府。總想這紀小泉是一點誠心，為我的事人家捨死忘生，倘若他要有點不測，我這一走如何對得起他？將要下城，忽見正東上來了一條黑影，飛也相似直奔城牆。身臨切近，玉仙一看正是紀小泉，玉仙這裡一擊掌，下面也一擊掌，紀小泉躥上城來。玉仙問：「你因何落後，是什麼緣故？我正放心不下，要尋找你去。」紀小泉說：「你嚷風緊扯華我可聽見了，不能出來。」玉仙問：「你在什麼地方來著？」紀小泉說：「我這裡有宗物件，你來看，比殺了包文正還強哪！」玉仙說：「什麼物件？」自懷中掏出來遞給玉仙，玉仙接過來一看，說：「哎喲，此物你從何處得來？」紀小泉說：「你奔了西院，我上了過廳，原來是個穿堂，那穿堂之內東西都是屋子，全是荷葉板門。東邊有塊匾是『印所』二字。西邊匾是『三寶庫』，我心中一動，要把這兩間屋子的寶物盜將出來，全是他要緊的東西。我又一想，印比三寶要緊。我就用投簧匙把他小鎖頭開開，進了裡面，晃著千里火，屋中有頂櫃豎櫃，我把櫃子上小鎖頭擰下來，還有封條，全給他撕了。上面櫃中淨是官事，下面櫃內有印色盒子，有印匣，我把印匣上鎖頭擰開，把裡面印信拿出來。這們個時候，你在外頭喊叫風緊，我不能答言，我慢慢出來也沒人看見。我料你必是回店去了，我趕在這裡，聽你擊掌。你雖沒能把包公殺死，我今得了他的一顆印，別看他是當朝宰相，沒有印也不能作官。」

玉仙說：「雖然得著他這一顆印，是你得來的，我還得多少給我哥哥報點仇才行。」紀小泉說：「你要報仇有一件可報的事情。」玉仙問：「那件可報？」紀小泉說：「那穿堂後頭就是他妻子所住的地方，那院內並無男子。你我要去把他妻子殺死，也算報了仇了。要殺包丞相，只怕有些費事，看著他的人太多。」玉仙說：「那也使得。」紀小泉說：「今日天氣可不早了，不然明天咱們再去罷。」玉仙一定要去，紀小泉自有跟隨玉仙。他把印揣好，二人復又下了城牆，撲奔開封府。仍從西牆跳將進來，直奔後面。走到穿堂，玉仙還往印所瞧了一瞧。出了穿堂以外，將要撲正北，前面一段長牆，另有四扇屏風，此時已然關閉。二人將往牆頭上一躥，就見後面五間上房，兩耳房，東西配房。剛要下來，不料東邊角門裡出來一個人，一聲怪叫，如霹雷相似，說：「有賊了！」躥，一個箭步躥將過來，掄渾鐵棍對著紀小泉打來。他往旁一閃，噹的一聲，嘩喇嘩喇打的牆頭上磚瓦亂落。又一嚷「有賊了」，掄棍就追。紀小泉、玉仙躥下牆頭，往西就跑。

金鑣無敵大將軍于奢這一喊叫，西院的人俱都聽見了。盧珍、金槍將于義、劉士杰、白芸生全從西牆上來。這回艾虎可沒來，皆因頭一次白芸生一追玉仙，艾虎也跟著追下去了。教劉士杰一鏢沒打著玉仙，又一刀也沒砍著。他見艾虎、白芸生全都追下女賊去了，他倒躥進牆來，在包公書房臺階底下保護包公。然後艾虎、白芸生、展南俠、蔣平全給包公道驚來了。蔣平見劉士杰問：「你作什麼在這裡站著？」劉士杰說：「我怕賊人的伙伴多，咱們人都追下那個女賊去了，倘若再來一個，包公這裡豈不擔驚？我方在此保護包公。」蔣平說：「罷了，這才教見識哪。」倒把艾虎、白芸生數說了一頓：「你們遇見這個事情，總要留看家的要緊。」然後進裡面與包公道驚。包公正要歇覺，一擺手，大家出來。蔣平問艾虎：「這個女賊你們看出他是誰沒有？」艾虎說：「我看出來了，就是我三哥怕的那兩個丫頭，可不知道是金仙是玉仙。」蔣平說：「管他什麼仙，咱們總是防範為是。」劉士杰仍然出來，還是艾虎、白芸生守著包公。

工夫不大，又聽東院一嚷，艾虎沒來，就是白芸生等全從西院上牆，一看這回可是兩個人。大家全都是下牆頭亮出兵刃，往上一圍。又見從南牆上躥下三個人來，是展南俠、邢如龍、邢如虎，也往上一圍。玉仙用刀亂砍，邢如虎用刀，展爺用劍，往上一迎，嗆啷一聲把刀削為兩段。玉仙躥出圈外，一回手把練子槊拉出來，對著南俠一抖。展爺急速用寶劍一找他的練子槊，再用寶劍一削可就削不動了。玉仙把一對練子槊掄開如同流星相仿，五尺以內進不來人，隨掄隨走，口中說道：「扯華。」他就躥上南房去了。邢如龍、邢如虎也躥上房去，玉仙下南房奔西房下去，邢如龍一追，也上西牆。他本是一隻眼睛，不甚得力，玉仙使了個犀牛望月的架式，一抖右手練子槊，正打在邢如龍肩頭之上，噗咚栽下牆來，邢如虎趕緊把他攙將起來，摸了摸肩頭上腫起一個大包。

再說紀小泉見玉仙一走，也打算逃竄性命，就無心動手，他又懼怕南俠這口寶劍，好容易躥出圈外，也往南房上一縱。大眾要追，南俠說：「別追。」紀小泉單腳剛一找房瓦，于義颼就是一鏢，沒打著，劉士杰一鏢也沒打著。南俠不教追，也是要拿暗器打他。南俠一袖箭也沒打著。這三只暗器難為紀小泉躲閃，論說都是百發百中。也是活該，他走了也就沒有事了，這一來把他的暗器也招上來了，掏飛蝗石對著于義打來，倒沒打著于義，從下面颼的一聲打上來一丈長的一個暗器，就聽噹啷一聲把紀小泉右腿砸折，噗咚一聲栽下房來。眾人一看全都哈哈大笑，說：「倒有一宗撒手鐧，沒聽見說過有撒手棍。」渾人使的渾招數，這一撒手扔棍，真把紀小泉打下來了，並且把腿打折一條，大家過去把他捆上。站殿將軍託人上房拿棍，于義躥上房去，連暗器都找著，過去拿棍，一瞧房瓦都砸碎了一大片。先把棍扔給他哥哥，自己躥下房來，把袖箭、鏢交給展熊飛與士杰。此時後半夜坐更的也全醒了，馮淵、徐良、胡小記、喬彬、馬龍、張豹、韓天錦、史雲、龍滔，史丹皆因在團城子作內應有功，蔣平、熊飛回稟了相爺，包公把他前罪已免，如今也在開封府效力。此時大眾全都過來，一打聽拿住刺客，馮淵把紀小泉往起一提，連大眾奔西書房，回稟包公拿住刺客之事。包公已然歇了覺咧，一聽拿住刺客，復又起來。大眾在外面等著包公穿好衣服往裡傳喚，方敢進去。

就在這個時候，有更夫飛也相似往前直跑，身臨切近，喘吁吁連話都說不來了。展熊飛說：「李四，因為何事跑成這個樣子？」更夫說：「可了不得了。」展熊飛問：「什麼事情？」更夫說：「我們有個伙計叫王三，有兩個賊，一個女賊，一個男賊，把王三捆住了，嘴內堵著東西，扔在大槐樹後頭。我過去給他解開，掏出口內的東西，他說見賊出入來了兩趟。我們拿燈各處一照，穿堂的印所門大開，老爺們快去看看罷！」蔣平一聽，大眾全是一怔。急忙派幾個人預備燈火，奔印所用燈一照，門是大開，又見裡面豎櫃、頂櫃門子大開，一找印匣裡面印信蹤跡不見。蔣平怔柯柯的說：「這事可怎麼個辦法？空有咱們這些人，將相爺印信丟失，該當何罪！」眾人說：「只可見包公回話。」蔣平說：「先前沒咱們這些人也不丟東西，如今人多反倒把印信丟失，你們隨著我請罪去罷。」眾人跟隨到西花園，有未跟過來之人都一打聽，蔣平把丟印的事情一說，眾人也是目瞪痴呆。徐良說：「大概賊人去之不遠，總是我去為是。」蔣平說：「不行，他這二次來，誰也沒在後面追著他，誰知他準往那裡去了？無影無形，有一個準方向也好辦哪！」徐良說：「咱們問這個刺客，他必然知曉。」蔣平說：「這個刺客你認得他是誰？據我想，他必是團城子裡人。」徐良說：「不是，這人我不認得。」馮淵說：「此人我倒認得。」蔣平說：「他叫什麼名字？」馮淵說：「我不知道他叫什麼名字，我從糕乾鋪拿住白菊花，扛至樹林，我一更換衣裳，就是他給我一飛蝗石，念了一聲無量佛。他把白菊花也救走了，我把薰香盒子可也丟了。還有一個老道與他在一處，還怕他也來了哪！」蔣平復又派人前後巡邏，又問紀小泉說：「朋友，你貴姓？」紀小泉說：「不必問我名姓，行刺盜印全是我一個人，也不用你們三推六問，我敢作就敢當，愛殺愛剮任其自便。」

此時包公裡面傳出話來，要見展、蔣二位護衛。二人進去面見相爺，仍是道驚請罪。包公說：「他們既然安心前來，二位大人何罪之有？」二人復又請罪說把印信丟失。包公聞聽一怔，問道：「刺客現在那裡？」蔣平說：「現在外面。」包公吩咐一聲：「將他帶來問問。」蔣平出去，把刺客往進一帶。

包公見把刺客搭將進來，紀小泉右腿已折，在包公面前也不能下跪，就在地下歪著一坐，可是捆著二臂。包公在燈光之下一看，這個人長的倒是眉清目秀，遂問道：「小偷兒，我且問你，本閣有什麼不到之處，為何前來盜我的印信？」紀小泉說：「包公不必細問，我速求一死。」包公說：「你就是求死，也得把印信招將出來。」小泉說：「我把印盜在手內，一時慌疏，我扔在牆外去了，必是教別人撿拾去啦。」包公說：「本閣這裡，焉許你鬼混！」吩咐看夾棍。外面官人進來，將賊人夾起來，用十分刑。蔣平一看，紀小泉一語不發，氣絕身死。

這一死，要問印信的下落，且聽下回分解。

第一百一回　包公開封府內丟相印　徐良五平村外見山王

且說相爺把皂班傳下來，一夾就是十分刑，工夫不大，氣絕身死。皂班回說：「小偷兒氣絕了。」包公吩咐用涼水噴。皂班用涼水一噴，紀小泉悠悠氣轉，哎喲喲痛疼難忍。本來先就把他右腿打折，再一上夾棒如何受得住？緩轉過來仍是不招。包公見他不招，吩咐敲楨。官人拿過一根短楨，就在夾棒上喇喇喇喇的劃了三楨。紀小泉鬼哭神嚎一般，痛的他徹透骨髓，仍是不招。治的他死去活來好幾次，始終不招，就是口口聲聲求死，教給他一個快刑。包公也是心中急躁，若要問不出他那印信的下落，自己這官不用作了。外面劉士杰不敢進來，把蔣四爺請出去，如此這般這樣他出了一個主意。蔣爺一聽連連點頭，說：「此計甚善。」復又進來，在相爺耳邊低聲說了幾句言語。包公點頭，說：「既然這樣，鬆刑。」一擺手，官人把小泉搭出來，夾棒撤將出去。相爺見天氣不早，也不睡覺了。

蔣爺仍然派人守著相爺的書房，所有眾人都奔校尉所去了。把紀小泉搭在校尉所往地下一放，蔣爺用好言語問他，朋友長兄弟短，苦苦的一說。紀小泉說：「你既然要問，我把名姓說出與你就是了。行刺是我也應了，盜印是我也應了，你還問我什麼？我姓紀，叫紀小泉，匪號人稱蓮花仙子。」蔣爺說：「不行，總得招出你的伙計來。你要不招，要用非刑吊拷於你，那時你就悔之晚矣。」紀小泉說：「我並沒有伙計，就是我隻身一人。」蔣爺說：「分明有個女人，大家動了半天的手，你這要不招，豈不是你找著要吃苦麼？」紀小泉說：「那就在大人的恩典了。」蔣爺吩咐一聲：「預備。」叫官人，低聲告訴取了一子兒通草，俗名就叫燈草，教兩個官人把紀小泉眼皮往上一翻，用燈草往上一蹭。按說還有一宗害眼的人，還拿燈草打眼皮的，那還更透著受用。這比那個可是兩樣，這是官人拿燈草在眼皮上苦蹭，不多一時，鮮血就流下來了。這本是一處的非刑，蔣爺還是受劉士杰的指教。不多一時，自己就覺著徹透肺腑。眼是心之苗，小泉如何擎受得住。別看夾棒倒可以挺刑，這一來，他就連連嚷道說：「有招，有招。」蔣爺吩咐叫住了。紀小泉心中一想，總然肋生雙翅也飛不出開封府去了，已然右腿教人打折，又受了夾棒，又用這燈草打眼睛，可傷不著筋骨，實難禁受。自己暗叫玉仙：「事到如今，我可顧不得你了。」想罷說：「老爺們在上，事到如今，我不能不招了。石龍溝劫脫囚車，實是東方亮妹子，楓門外要劫脫法場，也是東方亮他的妹子，不略在城裡剮的東方亮。如今前來行刺盜印，也是他妹子。教我給他巡風，不料我被捉，他竟拿印逃命去了。」蔣爺問：「他奔什麼所在？」紀小泉不肯把他上黑虎觀的事情說出來，就說他拿著印奔朝天嶺去了。蔣爺說：「此話當真？」紀小泉說：「我要不招，你就把我打死我也是不招。我既是招了，若有半字虛言，情甘認個剮罪。」

蔣爺吩咐把他釘肘收監，然後大家議論，不定紀小泉說的此話實與不實。馮淵在旁言道：「此話不虛，我聽他們晚間議論，還有朝天嶺那人姓王。」徐良說：「他叫王玉，外號金弓小二郎。」馮淵說：「對了，他們議論在商水縣劫囚車，準是沒上商水縣去，在石龍溝劫的。石龍溝沒劫著真的，他們才入都劫法場，入都又沒劫著，這才生出這個主意來了。」蔣爺說：「只可明天回稟相爺，去幾個能人探探朝天嶺去便了。」劉士杰與邢如龍、如虎三個人過來說：「請問四大人朝天嶺去過沒去過？」蔣爺說：

「我沒去過。你們三個人可曾去過？」三人齊說：「去過，可沒到過裡頭，全都是聽人家說的。」邢爺說：「外面有十里地的水面，通著馬尾江的大江，南北有兩山島，一個叫連雲島，一個叫銀漢島，有個寨叫中平寨。水內有水輪子，有個滾龍擋，上面都有刀，這個擋不分晝夜亂轉。上山四十里地的山路，上邊才是山寨。憑爺是什麼人，也不用打算進去。這朝天嶺非得有會水的，有慣走山路的才行。這個山路最險，外人不用打算進去。」蔣爺一聽，說：「這還了得，這樣說來非我去不行。」正然議論，包公教大眾整上冠服，伺候相爺上朝。

書不絮煩。相爺早朝已畢，回至開封。蔣爺與南俠進去見包公，回明了紀小泉的言語，相爺就派他們至朝天嶺探聽信息。蔣、展二位出來，議論派什麼人看家。可巧二義士韓章從外面進來，大家見禮已畢，韓二爺先就打聽開封府有什麼事情沒有。蔣爺就把丟冠袍帶履、拿白菊花，冠袍帶履可是請回來了，白菊花至今未獲，咋晚又有丟印一節事情，也說了一遍。韓章一聞此言也是一怔，只可南俠、蔣爺帶著他進來參見包公。行禮已畢，包公提了些開封之事，然後方才出來。蔣爺與南俠議論教韓二爺看家，南俠怕二爺一個人勢孤，又把邢家弟兄留下，說：「務必多留神看守相爺才好。」三個人點頭，說：「相爺有失，我們三個人情甘領罪。」蔣爺又教徐良過來，說：「朝天嶺既然是山路，又最險，你先去把你父親請出來，要論走山路，誰也不似他能走。」徐良點頭說：「我去。要把我父親找來，咱們在那裡相會？」蔣爺說：「你先走，我們後走，以潼關❶為度。你們爺兒兩個，到潼關打聽我們過去了，你們往前邊追趕；我們要是未到，你們爺兒兩個在那裡等著，咱們一路前往。」

❶ 潼關：在陝西潼關縣北，當陝西、山西、河南三省要衝。

徐良拿上自己應用的東西，帶上盤纏，辭別大眾，出離了開封府，走西門，奔山西大路，在路上曉行夜住，無話不說。那日到了家中，家人全過來見少老爺行禮。徐良到裡面先見了娘親，跪倒磕頭。老太太一見徐良回來，十分歡喜，行禮已畢，叫他坐下。徐良問娘親說：「我爹爹那裡去了？」老太太說：「你天倫由你走後上陝西去了，至今未回。」徐良聽了一怔，說：「怎麼？我爹爹上陝西去了？」老太太說：「從你上京去後，你爹爹睜眼淚合眼淚，只要他托起酒杯來就哭。可巧那日他出門遇見他的一個髮髻之交的朋友，是個老道，姓閻叫閻道和。這個老道他有個師兄姓呂呂道爺。如今這呂道爺在陝西地面置了一座廟，叫上清宮。這閻道爺見你父親類若瘋癲之狀一般，老道苦苦勸解，教他上陝西散散心去，故此你父親跟著這閻道爺上陝西去了。你天倫去後，老身倒覺著安靜。」徐良說：「孩兒來得實係不巧，如今京都有要緊的事情。」老太太問什麼事情，徐良就把始末根由的話對著老太太學說了一回。老太太一聽，說：「這可不巧，再者他又沒準日限回來。」徐良說：「這上清宮可準知在什麼所在？」老太太說：「那廟我可知道地方，出潼關，過馬尾江有座大山，山上有三段梁，由山下往上去有個青石梁，有個白石梁，還有個紅石梁，就到了上清宮啦。」徐良說：「只可孩兒我找他老人家去罷。並且也是陝西地面，我找他老人家，再上潼關找我四叔去，也會在一處了。」老太太又問：「我兒在外邊如今定下親事了？」徐良問：「你老人家怎麼知道？」老太太說：「前者你父親走後，有一位在遼東作過武職官，如今告老，姓尚叫尚均義的有過書信，說他的女兒乳名玉蓮，給了你了。」徐良一聞此言，雙膝點地，說：「娘親恕孩兒不肖之罪。在外面私自定親，並未能稟明父母，孩兒就是不孝。」老太太說：「此事我兒辦的甚好，老身正為你這件親事為難，也曾提過幾家，全不相符。再者，老身也看見過尚家的書信，是你身臨險地，人家救了你的性命，又把姑娘給你，又有石家的媒保，他上輩又是作官，這可稱得起是戶對門當，非是你之過，老身倒是十分歡喜。」徐良這才放心，磕了三個頭起來，立刻告辭。依著老太太教他住一晚晌，明天再走。徐良一定要走，叩別娘親，自己出門，直奔陝西來了。仍是夜住曉行，到潼關說明來歷，方才出去夠奔馬尾江。

那日過了馬尾江，就見正西一座大山，往西北全是山連山，嶺套嶺，直不知套出有多遠去。自己也不認得從那裡走，又怕多繞了路程，也不知準有多遠才到。可巧遇見一個農夫，打聽了打聽。人家指告說：「你由此往西，山下有一段熱鬧街面，過了這街就是山口。進山口往上走，有三段大梁就是上清宮。」那人說：「你順著我手看，論說這裡就看見了。」徐良順著他手一瞧，果然就看見了，在西南半山腰中，周圍全是松樹，環抱著一個廟宇。徐良說：「借光。」自己投奔正西來了。別聽說看見可是看見了，要走一時可不能得到。常言說的好，望山跑死馬。

徐良到了熱鬧街面，覺著腹中飢餓。路北有座飯鋪，進了飯鋪，找了一個座位坐下，把過賣叫過來要菜要飯。過賣說：「客官不喝酒麼？」徐良向例不喝酒。過賣說：「沒從我們這裡走過罷？」徐良說：「我這是頭一次。」過賣說：「沒從我們這裡走過那就是了，要從我們這裡走過不能不喝酒。」徐良問：「這是什麼緣故？」過賣說：「我們這裡叫五平村，這裡有十八家燒鍋，出一宗酒叫透瓶香。不敢說天下第一，別管那的酒也比不過我們這的酒去，其味最美。有這們兩句口號說：路過五平村，不飲村中酒，枉在陝西走一走。你老人家如要不信，我孝敬你一瓶嘗嘗好歹。」徐良一聽，他誇獎這酒實係甚好，就叫過賣看一瓶來嘗嘗，也未為不可。過賣答言，不多一時，看過一瓶酒來。徐良斟上一嘗，果然是好。

不多一時，菜蔬上齊，自斟自飲。左一杯，右一盞，越喝越香。吃完一瓶又要一瓶，越喝越對勁，不知不覺就喝了三瓶，復又教過賣看酒。過賣說：「客官，你素常不深分喜愛吃酒，這三瓶可也就足以夠了。我們這酒，你吃著不甚理會，這酒的後勁甚大，迎風便醉。」徐良一定要教他看一瓶來，過賣只得又與他看了一瓶。把酒喝完用飯，把飯吃畢，開發了酒飯帳錢，自己要走。過賣一攔說：「天氣不早了，要進山可別走了。」徐良往起一站，酒往上一湧，說：「你不教我走，那裡住下？」過賣說：「咱們鋪子後頭有的是店房，可以住下。」徐良說：「你用酒把我灌醉，教我住下，要害我罷？」過賣說：「你去罷，你去罷，好心無好報。」徐良出了飯鋪，進了山口，走青石梁，迎面來了一隻老虎。

要問徐良怎樣，下回分解。

第一百二回　青石梁上捉猛獸　閻家店內遇仇人

且說徐良酒已過量，過賣攔他不教他進山口，他反倒錯會了意，打量這飯鋪不是好人，一賭氣出離飯鋪，進了山口。走到青石梁，忽然起了一陣怪風，這陣風吹得徐良毛骨悚然。這透瓶香的酒本就怕風，被風一颼，就覺著兩腿發軟，二目發黑，身不由自主來回的亂晃。徐良暗暗吃驚，說聲：「不好，這就教醉了罷。悔不聽過賣之言，不如住下倒好。打算要過這三段大梁只怕有些難過。」正在心內猶豫之間，忽見對面梁上蹲著一隻斑斕的猛獸，二目如燈，口似血瓢，把尾巴絞將起來，打得山石叭叭的亂響。徐良一見斑斕猛獸，把酒全都嚇醒。那隻猛虎躥山跳澗，衝著徐良奔過來了。山西雁把大環刀一拉，左手掏出一支鏢來，等著猛虎看看臨近，對著徐良往上一躥，徐良先把左手鏢對著虎胸腔，一抖手，正打在他前胸白月光兒上了。緊跟著大環刀往虎前心一扎，說的遲那時可快，把刀扎進去，趕緊往外一抽，自己一躲閃。那虎一撲徐良沒撲著，反倒中了一鏢，受了一刀，噗咚一聲摔倒在地。若論虎的氣性最大，又往上一躥，夠一丈多高，唔的一聲吼叫，復又摔倒在地。那虎受傷之後，躥了三四回方才氣絕身死。此時徐良早隱在樹後不敢過來，等老虎氣絕之後，方敢過來細細的瞧了一瞧。那隻猛獸雖死，仍是瞪著兩隻眼睛，山西雁倒覺著後怕起來了。又一想，這上清宮是去好是不去好？還怕有虎。

正在猶豫之間，忽見打山洞裡蹭蹭蹭躥出幾個人來，全都是高一頭乍一膀年輕力壯之人，每人手中提定虎槍虎叉，過來都與徐良行禮。說：「我們全是獵戶，奉我們太爺之諭在此捉虎，不料壯士爺你把虎治死。我們全在山窪山洞藏著，看見你老人家一到，把他治死，是怎麼把他治死的？」徐良說：「不要緊，我鬧著玩來著，就把那虎結果了性命。慢說是這隻小虎，就是一隻大虎也不要緊。」獵戶齊聲誇讚，說：「你老人家貴姓？」徐良說：「姓人。」獵戶說：「人壯士到底是怎麼打的？」徐良就信口開河說：「我打他一個嘴巴，把他打了一溜跟頭，又給他一個反嘴巴，又打了他一個跟頭，然後說快道急，念念有詞，一撒手，一個掌心雷把老虎劈了。」獵戶一聞此言，更透著敬奉了，說：「這位還有法力哪！」徐良說：「你們這裡有多少隻虎？待我去與你們除脫淨了。」獵戶說：「就是兩隻虎，那一隻公虎教我們拿住，皆因在閻家店外把那虎一剝，這隻虎找出來，傷人不少，在山裡傷人也不少。奉我們太爺之諭，捉拿住此虎還有賞哪，不料又傷我們獵戶五六個人。你老人家把這隻虎打著，可算與我們除了害了，同著我們走罷。」徐良問上那裡去，獵戶說：「你不認得字麼？」徐良說：「略知一二。」獵戶說：「認識字，進山口時節，難道說沒看見告示麼？」徐良說：「我進山已然喝的大醉，全沒看見。」獵戶說：「我們太爺貼的告示，誰能打著這隻虎賞銀五十兩，我們太爺還要這張虎皮，再給銀五十兩，前後共一百兩。我們同著壯士你領銀子去。」徐良說：「慢說一百兩，就是二百兩我都不要。」獵戶揪住徐良死也不放，說：「你既不要銀子，見見我們這裡閻掌櫃的去罷。」徐良無奈之何，自可就跟著他們復又奔山口而來。後面獵戶把虎捆好，搭著這隻猛獸出山。

這一出山口，把信息傳與外面，頃刻間，瞧熱鬧之人不在少處，攜老扶幼，連男帶女，一個傳十個，十個傳百個，展眼之間，擁擁塞塞，全是一口同音說：「這山西人兩個嘴巴一個掌心雷打的老虎。」也有瞧徐良的，也有看虎的。頃刻間到了閻家店，從店內出來十幾個伙計，擁護著兩位店東，見那二位俱是七尺身軀，全是寶藍色的衣襟，壯士打扮。身臨切近，獵戶給見了一見，說：「這就是打虎的壯士爺。」徐良見那二人，彼此對施一禮。徐良總沒說出自己真名真姓，就告訴人家姓人。一問二位店東姓閻，是親弟兄二人，一位叫閻勇，一位叫閻猛。獵戶把那隻虎仍然掛在店外，教眾人瞧看。店東把徐良讓至裡面，進上房屋中落座，叫伙計獻茶，然後問徐良是怎麼把這隻虎治死的。徐良也不能改口了，只可說兩個嘴巴一個掌心雷打死的。閻勇、閻猛二人連連誇讚：實在世間罕有之能。回頭吩咐，叫獵戶別把虎掛在店外了，倘若再招了虎來，那可不是當耍的了，教他們搭著上縣去罷。外邊獵戶答應，真就搭著老虎報官上縣不提。

店東當時吩咐一聲看酒，徐良說：「酒我可是不吃了，我就為吃酒，吸呼斷送了我這條性命。」店東問什麼緣故，徐良把因吃醉了酒遇見老虎的話說了一遍。閻勇說：「我們敝處沒有什麼出色的土產，就是透瓶香的酒，普天下那裡也不行。如今兄臺已經把虎打死，也沒有別的事了。天色已晚，也不用走了，就住在咱們店中，有什麼事明天再辦，今天咱們盡醉方休。兄臺如不棄嫌，咱們還要結義為友哪！」徐良無奈之何，自可點頭。頃刻間，擺列杯盤。徐良當中落座，閻家弟兄執壺把盞，每人先敬了三杯，然後各斟門盅，有店中人來回斟酒。徐良素常雖不喜樂吃酒，今日這酒實在味美，不怪人家誇講。自己也想開了，今日放量開懷，明日仍然是不喝。左一杯右一盞，三個人吃著酒，遂就講論些個武藝，馬上步下，長拳短打，只吃到天交二鼓，把徐良喝了一個大醉，身軀亂晃，說話聲音也大了，東一句西一句，也不知道要說些什麼。人家要與他划拳行令，別瞧徐良是那樣聰明，這些事他是一概不會。閻家弟兄一看，徐良實係是醉了。徐良說：「我可實在不行了，你們別讓我了，喝的老西腦子裡都是酒了。」閻家弟兄說：「既然這樣，你就歇歇去罷。」徐良問在那裡安歇，閻家弟兄說：「後面有三間廳房，前後的窗戶，最涼爽無比。」徐良說：「很好。」叫伙計打著燈籠，徐良一溜歪斜，閻家弟兄攙著他，這才到了後面。三間上房，前後窗戶，迎面一張大竹床，兩張椅子，一張八仙桌兒，就教他在這屋裡睡。

徐良問：「後面可有女眷沒有？要有女眷我可不敢，如沒女眷我可要撒野了。」閻勇問：「兄臺怎樣撒野？」徐良說：「我把衣裳脫了，涼爽涼爽。」閻勇說：「聽其兄臺自便，後頭並無女眷。我們還是不陪，少刻與兄臺烹一壺茶來。」徐良說：「很好。」就把衣服脫下來，赤著背膊，連鏢囊、花裝弩、袖箭、飛蝗囊、大環刀一併全用他的長大衣襟裹上，頭巾也摘下來，自己一歪身就躺在竹床之上。酒雖然過量，躺下仍然是睡不著，翻來復去，心中類若著火的一般。酒往上一湧，躺著不得力，復又坐起來；坐著也不得力，復又出來到院子走走。到院內被風一颼，心中很覺著爽快，心中稍微安定安定，只覺著一陣困倦，這可要到屋中安歇去了。將要上階臺石，忽見有一個黑影兒一晃，自己又一細瞧，蹤跡不見。心中一動，莫不成吃醉了酒眼都離了？自己晃晃悠悠來到屋中，往竹床上一躺，把雙睛一閉，枕著他的衣服就沉沉睡去。別看徐良總睡不著，出去這一趟可不要緊哪，唬跑了兩個刺客。

你道這兩個刺客是誰？就是梅花溝的兩家寨主，一個金永福，一個金永祿，皆因擂臺唬跑，直奔陝西朝天嶺而來。行至朝天嶺，見著王紀先與王紀祖，就把團城子的事情對著他們學說了一遍。王紀先說：「賢弟原來是為我們涉一大險。王三弟如今還不知他是怎樣哪？」永福、永祿二人齊說不知，王紀先派人打聽王玉的下落。這兩個人回梅花溝，也皆因是這天正在店內，忽聽外面一陣大亂，說有了打虎的壯士了。金永福、金永祿也是出來看看，將一見面正是徐良，把金永福、金永祿嚇了一個膽裂魂飛。二人回到店中一議論，這可是仇人今天來在咱們的所在。金永祿問金永福：「你打算怎麼樣辦理？」永福說：「就是前去行刺。」金永祿說：「我也打算這個主意。」金永福說：「我去。」永祿說：「不能，還是我去。」二人謙讓了半天，這才一路前往。晚間天交二鼓，二人全換了夜行衣靠，背插單刀，奔閻家店而來。將到閻家店，躍牆而進，還不知徐良在什麼所在。兩個人將到後院西房的後坡，將要往前邊一縱，正是徐良頭次出來在院中繞灣，就把二賊唬跑，復又躥到後坡去了。二人低聲一說：「你看這個老西，他是看見咱們，還是沒看見咱們哪？」金永福說：「他又不是神仙，你看他那形色像吃醉了酒的光景，必是他打虎有功，閻家弟兄拿酒把他灌醉。如真是吃醉了酒，那可是鬼使神差，該給咱們綠林的人報仇了。他要睡著了，不費吹灰之力，你給我巡風，我進去殺他。」金永祿點頭，說：「咱們一齊動手。」二人等了半天，噹噹噹正打三更，二人復又躥到前坡。將到前坡，復又躥回去了。你道這是什麼緣故？是店中伙計奉了店東之命，抱著一壺冷茶與徐良送茶來了，怕他睡醒了犯渴。伙計拿著茶到屋中用燈一照，徐良已經在床上睡熟，又不敢驚動於他，把茶壺放在八仙桌子上，伙計提著燈籠將要一走，那燈忽自己滅了，把伙計嚇了一身冷汗，往外撒腿就跑。伙計一想，又沒有風，怎麼這燈無故的就滅了，別是鬧鬼罷？到了前邊，告訴掌櫃的這個事情詫異，教閻勇威嚇了他一頓，嚇的他也就不敢往下再說了。

再說金永福、金永祿又等了半天，仍然至前坡，料著徐良大概睡了，影影綽綽聽著像是打呼聲音。按說徐良是一身工夫的人，怎麼會打呼？皆因是酒之過。二人躥下西房，永福在前，永祿在後，將到階臺石，永福把刀亮將出來，永祿也把刀拉出來，二人往屋中一躥，要一齊下手。忽見那竹床往上一起，床下有人說：「刺客到了！」徐良由夢中驚醒，睜眼一看，果然有兩個人往外就跑，徐良躥下床來就追。追在院內，忽見兩條黑影躥上西房，自己也要往房上一追。一想手無寸鐵，又沒帶著暗器，趕緊轉身回來取刀。進至屋中一找，鏢囊、衣襟帶刀，蹤跡不見。

這些物件那裡去了？下回分解。

第一百三回　因酒醉睡熟丟利刃　為找刀打架遇天倫

且說徐良皆因酒醉沉沉睡去，由夢中驚醒，自覺床往上一起，下面有人說話，說：「刺客到了！刺客到了！」自己出去沒追上刺客，反倒把東西全都丟了。連連喊叫：「店家，快掌燈火來。」閻家弟兄此時仍然在前邊吃酒，伙計說：「不好了，客人在後面嚷起來了，準是鬧鬼。」閻家弟兄立刻叫伙計點燈，直奔後面。伙計進屋中先把燈點上，徐良一把就把閻勇揪住，說：「你原來是外忠內不實之人，好好賠我東西。」閻勇說：「你撒開我，有什麼事好說，丟去什麼我賠你就是了。」徐良說：「我的衣服、鏢囊倒都不要緊，總得有我的大環刀，沒有我的大環刀就如同沒有我的性命一樣。」閻勇說：「你撒開我，容我們給你找去。」徐良說：「你不用裝腔作勢，你偷了去的，就是好好的給我大環刀。」閻猛過來說：「你撒開，你說我們偷了去，就算是我們偷了去了。」徐良這才撒開。

閻猛問：「倒是你怎麼丟的？」徐良就把丟刀的話學說了一遍。閻勇說：「你明明看見兩個人從房上走的，怎麼說是我們偷的？再說世界之上只有恩將恩報，那有恩將仇報之理。你給我們這一方除害，感情不盡，怎麼反倒偷你哪？再說，就是偷，你真有金銀財寶可以，淨偷你那衣服有什麼用處？再說你又親眼瞧見兩個人走的，怎麼一定說是我們偷的？」徐良說：「這個事情你們要明偷，知道我也不答應，你才用酒把我灌醉了。我睡著，特意預備兩個人會上房的，預備一個人叫我，作為是上房的兩個人把我東西偷去了。你想，要是那兩個上房的把我東西偷了去，何用又把我叫醒哪？不是你們定的計是誰？」閻猛說：「我們真要偷你的東西，我們不會將你用酒灌醉，把你殺了麼？」徐良說：「我要不是打虎，你們就把我殺了。誰不知道我在這裡打虎住在你們閻家店，明日不見我出去，誰肯答應？故此你們才設出這個法子來。」把閻家弟兄急的亂跺腳，說：「你去打聽打聽，我們閻家店多咱作過這個非禮之事？」徐良說：「難道說是我誣賴你們不成？再者，我不是赤著臂膊進來的。」閻猛說：「非是你誣賴我們，你再想想，莫非這裡有你的仇家前來行刺於你也是有的。」徐良說：「我乃山西人氏，這裡焉能有仇家？」閻猛說：「這也難以定準。」

徐良想了一想，說：「你們這裡都叫什麼地名？」閻猛說：「馬尾江、三千戶、五平村、桃園、八寶村、斷頭峪、梅花嶺、梅花溝、朝天嶺……」徐良說：「別說了，梅花溝在你們這裡？」閻猛說：「在這裡。」徐良說：「得了，我真是有了仇家了。」閻猛問：「是誰？」徐良說：「梅花溝有個金家店，有金永福、金永祿，你們可認得？」閻猛說：「不錯，有個金永福、金永祿，是兩個山賊，我們素不來往。他們知道我們閻家是一大戶，他們倚仗著是山寇，他可不在山上，他占了咱們的邊界開店，可也沒有什麼意外的事情。他那店中淨住黑門的人。」徐良一躬到地，說：「二位，我可實有得罪。明天與二位借一套衣服，借一口刀，我去找他們兩個人去，不用說，準是他們兩個。」閻勇說：「壯士乃是山西人，怎麼會與他們有仇呢？」徐良說：「等明天我找著他之後，回來我再告訴你們這細裡。」閻家弟兄連連點頭。等到次日，閻勇給他拿過一套衣裳來，一口刀，也是行家使的利刀，仍然帶上自己的頭巾，就要起身。閻家弟兄苦苦相留，才吃畢早飯。

閻猛帶著他出店，叫他看見馬尾江一直往北，過了斷頭峪，往西是三千戶，往西北是銀漢島，靠著銀漢島下面就是梅花嶺，梅花嶺就是梅花溝。徐良記在心內，辭別店東，直奔正北。過了斷頭峪，往西走下來了。見一片住戶人家，房子一層一層的，門戶一個挨一個。由後街往西，走在西邊，自己心中納悶：此處怎麼住著這些個人家？再說，房屋都齊整。

走在盡西頭，見有一段長牆，牆裡面有一棵小桃樹，樹上有一根青竹竿，上面挑著自己的鏢囊，被風飄擺，來回亂晃。自己猛然驚醒，大概這準是金永福、金永祿家裡。順著牆由西往南一拐，走在南邊復又往東，才看見這個大門，見門口有數十個家人。徐良氣哼哼來至門口，見是廣粱大門，有兩條板凳，上面坐著數十個人，連忙問道：「你上這裡找誰？」徐良瞪著二目說：「你們這裡可是大王爺家？」眾人一聽這人出口不遜，也就沒有好話對他說了，說：「不錯，我們就是大王爺家。」又一看徐良那個相貌，說：「你有什麼事情？」山西雁說：「快叫你們大王爺出來見我，給我大環刀，別無話講。如若不給，我要闖將進去，雞犬不留。」那些家人如何能答應他這套言語，說：「青天白日，你是個瘋子罷？」徐良說：「我倒不瘋，就是叫你們大王爺出來還我的刀，不然你們這些烏八的你想活命？」家人見他一罵，先就過來了兩個，說：「你姓什麼？」徐良說：「告訴你們大王去，我叫祖宗。」家人一聽，氣往上撞，過來揪他，那個就要扳腿。揪他的教他胳膊一擋，又一拳，噗咚一聲那人摔倒在地；那扳腿的教他一腳，咕嚕嚕踹的滿地亂滾。那幾個如何答應，往前一擁而上，倚仗人多勢眾，一齊動手。如何揪得住徐良？他用了一個掃堂腿，把大眾全掃倒了。眾人齊說：「這老西是個行家，手裡有活。告訴咱們員外爺去。」徐良仍是大嚷說：「叫你們大王爺出來見我。」

家人往裡就跑，可巧門內有個人細聲細氣問道：「外面是什麼人這等喧嘩？」從人齊說：「少爺出來了，你老人家快出來罷，這裡有個瘋子，他說咱們是大王爺家。」那人說：「要是個瘋子，理他作甚？」從人說：「不一定準是個瘋子。」那人從門內出來，戴一頂白緞子武生巾，白緞子箭袖袍，五彩絲鸞帶，薄底靴子，蔥心綠襯衫，面如團粉，五官清秀，問道：「什麼人敢在我這門首撒野？」徐良說：「你祖宗。快叫你們大王爺出來見我。」少爺一聽氣衝兩肋：「你是那裡來的狂徒，敢在此處撒野？招打！」往上一躥，左手一晃，右手就是一拳。徐良一見就知是個行家，二人一交手，繞了十幾個灣兒，被徐良一腿踢了一個跟頭。山西雁往旁邊一閃，說：「你還得練去哪。快叫你們老大王爺出來見我。」那人說：「狂徒！你在此等候與我，少刻就來。」上裡面取兵器去了。家人也齊說：「你這裡等著！」不多一時，見那人提了一條花槍出來，對著徐良就扎。徐良一閃，就把他的槍桿揪住，往懷中一帶，將要抬腿踢，忽聽裡面大吼一聲，說：「什麼人？待我出去看看！」徐良一聽這個聲音，就吃驚非小，果然一見面，正是穿山鼠。徐三老爺一露面，徐良撒手扔槍，雙膝跪倒，說：「你老人家因何現在此處？孩兒叩頭！」

原來徐慶跟著閻道和到了上清宮，見著呂道爺，很覺著開心，就此住了二十餘日。又透著在山上悶倦了，閻道和又同著他逛馬尾江，縷順著馬尾江繞到三千戶，說：「到我哥哥家走走。」徐三爺問：「你哥哥是誰？」閻道和說：「我哥哥叫閻正芳，當初作過一任武職官，皆因奸臣當道，辭官不作，現正家裡哪。」徐三爺同著閻道和來至大門，叫家人進去回話。不多一時，閻正芳從裡面出來。徐三爺見這位老英雄年過六旬，花白鬍鬚，精神足滿。閻道和給一引見，閻正芳與徐三爺見禮已畢，請三爺到裡面，入廳房落座，這才對問了來歷。人家那裡待承酒飯，住了兩日，閻道和回廟。閻正芳把他兒子叫出來，與徐三爺行禮。三老爺見他生得眉清目秀，齒白唇紅，一問叫閻齊，外號人稱叫玉面粉哪吒。徐慶很愛，問他所會什麼工夫。閻正芳一聽問在這裡，氣往上一衝，說：「這孩子實無出息，什麼都不會，永不好學，督催著總不肯練，等我死了，要練可又不行了。」徐慶說：「不能，總是父不教子。」閻正芳說：「非是父不教子，是他實無出息。」徐慶說：「老賢姪，你施展施展我看看，怪聰明的一個孩子，怎麼會不行哪？」閻齊無奈，只可打了一趟拳，教徐三爺一瞅，哈哈一笑說：「這叫什麼本事哪？差的太多。閻大哥，你要捨得，把這孩子交與我，別耽誤了他的這個年歲。」閻正芳說：「我求之不得。」立刻叫閻齊與徐慶磕頭，拜三老爺為師。從此徐慶在閻正芳家內住著教徒弟，早早晚晚徒弟學練本領，那也作臉，很覺高興。閻齊跟著師父學本事也覺著高興，比跟著父親學練本領又差著一個層次，到一個月後，更覺著透長，就是力氣不加，透著微弱。

可巧這日出來碰見徐良，他如何是山西雁的對手。家人進去告訴徐慶，徐慶與閻正芳一同出來一看，原來是徐良，雙膝跪倒。徐慶叫他起去，說：「你們怎們會打起來了？」徐良也不敢說，閻齊也不敢說。然後把徐良叫過來，與閻正芳見禮，說：「我這孩子比你的孩子差的太多，你看他這個長像。」閻正芳說：「男子漢大丈夫，論什麼像貌。」叫他起來，又把閻齊叫過來與哥哥磕頭。閻正芳說：「若論你姪子長的倒好看呢，又沒有能耐，這才叫將門之後哪。」閻齊過來與徐良磕頭，徐良告罪說：「兄弟，我實在不知，我要知曉是兄弟，我天膽也不敢。」閻齊說：「小弟要知道是哥哥，再也不敢與你老交手。」隨說著往裡一讓，進大門走垂花門，直奔廳房。入廳房落座，閻齊與徐良二人垂手站立。閻正芳叫看座位，說：「賢姪遠路而來，請坐說話。」徐良謙讓了半天方才坐下。徐慶問：「你什麼事上這裡來？」徐良把萬歲爺丟冠袍帶履，拿白菊花，開封府鬧刺客丟印，一五一十說了一遍。徐慶一聽，說：「竟有這等事。」說：「我可得走。」閻正芳說：「就是朝天嶺，親家不用走了。大概四老爺必奔潼關，此處離不遠就是潼關，潼關總鎮與我至厚，派人去打聽，若是四老爺到潼關，請上我這裡來，到朝天嶺豈不甚近？」徐慶一定要走，閻正芳攔阻不住，帶著徐良這就要起身。徐良說：「孩兒不能走。」就把丟刀，見著鏢囊的話說了一遍。閻正芳叫閻齊：「還不與你哥哥拿出來哪？」閻齊說：「我不知道，不是我。」閻正芳說：「不是你是我？還不快拿出來哪。」閻齊說：「不是孩子，必是他。」閻正芳問是誰，閻齊附耳一說，閻正芳一怔。

要問這個他是誰，且聽下回分解。

第一百四回　見爹爹細說京都事　找姐姐追問盜刀情

且說閻正芳一聽徐良丟刀，總疑惑是閻齊把他的刀盜來。閻齊不承認，說是他，又附耳低言說了幾句。閻正芳一怔，說：「不能罷。」閻齊說：「大概準是他，沒有別人。」閻正芳說：「徐賢姪不用著急，我教你兄弟問問去再作道理。」回頭叫閻齊說：「你上後面問問去。」

列位，你道這個他是誰？原來是閻正芳有個女兒叫英雲，是一身的好本領。他母親是鄭氏，此人是神彈子活張仙鄭天惠的姑母。鄭天惠是弟兄二人，有個兄弟叫鄭天義，有個妹子乳名叫素花。鄭天惠母親去世，伊妻潘氏也是一身工夫。鄭天惠之繼母王氏，也是一身工夫，比潘氏強的多。這素花是王氏所生，與鄭天惠、鄭天義是隔山。英雲與素花朝朝暮暮在一處學練本事，都是王氏所教。這二位姑娘練的武藝會打暗器、袖箭、鏢、飛蝗石，又能識字，無事之時，常看兵書戰策。姊妹二個眼空四海，目中無人，閻齊是他們手下的敗將。閻正芳要是一高興與他們比試，都不是二位姑娘的對手，也是一半讓著他，為的他們練著高興。這二位姑娘可就縱起性來了，常常恥笑天下男子不如姑娘。二位姑娘起的外號一個叫亞俠女，一個叫無雙女。不但淨習武，還習學針黹，品貌端方，性如烈火，恨不的眉皺就要殺人。這英雲見了父母都有些不懼，倒是素花時常勸解，亞俠女也就聽他妹子之言，漸漸也就聽他父母的教訓了。

方才說前邊的閻齊所說的「他」，就是他這個姐姐。

閻正芳叫他上後頭問去，閻齊也是不敢去問，不去又不行，只得穿宅越院走到娘親屋中。婆子說：「大爺來了。」鄭氏老太太說：「叫他進來。」閻齊進來，見了老娘深施一禮，在旁邊一站。鄭氏問：「我兒有什麼事情？」閻齊就把前邊師哥怎樣來的，怎麼丟的鏢囊與大環刀，見咱們這後院掛著鏢囊的話說了一遍。老太太說：「叫婆子到後院看看，有這個鏢囊沒有。」婆子答應，到後院就把鏢囊取來。老太太一看，又問閻齊：「你可準知道是你姐姐呀？」閻齊說：「除了他，沒有別人。」老太太叫婆子把小姐屋中丫頭找來，不多一時，伺候英雲的丫頭來了。這個丫頭叫五梅，見老太太行禮。鄭氏問道：「昨天晚間你小姐上那裡去了？」五梅說：「昨天晚間小姐身體不爽，天有初鼓時候，在樓上教我伺候著睡了覺。我在樓下睡的，今日天到巳刻❶方才起來。」鄭氏說：「你可看見小姐出門去沒有？」五梅說：「昨晚我家小姐身體不爽，焉能有精神出門，老早的就睡覺了。」老太太說：「既然這樣，你去罷。」丫頭去後，老太太告訴閻齊說：「教你師哥別處去找罷。」閻齊說：「不行，他的鏢囊分明在咱們家，怎麼能教他往別處去找哪？」鄭氏氣往上一撞，說：「閻齊，你這孩子多傻，既然問過丫頭，昨日晚上你姐姐沒出門，身體又不爽，怎麼你一定說是你姐姐作賊？這是什麼好事哪。」閻齊說：「老娘那們問丫頭不行。」老太太說：「怎麼問才行？」閻齊說：「把他叫過來，要打他，威嚇著他，那才說實話哪。」老太太說：「既然這樣，你就再去找他來。」閻齊答應，就奔了小姐的院子，不敢進門，扒著屏風往裡瞧看。可巧被小姐看見，說：「外面是閻齊麼？」回答：「是。」小姐說：「我這院子也是你常來的地方？有什麼事探頭縮腦的？」閻齊說：「我找丫鬟來了，與你何干？」小姐說：「你這們大

❶ 巳刻：巳時。十二時辰之一。上午九時至十一時。

的小子，找丫鬟什麼事情？」閻齊說：「老娘叫我找他，不是我的主意。」姑娘說：「老娘叫他有什麼事情？我去見老娘去。」公子說：「很好。」小姐往外就跑，閻齊也跑，怕他追上打他。跑至老太太屋中，見了母親說：「我姐姐來了。」

鄭氏見姑娘進來給老娘道了一個萬福，老太太叫他坐下。姑娘問道：「娘親叫丫頭有什麼事情？」老太太還未及答言，姑娘見閻齊在老太太身後藏著，指著閻齊說：「準是你這孩子搬動是非。」閻齊說：「你好好把東西給人家罷，人家找上門來了。一個姑娘家，偷人家的東西，有什麼臉面見人？」姑娘氣衝兩肋，要追著打閻齊，教老太太把他攔住，叫姑娘復又坐下，說：「到底是怎麼件事情？」姑娘說：「娘親要問，這件事情我也不能隱瞞。皆因昨日女兒聽見外邊一陣大亂，說有了打虎的壯士。女兒把樓窗開開瞧看，扶老攜幼、男婦老少，來往之人甚多，全是一口同音，說這個壯士兩個嘴巴，一個掌心雷，將虎打死了。我越想越沒有此事，故此我假裝有病，早早睡覺，打發丫鬟下樓。我換了衣裳，開了後樓窗戶，到咱們店中。我打量這人頂生三頭，肩長六臂，原來也是個平常的人物，我一賭氣把他衣服抱來。必是閻齊這孩子說的，我也不隱瞞。閻齊他是怎麼告訴娘親說的？」

老太太說：「姑娘，疾速把人家東西拿出來罷，那可不是外人，是你兄弟師父的兒子。人家找上咱們的門來了要東西。你既拿了人家衣服等件，為何又把鏢囊掛出去，是什麼緣故？」姑娘說：「娘親，打算你女兒真是出去作賊哪，偷人家東西，嚴密收藏，怕人知道？我是特意掛出去，他不能不找，只要找來，我定要領教領教他這個掌心雷。我也不管他是師哥他是師弟，就這們善罷甘休，我也不能把衣服還他。閻齊你與他說去，他要東西，一絲一毫也短不了他的，就是領教領教他這掌心雷，是怎麼個打法。」閻齊說：「你就會坐在家裡說這現成的話，我怎麼對他說去？外邊走南闖北的男子，說話不能像你們姑娘，坐在炕頭上想說什麼就說什麼。」姑娘說：「依著我兩個主意，我就把東西給他。要不依著我這主意，他不用打算要出一點東西去。」閻齊問：「怎麼兩個主意？」姑娘說：「教他過來，我們二人比量比量，他勝了我就把衣服、刀給他。拳腳、刀槍、暗器全教他挑，姑娘一一奉陪。要是勝不了我，甘敗下風，我也把東西還他。如不然，他要不敢與我較量，教他從前邊一步一個頭給我磕到後院，我也把東西還他。就是這兩個主意，教他自己挑去。」連老太太說了半天，姑娘說非如此辦不可。閻齊自可氣哼哼的說：「我就去說去。」從他姐姐身旁一過，又怕他姐姐打他。姑娘說：「你只管去，我不打你，將那人叫過來就是了。」閻齊直奔前邊而來。

閻正芳見閻齊去夠多時方才回來，閻正芳問：「可是那們件事情不是？」閻齊道：「誰說不是呢。」先把鏢囊拿出來給正芳一看，隨後給徐良。閻齊把正芳叫在外面說：「請父親出來說話。」爺兒兩個到外邊，徐良在窗戶的裡面用耳音往外聽著，正是閻齊對正芳說姑娘那兩個主意，或比試，或磕頭，不然這東西絕是不給。閻正芳也是著急，這姑娘素常養活的驕縱，大概自己去說也怕不行。徐慶屋內說：「親家，有什麼話在屋裡說來罷，怎麼背地裡說話？難道說我們父子還是外人不成？莫非姑娘愛那口刀哇，只要他愛，我作主意，就教小子給他。」閻家父子進屋說：「不是。」徐良在旁說：「兄弟，伯父，你們不用為難，方才你們說的話我已然全都聽見了。要教比試，天膽我也不敢，我只可就是磕頭。」徐慶問：「怎麼叫磕頭比試？」閻齊他事到如今，不能不說，又教徐良點破，自可一五一十的說了一遍。閻正芳在旁也是為難，說道：「親家，也不怕你恥笑，我們這姑娘實在養的驕縱，不聽父母的教訓。」徐慶哈哈大笑，說：「我這位姪女必然本領高強，技藝出眾，錯非本事好，焉敢說與人較量？這樣姑娘我是最惜愛的。咱們老弟兄英雄了一世，兒女們必得豪強。要是軟弱無能的兒女，要他作甚？姑娘要打算和你姪兒論論武藝，據我想這件事情也可以使得。皆因咱們不是外人，你的兒子是我的徒弟，我的兒子如同你的兒子一樣，你的女兒如同我的女兒一般，就教他們比試比試也不要緊，要是外人可不行。這必是姑娘聽見咱們小子會使掌心雷，心中有氣。少時把小子帶過去，叫他姐姐打他幾拳，踢他幾腳，出出氣就算完了。這件事教我想著極容易。」閻正芳大笑說：「親家，你真是一個爽快人。」徐良說：「天倫，這件事可使不得，我情願磕頭也不敢比試。」閻齊說：「使不的，不能教哥哥磕頭。」徐慶說：「不用聽他的，我的主意，教他比試。如不遵父命，立刻就殺。」徐良一聽也就無奈，說：「天倫，孩兒要與人家姑娘較量本事，教外人知曉豈不恥笑？」徐慶說：「不是外人，要是別人，我也不教與人比試。」閻正芳在旁說：「正當如此。」徐良無奈，方才點頭。

正在這們個時候，家人進來報道：「李少爺到了。」忽見從外面進來二人，一個是穿黑掛皂，面如鍋底；一個是豆青色衣襟，面如瓜皮，到屋中與閻正芳行禮。老英雄把兩個人叫過來與徐慶見禮，說：「這個叫巡江夜叉李珍，是我外甥男；這個叫鬧海先鋒阮成，是我徒弟。」二人過來與徐慶磕頭，徐慶把他們攙住。又與徐良見禮，閻齊過來見禮，然後落座。閻正芳問：「你們二人從何而至？」李珍、阮成一齊說：「皆因我們盟兄鄭天惠他師叔一死，與他師父、師兄前去送信。依著他本不去送信，是我們兩個人勸他，日後別教他們問住。無奈之何，他才上徐州府，把靈柩封起來，我們替他看守，一去總沒回頭。我們二人找他師兄，無影無形，他師父全家喪命。我們回來，他已然把他師叔埋葬了，人是不知去向。」徐良正要告訴他們，後面婆子請大爺。閻齊出去復又進來，對閻正芳說：「我母親問問方才那件事情怎麼辦法。」徐慶說：「不用問你父親，我作主意，大家一同上後面去，我還正要見見姑娘哪。」說畢大家撲奔後面。

徐良與姑娘動手，不知如何，且聽下回分解。

第一百五回　亞俠女在家中比武　山西雁三千戶招親

且說徐慶的主意，要到後頭與姑娘比試，徐良雖不願意，又不敢違背父命，只可點頭應允。李珍、阮成二人不知什麼事情，有閻齊告訴了這二人這段情由，將姑娘的事細說了一遍。李珍、阮成兩個人齊說：「我們今天可來了著。一個叫妹子，一個叫姐姐，說他就會欺負咱們，這可教他領教領教罷。」原來這兩個人也是素花、英雲手下的兩個敗將，如今一聽姑娘要與徐良動手，全都願意看著姑娘輸了，他們好稱願。隨往後走著，李珍、阮成問徐良：「你知道我們盟兄的事情嗎？」徐良說：「我知道。」就把白菊花鏢打總鎮，鄭天惠投開封府後，上鵝峰堡討藥，受白菊花一鏢，白菊花打死師妹，摔死師母，逼死師父，鄭天惠怎麼發喪師父一家，如此這般，這等這樣說了一遍。二人一聽，咬牙切齒說：「天下竟有這等喪盡天良之人，天地間就沒有個報應循環不成？」徐良說：「別忙，報與不報，時辰未到。惡貫滿盈，自然必有個分曉。」

隨說著就到了後面，一看五間上房，東西配房，極其寬大的院落。有正芳引見，徐慶見了親家母，然後把徐良叫過去，與伯母行禮。李珍稱舅母，阮成稱師母。行禮已畢，就在院中看了座位，皆因天氣炎熱。鄭氏衝著徐慶說：「我的小兒太庸愚不堪，蒙老師朝朝暮暮兢兢業業勞心費力，實在我們夫妻感情不盡。」說畢深深與徐三爺道了一個萬福。徐慶一生最怕與婦人說話，人家說了許多言語，他一語不酬，也就作了一個半截子揖。又與徐良說：「這位賢姪刻下作的是什麼官？」徐良說：「我是御前帶刀四品護衛。」老太太說：「如今到我們寒舍，必是找你天倫來了。」徐良說：「正是。」就把相爺丟印的事情說了一遍。回頭又與閻正芳說：「看這位賢姪堂堂相貌，一表非俗，真稱得起是將門之後。你我女兒之事，可曾對徐公子提過沒有？」閻正芳說：「靠起咱們姑娘，又有多大本事？如居井底，不知井外乾坤多大，他會三五個招數，那裡敢稱與人家比試？無非教徐姪男指教指教他，教徐姪男替咱們教訓教訓他，從此也就不狂妄了。他是不知天外有天，人外有人。」徐慶說：「千萬不可那樣言講，就請出姑娘來，叫小子過去讓姑娘打他兩拳，踢他兩腳就算完了。」轉面來又叫徐良：「少刻你姐姐出來打你幾下，踢你幾下，可不許你搶上風。你打他一拳我給你一刀，你踢他一腳我也是給你一刀，你踢他一個跟頭，我把你亂刀剁了。」徐良說：「閻大爺，你瞧我還活的了活不了啦，我要碰著我姐姐一點，我兩個熱決，一個剮罪。」閻正芳說：「別聽你父親是詼諧言語，全有我一面承當。」徐慶性子就急，說：「親家，快把姑娘請出來動手罷。」閻正芳叫婆子請姑娘，由東院把姑娘請出來。

姑娘來的時節，是穿著長大衣服，珠翠滿頭，環佩叮咚。看看臨近，閻正芳教他見過徐叔父，然後見過哥哥徐良。徐良說：「不能，這是姐姐。」後來一問，兩個人全是二十二歲，姑娘生日比徐良大五天。李珍、阮成也見過姑娘，然後上階臺石。老太太是在廊簷底下坐著，他們大眾是在院內坐著。姑娘來在老太太身後一站。徐三爺說：「姪女就是為你兄弟說會掌心雷，姑娘心中有些不樂。你就更換衣襟，下來打他幾拳，踢他幾腳。我就愛看姑娘們頑拳踢腿。」姑娘淨等著這句話哪，老太太說：「姑娘，換衣服與你哥哥領教領教去罷。」閻正芳也說：「徐姪男脫大裳，文不加鞭，武不善坐，動手非得利落不成。」徐良就從見姑娘之後，低著腦袋一語不發，越思越想越不好。打量這姑娘本領若要是小，絕不敢與男子交手。倘若自己不是他人對手，現在一個四品護衛，輸給人家姑娘，非死不可，贏了人家也沒有什麼滋味，實是心中難過。閻正芳又催他換衣裳，又想男女受授不親，難以為情，那裡肯脫衣裳，說：「姪男不用脫衣裳。」閻齊過來一定要給他脫，徐良不肯，就把袖子挽起來，衣襟吊好。此時姑娘身臨切近，見姑娘脫了長大衣服，摘了花朵、鈿子，又用一塊鵝黃綢帕把烏雲罩住，繫了個麻花扣兒，拉出兩個尖兒來；身上穿一件雙桃紅小襖，蔥心綠的中衣，西湖色的汗巾，大紅緞子弓鞋。窈窕的身體，行動類若風擺荷葉一般，細彎彎兩道眉，如新月相仿，水靈靈一對星眼，鼻如懸膽，口似櫻桃，牙排碎玉，耳掛金鉤，沒戴著鈿子。對面一看徐良，兩道白眉，眉梢往下一耷拉，形如吊客，一身青緞衣襟。一抱拳，連連說：「姐姐手下留情。」閻正芳夫妻全都託教徐良手下留情。徐慶說：「小子，我告訴你的言語你可牢牢緊記。」徐良答應。

二人留出行門過步，往當中一湊，將要揸拳比武，姑娘微微一笑說：「我問你有幾個首級？」徐良往後倒退身軀，一摸脖子，說：「就是一個。」姑娘說：「你要是一個首級就不用與我動手了。」徐良說：「怎麼？」姑娘說：「你昨日晚間在店中吃醉了酒，在床上睡覺。有刺客去，你怎麼醒的知道不知？」徐良說：「皆因床往上一抬，底下有人說：有了刺客了，我才醒的。」姑娘說：「若要不是那人將你叫醒……」徐良說：「我就早死在刺客之手了。」姑娘說：「你還知道，區區不才就是我將你喚醒。」徐良深深一躬到地，說：「姐姐，咱們不用動手了。你是救命恩人，要沒有你我早死多時了。」原來姑娘到閻家店，由東夾道往前一走，就遇見金永福、金永祿將要下房。可巧徐良出去，他就鑽入屋中去。徐良要不是喝醉了，也就把他看真切了。姑娘到屋中鑽入床下，伙計過來送茶，那燈也是英雲吹的。後來見刺客要結果徐良的性命，姑娘一想這個人也算好人，打死虎與這一方除害，自己不在這裡便罷，在這裡見死焉能不救呢。這才把床往上一抬，大聲一嚷「有刺客了」。再說亞俠女認得金永福、金永祿，要不是認得，姑娘就把兩個刺客給殺了。姑娘想著要與徐良較量較量，看他這個掌心雷怎麼使法，故此這才把他衣服拘走，從後面窗戶出去，回家躥上樓去睡覺。第二天等到巳牌時刻方才起來，親身用青竹竿挑出鏢囊去，特意招他前來。又一看他這大環刀，就知他是一條好漢，錯非是出色的英雄，絕不能有這們一口利刃。這如今交手，提起昨晚的事情，徐良連連與姑娘道勞，不肯與姑娘交手。小姐一定問他：「不交手可也使得，你把掌心雷發出來我們看看。」徐良說：「我實在不會。」姑娘說：「你不會，那虎到底是怎麼治死？」徐良說：「我先打他一鏢，後砍他一刀在胸膛之上，方才結果虎的性命。」姑娘一笑說：「原來你不會掌心雷呀。」徐良說：「那是我信口開河，姐姐何必認真。」

徐良一定不動手，徐慶說：「你就陪著你姐姐走個三兩趟，還不行嗎？」徐良無奈，說：「姐姐手下留情。」姑娘也不答言，二人這一搚拳比武，施展平生武藝，躥蹦跳躍，閃轉騰挪，躥高跳矮，形若貓鼠，恰似猿猴，身軀提溜溜亂轉。姑娘用了一個進步連環腿，將徐良腿兜住往上一挑，徐良噗咚坐在地下，說：「姐姐，我輸了。」姑娘一笑說：「就是這樣打虎的壯士？」姑娘也沒到屋中穿衣裳，直奔東院去了。徐良說：「好本事，倒是比我強夠萬分了。」閻正芳說：「賢姪，除了你伯母不懂拳腳裡的事情，剩下那個不是行家？你連贏了他幾手他不認輸，嗣後你讓他這一招他還不知道，可見得是本領差的太多。總是賢姪得容得讓，稱得起量大寬宏。」回頭又叫閻齊：「告訴你姐姐去，他早就輸給人家了，別叫他自誇其能，他身上還帶著土呢。連要你哥哥的衣服。」徐慶說：「算了，只要姪女不生氣就得了。」閻正芳同著大眾仍然奔前面廳房，同著徐三爺將走不遠，婆子又把他請回去，說：「安人請說話。」閻正芳叫李珍、阮成陪著徐家父子前邊廳房去坐。

閻齊上他姐姐院中。丫鬟給小姐打來的臉水，姑娘很覺著洋洋得意。閻齊進去，說：「姐姐，你算贏了罷？把人家東西還給人家罷。」姑娘說：「不算我贏還算我輸了？不是他苦苦求饒，叫他帶點傷兒我才罷手。」閻齊說：「你拿東西來呀。」姑娘說：「短不了他的物件。」叫五梅把箱子打開，把衣服、袖箭、飛蝗石口袋、大環刀全都交給閻齊。閻齊把衣服裹著刀往懷中一抱，說：「姐姐，你看你肋下是那裡來的土哇？」姑娘一看，說：「是方才蹭的。」閻齊又說：「有土也蹭不到在那裡去，你再看你右肋，連你兩個磕膝蓋的左右，中衣上，難道這幾處也都是蹭的？」姑娘一瞅，納悶說：「怪呀！」閻齊說：「論動手，你早就輸給人家了，別不害羞了。」姑娘一聽，羞的滿臉通紅，「哇」的一聲就哭起來了，往裡間屋中一扎。五梅說：「大爺，這是何苦。我家小姐高高興興的，滿讓你看出來也不便說呀。」

閻齊抱著衣裳就跑，直奔前邊，到廳房，見徐良那裡磕頭哪！原來是安人把員外叫住，與員外提姑娘的事情，說：「你我的女兒如今已然歲在念載有餘，終身尚且未定，咱們這裡只找不出一個門當戶對的人家來。」說：「看這個徐公子雖然貌陋，眼時現任的官職，我雖不懂得武藝，見他也不在咱們女兒以下。我打量要把女兒給他，不知你意下如何？」閻正芳說：「我一見徐良我就有這個意見，倒怕你不願意。如今你既有此意，這是很好的一門親事。」夫妻二人商量妥當方才出來，見穿山鼠徐三爺，就將女兒要給徐良的話說了一遍。徐慶哈哈大笑說：「親家，我那小子長得十分貌陋，如何比得過姑娘去？

你要願意，我是求之不得。」閻正芳說：「親家不必太謙了，你我就是一言為定。」徐慶最是性急的人，叫：「小子過來，與你岳父磕頭。」山西雁暗暗著急，自己明鏡知道在二友莊定下了一個，再要定下一個，人家焉肯給作二房，日後人家豈能答應？連連搖頭說：「天倫，使不的，你老人家出來，我告訴你幾句言語。」徐慶說：「小孩子人家，父母與你定親，你說使不得，你知道什麼？過來與你岳父磕頭。」徐良無奈，只得過來與閻正芳磕頭。行禮已畢，大家道喜。將要擺酒，外面號炮驚天，家人進來報說：「襄陽王反到這裡來了！」

要問如何，下回分解。

第一百六回　徐家父子觀賊勢　乜氏弟兄展奇才

且說徐良剛把親事定妥，忽聽號炮驚天，眾人一怔。本來生在太平年間，聽著這事透著新奇，將要派人出去打聽，忽有家人進來說：「不好了！襄陽王反到此處，會同朝天嶺，就在梅花溝扯起大旗，要招安咱們這幾個村子，外面也有降的，也有不降的。」閻正芳聞聽，氣往上撞，說：「眾位，如今我們這裡造反，你們大眾去罷，逃生要緊。我至死不能降反叛。」徐慶說：「他們誰愛走誰走，我是不走了。」自然徒弟、外甥也不肯走，齊說：「我們既趕在這裡，焉有抖手一走之理。咱們與反叛決一死戰，倘若得勝，把他們殺敗也是有的。」又聽外面聲音更大了，閻勇、閻猛、閻安、閻興、閻海、閻泰，全是閻正芳的姪子，有高有矮，瘦胖不等，有短衣襟，有長衣襟，各執兵器，大家迎風而入。見了閻正芳一齊行禮，有叫叔父的，有叫伯父的，齊說：「如今梅花溝造反，你老人家降不降？」閻正芳說：「我是當初作過官的，如今可是辭官不作了，焉能降賊？不知你們心意如何？」眾人一口同音說：「我們打聽你老人家。要問我們，全死在這裡也不能降賊。」閻正芳問：「親家，此事怎樣辦法？」徐慶那裡有主意呀，說：「親家，我就管打頭陣，出主意我可不行，我本是個渾人。若論打仗，千軍萬馬我都不懼。」此時，徐良、閻齊與他們小弟兄們見禮。有閻勇、閻猛見徐良在這裡也是納悶，過來問他衣裳的下落。閻齊告訴大眾一遍。徐良害羞，不肯讓他再說。一耳朵他就聽見說定禮的事情，一轉臉就在徐慶面前說道：「孩兒東西全有了，拿將過來還有半袋多鏢沒還給孩兒。」閻正芳說：「叫閻齊取去。」徐三爺說：「那就不用取了，就作為定禮罷。」閻正芳說：「既然這樣，咱們大家上廟齊人。」眾人點頭。原來門外已有好幾百人了，都聽閻老員外的吩咐。眾人一口同音，全都一問，閻正芳就把不降的話說了一遍，眾人全都願意，俱跟著上廟。

廟叫北極觀，進廟一撞鐘，可著三千戶是男子全到，有二十二個會頭。眾人一議論，與他們開兵打仗，此時又有徐三爺在此，不久的又有開封府的護衛老爺們前來保護咱們這一方的生靈，眾人一聽無不歡喜。就是與他們交手無有兵器，眾人各自去尋找，也有長短家伙，也有鐵鍬、木耙、六齒子，也有撓鉤、木棍、鍘刀，用大竹竿子綁上包袱就算大旗。拿出鑼鼓來，閻正芳的主意，若要緊打鼓，誰也不敢往後退；若要打鑼，誰也不敢往前進。傳將下去，大家全都知道。此地叫三千戶，雖不夠三千戶人家，也有兩千有餘，老叟頑童中年漢全湊在一處，就有好幾千人。此時又有八寶村、斷頭峪、桃園這幾處的人，全是年富力強二三十歲，各人扛定長短家伙。這幾處全有會頭，俱要求見閻老員外，問問這裡降他們不降。閻老員外把他們會頭全請進來，先與徐三爺見禮，說：「這就是開封府護衛大人攻打朝天嶺的前站。」眾人一聽，無不歡喜，把信往外一傳，那幾村人如同有了主帥的一般。

正在說話之際，有人進來說：「梅花溝連梅花嶺一帶，有兩三千人用石頭碼起一段牆來，還有一個轅門，扯起許多旗纛認標，單有兩桿大白旗，上寫著是『改山河扶保真主』，那邊寫『滅大宋另整乾坤』。另有兩桿大纛旗，面寫著兩個斗大的『金』字，還有寫『乜』❶字的旗子，當中一桿座纛，旗上寫著：

❶ 乜：音ㄋㄧㄝˋ。少數民族姓。居住在陝西、甘肅地區。

趙王駕下天下都招討兵馬大元帥八路總先鋒王。所有他們那裡的人都換了衣服，在他們牆子上，四面八方全插著紅旗，上面有白字，寫著是『招安四方』四字，『無論士農工商，知天命願降王爺者，量才錄用。倘有出色文武藝之外，或數學或算學，只要有別創一格之能，立封顯爵。』」徐良說：「這可真是要反哪，我先探探虛實去。」正要前往，忽見有人進來報道說：「梅花溝有人來下書。」閻正芳吩咐叫他進來。

不多一時，前邊走著一個，後面跟著一個。前邊那人翠藍箭袖袍，絲鸞帶，薄底靴子，脅下佩刀，面似煙薰，後面跟定梅花溝金家店中的伙計。前邊那人見著大眾深打一躬，眾人全都站起身形，惟有徐慶昂然坐在那裡，身體不動。閻正芳連忙問道說：「未曾領教尊公的貴姓。」那人說：「我在王爺的駕下，旗牌官，姓王叫王信。王爺在寧夏國，不久興師，特派兩個前部，正印先鋒官，姓乜，一個叫乜雲雕，外號顯道神，一個叫乜雲鵬，外號叫巨靈神，奔到朝天嶺，約會五家寨主，要把左右鄰一網打盡，殺奔潼關。現有朝天嶺大寨主，是王爺的招討大元帥，說在朝天嶺俱是唇齒之鄰，不忍傷害許多生靈，故此修下一封書信，派我前來，只要見著閻老員外，將書投遞。老員外若肯歸降王爺，免死許多的生靈，又可以保住闔村的性命，王寨主情甘願意把元帥印付與閻老員外執掌。」說畢，把書信往上一遞。閻正芳接書未能打開觀看，就聽見嘭的一聲。原來是徐慶聽這旗牌所說的話，他是前來勸降，遂急與徐良使了一個眼色。徐良繞在來使的身後，把大環刀拉出來，對著來使腦後噗哧一刀，咕咚頭顱墜地，屍腔往前一栽。徐良殺了這個旗牌官，把金家店的伙計嚇了一個跟頭，趴在地下苦苦哀告。徐良過去看著天倫眼色，叫殺就殺。徐三爺在旁說：「別殺他，殺了他沒人前去送信。」徐良說：「便宜你，回去送信去罷。回去時節你可務必說明，你那伙計是我殺的，不與閻家相干。我姓徐，我叫徐良，外號人稱多臂人熊，你記住了沒有？」伙計說：「我記住了。」徐良說：「就教你這麼走了可便宜你，多少給你留下點記號。」大環刀一過，削了一個耳朵，那人撒腿就跑。遂吩咐教把那個屍首搭將出去，回頭掩埋血跡。徐良說：「咱們疾速快去，如不然怕他們帶人前來，就不好辦了。」

閻正芳同著徐慶帶領眾家小弟兄，教家人預備兵器。別的會頭也有會本事的。總而言之，有本領的在先，無本領的在後。出離三千戶的後街，就聽見咕咚咚連聲炮響，果然，來在梅花溝的對面，就看見了人家那裡列成陣勢。明顯一字長蛇，暗化二龍歸水，戈戟森森，器械鮮明。兩桿白緞子大旗，上面書寫黑字，寫的是「改山河扶保真主，滅大宋另整乾坤」。當中有一桿大座纛旗，寫著是「趙王駕下天下都招討兵馬大元帥八路總先鋒王」。當中另有兩桿大旗，寫著「前部先鋒」，還有兩個斗大「七」字。左右兩桿紅旗，一邊是「左先鋒」，一個斗大的「金」字，右邊是「右先鋒」，一個斗大的「金」字。徐良一看就認得那金字旗下是金永福、金永祿。七字旗下是兩個穿黑掛皂之人，全都身高一丈，俱是鑌鐵抹額，青緞紮巾，雙飛火焰兩朵絨桃，青緞小襖，小紅中衣，牛皮靴子，皮挺帶，半副掩心甲。一個面如血盆，一個面似瓜皮，青中透綠。每人扛著一條虎尾三節棍，每人腰中盤繞著一根十三節鞭，在那裡催軍。原來這兩個就是顯道神七雲雕、巨靈神七雲鵬。

這二人本是寧夏國占山為王的兩個野人，受了王爺的招安，如今就派這兩個人作個前部先鋒官。如今由寧夏國帶了五百人來，還有他們山中幾十號嘍兵，拿著王爺的書信，先見了王紀先、王紀祖，將王爺書信投遞。兩家寨主一見王爺書信，打開觀看，並且還有許多金銀彩緞，白玉珠寶。王爺並沒見過面，就封了一個天下都招討兵馬大元帥八路總先鋒，把旗纛認標俱教乜雲雕、乜雲鵬帶來。當時就找了長桿穿上旗纛，兩家寨主銜著寧夏國謝了王爺之恩，收了禮物。依著乜雲鵬要出去掃滅那些村子，搶擄東西。兩個寨主說：「三千戶有一個閻員外，那老兒不是好惹的。先去招安他們，若要閻正芳一降，王爺又得一員虎將；倘若不降，然後再洗他們的村子。」遂即修了一封書信，乜雲鵬派他的旗牌官王信前來下書。乜雲雕、乜雲鵬也就告辭下山。

淨山路就是四十里，也有墩鋪，五里一墩，三里一鋪。走在山下，有個臨河寨，有兩家寨主，姓廖，叫廖習文、廖習武，這二人是親弟兄，一文一武，是王紀祖的兩個表兄。由臨河寨上船，至中平寨，有一家寨主，姓楊，名平滾，有個外號人稱叫入河太歲，另有四員偏將。吩咐下去，扎住滾龍擋，撤去捲網，另用船隻迎接乜家弟兄。過了中平寨，開了竹門，繞過銀漢島，棄舟登岸，奔梅花溝。至金家店見金永福、金永祿，立刻齊隊，放三聲號炮，教大眾搬石塊疊牆子，立轅門，插旗纛、認標。少刻金家店伙計回來，被人家削了一個耳朵，鮮血淋漓。見著金家弟兄、乜家弟兄，就把王信被殺的話細說了一遍。乜家弟兄一聞此言，就要傳令，金永福說：「且慢。」就把徐良這一身本事對著乜家弟兄細說了一遍：「出去若遇見此人，千萬小心在意，可別藐視。」乜家弟兄微微一笑，說：「也不是我兩個人誇下海口，不怕他頂長三頭，肩生六臂，要活的生擒進來，要死的結果性命。」遂即往下傳令教列隊。

咕咚咚連聲炮響，咕嚕嚕畫鼓頻敲，有寧夏國五百兵俱是受過訓練的，聞鼓聲一響，就列成一字長蛇大陣，旗纛、認標空中飄擺。他們弟兄四個人各歸本隊，俱在本人門旗之下，也望對面觀瞧。那些莊兵拿包袱當作旗子，扛著長短的家伙，可也有長槍大刀，有多一半全是務農所用的鍬鎬等類，還有些撓鉤、鍘刀、木棍，站立得也不齊，參差不等，亂擠亂碰，吵吵嚷嚷。當中單有一伙人，在打著包袱的底下，倒是虎勢昂昂，都有兵刃。永福、永祿見著山西雁絕不敢出隊，就是七家弟兄挺身躥將出來。早見那邊出來了兩個：閻勇、閻猛。見閻正芳要過來，兩個姪子把他攔住，這二人每人一條槍就迎上來了。將一見七家弟兄，閻勇、閻猛擰槍就扎。七家弟兄用虎尾三節棍往外一崩，一反手，就結果了閻家弟兄的性命。徐良見二人一死，就要出來與七家兄弟交手。

這段節目，且聽下回分解。

第一百七回　眾好漢過潼關逢好漢　大英雄至飯鋪遇英雄

且說乜家弟兄將一出來，閻正芳就要過去。閻勇、閻猛那肯叫老人家過去，不略二人過去就死在三節棍下。老英雄一見兩個姪子已死，老英雄如同刀扎肺腑，要過去與兩個姪子報仇。閻齊那肯教天倫過去，說：「老人家不可，待孩兒過去給我兩個哥哥報仇。」徐慶在旁說：「你不行，待我過去。」山西雁在天倫身後，見天倫要出去，他也沒言語，飛也相似就奔了殺場。看看臨近，那邊有人喊叫：「小心哪！這個可就是白眉毛哇！」一陣畫鼓頻敲以振軍威。

乜家弟兄高聲招呼：「來者之人通名，棍下受死。」徐良說：「兩個叛賊要問，老爺乃是御前帶刀四品護衛，姓徐名良，字是世長，外號人稱山西雁，又叫多臂熊，可不是狗熊，草草的外號叫白眉毛老西。要知我的利害，快些過來受捆。倘若痴迷不省，禍在眼前，悔之晚矣。」乜家弟兄說：「你休要猖狂造次，汝先過來受死罷。」徐良說：「等等。你們兩人叫什麼名字？結果了你們時節，我也好上我的功勞簿。」二人通了名姓，徐良說：「你們二人是一對一個呀，還是一擁齊上哪？」乜雲鵬說：「這一個人我們也是一擁齊上，你一千個人我們也是一擁齊上。」徐良說：「這倒對勁，我最喜歡一個人宰兩個人。」

山西雁淨為的是逗著他們說話，他好就中取事。隨說著，湊來湊去，身臨切近，說：「可要得罪你們了。」這二人那裡知道他的利害，忽然一低頭，緊臂低頭花裝弩對著乜雲鵬打去，乜雲鵬也算躲閃的快當，將一扭臉，噗哧一聲，正打在腮額之上，若要不是有牙擋著，就從左邊腮額穿出去了。賊人一低頭，「哎喲」一聲，痛疼難忍，把弩箭拔出來，鮮血直流，咬牙切齒，把徐良恨入骨髓。二人一齊擺虎尾三節棍往上夠奔，一個是撒花蓋頂，一個是孤樹盤根，教來人首尾不能相顧。可巧遇見徐良用大環刀往上一迎，嗆的一聲，把虎尾三節棍削成兩截。腿下面棍到，徐爺往上一躥，掃堂棍掃空，又一翻手，連肩帶背打下來了，教徐良用刀往上又一迎，嗆的一聲，把三節棍削成節半棍。二人往下一敗，全打腰間把十三節鞭解將下來，復又回來，把十三節鞭一抖，仍是一上一下奔了徐良。

山西雁將要用大環刀找他們的十三節鞭，就聽身背後一聲喊叫，類若霹雷一般。回頭一看，是金鑣無敵大將軍于奢，手中一條鳳翅流金鏜；後面是霹靂鬼韓天錦，一條渾鐵棍。二人一齊喊叫：「閃開了！」山西雁只可讓他。再看後面，蔣四爺、展南俠、白芸生、艾虎、盧珍、劉士杰、馮淵、雙刀將馬龍、張豹、金槍將于義、大漢史雲、龍滔、史丹、胡小記、喬彬等，俱在那邊與徐三爺相見。徐慶又與他們大眾給閻正芳等見禮。

原來蔣四爺他們由開封府起身，此番也沒帶張龍、趙虎，也沒有馬快班頭，也並不乘跨馬匹，就帶著路上盤費應用的物件，南俠帶著開封府的文書。一路之上曉行夜宿，飢餐渴飲。那日正走，忽見後面有二人騎著兩匹馬，飛也相似趕下來，卻是一老一少。遠遠的那個上年歲的人說：「前邊那些位人有蔣四老爺沒有？」金槍將于義說：「四大人，後面有人呼喚你老人家哪！」蔣爺回頭一看，並不認得那個老者。蔣爺說：「什麼人找蔣四老爺？」那老者滾鞍下馬，說：「四老爺一向可好，老奴與老爺磕頭。」

蔣爺說：「你是什麼人？我怎麼不識認你？」那人說：「你老人家不認識我，見著我家少主人就認識了。少主人把馬快些催催罷，咱們趕上老人家了。」那馬一到，蔣四爺一看不是別人，正是自己的徒兒到了。你道蔣爺的這個徒弟，別人一概不知，這就是在魯家林收的那個徒弟名叫魯世杰。少爺下馬，過來與蔣爺行禮。蔣爺說：「你從何處而來？」魯世杰眼淚汪汪說：「柯柯爺乾了。」蔣爺說：「死了？」小爺說：「對了，就叫死了。」蔣爺說：「什麼話，那有說『就叫死了』的呢？到是得何病症而死？」小爺又柯了半天說：「連腦袋都死了。」蔣爺不問他了，問家人魯成：「你說罷，這孩子說話我實在聽不明白。」魯成說：「我家主皆因受傷之後，當時不甚理會，過了一個月後，仍然是嘔血，吐了半載有餘，我家員外就故去了。家中發喪諸事已畢，我家少爺淨在家中惹事。無奈之何，有我家員外的親族，都知道我們少爺與你老人家磕過頭，教我家少主人一人前來全都放心不下，教老奴跟隨前來，只要找著你老人家，就好辦了。到了開封府一打聽，說你老人家奔潼關來了。我們主僕由京都直奔潼關大路，可巧走在這裡，我瞧著像你老人家，我才冒叫一聲，原來正是你老人家。」蔣爺說：「好，我正要寫信找你家少主人上開封府，趁著他這年歲，也該學練本事了。不略我的事忙，未能寫信，開封府相爺把印又丟失了，我們又得上陝西。你們來得正好，就跟著我們上陝西去罷。」

蔣爺把魯世杰帶過來與大眾見禮，說：「這是我的徒弟，名叫魯世杰，外號人稱小元霸。」所有大眾全給磕了一回頭，就是史雲倒與他磕頭，皆因愣史他是艾虎的徒弟。大眾一看蔣爺這個徒弟，面黃肌又瘦，淨有骨頭沒有肉，正是一個童子癆的形象。焦黃的面皮，立眉圓眼，小鼻子，溜尖的嘴，上嘴唇長，下嘴唇短，兩腮無肉，直是一個雷公崽子。大家看看無不暗笑：難得蔣四爺這個徒弟怎麼挑選來著，師徒這個品貌會不差往來，師父瘦，徒弟比師父還瘦。別看這個形像，力大無窮，當初蔣爺與柳青見過他力格雙牛，故此人送他的外號叫小元霸。帶著他這一走，雖有馬匹也就不能騎了。到了晚間住店最能吃飯，飯量極大。展爺問他會什麼本事，他是一概不會。

到了次日，至潼關交界。過關之時，這些人等如何能過得去。蔣爺教大眾等著，同著展南俠把開封府文書拿出來，二人拜會潼關總鎮。總鎮大人姓蓋，叫蓋一臣，外號人稱紅袍將。到帥府，遞了蔣、展二位大人的半全帖。不多時，聽裡面咕咚咚三聲大炮，大開儀門，迎接二位護衛。見面彼此對施一禮。蔣爺見這位大人，紅袍玉帶金鏷頭，白面長髯。此人打吃糧當軍起首，升的總鎮爵位，全憑跨下馬掌中槍，一層層掙來的前程。要講究出兵打仗，對敵衝鋒，排兵布陣，逗引埋伏，熟讀孫武十三篇，廣覽武侯的兵書，若論攻殺戰守，無一不強。鎮守潼關，此處乃是大宋國朝的咽喉要道，非這樣的總鎮焉能把守得住。蔣四爺一到，親身出來迎接，讓到書房，敘了些寒溫，然後問二位的來歷。展爺把開封府文書拿出來，教蓋一臣看了，蓋總鎮說：「原來京都竟有這等樣的事故。」立刻吩咐把眾護衛、校尉請進來待茶，眾人至裡面一一相見。蔣爺打聽徐良，總鎮說已然過去三兩日了。又問王爺怎麼過去的，還是明過去的，還是巧扮私行混過去的哪。紅袍將一聲長歎，說：「王爺明明混過去的。到了我這裡，我還迎接王駕哪。我問：『王爺意欲何往？』說奉旨催寧夏國貢獻。我說：『萬歲爺怎麼沒明降御旨？』他說：『你瞧我孤過關不實，你專擅本入都，我在這裡等著旨意到我再過關。』二位請想，他是萬歲爺的親叔父，誰敢抗阻他老人家？我只可是連說不敢不敢。他說：『你淨在我孤身上留神，有那樣心思，多在私行的身上盤查盤查才是。我也看出來了，你是個大大的忠臣，等我到寧夏國回來面聖之時，我必要提敘提敘你這個好處。』我打量著我這官也不能久待了，不略他敢情是反了。」蔣爺說：「大人早晚總要留神才好。」待承了一頓酒飯，次日方才起身。

第二天到三元縣打尖，自然是蔣爺他們吃酒，總要多耽誤些時刻，他們不吃酒的，吃完了飯都要出去消散消散，然後起身。正是于奢與韓天錦兩個人將一出飯鋪，就瞧見魯世杰在飯鋪外頭瞧那天棚柱子上拴著一匹紅馬，鞍韂鮮明，鮮紅的顏色，鬃尾極其好看。魯世杰問：「這是誰的馬？」霹靂鬼說：「瘦小子，你愛人家的馬呀？」魯世杰一抬頭說：「柯柯好說大小子，你管我哪？」于奢在旁說：「你們兩個人頑笑，別叫他大小子，我也不矮呀。叫他個黑小子還可以。」世杰說：「你也是大小子。」于奢說：「我不瞧你小，我把你劈了。」世杰說：「我還要劈你哪！」于奢說：「你還要劈人哪？你有多大膂力？」過來一揪他，教小爺把他腕子拿住往懷中一帶，于奢往前一栽，吸呼沒栽倒在地。于奢往回裡一抽，小爺又往這們一送，一撒手，噗咚一聲，仰面朝天摔倒在地。于奢自己羞的面紅過耳，說：「瘦小子，真可以！咱們兩個人再試試。」小爺說：「慢說是你一個人，就是你們兩個小子也不行。」韓天錦說：「咱們試試。」果然兩個人一齊過來，教小爺把他們兩個腕子揪住。這二人見魯世杰手指頭精細很長，漆黑，類若兩隻爪子，小爺一用力，就如五個鋼鉤把二人腕子鉤住一般。論說二位站殿將軍膂力不小，禁不住小爺這一揪，往懷中一帶，于奢、韓天錦也往懷中一帶，魯世杰連一絲兒也不動。這二人就知道事頭不好，說：「你撒開罷。」小爺絕不肯撒開他們，容他們往懷裡的勁帶足，借著他們自己的力氣，仍是往兩下裡一送一撒手，這二人噗咚、噗咚全都栽倒在地。瞧看熱鬧的人不在少處，內中單有一個人哈哈的一陣大笑，說：「好大膂力！」

于奢、韓天錦摔倒本就羞的難受，又對著這些個人無知，直是叫了一陣好兒一般，這兩個站殿將軍如何掛得住，正要找一個出氣之人，爬起來就罵。那個大笑之人也是一個不教罵的人，說：「你們兩個人教人家摔倒，因為何故罵我？是什麼緣故？」于奢說：「我們是自己弟兄鬧著頑，與你何干，為何你在旁邊狂笑？你要不服，來來來，咱們較量較量。」那人說：「你惹不起人家要欺壓於我，誰能教你欺負？」于奢說：「我就會欺負你，不服你來試試。小子，怕你不敢。」那人一聽微微一笑說：「諒你有多大本領。」見那人生得是細條身材，條白臉面，一身藍緞衣襟。于奢將一過去就是一拳，見那人用二指尖往脅下一點，于奢噗咚摔倒在地。

要問此人是誰，且聽下回分解。

第一百八回　乜雲鵬使鞭鞭對鏢　徐世長動手手接鏢

且說于奢皆因教魯世杰摔了一個跟頭，他打算著要拿那人出氣，不略將一過來，教人家用二指尖往脅下一點，他就摔倒在地，並且還是心內明白不能動轉。韓天錦說：「這小子可真是豈有此理！你會什麼本事，來來咱們兩個人較量。」那人說：「諒你有多大能耐。」韓天錦過去打算要揪他，不略也被人家用二指一點，也就摔倒在地。魯世杰說：「你這小子因為什麼把我的兩個哥哥全都治倒？咱們兩個人較量較量。」那人一笑說：「小輩，別看你能摔他們兩個跟頭，我要教你往東倒，你要往西一倒算我學藝不精。」這魯世杰更不行了，也就過來。那人說：「你有多大膂力？把腕子交給你，也拉我一個跟頭方算可以。」魯世杰把他腕子一揪，往懷中用平生之力一帶，那人用左手順著魯世杰的胳膊一摸的相似，小爺就覺著半身痲木，教那人用二指尖一點，小爺也就栽倒在地，心內雖然明白，就是不能動轉。外面瞧看之人越聚越多，全都哈哈一笑，說：「真是強中自有強中手，能人背後有能人。那個精瘦的小孩兒會勝那兩個大身量的，這三個人又不是那人的對手。」外邊這一喧嘩，往裡一傳信。

蔣爺將才吃完了飯，教他們撿去家伙算帳。忽見外邊進來之人說：「就是那邊飯座上的人，都教人家給戳死了。」艾虎說：「四叔，你聽見了沒有，別是咱們的人罷。」艾虎就問：「那位大哥，你說什麼教人戳死了？」那人說：「你們還不出去瞧瞧去哪！你們一同的人全死過去了。」艾虎一聽往外就跑，縷順❶著眾人全都出來，一看果然于奢、韓天錦、魯世杰三個人俱躺在地下，可睜著眼睛不能動轉。蔣爺先就問那個人：「你將我們三個人打倒是什麼緣故？」那人答言說：「是我打的。」蔣爺問：「因為何故將我們三個人打倒？」話言未了，史雲過去給那人一拳，那人又是照樣用二指尖一點，也就摔倒在地。艾虎、白芸生、盧珍、劉士杰齊聲說：「清平世界，你要造反罷！」蔣爺心中暗暗忖度：此人這身工夫受過明人指教，這叫閉穴法，俗語說叫點穴❷，就聽見北俠說過會這套工夫。在三俠五義上，白玉堂拿北俠，在慧海妙蓮庵遇尼姑，救湯夢蘭五個，就教北俠用指尖一點，五爺站在那裡如受了定身的法一般。工刻不大，北俠就給他解過來了。這套小五義上就是神行無影谷雲飛會，其名叫十二支講關法，按十二個地支❸子丑寅卯，無論夜晚，無論白晝，總得知道天到什麼時辰，按人周身三百六十骨節，點在什麼穴道上。這一點無非就把人的穴道閉住，或躺或站，一絲兒也不能動轉。就是不容易學，真得受過高明人的傳授。惟獨這點穴果然不虛，直到我國大清仍然還有，無非不敢顯露就是了。閒言少敘。

蔣爺甚明此理，知道他是點穴法。艾虎等不知此術，就要抽刀動手。蔣爺要攔阻又怕攔不住他們，回頭叫：「展大弟，攔住他們。」展爺過來一攔，連蔣爺說著，四人才不動手。四爺說：「世間上有句話：理字無多重，三人抬不動。你們烏合之眾，都要亮刀，莫非殺人白殺麼？有話說話，不要動粗魯哇。

❶ 縷順：連續不斷。

❷ 點穴：拳術之一。運功於指，點擊人身穴道處，輕者致傷，重者致命。

❸ 十二個地支：子、丑、寅、卯、辰、巳、午、未、申、酉、戌、亥的總稱。也叫「歲陰」。傳統用作表示次序的符號。

不用你們，全有我哪！」蔣爺過來與那人說：「朋友，咱們遠日無寃，近日無仇，我們這三個人要是得罪了尊公，我給磕頭賠禮，有什麼話咱們少刻再說，你先教他們緩轉過來。」那人說：「使得。」就見他過去用手一捋，韓天錦、于奢、魯世杰一翻身坐將起來，說：「好小子，真有你的！」仍然展爺把他們拉將過去。蔣爺知道，先叫那人把這閉穴法給解了，若要工夫一大，日後心要作病，這都是聽北俠所說。容那人把他們解轉過來，蔣爺又問道：「朋友貴姓？方才我們這三個人俱是渾人，難道你還看不出來麼？若有得罪尊公之處，我替他們賠禮。」那人微微一笑說：「你要問我，姓沈，叫沈明杰。居住馬尾江正西有道嶺，叫梅花嶺，在嶺正南叫奇霞嶺，嶺下有個村子叫避賢村。我家有七旬老母，因我老娘終日用飯非肉不飽，我故此每日上一趟三元縣與我老娘買肉。」蔣爺說：「你可稱得起是個孝子。古人云：人到七十歲，非肉不飽，非帛不暖❹。你能終朝走這們一趟，不嫌煩絮，可見你是一點孝心。忠臣孝子，人人可敬。」沈明杰說：「尊公何必這般過獎，未曾領教你老貴姓？」蔣爺說：「姓蔣，名平，字澤長，原籍金陵人氏。」沈明杰說：「莫不是人稱翻江鼠麼，刻下護衛的前程？」蔣爺說：「正是。」沈明杰說：「原來是蔣四兄臺，請上受小弟一拜。」說畢行禮。蔣爺把他扶住，又見那人二十餘歲，口稱自己是蔣四兄臺，連忙問道：「這位弟臺何以知之劣兄？」沈明杰說：「我提一個人四老爺就知道了。」蔣爺說：「但不知是那一位？」沈明杰說：「洪澤湖高家堰隱賢莊有一位姓苗的，那位老先生你必然識認。」蔣爺說：「那是我的苗伯父。怎麼弟臺識認此人麼？」沈明杰說：「那是我的師父。」蔣

❹ 人到七十歲三句：禮記內則：「五十始衰，六十非肉不飽，七十非帛不暖，八十非人不暖，九十雖得人不暖矣。」

爺說：「這可真不是外人了。請弟臺過來，我與你見幾個朋友。」先見展南俠，然後大眾俱都一一相見。蔣爺說：「咱們大家裡面說話去罷。」沈明杰告訴過賣：「看著我這匹馬。」伙計說：「你老只管放心，丟失不了。」

至裡面落座，蔣爺要給要酒飯，明杰說：「將才吃過，正然要走，遇見他們三位比試膂力，我在旁邊失聲一笑，他們一罵我，我可實有得罪他們三位。」蔣爺說：「全是自己，不是外人。請問沈賢弟，如今我苗伯父還在與不在？」明杰說：「已經故去三載有餘了。」蔣爺說：「原來他老人家歸西去了，可惜可惜。」明杰問：「如今我師兄苗正旺，四哥你可知曉他在那裡居住不知？」蔣爺說：「不知，正要與你打聽打聽。」沈明杰聽說這個，自己一怔，說：「四哥你既不知，我也不知。我要知道，怎們與四哥打聽呢？」蔣爺說：「他們父子行事實係古怪，幫著我拿住吳澤，救了我們公孫先生，顏大人要請他們父子面談，與他們打摺本奏明萬歲，候旨意下封官，至隱賢莊一找，他們父子蹤跡不見。由那時就隱遁了，至今不見下落。我苗老伯你既知多咱死的，又是你師父，怎麼反來問我苗正旺的下落？」沈明杰說：「我實在不知。」原來沈明杰分明知道他的下落，特意反問蔣四爺，等到下文慢表。

蔣四爺見他說實在不知，也就無法。沈明杰說：「你們眾位意欲何往？」蔣爺就把開封府丟印，上朝天嶺找印的事說了一遍。沈明杰說：「眾位若奔朝天嶺，離我家中不遠，倘有用著小可之時，小弟情願效勞。我可不能在此久待，還得回去預備我老娘的晚飯去哪。」大家一個個全都誇獎這個人是個孝子。沈爺把過賣叫過來說：「他們共算了多少飯帳，全是我給。」蔣爺說：「那可不能，你吃了多少錢應當我們給才是。」沈明杰說：「我的錢文已然會過了。」兩下讓了半天，仍是自己會自己的。蔣爺又細問了他的住處，沈爺又說一遍，告辭，大家也不相送。飯鋪給他包好了雞鴨魚肉，雖不甚多，淨為他老娘一人所食用，出離飯鋪，解馬匹乘跨回家去了。

蔣爺大眾給了飯帳，也就起身直奔朝天嶺。過馬尾江，遠遠望見朝天嶺，忽聽見號炮連聲。蔣爺說：「這是那裡開兵打仗哪？」又見許多行路之人往回裡亂跑，眾人說：「你們別往那裡去了，朝天嶺反了，有開封府的護衛，帶著民團，與朝天嶺打仗呢！」蔣爺說：「正好，我們此去也是要打仗去。」眾人方才知曉。蔣爺等往前緊趕，看看臨近，就看見那邊旗幡招展，隊伍交雜，這邊民團拿包袱就當旗子。蔣爺一眼就看見徐三爺在那裡指手劃腳，與南俠說：「蓋總鎮說徐良一人過關，怎麼三哥也在這裡？」大眾趕奔前來見徐三爺來。

韓天錦與于奢說：「瞧，我們三弟在那裡與賊交手哪，咱們過去換替換替他去。」于奢說：「大小子，你敢過去麼？」韓天錦說：「除非你不敢過去。」原來他們走路自己全都帶著各人的家伙，二人一說，撒腿往前就跑，直奔殺場。天錦說：「三弟，閃開了！」徐良將把那二人三節棍削折，忽聽後面于奢趕上前來。乜家弟兄兩條十三節鞭嘩啷一抖，兩條怪蛇相仿。韓天錦迎著乜雲雕，于奢迎住乜雲鵬。這十三節鞭，論兵器之內最利害無比，逢硬就拐彎，共十三節，全是剛鐵打造，環子套環子，真得受過明人的指教，打的出去還要收的回來。用五節七節九節十一節皆都可用，或鎖人家的兵器，或崩人家的家伙，拍砸摟掃皆是招數。單刀、雙刀、寶劍、雙鐧、單鞭，遇十三節鞭準輸。最怕的是鏜、三節棍、梢子棍、狐狸鞭這幾宗兵器，可得是大行家才能贏十三節鞭。

如今乜雲鵬見于奢這柄鳳翅鏜，又對著于奢晃蕩蕩一丈開外的身量，心中就有些懼敵，一掛十三節鞭，使了個太山壓頂砸將下去。于奢並不橫鏜招架，往後一撤步，十三節鞭打空，將往懷中一抽，于奢用鏜往下一拍，只聽呱唧一聲響亮，鏜的鳳翅把十三節鞭掛住，盡力往懷中一帶。七雲鵬嚇了一跳，也是盡力往懷中一帶。于義趕奔前來，颼就是一鏢。七雲鵬一歪身軀，將將躲過，于義擰槍就扎。此時十三節鞭與鏜也就兩下分開，然後奔了于義。七雲鵬用掃堂鞭一掃，于義跑過，復又打將下來，鳳翅鏜又到。金永福、金永祿看七家弟兄要吃苦，這二人就躥上來了。他們兩個本是飛賊，不會使長家伙，每人一口單刀，趕奔殺場。

此時韓天錦吃的苦子可不在小處。皆因七雲雕蓋頂摟頭往下一砸，韓天錦用鐵棍使了一個橫上鐵門拴的架式，不略那十三節鞭逢硬就拐彎，就聽嘩唧一聲，叭，那幾節正砸在韓天錦脊背之上。說：「哎喲小子，真打麼？」七雲雕也不言語，照樣兒嘩唧，叭，又打了一下。可倒好，七雲雕也不改招數，韓天錦也不換架式，鞭一打，棍一擋，韓天錦就得挨一鞭，整整受了數十餘下，痛疼難忍，口中還罵呢：「你這小子，真下得狠心打我呀！」徐良看的實不過意，復又躥將上去，說：「二哥，你躲開罷，別這們苦苦的挨打了。」天錦方才下來。雲雕不知徐良的利害，也是照樣往下一打，徐良刀往上一迎，嗆啷一聲把鞭削去兩節，照樣又一打，又削去兩節。雲雕無奈，撒腿敗陣。徐良那裡肯捨。雲雕跑不甚遠，回手就是一鏢。徐良「哎喲」一聲，噗咚栽倒。

要問生死，下回分解。

第一百九回　四品護衛山谷遇險　站殿將軍沙場擒人

且說徐良見韓天錦只是挨打，這才把七雲雕的十三節鞭削去一半。雲雕就跑，徐良就追，雲雕一回手，把暗器掏出來往外就打，早被徐良看見。慢說這是白晝，就是夜間都能接人家的暗器。徐良一伸手把暗器接來，往後一仰噗咚栽倒在地，為的是把鏢轉過來，使著那個打暗器之人無疑。雲雕一見他這樣栽倒，就知把他打中，遂即轉身回來，要結果他的性命。忽見徐良用了個鯉魚打挺，往起一翻身，說：「來而不往，非為禮也！」颼就是一鏢。雲雕他那裡防範著有這們一個招數，也虧得自己躲閃的快當，一矮身軀，嘭的一聲正打在他抹額之上，嚇的賊人膽裂魂飛，撒腿就跑，徐良緊緊一跟。雲雕沒敢歸隊，撲奔正西，進了山口，過山梁，徐良仍然是追。二人直跑的力盡津出，山西雁仍是不捨，直跑的喘吁吁，汗流浹背。徐良說：「你跑在那裡，我追在你那裡，上天趕在你靈霄寶殿，你要入地我都要跺你三腳。」跑出總有五六里路，高高矮矮忽然透出平坦，很寬闊的一個所在。看四面皆是大山，又見類似一個小村莊的樣子，無非有二三十戶人家。就見臨近那所莊院是柴門竹籬，門外站著一位武生相公，看著二人。又看看臨近，那人就要進門去了。見那人的相貌十分俊秀，怎見得？有贊為證。

山西雁，正自追趕賊一個。忽然間，對面之人要進門。武生打扮多俏式，恰如同，讀書之輩帶斯文。

頭上戴，武生巾，翠藍色，扣頂門，掐金線，配流雲，牡丹花，十樣錦，嵌官玉，白而嫩，真乃是素淨的身分無瑕無痕。箭袖袍，緊著身，繡花邊，鑲片錦，銀紅色，嶄嶄新，腰中繫一根杏黃色的絲絛把穗兒分。皂朝靴，足踏穩，包氈底，溶溶粉，卻又將，時款尊，端端正正並無泥土又無灰塵。肋下劍，龍口吞，鑲什件，是鍍金，挽手穗，兩下分，令人瞧，心發氛，能誅邪，斬妖氣，但離匣，驚鬼神，殺人不帶血光痕。美芳容，正可人，年紀幼，威嚴震，眉清秀，目有神，土形❶端，耳有輪，雙腮帶傲恰似塗朱的嘴唇。觀看此人是清而秀，一轉身軀要進他的門。

且說徐良正然追趕七雲雕，看看身臨切近，見那武生相公見二人身臨不遠，相公進門去了。七雲雕教徐良追的無處可跑，往西一拐，見那人進去把門關閉，七雲雕心想著把籬笆門推開，進去央求央求那個武生相公，在院中暫避一時，讓徐良追趕過去，然後再逃竄性命。不略徐良追在籬笆牆以外，聽見他們裡面說話，一縱身就從籬笆牆外躥進去了。將一腳沾實地，原來那個武生相公就在那裡等著呢。那人一抬腿，徐良就摔倒在地。武生相公用磕膝蓋點住徐良後腰，把他帶子解下來，四馬倒攢蹄將山西雁捆好。徐良說：「那一個是賊，我是辦案追賊的，相公怎麼把我捆上了？」那相公微微一笑，並不答言，揚長而去。少刻有家人出來，把徐良看上，暫且不表。

且說疆場之上，淨剩了七雲鵬被鳳翅鏜圍裹，後來金家弟兄到了，人家那邊眾人也殺將過來。蔣爺主意，就是魯世杰沒過來。此時，蔣爺也問明白了徐慶與閻家結親之事，聽著很覺著喜歡。白芸生、盧

---

❶ 土形：傳統五行說，土居中。人的五官，鼻居中。這裡指鼻。

珍將一過來就敵住金永福、金永祿，七雲鵬對著艾虎用十三節鞭掄開就砸，艾虎七寶刀往上一迎，嗆的一聲把十三節鞭削去兩節，七雲鵬回身就跑。一晃他那鞭就是號令，五百兵呼拉往上一裹，長短的家伙往上一遞。這一陣好殺，喊叉咯叉，如同削瓜切菜，挨著就死，碰著就亡。展眼間橫躺豎臥，屍橫滿地，血水直流，帶重著傷，死於非命，不在少處。金永福被劉士杰一鏢打倒，韓天錦把他往肋下一夾，回頭就跑。金永祿被于奢用鐵杵打了一個跟頭，就栽倒在地。于奢一彎腰也就把他夾於肋下，往回裡就跑。七雲鵬一聲令下收兵，就見那邊噹啷一棒鑼鳴，眾兵丁如風捲殘雲，歸奔梅花溝去了。依著這邊人仍然要追，蔣爺也教這邊人鳴鑼收兵，這邊眾人也就不追趕了，兩罷干戈，這邊的全都回來。蔣爺這一來，就有出主意的人了，教大眾分一半人回家中去取钁鎬，這一半人搬石塊壘牆子，那一半人取钁鎬到，挖戰壕，創立轅門。人多容易做活，展眼之間就壘起了半截牆子，挖了幾尺深的戰壕。仗著是平坦之地，不是山路，工夫不大俱都挖好。蔣爺教給他們站牆子，傳口號，按軍規營規的號令一般。叫閻正芳給他們預備燈籠火把，換替著吃飯，換替著巡更、站牆子。然後就在裡邊有一座大廟，就作了他們的公所。

拿住的金永福、金永祿帶上來，細問他們襄陽王的來歷。這二人並不隱瞞，就將王爺的事情一五一十說了一遍。又問他們朝天嶺的地勢，這二人也不隱瞞，一五一十全都說了。又問玉仙可曾到了沒有，回說沒到。蔣爺一威嚇兩個人，這二人說：「我們已然被捉，問我們什麼說什麼，不說也是死，說了也是死，我們不說，白受些個刑法豈不是白饒，索性有什麼說什麼倒好。只要問完了我們，求老爺們給我們一個快刑，我們就感老爺們的大恩大德。」蔣爺又問：「白菊花在你們這裡沒有？」金永福說：「不但沒在這裡，我們連認識他都不認識。」蔣爺說：「也不殺你們兩個，只要我們把大事辦完，還放你們兩個。自要你們改邪歸正，就算好人。」又派人把這二人看起來，不教缺少他們的吃喝。然後大眾就在廟內吃飯，都是閻正芳的預備。

蔣爺問閻正方：「上朝天嶺的道路你可去過沒有？」閻正芳說：「一概不知，誰也沒往裡邊去過。」蔣爺又問：「這後山道路上的去上不去？」閻正芳說：「上可是上的去，就是繞的道路太遠，非由汝寧府過去，走後山六十里路，到山頂之上，三十里路，有個交界叫苗家鎮，立著個交界牌。山上的人不許私過交界牌往下，下面不許過交界牌往上。這交界牌上面是山上的人看著，交界牌下面有苗家鎮的人看著，如要私走過交界牌，准其拘拿。」蔣爺問：「這是什麼緣故？」閻正芳說：「這苗家鎮有我們親戚，是我們一個連襟，姓苗，叫苗田雨。他們苗姓的人甚多，全是打獵為生，他們常常的打野獸，有用三眼銃的時節，三眼銃就是大清國的火槍。他們山上聽見三眼銃一響，就疑著有官兵抄山。因為此事打過好幾回仗，山上全都是敗仗。有我們親戚出來給說合著，立了一個交界牌，從此不許犯界。若要上這後山，非從此處不能過去。」蔣爺說：「除此之外，別無便道了麼？」閻正芳說：「除此之外，別沒有便道了。」蔣爺說：「既然這樣，今日晚間從前邊探探他這個嶺去。」

閻正芳問：「誰去探去？」蔣爺說：「我去探去。」閻正芳說：「從那裡去探？」蔣爺說：「由前邊水面去探。」閻正芳說：「不行。十里地的水面，誰能有那們大的水性？」蔣爺說：「慢說十里，二十里我也得去，誰教我這護衛上多加出水旱二字來。」閻正芳說：「就讓四老爺水性行，他們還有許多的消息哪。」蔣爺說：「方才那個金永福不是說過了麼，就是那滾龍擋、捲網、水斗子，全不要緊的事情。」巡江夜叉李珍、鬧海先鋒阮成兩個人說：「我們同你老人家一路前往如何？」蔣爺問閻正芳：「他二人水性怎樣？」閻正芳說：「我就是一概不懂，大約著可以。」蔣爺又問：「你們兩個人在水中能看多遠罷？」李珍、阮成二人齊說：「能看一丈五六。」蔣爺說：「不行，要看一丈五六，不算水性。」二人說：「我們雖看的不遠，鳧水十里地絕不乏。」蔣爺說：「那可就行的了哪。」艾虎在旁說：「四叔，我也跟了去。」蔣爺說：「你在水中又不能睜眼，去作什麼？」艾虎說：「又不是在水中打仗，睜眼何用？我也能鳧十里地的水面不乏。」鬧海雲龍胡小記說：「我也去。」蔣爺說：「咱們這幾個人去，誰也不能顧誰。」大家點頭。

蔣爺說：「瞧瞧徐良回來了沒有？」眾人說：「沒回來哪。」蔣爺說：「他往那裡去了？」于義說：「我見他追下那個使十三節鞭的人去了。」忽見從外面進來了兩個人，是閻福、閻泰，說：「叔父，我們出去把閻勇、閻猛兩個哥哥的屍首找回來了。」閻正芳一聽，心中好慘，說：「苦命的兩個孩兒，倒是怕我出去有險，不略你們兩個人反死在沙場。」蔣爺說：「老哥哥也不必悲慘了，等我們進京之時，必然奏聞萬歲。」閻正芳說：「那倒不必，也是他們兩個人命該如此。」遂即吩咐把他們屍首用棺木盛殮起來，暫且在家內停喪，等著把朝天嶺的事故辦完，然後再發喪開弔。

蔣爺說：「事不宜遲，咱們探朝天嶺的起身罷。」又告訴閻正芳與展南俠，派他們這些人前後夜值更。正說之間，有人進來告訴說：「梅花溝牆子上先前有許多燈籠，方才全都撤將下去，黑洞洞有許多船隻，把他們渡進銀漢島那個竹門去了。」蔣爺說：「這可好辦了，方才要早知道他們渡河，咱們應當掩殺他們一陣，可又殺他們不少。這是山中見咱們拿住他們兩名賊寇，心中懼怕。他們這一進山，省得晚間咱們多加防範了。雖然如此，可別懈怠，仍然還是上牆子坐更，傳口號，防範可別中了他們的計策。」閻正芳點頭。

蔣爺與展南俠借那一口寶劍，展爺把二刃雙鋒交給蔣四爺。蔣爺問：「你們幾個人有水衣沒有？」李珍、阮成、胡小記齊聲說：「有。」艾虎說：「我沒有。」蔣爺又問：「你有油布沒有？」艾虎說：「我沒有水衣，那裡來的油布。」蔣爺教閻正芳給找一塊大大的油布來。不多一時取來，交給艾虎，為的是好包他的夜行衣靠與白晝的衣服。艾虎把夜行衣帶好，七寶刀挎在腰間。蔣平、李珍、阮成、胡小記都帶了自己應用的東西，辭別大眾。南俠囑咐：「千萬小心。」蔣爺說：「不勞囑咐叮嚀。」出離廟外，奔牆子，走轅門，一直東北，繞過梅花溝，又撲奔西北。來至水面，大眾換了濕衣靠。

探朝天嶺這段節目，且聽下回分解。

第一百十回　蔣平率大眾削刀破擋　李珍與阮成被獲遭擒

且說蔣四爺帶領大眾來至朝天嶺的水面，艾虎把長大衣服脫將下來，剩了汗衫中衣，赤著足，把脫下來的衣服全拿油布包好，把刀別在腰中，背著包袱。蔣爺等把水衣換好，也是用油布把衣服包好，把寶劍別上，先就扎入水內，試試水性如何。蔣爺見那水勢狂蕩，後又翻將上來，告訴這幾個人說：「大家可要小心，水勢過狂。」眾人說：「不勞四叔囑咐，自己小心自己為是。」一個個俱都扎入水中。好容易鳧來鳧去才鳧到了銀漢島，兩邊的島口，一邊是連雲島，一邊是銀漢島，那兩個島口當中就是竹門。此時竹門緊閉，竹門之下全是柏木樁子，樁子之上全有利刃刀頭。唯獨那竹門底下，也沒刀頭，也沒樁子，所為他們行船，他們出入把門一開，走必由之路。別有倘若不知的船，只要奔竹門，碰在柏木樁子，又有刀，又有樁子，就能將船隻損壞。蔣爺看得真切，往上一翻，身子露出水面。那幾個人也都上來。蔣爺低聲告訴：「千萬就走當中，別往兩下一歪，小心碰在樁子刀上。」眾人點頭。蔣爺說：「這一進了這竹門，可就不能說話了。」眾人說：「是，我們大眾多加小心就是了。」

蔣爺在先，魚貫而行，一個跟著一個，扎入水內，進了竹門。一看前邊那個滾龍擋，晚間一看猶如一條烏龍相似，咕嚕嚕的亂轉。原來可著閘口多寬，這個滾龍擋就夠多長，木頭心子上面包著鐵。這擋上有一百二十把鲇魚頭的刀，上面有十二個大輪子，輪子上面也有刀頭，又有十二個撥輪子，上面有水斗子。水斗子的水往下一砸，砸在水磨上，水磨一轉，撥輪子就轉，撥輪子一轉，管輪子就轉，管輪子一轉，那橫擋就轉。若要出入船隻之時，把水斗子掖住，那滾龍擋就不轉了。那擋有兩根大毛連鐵鏈，上有轉心活划子，這兩根鐵鏈直通在上面。南邊那根在銀漢島上，有九間勾連搭的房子，裡面有四把大花轆轤，有一根鐵梁，在鐵梁上掛著這根鐵鏈。北邊有一根毛連鐵鏈，同南邊一樣，也是九間房子，也有四把大花轆轤，一根鐵梁，那鏈子也在梁上掛著。他們要出入船隻之時，把轆轤一鬆，水斗子一掖，那滾龍擋沒有水斗子往下砸水，自來的不轉；鬆鐵鏈往下一沉，他們的船隻聽其出入。等著無事之時，將兩邊的轆轤一齊往上一絞，仍然是把那滾龍擋安放舊位。把水斗子掖棍一撤，那滾龍擋又轉起來了。那擋一轉，這擋上的刀，上面蹭著水皮，都是斜擺著鮎魚頭的劈水刀，下面不能到底。底下單有捲網，就離劈水刀不遠，南北西三面。這捲網上下全有牆子，若要放滾龍擋之時，必先放捲網，若要提滾龍擋上去，也得把捲網提將上去。如今蔣四爺到，見滾龍擋亂轉，下面一塊捲網，若從捲網上頭過去，正碰著滾龍擋的刀；若從捲網底下過去，正碰在南北西三面牆子上。

蔣爺回身把大眾一攔，鑽出水面叫艾虎把七寶刀給胡小記，叫李珍帶著艾虎，皆因他在水中不能睜眼之過。蔣爺低聲告訴胡小記：「用寶刀砍捲網的四面轉心划子，然後把滾龍擋的刀全都削去；可別全削折，留半截，咱們就過去了。」胡小記點頭，二人復又扎入水中。小記在北，蔣爺在南，先把捲網的南北兩個轉心划子用刀劍剁折，叭嗟一聲，捲網沉入水中。到滾龍擋，把鮎魚頭的劈水刀喊叉喀叉，全都把那刀磕折，那擋仍然還是亂轉。把管輪子上刀也盡削折，奔中平寨。蔣爺在水中拉了阮成一把，阮成告訴李珍、艾虎，復又扎入水裡。

過滾龍擋，又到兩個島的二道山口，類若一個大橋相仿，三個瓮洞，橋上邊就是中平寨。這座寨正迎著水面，明五暗十的房子，兩旁邊有雁翅房，寨內有一家寨主，名叫入河太歲楊平滾，有四員偏將。那寨的門外，當中有一個架子，上面有一個大燈，是一個圓筒，類若帽盒粗細，照徹著前邊的竹門裡頭水面，若有細作前來，好結果他們的性命。白晝換上千里眼。這幾個人奔到中平寨下，不敢往上瞧看，夠奔當中的橋孔。將要出去，原來那邊可著三個橋洞全是捲網，仍然用寶刀、寶劍砍得粉碎，然後把南北兩塊也都砍得粉碎，五位分波踏浪，踹水直奔正西。在水㲳了有兩射之遙，方才將上身露出來。回頭一看，中平寨西面全有來往巡更之人，聽了聽天交四鼓。蔣爺見這水面上來往全是小紅燈籠，都是些小巡船，一個船上三四個人，一個燈籠，一面小銅鑼，預備的撈網子、撓鉤。又往正西一瞅，臨河寨還離得甚遠，就聽見也是梆鑼所響。

蔣爺與他們商議說：「咱們暫且先回去罷。」艾虎問：「怎麼？」蔣爺說：「方才破他的捲網滾龍擋工夫甚大，到臨河寨還有一二里地，由臨河寨到上面還有四十里路，至大寨天氣也就亮了。天光一亮，咱們往那裡藏躲？若是教人識破機關，咱們幾個人如何殺得出去？不如咱們今天暫且回去，明日再來，過滾龍擋捲網全都省了事了。」艾虎說：「總然就是回去，咱們也到那邊看一看臨河寨再走，也不算白來一趟。」李珍、阮成、胡小記全都願意。蔣爺只可點頭，復又撲奔正西。好容易到了西北，說水面十里不夠十里，東至馬尾江，西至臨河寨才夠十里，他們這是從銀漢島那裡下來，焉能夠十里地。到河沿見那些船隻一行行一排排實係甚多，躲著那船隻上岸，脫水衣換白晝服色。艾虎換了夜行衣，把寶刀從胡小記手中要來。艾虎告訴蔣爺：「胡小記他不會躥高縱矮，教他給咱們看衣服罷。」蔣爺說：「既然這樣，你就在此處找一個山窟窿，告訴胡小記千萬別離開此處，眾人都在這裡會齊。」

蔣爺、艾虎、李珍、阮成四個人撲奔正西，直奔臨河寨。身臨切近，見周圍全是虎皮石牆，有個柵欄門，坐北向南，門外東邊五間房子，西邊五間房子，裡面有坐更之人。此時柵欄門已然關門了，上面全有五股倒鬚勾的叉頭沖天。蔣爺四人全都躥上牆頭，一看院子甚大，有東西房，一排一排屋房甚多。原來這臨河寨有二百人，全是水旱奇能的嘍兵，晚間有在船上的，有在寨內的，全是廖習文、廖習武兩個人的調動。又有明三暗九的三層正房，就分為前中後三寨。在這三層的後頭，有一個高臺，高夠三丈，上面立一根竿子，上面有一個順風旗子，若要上船瞧風，都往這裡瞧看。旗下有一個四方大刁斗，這刁斗足可以容的下十二個人，晚間另有軟梯，上面有坐更的，白天上有瞭望的。這四個人見裡面頭層上房燈光閃爍，別的屋中也有燈光。

四人躥將下來，往四下一分，直奔上房。蔣爺、艾虎在前，李珍、阮成二人在後。見後面也是大窗戶，二人把窗櫺紙戳了兩個窟窿，往裡窺探。見有兩個人，一文一武，全是白臉面，在那裡對坐說話，約有三十多歲。旁邊站著十數個人，俱是嘍兵的打扮。說：「今日之事實在是想不到。若論寧夏國來的這五百人，雖不能一人敵十，足可以一人敵五。不料咱們兩家金寨主被人活擒去了，兩個七先鋒去了一個，如今也不知去向。可見三千戶真有能人哪，怎麼一時之間就有開封府的人幫著他動手，這也就奇怪了。」那人說：「這們看起來今天這頭一戰就不吉祥。若不是你這個主意，把七先鋒放進竹門，連那幾百人，今天晚間要是三千戶一啟營，還怕得打一個敗仗哪。靠起先壘的牆子又擋的什麼人，現今把他們調進咱們寨中，準能保住性命。如今七先鋒見咱們大寨主去，也沒有回信。」那人說：「準是教大寨主留在大寨了，今晚咱們這裡還得防範才好哪！」那人說：「咱們這裡不能險，頭一件中平寨他先進不來，總然就是進來，絕不能到咱們臨河寨，別處山路又不通著這裡。再說，今天咱們三寨主帶著兩個女扮男裝的是誰？正在寧夏國兵丁渡河之時，他們也趁亂擠上船來。我想著又不是好事。」那人說：「怎麼你還不知道哪，那兩個就是團城子伏地君王東方亮兩個妹子，我聽見說，他把開封府的印盜了來哪。」

蔣爺與艾虎在外面聽了一個真切，後面那李珍、阮成也都聽見。正在這們個時候，忽聽後面那刁斗上噹啷啷一陣小鑼亂響，裡面廖習文、廖習武聽見小鑼一響，俱都站起身形，往外就走。眾人也跟著往外一跑，出屋門下階臺石，往東西兩下一分。此時蔣爺與艾虎俱都躥出東牆之外，李珍、阮成忽聽後邊刁斗子鑼一響，心中一驚，又見裡面的人從屋中出來，二人將要走，不略習文、習武就到了後面。習文說：「有人。」習武一回首，把刀亮出來，就奔了李珍。二人也就亮兵器，阮成剛一拉刀，噗咚一聲就摔倒在地，淨剩李珍一個人與習武交手。跟出那數十個人過來把阮成四馬倒攢蹄捆上。李珍動手，繞了三四個灣兒未分勝敗，也不知從那裡來了一只暗器，噗哧一聲，正釘在左腿之上，噗咚一聲也就摔倒在地。習文說：「捆上！」那幾人又過來把李珍捆上。又聽那刁斗換了大鑼聲音，不是那小鑼所響。噹噹噹一陣大鑼所響，這裡一聲令下，大呼拿人。各屋中的嘍兵，此時也有睡著的，旁人把他叫醒，登時一陣大亂，齊聲嚷叫拿人。

此時艾虎與蔣爺，他們的腿快，全躥出牆外，先奔山窟窿，找胡小記來換水衣。全把水衣換好，就只不見李珍、阮成回來。展眼間聽鑼聲震耳，喊叫：「拿奸細呀，拿奸細呀！」並且連方位都說對了，說：「往正東走了，往正東追趕。」你道這是什麼緣故？皆因是這個刁斗是按著他們的暗合子，人要在北邊是打小鑼，人要在南邊是晃銅鈴，人要在東邊是打大鑼，西邊是鼓。也算蔣爺身法快當，進去之時全沒瞧見。後來李珍、阮成往後一繞，刁斗上才看見了，篩小鑼。如今篩大鑼，開寨門，嘍兵抄家伙，直奔正東。

這一圍裏上來，要問蔣爺、艾虎、胡小記怎樣脫身，且聽下回分解。

第一百十一回　金仙一怒殺老道　寨主有意要姑娘

且說蔣平、艾虎、胡小記見嘍兵撲奔前來，隨手就要拉刀迎將上去。蔣平一攔，說：「咱們先下水去為是，你我共三個人，倘若被捉，豈不誤了大事？」艾虎說：「他二人既然被捉，咱們要回去可不是道理。」蔣平說：「我自有主意，倘若李、阮二人被他們拿住，咱們那裡有兩個押帳呢。」艾虎這才點頭。三個人同走，蔣平拿著李珍、阮成的兩套水衣，扎入水中去了。嘍兵打著燈籠火把，就是眼前大亮，遠方可看不真切，故此蔣平他們下水，誰也沒能看見。再者這三人扎入水中，連一點聲音皆無。眾嘍兵撲空，連廖習文、廖習武找了半天，自可復又回來。

廖習文吩咐，把拿住兩個人帶上來細細問問。嘍兵答應一聲，把李、阮二人五花大綁捆定，就是鬆著兩條腿。嘍兵早把那支袖箭拔出來，交給廖習文。原來這二人全是廖習文拿住的，論說他可是文人打扮，每遇動手，他也不會躥高縱矮，若要交手，他左手有一根檀木拐，全憑右手袖箭。他這袖箭是兩個筒兒，要一交手，專打來人的二目，用一只就打一隻。若論他腹內文才，也是十分甚好，這後面的刁斗，就是他的主意。此時把李珍、阮成往上一推，嘍兵說：「跪下，跪下。」李珍、阮成二人焉能與山賊下跪，哼了一聲說：「那個跪下，休要多言。如今我二人既然被捉，速求一死。」依著廖習武，把他們推出去砍了，廖習文不教，說：「待我問問。」轉面向李珍說：「你們二人同誰一伙來的？大概獨自你們兩個人也到不了此處，必還有別人，自要你說了真情實話，我必開發你們一條活路。」李珍說：「事到如今，我們也不隱瞞，實是同著三位護衛前來。提起來大概你們也都知道，一位是翻江鼠蔣平，一位是小義士艾虎，一位是鬧海雲龍胡小記。」廖習文又問：「你們兩個人叫什麼名字？」阮成說：「大丈夫行不更名，坐不改姓，這位是我哥哥姓李名珍，外號人稱巡江夜叉；我姓阮名成，外號人稱鬧海先鋒。」廖習文說：「難道你們沒走中平寨麼？」阮成說：「正走的是中平寨。」又問：「怎麼過的滾龍擋？」阮成說：「教翻江鼠給你們損壞了。他們三個人是來探山，我們兩個人是尋找朋友。」廖習文說：「你們找那位朋友，姓甚名誰？」阮成說：「我的是徐良，那是我師父的門婿，就因為保護三千戶的村子，與你們那個使十三節鞭的交手，如今不知下落，我們找他來了。」廖家弟兄一聽滾龍擋損壞，二人吃驚非小。廖習武說：「還不把他殺了麼？」廖習文說：「不可。也不管滾龍擋損壞沒損壞，咱們既拿住他們，總是奸細，解到大寨主那裡為是。」廖習武說：「也是個主意，我解著他走。」廖習文說：「使不的，等至明日早晨，再解他們走不遲。此時要走，還怕他們有伙計在路上等著，遇見反為不美。」廖習武就依他哥哥之言，叫眾人看守李珍、阮成，暫且不表。

說書一張嘴，難說兩家話。單提金弓小二郎王玉，帶領著東方金仙，由團城子一走，出了葦塘，等了半天玉仙。王玉哄著金仙說：「玉仙頭裡走著也是有的，咱們上黑虎觀等去罷。」金仙無奈，跟著奔廟。曉行夜宿，非止一日。行到黑虎觀，天有初鼓光景，叩門，小老道出來，把他們讓將進去，直奔鶴軒。一打聽趙元貞、孫元清，全沒在廟中。王玉叫小老道拾掇東跨院，他們就搬在東院去住。當日晚間，也沒教預備酒飯。次日早晨起來，金仙給老道二十兩銀子，教他們給預備飯食。吃完早飯，叫王玉出去打聽哥哥與妹子的信息。王玉出去，晚間回來，告訴金仙說：「石龍溝有人劫了囚車。」金仙說：「可不知道是什麼人劫的？」王玉說：「明天出去再細細打聽。」到了次日，去了一天也沒回來，到了第三天，王玉方才回來，就把京都城裡頭剮的東方亮述說了一遍。金仙一聽，放聲大哭，哥哥是剮了，妹妹又去了，數數叨叨的念叨。可巧這個工夫，小老道過來送茶，這些言語全教他聽去了，方知曉金仙是一個姑娘。自己也沒顧的送茶，復又回去。這個老道叫青風，他有個師弟叫明月，今年一十九歲，頗通人事。自從知曉此事，整整的盤算了兩天。到第三天晚上，又往東跨院暗地窺探，如要看出他們的破綻，把他們揪住，男女不真，總得與我說好的。將一奔窗戶，他又不會本事，腳底下一發沉重，金仙屋內就問：「外面是什麼人？」連問了兩聲，小老道並不敢答言。金仙一掀簾子往外一看，小老道一瞧，此時他就是女子的打扮，用手一揪，說：「這可得了，等我師父回來，告訴我師父，你敢是一個女子哪。你同王三爺是怎麼件事情罷，我要給你們嚷了。」金仙一聽氣往上撞，一抬腿噗咚一聲，就把小老道踢了一個跟頭。那練子錘就在腰中圍定，老道一嚷，金仙摘下練子錘對準腦袋叭叉一聲，就打了個腦漿迸裂，死於非命。王玉往外一看，說：「你這是何苦。」金仙說：「他要喊嚷，我不結果他，等待何時。」王玉說：「這也沒有別的法子，咱們走罷。」

二人立刻拾掇包裹行李，帶上兵器，金仙仍然是女裝打扮，等到天亮再換男子衣服，二人不管死屍，跳出牆外。將要撲奔正西，忽見由東邊來了一條黑影，看看臨近，低聲一叫：「是姐姐麼？」原來是玉仙到了。皆因得了開封府的印，二次又去行刺大人，教大眾追跑。不知紀小泉被捉，仍從馬道上城，由城牆外面下去，直奔店中。躥房而入，開了插管，推門至屋中，把印掏出來，換上男子衣服，淨等著紀小泉。候至天色微明，並無音信。自己一想，天光一亮，原是兩個人住店，怎麼剩了一個人？他要一盤查，我無言答對，不如逃走為是。就把行囊包好，所有的東西連印俱都帶上，將門倒扣，仍是躥牆出去，順著大路，直奔商水縣而來。自己走路暗暗傷慘，心中想念紀小泉，大概準是凶多吉少。孤身一人，又不能救他，只落得孤孤單單，自可就是投奔黑虎觀去。他要有命，也可以上黑虎觀去找。直走到日落西山之時，方才到了商水縣。至飯鋪打尖，問過賣黑虎觀在什麼地方。過賣指告明白，玉仙吃完了飯，開發清楚飯帳，離了此鋪，撲奔黑虎觀。到廟之時，天就不早，遠遠的看見由牆上躥出兩個人來，近前一看是姐姐，二人對叫了一聲，金仙站住，兩個人見面，拉住手對哭了一場。王玉在旁勸解，二人收淚。玉仙給王玉道了一個萬福，他還了一揖。王玉說：「此處不是講話之所。」找了一個樹林裡面，背著王玉，玉仙告訴金仙，連私通紀小泉的話都說了，劫囚車、得印、紀小泉被捉，一五一十細說了一遍。又問金仙的來歷，金仙就把姊妹失散，到黑虎觀，現怎麼殺的老道，述說了一回。玉仙說：「事到如今，怎辦方妥？」金仙又把玉仙這套言語告訴王玉一回，王玉問：「他如今是怎麼個主意呢？」金仙說：「他也無法。」王玉說：「自可一同上朝天嶺罷。」玉仙點頭，又將印拿出來，三人觀看了一回，仍然交給玉仙。由此起身，到了白晝之時，金仙換上男子衣服。

一路之上，曉行夜住。到了朝天嶺，正是那些兵丁過河進竹門的時節，他們方到，也跟著上了船。進了竹門，見楊平滾。過中平寨，又到臨河寨，見廖習文、廖習武，草草的敘說了一遍，又奔大寨。四十里路，一段一段的都有人迎接三寨主。到了頭道寨柵門，進二道寨柵門，到了中軍大寨。王玉叫嘍兵先領女眷上自己後院去等候，親身至大寨，見王紀先、王紀祖行禮。又見上面坐定一人，面似藍靛，熊眉虎目，身穿半副掩心甲。有王紀先見了，那就把寧夏國王爺那裡派來的先鋒官，姓七，叫七雲鵬，怎麼開兵打仗，金家弟兄被捉，那位七先鋒不知去向的話，說了一遍。又向雲鵬說：「這是我們三盟弟，外號人稱金弓小二郎王玉的便是他。」彼此對施一禮，然後落座。

王紀先問：「三弟去上南陽府，為何這時方才回來，是何緣故？」王玉就把始末根由，如此這般，細說了一遍。王紀祖又問：「如今開封府印信賢弟得在手中了？」王玉說：「沒在小弟手內，還在玉仙手中拿著哪。」王紀先說：「這個金仙算是從了你了，這個玉仙，你們在一處，大概也從了你了罷？」王玉說：「不能。大哥不知，這個人性情古怪，雖是女流之輩，眉皺就要殺人。我雖私通他姐姐，與他連半句錯話都不敢說。」又問：「此人品貌本領如何？」王玉說：「若論品貌本領，普天之下難找第二。」大寨主說：「我正缺少一個壓寨夫人，若要三弟與他姐姐提說提說，有他姐姐作主，大概準行。」王玉說：「這件事情，小弟可不敢應承。」大寨主說：「你那裡是不敢應承，分明是你們二人暗地有情，你先不願意。」王玉說：「我們二人若有一分一釐私情，必遭橫報。」王紀先說：「三弟言重了。我乃是一句戲言，你就這等著急，我也不是一定要非此人不可，我是要見見此人，難道說還不行麼？」王玉說：「等我慢慢與他說著瞧。」說畢告辭，回奔自己東院。

見著金仙、玉仙，他們已然從新換了女裝衣服。這山中寨主本沒有壓寨夫人，就是王紀先他們有兩三個侍妾，在後面居住，有幾個丫鬟婆子。王玉現從他們那邊借了兩個丫鬟婆子，伏侍金仙、玉仙。且說王玉進屋內，金仙迎接落座，婆子獻茶。王玉只不敢提說大寨主所託之事，無非談論些山中閒事。待至晚間，方才把大寨主有意要收玉仙作壓寨夫人的話，說了一遍。金仙說：「那可怕不行罷，等明天我慢慢探他的口氣如何，但能應允，倒是一件好事。」一夜晚景休提。

到次日早晨起來，王玉奔了大寨，與王紀先、王紀祖、乜雲鵬一同用早飯。忽見廖習武從外面進來，見大眾行禮。眾人俱都讓座，廖習武說：「拿住兩個奸細，請寨主發落。」又提損壞滾龍擋一節。大家一聞此言，呆柯柯發怔。王紀先只氣的破口大罵，教把二人綁進來。嘍兵把二人推到屋中，王紀先一見，氣衝兩肋，吩咐：「推出去砍了。」

不知生死如何，且聽下回分解。

第一百十二回　臧能苟合哀求當幕友　玉仙至死不嫁二夫郎

且說王紀先聽廖習武之言，就把李珍、阮成綁進來，未容言語，「推出砍了」。皆因是所惱者，損壞滾龍擋。王紀祖一攔，說：「且慢。這兩個就是三千戶閻正芳的徒弟，據我看，這兩個人也是無能之輩。如今三千戶住著可是有能耐之人，就是翻江鼠，他的水性天下數著第一，那滾龍擋準是此人損壞，少刻待小弟看看去方好。這兩個人暫且免殺，拿他們作個押帳，倘若咱們金家弟兄未死，說明了兩下對換，比殺了他們不強麼？」王紀先說：「我見他們就有氣，既然這樣，把他們赦回來。」王紀祖本打算要問他們，由京都來了多少人，可巧這時楊平滾到，王紀祖一聲吩咐，把兩個細作押在後面。楊平滾到了面前請罪，皆因他堅守不嚴，失於防範。王紀祖叫他坐下，細問那滾龍擋到是怎麼傷損的。楊平滾說：「滾龍擋上面所有的刀俱剩了半截，輪子上的刀也剩了半截，共壞了四塊捲網。」王紀祖說：「那就不好了，你們晚間連白晝多加防範才好。」楊平滾說：「還有一件事情，這滾龍擋一壞，竹門內外多添了些巡船，船上帶進兩個人來，如今我把他們帶在寨柵門外，聽候寨主爺的令下。」王紀先問：「是兩個什麼人？」回答：「有一個是南邊口音，帶著個從人。那蠻子口口聲聲說他是南陽府的知府，姓臧叫臧能，拿著洛陽縣姚家寨二位寨主爺的書信，求見寨主爺。是我不敢自專，把他二人帶來，望寨主爺吩咐。」二位寨主俱是一怔，說：「我與此人素不來往，不如打發他去罷。」王玉答言說：「二位哥哥不可。這個人我在團城子見過一次，此人雖是文人，懷抱錦繡，腹藏經綸，咱們這山上正缺少這們一個。咱們全是一勇之夫，就請他在此處作個幕友，未為不可。」王紀先一聽也合乎情理，立刻吩咐一聲請。

從外面進來是一主一僕，進了大廳，臧能就要下跪。王玉站起來用手把他攙住，說：「不敢當。」臧能一看王玉，說：「這不是王賢弟麼？」回答：「正是小弟王玉。」臧能說：「久違久違，王賢弟帶我見一見寨主爺們。」王玉帶著他全見了一回禮，給他看了一個座位。王玉問他的來歷，臧能就把書信掏出來，遞將上去。王玉接過來交給王紀先，並沒打開觀看，叫臧能說他的來歷。臧能說：「我皆因結交東方亮，賠上了我一個知府，我拐了皇上家的印信，我妻子懸梁而死，無處可奔。逃在姚家寨，晏賢弟也沒在那裡，他說他們地方窄狹，交給我一封書信，投奔到你們這裡。望寨主爺收留與我，必當效犬馬之勞。」王紀先聽他說話謙恭，心中有些不忍，說：「我乃是占山之人，你乃作官之人，你若在我們山中，禍福不定，倘有不測，那時你悔之晚矣。依我說，還是投奔你們作官的人去罷。」臧能說：「大王爺，你是襄陽王爺的招討大元帥，王爺也知曉我這個人。你如今比不得原先，王爺不久的大兵一到，必有些個行文稿件，來往書信，你非用我們文人不可，大寨主爺自己酌量。」又有王玉在旁說道：「大寨主，暫且留下，他在咱們山寨之中大大的有用。」王紀先這才把他留下。楊平滾告辭，回他的汛地去了。

王紀先吩咐擺酒。臧能這人他是個讀書的，可惜用歪了，作了一任知府，如今居在山賊之下，並且山賊又是個渾人，並不懂得敬賢之道，他就低頭忍耐，心中想道：「別瞧這一時你們看不起我，等著得便出一個驚天動地大大的高招兒，你們闔寨之人才賓服於我哪。這叫既在矮簷下，怎敢不低頭。」喝酒就坐了一個末席。飲著酒，他專能看眼色行事。酒過數巡，問王紀先說：「兄臺身居帥位，又是八路總先鋒，王爺一到之時，兵合一處，將到一家，就得逢山開路，遇水搭橋。若論開虎帳之時，令出山岳動，言發鬼神驚，執掌生殺之大權。要論兩下交鋒打仗，總得仰面知天文，低頭識地利。用兵講的是攻殺戰守，就是安營下寨，都得看明地利，靠山近水，選平坦之地，不能受水火之災。然後講的是排兵布陣，逗引埋伏。不然有句常言：一將無謀，累死千軍；一帥無斷，白喪萬師。所有的兵書戰策，不知寨主爺所讀的那家戰策？」王紀先聽他這套言語，早有十分愛惜，暗暗誇獎此人，說：「先生，實不相瞞，我是連一個字都不認識，不然方才那封書信，我連瞧看也沒瞧看。」臧能一聽，心中就有八分歡喜了，說：「大王沒看過兵書，小弟區區不才，我倒看過孫武十三篇、武侯兵書。」王紀先說：「不料先生有此大才，失敬失敬。」讓先生上座。臧能說：「不敢。用我為謀士倒可以，我可不敢上座。常言帥不離正位。」遂教他換了王玉那個座位。王紀先說：「眼時我就有一件難心之事，在先生跟前領教領教。」臧能說：「不是我學生說句大話，只要有什麼難心之事，自管對學生說來。」王紀先將要說，一翻眼，又對著王玉講話說：「昨天晚間我與你說的那個事情，行與不行？」王玉說：「話已然提明白了，我還沒見著回信哪。」大寨主說：「煩勞三弟你去打聽打聽。」王玉他只得站起身來，告辭出去。

大寨主復又與臧能說話，就把金仙私通王玉，自己要說玉仙作個壓寨夫人，怕他不從，煩勞先生給出個主意。臧能微微一笑，說：「這有何難？」大寨主一聽這句話，如得珍寶一般，連忙領教。臧能說：「但不知三寨主願意不願意？」王紀先說：「我三弟願意，連金仙都願意，就怕他不從。」臧能說：「無「無論他怎麼不從，我學生會配一宗藏春酒，別管他是怎樣不從，只要把酒吃將下去，他是慾火若焚，見著男子他是騰身自就。我這酒，當初孝敬過安樂侯爺。」大寨主一聽歡喜非常，又問：「若配此酒，可能立刻就得？」臧能說：「至少也得三天，酒方能有力。」王紀先說：「就是三天也不為遲。」正在說話之間，王玉回來。大家讓座，斟上酒。大寨主又問：「三弟，我那事怎麼樣了？」王玉一皺眉說：「不行，他姐姐苦苦相勸，他說他與紀小泉私通，立志至死不嫁二夫。若要說急了，他非死不可。」臧能在旁哈哈一笑，說：「無妨，我自有道理。」王玉說：「對了，領教領教先生一個高明主意。」王紀先說：「方才已然把此事告訴了先生，難道說見見他還不行麼？要稱我心意，再設法子；要不稱我的心意，也就不用費事了。」王玉說：「怎麼個見法哪？」臧能說：「他手內不是有開封府的印麼？就說大寨主沒看見過，教他給大寨主親身送過來，作為看印，這就得了。千萬恭而敬之，正顏厲色。等至三天，我將酒配成，作為請他吃酒。還有一件大事，寨主千萬派人去水寨留話，紀小泉倘若趕來，教他們水寨不用報將進來，要他的性命，千萬別教玉仙得信。」王玉連連稱讚先生高明，復又辭席去了。

王紀先見王玉去後，又說：「我這裡還有一件為難事，先生給出個主意。」臧能問還有什麼事情，王紀先就把李珍、阮成破滾龍擋的事情說了一遍。臧能說：「此人不可殺他，我寫一封書信，送到三千戶，與他們兩下換將。容他們先放咱們的人，然後再放他們，隨著給他一暗器，也就把他們結果了性命。大寨主請想，此計如何？」王紀先說：「好可是好，只是小人意見，咱們就依了臧先生這個主意。」王玉出去工夫不大，復又回來，說：「印是他自己拿著，親身交給大哥一看。」寨主說：「好。」復又吃酒，直吃到掌燈時節，方才殘席撤去，大家又敘了回閒言。臧先生催王玉請姑娘來一見。

王玉來到東院，一問金仙，金仙說：「我妹子方才連飯也沒吃，總說身體不爽，他說打算明天再見大哥罷。」王玉說：「不可，那邊還有多少人等著瞧看此印，大哥打發我請來了。」金仙無奈，復又出去，奔西上房，見玉仙在炕上躺著想事，有萬種的愁腸，乜斜著淚眼，如有所思。見姐姐進來，拭淚站起，讓金仙坐下。金仙說：「妹子，王寨主等著要看那顆印璽，你怎麼還不起來？」依著玉仙不來，金仙苦苦相勸，這才起來梳洗打扮，慢騰騰打扮，三鼓多天方才拾掇好了。前邊又是臧能出的主意，叫王紀先派了四個丫環、四個婆子，打著八只嵌紗紅燈，一對一對迎接玉仙來了，復又催攢。玉仙早就把裡邊衣服用汗巾紮住了腰，暗中就把練子槊掖在腰中，倘若他們要霸占自己，一翻臉就拉練子槊，破著自己這條命與他們較量較量。原來玉仙早就聽出姐姐那言語，此處大寨主沒安著好意。自己心中想著，已然配了紀小泉，他若有命，作個長久的夫妻，他若無命，絕不改嫁別人。金仙在前，玉仙在後，對對紅燈前邊引路，王玉先來送信。王紀先等一見金仙露面，後邊就是玉仙，大眾迎出廳來。大寨主一見玉仙，恰若天仙一般，打扮得齊齊整整，輕搖玉體，慢移蓮足。怎見得？有贊為證：

大廳前，又對著燈兒下，但見他，俊美風流體相幽。金仙在前，玉仙在後，打扮的裊裊婷婷齊整整，恰如同，花朵兒一般，枝葉兒更柔。一步步，往前走，帶羞慚，低著頭。燈兒前，月兒下，猶把那海棠般神情露，疑是神仙降九州。烏雲巧，鬢兒厚，扇起個，雁子巢，伸的下，一隻手。積珠翠，光華有，黑漆漆鬢髮生光何用搽油。紅鶴氅，色若石榴，對領衫，花洋縐，上邊鑲，堆花繡，重疊疊，邊兒露。一書形，袖蓋袖，敢則這個外號名教樓兒上的樓。繫香裙，腰兒柳，步兒挪，蓮足露，丟秀秀，二寸九，底兒窄，尖兒瘦，行也風流，坐也風流。吐鶯聲，嬌音嫩語朱唇抿，笑盈盈，與寨主爺臺前來叩頭。

且說玉仙行至階臺石下，要與寨主爺行禮。王紀先把他攔住，請至廳中落座，大眾看著無不喝彩。玉仙把印拿出來交給金仙，金仙交給王玉，王玉往上一遞。臧能此時也把他那印拿出來，放在桌上一比。大寨主將一看印，外面一陣大亂，嘍兵進來報道：「寨柵門外草垛失火。」眾人一驚，俱都出來看火。

要問此火是何人所放，且聽下回分解。

第一百十三回　朝天嶺上得寶印　連雲島下見水衣

且說玉仙把印將往外一獻，臧能也把印拿出來，剛要一比，嘍兵進來報道：「寨門外失火。」眾人一聽，都要到外面觀看。外面嘍兵亂嚷，聲如鼎沸。立刻吩咐掌燈火，大寨主、二寨主、金仙、玉仙一齊出來，這就有拉兵刃的。一看烈焰飛騰，嘍兵喊成一處。原來是蔣爺暗用調虎離山計。

蔣爺頭天回去，直到中平寨外，過了竹門，撲奔銀漢島，上了岸，更換衣襟，直奔三千戶轅門而來。有守門的莊稼人問道：「什麼人？」蔣爺說：「是我。」這才進了轅門，奔大廟而來。進了大廟，見著眾人，就把探山寨的話一五一十學說了一回。大家一聽好生的利害，又聽丟了李珍、阮成，大概是他們被人捉住了。閻正芳一聽，暗暗著急，又不好聲張出來。蔣爺言：「按說我們一同前去，他們被捉，沒有我們一走的道理。皆因寨內他們人多勢眾，我們一交手也得被捉。他二人既然被捉，咱們這裡還有他們兩個人，明日寫封書信去，與他們換將。」大眾一聽也倒合乎情理。徐慶問：「你們去了半天，也沒到中軍大寨麼？」蔣爺說：「水面離中軍大寨還有四十里路，我們走在那裡，天光一亮，我們在那裡藏躲？故此未敢上去。要到大寨非明天不可。」閻正芳自可吩咐一聲擺酒，眾人吃酒不提。

到了次日，展爺催蔣四爺寫書信換將。蔣爺又一議論，說：「索性等至今天晚間，到大寨探明虛實，然後再與他們換將。我說句喪話，倘若二人沒有命了，與他們換將豈不是上當？」展爺也就依了蔣爺的主意。到了晚間，吃畢晚飯，天將一黑，蔣爺帶著胡小記、艾虎起身。忽見外面有人報將進來說：「咱們牆子外面有兩個人，一個姓胡，一個姓鄧，求見你老人家。」蔣爺吩咐叫他們進來。二人往裡一走，蔣爺一見，又來了一對膀臂。原來是分水獸鄧彪、胡列。蔣爺問：「你們兩個人從何而至？」那二人提到開封府，聽見丟印的信息，趕著奔到這裡來了：「要不是昨天就到了，這潼關實在不好過。」蔣爺說：「你們來得甚巧，這裡正缺少會水之人，你們帶著水衣沒有？」二人齊說：「帶著水衣哪。」立刻就走。蔣爺仍然借南俠的寶劍，艾虎拿了阮成的水衣，大家囑咐：「眾位小心。」眾人說：「不勞叮嚀。」

一齊出廟，過了轅門，繞過梅花溝，仍至水面。大家換上水衣，把自己的衣服拿油布包好，斜背在背上，躥入水內。分水踹水直到竹門。進了竹門，由滾龍擋底下過去。過了中平寨，忽然迎面來了一隻船，由北往南又有一隻船。這邊問：「是誰？」那邊應答：「我。」又問：「小心。」那邊說：「留神。」二船一錯，彼此過去。蔣爺在水中一拉胡小記與鄧彪、胡列，一指對面那隻船，三個人彼此會意。容那隻船臨近，蔣爺同著眾人往上一躥，船上人將要喊嚷，噗哧噗哧四個人全都廢命。艾虎也就上了船，說：「四叔，你好大膽子。」蔣爺說：「活該咱們應當少走幾步。」大家都在船上，撥轉船頭，直奔正西來了。艾虎說：「倘要遇見人家船，一問咱們，有何言答對？」蔣爺說：「你不用答，跟著走罷。」果然正往西走，就見來了一隻船。對面船上面有人問：「是誰？」蔣爺說：「我。」那人說：「小心。」蔣爺說：「留神。」二船一錯，盡自過去。艾虎說：「四叔心眼真快。」直來到西岸，不敢奔人家船隻去，偏了正北，找了一個清靜的所在，就在船上把水衣脫將下來，換好自己的利落衣襟，仍然還是找了昨天那個山洞，把水衣寄在山洞之內，纔順著邊山往上就跑。每遇見上面有看道的房子，必從房子後面繞將過去。這施展夜行術就是蔣平、艾虎，胡小記、胡列、鄧彪三個人大跑兒也不慢。看看來到寨門，蔣爺叫胡小記、胡列、鄧彪三人在此等著。蔣爺、艾虎一歪身躥上了東牆，往下一看，還有一道寨柵門。蔣爺看見有五堆草垛，打了個手勢，直奔上房而來，躥上房去，扒著房簷往下觀看。正是裡邊說玉仙少刻就來，臧能給出主意說：「玉仙要是把印拿出來，大眾給他一路鬼混，可別教他再拿回去了。」大眾點頭。蔣爺同艾虎上房奔到東牆之外，告訴胡小記、鄧彪、胡列說：「你們按著舊路在前邊等我們去罷，若等不上，你們只管先下水回去。」三個人問說：「難道沒有用我們的地方了麼？」蔣爺說：「不用你們幾位。」三人答應，往正南就走。

蔣爺同艾虎復又進來，教艾虎上草垛，蔣爺在房子後頭一趴。故此金仙、玉仙剛到屋中，掏出印來大眾一看，正在此時火起。嘍兵報將進來失火的言語，眾人出去看火，就是玉仙、金仙在後。蔣爺見人出去，一縱身躥在前坡，千斤墜飄身下去，往屋中一躥，一伸手，由桌案之上將印拿上，轉身就跑。將一上房，見玉仙嚷道：「不好，這火是人放的。」蔣爺躥到後坡，直奔東牆，飄身出來，就看見艾虎在先，蔣爺就追下來了。聽後面鑼聲陣陣，燈球火把，照如白晝一般，說：「拿呀，追呀，別教他們走脫了！看道的聽真，傳信與臨河寨，教他們拿人，別放走了，他們偷印的。」這一個信實在真快，就聽見噹啷啷一陣鑼響，往下一打信，各處接鑼接話，展眼之間，就到了臨河寨。廖家弟兄一得信，立刻齊隊，也是一陣鑼鳴，眾嘍兵抄家伙，齊聲喊叫「拿人」。你道玉仙怎麼知道這火是放的？皆因他跟著金仙一出來，眾寨主是男子，全往前跑，連臧能穿著兩隻大靴子，他都跑到前邊去了。玉仙他出來用鼻子一聞，裡面有硫磺硝焰的味氣，說：「姐姐，這火是人放的。」金仙問：「怎麼見得？」玉仙說：「你聞有硝磺的味氣。」金仙一聞說：「不錯。」又告訴玉仙。玉仙告訴大眾，玉仙說：「三哥，咱們回去瞧印去罷。」玉仙一翻身先到屋中，一瞧印信蹤跡不見。等大眾回來，眾人一急，王紀先才往下傳令，展眼間就到臨河寨。

再說蔣爺得了印，追上艾虎，又追上前邊的三個。一看滿山遍野俱是燈火，鑼聲不住。艾虎說：「四叔，你得著印了沒有？」蔣爺說：「得著了。」艾虎說：「這可要不好，他們傳信比咱們跑的快當。」蔣爺說：「咱們走著瞧罷，此時定法不是法，到那裡見機而作。」正往前跑，忽見前面有一條黑影，說：「要跑隨我來。」蔣爺問：「前邊是誰？」那人說：「不用問，我絕不是賊。你們要打算奔臨河寨，可走脫不了。」艾虎說：「你到底是誰？留下名姓。」那人說：「不用問，我絕不能陷害你們，準保帶你們出山。」再問，一語不發，在前邊直跑。依著艾虎不跟著他走，蔣爺說：「事已至此，且跟著他走走，看是如何。」果然就跟著他一走，走來走去，就入了山谷之中，淨走些高高矮矮、曲曲灣灣之路，也有寬闊的時節，眾人跑的汗流浹背，漸漸的就離燈火透遠了，再看燈火就看不見了。仗著天邊有月色，大家也跑不動了，那人也走得慢了。直走得斜月西沉，天光要亮，艾虎說：「天光一亮，咱們就看見那個人是誰了。」蔣爺說：「不用等著天光大亮，這就看不見那人是誰了。」果然再往前邊一看，那人蹤跡不見。艾虎說：「這個意思準要不好。」蔣爺說：「你聽這是什麼？」就聽見嘩喇喇水聲大作。往南一拐，前邊一段大梁，另有一股小路。大眾走在大梁的上頭望外一看，喜出望外，原來是連雲島的山上，往南看就是竹門的外頭，往東看就是馬尾江的江面。蔣爺說：「這是天假其便。」艾虎說：「那前邊走的準是山神爺，把咱們帶到此處來了。可惜一件，咱們那水衣可不能回去找了，咱們得把這些衣服全都要入水中濕了。」蔣爺說：「你別不公道了，滿讓把咱們的衣服濕了又值幾何。」艾虎說：「也只可是如此。」

下了連雲島，艾虎的眼快，低聲說：「四叔，別過去了，那邊有人。」蔣爺說：「無妨，那是一個人枕著石頭睡覺哪，又怕他何來。他是一個人，有咱們大眾還怕他什麼？」艾虎點頭。身臨切近一看，眾人止不住哈哈大笑。原來是水濕衣拉開，用尿泡扣在一塊石頭上，正是一個人伸著腿在那裡睡覺。蔣爺一瞧，他們的水衣全在這裡堆著，實在猜不著那人是誰。自可大眾穿上，走到南岸，上來又換了他們的衣裳，直奔三千戶。進了轅門，回到廟中，印往上一獻，眾人給蔣爺道喜。展南俠接印一看，說：「四哥，得來一顆假印。」眾人一怔。

若問真印的下落，且聽下回分解。

第一百十四回 鍾太保船到朝天嶺 眾寨主兵屯馬尾江

且說蔣爺回來把印交給展爺，南俠接來一看，微微一笑說：「你不是這慌疏人哪，你也久在開封府伺候相爺，來往行文稿件用印時節，你也在旁邊瞅著。」蔣爺問：「到底是怎樣？」展爺說：「假的。」不但蔣爺，眾人皆是一怔。蔣爺一著急，說：「我終日打雁，教雁啄了眼了。見桌上放著印我就拿起來，吸呼沒教人家看見。也罷，事已至此，我今天晚上再去一趟。」艾虎說：「還是我們大家跟著。」蔣爺說：「不用，晚間要去就是我隻身一人，道路也熟了，也沒有消息了。」蔣爺心中納悶，又一看那印上篆文，忽然心中明白了。叫艾虎：「你看見朝天嶺他們屋中所坐之人沒有？」艾虎說：「看見了。」蔣爺說：「裡面坐著一個瘦小枯乾的文人是誰？」艾虎說：「我看著眼熟，不認得。」蔣爺說：「就是拐印脫逃的臧能。」這一說，連艾虎都想起來了。蔣爺說：「這印是南陽府的印，也不是假的。此事怪我慌疏，拿的時節應當在桌上瞧瞧才是。皆因那個玉仙醒悟的太早，他說火是人家放的，就要回頭，我得著印就躥出來了。」蔣爺又一怔，一翻眼說：「是了，我明白了，這個真印有人得了去了。」展爺問是誰。蔣爺就把出來與大眾會在一處，前邊有人說話，教跟著他走，繞邊山小路，走了一股便道，出來就是連雲島地面：「奇怪是我們的水衣在那邊放著，他拿來給我們放在連雲島的底下，我們換上才回來了。這印準是那個人拿去了。」展爺說：「怎麼不通名姓哪？」蔣爺說：「這個人實在古怪。」展爺說：「要是那人拿去，就是今晚再去也是無用的了。」蔣爺說：「別管是他拿去不是他拿去，我今晚上總得去這一趟，一半看印，一半看看咱們那兩個人。若要與他換將，不用說是不行，皆因這內中有個臧能，這小子是個壞人。再說咱們徐良上那裡去了？也不見回來，一點音信皆無。」展爺也是著急，惟有閻正芳著急煩惱的利害，丟了一個徒弟，失了一個外甥，又丟了個門婿。

正在煩悶之間，家人進來報告，在閻正芳耳旁低聲說了幾句言語。閻正芳說：「不用，不用。」徐慶問：「親家，什麼事情？」蔣爺、南俠也都問他。閻正芳歎了一口氣，說：「我們姑娘聽見朝天嶺造反，他要與賊人打仗，不然他要上後山。」徐慶說：「那可去不的，再說前邊是水，他們怎能過去？」閻正芳說：「他要上他姨父家，繞上後山去。還有一個姑娘哪，是他舅母跟前的，姓鄭叫鄭素花，兩個人朝朝暮暮老在一處，大概這又是他們兩個人商量的主意。」徐慶本是渾人，有個渾招兒，說：「親家，我告訴你一個招兒。你就說咱們小子上山去了，姑娘他要去可怕碰見，姑娘們準許就不去了。」閻正芳一聽，這倒有理，立刻教家人帶回信去，依著徐三爺的主意。

家人走後，大家將要吃早飯。蔣爺是愁眉不展，心中盤算，低著頭一語不發。正在這們個時候，忽聽咕咚咚號炮連聲，鄉中人報將進來：馬尾江來了無數大船，水中旗纛亂擺，當中一座大纛旗，四個角上有四個字是「君山太保」，當中有個白月光兒，內中寫著一個「鍾」字。蔣爺一擺手，那人出去，說：「展大弟，這可好了，咱們膀臂來了。」立刻會同大眾，帶閻正芳連眾會頭，一齊出去。出了轅門，往東南一看，大小船隻順於水面，旗纛認標空中飄擺。船上嘍兵全不是嘍兵的打扮，全是卒巾號褂，長短器械鮮明，耀眼爭光，奪人二目，長槍一排全是長槍，短刀一排全是短刀，一個個威風凜凜，殺氣騰騰。

正當中是一個大虎頭舟，後面有二十隻麻陽戰船，有二十隻飛虎舟，有四十隻兵船，剩下盡是來往的小巡船。飛叉太保在大虎頭舟坐督旗下，有一張虎皮金交椅，在上面端然正坐。要看他這個打扮，實在不透威風：戴一頂方翅烏紗，大紅圓領袍，腰束玉帶，粉底官靴；面白如玉，五官清秀，三綹長髯，手中捧定令字旗、金批箭。在他兩旁，雁翅排開全都是他君山中各寨的寨主。

你道這鍾雄因為何故來到此處？皆因蔣爺等由開封府起身之後，有諫議大夫、八位給事中，連銜具奏，是風聞的摺本。襄陽王眼時寧夏國作亂，不久殺奔潼關。潼關乃咽喉要路，請旨調撥君山之人潼關防守，以備不測，請旨定奪。萬歲上准，發帑銀二十萬，派鐵領衛護衛，背歲皇宣聖詔，帶領帑銀二十萬，到君山開讀。鍾雄帶領眾人迎接旨意，捧旨官開讀已畢，香案供奉旨意，收了帑銀，捧旨官告辭，送出君山。然後回來點派水旱嘍兵，帶各寨寨主，叫亞都鬼聞華守山，自己帶領神刀手黃壽、花刀楊泰、鐵刀大都督賀昆、雲裡手穆順、八臂勇哪吒王京、削刀手毛保、老家人謝寬、金頭蛟謝充、銀頭蛟謝勇、水底藏身侯建、無鱗鰲蔣熊，帶領這些人，教他們各帶應用衣襟器械。水寨中帶領慣習水戰的嘍兵四百名，旱寨中帶四百名，這君山以內可透著空虛了。預備一隻大虎頭舟，二十隻飛虎舟，二十隻麻陽戰船，四十隻兵船。各寨寨主，各有管轄。按五營前後左右中分五哨。五隊按五行旗子，金木水火土，東方甲乙木藍旗，南方丙丁火紅旗，西方庚辛金白旗，北方壬癸水黑旗，中央戊己土黃旗。到了晚間，換了燈籠，也是按方位的顏色，惟獨正北壬癸水可不能使黑燈籠，白燈籠有黑腰箍兒。浩浩蕩蕩，直奔潼關而來。一路之上，津關渡口有人盤查，說明來歷，又有萬歲敕旨。

到了馬尾江，將要奔潼關，見有報事的兵丁拿令字旗報將進來，說：「報！啟稟主帥得知，對面江岸上有展大人、蔣大人同眾校護衛，連本地三千戶的練長，求見主帥。」鍾雄往下傳令預備巡船，說：「請。」一聲令下，靠船，噹噹噹三聲炮響，每船上六棒鑼鳴。水路行船，行五，坐六，茶三，飯四，開船之時是五棒鑼，靠船是六棒鑼，喝茶是三棒鑼，吃飯是四棒鑼。若要齊隊是掌號三遍，隊伍不齊，按軍法施行。打上仗是擂鼓，撤隊是鑼。變化各樣陣勢，全仗著掌號的調隊，也是一字長蛇、二龍歸水、三才、四門、五行、六合、七星、九宮、八卦、十門斗底，全仗著掌號的調隊。君山水旱的嘍兵，素常演的陣式是刀斬斧齊，並沒有參差不齊之處，全都是鍾雄親身訓練的。一個個兢兢業業，皆因他法令森嚴，違令者立斬，絕不寬恕。單有老家人謝寬訓練的一百人，叫飛腿短刀手，可不會演陣，全是高來高去，一人敵十之勇。如今帶在大虎頭舟上，作為是鍾雄的小隊。將一靠船，就見巡船把蔣四爺大眾接到大虎頭舟上。

眾人上船，南俠、蔣爺、徐慶與鍾雄見禮，又與眾寨主行禮，然後同著來的眾人一一見禮，不必絮煩。見禮已畢，大家落座獻茶。蔣爺一打聽鍾雄的事情，飛叉太保就把奉旨前來潼關防守的話，細說了一遍。又問蔣爺因何至此。蔣爺也把他們的來歷細說了一遍。又問三千戶的事情，閻正芳也就一五一十的說了一遍。鍾雄問：「徐護衛追下人去，難道說不知去向？」蔣爺說：「不知。」鍾雄又問這山裡頭的地勢。蔣爺一提怎麼損壞他的滾龍擋的話，說了一回。鍾雄一聽，山路四十里地，就不好辦理。蔣爺又提山中得來的假印等事，鍾雄說：「四老爺打算怎麼辦理？」蔣爺說：「今天晚間我還是要去。」鍾雄說：「既然得了一顆假印，他們必有防範，那顆真印直怕難找。」蔣爺說：「無妨。」又把那帶路之人對著鍾雄說了一回，說：「也許是那人把印得了去了。」鍾雄說：「也許有之的。」又說：「小弟打算明天與他們開兵打一仗，看看事體如何。逢強智取，遇弱活擒。四大人你看此事如何？」蔣爺說：「也倒很好。」又問蔣爺：「三千戶勢頭要孤，從這裡派下些個人去防守三千戶要緊。」蔣爺說：「那邊人倒足以夠用。」說畢告辭，仍然用小船把他們渡將過去。之後鍾雄寫戰書，差派水底藏身侯建駕著一隻小舟，拿一只無頭箭，一張弓，直到竹門之下，對準上面嘍兵說：「我奉大宋國朝四品客卿招討先鋒之令，前來下戰書與你們寨主，定下明日午正，兩下開兵打仗。來者君子，不來小人。」說畢，將箭射將進去，回來交令。

明日打仗，且聽下回分解。

第一百十五回　王紀先大獲全勝　鍾太保敗陣而回

且說朝天嶺的寨主，皆因草垛上失火，有玉仙提醒，回來一看，把兩個印信俱都丟失。玉仙一急，教寨主給他找印。眾人追趕了半夜的光景，草是燒了兩垛，印也丟了，人也沒拿著。玉仙一賭氣，上東寨去了。眾寨主全都是面面相覷，問臧能先生，看這事怎麼辦才好。臧能說：「若論咱們這山寨，猶如銅牆鐵壁一般，外有滾龍擋，水有中平寨，旱有臨河寨，山路四十里，又有墩鋪，怎麼會有人到咱們這上頭來？哎呀有了，把後面拿住的那兩個人帶過，咱們問問他們，準是他們的餘黨。」立刻派嘍兵到後面把李珍、阮成帶過。嘍兵答應，去不多時，進來回話說：「大事不好了，李珍、阮成那兩人，教人家救出去了，並且殺死我們七個伙計。」王紀先一聽，大吼了一聲，往後一仰，吸呼氣死，「哇呀呀」的嚷叫了半天，說：「真是豈有此理！明天與三千戶決一死戰。」有眾人在旁邊勸解。

到了次日，將才吃畢早飯，忽聽山下連聲炮響。嘍兵進來報說：「馬尾江來了許多船隻，是君山飛叉太保鍾雄，準是替大宋國朝前來與咱們開兵打仗，特來報知。」王紀先一擺手，嘍兵出去。傳令大眾：一齊至中平寨，觀看來人的動作。眾人出來，下山到臨河寨上船，奔至中平寨，支上千里眼，往外面觀看，就見那邊船隻，將一靠馬尾江的東岸。王紀先見那邊真乃是齊齊整整，耀武揚威，旗纛認標空中飄擺，船上的人一個個虎勢昂昂，真有些威風殺氣。王紀先看畢暗暗的搖頭，與眾人說：「你看他們君山水旱八百里，真乃是名不虛傳。」正在議論之間，忽見有一隻小舟撲奔竹門，把話說完，將那只箭射將進來，上面綁定戰書。嘍兵撿拾過來，打開教臧先生讀了一遍。原來是定於明日正午，要兩下裡開兵打仗。王紀先說：「好，明日正午與他們決一勝負。」嘍兵告訴了侯建，侯建駕船回來，上虎頭舟面見鍾雄，就把下戰書他們的來言說了一遍。晚間船上傳口號，打更用飯不提。

到了次日早晨，用了戰飯，天到巳正齊隊，午初掌號，早就暗暗把密令傳將下山。然後三聲炮響，把二十隻麻陽戰船列開，四十隻兵船分於左右，當中的大虎頭舟上，鍾雄披掛整齊，手捧令旗令箭，四員偏將兩旁站立。後面是八臂勇哪吒王京督押後隊在二十隻飛虎舟上。眾船只離竹門約有一里之遙，將要過去派人討戰，忽見裡面三聲大炮，竹門一開，一行行，一溜溜，一對對，一排排，從裡面出來了許多的船隻。當中是一隻龍頭鳳尾的船舟，裡面是大寨主王紀先，兩旁四隻大船，一隻是王紀祖，一隻是入河太歲楊平滾，一隻是廖習文，一隻是廖習武。就是楊平滾那隻船上，身後站著四員偏將，餘者的也是兵船，全是慣習水戰的，俱都是身穿短襖，花布手巾纏頭，全是二十多歲三十以內，年力精壯，一排長撓鉤，一排鉤鐮槍，一排分水刺，一排雙手帶，也倒透著有些威風殺氣。

王紀先見鍾雄四鳳亮銀盔，爛銀抹額，兩朵素絨桃頂門上禿禿的亂顫，後面罩有一朵朱纓飄灑，上面有三股叉頭；穿一件冰凌刻絲魚鱗甲，九吞八紮，內襯素羅袍，上繡朵朵團花，下繡海水江涯，絲鸞帶八寶攢成；肋佩純鋼二刃雙鋒寶劍，綠鯊魚皮劍匣，金什件，金吞口，藍挽手，走穗飄垂；前後護心鏡，光華燦爛，遮槍擋箭，猶如兩汪秋水漾清泉，絆甲絛九股攢成。背後五根護背旗，白緞地上繡金龍，被風一擺，旗尖亂動；脊背後罩有一個皮囊，插著八桿飛叉，叉頭寬夠三寸五，叉桿長有六寸，叉桿上拴著一個紅絹子條兒，在兩肩頭旁邊飄灑。來人並不知是什麼物件，若要用他，一回手把叉抽出來，打出去百發百中，來人就得受傷，故此人稱他是飛叉太保。再瞧下面，當中是魚踏尾，片片龍鱗，兩扇征裙，遮住馬面，白緞子的，上繡團花；大紅中衣，五彩花戰靴，蹬於足下。身高七尺，面如團粉，眉清目秀，鼻直口闊，大耳垂輪，三寸長髯。左手抱定令字旗令箭，身背後一人，捧定一桿五鉤神飛亮銀槍。左有黃壽、楊泰，右有賀昆、穆順，全是箭袖袍、絲鸞帶，俱是自己手中提定本人的兵刃。這四個人全使的大刀，一個是青龍偃月刀，一個是鉤鏤古月象鼻刀，一個是大砍刀，一個三尖兩刃刀。王紀先一見，暗暗誇獎。鍾雄看王紀先，大紅緞子紮巾，赤金抹額，大紅緞子箭袖袍，上繡大朵團花，半副掩心甲，絲鸞帶，肋佩純鋼刀，花戰靴；面似薑黃，紅眉金眼，一部黃鬍鬚不大甚長。身後一人，與他扶著一支巨齒金釘狼牙槊，手中也並沒有令旗令箭。船兩邊站著些嘍兵，也是王紀先的小隊，一排短刀手。

二船相隔不遠，兩下裡說話可也都聽得見。鍾雄早就抱拳帶笑說：「對面來的敢是朝天嶺的寨主？王寨主爺，請了！」人講禮義為先，樹講花果為原。王紀先見鍾雄滿面春風，一團和氣，不能這一見面就要打仗，也說道：「請了！前面敢是君山的寨主？寨主請了！」鍾雄說：「久聞王寨主之大名，如轟雷貫耳。你居住朝天嶺，稱孤道寡，在意逍遙。如今你投順王爺，王爺不久的大事一敗，玉石皆焚。依我的金石良言，急流勇退，保住身家性命，也不失朝天嶺的所在。倘若痴迷不醒，大事一敗，悔之晚矣。你若要受萬歲爺的招安，我作個引見之人，闔山的嘍兵歸降大宋，那才稱得起是知時務者，日後可以掙個蔭子封妻。」鍾雄話言未了，王紀先一聽氣衝兩肋，說：「好鍾雄，滿口亂道。你也受過王爺的厚恩，可惜王爺失了眼力。按說王爺待你可也不薄，一旦之間歸降大宋，怕死貪生，你怎麼對得起王駕千歲？

今日你既敢前來，咱們決一勝負。」鍾雄說：「你作賊下之賊，我用好言相勸，你是執意不聽。倘若打了敗仗，你那時節悔之晚矣。」紀先說：「不用饒舌。」吩咐眾軍，就見那船往前走動，回手接他的狼牙槊。兩隻船頭已然臨近，鍾雄一回手就把飛叉拔將出來，對著王紀先就是一叉。聽見崩一聲，正中在胸膛之上，那叉噹啷一聲，撞將回來，掉在船板，把鍾雄嚇了一跳，一回頭叫人預備五鉤神飛槍。當時往下傳令，頃刻間鼓聲大作，所有的船隻一齊走動，晝鼓頻敲，各船上一齊動手。

船上交手比不得步下，這邊躥過那邊的船上，或扎一槍，或砍一刀，立刻又躥回去。倘若教人在那邊圍上，那可就不能走了；或者往回一躥，那隻船離遠，就得掉下水去，總得會水。水戰最難，展眼之間，就是一個大交手仗。鍾雄這邊一掌號，全都扎入水中，水戰的水戰，旱戰的旱戰。頃刻之間，鍾雄這邊就打了敗仗。君山之人這一敗陣，朝天嶺的兵將往下追趕。鍾雄叫鳴金收兵，朝天嶺也就鳴金收兵。皆因有個緣故，君山的策應從兩旁出來，往上一攻，八臂勇哪吒王京帶領這二十隻飛虎舟，前一排四十人，全是搬山弩箭，淨打朝天嶺船上之人；後一排四十人，全是小梢弓無羽箭，往水內射朝天嶺之水內之人，朝天嶺這才鳴金收兵。所有水內之人，朝天嶺的人奔西，君山的人奔東。朝天嶺的兵俱奔竹門，一查點，寨主一名沒傷，嘍兵之內共死去二十餘名，除此之外，有十幾個帶傷的，全入中平寨去了。眾人俱都歡歡喜喜，把寧夏國五百人留在中平寨，把七雲鵬也留在中平寨，大寨主、二寨主仍然奔大寨，下令犒賞嘍兵，這就不把君山之人放在眼內了。

再說鍾雄收兵之後，聚集眾寨主查點數目，死了十幾個嘍兵，帶傷的數十個嘍兵，就在船上養傷。眾家寨主俱都不願意，說：「這一戰總是贏他一陣為是。這一來挫損軍威，豈不教他們朝天嶺之人洋洋得意。」鍾雄微微一笑說：「你們焉能知曉，用兵之計，真真假假，虛虛實實。」原來與朝天嶺這一打仗，鍾雄先前傳下一道密令，許敗不許勝，眾人俱都不解其意。忽有人進來報：「蔣四大人求見。」鍾雄說請。蔣爺進來，同著南俠、金槍將于義、金鑣無敵大將軍于奢。

原來打仗之時，蔣爺會同南俠、閻正芳等一干眾人，俱在旱岸上瞧看的明白。胡小記、鄧彪、胡列三個人扎入水中，搶上朝天嶺的三個嘍兵去。大眾見君山打了敗仗，依著艾虎、馮淵、白芸生、盧珍、韓天錦、于義、于奢、劉士杰這些人，要搶朝天嶺的船，幫著君山打仗。蔣爺把他們攔住：「這是鍾雄用兵之計，你們不可下去。」後來見鳴金收兵，大眾回三千戶。到廟裡，胡小記、鄧彪、胡列換衣襟，把三個嘍兵捆上帶進來，蔣爺問話。蔣爺見三個兵丁水淋淋的衣服，倒捆二臂，跪在地下，苦苦的哀告求饒。蔣爺說：「只要你們三個說了實話，饒你不死。」三人一口同音說：「我們不拘什麼言語，只要我們知道的，不敢隱瞞。」蔣爺說：「你們寨中那個東方玉仙，前天晚間拿出來的那一個開封府印，到底丟失了沒有？」嘍兵說：「不但那一個印，連臧知府的印全都丟失了。皆因為前面寨柵門外草垛一起火，眾人一亂，那個玉仙說此火是有人放的，大家回去一看，兩顆印全都丟了，到如今也不知曉是什麼人盜了走了。」蔣爺又問：「還有，我們兩個被捉的人在你們寨中，是死了是還活著哪？」嘍兵說：「被捉的那二位更可怪了，本打算要與你們兩下裡換將，不略就在丟印的那日晚間，把兩個人全丟了，並且還殺死我們七個嘍兵，至今也不知是誰。」蔣爺一聽，暗暗歡喜。對著閻正芳說：「大哥，聽見了沒有，這你可放心罷。準是教咱們自家人救了，可不知是誰。」閻正芳點頭，也是歡喜。

蔣爺心生一計，同著南俠與于義、于奢，帶著三個嘍兵，出廟奔水面，叫船隻渡將過去，上大虎頭舟，見鍾雄細說拿住嘍兵之事。鍾寨主一聞此言，當時叫人將拿住的嘍兵帶將進來，細問山中道路，問明之後，把嘍兵囚在後船之上。鍾雄與蔣四爺耳邊低聲議論，打朝天嶺的主意非如此如此，不能成功。蔣爺大笑說：「好計，好計。」

要問議論什麼主意，且聽下回分解。

第一百十六回　鍾雄下戰書打仗　臧能藏春酒配成

且說鍾雄問明白了朝天嶺三個嘍兵山中的道路，把三個嘍兵押在後船之上，又與蔣四爺低聲說了一個主意，然後蔣四爺告辭，就把于奢、于義留在君山的船上，仍用小船把南俠、蔣平渡在西岸，暫且不表。

單說鍾雄教人預備文房四寶，寫了戰書，次日叫無鱗鰲蔣熊駕小船送往朝天嶺，仍到竹門之外，叫那裡嘍兵接書，仍然用箭綁上戰書射將進去，說：「我們立候回音。」嘍兵說：「此書得報與我們大寨主知曉，此處來回有八十里路之遙。」叫他們先回去：「在你們寨中聽信去罷。」蔣熊真就撥轉船頭，回來面見鍾雄交令，就把他們那邊的言語說了一遍。鍾雄一擺手，蔣熊退去。

且說朝天嶺王紀先得勝回山，犒賞嘍兵，把君山的人沒放眼內，仍然與王玉商量玉仙的事情。王玉說：「寨主哥哥，此事若要說的他情心願意，只怕不行。他仍然要與哥哥要那顆開封府的印信哪，他說印倒也不要緊，他淨思念那個盜印之人，他與紀小泉海誓山盟，不改其志，絕無二心。大哥一定要辦此事，非依臧先生那個主意不可。」王紀先又與臧能議論，臧先生說：「要配藏春酒很容易的一件事情，只得派人出去買藥。」王紀先問：「但不知配此藥可用多少銀兩？」臧先生說：「當初安樂侯爺那配藥使用四百紋銀，如今寨主要配此藥，有十兩足夠。」寨主哈哈一笑說：「若能將酒配得，事成之後，我大大的謝承先生。」臧能說：「但願大寨主遂心合意，謝承我到是一件小事。」

到了次日，開了一個方子，叫嘍兵出去買藥。嘍兵走後，又有嘍兵進來報說：「君山下了一封戰書，請寨主爺觀看分明。」接書放在桌案之上，叫臧能一念，上寫著：「字奉朝天嶺大寨主得知：昨日兩軍陣前，小可苦苦相勸，請寨主棄暗投明。誰想你不納忠言，定要決一勝負。皆因天氣已晚，兩下裡殺了個平平。寨主若肯率兵歸降，實在眾生靈的萬幸。寨主如係不肯，再要交鋒，務必要決一勝負。定於初五日，咱們兩下裡打一賭賽。若能勝我們君山，我情甘願意將君山水旱八百里讓與寨主執掌。若寨主勝不了君山，你便怎樣？再說君子一言既出，駟馬難追，是吾鍾雄絕無改悔。特修寸紙，立候寨主的回音。君山寨主鍾雄頓首拜。」王紀先聽畢把桌案一拍，哈哈大笑，說：「好鍾雄，乃吾手下之敗將，還敢出此狂言。煩勞老先生與他寫一回書，就在初五日準巳刻與他對敵。」臧先生連說：「不可。」王紀先問：「有什麼緣故不可？」臧能說：「兵乃凶氣也，最不利疲乏。他是由君山而來到此，嘍兵一路正在勞乏之際，若要容他歇過五日，豈不教他們把銳氣養足？依我愚見，給他回書，明日交戰，趁他正在勞乏之際，可以殺他們個全軍盡沒。」王紀先一聞此言，鼓掌大笑：「先生真小量之人也。他也是寨主，我也是寨主，他們要正大光明，咱們就得光天化日，可不行那短見之事。再說咱們朝天嶺的嘍兵，與君山嘍兵交手，一可敵十，百能勝千，何用行短見之事？略一施威，就可以殺他們個全軍盡沒。我的主意已定，先生不必更改，急速寫來。先生寫上，初五日我要打了敗仗，這朝天嶺讓與鍾雄執掌。」臧能暗暗一聲長歎，他就知道王紀先一勇之夫，匹夫之志，終久不能成其大事。只可寫了回書，叫楊平滾派人送給鍾雄。鍾雄接進來書之後，暗暗歡喜，說：「賊人中吾之計也。」遂傳密令，調動嘍兵。寨主一算，當時正是初三日，等至初五日一戰成功，朝天嶺垂手可得。

再說朝天嶺王紀先淨思念是玉仙的事情，並且把兩下裡打仗那個大事沒放在心上，就催著先生配酒。光陰荏苒，到了初三日晚上，一問臧先生的藏春酒可曾配好，臧能說：「藏春酒明晨清早可用。無奈一件，寨主可料理後天打仗的事情，明天要請這位東方姑娘吃酒，只要將酒吃下去，晚間就是洞房花燭，後天怎麼與他們交鋒打仗？依我愚見，等後天得勝回來，作為是慶功的酒宴，再請東方姑娘，也使這位小姐無疑，豈不是三全其美嗎。寨主請想此事如何？」王紀先說：「話雖有理，奈我思念玉仙，度日如年，明天先辦明天的喜事，後天再說打仗的事情。」臧先生一聞此言，他是暗暗的歎惜，看出來王紀先這番光景斷斷的成不了大事。寨主叫臧先生寫請帖，請玉仙於明日午刻小酌。教臧先生把請帖寫好，交給王玉立刻去請。

王玉拿著帖子奔了東寨，先告訴了金仙。此事就瞞著玉仙一人，除他之外，人人皆知。拿著帖兒，夫妻到了西屋裡。玉仙迎接姐姐與王玉，讓座，叫婆子獻茶上來。玉仙問說：「三哥，有什麼事情？」王玉把帖拿出來，說：「我大哥明日敬備午酌，請妹妹至大寨吃酒。一者在妹子之前請請丟印之罪，二則間，後天定下與君山打仗，聘請妹子出去拔刀相助。」玉仙一怔，說：「山中有多少位寨主俱是能征慣戰，況且我又有多大本領？」王玉說：「皆因我大哥是久慕妹子之芳名，本領高強，技藝出眾，勝似男子，還是聘請你們姊妹二人，出去與君山交手。」玉仙瞧著帖，思想了半天，說：「內中大概準有別的情由罷？」王玉說：「妹子不必多疑，內中並無有別的意見，若有別的意見，我還不與妹子說明哪？」玉仙說：「既然這樣，明天我叨擾大哥就是了。」王玉聽說，歡歡喜喜告退出去。金仙又誇獎了半天大寨主的好處，怎麼個好法，怎麼忠厚，怎麼仁義待人，說了半天，也就退出歸奔上屋去了。

玉仙心中總是猶豫這件事情不妥，可巧他屋中這個婆子，有個外號叫張快嘴，問說：「小姐，你怎麼愁眉不展，是什麼緣故？」玉仙說：「大寨主明日請我吃酒，我總怕他們宴無好宴，會無好會，我總想他們這裡必有緣故。」恕不的這個婆子叫張快嘴呢，實係嘴快，說：「小姐，你還不知道哪！」玉仙說：「我不知什麼事情？」張婆子說：「咱們這個山寨之上，大寨主要收你作個壓寨夫人。」玉仙一聽，暗暗忖度，想著王紀先必是這個意見，你那不是枉用機關麼？你打算請我喝酒，我酒不過盞；你打算動手，你不是我的敵手；你打算用花言巧語，我心比鐵石還堅，你不是枉用機關麼？復又問婆子：「你怎麼知道此事？」婆子說：「有一位臧能臧先生，他會配一宗藏春酒。這酒喝將下去，無論什麼人，迷住本性，能夠騰身自就。」玉仙說：「此話當真嗎？」婆子說：「我焉敢與小姐撒謊？」玉仙一聽此言，氣衝兩脇，說：「臧能，你欺我太甚！」自己一思想，若真有這樣酒，我就難討公道。婆子說：「此事可別說是我說的，我可擔架不住。」玉仙說：「你只管放心，與你無干，絕不能把你說將出來。」婆子這才放心。

玉仙自己打點主意，若要一時之間將酒吃下去，那時節悔之晚矣。三十六著，走為上策。主意一定，就問婆子：「這後山通著什麼所在？」婆子說：「這後山通著汝寧府，可就是不好下去，並且不屬咱們山上轄管。」玉仙說：「有幾股道路？」婆子說：「就是一股路，連個岔道也沒有。」玉仙一想，就是三十六著走為上策。心中說道：「好姐姐，你也幫著他們瞞起我來了。」心中想道：這一走，尋找蓮花仙子紀小泉，到京都開封府，我若能將他救出來，遠遁他方，我二人找一個棲身之所。主意打好，並不言語，暗暗收拾包裹行囊，把自己應用的物件都已收拾停妥。天氣微明，自己把包裹背在身上，仍然還是男子的打扮。往外間屋裡一走，見婆子那裡睡覺，心中一動，按說婆子送信有功，不可結果他的性命，只怕我這一走，他告訴別人，必要追趕於我，我的道路又不熟，必遭他人毒手，這可說不得了。一回手把刀拉出來，對著婆子脖頸噗哧一聲，紅光迸現。這個婆子皆因為多嘴之故，要了自己的性命。

玉仙將包裹背將起來，暗暗的出了東寨，奔了後寨。見有把守後寨的嘍兵，不敢出後寨之門，躍牆而過。順著那一股盤道，這一走把玉仙走的汗流脊背，喘息不止。道路實在崎嶇，本來他是蓮足，穿上靴子，墊上許多的東西，直走到晌午大錯，才走了二十餘里路，又渴又飢，又是蓮足痛疼，想要討一碗涼水喝皆都沒有，又無住戶人家，那裡討去？只可就是隨歇隨走，走到苗家鎮已然日暮西山的時候。你道這三十里路怎麼會走了一天？皆因是左一個山灣，右一個山環，比六十里還遠，全是高矮坑坎不平之路，故此才走到這們個時候才到交界牌。見石碣之上，刻著是「苗家鎮南界」。將一看交界牌，路東有五間房子，出來了幾個人，手內都拿著兵器，問玉仙：「你是什麼人？從何處而來？快些說明來歷，不然將你綁上見我們大寨主爺去。」玉仙說：「我就是你們大寨主爺打發我下來的。」嘍兵問：「你意欲何往？」玉仙說：「寨主爺差派我有機密大事，不便告訴你們。」嘍兵說：「也許有之，拿來罷。」玉仙問：「拿什麼來罷？」嘍兵說：「執照。」玉仙說：「寨主沒交給我執照。」嘍兵說：「那可不行。」玉仙說：「不行便當怎麼樣？」嘍兵說：「無有執照，你不能過去，回去與大寨主要執照去。」玉仙一聽，氣往上撞，未免的出言不遜。嘍兵看他武生相公的打扮，身體單弱，沒把他放在心上，說：「把他捆上，見大寨主去。」玉仙把肋下刀往外一亮，展眼間，嘁叉喀叉，就殺死七八個，跑了四五個人——

共十二個人，半月一換。逃跑之人玉仙並不追趕，回手把刀收起來，大搖大擺下去。趕到苗家鎮這邊的交界牌，可巧正趕上看交界牌的吃飯，玉仙輕輕的過來，連一個知道的沒有。

再往前走，一塊平坦之地，有一片住戶人家，全都是虎皮石牆，石板房屋，有一座廣梁大門。玉仙想，往下走還有三十里路，難以行走，不如暫在此借宿一宵，明日再走。想畢，過去正要叫門，忽見裡面出來一個管家，夠五十多歲。玉仙一躬到地，說：「老人家，今天氣已晚，欲在此處借宿一宵，必有重謝。」管家說：「我可不敢自專，我與你回稟一聲。」轉身進去。不多一時，從裡面出來兩位老者，問道：「相公要在我們這裡借宿，請罷。」玉仙這一進去，就是殺身之禍。

要問如何廢命，且聽下回分解。

第一百十七回　玉仙投宿大家動手　員外留客率眾交鋒

且說玉仙來住苗家鎮借宿，出來兩位老者，全是鴨尾巾，一個是古銅色大氅，一個是寶藍大氅，都有六旬多歲。未容他說話，上下一打量此人，說：「相公要在我們這裡借宿，有的是房屋，相公請進來罷。」玉仙說：「今日天氣已晚，在二位老人家這裡借宿一宵，必有重謝。」老者道：「行路之人，趕不上客棧乃是常理，何必言謝。」玉仙見面先打一躬，這又施了一禮，說：「二位老爺貴姓？」回答：「小老兒叫苗天雨。」那個老者說：「小老兒姓王叫王忠。」玉仙進了大門，往西一拐，四扇屏風，一排南房。沒進垂花門，南房就是書房，把玉仙讓將進去。

玉仙見此光景，雖是山谷之人，屋中擺列著些古董頑器，倒也幽雅清靜。讓座獻茶，苗員外問：「這位相公貴姓？」玉仙說：「小可複姓東方，單名一個玉字。」苗員外問：「看相公講話不像此地人氏。」玉仙說：「我乃南陽府人氏。」苗員外問：「相公意欲何往？」玉仙說：「投奔汝寧府。」苗員外一笑，說：「看尊公這般人物，怎麼從山上下來，莫不成與王寨主同伙不成？」玉仙說：「實不相瞞，我乃安善良民，教他們擄我上山，我執意不從，偷跑下來。行至此處，天已不早，故此在老員外這裡投宿，還怕他們追趕與我哪。」苗員外說：「相公只請寬心，我看你也不像山上王寨主的樣兒，他們要追趕下來，全有我一面承當。大概東方相公未曾用飯哪罷？」玉仙說：「我從山上下來，焉有用飯之所。求員外賞我一碗水喝，足感大德。」員外說：「這有何難。」吩咐一聲看茶，然後擺酒。玉仙說：「討杯茶吃我就感情不盡，如何還敢討酒。」苗員外說：「相公何必太謙。」將酒擺上，兩個老者陪著他一人吃酒，輪杯換盞，兩個老者不住的打量玉仙，總見他說話動作有些坤派❶，把玉仙瞅的也覺發毛，仍然還是說話。苗員外告辭出去，不多時復又進來，把那個王老者叫將出去，少時復進來。左一個家人進來看看，右一個家人進來看看，瞅的玉仙愈覺發毛。心中忖度，大概準是這兩位老者看出破綻來了，若要教他們看出女扮男裝，可要大大的不便，自己總得多加小心方好，酒也不敢往下多喝了。吃畢飯，教將殘席撤去，苗員外叫家人預備被蓋。天有二鼓，說：「請相公安歇睡覺罷，今天也是一路的勞乏，咱們明天再談。」玉仙說：「二位老人家也請安歇去罷。」

二位老者出去，自己一想，他們盡自打量於我，倘若湊手不及，那還了得，不如自己用些個準備才好。正在思想之間，忽見窗櫺之外，有人把窗櫺紙戳了一個窟窿，玉仙問：「外面是什麼人？」有人答言說：「是我們。」玉仙又問：「你們是誰？」外面說：「本宅中的女眷。」玉仙也就不敢往下再問了。自可將燈燭吹滅，慢慢的就更換了衣襟，仍然換了女裝，把綀子槊掖好，絹帕罩住烏雲，把刀放在旁邊床榻之上，盤膝而坐。就聽院內來往之人不斷，出入之人俱都打著燈火。忽然又有燈籠一盞，是苗員外出來問家人，把門戶關好了沒有，家人答應說：「俱都關好了。」又把書房簾兒一啟，用燈往屋中一照，說：「相公睡熟了沒有？」玉仙一著急，把被子往身上一拉，假裝一躺，一語不發。苗員外說：「既然相公睡熟，我也不便驚動了。」抽身回去。玉仙以為苗天雨未能看見，心中想道：這個人總是好人。不

❶ 坤派：易繫辭上：「坤道成女」。因以坤指女性。這裡指女人的模樣。

略苗天雨早就看明白了。玉仙見苗員外去後，正在盤算事情之時，忽聽外邊一陣大亂，有男女的聲音，說：「東方玉仙，你好大膽量！如今你偷了開封府的印信，你往那裡逃走？」玉仙一聞此言，吃一大驚非小，怎麼他們會知道我的名字？提著刀躥下床來，把簾子一掀，說：「閃開了！」磕叉一聲響亮，先把桌子扔將出來，自己也就隨著桌子躥在院內。見頭一個是苗天雨，挽著髻子，短打扮，手中提著一桿長矛槍；第二個是王忠，也是挽著髻子，短打扮，提著一桿花槍。有兩個姑娘，每人一口單刀，還有四十餘歲的個婦人，手內也是一口單刀。

你道這些人是誰？全是本宅的親眷，閻英雲與鄭素花。這日鄭素花上閻英雲家中，就聽見姑母說，英雲許了徐良。正對著閻正芳沒在家，與朝天嶺打仗，二位姑娘議論，要與山賊前去交手。閻正芳帶回信去，不教他們前來。隨後就是閻齊家去，到家中見著姐姐、老娘、素花姐姐，就一提朝天嶺的事情，連薵四爺怎樣拿住山上兩個人，怎樣破滾龍擋，兩次探朝天嶺，怎麼得印是假的，李珍、阮成兩個人被捉，與君山打一仗，方知他們沒死的話，說了一遍。老太太問這印是怎樣假法，閻齊又把玉仙、金仙的事說了一回。這可是過耳之言，說畢不能在家久待，仍然回廟。二位姑娘把話聽在心中，二人一議論，英雲假說上舅母家去，瞞哄老太太，把自己應用的東西俱都帶好，同著素花由家中起身，直奔石佛嶺，就到了鄭素花家中。也是一個小山村，有幾十戶人家，叫鄭家村，樹木甚多。英雲見了舅母行禮，前文表過，又是舅母，又是老師。素花見了娘親行禮，王氏說：「我正放心不下，朝天嶺開兵打仗，道路荒荒，你姑母那裡事情怎樣？」素花就把姑父母那裡事情細說了一遍，要同著英雲到後山上殺賊去：「他們定於初五日開兵打仗，我們到後山上，殺他們個首尾不能相顧，此事特來告訴娘親。」原來走在路上，姊妹二人早就把這個主意商量好了。王氏一聽，說：「那可不行，去不的。」二位姑娘一定要去，王氏攔自己姑娘可以，這個英雲又明知道他的性傲，總是當面把他攔下，他也要一定偷著去，更是反為不美。無奈，王氏問素花：「你們要上朝天嶺，你姑母知道不知道哪？」二位姑娘本是定妥的主意，瞞哄王氏，故此才說：「這還是我姑母叫我們二人去的呢。」王氏總是放心不下，說：「我同你們去。」又問：「你們從後山上去，投奔那裡？」二位姑娘一口同音說：「奔苗家鎮，找二姑母去。」一個說：「找二姑姨母去。」王氏說：「你們膽量實在不小哇。」叫素花：「到前院把你三外祖找來。」

不多一時，就把王忠找到。此人保鏢為生，外號人稱叫飛天豹子，保鏢時節，鏢旗插出去，上面畫著一個飛豹，扎煞兩個翅膀，是汝寧府五路總鏢頭。皆因如今上了年歲，有人請也不出去了，又無兒無女，就是孤身一人。王氏這一身本領，全是此人所傳。如今請到家中，大家相見，一問什麼事情，王氏本來是請他看家，王忠放心不下，要同著他們一路前往。王氏拾掇了應用的東西，包了兩個包袱，將門倒鎖，託鄰居照應。王忠到家內提了一桿花槍，把他們的包裹穿在花槍之上，與他們擔著，還帶著些乾糧。他走的這道路不是大道，淨穿山路而走，晚間住宿，就是投山村借宿。

走了一天半的光景，就到了苗家鎮。這飛天豹子，與苗天雨論親戚還算長著一輩，奈因先前是盟兄弟，不以親戚論，仍論他們把兄弟。到了家中，苗天雨迎接出來，一見二位姑娘，又見了王氏與大盟兄，倒很覺歡喜。讓至裡面，女眷歸後邊見了鄭氏老太太行禮，老太太見著姪女甥女，愛如珍寶一般。皆因這位老太太無兒無女，直不知怎麼親愛才好。凡是女眷，遇見娘家的人最親。有句常言：人活九十九，預備娘家作後手。叫二位姑娘挨著他一坐，一問他們的來歷，把老太太嚇的渾身立抖，說：「孩子，你們可別上山去，衝鋒打仗那是男子所為，非你們姑娘所辦之事。」皆因這位老太太不會武藝，故此膽小。正說話之間，苗天雨同王忠進來，也就問了姑娘一遍。等姑娘說完，苗天雨攔阻說：「二位姑娘不到我家中來，我就不管了。要由我家中上山，與賊交戰，倘若有險，我擔架不住。你們要殺他個湊手不及可也使得，有我們兩個老頭子上山，足可以勝得了他們。」二位姑娘聽見就有些不願意，旁邊有王氏說著，無奈之何，二位小姐對使了個眼色，也不用商量，不約而同等著初四日晚間偷跑上山。

苗家預備酒飯，二位姑娘得便把主意定妥，初四日夜內上山。可巧玉仙姑娘投宿，也是皆因婆子傳話說的，英雲一聽，這投宿的由山上下來，心中就是一動。暗暗與素花一說：「大概許是那個玉仙，他說叫東方玉，準是他。咱們得便看看他去。」先叫家人把員外從屋內請出來，英雲告訴了苗天雨一番。二位老者本就有些疑心，看他動作不像男子，不然怎麼有許多人觀看呢，就是這個緣故。後來讓他睡覺，特意看他動作如何。果然不出英雲所料，等他睡覺之後，就是英雲同定素花、王氏在窗外邊，聽見他在屋中掏練子槊的聲音，並問他是誰，就答道「本宅中的女眷」。然後還怕不實，教苗天雨假裝出來關門，故意往他屋中一看，這可看出破綻來了。他那一蒙頭睡覺，正對著苗天雨進去，倒作為沒看見他。復反是玉仙出來，王忠迎上去就是一槍，玉仙往旁邊一閃，用刀往旁一磕，跟著往前就進步。苗天雨對著玉仙後心，抖槍就扎。玉仙一翻身，用刀往外一掛，就見腦後颼的一聲，卻是英雲躥上來，對著他腦後朝下就剁。玉仙縮頸低頭，一彎腰，躲過這一刀。素花抱刀往玉仙肋下就扎，玉仙用刀往外一掛，王氏在旁颼就是一鏢。玉仙一扭臉，貼著脖頸邊過去，那支鏢吸呼打著。聽王氏說：「好女寇，真快！」趕上前去就是一刀，玉仙躲過。此一時刀槍齊上，並且有家人把大街門開了，一篩鑼，知會各處的獵戶，叫在本家中抄家伙，幫我拿賊。玉仙一看事頭不好，一擰身躥上房去，由後坡躥將下來。二位老者一拄槍也就躥上房去，二位姑娘、王氏隨後上房，一齊趕下來。玉仙一急，把刀一扔，拉練子槊。苗天雨用槍一扎，玉仙單槊一掛，那槊正打在面門之上，噗咚栽倒。

要問老者死活，下回分解。

第一百十八回　英雲素花雙得勝　王玉金仙對對失機

且說玉仙使刀敵不住這些人，把練子槊拉出來，苗天雨用槍一扎，玉仙用左手的練子槊往外一掛那條槍，右手的練子槊對著苗天雨的面門一抖，叭叉一聲。總皆因苗天雨上了幾歲年紀，手遲眼慢。要論說當初年輕時節，也是保鏢為生，有個外號人稱他叫坐山雕。皆因他有個兄弟叫一枝花苗天祿，最不成器，在鄧家堡與群賊入伙。自己一賭氣，辭了鏢行的買賣，會同著鄰居，打獵為生。活到六十二歲，喪在玉仙之手，這一練子槊打了一個腦漿迸裂。眾人見苗天雨一死，一個個咬牙切齒。眾獵戶縷續著也全都趕到，虎槍、虎叉、大槍、桿子、大刀，往上一齊亂扎亂砍。皆因是苗員外素常待大眾全都有恩，故此見員外一死，一個個豁出性命。玉仙這一陣練子槊，嘣叉叭叉，打躺下有數十餘人。鄭素花一拉英雲，低聲告訴英雲幾句話，亞俠女點頭。素花躥上去，對著玉仙又迎面就是一刀，玉仙用左手練子槊一掛，素花先把刀抽將回來。玉仙左手練子槊對著素花就抖，素花往後一撤步，一歪身閃躲過去。玉仙又用左手槊對著他打來，素花又一歪身躲過，淨等他雙槊齊打，才破他的這個招數哪。玉仙不知是計，以為敵人不敢還手，把雙槊一齊往外就抖。素花左手早就提著一個雞爪飛抓，淨等著他雙槊齊打。果然玉仙把雙槊一齊打來，素花用左手的雞爪飛抓，對著他的練子槊往下一砸，連抓的絨繩帶練子槊的練子全都裹在一處，一時之間不能摘開。二位姑娘彼此往自己懷中一奪，英雲趕上前去，用刀背對著玉仙脊背叭叉一聲，玉仙眼前一發黑，噗咚一聲趴倒在地，震的他吐了一口鮮血。連王氏帶二位姑娘過來把玉仙捆上，英雲先將他手中練子槊奪將過來。

眾獵戶一看苗員外早已死就，所有之人全是哭哭啼啼。教眾人把苗天雨屍首搭在院內，進了上房，放在床榻之上，然後又把玉仙搭來，丟在院落之中。後邊老太太一聽員外廢命，從後邊帶著丫鬟婆子哭將出來，到前廳見苗天雨頭顱一碎，哭的是死去活來。連英雲與素花帶王氏、王忠等，俱是放聲大哭。連眾獵戶，思念老員外待他們有恩，全哭成一處。不大的工夫，連街坊鄰舍的女眷，也全都進了上房哭老員外來了。哭罷多時，大家全止住淚眼，王氏說：「全是我們來的之過，我們若是不來，焉有這樣事情？」遂告訴二位姑娘，將這女賊活活祭靈就是了。英雲說：「使得。」躥將出去，在玉仙腿上哧溜哧溜割下兩塊肉來。第二個就是素花，說：「千萬可別要他的命。」連男帶女，你一刀我一刀，把玉仙剮了個鬼哭神嚎的聲音。這也是因為與他哥哥報仇，上開封府去，要殺包公與夫人之過，這是報應循環。後來把玉仙剁成肉泥一般，然後英雲開了他的膛，把心掏將出來，供在苗員外面前，用碟子擺上，作為祭禮。教人抬老員外壽木，裝殮齊畢。天有四鼓，教獵戶把玉仙屍首搭出去，拋棄山澗之中。出去工夫不大，那幾個獵戶慌慌張張跑進來說：「王員外，可了不得了。我們搭著屍首正要扔在山澗，從山上下來了兩個人，是一男一女。我們扔下屍首就跑，遠遠聽見他們抱屍痛哭，說是他妹子。咱們早作準備，不然可怕他們找上門來。」王忠一聞此言，立刻抄槍。英雲、素花、王氏叫家人與眾獵戶掌燈火。

還未出門，就聽見外面喊叫：「是什麼人殺的我妹子？要無人答言，就把你們這村子殺一個乾乾淨淨。」王忠躥將出去，見男女二人全都背著個大包袱。你道這二人是誰？一個是金弓小二郎王玉，一個是金仙。皆因初四日早晨，有辰刻的光景，並不見西屋內有動靜，打發丫鬟過去一瞧，丫鬟回來告訴說：殺死婆子，那小姐不知去向。金仙親身過去一看，就知玉仙逃竄了，回來把話告訴王玉。王玉趕緊奔到大寨，對寨主一提此事，正是臧能把藏春酒配好，將酒抱過來，與大寨主觀看。王紀先一聽，直氣得二目圓翻，說：「三弟，你不用瞞我，這分明是你暗暗的將他放走。你與我找來，不傷你我弟兄的情面，若找不來，由此你我就要反目。量他就是逃出山去，一個女流之輩，也去不甚遠。」王玉一聽，點頭諾諾而退，說：「小弟我去就是了。」回到本寨，見了金仙一提這段情由，金仙說：「依你的主意怎樣？」王玉說：「依我主意，從後山追趕罷。」金仙說：「不如你我二人以拿他為名，找著他也是一路同走，找不著他遠遁別方，尋個棲身之所。也不想位極人臣，也不想紫袍金帶，只要吃一碗安樂茶飯，我看著倒是一個很好的主意。」王玉也就依著金仙這個主意，拾掇了東西，帶上應用的物件，背了兩個包袱，告訴丫鬟：「可不許你把風聲洩漏，如要走了消息，回來我先結果你的性命。」丫鬟連連點頭說：「我天膽也不敢。」二人由後寨出來，守寨的嘍兵說：「三寨主意欲何往？」王玉說：「我們有緊要的事情，不許你等聲揚此事，無論是誰，不准告訴。」嘍兵說：「我們不敢。」

二人下了山，縷順著盤道，直奔苗家鎮而來。越走天氣越晚，走到苗家鎮南，就有四鼓。只見交界牌前，橫躺豎臥俱是被殺身死的七八個人。王玉好生納悶，不知是什麼緣故。金仙說：「你看前邊是什麼人？」王玉一問，獵戶扔下玉仙就跑。王玉、金仙身臨切近，看是個女死屍，剁的可憐，還是大開膛。細細一看，方才認出來是玉仙。金仙抱屍慟哭，不知被什麼人所害。王玉也哭了半天，把金仙勸住，說：「咱們上村中去罵，大概準是被村中之人所害，村中可有個不好惹的人。」金仙問是誰，王玉說：「此人叫苗天雨，外號人稱坐山雕，咱們山中連輸過他三陣，大概妹子準是死在他的手內了。」二人議論，到苗家鎮，就見由廣梁大門蹭蹭蹭躥出幾個人，頭一個就是王忠。男女二人放下包袱，遂即亮刀。王忠托槍就扎，二個姓王的單刀對花槍，兩個人戰在一處；那邊是金仙與英雲、素花、王氏，大家交手。眾獵戶掌定燈籠火把，一齊喊叫：「拿賊呀，拿賊。」

金仙一瞧事頭不好，虛砍一刀，躥出圈外，撒腿就跑，眾人就追。金仙回手把刀一扔，把練子錘從腰間解將下來，一翻身回來，把練子錘嘩啷嘩啷的亂抖。大家一齊喊叫：「這個女賊也是這宗兵器。」鄭素花又把那雞爪飛抓亮出來，迎將上去。淨等著他雙錘一齊往上一抖的時節，好拿雞爪飛抓繞他的練子。金仙那裡知道他的利害，果然雙錘湊在一處，對著素花一抖，教素花雞爪飛抓繞在一處，二人彼此對一奪，英雲在後又是一刀背，呼的一聲，金仙噗咚趴倒在地，立刻過來就捆。王玉一瞧事頭不好，打算著要逃竄性命。忽見由山下來了一伙人，彼此全都亮兵刃，往上就闖。頭一個就是小義士艾虎，第二個是公子盧珍，第三個是劉士杰，第四個是開路鬼喬彬，第五個是馬龍，第六個是張豹，大家一齊往前夠奔。

你道這些人因何到此？皆因蔣爺與鍾雄又論，附耳低言說的那個話，就是派些人從後山上來，初五日，由後山上去，聽見前邊炮響，在後山放火，殺他個首尾不能相顧。問誰願意去，這幾個人願意去，遂帶著焰硝硫磺引火的物件，將到後山，全從汝寧府奔到此地。一看天氣已晚，不敢耽延時刻，這三人有能高去高來的，就有不能的。來到苗家鎮，見那裡動手的，頭一個就是艾虎眼快，把刀亮出來，往上一闖，一見是金弓小二郎王玉，說：「這可是活該，看你往那裡去。」王玉本就無心，又把他那口刀削為兩段，王玉撒腿要跑，迎面教盧珍用刀砍在肩頭之上，噗咚一聲栽倒在地，大眾也就將他捆上。王忠過來，面見眾人，問了姓名。艾虎等自通名姓，王忠一聽，不是外人，先教姑娘回避。二位姑娘早就把這對練子錘先拿了去了，然後教人把金仙抬到院中，姑娘俱都回避。

王忠讓艾虎大眾到家內，艾虎等並不推託。到了家中，至上房一看，停定一口棺材，艾虎等俱是一怔，又一打聽，因為何故這裡有一口棺木？王忠就把苗天雨死的來歷訴說了一遍。艾虎一聽，實係難過，算好把玉仙結果了性命。又問他們因為何故到此，王忠說：「我們不知，大概準是要逃竄性命。」艾虎問王忠：「你老人家怎麼也到此處？」王忠就把怎麼要上後山打仗的話說了一回。艾虎說：「這就不用了，有我們幾個人來，奉我們蔣、展二位大人之命，從後山上去，聽他們炮響，放火燒他們個首尾不能相顧。還是事不宜遲，我們這就得走。」王忠問：「拿住的這兩個人便當怎樣？還是結果他們的性命，還是送在當官？」艾虎說：「你們要打算與苗老員外報仇，就拿他們祭靈，如不祭靈，就把他們交當官處治。」王忠說：「已然有了一個祭靈的了。」艾虎說：「既是如此，就交在當官。」商量已畢，仍是留著報官。艾虎告辭，王忠說：「你們幾位道路不熟，我同著你們一路前往罷。」艾虎說：「你們這裡有事，不可同我們前去。」王忠說：「這裡事情不要緊，交給他們辦理就行。」艾虎說：「要是老英雄與我們同走，大事更好辦了。」王忠告訴明白家中的女眷，提了一口短兵刃，同著艾虎六位一路起身，家中教他們看著男女二賊。

出離苗家鎮，往山上所走，書不重敘。直奔到山上，天有辰牌❶光景，到後寨門，不敢上去，淨聽

❶ 辰牌：辰時。上午七時至九時。

炮聲所響，方敢上去。時光不大，就聽見號炮驚天，這七個人奔後寨門，遇見看後寨的老弱嘍兵，一問說：「你們從何處而至？」話言未了，就作刀頭之鬼。艾虎見殺了一個，王忠也殺了一個，展眼之間，殺了個乾乾淨淨。又往那前一走，遇有房屋就點起火來，遇人就殺。直到中軍大寨，迎面遇見臧能將要逃命，早被艾虎一把揪住，舉起寶刀要剁。

若問臧能的生死如何，且聽下回分解。

第一百十九回　小英雄火燒朝天嶺　眾好漢大戰馬尾江

且說艾虎見著臧能，劈胸一把將他揪住，擺刀就剁。臧能見艾虎把他揪住，雙膝點地，苦苦求饒。艾虎微微一笑，說：「你是惡貫滿盈，還要逃竄性命，焉得能夠？」盧珍說：「賢弟且慢，這個人不可殺他，總是留他的活口才好。」艾虎說：「咱們要留他的性命，把他放在什麼所在？」盧珍說：「把他幽囚起來。」艾虎說：「少刻咱們放火，把他幽囚何處？」盧珍一聽也倒有理，張豹說：「我扛著他走。」就把臧能按倒，四馬倒攢蹄往起一捆，張豹往肩頭上一扛。大眾各處放火，所殺的人倒不大甚多，皆因是闔山的嘍兵，俱都下山打仗去了。逢人就殺，各處火光一起，全奔了寨柵門。往下走還有四十里路呢，把個張豹累的喘吁不止，說：「我不能扛他了，咱們把他殺了罷。」艾虎說：「已然扛了這麼遠，為何又把他殺了呢？」大家換替扛著，沿路之上，各店鋪的人遇著就殺了，見著屋子就放火。走到臨河寨，天有掛午的光景，就剩了一隻船。艾虎上去，把船上之人結果了性命，搶船大家上去，直到中平寨，又從中平寨搶船。此時大開竹門，就聽見軍鼓大振，火炮連聲，兩下正殺在難分難解之時。

說書一張嘴，難說兩家話。朝天嶺就從失了玉仙，教王玉去找，也並未見著回信，後來一找王玉，王玉與金仙也跑了。無奈之何，總得料理第二天打仗的事情。王紀先淨是生氣，臧能勸解說：「寨主，總是料理大事要緊。只要成了大事，要什麼樣壓寨夫人沒有？」王紀先無奈，也就得是如此了。臧能的主意，初四晚間教他們下山，省得明早下山，走四十里地，上前打仗未免的疲乏。今日下山，走這四十里地，一夜之間也就歇過來了，次日一開竹門就打仗，豈不甚妙。」王紀先說：「先生真是高才。」就留臧能看守大寨，其餘嘍兵盡都下山。頭天住紮臨河寨，次日五鼓起身，大眾嘍兵飽餐戰飯，辰刻齊隊，連廖習文、廖習武俱都上船。至中平寨，楊平滾帶著四員偏將，早就預備停妥，大寨主一到，就是三聲信炮。這一出竹門，水面列擺船隻，好不威嚴。

再看君山那邊，船隻早就列擺的齊齊整整。原來有展南俠、蔣四爺、白芸生、鄧彪、胡列、鬧海雲龍胡小記，初四日就奔到君山的船上。三千戶守村的是閻正芳、徐慶、韓天錦、龍滔、姚猛、魯世杰、史丹、閻齊。如今魯世杰跟著蔣四爺學了八手錘，這八手錘教了夠三千多遍，將才會了兩三手，實係的太笨。可有一件好處，自要記住了，永遠不忘。也是活該，這廟中後殿佛像的旁邊，掛著一對鑌鐵軋油錘，一問和尚，他也不知道是何年月日掛的。魯世杰拿著可手，就與和尚討過來了。如今也把他留在這裡看守三千戶。蔣爺與眾英雄商量妥當，到次日，一隊分兩隊，兩隊分四隊，俱已將人派好，前後的接應，兩旁的護哨。號炮一響，兩下裡亮隊。這一陣可不似先前，退後者立斬，只許勝，不許敗。見那邊竹門一開，鍾雄這裡一聲令下，把一隻大虎頭舟擺將出去。

兩下裡相隔不遠，鍾雄在船上與對面答話，說：「王寨主請了。」王紀先說：「鍾寨主請了。」鍾雄說：「王寨主果不失信。」王紀先說：「奇男子大丈夫，焉有失信之理！」鍾雄說：「前日與寨主修下戰書，今日與寨主決一勝負，我有言在先，要打了敗仗，情甘願意把君山讓與寨主執掌。王寨主要輸給與我，便當怎樣？」王紀先說：「我要打了敗仗，我把這座山讓與你執掌。言不應點，如畜類一般。」

鍾雄說：「我要敗仗不讓君山，非為人類。王寨主傳令罷，我可要得罪了。」話言未了，一回手，噹就是一飛叉，正叉在王紀先半副掩心甲上，將叉撞回來，墜落在船板之上。鍾雄身後就是王京，嚇叉叭叉，所有的暗器全都打將出去，俱是空費徒勞，打在身上，俱都撞將回來，眾人方才知道王紀先必是金鐘罩。兩下船隻往一處一湊，這一陣好殺，也有在船上動手的，也有扎入水中的水內交戰，展眼之間，就有死於非命的，真稱得起強存弱死，真在假亡。

楊平滾的船往外一撐，楊平滾手中提定一對三尖刺，正要過來與鍾雄交手，鍾雄手中提定五鉤神飛槍，也要與他較量。皆因是王京躥到王紀先那個船上，二人交手，楊平滾也要過來與鍾雄交戰，不料從後邊嘭的一聲，就是一刀，楊平滾的頭顱墜於船板。那隻船上一陣大亂，鍾雄一見好生詫異。又見偏將對偏將交手，展眼間，那三員偏將俱死在那人之手。那三個偏將叫劉成、馬泰、方天保，全死了。那個偏將又殺嘍兵。鍾雄見那人驍勇無比，殺了許多的嘍兵，復又躥到廖習文的船上。廖習文對著他發出一只袖箭，那人一矮身躲將過去，掃堂刀就砍在廖習文的腿上，栽倒身軀，那人回手一刀，就結果了性命。廖習武見他兄弟一死，氣衝兩肋，說：「文俊，你反了嗎？怎麼殺起自己來了？」一擺雙鐧跳到這隻船上，早教那人一抬腿踢下船去，在水內教胡小記、胡列、鄧彪把他拿住，揪往君山後船來了。看看的朝天嶺打了敗仗，嘍兵死的不計其數。

後邊策應船，王紀祖催船接應，迎面遇見金頭蛟謝充、銀頭蛟謝勇。謝充躥上船去，王紀祖一抖三股叉，謝充翻斤斗跳在水中去了。王紀祖一抖身躥在謝勇的船上，掄叉桿就砸，謝勇未容叉桿打著，一翻身跳在水中去了。王紀祖又奔了蔣熊的船，也是一抖叉，蔣熊就墜落水中去了。又與侯建交手，也就在三兩招數，侯建也打入水中去了。王紀祖哈哈大笑，自覺著連贏了四陣，以為都不是他的對手。他焉知曉是中了人家的計策。別看都扎入水內，打算要在水內拿他。迎面之上來了一隻小船，上面站著兩個人，前邊那人說：「好烏八的，不要張狂，老西來也。」原來是徐良。

就皆因前文說過，徐良被捉，教那武生相公把他拿住捆好，那人揚長而去。少刻出來幾個家人，把山西雁搭到裡面書房外頭，不多一時，那武生相公扛著七雲雕從外面進來。那七雲雕本是央求那武生相公在院內暫避一時，相公說：「你隨我來。」教他在茅房內藏著，先拿的徐良，後拿的七雲雕。那相公實在不知二人是誰，皆因徐良說：「他是賊，我是拿賊的。」相公二次出去，才把七雲雕拿住扛進來，也就扔在徐良對面。相公問徐良：「你方才說你是拿賊的，在那裡當差？姓字名誰？快些說來。」徐良說：「我姓徐名良，字世長，山西人氏，御前帶刀四品護衛。」相公一聽，連忙親解其縛，說：「我提個人你可認識？」徐良問：「但不知是誰？」那相公說：「姓蔣，名平，字澤長，外號人稱翻江鼠。」徐良說：「那就是蔣四叔。」那人道：「原來是老賢姪。」徐良說：「你就是大叔了，不知大叔貴姓？」那人說：「我姓苗，叫苗正旺，匪號人稱玉面小神龍。」徐良說：「你老人家當初在高家堰治水拿吳澤的那位大叔麼？」苗正旺說：「正是。」徐良說：「你老人家因何在此處居住，是什麼緣故？」苗正旺說：「皆因救了公孫先生，拿吳澤，是我天倫怕大人奏事，萬歲封官，我們急急隱遁了。我有個當族，在朝天嶺後山苗家鎮居住，是我叔叔。皆因我有一個二叔，他入了綠林，我們就搬在此處，叫避賢莊，不料我天倫就死在此處。不料賢姪到此，千萬恕我不知之罪。但不知賢姪到此因為何故？」徐良就把開封府丟印，到此找天倫，朝天嶺造反，追下七雲雕的話說了一遍。苗正旺說：「原來還有這麼件事情，皆因我住在荒村之內，一概不知。賢姪請在這裡住著，我自有道理。」徐良說：「我展大叔、蔣大叔在三千戶還等著我呢，我不回去，他們放心不下。」苗正旺說：「無妨，我自派人與他們送信。」徐良無奈，只得住在他家內。

苗相公預備酒飯，待承山西雁。徐良是酒點不聞，自可就是用飯。用飯之時，苗相公叫家人：「別缺了那個人的飲食。」與徐良談了半夜的光景，問徐良所學所練，山西雁就對著苗正旺，把自己所學的一一說了一回。苗正旺說：「我要在賢姪身上學習一宗暗器，不知賢姪肯傳不肯傳？」徐良說：「大叔，只要我所能的，任其所學。」苗正旺說：「你把緊臂低頭花裝弩教給與我。」徐良點頭應允，每日晚間教給與他，白晝也有在家的時節，也有不在家之時。這天早早的用飯，說：「賢姪，我帶你瞧趟熱鬧去，該你成功之日了。」徐良納悶，就跟著他，帶了自己東西，出門到了河沿。苗正旺用手一招，自來一隻小船，二人上去，搖搖擺擺，未出山圈，就聽見咕咚咚連聲大炮。徐良問苗正旺，就把今日對敵話言細細說了一遍。徐良此時恨不能肋生雙翅，飛到那裡才好。繞了半天，方才繞到馬尾江。徐良說：「苗大叔，我在水裡打仗可不行。」苗正旺說：「水中打仗非得跳過船去，這隻船跳在那隻船，那隻船跳在這隻船上才行。似你這身體伶便，水中打仗極其容易。」這句話把徐良提醒。

迎面就看見王紀祖連贏了四陣，他一縱身躥過王紀祖這隻船上。王紀祖用三股叉對著他一扎，徐良用大環刀往上一迎，嗆的一聲把叉削為兩段。王紀祖嚇的膽裂魂飛，將要往別的船上一躥，忽見水中縱上一個人來。徐良一看並不認得，有二十餘歲，黃白臉面，細目長眉，一身水衣，手中拿定單拐。正在王紀祖往那船上一躥，那人手執單拐打去，噹的一聲，正打中王紀祖磕膝蓋以下，賊人噗咚落水。原來蔣四爺此時正在水中，殺了那邊嘍兵無數，忽見西邊來了一人，並不認得，亂殺朝天嶺之人。穿著一身水衣，尿包蒙頭，一隻手拿定單拐，一隻手拿定一個鐵錐，也有拐打的，也有錐扎的，死的人不計其數，又拿了王紀祖。王紀先見兄弟落水，對徐良就是一槊，徐良用刀一迎，將槊頭削落。白芸生躥到紀先的船上，砍了一刀，槊桿一迎，芸生撒手扔刀，一抬腿踢在王紀先手上，扔槊，二人揪扭。紀先力大，把芸生舉起來往船上一摔，死屍栽倒。

要問如何，且聽下回分解。

第一百二十回　破朝天嶺事人人歡喜　報陷空島信個個傷悲

且說王紀先力大，白芸生力微，半截槊磕飛刀，芸生踢飛他的槊，二人揪扭，把芸生舉起來了。扭項一看，就見山上烈焰飛騰，山上四十里路煙雲滾滾，黑霧迷漫。王紀先一看斷了他的歸路，暗暗叫苦。說的時遲，那時可快，就在舉著芸生一怔的光景，徐良就發了三只暗器，俱都碰回。用力一摔芸生，就紅光迸現，死屍摔倒於船板。列位聽明，可不是芸生廢命，是王紀先死了。皆因是把芸生舉起來，趕緊就摔，芸生也沒有緩手之工；微一怔，大爺急中生巧，一回手，右邊肋下還掖著一口小寶劍哪。抽出魚腸劍來，對著王紀先胸膛之上扎將進去，王紀先死屍栽倒船板。人死焉能還舉著人哪，芸生用了個鯉魚打挺，躥在船板，徐良往那隻船上就叫。寨主一死，這隻船上的嘍兵全跳入水內。依著芸生，把徐良叫在這邊船上。徐良說：「那隻船大沒人搖。」芸生才躥在這隻船上。

此時就剩下一個七雲鵬，他又換了一十三節鞭，一瞧勢頭不好，有用之人盡行死去，淨剩下些嘍兵，又見後寨火光沖天，明知事敗，三十六招，走為上策。欲要逃走，焉得能夠。迎面正遇見艾虎搖著船，盧珍、劉士杰、馬龍、張豹、喬彬，船上扔著臧能。喬彬一縱身就攛在七雲鵬船上，七雲鵬一掄十三節鞭，噗咚墜落水中去了。艾虎說：「不好，救人。」早有胡列在水中把他一馱，救往君山後船去了。艾虎將把船一靠，七雲鵬一掄十三節鞭，艾虎七寶刀嗆的一聲削去了三節。這十三節鞭長共有一丈三尺，削去三節，還有一丈。又一掄鞭，那船一歪，連船帶人全都翻入水中。

原來下面蔣爺帶著胡小記、蔣熊、侯建、謝勇全在水內，淨等著扛船。蔣爺見淨剩了七雲鵬這隻船，大家全在一邊，往起一扛，自來那船一翻，在水中把七雲鵬捉住，然後大眾俱都躥上船來。蔣爺為的是開發那些嘍兵的活命，說：「所有朝天嶺的嘍兵聽真，你家寨主俱已被捉，也有廢命的，你們要知時務者，棄暗投明，保你們一條生路，倘若痴迷不醒，那時悔之晚矣。」眾嘍兵聞聽此言，全都願意，就跪在船上，拋棄兵刃，哀告求饒。蔣爺收服了朝天嶺那些嘍兵，然後鍾雄鳴金收兵。眾人兵合一處，將到一家，一查點，君山所有死去五六十人，帶著重傷的，也有三十餘人，俱在後船調養。徐良過來見禮。所有水內拿住人的俱來報功。蔣爺問徐良：「你上那裡去了？」徐良把始末根由細說了一遍。蔣爺問：「你苗大叔現在那裡？」徐良說：「方才就在一隻小船之上，如今也不知去向。」徐良猛一抬頭，說：「來了。苗大叔，你老人家快來罷，我四叔正要請你哪。」說話之間，苗正旺一笑，說：「徐良，你枉聰明了。你看那朝天嶺的寨主，刀槍砍在身上不怕，身邊必有寶物在裡面套著，還不取去哪。」徐良這才醒悟，立時駕一隻小舟追趕過去。

到朝天嶺那隻大船上一找，王紀先屍首蹤跡不見。那船上就有兩個嘍兵，一問你們寨主的屍首那裡去了，嘍兵說：「方才有一個人把他扛下船去，那不是在那剝衣裳哪。」徐良趕緊奔到小船上，叫他們撐到南岸，下船奔至王紀先那裡，再看他的裡邊衣服，蹤跡不見。心中一著急，就見那人肩頭上背著東西，飛也相似直走，就見一個後影兒，穿著一身爛破的衣裳，身量不大甚高，一直撲奔正南。徐良撒腿就追，就是追他不上，一拐山灣，蹤跡不見，徐良垂頭喪氣回來。

此時蔣爺把苗正旺讓在船上，大家見禮，問了這幾年的光景，一一全都訴說一遍。蔣爺一聽苗九錫已然故去，歎惜了半天。苗正旺問：「四哥，方才水中那一個使拐的你可認識他是何人？」蔣爺說：「不知。」又問：「你們那開封府的印可得在手中？」蔣爺把沒得的言語說了一遍。正旺哈哈一笑說：「可惜你這翻江鼠哇！如今你們把朝天嶺一燒，這印就說在那裡也不去找？」蔣爺聞聽這話內有因，說：「必然是你們許知道，不然絕不能這們問我。」正旺一笑，叫自己的家人去請。不多一時，駕一小船，來了二位，一個是沈明杰，還有那個使拐的，身後還有李珍、阮成，四人一同進來，見了蔣四爺。此時閻正芳、徐慶等也帶了一干人前來道喜，全與苗正旺一見。蔣爺說：「這位不用見，我們認識，姓沈，叫沈明杰，是與不是？」苗正旺說：「正是，外號人稱笑面郎君。這位姓呂，叫呂仁杰，外號叫抄水雁子，是我的徒弟。此人是徐三爺相好的上清宮呂道爺的姪子。」見了一一全都行禮。沈明杰把開封府的印獻給蔣四爺，呂仁杰拿著王紀祖。蔣爺問他們送印的來歷，沈明杰說：「我與呂賢弟我們哥兩個，俱在朝天嶺教廖習文的武藝，暗器是我教，水性是我呂賢弟教，我們就在山中住著，故此我們上山容易。你老人家進去，我就看見了，我從後窗戶鑽進去，先就把開封府的印拿起來，我藏在桌子底下去了。你從前面進來，把臧能的印拿去，故此你老人家不知是我拿去的。」苗正旺又問：「他怎麼不來？」明杰說：「他不來嗎？」苗正旺說：「找他去，他不來不行。」蔣爺說：「又是誰？真隱著高人哪！」正旺說：「他算是我個師弟。」去不多時，把這個人找來，倒有認識的，此人就是焦文俊，是神行無影谷雲飛的徒弟。

前文已經表過，由尼姑庵救了他妹子玉姐，第二天與他師父會在一處。依著他，要把尼姑庵殺個乾乾淨淨。他師父不教，故此雇了馱轎車輛，連他老娘與妹子，谷雲飛同著找苗正旺來了。將他們安置這裡，谷雲飛離了避賢莊，誰也不知道他準往那裡去了。如今他妹子又許了呂仁杰，他帶著他老娘，就在呂仁杰同院居住。有苗正旺幾個人一商議，就知道朝天嶺是一個國家大患，不定那時必有人前來抄山，他們就作為內應。君山與蔣爺一到，呂、沈二位他們裡邊就得著信了，把徐良安置在苗正旺家內，他們大家議論主意，盜印的盜印，救人的救人，把李珍、阮成兩個人又單安置在沈明杰家裡，也不教他們出來，等初五日這才帶著他們彼此眾人相會。焦文俊也是蔣四爺帶著他全都見禮。徐良說：「苗大叔，有個人剝脫王紀先的衣服飛跑，我也趕不上，不知那個人是誰？」焦文俊在旁說：「那就是我師父。」徐良說：「這就是了。不知山賊裡面套著什麼寶物？」苗正旺說：「他身上裡邊套著一副狻猊鎧❶，你若先前過去，也就得到你的手中了，如今後悔也是晚了。」這谷雲飛本是瞧看徒弟來了，可巧遇見這邊打仗，自己看看，如若這邊不能勝他人，好拔刀相助。見這邊已然得了勝，他看王紀先不是金鐘罩，身邊必有寶物護體，無心中得了這副狻猊鎧。自古至今的寶物事情出現，一物必有一制，專諸刺僚之時，就是魚陽劍刺透狻猊鎧。谷雲飛得鎧不提。

單說鍾雄得來的船隻東西物件，就是山中物件一絲不能到手，全被火中燒化。鍾雄犒賞三軍，待承大眾酒飯。艾虎又把後山拿住金仙連王玉，玉仙廢命的話，學說了一遍。大眾一聽，很覺歡喜，就教鍾雄暫行奔潼關，聽旨意升賞。把所有拿住的眾人，擇日回京之時，俱都帶往京都，聽旨意發落。等到第四日，有苗家鎮十幾個獵戶，搭著金仙、王玉，見蔣大人、展大人，前來回話，蔣爺把兩個人留下，重

❶狻猊鎧：狻猊，獅子。鎧，古代作戰時護身的服裝，金屬製成。皮甲也可稱鎧。這裡指獅子狀的鎧甲。

賞獵戶。獵戶回去，又有潼關總鎮知道這個信息，帶領四員偏將兵丁等前來，到了船上，與大眾見禮，問了大眾破山之事，蔣爺一一學說了一遍。總鎮一聽，連連點頭誇獎，也就在這裡待承酒飯，又與蔣爺說：「王爺不久的就要到了潼關，大眾要走，必須給我們留下些人才好。」蔣、展二位一議論，既要留下，總要能打仗才好。正在未能定準留下誰人在此，忽然嘍兵進來報說：「四大人，外面有陷空島之人叫焦虎，求見大人。」蔣爺說：「叫他進來。」焦虎隨命而入，見了盧珍跪倒，說：「公子爺，大事不好了。咱們陷空島教一伙賊人占了，老爺一腔熱血都吐出來了，到如今不知生死。」盧珍一聽，噗咚一聲栽倒在地。

要問陷空島怎樣丟失，下回分解。

第一百二十一回　盧員外陷空島交手　展小霞五義廳施威

且說焦虎報信，陷空島丟失。皆因白菊花由南陽府與張鼎臣、紀小泉同奔姚家寨，在半路紀小泉一人私自單走，這二人也沒找他，就奔了姚家寨。這天正是姚武的生日，大家與姚武拜壽。白菊花到，同著張鼎臣與群賊見禮，然後到裡面見他姐姐，復至外面大家落座。姚家弟兄打聽他的事故，白菊花就把他怎麼教人家追的望影而逃的話，一一訴說了一遍，又提徐良是怎樣的利害。姚武說：「不妨，他們要是陷空島人氏，咱們正好報仇。」白菊花問：「怎樣報法？」姚武說：「咱們家中有一個從人，是陷空島的，他說那裡地方寬闊，裡面淨積糧十年吃不清楚。趁此時節那裡無人，正好前去搶島。」白菊花問：「此人是誰？」姚武說：「此人姓韓，叫路忠，皆因與陷空島有仇，如今在咱們家裡。他給出了一個主意，教咱們搶陷空島，勝似苗家寨。」白菊花說：「把這人叫來，我問問實與不實。」不多一時，韓路忠到。白菊花一見，生的是瘦小枯乾，青白面皮，兔頭蛇眼，鼠耳鷹腮。白菊花一問，他就將怎麼寬闊，裡面積糧，足有十年吃用的；三面是水，一面是山，裡面各處都有埋伏，總有萬馬千軍，不能攻破此山的話說了一遍。白菊花一聽此言，說：「這可是活該，如今徐良與綠林作對，非報此仇。」

過完了生日，就打點包裹行囊，預備馱轎車輛馬匹，粗重物件一概不要。正要起身，忽見報將進來說：「晏舅爺，外邊有人找。」白菊花出去一看，是火判官周龍、玉面判官周凱、張大連、皮虎、黃榮江、黃榮海、赫連齊、王剛、柳飛熊、陳振、秦業、常二怔、胡仁、房書安，白菊花見群賊，大家行禮，往裡一讓，見黑面判官姚文、花面判官姚武。有認得的，有不認得的，眾人相見。姚文問：「眾位弟兄，從何處而至？」周龍就把上南陽府打擂，遇見徐良，立劈王興祖，拿住東方亮，打死東方清，細述了一遍。姚文說：「你們來的正好，這徐良莫不是陷空島徐慶之子麼？」周龍說：「正是。」姚文就把要搶陷空島的話，告訴大眾一遍。眾人一聽，齊都歡喜，願意前去助一臂之力，齊說：「大哥要把這事辦好，可算給咱們眾綠林報過仇來了。」姚文說：「這仇是準報了。事不宜遲，咱們這就起身。」按人數把馬匹全都備好，又將各人的兵刃紮拴在馬上。活該陷空島有此一步大難。一個個乘跨坐騎，把大門倒鎖。

一路之上，曉行夜宿。張大連的主意路上要有人盤查，就說由京都回家，可巧一路之上，並無人盤問。這日正到松江府，找了一個鎮店先住下打尖。耗到掌燈的光景，韓路忠先去探信，教他們在店中等候。過了虬龍橋，看了看那邊就有三隻船，上面俱都點定燈火，也有男，也有女。韓路忠暗暗歡喜，轉身回來，直奔店中。眾人一問探的事情如何，韓路忠說：「這才是相巧的機會，我到虬龍橋看，常行就有四五十隻船那裡靠著，今有三隻船，咱們先將這船搶過來，大家上船，再奔陷空島那就省事了。」眾人一聽皆都歡喜，說：「可有一件，咱們這車輛馬匹還能上船麼？」韓路忠說：「那車輛馬匹就一概不要了，告訴店家，假說探望親戚家去。」飯錢店錢俱已給清楚，後又上了車輛，直奔虬龍橋而來。

仍是那三隻船，先告訴女眷們不可下車。白菊花、火判官周龍、周凱三個人把刀亮出來，一跺身，蹭蹭蹭往船上一躥。可巧船後邊有個拉屎的，那人正在那走動，忽見影綽綽來了一伙人，躥上船來，唬的他噗哧扎入水中去了。船上連男帶女一齊問道：「是什麼人上船？」連問數次，這裡並不答言，直奔船艙，在外面站定，出來一人殺一個，出來二人殺一雙，展眼之間，噶叉喀叉一陣亂殺，噼咚噗咚，全都扔下河去。可憐那老叟頑童，中年漢，少婦長女，食乳的孩兒，盡都結果了性命。把船上之人盡皆殺死，叫韓路忠把女眷全都接下車來，車內的東西全都搬在船上，車輛馬匹任其自己去罷。然後大家上船，直奔陷空島。不多一時，至島下船，把東西叫韓路忠與家人等拿著，大眾一齊過去。過了通天玉犼，韓路忠告訴眾人不可錯走，找玉犼的白點而行。至盧家莊，到盧方門首，有韓路忠帶領，眾人直奔五義廳。有打更的看見一問是誰，這就亮兵刃殺人。這一殺更夫可就亂了，那鑼嘡嘡的一陣亂響，又亂殺那些更夫。那更夫又一亂嚷亂躥，猶如驚天動地一般，暫且不表。

且說盧方辭官不做，在家中納福，先是在紫竹院與老夫人一處安歇，如今有了兒婦，有些不便，挪在五義廳安歇。這日夜得一夢，夢見白五老爺由外面進來，告訴此處不可居住。問因為何故，白玉堂說：「你疾速挪出此地，如若不挪，有大禍臨身。」又問到是怎麼件事情，白玉堂說：「你來看。」忽然間，見那座五義廳倒塌下來。盧方驚醒，乃是南柯一夢❶，嚇了一身冷汗。這日吃完晚飯，到安人屋中告訴這段情由。行至院中，一聲痰嗽，婆子說：「員外到。」安人吩咐請。盧方進屋落座，安人問：「老爺可曾用過飯了？」盧方說：「飯倒是吃過。昨日晚間，夜得一夢，大大不祥。」安人問：「所得何夢，這等驚慌。」盧方把夢中言語細說了一回，安人說：「夢是心頭想，你是思念五弟，方有此夢。」盧方

❶南柯一夢：唐代李公佐作南柯太守傳，寫淳于棼夢至槐安國，娶公主，封南柯太守，榮華富貴，顯赫一時。後率師出征戰敗，公主亦死，遭國王疑忌，被遣歸。醒後，在庭前槐樹下掘得蟻穴，即夢中之槐安國。南柯郡為槐樹南枝下另一蟻穴。後因以指夢。也比喻空幻。

說：「不然。五弟死後，他誰也沒給託夢，他與我託過一夢，已然應驗。他叫我早離陷空島，方免大禍臨身。」安人說：「如今又不作官，有什麼大禍呢？」盧方說：「天有不測風雲，人有旦夕禍福。再說我這幾日肉跳心驚，不知為了何事。」

正在說話之間，忽聽外面鑼聲亂響，說聲：「不好，你可曾聽見？」安人說：「必是那裡失火。」盧方說：「這不是失火的聲音，這是四面八方一齊響亮，怎麼是失火呢？」夫人一聽，果然不錯，叫婆子出去看看。將一出來，正碰見焦虎，問員外現在那裡。婆子說：「現在屋中，有什麼事情？」焦虎說：「沒有工夫告訴你說。」急跑至屋內，見了員外說：「大事不好了，不知那裡來了些群賊，把五義廳占了。」盧方一聞此言，嚇了個膽裂魂飛，幸而好盧方衣服靴子兵刃全在紫竹院安放著呢，立刻教安人開箱子拿靴子。安人先就嚇的魂不附體，如何拿得上來。倒是婆子把箱子打開，拿出靴子來。盧方先把長大衣服一脫，用抄包將腰紮住，脫去厚底雲履鞋，穿上靴子，由牆壁上把刀摘下來，抽出鞘外，止不住眼淚往下直流，說：「我這一輩子，打算用不著你了，替我出了多少力，到如今，想不到還得用你。」焦虎在前，盧方在後，一回頭告訴婆子，請少奶奶預備兵器，與賊人交手。婆子答應，往後就跑。盧方問：「賊從什麼地方進來的？」焦虎說：「由前邊來的。」盧方又問：「他們怎麼進的通天玉犼？」焦虎說：「不知。大概總有咱們陷空島裡頭的奸細，要是沒有裡面之人，萬也到不了五義廳。」由月樣門往五義廳前一跑，就見裡邊有男有女，把更夫殺的可憐。只有一件好，群賊不往別處去。都是韓路忠說的，離五義廳兩箭多遠，東西南北就不曉得有什麼埋伏了，故此群寇誰也不敢離了五義廳這個地方。

此時盧方一到，說：「你這一伙強寇，該死的奴才，從何處而來？」盧方將往上一躥，迎面就是黑面判官姚文，手中一條鐵棍。盧方將一擺刀，從背後躥出一人，說：「老員外且慢動手，待我拿他。」盧方一看是焦得良，乃是焦虎的大兒子，二兒子叫焦得善。此人手提一條花槍，往上就扎，被姚文單手用棍往外一磕，噹啷一聲，一翻手，叭叉一棍，焦得良閃躲不及，死於非命。這焦姓原是盧方家中的義僕，焦能是老家人，有個兒子名叫焦虎。焦能臨終之時，焦虎帶著兩個兒子大哭。焦能說：「不用哭我，咱們家幾輩全是受盧姓的厚恩，連員外小的時節，都是我把他抱起來的，不然怎麼管著我叫焦大哥呢。我囑咐你們一句遺言：好好在員外身上盡心，我雖死如生。」果然老家人死後，盧方把他埋在盧爺的墳塋之旁，上墳就與他燒些錢紙。如今出了這樣之事，焦得良一死，焦得善就要上去，破口大罵說：「好賊人，你們是那裡來的？」盧方把他一把揪住，見他是個小孩子，如何能是賊人對手。盧方往上一躥，擺刀就剁，姚文也打算單手用棍一掄，磕飛這口利刃，焉得能夠。盧方把刀一抽，姚文一反手，要砸盧爺，盧方一低頭，跟進去用刀就刺。姚文用棍一撩，噹的一聲，震的盧方虎口疼痛。老英雄將心一橫，把死扔於肚皮之外，這口刀上下翻飛。眾賊一見，怕姚文不是他的對手，姚武、周龍、周凱、張大連、白菊花，眾人縷續著上去，把盧方一圍。盧方並不懼怕，也不力乏，東擋西遮，觀前顧後，一個人與大家交手。也虧得焦虎與得善父子兩個，在盧方一左一右保住了，盧方這才不能受傷。累的汗流浹背，喘吁不止，暗暗心中忖度，怎麼少奶奶還不出來？

皆因小霞在後院，忽聽一陣鑼鳴，叫婆子出去打聽。不多一時，有前邊婆子慌慌張張進來說：「少奶奶，大事不好了！五義廳教賊人占了，員外爺出去與賊人交手，吩咐也教少奶奶前去助戰。」小霞一聞此言，帶領四個丫環，金花、銀花、銅花、鐵花，俱都換了利落衣襟，短打扮，各帶袖箭。這些人無事之時，全跟著少奶奶學會的袖箭，也有打的準的，也有打不準的。找了一個胖大的婆子，把安人背起來，用大抄包將安人臀部兜住。這婆子也拿了一口單刀。眾人從裡面往外一闖，來至五義廳前，叭叭叭一陣袖箭，打的群寇暈頭轉腦，自來就閃開一條道路。焦虎拉著盧方往外就跑，到了通天玉犼，盧方一回頭，見群賊又把少奶奶圍住，盧方一急，一張口哇的一聲，把一腔熱血全都倒將出來，眼前一陣發黑，往前一栽，被焦家父子一攙，盧方就覺渺渺茫茫，二目往上一翻，渾身冰冷。

要問盧方生死如何，且聽下回分解。

第一百二十二回　焦虎自己奔潼關送信　蔣平派人到各處請人

且說展小霞將一露面，這一陣袖箭，把賊人打的東西亂躲，盧方這才出來。復又見賊往上一圍，心中一急躁，把一腔熱血倒將出來，眼前一黑，吸呼栽倒，被焦家父子擒住。盧方此時人事不省，撒手扔刀。焦虎把盧方背將起來，焦得善撿刀，過了通天玉犼，展小霞也就隨後跟來。群賊那裡肯捨，緊緊的一追，就有生壞心的，要把小霞劫住。那婆子背著老太太在先走，少奶奶在後，走通天玉犼，焦得善告訴他們腳找白點方能過去。群賊仍然追趕，也就過了通天玉犼。前面焦虎背著盧方正走，迎面碰見丁大爺、丁二爺帶領四五十人前來。

因何得知？皆因是船上拉屎之人掉在水中，在水內遠遠望見群賊在船上殺人，又奔陷空島去了。這個人會水，他上墨花村與丁兆蘭、丁兆蕙送信。丁家弟兄帶領眾人，撐船過蘆葦蕩，到陷空島棄舟登岸，遇見焦虎。一見盧方淨剩吸呼之氣，教焦虎先背上墨花村去，又見小霞，也教他們上墨花村去。丁家弟兄把群賊擋住，用湛盧劍亂削賊人的兵刃，群賊敗走。丁家弟兄率領眾人，追至通天玉犼那裡，韓路忠教揭翻板，他們就過不來了，群賊過去，叮噹亂一揭翻板，丁家弟兄無奈，自可回去。忽見從山窟窿裡鑽出一個人來，見了丁家弟兄雙膝跪倒。這二人一瞧是費七，說：「你作什麼來了？」那人言道：「我家四老爺現在潼關，速去找來，可以治這個賊寇。我等在裡頭，以為內應。是我家逃走家人叫韓路忠把他們帶來的，並不知這伙賊的名姓。」丁家弟兄二人一聽，說：「同我們上船罷。」回奔墨花村，進書房，把盧方搭在軟榻之上，焦虎淨是啼哭。丁兆蕙遂寫了一封書信，叫焦虎上潼關請蔣平去。

焦虎拿著書信，到潼關說明來歷。過了潼關到馬尾江，蔣平把他叫將進來，問明情由。盧珍聽見，先就死過去了，大家把他喚過來，眾人放聲大哭。展熊飛在旁勸解說：「蔣四哥，咱們大家回去，設法往回裡奪就是了。」蔣平說：「你焉知曉，此島失之易，得之難。」此時徐慶仍是抽抽搭搭的啼哭，蔣平說：「三哥，此時哭會子也是無益，把陷空島奪回來才對得起大哥呢。」蔣平教南俠、徐良、于義三位先奔京都，拿著開封府的印，回京見包公稟明此事。教艾虎上臥虎溝請沙龍去。把拿住的這一干賊人，交在潼關好好的看守，聽候旨意，千萬多加小心，也別斷了他們的飲食，可也別教他的餘黨搶回去。君山之人就在此處駐紮。所帶之人徐慶、胡小記、胡列、鄧彪、李珍、阮成、史雲、呂仁杰。把徒弟魯世杰留在這裡，他與于奢、韓天錦對勁，教于奢熟習他那八手錘，渾人對渾人倒好學練。餘者眾人，都在這裡守護潼關。盧珍不必說總要回去的，白芸生也要跟著一路前往。展熊飛問道：「蔣四哥，韓路忠與陷空島有什麼仇恨?」蔣平說：「這個人他盜陷空島的東西，我把他打了一頓，他才行出這樣事來。」展南俠說：「務必先把這廝拿住，碎剮萬剮方消心頭之恨。」蔣平說：「要拿先是拿他。」書不重敘。大眾起身，君山的人仍回潼關防守，船隻灣在紅江口。

單提蔣平帶領眾人，直奔墨花村而來。曉行夜住，那日到了墨花村，有人報將進去，丁家弟兄迎接出來，大家見禮。蔣平先打聽盧方病的生死輕重，現時請醫調治，不至有性命之憂，眾人這才放心。到裡面書房，見盧方沉沉昏昏，蔣平心中一慘，徐慶放聲大哭，盧珍哭的死去活來。盧方在軟榻之上微睜二目，見著蔣平，十分歡喜。蔣平過去說：「大哥不要憂心，好好保養精神，有我等在此，準能結果賊人的性命，把咱們陷空島奪將回來，難道說這你還不放心麼？」盧方點了點頭，再問也就不說話，把眼睛一閉。徐慶過去說：「你可別死呀，你要死，咱們兩個人一同死。」盧方並不答言。盧珍跪在那裡，一味的淨哭，蔣平攔他說：「你只是哭，教你天倫聽著不好受，想主意報仇就是了。」盧珍這才止住眼淚。一問陷空島，連一點別的音信全無。

又等了幾天，北俠到，同定黑妖狐智化、雲中鶴魏真。原來是智化出家之後，同著魏真瞧看北俠去了，正在大相國寺那裡，聽見這個凶信，連魏道爺一併趕來。進門先看盧方，一見盧方昏迷不醒，心如刀割一般。素日的弟兄，不想一旦之間竟成這般光景。盧方微微睜了睜眼睛，蔣平說：「倒不必與他說話了，他心中難受。」把大眾讓至廳房，北俠、智化打聽，丁兆蕙把此事細說了一遍。又問蔣平的事情，蔣平把潼關的事情也就說了一回。智化說：「我自從出家之後，在廟中外面的什麼也聽不見。」後來議論破島之事，蔣平說：「教我三哥前邊引路。」徐慶說：「我知道的那道路誰也不知，到後山奔子午窟，這如今可用著了，就是有些難走的地方。」智化說：「也不論好走不好走，只要有認的道路人就好辦了。」徐慶說：「打算多咱可去破賊人？」蔣平說：「咱們再等等人，現時人還不夠哪。」果然沙老員外到了，同著孟凱、焦赤，帶著秋葵、鳳仙、甘蘭娘兒、甘媽媽，女眷全讓在後面去。老員外一見盧方，淚如雨下，蔣平勸解半天，也至上房屋中一同落座。

本打算第二天前去破島，有晌午光景，有南俠、于義、徐良從外面進來，同著一個黑面的和尚，大家全都一怔。見那人身高九尺，背闊三停，面如鍋底，類若北俠一般。南俠先給一見：「這就是馮老爺的叔丈，號為生鐵佛。」與大眾一一相見。蔣平先問開封府的事情，展熊飛就把印信呈與包公，剿滅朝天嶺的事情，拿住王爺手下的前站二賊，新來拔刀相助之人，所有大眾與君山立功的花名，包公全都寫入摺本，次日奏聞萬歲。天子降旨，所拿一干人犯，俱都在潼關正法；所有眾人，仍在潼關駐紮，等拿獲王爺之後，另加升賞。丟陷空島的事可沒奏事，包相爺格外給了一套文書，准其在松江府調兵。「韓章一聽見這個事情，一定要來，哭的死過去好幾次。我沒讓他來，開封府無人保護包公，就剩邢家弟兄如何行哪，好容易把他攔住。」蔣平說：「很好，你們來的正巧，我們打算今日晚間前去奪島。」展爺說：「四哥，多等個一半天再去。」蔣平問什麼事情，展熊飛說：「我的賤內他聽見此事，也一定要來。並且有馮淵未過門的妻子尹小姐，也在我們家中住著呢。皆因是生鐵佛與他姐姐帶著他甥女入都，完其姻事，不料馮淵出差，就找在我家中去了，一提卻不是外人，就在我家中住下。這位尹小姐聽見此事，願前來拔刀相助，幫著咱們拿賊，他們明日準到。」蔣平說：「可以使得。」南俠說：「我先看看盧大哥去。」蔣平同著到屋中見了盧方，盧方睜眼看了看南俠，蔣平說：「大哥，展護衛幫著奪島來了。」盧方點了點頭，並不多言。展熊飛就知道必是心中難受，轉身也就出來。到了外面，家人進來報：沈爺到。沈中元從外面進來，大家見禮。蔣平問沈中元從何而至？沈中元說：「我要上三教寺見歐陽哥哥，還沒到三教寺去呢，我先到大相國寺，才知這裡事情，我由大相國寺而來。我先看看老哥哥去罷。」蔣平說：「這是可真湊巧，也沒想著你到。」沈中元到屋中看了看盧爺，瞧著也是心中十分難過，叫了半天，盧方連眼也沒睜。沈中元也打聽了一回，蔣平對他一一學說了一遍。

到了次日，展太太到。女眷們一聽，丁大奶奶、丁二奶奶迎接出去，姑奶奶到家，焉有不迎接之理。連著尹青蓮俱都迎接進來，全有展太太給一一見過，女眷全都入後院去。忽見有一個人從外邊跑將進來，放聲大哭，說：「老員外爺現在那屋裡呢？」蔣平說：「你別哭了，他才睡著，有人一哭，他心中忙亂。」來者就是費七，見著大眾，磕了一路頭。蔣平問：「陷空島裡的事情你可知道？」費七說：「裡面的事情我無一不知，我特意前來送信。」蔣平說：「我們今天晚間就要去破島。」費七說：「不可，後天是姚文的生日，他們相中了一個地方，在玲瓏島的底下，綠蔭別墅那裡，大家全與他賀壽。要是進去，就可以把他們堵在那裡，一個也不能跑。」蔣平說：「你先回去，大員外死不了，你只管放心罷。」費七說：「你們老爺們二更天足可以進去了罷？」蔣平說：「二更天準到。」費七說：「是打前山去，是從後山進去？」蔣平說：「一半前山，一半後山。」費七說：「我把前山通天玉犼的翻板放好了，後山獨木橋他們可是撤了，不能現安。」蔣平說：「你回去罷，那就不用你管了。」費七回去不提。

到了後天，大家吃完了晚飯，徐慶等全換上夜行衣，帶上兵器。徐慶、白芸生、艾虎、盧珍、智化、徐良、魏真這些人，從後山而入。餘者眾人，全是二官人預備船隻，大家上船。女眷們拾掇利落，上了後邊那隻船上。前船由蘆葦蕩過去，行至陷空島靠船，和尚生鐵佛、丁家弟兄的家人，連男帶女足有一百餘人，陸續上山。過了通天玉犼，穿過五義廳，直奔綠蔭別墅。徐慶等從子午窟出來，大家全會在一處。到了綠蔭別墅，眾人一齊嚷：「拿賊。」裡邊正是姚文、姚武、白菊花等，帶姚文的妻子晏賽花、姚武之妻子、丫鬟婆子，俱在那裡歡呼暢飲。忽聽外面一亂，房書安說：「不好了！」大家脫衣服，抄家伙。你道他這裡作生日，家伙怎麼現成？皆因有張大連說：「咱們可得防範，別樂極生悲，總得預備兵器方好，晝夜不可離身，以防不測。」故此他們才預備兵刃。此時聽見一亂，這才抄家伙。眾人出來，見迎面就是兩個僧人，一黑一紫，一個拿著一條鐵棍，一個拿著一根禪杖。姚文、姚武往上一擁，兩根棍並舉。姚文奔到，用棍對北俠就打，北俠用平生之力，對姚文橫著一磕，姚文擎受不住，先撒一隻手，那隻手也拿不住了，橫著丟將出去多遠。不料沈中元往前一跑，那棍正打在沈中元太陽穴上，沈中元嗚呼哀哉，歸陰去了。皆因這人棄暗投明，心地不準，盜大人之過，故此他先死了。後面人全都一怔，還沒結果賊人，先損了自己一人。北俠一氣，一回手，叭的一聲，就把姚文砸死。姚武與生鐵佛二棍一碰，叭的一聲，震的姚武虎口生痛，三五個回合，被生鐵佛結果了性命。周龍被徐慶一刀殺死。周凱用刀一砍呂仁杰，他用左手拐一迎，右手的鐵錐噗哧一聲，正扎在他的左眼，回手一刀，結果性命。白菊花一見勢頭，回身就跑，小英雄往下一追。

要問淫賊生死如何，且聽下回分解。

第一百二十三回　眾英雄復奪陷空島　白菊花被殺風雨灘

且說白菊花一跑，眾賊無心動手。三尺短命丁也要逃命，教于義一鏢正中太陽穴，立時喪命。王剛、柳飛熊過來一圍北俠，三五個回合，先打死一個，後打死一個。陳振、秦業二人圍住劉萬通，被他未戰數合，俱在棍下廢命。常二怔過來動手，教魏真一寶劍劈為兩半。胡仁死在智化之手。張大連被蔣平一刺扎在嗓上，結果了性命。黃榮江、黃榮海教展熊飛用寶劍先削了他們的兵刃，然後結果了性命。房書安被鄧彪、胡列兩個人圍住，不能取勝，房書安撒腿就跑上了山頂，將要往後山跑，迎面撞著徐慶，一看這個沒鼻子之人，氣往上衝，一抬腿把房書安踢倒，咕嚕咕嚕滾在半山腰中，可巧有個大山窟窿，噗咚一聲墜落下去，大概也就死在裡頭了。柳旺的刀被丁兆蕙用寶劍削為兩段，丁兆蘭過來一刀，結果了性命。赫連齊剛要跑，被盧珍在後面追上，一刀結果了性命。晏賽花手中一對鐵蒺藜，迎面遇見秋葵，用渾鐵棍一砸，噹啷一聲。兩人正在酣戰，緊接著又上去幾個人，是展太太、展小霞、蘭娘兒、鳳仙、尹青蓮，眾人往上一圍。還有姚武的妻子，使一對繡絨刀，大家亂殺一陣。戰夠多時，尹青蓮一鏢，就先把姚武的妻子打死，然後眾人戰晏賽花。晏賽花十分驍勇，難以取勝，展小霞乘其不備，將手一揚，一枝袖箭正打在晏賽花咽喉之上，噗咚栽倒。此時大家正在氣忿之際，遇見就殺，碰著就砍。又聽得嗆啷一陣鑼鳴，不少人舉著燈球火把，拿著長短家伙，原來是費七、費八、陶五、陶六，帶領陷空島眾人，早把韓路忠拿住，捆綁在那裡，並沒殺他。大眾往上一圍，淨殺的是姚家寨之人，連男帶女，丫頭婆子，一個沒剩，殺了個乾乾淨淨，真是屍橫滿地，血染山石。

且說白菊花捨命的一跑，後面這些人那裡肯容他逃跑。跑到前面，一片是水，其名風雨灘，白菊花心中想道：他們全不會水，不如跳入水中暫避一時，倘若不行，就死在水內。徐良說：「好烏八的，又下水去了。」艾虎趕到，將往水內一躥，教徐良揪住，說：「你的水性焉能行呢，咱們在這裡等人罷。」果然縷續全到，李珍、阮成、呂仁杰、北俠等也都到了。徐良嚷叫：「誰能會水，下去拿人。」呂仁杰先扎入水中，李珍、阮成隨後也跳入水中，蔣平也到了。呂仁杰趕到白菊花面前，用刀就砍。在水中砍人最難，往上一躥，使了個踩水法，上面露出身子來。白菊花用刀一砍，呂仁杰用左手拐一架，右手就是一鋼錐，將他左眼扎瞎；白菊花「哎喲」一聲，緊跟著又是一鋼錐，把白菊花右眼扎瞎，復用拐正好在右手之上。白菊花本打算自殺身死，被拐一打，撒手丟刀，阮成、李珍兩人過來把他二臂一擰，拉上岸來，眾人亂刀一剁。也是他一世到處採花，也不知傷了多少少婦良女，報應循環。將他剁完之後，天光也就快亮，派人前去到墨花村送信。水內人上來，換了衣服。

蔣平派人告訴盧方，盧方聽說，心中大喜，病體類若好了一般。眾人將他搭回陷空島，自己要與大眾行禮道勞。蔣平把他攔住，說：「眾人也不能在此久待，所有殺死之人，全拋棄在山澗之內。活捉的韓路忠，當著盧方面前，凌遲處死，屍首也扔在山澗之內。把沈中元屍首用棺木盛殮，等甘媽媽走的時節，教甘媽媽帶回。」蔣平與眾人俱要告辭，盧方不教走：「所以等著我的病體痊癒，你們大家再走就是。」蔣平沒走，北俠告辭回廟，雲中鶴、智化、劉萬通也要起身。忽然間潼關信到，寧夏國襄陽王到了潼關，紮營下寨，特來報信。蔣平說：「這可不能不走了。」所有之人全都奔潼關，盧方也不能攔阻了，大家告辭。

非止一日，到了潼關，原來這裡早就打上仗了。皆因是蔣平走後，襄陽王在寧夏國得信，乜雲雕、乜雲鵬一死，信到寧夏國，襄陽王直氣得渾身立抖，吸呼把王爺氣死。寧夏國的國主說：「王爺何必這般大怒，就此興兵就是了。」襄陽王親帶人馬，整整的五萬，全是寧夏國之人。襄陽王手下將官：鎮八方王官雷英、黃面狼朱英、金鞭將盛子川、三手將曹德裕、賽玄壇崔平、小靈官周通。寧夏國的大將曹雷，有萬夫不擋之勇，統大兵直奔潼關而來，安營下寨，號炮三聲，紮下大營。這裡探馬早報進潼關，總鎮蓋一臣升帥府廳，與鍾雄議論軍務大事，先派人八百里加緊上陷空島送信，後派人在城上多設灰瓶、炮子、滾木、雷石。聚齊眾將，鍾雄親身率領人馬出城，另紮一營。又有藍旗報道：襄陽王下戰書，明日打仗。鍾雄給一回書：明日正午開兵。先與蓋一臣送信。

蓋一臣帶領偏裨牙將，預備戰馬，明日五鼓飽餐戰飯，掌號齊隊。就聽那邊也是號炮三聲，兩下裡一亮隊，真是盔滾滾遮天映日，甲層層萬道寒霞。旗纛認標空山飄擺，兩桿黃門旗，黃曲柄傘下是襄陽王，五龍珍珠冠，黃袍金甲，玉帶皂靴。上垂首一員大將雷英，四員偏將盛子川、曹德裕、崔平、周通。左邊單有一哨人馬，紅門旗、紅座纛，一員大將，身高一丈開外，紅袍金甲，面如赤炭，紅眉金眼，手中提定八楞紫金錘，看那錘分量實不在小處。再下垂首黑八卦旗，另有四桿黑方旗子，下面一匹黑馬，一個黑人，是道家的打扮，披散著頭髮，一張黑臉如墨一般，髮髻蓋著臉面，直看不出五官來，前後全是頭髮蓋著，懷中抱一桿黑旗。鍾雄等不解其意。襄陽王那邊一聲吩咐：「何人出馬？」其實襄陽王早看見這邊的威風了，也是列開一字長蛇大陣，旗纛認標，就是沒有那些盔甲。總鎮大人與鍾雄披掛，總鎮的偏將披掛，餘者眾人全都是行常衣服，高矮瘦胖不等。

往下一傳令，有雷英答應：「待小臣生擒他等進帳。」襄陽王囑咐小心。

雷英一催馬，手提大砍刀，闖將上去，說：「對面聽真，快叫鍾雄答話。」這邊報事軍肩擔令字旗，馬前跪倒，說：「那邊來人請鍾帥主出馬答話。」鍾雄把令旗令箭交與八臂勇哪吒王京，又一抬腿摘下五鉤神飛槍，跨下一用力，催馬向前。二人身臨切近，鍾雄一勒馬，說：「來者莫非是雷王官？」雷英說：「既知吾名，何必故問。王爺待你不薄，一旦之間歸降大宋，如今還敢撒馬向前，你的良心何在？依我相勸，早早馬前受拴，省得雷某費事。」鍾雄一笑說：「叛臣，你不要任性。我相勸你，若肯馬前歸降，免受滅門之禍。」雷英說：「我若不拿你，也辜負王爺待我的厚恩。你別走，吃我一刀。」話言未了，人到馬到刀也到。鍾雄將要與他交手，背後一人催馬向前，說：「主帥，待我拿他。」鍾雄回頭一看，是神刀手黃壽，手中一口鉤鏤古月象鼻刀。二人見面並不答言，撒馬撞在一處，掄刀就剁，雷英急架相還。二馬相爭，兩下裡畫鼓頻敲，軍威大振。二人大戰二十餘合，未分勝敗。襄陽王一聲令下，鳴金收兵，噹啷一棒鑼鳴，雷英說：「我家王爺鳴金收兵，容你多活一夜，明日再來捉你。」鍾太保這裡也是一棒鑼鳴，黃壽旋馬而回。兩下撤隊，各自回到營中，犒賞三軍，準備明朝打仗。至晚間，傳口號巡更。

次日五鼓，飽餐戰飯，巳牌時候，掌號齊隊。正午亮隊，照頭一天一樣，兩下裡全是一字長蛇陣，那邊是金鞭將盛子川出馬，這邊一聲吩咐：「那位將官出馬？」頭一個姓吳叫長道，說：「末將出馬。」

拍馬向前，手中一條槍，對著盛子川心窩就刺。盛子川用豹尾金鞭往外一磕，吳長道就撒手扔槍。二馬一湊，盛子川一翻手，叭一聲，正打在脊背之上，吳長道墜落鞍橋，死於疆場之上，盛子川回去報功。總鎮又問那位出馬，偏將林維說：「末將願往。」那邊是曹德裕出來，外號人稱三手將，二人見面問了名姓，撒馬交手。林維使一桿花槍，曹德裕使一根水澆竹節鞭。別看林維氣力最單，槍法來得巧妙。二人戰了四五回合，曹德裕就跑，林維一貪功，往下就追，曹德裕一回手叭就是一鏢，正中林維哽嗓咽喉，翻斤斗落馬。蓋一臣又問何人出馬，有人答言說：「小將願往。」總鎮一看，此人姓宋，名叫宋升，手中使一柄青龍偃月刀，打馬向前。那邊是賽玄壇崔平，穿黑掛皂，半部鋼髯，手中使竹節鞭。二人鞭對刀，走了十數餘合，不分勝負。崔平旋馬便走，宋升一追，追了個嘴尾相連，崔平往旁邊一帶馬，一翻背膊，這就教回馬鞭，正打在宋升胸膛之上，翻身墜馬，死於疆場。鍾雄一看事頭不好，連輸了三陣。與總鎮蓋一臣商議，蓋一臣氣往上撞，要親身出馬，被後面一員老將說：「總鎮大人，殺雞焉用牛刀，待末將擒他。」蓋一臣說：「老將軍小心了。」此人拍馬向前，手使一柄巨齒飛連大砍刀，來至戰場。那邊周通出馬，手使枯骨鞭，說：「來將通名受死。」老將說：「我乃大宋國朝潼關總鎮麾下，先鋒官楊壽中是也。你叫何名？」回答道：「我乃小靈官周通的便是。」楊壽中說：「無名小輩，過來受死。」二人戰有二十餘回合，不分勝敗。別看他上了年歲，銀髯飄擺，打上仗就最奸詐無比。也是活該，二馬一衝過去，復又旋馬回來，往當中一湊，馬失前蹄，被周通一鞭打死，周通回去報功。

鍾雄一看，連傷了四員大將，如何是好。正在為難之際，韓天錦一人當先，並不答言，拉棍往外就跑，對面雷英出馬，也未曾通名問姓，過去二人交手。韓天錦向他頂門用棍砸將下去，雷英翻身落馬。

要問生死，且聽下回分解。

第一百二十四回　襄陽王被捉身死　萬歲爺降旨封官

且說潼關這邊連傷四將，全是現任職官，總鎮一看這番光景，也覺擔架不住，打算親自出馬。這邊站殿將軍拉棍跑將出去，那邊是雷英出陣，一個是在馬上，一個是在步下。韓天錦用盡平生之力，泰山壓頂往下一砸，雷英用刀橫著往上一迎，他如何架得住天錦這一棍，二臂一軟，連刀桿子帶棍往下一砸，砸了個腦漿迸裂。仗著馬往前一躥，馬要不躥，連馬腰節骨全都砸折。總鎮大人一見，十分歡喜，吩咐一聲，催軍擂鼓頻敲，以振軍威。韓天錦也不懂得那些事情，仍然拉著棍在那裡亂罵。雷英這一廢命，襄陽王很覺著有氣，傷了他一員大將，又問：「那位出馬？」仍是金鞭將盛子川催馬向前。他見韓天錦晃蕩蕩身體一丈開外，面似地皮，黑中透暗，並沒有盔甲，就只是壯士打扮，手中這條棍，鴨卵粗細。盛子川在馬上看雷英被這廝一棍打死，算計主意。常言說的好，逢強智取，遇弱活擒。自己一催馬，韓天錦舉棍就打。盛子川用磕膝蓋一點馬前夾膊，那馬斜著一搶上垂首，韓天錦這棍砸空，力氣使的太猛，噹的一聲砸在地上，往前一栽，盛子川一翻背，用鞭對著韓天錦打將下來。不料韓天錦一棍打空，也是在氣惱之間，用右手一掄，叭的一聲，正掄在那馬後胯之上，盛子川的鞭剛一沾脊背，他就從馬後摔下去了。韓天錦一翻身，叭一棍，將他砸的骨斷筋折。這邊是仍打催軍鼓，那邊三手將曹德裕帶馬出陣。韓天錦仍是過去要戰，曹德裕拍馬向前，還未能近身。韓天錦是個渾人，想出一個渾招數來，馬還未到，單手用棍向著馬腿叭就是一棍，曹德裕將要帶馬斜著一跑，公然閃躲不開，叭又一聲，馬前腿一折，曹德裕早就甩鐙躥下馬來，不敢交戰，往回裡就跑，韓天錦就追上一棍打死。

總鎮一聲令下，鳴金收兵，噹啷一棒鑼鳴，韓天錦還算懂得，拉棍回身就跑。剛一回隊，也不會說什麼，就奔于奢那裡。魯世杰也趕過來說：「大小子，你連揍了他們幾個？」韓天錦說：「揍了三個。」忽見那邊紅門旗往兩旁一閃，咕咚一聲炮響，閃出一員大將。鍾雄問：「那位將軍出馬？」言還未盡，韓天錦拉著棍又跑出去了。他本是大渾小子一個，打算是出去就贏哪，可巧正遇見敵手了。卻是寧夏國的曹雷，見王爺這裡連輸了三陣，他一馬當先，見又是韓天錦出陣。天錦見這個人跳下馬來，也有一丈開外身軀，金盔金甲，烈焰袍，絲鸞帶，繡花戰靴，面如赤炭，紅眉金眼，雙插雉尾翎，飄甩一對狐球，胯下一匹胭脂馬，鞍韂鮮明，合著一對八楞紫金錘，勒馬橫錘，疆場討戰。韓天錦一到，曹雷問：「來將通名。」韓天錦答言：「我叫爺爺。」曹雷說：「匹夫滿口亂道。」韓天錦舉棍就打，曹雷使雙錘用平生之力往外一架，就聽噹啷一聲，韓天錦撒手扔棍，震的虎口痛疼，往後退出好幾步去。曹雷錘沉力猛，要不是馬快，韓天錦性命休矣。他抹頭就跑。曹雷將一旋馬，一瞧天錦早就敗下陣去，並不追趕。復又叫陣。

鍾雄問：「那位出馬？」神刀手黃壽拍馬向前。二人見面通了名姓，神刀手黃壽擺刀就剁，曹雷用單錘一掛，噹啷一聲，撒手扔刀；二馬一錯，曹雷把右手錘往左肋下一夾，伸右手把神刀手黃壽從馬上抓將下來，往地上一摔，嘍兵過來將他捆上。仍又過來討戰。這邊花刀楊泰出馬，二人交手。楊泰使的是青龍偃月刀，將往上一遞，他也是照樣，右手錘往外一掛，花刀楊泰不能敵擋，撒手扔刀；又把他擒過馬去，往地上一摔，嘍兵把他捆起來，搭往那邊去了。復又叫戰。鐵刀大都督賀昆、雲裡手穆順，一個在馬上，一個在步下，穆順不喜馬戰，二人一齊出陣。馬上的是一口闔扇板門大砍刀，一個是一口單刀。穆順跟著賀昆馬後，心想著要暗算敵人。馬臨切近，曹雷早就看見，賀昆刀對著曹雷頂門就剁，曹雷用左手錘一掛，右手錘往下就砸，賀昆用刀一架，擎受不住，撒手扔刀。眼瞅著錘落下來了，一著急，滾鞍落馬，叭的一聲，將那馬砸的骨斷筋折，喪在疆場。賀昆爬起來要跑，曹雷手下有二十名小隊削刀手，將一起來，教削刀手擒住。穆順往起一躥有一丈多高，手中刀往下就剁。曹雷把左手錘往鞍橋上一掛，右手錘往外一磕，嚐啷一聲，把穆順的刀磕飛。曹雷一探身軀，伸手把穆順的腰帶抓住，往上一提，橫擔在馬鞍橋上，旋馬便回，要到襄陽王前去報功。

金鏜無敵大將軍于奢，拉著鏜出來大叫：「叛賊休走，于將軍爺到了！」曹雷回頭一看，一撒手把穆順往地上一摔，叫人綁起來，一旋馬與于奢撞在一處。見于奢身高一丈開外，黃袍黃臉，手提鳳翅鏜，不容分說，往上就遞。曹雷並不慌忙，用錘一掛，嚐啷一聲，將鏜磕開，用那錘一指說：「黃臉大漢，你要歸降我王爺千歲，不愁封侯之位。」于奢說：「放你娘的屁！侯爺也沒有我將軍大。」曹雷問：「你是什麼將軍？」于奢說：「我乃站殿將軍于奢是也。我若歸降你也使得，與你借宗東西。」曹雷問：「借什麼東西？」于奢說：「把你腦袋借給我。」曹雷一聽，氣往上一撞，撒馬掄錘。于奢用鳳翅鏜對他胸膛一扎，曹雷用左手錘往外一推，貼著鏜桿，右手錘對住鏜桿往上一撈，就聽嚐啷一聲，將鏜頭砸彎回來了。于奢出世以來，沒吃過這宗苦子，把兩隻手虎口震裂，前手實拿不住鏜桿，就剩一隻手拉著鏜，往回裡就跑，那鏜就像耙子一般，把地耙了兩道大溝。

曹雷又見那邊出來一騎馬，上面一個小孩子，有十五六歲，穿著一身紅衣裳，拿著一對鑌鐵軋油錘，說：「柯柯我揍你來了！」用單錘往下一砸。曹雷倒不忍傷害於他，心想著用單錘一帶，將他帶下馬去。焉知曉兩錘一碰，頗覺沉重，將將的掛開頂門，就碰了自己的肩頭一下。緊跟著那柄錘打下來了，小爺用了個十分力，曹雷用平生之力，錘碰錘往外一磕，噹啷一聲，並沒磕動，錘到頂門，往下一落，叭叉一聲，把曹雷砸了個腦漿迸裂，死屍栽下馬來。小爺說：「柯柯揍了一個，還有誰來？」就見右哨黑八卦旗一分，噹啷一聲炮響，出來了一個黑老道，黑衣服，黑馬，黑頭髮蓋著黑臉，身後背定寶劍，頭挽道冠，手中抱定黑旗子。馬臨切近，一抖黑旗子，小爺落馬。那邊王京撒馬，迎面先就是一鏢。老道一閃身，一抖黑旗子，王京落馬。又出來兩個步下的謝充、謝勇，將要施展暗器，被老道一抖黑旗子，二人栽倒在地。謝寬又出陣，老道一抖黑旗子也躺下了。忽然起一陣大東南風，襄陽王鳴金收兵。鍾雄這裡也就撤隊回去。

鍾雄與蓋一臣升帳，議論軍情，陣亡四員偏將，教人家生擒了九員大將，如何是好？非等蔣四大人到不行。次日與襄陽王下戰書，第十日開兵打仗。第八天上，蔣四爺到，大家相見。鍾雄先打聽陷空島的事情，蔣平把前後之事說了一遍，隨著就問潼關之事。鍾雄就把那邊有個妖道，怎麼生擒咱們之人，怎麼陣亡了四員副將。眾人一聽全是一怔，徐良說：「我今天晚間到他營中探探虛實，再作道理。」艾虎、白芸生、劉士杰、呂仁杰、沈明杰、盧珍全都要跟去。蔣平、展昭說：「千萬小心。」用完了晚飯，天就二鼓，徐良說：「四叔，要是見裡面火光一起，你們立刻點起兵將殺奔前去。要是我們裡面不得手，可就不放火了。」蔣平說：「是了，你們總要謹慎方好。」大家俱換夜行衣裳，出了轅門，直奔對面而來。

這幾天那邊也挖了戰壕，也壘起半截牆子，上面有人巡更。徐良飛石打下一個人來，眾兵只顧看那人納悶，這七個人全都躥將過去。繞至右營，從中軍帳後扎了一個窟窿，往裡一看，見一男一女，二人對坐談論軍務，卻是鐵腿鶴趙保與九尾仙狐路素貞。二人由團城子就算教人趕出來了，遂投奔襄陽王這裡。路素貞想了個法子，自己一露面怕人認得，抹了一臉墨，披散著頭髮，那個旗子就是迷魂帕，跟著王爺出兵。見曹雷一死，正是西北風，自己出陣，連拿了九將。收兵之後，犒賞三軍。依著王爺，要殺九將。崔平、周通與趙保苦苦的講情，勸這幾人歸降，用涼水灌過，九人執意不降，現時幽囚後寨。都知道第十日方開兵打仗呢，這日晚間，夫妻二人正講論九將的事情。趙保說：「他們在後寨幽囚，總是不好，倘若有人進來救出去，我們豈不白白費力？」路素貞說：「我們有這迷魂帕子，他們有什麼樣的能人全不怕。等是日打仗，殺他們個全軍盡沒。我已改裝成神仙，他們都猜不著我們這個戲法。」

外面徐良一拉大眾說：「裡面言語你們都聽見了沒有？」眾人說：「俱都聽真。」徐良說：「我們到後寨先救九將，然後放火。我與老兄弟盜他這個旗子，要動手之時可全都把鼻子堵住。」眾人點頭。奔至後面，果然單有一個帳房，裡面九個人都倒縛二臂，垂頭喪氣，一個個一語不發。徐良眾人把二十名兵丁盡都殺死，解了他們的繩子，說了來歷，各抄家伙，又告訴他們堵住鼻孔，直奔路素貞這裡來。艾虎在前邊一嚷說：「後營失火！」路素貞抓帕子同趙保往外一跑，迎面被艾虎給了一刀，趙保一閃就跑。路素貞過來一抖迷魂帕，被艾虎一刀正砍在旗桿之上，旗子落地，路素貞就跑。徐良先撿旗子，依著艾虎要追，徐良攔住不教追。趙保早被呂仁杰一鐵錘把眼睛砸瞎，又被沈明杰一刀殺死。

眾人撲奔後面，叫謝寬、謝充、謝勇、沈明杰、呂仁杰，給他們硫磺焰硝，千里火筒，上後面點草垛去。大家定下主意，全在金頂黃羅帳那裡會齊。餘者眾人奔黃羅帳而來，迎面遇見巡更的人就殺。到黃羅帳五層圍牆，就是黃壽、楊泰、魯世杰不會高來高去，教他們三個人在外等著，餘下之人躥將進去。到黃羅帳門首，往裡一看，襄陽王正同著崔平、周通議論後天打仗之事，又看旁邊有許多御林軍校。徐良候至人齊，全都來到，往裡一躥，亂砍眾人。崔平、周通拉肋下寶劍，過來要與這幾個人對敵。徐良把迷魂旗子一抖，二人立刻就倒在地上。襄陽王將要一讓，也教徐良一抖旗子，王爺栽倒在地。白芸生把襄陽王往背後一背，用抄包把肫臀一兜，在自己胸前繫了一個扣兒。此時御林軍連崔平、周通盡皆殺死，大家轉身往外一走，就聽滿營中一陣大亂，四面八方鑼聲亂響，後邊火光沖天。

鍾雄的營內號炮沖天，兵將殺奔前來，把寧夏國的人，如同削瓜切菜一般。展昭、蔣平兩隊人馬，從左右哨一夾攻，蓋一臣由當中殺來，這一場大戰，只殺得天翻地覆，滾湯潑雪。轉眼間屍橫滿地，血水直流，悲哀慘切，鬼哭神嚎。這一陣非尋常可比，直殺到天光大亮，紅日東升。寧夏國的兵丁，跑脫了十不至一。路素貞趁此時亂兵之際逃竄，後來配了寧夏國主為妾，餘者有名將官無一名漏網，俱死在亂軍之中。鍾雄、蓋一臣回歸大營，查點人數，傷了二三十名兵丁；得來的刀槍盔鎧、馬匹、鑼鼓、帳房、金銀財寶、糧草等物，不計其數。拿來的襄陽王，蔣平給他髮髻內放上迷魂藥餅，解往京都。將迷魂旗子用火焚化。君山之人暫且駐紮潼關。蔣平等押解襄陽王入都，進開封府見包公回話，將襄陽王收監。

次日，包公上朝，奏明天子。萬歲看明摺本，降旨，欽封鍾雄為副招討，蓋一臣為正招討；所有開封府去打仗出力之人，征剿有功，實升二級；欽封小四傑❶六品校尉；君山出力之人員，實授五品校尉；于義賞三品護衛將軍。襄陽王交開封府審問親供回奏。至次日，包公入朝替遞謝恩摺子，然後請罪。襄陽王縛上堂口，一氣身亡，故此請罪。天子降旨，襄陽王已死，以往免究，死後按散宗室例埋葬。寧夏國打來降書順表，年年進貢，歲歲來朝。徐良奉旨完姻；馮淵降旨完姻。閻正芳、王忠不願為官，賞了些金銀彩緞。潼關所有得來的東西，盡都賞賜兵丁，陳器等物入庫。鍾太保仍回君山，于義、于奢入都當差。為國死去的沈中元、熊威、韓良，賞給四品俸祿，奉旨回原籍葬埋。從此國家安定，文忠武勇，天下太平，軍民樂業，五穀豐登。

❶ 小四傑：指劉士杰、魯世杰、呂仁杰、沈明杰。